LA Vᵉ RÉPUBLIQUE

DU MÊME AUTEUR

GRAMSCI ET LE BLOC HISTORIQUE, PUF, 1972.
GRAMSCI ET LA QUESTION RELIGIEUSE, Anthropos, 1974.
LES LUTTES OUVRIÈRES EN ITALIE (1960-1976),
en collaboration, Aubier-Montaigne, 1976.
LES P.C. ESPAGNOL, FRANÇAIS ET ITALIEN FACE AU POUVOIR,
en collaboration, Christian Bourgois, 1976.
LE SOCIALISME FRANÇAIS TEL QU'IL EST, PUF, 1980.
LES SOCIALISMES DANS LE DISCOURS SOCIAL CATHOLIQUE,
Le Centurion, 1986.
LE PERSONNEL POLITIQUE FRANÇAIS,
en collaboration, PUF, 1987.
LE PARTI SOCIALISTE, Montchrestien, 1992.

HUGHES PORTELLI

La Ve République

ÉDITION REVUE ET AUGMENTÉE

GRASSET

© *Éditions Grasset & Fasquelle, 1987,
et 1994 pour la mise à jour.*

Introduction

La politique, comme l'économie, a ses rythmes. Fernand Braudel relève, dans sa magistrale *Méditerranée*, que la « vie matérielle » n'est pas la seule à connaître ce « dialogue du mouvement et de la semi-immobilité », cette juxtaposition de *trends* séculaires, de conjonctures longues et de crises courtes. L'histoire politique de la France républicaine illustre bien les permanences, les évolutions et les ruptures du dernier siècle : comment ne pas être frappé par la stabilité de la géographie politique et des comportements électoraux par-delà les générations et parfois les milieux sociaux ? Comment ne pas être saisi par la permanence des structures étatiques, de l'organisation administrative et de la vision du rôle de l'État, par-delà le changement des régimes et du personnel politique ? Le poids considérable des traditions – et notamment de toutes celles qu'il est convenu de ranger au sein de la « tradition républicaine » – a créé un certain type de légitimité qui s'impose à tous, y compris aux grands réformateurs politiques que sont les fondateurs de nouveaux régimes.

La Ve République ouvre en 1958 un nouveau cycle, mais elle ne rompt pas avec les tendances de fond du système politique et social français. Avant comme après 1958, les grandes lignes de clivage politiques, les principes fondamentaux de l'organisation de l'État demeurent.

L'imbrication du vieux et du neuf sera longue à se consolider : les présidences de Gaulle n'y suffiront pas.

La reconnaissance de cette continuité ne peut masquer l'importance du tournant de 1958. Après le retour au pouvoir du général de Gaulle et surtout la consolidation du régime, ce ne sont pas les institutions seules qui sont bouleversées, mais l'ensemble des données de la vie politique : les rapports des gouvernants et de l'État, marqués par la montée en puissance de l'Administration, la définition d'un nouveau consensus sur la souveraineté nationale et ses attributs – diplomatie, défense –, la refonte des organisations politiques autour de destins présidentiels et celles des modes de représentation.

Un nouveau cycle commence en 1958 qui, trois décennies plus tard, semble irrésistible. Pourtant que de fragilité dans les premiers temps : des coups d'État militaires à la révolte de la société civile, du référendum perdu aux attentats manqués, la Ve République risque à plusieurs reprises d'être mise à bas.

Si elle s'est enracinée, a survécu à son fondateur, c'est pour prendre, suivant les hommes et les rapports de force du moment, des styles, des orientations variables, et ce avant même les alternances des années 80. S'il existe des éléments stables, tels que, sur le plan institutionnel, les attributions du président au titre du pouvoir d'État ou la subordination du Parlement, bien des options se sont ouvertes depuis 1958 : celle sur le rôle économique de l'État, le dirigisme gaulliste étant aussi éloigné de la socialisation mitterrandienne que du libéralisme chiraquien, celle sur le rôle des partis, confinés au Parlement avant 1969, tout-puissants dans les années 80, celle du juge constitutionnel, chien de garde de l'exécutif en 1958, protecteur des libertés contre ce même exécutif après 1971.

Au-delà de cette diversité, nul doute qu'il existe un « esprit » de la Ve République, qui s'est imposé, tant bien que mal, y compris à ceux « pour qui elle n'avait pas été faite » (F. Mitterrand), présidents de la République, partis et même société civile, comme en témoigne l'étendue des zones de consensus malgré les clivages électoraux et les contrastes qu'avive la compétition politique.

Dans tout cela, de combien pèse ce qui échappe à la

volonté nationale ? Dans une société où la souveraineté est traversée de part en part par l'internationalisation du système économique et financier, la mobilité croissante des personnes, la mondialisation des systèmes idéologiques et des modes culturelles, la France ne pouvait rester à l'écart de ces flux qui la dépassent. La politique, c'est-à-dire aussi bien la compétition pour le pouvoir que sa gestion interne et internationale, a continué à être tributaire de traditions institutionnelles, culturelles et sociales spécifiquement nationales ; mais on ne peut nier que des phénomènes aussi décisifs que la crise économique mondiale, les mutations technologiques qui révolutionnent les rapports de force entre États et entre continents ont été au centre du débat politique et ont permis de constater l'incapacité des gouvernants à les aborder « nationalement ». De même, des événements tels que la révolution culturelle de la fin des années 60 – dont la révolte étudiante est le prodrome – ou la vague de libéralisme qui submerge les sociétés occidentales au début des années 80 n'ont rien d'hexagonal et ont modelé la France au même titre que les autres États, obligeant le système politique à plier (années 80) ou à rompre (1968).

Autant dire qu'une étude de la politique en France sous la Ve République qui se bornerait à une approche étroitement technique des institutions et des comportements du personnel politique risquerait de passer sous silence tout ce qui ne détermine pas, mais *conditionne* la décision politique : les relations internationales, l'évolution économique et sociale.

En fondant la Ve République, le général de Gaulle n'avait d'ailleurs pas borné ses ambitions à restaurer l'État, jetant les bases d'un dessein international, économique et social, dont ses successeurs se voudront, peu ou prou, les héritiers.

C'est l'étude de cette restauration, de ce dessein et de cet héritage qui est proposée ici.

Les différentes parties de l'ouvrage et leurs subdivisions tentent d'illustrer cette démarche, renvoyant aux annexes finales pour les données statistiques.

Première partie

LA RÉPUBLIQUE CHARISMATIQUE

Faute d'avoir saisi les rênes du pouvoir en 1947, le général de Gaulle revient aux affaires le 2 juin 1958 avec la hantise d'avoir « dix ans de trop pour accomplir sa tâche ». Il doit tout à la fois *rompre* avec le passé — et « perdre » quatre années du fait de la guerre d'Algérie — et *fonder* un nouveau régime, suffisamment durable pour lui survivre — ce qui le conduit à solliciter, en 1965, un second mandat.

Sans illusions sur ses successeurs, qui « feront comme ils pourront », il n'hésite pas à accomplir l'irréversible, quitte à frôler l'outrance : de l'élection présidentielle au suffrage universel au retrait de l'OTAN, du discours de Phnom Penh à celui de Montréal, autant de décisions et de gestes symboliques destinés à infléchir à long terme la marche des événements, à contraindre la classe politique, à marquer les esprits et les comportements après lui.

C'est à propos de l'État et des institutions que de Gaulle entend agir en législateur. La Ve République doit devenir « cette sorte de monarchie populaire qui est le seul système compatible avec le caractère et les périls de notre époque [1] » et qui donne enfin à l'État ses fondements.

« Grande entreprise » que celle d'inverser la courbe du « terrible déclin subi depuis plus de cent ans », de restaurer l'État, sa puissance, son rayonnement, mais entreprise moins « exaltante » que celle de la « période historique » du temps de guerre : « C'est en un temps de toutes parts sollicité par la médiocrité que je devrai agir pour la grandeur [2]. »

CHAPITRE I

LA FONDATION DU RÉGIME

Le soir du 28 septembre 1958, alors que le peuple français a ratifié à une écrasante majorité le projet de Constitution de la Ve République, le général de Gaulle peut considérer comme gagnée la bataille constitutionnelle qui l'opposait aux partis politiques depuis 1945 et dans laquelle il a subi, en 1946, un échec initial lourd de conséquences.

N'ayant pu convaincre la classe politique traditionnelle, qui peuple les bancs des Assemblées constituantes de 1945 et 1946, de la justesse de ses conceptions sur l'État, les institutions et la représentation politique, le chef de la France libre assistera à la crise du régime parlementaire, ne devenant son dernier chef de gouvernement que pour hâter la transition à la République nouvelle. Celle-ci, pour l'essentiel, concrétise les orientations déjà formulées par le Général douze ans plus tôt.

I. La crise du régime parlementaire

Réintroduit en 1946 par l'accord général des partis, le régime parlementaire à la française ne met qu'un an pour entrer en crise, mais cette crise durera onze ans.

1. *Le débat initial de 1946*

En janvier 1946 éclate au grand jour le désaccord entre la conception des institutions et de la politique qui est celle des partis dominants (PC, SFIO, MRP) et celle du général de Gaulle : les termes n'en varieront pas jusqu'en 1958.

Pourtant, au lendemain de la libération du pays, c'est le gouvernement que préside le général de Gaulle qui a établi les règles d'élaboration des nouvelles institutions : le peuple devra choisir par référendum entre le retour à la IIIe République et une nouvelle Constitution. Le référendum donne bien une majorité écrasante (96 %), le 21 octobre 1945, en faveur d'un nouveau régime, mais c'est à une Assemblée constituante souveraine, dont le général de Gaulle n'est pas membre, où il n'a aucun soutien (faute de parti ou de « mouvement » gaulliste), que sera confiée l'élaboration des nouvelles institutions.

Les débats de l'Assemblée constituante prennent vite un tour favorable au régime d'assemblée, articulé autour d'une Chambre toute-puissante qui ôte son autonomie à un exécutif qui lui est soumis tandis que la présidence de la République, dépouillée de toute prérogative, n'est maintenue qu'*in extremis*. Le général de Gaulle est exclu du débat : n'étant pas lui-même député, il s'est vu signifier l'interdiction de suivre les débats de la commission d'élaboration de la Constitution.

Cette humiliation ne fera que le renforcer dans son intention de ne pas cautionner davantage le nouveau régime qui se met en place. Peu avant son départ (le 20 janvier 1946), il aura expliqué clairement aux constituants : « Le point qui nous sépare, c'est une conception générale du gouvernement et de ses rapports avec la représentation nationale. Nous avons commencé à reconstruire la République. Après moi, vous continuerez de le faire. Je dois vous dire en conscience — et sans doute est-ce la dernière fois que je parle dans cette enceinte — que si vous le faites en méconnaissant notre histoire politique des cinquante dernières années, si vous ne tenez pas compte des nécessités absolues d'autorité, de dignité, de responsabilité du gouvernement, vous irez à une situation telle qu'un jour ou l'autre — je vous le prédis — vous regretterez amèrement d'avoir pris la voie que vous avez prise [3]. »

Au sein de l'Assemblée constituante, où les socialistes donnent le ton (A. Philip puis G. Mollet président la commission d'élaboration de la Constitution), la conception dominante est la rupture avec la IIIe République, mais dans une perspective diamétralement opposée à celle du chef de la France libre.

Pour Guy Mollet et Léon Blum (partisan, un temps, d'un régime présidentiel à l'américaine), la faiblesse du régime qui s'est effondré en 1940 tenait à l'action négative des institutions instaurées en 1875 pour brider la souveraineté populaire et écarter, après 1918, la gauche du pouvoir : le Sénat (souvenir de la fin du Front populaire) et le président de la République (qui put ne pas nommer président du Conseil le chef de la majorité — Gambetta — ou saboter son action — Doumergue contre Herriot). L'Assemblée devra donc être toute-puissante. Puisque la faiblesse de la vie politique française ne vient pas de la force excessive des partis mais de leur atrophie, la représentation proportionnelle permettra de dégager de grandes formations. Confortés par les résultats des élections d'octobre 1945 qui donnent les trois quarts des suffrages à trois grands partis (PCF, SFIO, MRP), les leaders politiques de l'époque sont persuadés que l'ère des partis de masse s'est définitivement substituée à celle des groupes parlementaires de notables.

C'est sur l'alliance stable entre ces partis que repose la stabilité des institutions : le contrat passé entre eux constitue un *programme commun* de gouvernement dont l'exécution est la tâche du président du Conseil.

Une telle conception, développée surtout par les socialistes, se heurte à l'hostilité totale du général de Gaulle, mais aussi du MRP, qui souhaite une seconde Chambre et un exécutif renforcé. Aussi le projet de Constitution soumis à référendum le 5 mai 1946 par la SFIO et le PCF est-il rejeté par 53 % des électeurs.

Le second projet, fruit d'un compromis entre le projet rejeté et les thèses du MRP, marque un retour au parlementarisme de la IIIe République. Approuvé cette fois par le MRP et rejeté par le général de Gaulle, il l'emportera lors du référendum du 13 octobre 1946 à une courte majorité (53 % des suffrages, mais 37 % seulement des électeurs inscrits).

Si le général de Gaulle a rejeté aussi vigoureusement les deux Constitutions, c'est que l'une comme l'autre présentent, à ses yeux, le même défaut fondamental : celui de dissoudre la nécessaire autorité de l'État dans la souveraineté des partis. Le chef de la France libre se situe dans un courant d'idées qui, depuis la Première Guerre mondiale, réclame une réforme des institutions renforçant l'autorité du président de la République et limitant la toute-puissance parlementaire. A l'opposé de la gauche traditionnelle, favorable à un régime conventionnel (avant les communistes et les socialistes, les radicaux avaient réclamé la suppression du Sénat et de la présidence), ce courant met au centre du dispositif constitutionnel la séparation des pouvoirs, en rehaussant les prérogatives de celui qui représente la continuité de l'État : le président de la République.

Dans son fameux discours prononcé à Bayeux le 16 juin 1946, avant le second référendum constitutionnel, le général de Gaulle résumera ses conceptions : « La rivalité des partis revêt chez nous un caractère fondamental, qui met toujours tout en question et sous lequel s'estompent trop souvent les intérêts supérieurs du pays. Il y a là un fait patent, qui tient au tempérament national, aux péripéties de l'histoire et aux ébranlements du présent, mais dont il est indispensable à l'avenir du pays et de la démocratie que nos institutions tiennent compte et se gardent afin de préserver le crédit des lois, la cohésion des gouvernements, l'efficience des administrations, le prestige et l'autorité de l'État. »

Le Général propose d'instituer un système bicaméral et, face à lui, un gouvernement procédant du chef de l'État. Celui-ci serait non seulement un arbitre au-dessus des divisions partisanes mais aussi le garant de l'indépendance nationale en cas de péril menaçant la patrie. Il serait l'élu d'un collège de notables et non des parlementaires. La «Constitution de Bayeux» constitue le canevas à partir duquel le général de Gaulle élaborera en 1958 la nouvelle Constitution. Un seul apport nouveau apparaîtra: celui du référendum, sous l'influence du courant de juristes représenté au RPF par René Capitant, disciple de R. Carré de Malberg, favorables à la limitation de la puissance parlementaire par l'affirmation directe de la souveraineté populaire; dès 1945, le général de Gaulle leur avait fait écho en instaurant le référendum constituant, malgré les fortes réserves des partis.

2. *L'instabilité du régime*

Si les données de fond du débat sont connues dès 1946, il faudra douze ans pour que s'effondre le régime de la IVe République. En fait, c'est dès 1947 que ce régime est condamné à terme: la rupture entre socialistes et communistes, matérialisée par la révocation le 5 mai 1947 par le président socialiste du Conseil, Paul Ramadier, des ministres communistes, jette la principale organisation du pays (avec plus du quart des suffrages) dans une opposition totale au régime. C'en est fini des rêves de tripartisme à long terme. Mais la création en avril 1947 du Rassemblement du peuple français (RPF) par le général de Gaulle, destiné «dans le cadre des lois» à «promouvoir et à faire triompher [...] le grand effort de salut commun et la réforme de l'État» (discours de Strasbourg du 7 avril) et dont le succès sera immédiat (38,7 %, aux municipales du 19 octobre 1947), affaiblit encore davantage le régime en le flanquant d'un second parti totalement critique. A l'alliance stable des grands partis vont succéder des coalitions instables de partis affaiblis (la SFIO chute de 25 % des suffrages en 1945 à 14,6 % en 1951; le MRP de 24 % — il obtient même 28 % en juin 1946 — à 12,6 %). Face à eux, les partis « anti-système » rassemblent près de 50 % des voix aux législatives de 1951 (PCF + RPF) et 40 % à celles de 1956 (PCF + poujadistes). L'alliance négative contre les extrêmes, baptisée « Troisième Force » en novembre 1947, le ralliement d'une partie des parlementaires gaullistes puis poujadistes, la modification de la loi électorale dans un sens majoritaire (les « apparentements » entre partis coalisés) ne freineront pas l'instabilité ministérielle : vingt gouvernements en onze ans et six mois (si l'on excepte le gouvernement de Gaulle investi le 1er juin 1958), soit une durée moyenne de six mois (le record étant de quinze mois pour le gouvernement Mollet), compte tenu des périodes de vacance du pouvoir (du fait de crises ministérielles dont la durée ira croissant).

Les facteurs d'instabilité tiennent avant tout à l'étroitesse de la base parlementaire potentielle (du fait de l'*amputation* des extrêmes) et à la division des partis coalisables : à la querelle scolaire traditionnelle (qui oppose laïcs et catholiques) s'ajoutent deux terrains nouveaux de conflit.

Le premier est la construction européenne : aux partisans d'une Europe fédérale (MRP et majorité de la SFIO) s'opposent les « nationalistes », qui, outre le PCF et les gaullistes, ont des alliés dans tous les partis (MRP excepté). Le conflit atteindra son paroxysme en 1954, à propos de la ratification du traité instituant la Communauté européenne de défense (qui sera rejeté par 319 voix contre 264 le 30 août). Les divisions et les rancœurs que cet épisode suscitera ne seront pas fatales au seul gouvernement Mendès France, qui avait mis le projet aux voix.

Le second est la décolonisation : la IVe République commence avec la guerre d'Indochine, elle meurt faute d'avoir résolu la guerre d'Algérie. De tous les facteurs de crise, celui-ci sera décisif, accélérant la désagrégation du régime puis sa chute.

La fondation du régime

II. LA DÉCOLONISATION

Avant même que la Constitution de la IVe République n'entre en vigueur, le nouveau régime est aux prises avec les guerres coloniales. Celles-ci l'accompagneront jusqu'à son effondrement. Les institutions mises en place pour remplacer l'ancien Empire colonial, miné à la fois par les conséquences de la défaite de 1940 (il a été le champ des luttes entre gaullistes et vichystes et l'objet de tentatives de démembrement de la part des Japonais, des Britanniques et des Américains) et par la montée des nationalismes, instaurent un système hybride qui permet une vie politique locale et assure une participation très inégalitaire des territoires à la vie politique de la République française, l'immense majorité des indigènes (non citoyens) en étant exclue.

La révolte de Sétif, en Algérie, en mai 1945, est la première révolte de l'après-guerre. Malgré la répression sanglante elle passera inaperçue en Métropole. En mars 1947, c'est le tour de Madagascar où la répression est là aussi féroce, sans que l'opinion publique s'en émeuve. En novembre 1946, avec le bombardement meurtrier d'Haiphong, dans le nord du Vietnam, par une décision unilatérale de l'armée française, commence la guerre d'Indochine. Elle durera sept ans.

La guerre d'Indochine, qui aura coûté 92 000 morts et 142 000 blessés, et qui se termine, après le désastre militaire de Dien Bien Phu, lors des négociations de Genève, où Pierre Mendès France sauve la face de la France, annonce déjà celle d'Algérie : les gouvernements successifs s'en désintéressent malgré ses effets désastreux. Les ministres responsables, y compris lorsque leur parti est hostile à une politique colonialiste, défendent des positions jusqu'au-boutistes (M. Moutet, ministre SFIO de l'Outre-Mer, J. Letourneau qui lui succède, MRP, sans parler de Georges Bidault, aux Affaires étrangères, MRP). Certains responsables militaires prennent des décisions graves sans en référer à leur gouvernement (comme l'amiral Thierry d'Argenlieu, haut-commissaire en Indochine, qui torpillera les négociations avec le Vietminh en 1946 et relancera le conflit). Lorsque la situation deviendra dramatique, appel sera fait à un « homme providentiel », en marge de la classe politique (cette fois c'est Pierre Mendès France) pour trancher l'affaire et en endosser la responsabilité.

Les accords de Genève sont à peine signés (le 21 juillet) que la guerre d'Algérie commence, avec une vague d'attentats dans les Aurès (le 1er novembre) qui marque les débuts d'une véritable insurrection. Pierre Mendès France est encore au pouvoir et envisage des réformes : l'Algérie, formée de départements d'outre-mer, n'est-elle pas divisée en deux collèges (européen et musulman) également représentés au Parlement alors que les musulmans sont neuf fois plus nombreux et que les femmes musulmanes n'ont pas le droit de vote ? En voulant appliquer — en 1954 — le statut voté en 1947 et allant dans le sens de l'égalité et de la décentralisation, Mendès France sera renversé, sous la conjonction de ses adversaires traditionnels et du puissant lobby des défenseurs du statu quo en Algérie.

Les gouvernements successifs, devant l'extension de la rébellion, sont incapables d'imposer la moindre réforme. La seule réponse, suivant la formule du ministre de l'Intérieur de P. Mendès France en 1954, François Mitterrand, « c'est la guerre ».

L'échec du voyage — mal préparé — de Guy Mollet à Alger le 6 février 1956 (il y est accueilli à coups de tomates et de jets de pierres par les manifestants européens) précipite la tendance. Le nouveau ministre résidant, le socialiste Robert Lacoste, s'avérera aussi nationaliste que ses prédécesseurs (le socialiste Naegelen et le gaulliste Soustelle) et aussi perméable aux arguments des militaires et des activistes européens. Les pouvoirs spéciaux qui sont votés suspendent les libertés publiques en Algérie, tandis que l'envoi du contingent porte les effectifs de l'armée à 400 000 hommes.

Alors que la guerre prend une nouvelle dimension, un événement donnera une idée de la dégradation du régime : le détournement par l'armée française, le 22 octobre 1956, d'un avion marocain transportant cinq leaders du FLN dont Ben Bella. Le ministre résidant couvre l'opération et attend qu'elle soit totalement accomplie pour avertir son gouvernement, qui « couvrira » à son tour. Après l'humiliation de Suez (en novembre), la guerre s'enlise : R. Lacoste confie aux parachutistes du général Massu le « maintien de l'ordre » à Alger. Là comme ailleurs, la répression est sévère et ne recule pas devant le recours à la torture, les autorités gardant le silence malgré l'accroissement des protestations.

Le 30 septembre 1957, l'ultime tentative de réformer le statut de l'Algérie, en créant enfin le collège unique et la décentralisation, échoue sous les coups de boutoir des partisans du statu quo, groupés au sein de l'Union pour le salut et le renouveau de l'Algérie française (USRAF), intergroupe dont les dirigeants sont J. Soustelle, gaulliste, R. Duchet, indépendant, G. Bidault, MRP, et A. Morice, radical, mais dont les ramifications vont jusqu'à la SFIO. Le rejet du projet entraîne la chute du gouvernement Bourgès-Maunoury. Celui qui lui succède, à direction également radicale (Félix Gaillard), chutera lui aussi sur l'Algérie : le bombardement par des avions français le 8 février 1958 d'un village frontalier de Tunisie, Sakhiet-Sidi-Youssef, tue 69 civils dont 21 enfants. Une nouvelle fois, le gouvernement n'a pas été prévenu du bombardement. Il ne le condamnera pas, mais le « couvrira » avant d'être renversé à son tour, le 15 avril. Cette fois la crise du régime est entrée dans sa dernière phase.

III. LE RETOUR AU POUVOIR DE CHARLES DE GAULLE

1. Avec la chute du gouvernement Gaillard, la crise algérienne et la crise du régime ne font plus qu'un.

En Algérie, la remise en cause du régime est le fruit d'une conjonction entre l'action des ultras de la population européenne et celle de l'armée. Chez les Européens, notamment à Alger, un fort courant est partisan de l'action directe : mené par une myriade de groupuscules nationalistes et poujadistes, il est à l'origine d'une première manifestation, le 26 avril, à Alger, que l'armée tolère et qui réclame la formation d'un gouvernement de salut public destiné à maintenir le statu quo en Algérie. Dans l'armée, le sentiment profond est de ne pas rééditer en Algérie ce qui s'est produit en Indochine. Gouvernant Alger, quadrillant le « bled », l'armée exerce en Algérie un pouvoir quasi total : militaire, policier, administratif et même idéologique à travers l'« action psychologique », sorte de guerre révolutionnaire à l'envers. Pour les officiers supérieurs comme pour les militaires professionnels, la guerre d'Algérie doit être gagnée sur le terrain et non perdue à Paris. Aussi les pressions des militaires sur le pouvoir civil vont-elles s'accentuer : le 25 avril, le commandant en chef en Algérie, le général Salan, avertit qu'aucun cessez-le-feu avec la rébellion ne sera admis, sauf si celle-ci accepte la reddition. Lorsque l'armée apprend que le MRP libéral Pierre Pflimlin a été pressenti pour constituer le nouveau gouvernement, les chefs militaires des trois armées en Algérie avertissent par télégramme le général Ely, chef d'état-major, afin qu'il fasse savoir au président de la République, René Coty, qu'ils souhaitent « un gouvernement fermement décidé à maintenir notre drapeau en Algérie ». Toute politique d'« abandon » serait ressentie par l'armée comme un « outrage » et « on ne saurait », dans ce cas, « préjuger sa réaction de désespoir » (9 mai). Ce message ne sera pas entendu. Le jour du débat d'investiture au Palais-Bourbon, une manifestation de masse des Européens d'Alger aboutit à la prise du gouvernement général où ne se trouve plus le ministre résidant depuis le départ de Robert Lacoste. Un Comité de salut public est constitué où, à côté des civils — et notamment des activistes Pierre Lagaillarde et Robert Martel —, on trouve les militaires : ceux-ci ont « laissé faire » les manifestants puis encadré l'assaut du gouvernement général avant de placer leurs colonels au Comité (Ducasse, Thomazo, Trinquier). Le soir, le général Massu prend la présidence du Comité et en appelle à la constitution d'un « gouvernement de salut public présidé par le général de Gaulle ».

2. La classe politique traditionnelle a opté, dans un premier temps, pour une attitude de défense républicaine : le gouvernement est constitué autour de P. Pflimlin, investi à une large majorité (274 voix contre 129, le PC s'abstenant). Mais cette investiture n'est que le chant du cygne. Au sein du personnel politique, un mouvement de ralliement à de Gaulle se produit. Pour la plupart, il s'agit d'un phénomène, classique au parlementarisme français, d'appel à un personnage charismatique, capable de résoudre une crise grave : Clemenceau en 1917, Doumergue en 1934, Pétain en 1940.

Dès le 5 mai, le président de la République a discrètement sollicité le Général de Gaulle, mais celui-ci a posé des conditions inacceptables à son investiture (refusant de se présenter devant la Chambre des députés). Après l'appel des chefs militaires d'Algérie (Massu, mais aussi Salan) à un gouvernement de Gaulle, il ne cessera de peser pour que cette solution soit appliquée conformément à la Constitution. Quant au général de Gaulle, il va manœuvrer très habilement entre l'armée, la classe politique et les insurgés d'Alger.

Dans le camp gaulliste, les réseaux en sommeil depuis 1953 (en novembre, le Général a clos l'aventure du RPF) se sont réveillés avec l'affaire de Sakhiet : outre les campagnes d'opinion, les « activistes » gaullistes vont intervenir en Algérie (mais Léon Delbecque n'arrive que le soir du 13 et Jacques Soustelle le 17). Quant aux fidèles, chacun jouera son rôle à sa place : Jacques Chaban-Delmas au ministère de la Défense, Jacques Massu à Alger, et surtout ceux qui, comme Olivier Guichard et Jacques Foccart, centraliseront les informations pour le Général. Celui-ci sera d'avance averti de tous les projets de l'armée et des activistes d'Alger, pouvant les utiliser pour faire pression sur une classe politique hésitante puis apeurée. Mais à aucun moment, il ne cédera le moindre gage à Alger: aucune de ses déclarations ne répondra aux demandes exprimées par les chefs militaires le 9 mai.

L'opération sera menée rondement: le 15 mai, le Général, par un communiqué de presse, pose sa candidature; tout y est mentionné — excepté l'Algérie: «La dégradation de l'État entraîne infailliblement l'éloignement des peuples associés, le trouble de l'armée au combat, la dislocation nationale, la perte de l'indépendance. Depuis quinze ans, la France, aux prises avec des problèmes trop rudes pour le régime des partis, est engagée dans un processus désastreux. Naguère, le pays dans ses profondeurs m'a fait confiance pour le conduire tout entier jusqu'à son salut. Aujourd'hui, devant les épreuves qui montent de nouveau vers lui, qu'il sache que je me tiens prêt à assumer les pouvoirs de la République.»

Cet appel entraîne un durcissement du gouvernement qui obtient de la Chambre la proclamation de l'état d'urgence, mais aussi une ouverture de Guy Mollet: celui-ci demande à de Gaulle de «compléter» une déclaration «trop nettement insuffisante». La conférence de presse que le Général tient le 19 mai lui fournira l'occasion, sans condamner les événements d'Alger, de protester de son esprit républicain tout «en prenant le ton du maître de l'heure [4]». Et, de fait, tout en satisfaisant Alger, le Général obtient le ralliement de Georges Bidault (le 21 mai), puis d'Antoine Pinay, qu'il reçoit le 22 mai à Colombey.

Le ralliement de la Corse à Alger avec l'aide des parachutistes le 24 mai aggrave la tension et précipite le mouvement. A partir du 23 mai, un plan «Résurrection» d'action militaire en métropole est ébauché à Alger par le commandement. Son déclenchement est prévu pour le 30.

En contact épistolaire avec Guy Mollet et l'ancien président de la République Vincent Auriol, le Général rencontre le président du Conseil et, sans que l'entrevue ait abouti, publie le lendemain (27 mai) un communiqué étonnant qui ne laissera d'autre choix à Pierre Pflimlin que la démission : déclarant « avoir entamé le processus régulier nécessaire à l'établissement d'un gouvernement républicain », il s'adresse au chef de l'État et aux responsables des forces armées pour arrêter les opérations projetées. Ce texte, curieux mélange de vocabulaire militaire (« processus ») et politique, aura un effet immédiat sur l'armée qui se range aux ordres du Général, mais fera s'indigner la gauche qui, le 28, fera défiler 200 000 personnes pour la « défense de la République » dans les rues de Paris.

Cette manifestation n'empêchera pas le ralliement le lendemain de Vincent Auriol, suivi de Guy Mollet et de la majorité du groupe parlementaire socialiste à l'investiture du Général. Désormais la voie est libre.

Le 29, le président de la République, dans un message aux Chambres, les place devant l'alternative d'investir « le plus illustre des Français » ou d'ouvrir une crise de régime par sa démission immédiate. Il reçoit le jour même Charles de Gaulle qui accepte de se présenter devant l'Assemblée et de limiter à six mois la période des pleins pouvoirs. Désormais, c'est au tour des partis de faire acte d'allégeance.

Le 1er juin, Charles de Gaulle fait connaître la composition de son gouvernement. Celui-ci — ce qui stupéfiera Alger — est assez traditionnel : deux gaullistes « historiques » (Michel Debré, garde des Sceaux, et André Malraux), des hauts fonctionnaires aux ministères clés (Affaires étrangères, Armées, Intérieur), les représentants des partis à des ministères d'État (G. Mollet pour les socialistes, L. Jacquinot pour les indépendants, P. Pflimlin pour le MRP et F. Houphouët-Boigny pour les territoires africains) ou aux Finances (A. Pinay) : aucun des chefs de file de l'Algérie française n'en fait partie. Le soir du 1er juin, l'investiture est acquise, après une brève intervention du Général, par 329 voix contre 224 (les communistes, la moitié des socialistes, les radicaux mendésistes et quelques personnalités dont François Mitterrand).

IV. LA TRANSITION À LA Vᵉ RÉPUBLIQUE

Si la majorité de ceux qui votent le 1ᵉʳ juin l'investiture attendent avant tout du général de Gaulle qu'il règle la crise algérienne, le nouveau président du Conseil envisage son retour tout autrement. L'alternative qui s'offre à lui est ainsi résumée dans les *Mémoires d'espoir*: « Vais-je m'en tenir à rétablir dans l'immédiat une certaine autorité du pouvoir, à remettre momentanément l'armée à sa place, à trouver une cote mal taillée pour atténuer quelque temps les affres de l'affaire algérienne, puis me retirer en rouvrant à un système politique détestable une carrière à nouveau dégagée ? Ou bien vais-je saisir l'occasion historique que m'offre la déconfiture des partis pour doter l'État d'institutions qui lui rendent, sous une forme appropriée aux temps modernes, la stabilité et la continuité dont il est privé depuis cent soixante-neuf ans ? [...] Sans nul doute, voilà le but que je puis et que je dois atteindre [5]. »

Aussi le Général requiert-il d'entrée les pleins pouvoirs: pleins pouvoirs en Algérie pour reprendre en main la situation, pleins pouvoirs législatifs (excepté en matière de libertés fondamentales), qui sont obtenus sans difficulté, enfin et surtout pouvoir d'élaborer une constitution nouvelle. Il faut obtenir pour cela la majorité des deux tiers, aussi le Général fera-t-il preuve de mansuétude, voulant « entourer de bonne grâce les derniers instants de l'Assemblée [6] ». Rassurant ceux qu'inquiète une telle évolution, il obtient l'assentiment de 350 députés contre 161 (dont les 147 communistes) et 73 abstentions (notamment les socialistes qui avaient voté contre l'investiture).

La loi constitutionnelle est adoptée dans le cadre d'une procédure assez originale. Une réforme constitutionnelle ayant été amorcée en 1955 par des résolutions concordantes des deux Chambres, la loi du 3 juin 1958 est présentée comme son aboutissement, sous la forme d'une révision de l'article de la Constitution consacré à la révision de celle-ci (l'article 90) : la constitutionnalité de l'opération est plutôt discutable, mais, pour ne pas encourir le reproche de répéter la loi du 10 juillet 1940 — qui avait donné les pleins pouvoirs constituants au maréchal Pétain — la loi du 3 juin fixe un cadre précis au gouvernement. Seul le « gouvernement investi » bénéficie de ces pouvoirs et il lui faudra non seulement obtenir une approbation référendaire, mais respecter cinq principes fondamentaux : 1º le suffrage universel est la source du pouvoir ; 2º les pouvoirs exécutif et législatif doivent être séparés ; 3º le gouvernement doit être responsable devant le Parlement ; 4º l'autorité judiciaire devra être indépendante ; 5º la Constitution organisera les rapports de la République avec les peuples associés.

Enfin la loi prévoit l'examen du projet pour avis par un *Comité consultatif*, constitué de parlementaires, et par le Conseil d'État.

Le pouvoir constituant se trouve donc partagé entre le Parlement, le gouvernement et le peuple. Investi le 1er juin, le gouvernement se lance dès le 3 juin dans l'élaboration de la Constitution : le projet est d'abord échafaudé par un comité d'experts (conseillers d'État) sous la houlette de Michel Debré, puis par un comité ministériel sous la présidence du général de Gaulle, avec les ministres d'État. Le secrétaire général du gouvernement, Raymond Janot, est la cheville ouvrière des deux groupes. Fin juillet, le Conseil des ministres approuve le projet qui est soumis durant la première quinzaine d'août au Comité consultatif puis au Conseil d'État, avant l'approbation définitive au Conseil des ministres du 3 septembre.

Présenté au pays par le général de Gaulle le lendemain, il sera soumis au référendum le 28 septembre : la SFIO, le centre, les modérés et les gaullistes font campagne pour le « oui », l'aile gauche dissidente du parti socialiste, le parti communiste et des personnalités du centre gauche (P. Mendès France, F. Mitterrand) pour le « non ». Le 28, le « oui » l'emporte largement avec 79,25 % des suffrages (et 66,4 % des inscrits : il n'y a que 15 % d'abstentions).

Dans les mois qui suivent, les différents pouvoirs se mettent en place : les députés sont élus fin novembre, le président de la République le 9 décembre et le nouveau régime peut entrer en vigueur le 8 janvier.

Si, dès son retour au pouvoir, le général de Gaulle marque bien, dans l'exercice de ses prérogatives, quel sens il entend donner à sa fonction, l'équivoque demeure sur le caractère transitoire ou non du nouveau régime : pourtant le fait que le Général se présente à l'élection présidentielle de décembre 1958 ne surprend guère. C'est à la fin de la guerre d'Algérie qu'est renvoyée la question et que les partis traditionnels donnent rendez-vous au Général pour trancher de la nature exacte du régime et du rôle imparti à son fondateur.

V. LE RÈGLEMENT DU CONFLIT ALGÉRIEN

1. « Ma décision d'accorder aux Algériens le droit d'être maîtres d'eux-mêmes a tracé la route à suivre », affirme onze ans plus tard le Général dans ses *Mémoires d'espoir*. En fait, si le Général semble dès 1955 s'être rendu à l'inéluctable, c'est-à-dire au caractère inévitable, *à terme,* de l'indépendance de l'Algérie, les premiers mois seront incertains quant à la « route à suivre ».

Dans l'immédiat, l'objectif prioritaire est de rétablir l'autorité de l'État. Dès décembre 1958, le général Salan est remplacé et ses fonctions divisées entre un délégué général, Paul Delouvrier, haut fonctionnaire, et un commandant en chef, le général Challe, aux compétences exclusivement militaires.

L'armée se voit ôter ses fonctions politiques et administratives pour se concentrer sur sa vocation, *faire la guerre,* en s'attaquant, conformément aux vœux du général de Gaulle, aux bastions de la résistance rebelle : les massifs montagneux. Les effectifs sont portés à 500 000 hommes (dont un dixième de professionnels). L'objectif militaire est d'anéantir la rébellion afin d'avoir les mains libres quant à la décision finale : celle-ci ne doit pas être imposée comme en Indochine, mais voulue souverainement. Parallèlement, les chefs militaires, rendus à leur vocation première, se voient signifier de ne plus se livrer à des activités politiques qui relèvent du seul pouvoir civil.

Sur le terrain, les troupes du général Challe remporteront d'indéniables succès dans la stratégie de pacification, mais elles ne parviendront cependant pas à vaincre l'adversaire, ni à changer l'état d'esprit de la population musulmane.

Les premiers mois marquent une tendance très nette à la réalisation d'une véritable intégration. Le lendemain de son investiture, le Général est ovationné à Alger où il déclare aux manifestants : « Je vous ai compris », sans cependant prononcer le slogan « Algérie française » tant attendu. Il se rendra à cinq reprises en Algérie en 1958, s'adressant aux civils et aux militaires. Du côté des réformes, c'est la réalisation du collège unique, le lancement d'un plan de redressement ou *plan de Constantine* (discours de Constantine du 3 octobre 1958), l'appel à la « paix des braves » (militaires) avec les rebelles. De l'autre, c'est l'entrée au gouvernement de Jacques Soustelle le 7 juillet, l'élection de députés Algérie française par le collège unique — le scrutin n'ayant pas échappé aux manipulations habituelles et aux pressions de l'armée et des ultras. Ces premiers mois ambigus, qui laissent même croire aux partisans de l'Algérie française que de Gaulle s'est engagé dans leur voie, laissent place à un tournant très net à l'automne 1959 : le 16 septembre, le chef de l'État, dans une allocution radiotélévisée, annonce solennellement « l'autodétermination » prochaine des Algériens. Après un cessez-le-feu préalable et quatre années de pacification, les habitants des douze départements algériens — ce qui exclut le Sahara — auront le choix entre la « sécession », qu'il dépeint sous les traits les plus catastrophiques, la « francisation », autrement dit l'intégration (le terme choisi montre que cette option n'a pas sa faveur) et une « troisième voie » qui serait le « gouvernement des Algériens par les Algériens, appuyé sur l'aide de la France et en union étroite avec elle pour l'économie, la défense, l'enseignement, les relations extérieures ». Cette « troisième voie » en forme d'association a visiblement les faveurs du Général, mais celui-ci reconnaît pour la première fois le droit à l'indépendance.

L'effet produit par ce discours est considérable : à l'étranger, la mise au ban de la France est levée, les États-Unis et l'URSS approuvant le gouvernement français.

En France, l'extrême droite et la fraction Algérie française de l'UNR dénoncent, avec les activistes d'Alger, le tournant. Par contre le Gouvernement provisoire de la République algérienne (GPRA), exécutif du FLN, approuve le principe de l'autodétermination, mais, en proie à de sourdes luttes internes, hésite à s'engager plus avant.

2. C'est entre de Gaulle et les partisans de l'Algérie française que va s'engager la bataille. Celle-ci débute de façon rocambolesque à la rentrée parlementaire avec une fronde avortée à l'UNR puis en décembre avec l'échec de Jacques Soustelle devant un congrès UNR solidement tenu par les fidèles du Général (A. Chalandon, J. Chaban-Delmas). C'est une nouvelle fois à Alger que tout se joue : l'effervescence des milieux d'extrême droite va trouver l'occasion avec le limogeage du général Massu, qui s'est laissé entraîner, dans une interview au *Suddeutsche Zeitung,* à critiquer ouvertement la politique algérienne du Général. La manifestation qu'ils organisent le 24 janvier 1960

tourne à l'émeute. Le sang coule (22 morts dont 14 CRS et 8 manifestants, 200 blessés), les barricades se multiplient. L'appel à la raison du Général n'est pas entendu. Il faudra cinq journées de tergiversations et de pourrissement pour qu'il reprenne la situation en main, refusant, le 29, toute concession sur une politique « qui est la seule digne de la France ». L'armée ayant refusé de les suivre, les insurgés renoncent, et se rendent ou s'enfuient.

Les sanctions pleuvent: J. Soustelle et B. Cornut-Gentille sont chassés du gouvernement, les colonels activistes mutés, le général Challe remplacé, tandis que le président de la République prend directement en main le dossier algérien.

Du 25 au 29 juin 1960 se déroulent à Melun les premiers contacts entre émissaires du gouvernement et émissaires du GPRA, mais ils n'aboutissent pas. Devant l'impasse, un courant d'opinion va agir avec toujours plus d'influence en faveur de la paix en Algérie: intellectuels (*Manifeste des 121*, le 6 septembre, en faveur de l'insoumission), syndicalistes (notamment l'UNEF, syndicat étudiant), dont certains prennent position en faveur du FLN.

Devant la stagnation de la situation et le trouble de l'opinion, de Gaulle franchit une nouvelle étape. Le 4 novembre 1960, s'adressant au pays, il parle pour la première fois d'une « République algérienne », qui sera « avec la France ou contre la France » et annonce un prochain référendum sur l'autodétermination. Son ultime « inspection » (du 9 au 13 décembre) en Algérie est marquée par des manifestations et des affrontements entre communautés, et, le 8 janvier 1961, le référendum destiné à approuver la politique algérienne voit une victoire massive des « oui » (75,26 % des suffrages et 23,5 % d'abstentions): la droite Algérie française et le PCF ont fait une campagne pour le « non », qui obtient 31 % des suffrages en Algérie, grâce aux Européens. Ce référendum permet la reprise des contacts en février avec le GPRA, mais il marque surtout la rupture entre de Gaulle et ceux qui, dans l'armée, parmi les Européens d'Algérie ou dans l'extrême droite, entretenaient quelques illusions.

Chez les responsables civils et militaires, les éléments incertains sont remplacés par des loyalistes, tandis que Louis Joxe devient ministre d'État chargé des Affaires algériennes. Parmi les opposants, c'est le regroupement des groupuscules qui avaient animé l'opération des barricades de janvier 1960 au sein de l'Organisation Armée Secrète (OAS), en janvier 1961. Dans l'armée, les contacts se multiplient entre les cadres qui sont de tous les complots depuis 1958 et les anciens chefs militaires en Algérie, notamment le général Challe. L'objectif est de déclencher une opération purement militaire, sans y mêler les ultras, qui attendront l'issue avant de se découvrir.

Dans la nuit du 21 au 22 avril 1961, plusieurs régiments de parachutistes s'emparent d'Alger et arrêtent les délégués du gouvernement. Un directoire qui comprend, outre Challe, les généraux Jouhaud, Salan et Zeller, prend le pouvoir et lance un appel au ralliement des troupes en Algérie, en attendant un prolongement sur la métropole. Celui-ci sera anéanti par l'arrestation fortuite et immédiate des comploteurs. En Algérie, la marine et l'aviation restent loyalistes tandis que l'armée de terre, à l'exception des parachutistes, hésite à franchir le Rubicon. Le problème essentiel est celui du contingent, que les putschistes essaient de séduire.

Ce sera peine perdue. Après avoir laissé la situation se décanter et constaté que le putsch n'est qu'une fronde mal conçue, mal organisée, mal conduite, le général de Gaulle intervient le soir du 23, par une allocution radiotélévisée justement célèbre, dont l'efficacité sera absolue : le putsch est ridiculisé et réduit à la dimension d'une équipée sud-américaine :

« Un pouvoir insurrectionnel s'est établi en Algérie par un pronunciamento militaire [...]. Ce pouvoir a une apparence : un quarteron de généraux en retraite. Il a une réalité : un groupe d'officiers, partisans, ambitieux et fanatiques. Ce groupe et ce quarteron possèdent un savoir-faire expéditif et limité. Mais ils ne voient et ne comprennent la nation et le monde que déformés à travers leur frénésie. Leur entreprise conduit tout droit au désastre national.» Ordonnant que «tous les moyens» soient employés pour les réduire, n'envisageant «d'autre avenir aux usurpateurs que celui que leur destine la rigueur des lois», le chef de l'État décide de mettre en œuvre l'article 16 qui lui donne les pleins pouvoirs en temps de crise (voir *infra*).

L'allocution a été entendue par tous, notamment le contingent d'Algérie, qui entre dans une résistance passive, tandis que le Général a le soutien de toutes les forces politiques et syndicales (seul le CNIP reste muet). La journée du 24 voit la rébellion s'effondrer dans la débandade et, le 25, le général Challe se rend, après avoir donné l'ordre d'abandonner l'insurrection. Il est suivi dans la reddition par une partie des chefs mutins tandis que d'autres s'enfoncent dans la clandestinité (Salan, Jouhaud, Argoud, Broizat, Gardes, Godart) et rejoignent l'OAS.

3. Désormais, la voie est libre pour les négociations. Celles-ci débutent le 20 mai à Evian, mais butent sur la question de la souveraineté du Sahara. Elles s'interrompent le 13 juin, puis reprennent du 20 au 28 juillet à Lugrin. Finalement, le 5 septembre, le général de Gaulle reconnaît le caractère algérien du Sahara. Il faudra cependant cinq mois avant que les négociations finales ne reprennent, d'abord du 10 au 19 février (aux Rousses, dans le Jura) puis du 7 au 18 mars 1962 à Évian. Ce jour-là est conclu le cessez-le-feu, et le 20 publié le texte de «déclarations gouvernementales» qui contient le détail des accords conclus.

Le 8 avril, un référendum approuvera massivement (à 90 %) les accords qui, pour l'essentiel, donnent satisfaction aux revendications formulées par les révolutionnaires algériens depuis 1954, tout en essayant de sauvegarder les droits de la minorité européenne.

En fait, ces accords ne seront pas appliqués : la dernière année de guerre a été marquée par une recrudescence d'attentats du FLN, mais aussi et surtout de l'OAS, qui se lance dans une stratégie de la terreur. La police ne parviendra que lentement à démanteler les réseaux, ce qui entraînera la réaction des syndicats et partis de gauche : le 8 février 1962, une manifestation organisée contre les attentats OAS tourne mal (9 morts à la suite des charges de la police au métro Charonne). Le 13, les obsèques seront l'occasion de la première manifestation de masse depuis le début du régime.

Les attentats ne seront pas tous aveugles : plusieurs viseront le chef de l'État, notamment le 9 septembre 1961 à Pont-sur-Seine, et le 22 août 1962 au Petit-Clamart, où le général et Mme de Gaulle échappent par miracle à un véritable guet-apens.

Au lendemain des accords d'Evian, et alors que l'OAS applique la tactique de la terre brûlée, commence l'exode massif et dramatique de la population européenne d'Algérie : le référendum d'indépendance du 1er juillet 1962 est approuvé à la quasi-unanimité — seuls les Algériens ont voté — alors que les Européens abandonnent le pays au milieu des destructions de l'OAS. Le chapitre algérien est définitivement clos et avec lui la phase la plus douloureuse de la décolonisation. Le général de Gaulle en hérite l'inimitié durable du million de Français déracinés, mais il est désormais libre de donner au régime et à sa politique leur véritable dimension.

CHAPITRE II

LA RÉFORME DE L'ÉTAT

Les nouvelles institutions mises en place en 1958 portent la marque du général de Gaulle. Mais elles constituent aussi un compromis avec la classe politique parlementaire qui lui a permis de revenir au pouvoir. Aussi, tout autant que les textes, c'est l'interprétation qu'en donne le chef de l'État dans sa pratique quotidienne et ses discours, durant dix ans, qui est décisive : à lui « de régler les conditions dans lesquelles [il s']acquitte [de sa tâche], sans nullement méconnaître le libellé des parchemins [7] ».

Le pouvoir politique, dès 1958, s'articule en fonction de la *primauté présidentielle*. Celle-ci est affirmée par les textes constitutionnels, dûment interprétés, étayée par le contrôle des instruments rénovés de l'appareil d'État régalien (la haute administration et l'armée) et légitimée par le soutien permanent du peuple.

I. LA PRIMAUTÉ PRÉSIDENTIELLE

Avec la Constitution de 1958, confirmée par la lecture qu'en feront Charles de Gaulle, ses gouvernements et sa majorité politique et électorale, l'édifice institutionnel parlementaire est non seulement mis à bas mais totalement inversé. A la souveraineté parlementaire et partisane fait place le *pouvoir d'État*, entre les mains du président et en fonction duquel s'organise une nouvelle séparation des pouvoirs.

1. *La double séparation des pouvoirs*

Lorsque les parlementaires imposent, le 3 juin 1958, parmi les principes fondamentaux que devra respecter la nouvelle Constitution, la « séparation des pouvoirs » celle-ci ne concerne que les rapports entre le *pouvoir exécutif* et le *pouvoir législatif.* Or c'est à une conception totalement inédite de la séparation des pouvoirs qu'entend se référer le général de Gaulle, celle énoncée dès 1946 dans son discours de Bayeux : d'un côté, une « nette séparation » entre les « pouvoirs publics — législatif, exécutif, judiciaire —», de l'autre, une séparation non moins nette entre la « continuité » de l'État assurée par un « arbitrage national » et les « contingences politiques » qui relèvent de l'action des partis.

La Constitution de 1958 reprend cette *double* séparation des pouvoirs.

1.1. La plus originale oppose, suivant la formule de G. Burdeau reprise par J.-L. Quermonne, *pouvoir d'État* que symbolise le président de la République, et *pouvoir partisan,* représenté par le Parlement. Le premier est celui par lequel s'exprime l'indépendance et l'unité de la nation : le président de la République est chef de l'État, ce que traduisent sa direction de la défense et de la politique étrangère mais aussi son pouvoir de nomination aux sommets de l'administration ou sa fonction de « garant » de l'indépendance de la magistrature. Dans chaque cas, son autorité sur l'*appareil régalien* est affirmée par la Constitution, mais le sera plus encore par la pratique, telle que la théorisera la conférence de presse du 31 janvier 1964 : « Le président de la République, qui arrête les décisions prises dans les conseils, promulgue les lois, négocie et signe les traités, décrète ou non les mesures qui lui sont proposées, est le chef des armées, nomme aux emplois publics ; *le président est évidemment seul à détenir et à déléguer l'autorité de l'État.* »

C'est dans le cadre de ce pouvoir d'État que se situent les pleins pouvoirs présidentiels en temps de crise (art. 16) : lorsque l'État ne peut plus « fonctionner régulièrement », que les institutions républicaines soient menacées, ou que l'indépendance, l'intégrité territoriale du pays soient en danger, il appartient au chef de l'État de prendre « les mesures exigées par les circonstances » afin de rétablir le fonctionnement normal des pouvoirs publics. Ce régime dictatorial temporaire, inspiré par le désastre de 1940, a pour but d'assurer la survie de l'État et de la communauté nationale lorsque ceux-ci seraient remis en cause. Dans l'ambiance de crise qui est celle de la chute de la IVe République et des menaces de pronunciamento, il ne s'agit pas d'une menace théorique.

Ce pouvoir d'État, il faut le restaurer. La Constitution de 1958, en établissant le statut nouveau du président, en fournit le cadre. Les premières années de la Ve République, marquées par la refonte de la défense et une série de réformes administratives, y seront largement consacrées.

Mais, la question essentielle est d'assurer une séparation nette entre l'État et les partis, entre les organes qui représentent l'un et les autres.

Autant la Constitution (art. 5) est positive sur la fonction présidentielle, autant la reconnaissance des partis politiques (la première dans une constitution française) est restreinte quant à leur fonction (« concourir à l'expression du suffrage ») et à leur action (« ils doivent respecter les principes de la souveraineté nationale et de la démocratie », allusion au parti communiste). Pour le général de Gaulle, les partis représentent les intérêts fractionnels des groupes qui composent la nation, mais aussi une vision contingente de la politique. Si cette dimension est inévitable, il importe d'empêcher qu'elle n'empiète sur le pouvoir d'État.

En donnant au président une légitimité étrangère aux partis politiques — du fait de son élection par un collège de notables, de son droit de recourir au référendum, en attendant l'élection au suffrage universel lors de la réforme de 1962 —, la Constitution libère le chef de l'État de l'influence du pouvoir partisan et fonde son autorité sur l'appareil d'État. Plus encore, elle établit une hiérarchie entre pouvoir d'État et pouvoir partisan qui subordonne le second au premier : l'article 16 réduit les partis au silence en temps de crise, et le pouvoir de dissolution de l'Assemblée, prérogative du chef de l'État, souligne l'épée de Damoclès qui pèse sur les partis au cas où les « combinaisons » de ceux-ci paralyseraient le fonctionnement régulier de l'État.

1.2. A la séparation entre l'État et les partis se juxtapose celle, traditionnelle, entre exécutif et législatif. Mais, là encore, la Constitution de 1958 va plus loin que l'affirmation d'un exécutif autonome : c'est du *gouvernement* qu'il s'agit, un gouvernement dont l'affirmation institutionnelle est le Conseil des ministres hebdomadaire, rassemblant autour du président de la République l'ensemble des ministres et le premier d'entre eux.

Le gouvernement, selon l'article 20, « détermine et conduit la politique de la nation » : cette formule traduit bien le déplacement radical de la puissance politique, jusqu'alors entre les mains du Parlement.

Désormais la Constitution — renforcée par la pratique — fait du gouvernement le législateur de droit commun, le centre de direction de la majorité politique.

En créant un vaste pouvoir réglementaire autonome et en ne donnant à la loi d'origine parlementaire qu'un domaine limitativement énuméré (art. 34 et 37), en confiant au gouvernement la maîtrise de la procédure législative, la Constitution place celui-ci en position hégémonique par rapport aux Assemblées. Dès lors la séparation des pouvoirs est conçue entre des organes foncièrement inégalitaires. Elle se matérialise d'abord par la règle de l'*incompatibilité* entre les fonctions parlementaire et gouvernementale, voulue par Michel Debré, et surtout par la protection des prérogatives gouvernementales par la Constitution et le Conseil constitutionnel.

La Constitution donne en effet au gouvernement les

moyens de protéger son hégémonie grâce aux divers mécanismes de la procédure législative : contrôle de l'ordre du jour, du débat en commission, du vote (du vote bloqué à l'engagement de responsabilité) et des rapports entre les deux Chambres. Une série de dispositions constitutionnelles traduit la présomption de légitimité dont bénéficie le gouvernement et la volonté de cantonner le Parlement dans un cadre dont tout dépassement grave est sanctionné automatiquement (comme l'adoption sans vote de la loi de finances en cas de retard du Parlement — art. 47 al. 3).

A ces dispositions constitutionnelles s'ajoutent celles résultant de la création du Conseil constitutionnel. Cette instance se voit, en 1958, confier la mission de contenir le Parlement dans le domaine qui lui a été strictement attribué : composé essentiellement de personnalités proches de la majorité du fait de son recrutement, le Conseil veillera d'entrée à annihiler toute tentative d'élargissement du pouvoir parlementaire en contrôlant rigoureusement la conformité à la Constitution des règlements des Assemblées et des lois organiques (via l'article 61). Sa tâche essentielle sera surtout de protéger le domaine réglementaire (de l'art. 37) contre tout empiétement de la loi parlementaire (art. 37 al. 2, art. 41 al. 2) : le gouvernement n'hésitera pas à utiliser cette arme aussi souvent que nécessaire.

La grande nouveauté de la Constitution de 1958 est donc non seulement d'instaurer une double séparation des pouvoirs, mais aussi de la *garantir*. La création du Conseil constitutionnel sera de ce point de vue décisive, car, pour la première fois dans l'histoire constitutionnelle française, une instance est instituée pour exercer un contrôle de constitutionnalité des lois. La supériorité de la Constitution devient effective : au sceau du peuple souverain que donne l'appréciation référendaire s'ajoute la protection juridictionnelle du Conseil. Quelle que soit l'évolution ultérieure des institutions, une seule chose est établie désormais : *la capitis diminutio du Parlement* face au double pouvoir du chef de l'État et du gouvernement.

Dans cette nouvelle séparation des pouvoirs, le parent pauvre reste, conformément à la tradition républicaine française, le pouvoir judiciaire. La justice, comme la loi du 3 juin 1958 le précisait déjà, n'est qu'une « autorité » dont la fonction essentielle est d'être la « gardienne *des libertés individuelles* » (art. 66). Conception limitative, aggravée par l'organisation de la magistrature.

Seuls les magistrats du siège sont inamovibles, les magistrats du parquet demeurant sous l'autorité du garde des Sceaux. Quant à la garantie de l'indépendance de la magistrature, elle est confiée au président de la République, assisté du Conseil supérieur de la magistrature. Celui-ci, contrairement à son prédécesseur de la IVe République, n'est plus composé de membres élus mais de membres *nommés* par le seul président de la République (neuf dont six proposés par la Cour de cassation et un par le Conseil d'État), ce qui pose la question de son indépendance effective, surtout si l'on ajoute que le chef de l'État en est le président et le garde des Sceaux le vice-président. De surcroît, le CSM ne donne qu'un avis sur les propositions de nomination par le garde des Sceaux de l'immense majorité des magistrats du siège, les seuls présidents et conseillers de la Cour de cassation et premiers présidents de cour d'appel étant proposés à la nomination par le CSM.

La Constitution de 1958 marque donc une régression de l'indépendance de la magistrature, du fait de la conception extensive, régalienne, du pouvoir d'État. Elle explique la persistance de la non-reconnaissance des juridictions administratives comme participant à l'autorité judiciaire. Il faudra attendre une décision de 1980 du Conseil constitutionnel pour que l'indépendance des juridictions administratives soit solennellement reconnue.

2. *Le pouvoir gouvernemental*

2.1. Si la Constitution de 1958 fait de l'ensemble gouvernemental bicéphale le moteur des institutions et de la vie politique, cet ensemble s'organise suivant une répartition des fonctions très hiérarchisée. De 1958 à 1969, la prééminence du président ne sera jamais remise en cause. Outre la stature du général de Gaulle, la primauté du pouvoir d'État qu'il détient sur celui des ministres, à commencer par le Premier, cette supériorité sera renforcée par une pratique doublement extensive. Tout d'abord une conception très large du pouvoir d'État, qui est le fruit de la situation des années 1958-1962, marquées par une forte instabilité politique. Le général de Gaulle prend rapidement en main le dossier algérien et le gérera sous tous ses aspects (politiques, institutionnels, militaires, diplomatiques). C'est la crise algérienne qui lui donne l'occasion d'user largement de pouvoirs exceptionnels de crise et du référendum, puis de refondre progressivement l'armée.

Parallèlement, la volonté de prendre en charge directement la décolonisation africaine, la politique étrangère et la défense, dans une lecture présidentialiste de l'article 5 de la Constitution, conduit le général de Gaulle à une tutelle directe sur les ministères chargés de ces secteurs. La nomination, dès juin 1958, de ministres non issus du personnel politique mais de la haute administration pour les Affaires étrangères (Maurice Couve de Murville) et la Défense (Pierre Guillaumat) traduit cette tutelle. Ces ministères jouiront d'une stabilité exceptionnelle : M. Couve de Murville dirigera le Quai d'Orsay durant dix ans (1958-1968) avant d'être nommé Premier ministre, et Pierre Messmer, qui succède à P. Guillaumat en 1960, restera aux Armées jusqu'en 1969. Dans ces deux domaines, la continuité est garantie. Il en ira de même en matière de coopération avec les anciennes colonies africaines, qui seront suivies de 1958 à 1969 (et même jusqu'en 1974) par Jacques Foccart, secrétaire général pour les Affaires africaines et malgaches à l'Elysée, auquel les ministres de la Coopération seront *de facto* subordonnés.

La prééminence du président ne tient pas seulement

à la prise sous sa coupe des secteurs ministériels qui relèvent du pouvoir d'État. Pour le général de Gaulle, il n'y a pas «dans le champ des affaires, de domaine qui soit ou négligé, ou réservé». Aussi, à côté des domaines où il «imprime sa marque», intervient-il dans ceux qui requièrent «un arbitrage indiscutable qui naturellement [lui] incombe [8]».

Les domaines qui relèvent de l'action traditionnelle du gouvernement, contiennent une dimension majeure où le président intervient: dans ses *Mémoires d'espoir,* Charles de Gaulle mentionne notamment parmi les questions qui ont appelé son intervention le statut de l'enseignement privé, l'agriculture et la participation, ainsi que, en matière économique, le plan, le budget et la monnaie.

C'est donc un ensemble extrêmement vaste, composé d'un noyau dur élargi en fonction des circonstances, qui relève, *de facto,* de la décision présidentielle: celle-ci prend en général une forme indirecte, «tracer des orientations, fixer des buts, donner des directives» au gouvernement. Ce n'est qu'en période de crise qu'il prendra la décision «directement à son compte».

2.2. Face au pouvoir présidentiel, la fonction du gouvernement en tant que collège des ministres est celle d'un «organisme de prévision, de préparation et d'exécution». Au sein de ce collège, le Premier ministre jouit d'une autorité indiscutée sur ses pairs: la Constitution lui attribue la direction de l'Administration — il détient le pouvoir réglementaire, que n'ont pas les ministres — et la direction du travail parlementaire (du fait également de la pratique constante de 1959 à 1969).

Cette autorité tient d'abord à la volonté du général de Gaulle: le Premier ministre est le «second du navire», dont les activités ne sont pas «séparées mais distinctes» de celles du président. S'il ne peut être que *l'homme du président,* responsable devant lui, la contrepartie de cette subordination politique est de pouvoir s'appuyer en permanence sur la confiance présidentielle, face au Parlement, mais aussi face au reste du gouvernement. Ce lien privilégié entre le président, voué à « ce qui est essentiel et permanent » et le Premier ministre « aux prises avec les contingences » fixe aussi le statut dans le temps de ce dernier : « celui-ci doit être maintenu longtemps en fonction », durant « une phase déterminée des pouvoirs publics ». Cette durée du séjour à Matignon — trois ans pour Michel Debré, sept ans pour Georges Pompidou — contraste avec celle nettement plus brève des autres ministres (si l'on excepte ceux affectés aux Relations extérieures et à la Défense).

Mais la hiérarchie qui s'établit entre l'hôte de Matignon et les autres ministres est aussi le résultat de l'action tenace de Michel Debré puis de Georges Pompidou.

Défenseur d'une conception *britannique* du régime parlementaire, Michel Debré, tout en étant soumis quoi qu'il arrive aux orientations du Général, veille à établir son autorité sur ses pairs : dans les domaines où il intervient au premier chef, directives et arbitrages marqueront la hiérarchie entre le *premier* et les autres ministres. Veillant à ce qu'aucun ministre ne puisse contrecarrer son pouvoir de coordination (notamment le titulaire de l'Économie et des Finances, à commencer par Antoine Pinay, qui partira pour ne pas avoir admis sa double soumission à l'Elysée et à Matignon), il n'hésite pas, en accord avec le Général, à remodeler aussi souvent que nécessaire l'équipe gouvernementale : si Michel Debré reste trois ans en fonction, si les ministères clés ne changent pas de titulaire, d'autres — et non des moindres — verront des changements nombreux — quatre ministres de l'Education nationale, trois à l'Intérieur, aux Finances ou à l'Agriculture. La stabilité de la direction gouvernementale, la continuité de la politique suivie ne vont pas sans une série de mutations internes ou de changements, dont les motifs vont du désaccord politique de fond (révocation de J.

Soustelle et de B. Cornut-Gentille en février 1960 après la crise des barricades d'Alger) au simple départ pour convenances personnelles : reste que sur trente-sept ministres et secrétaires d'État, seize seront membres du gouvernement sans interruption.

Le remplacement de Michel Debré par Georges Pompidou ne changera pas fondamentalement ces pratiques. Même si le nouveau Premier ministre est, à ses débuts, plus effacé que son prédécesseur, il imposera très vite son autorité au collège ministériel. De 1962 à 1968, durant les six années où il séjourne à Matignon — un record absolu dans l'histoire de la République —, Georges Pompidou bénéficiera des mêmes atouts (stabilité des ministères clés) et essuiera les mêmes déconvenues, qu'il s'agisse du conflit avec un ministre des Finances trop entreprenant (V. Giscard d'Estaing quittera le gouvernement en 1965 à la suite du remaniement consécutif à l'élection présidentielle) ou de désaccords politiques (le départ des ministres MRP moins d'un mois après sa nomination, après la conférence du 15 mai 1962 du Général contre la supranationalité).

La seule différence — de taille — tiendra aux rapports avec le président. Georges Pompidou demeurera si longtemps à Matignon que son poids politique dépassera de beaucoup celui de Michel Debré. Ce sera surtout le cas durant les quinze derniers mois, du fait de l'étroitesse de la majorité parlementaire qui renforce l'autorité d'un Premier ministre appelé à intervenir en permanence, mais aussi lors de la crise de mai 1968 où il subira l'essentiel du choc. Dans ses *Mémoires d'espoir,* Charles de Gaulle fait d'ailleurs allusion à l'exceptionnelle longévité de Georges Pompidou, déclarant que « les circonstances pesèrent assez lourd », jusqu'à le renouveler à trois reprises (novembre 1962, janvier 1966 et avril 1967). La troisième fois, il semble bien que la prolongation ait été due à l'échec de son successeur (M. Couve de Murville, qui n'entrera de ce fait en fonction qu'en juillet 1968) aux élections législatives de mars 1967.

3. La mise au pas du Parlement

3.1. La suprématie de la Constitution sur la loi, le transfert d'une grande partie du pouvoir législatif au gouvernement, les règles du parlementarisme rationalisé placent d'entrée le Parlement dans une situation subalterne ; celle-ci sera confirmée dès le début de la première législature, le Conseil constitutionnel, sur saisine du Premier ministre, censurant les règlements des Chambres de tout ce qui aurait pu ouvrir la voie à un rétablissement subreptice de leurs anciennes prérogatives. Par la suite, notamment sous l'impulsion de Michel Debré, soucieux de *rompre* avec les pratiques antérieures, le Parlement va être systématiquement rabaissé dans toutes ses fonctions. Que la personnalité du Premier ministre, peu porté à la médiation et au compromis, ait pesé dans la quasi-humiliation de l'institution parlementaire ne fait guère de doute : qu'il s'agisse de l'ordre du jour totalement annexé par le gouvernement, du contrôle étroit de l'initiative parlementaire — en matière financière notamment — ou de l'engagement de responsabilité, tout l'arsenal constitutionnel sera utilisé massivement afin de bien établir le nouveau rapport de force.

Celui-ci s'établit d'autant plus facilement que la majorité attend la fin de la guerre d'Algérie pour en découdre et que l'Assemblée élue en novembre 1958 ne compte plus nombre des grands parlementaires de la IVe République (Edgar Faure, François Mitterrand, Pierre Mendès France), battus et remplacés par des nouveaux venus, souvent inexpérimentés et dociles.

Outre le conflit sur le règlement de l'Assemblée nationale, les deux batailles les plus significatives se produisent à propos du régime des sessions et de l'utilisation de l'article 49 alinéa 3.

La controverse sur le régime des sessions éclate en mars 1960, lorsque le président de l'Assemblée nationale, saisi de 287 demandes de convocation en session extraordinaire (conformément à l'article 29 de la Constitution) pour débattre de la situation agricole, se voit répondre par le président de la République (qui ouvre et clôt les sessions par décret) que celui-ci a le droit d'apprécier discrétionnairement les motifs des demandes : la réponse présidentielle sera négative, arguant que les députés ont subi « les démarches pressantes des dirigeants d'un groupement professionnel ». La réunion du Parlement « qui serait déterminée par des "invitations" d'une telle nature, appuyées par les manifestations que l'on sait » ne serait pas « conforme au caractère de nos nouvelles institutions » ni à « la règle constitutionnelle qui condamne tout mandat impératif ».

Chapitré sur la distinction entre groupes politiques et groupes de pression, le Parlement se verra enfin expliquer, lors du débat de l'automne 1960 sur la loi de programmation militaire, que, désormais, le gouvernement, qui dispose de la confiance présidentielle, est présumé disposer de la confiance de l'Assemblée nationale. C'est donc à l'opposition parlementaire de faire la démonstration de cette rupture de confiance.

Tout le mécanisme de la responsabilité gouvernementale est conçu autour de cette présomption : lors des débats de censure (art. 49 al. 2 et 3), seuls les votes favorables à la censure sont recensés ; sauf expression publique de la censure, la confiance est présumée, contrairement à la situation d'avant 1958. Les 27 octobre, 22 novembre et 6 décembre 1960, Michel Debré n'hésitera pas à utiliser l'article 49.3 (un texte est approuvé sauf vote d'une motion de censure en cas de recours à cette disposition) pour faire passer la loi de programmation militaire qui institue la dissuasion nucléaire, malgré les protestations des opposants de gauche et de droite.

Cette *capitis diminutio* de l'institution parlementaire imposée avec vigueur en 1959-1962 ne sera plus remise en cause. Aussi, sous le gouvernement Pompidou, la pratique, tout en demeurant inchangée sur le fond, sera-t-elle moins intransigeante.

Le maintien du lien privilégié entre le gouvernement

et le président, au détriment du Parlement, sera symbolisé, après la dissolution de 1962, par l'abandon de la question de confiance sur le programme du nouveau gouvernement. Contrairement à Michel Debré en 1959, et bien qu'il y ait procédé en avril 1962, Georges Pompidou refusera de solliciter la confiance de l'Assemblée en décembre 1962, janvier 1966 ou avril 1967 (M. Couve de Murville fera de même en juillet 1968) : le gaullisme étant majoritaire à l'Assemblée, cette procédure est jugée superflue.

De même, lorsque la majorité s'amenuisera au lendemain des législatives de 1967, Georges Pompidou n'hésitera pas à recourir aux ordonnances de l'article 38 (véritables délégations de pouvoir du Parlement au gouvernement), au moment même de l'entrée en fonction de l'Assemblée et à utiliser l'article 49 alinéa 3 pour convaincre les récalcitrants (à trois reprises en mai-juin 1967). Enfin le recours au vote bloqué continuera jusqu'en 1968 à être utilisé systématiquement pour limiter le droit d'amendement.

La subordination parlementaire sera marquée avec éclat à deux reprises, les 5 octobre 1962 et 30 mai 1968, par l'utilisation de l'arme de la dissolution, afin de donner à chaque fois au gouvernement la majorité indiscutable qui lui manquait.

Intraitable dans l'affirmation de la nouvelle hiérarchie des pouvoirs et dans l'utilisation des mécanismes du parlementarisme rationalisé, la dyarchie gouvernementale pourra octroyer quelques concessions qui ne traduiront que mieux le côté subalterne des parlementaires : après avoir révisé la Constitution sur un point décisif, celui de l'élection du président de la République au suffrage universel, en octobre 1962, par une procédure qui dessaisissait le Parlement, ce dernier pourra utiliser l'article 89 pour une « réformette » sur le régime des sessions. De même le gouvernement assouplira-t-il son attitude sur la protection du domaine parlementaire. Reste que, sur l'essentiel, le déclin du Parlement ne fera que s'accélérer jusqu'en 1969 sous la double influence d'une lecture restrictive de la Constitution et de l'apparition du phénomène majoritaire.

3.2. Il faut enfin souligner que, dans le déclin général du Parlement, le Sénat joue un rôle particulier. Alors que dans l'esprit des constituants la seconde Chambre devait être l'auxiliaire de l'exécutif pour contenir l'Assemblée nationale, c'est l'inverse qui s'est produit. Les sénateurs sont élus en avril 1959 par le même corps électoral de notables que le président de la République, au lendemain des élections municipales des 8 et 15 mars. Celles-ci voient la revanche de la classe politique traditionnelle sur une UNR qui ne dispose pas de notables locaux. Aussi les élections sénatoriales reflètent-elles ce rapport de force : l'UNR est très minoritaire (44 sièges sur 307) face aux partis traditionnels. Récupérant les leaders politiques battus aux législatives de novembre 1958 (F. Mitterrand, P. Mendès France, J. Duclos, G. Defferre), réélisant pour la dix-septième fois à sa présidence (qu'il occupe depuis 1947) Gaston Monnerville à une majorité écrasante (235 voix), le Sénat se pose en gardien des traditions parlementaires.

Ignoré par le gouvernement qui consacre l'essentiel du travail parlementaire à ses relations avec une Assemblée où les rapports de force sont plus favorables, le Sénat, bastion de l'opposition modérée, ne retrouvera le devant de la scène qu'en 1962, lors du référendum d'octobre sur l'élection du président de la République au suffrage universel, du fait de la position en flèche adoptée par Gaston Monnerville, qui sera *de facto* le leader de l'opposition au « oui ». Cette révolte achèvera de marginaliser le Sénat, après la double défaite référendaire et législative de l'opposition. Il faudra attendre 1969 et le projet de référendum visant à le transformer dans sa nature et ses prérogatives, lui et son président (en ôtant à celui-ci l'intérim de la présidence de la République), pour que la deuxième Chambre, menacée de mort, prenne à nouveau la tête de la fronde des partis et l'emporte, cette fois, sur le Général.

De toute façon, le sort du Sénat avait été scellé le soir des premières élections sénatoriales: «bastion des partis», il aurait à subir le châtiment présidentiel et à naviguer entre les foudres et l'indifférence. Encore une fois les rapports de force politiques auront eu raison des schémas juridiques préétablis.

II. LES INSTRUMENTS DU POUVOIR D'ÉTAT

Si la réforme des institutions donne au général de Gaulle le cadre dans lequel le nouveau régime va pouvoir œuvrer, encore faut-il qu'il dispose d'instruments d'action efficaces pour sa politique à l'intérieur et à l'extérieur: il les trouvera avec la haute administration parvenue, en 1958, à maturité, et une armée qu'il lui faudra totalement reconstruire sur les décombres de l'armée coloniale.

1. *La montée en puissance de la haute administration*

En revenant au pouvoir, le général de Gaulle trouve une haute administration déjà en position de force dans les rouages de l'exécutif. Si la présence massive de la fonction publique dans les cabinets est une donnée constante depuis les dernières années de la IVe République (85 % et plus sous la dernière législature), la nouveauté depuis 1954 est l'arrivée des anciens élèves des premières promotions de l'Ecole nationale d'administration (le gouvernement Mendès France sera le premier à en tirer parti). Avec la Ve République, l'ENA va monopoliser progressivement les sommets de l'État, des cabinets ministériels aux sphères gouvernementales, avec un privilège particulier pour les grands corps.

Dès le gouvernement de Gaulle, le tournant est pris: outre leur présence dans les cabinets ministériels, les hauts fonctionnaires se trouvent associés de multiples manières à la décision politique. Tout d'abord en tant que ministres mêmes : 50 % des membres de ce gouvernement de Gaulle sont issus de la fonction publique (les deux tiers proviennent des grands corps de l'État) ; 41,5 % des membres de ce même gouvernement ne sont pas parlementaires et sont pour la plupart de hauts fonctionnaires (MM. Couve de Murville, Pelletier, Guillaumat, Chenot, Sudreau, Cornut-Gentille, Boulloche). Ces pourcentages n'évoluent guère par la suite, les ministres issus de la fonction publique variant de 41 % (premier gouvernement Pompidou) à 55,5 % (quatrième gouvernement Pompidou) et les grands corps détenant de 33,5 % à la moitié des ministères (sous le gouvernement Couve de Murville).

Quant aux ministres non parlementaires — ou ministres techniciens — leur nombre ira décroissant, tout simplement du fait de leur succès progressif aux élections législatives. Cette osmose entre haute administration et pouvoir exécutif correspond à la volonté du général de Gaulle, soucieux de s'appuyer sur les grands corps, de couper, grâce à eux, l'État des partis et de valoriser leur conception de l'intérêt général. Aussi ne fait-on pas seulement appel à la haute administration pour remplacer la vieille classe politique à des ministères clés du pouvoir d'État. Autour du gouvernement, une série de structures nouvelles associent hauts fonctionnaires et ministres au président : ce sont les différents états-majors interministériels. Au sommet, les *conseils restreints,* présidés par le chef de l'État et réunissant autour de lui le Premier ministre, les ministres intéressés et des hauts fonctionnaires compétents : ils apparaîtront en 1960 pour suivre le conflit algérien, mais d'autres seront constitués dans différents domaines, certains étant institutionnalisés (celui de défense en 1960), la plupart informels (notamment en matière économique et financière). Plus fréquemment ce sont les *comités interministériels,* réunis autour du Premier ministre (une centaine par an) et qui sont eux-mêmes préparés par des *réunions interministérielles* autour d'un collaborateur de Matignon.

A ces structures souples qui font graviter plusieurs centaines de hauts fonctionnaires autour du gouvernement, il faut ajouter le secrétariat général du gouvernement et celui de l'Elysée : le premier est chargé de la préparation et du suivi du Conseil des ministres, le second de l'instruction des dossiers du président et des contacts avec le gouvernement.

La participation de la haute fonction publique au pouvoir gouvernemental est l'un des traits spécifiques du nouveau régime, dont les adversaires ont dénoncé le caractère bureaucratique. Mais, au-delà de sa dimension sociologique, il faut relever que ce phénomène possède, jusqu'en 1969, ses limites : d'une part, la césure nette entre l'administration et le monde des affaires (et ce dans les deux sens), empêchant tout « pantouflage » tel qu'il se développera par la suite. D'autre part un cantonnement de cette participation au pouvoir exécutif. Ce n'est qu'à partir de 1967 que l'on verra de jeunes hauts fonctionnaires passer des cabinets ministériels à l'élection législative, le phénomène s'amplifiant en juin 1968. Enfin, la participation de hauts fonctionnaires aux états-majors de partis sera encore plus résiduelle, pour des raisons qui tiennent, chez les gaullistes, à leur philosophie politique, et chez les autres, à la volonté des notables traditionnels (jusqu'en 1965 surtout) de préserver leur monopole.

L'essor de la haute administration ne correspond pas simplement à la volonté de séparer l'État du politique et de l'économie ; il est la conséquence de la conception du rôle de l'État dans la nation. En matière économique et sociale notamment, comme on le verra, le général de Gaulle, tout en faisant de la liberté le principe fondamental, assigne à l'État un rôle déterminant. Profondément jacobin, y compris lorsqu'il tentera la mise en œuvre de la décentralisation, le Général est partisan de l'intervention de l'État dans la vie économique : l'économie est d'essence « collective », « elle commande directement le destin national et engage à tout instant les rapports sociaux ». Dès lors, « cela implique une impulsion, une harmonisation, des règles, qui ne sauraient procéder que de l'État. Bref, il y faut le dirigisme [9] ».

Ces « interventions multiples et vigoureuses » du gouvernement seront relayées par les administrations traditionnelles, mais aussi par les administrations *de mission* qui connaîtront durant les dix années de gaullisme un développement considérable : d'abord et avant tout le Commissariat au plan, créé par le décret du 3 janvier 1946 (avant la démission du général de Gaulle), au service de l'« ardente obligation » d'une planification incitative, et regroupant, autour d'un personnel restreint (moins de quatre-vingts membres), des centaines de « partenaires sociaux » dans des commissions et des groupes de travail. Ce sera aussi le cas d'autres organismes comme la Délégation à l'aménagement du territoire (DATAR, créée en 1963) ou la Délégation générale à la recherche scientifique et technique (créée en 1958).

L'intervention multiforme de l'État justifiera le rôle central d'une haute administration dont le poids sera renforcé par la stabilité du pouvoir gouvernemental : la longévité sera aussi la règle à la tête des administrations de mission (Pierre Massé au Plan, Olivier Guichard à la DATAR), ce qui ne sera plus le cas après 1969.

2. *La mutation de l'armée et la nouvelle politique de défense*

Si dès 1945-46, le général de Gaulle a créé les outils qui lui permettront de prolonger dans *l'interventionnisme étatique* la révolution des institutions sur le plan civil, il en va autrement du militaire.

L'armée qu'il laisse en 1946 est un corps hétérogène, construit d'éléments issus des débris de 1940, de l'armée coloniale d'Afrique et des forces issues de la Résistance. Faute de temps et faute de moyens, l'« amalgame » restera inachevé. L'intégration dans l'OTAN et la guerre d'Indochine empêchent la refonte de s'opérer : l'armée professionnelle est engagée dans la guerre coloniale, tandis que le contingent est absorbé dans la défense intégrée de l'Europe. A peine achevée l'aventure indochinoise, éclate la guerre d'Algérie qui va prolonger et aggraver la crise de l'institution militaire et l'interrogation sur ses missions.

Or, dans l'entreprise générale de restauration de l'État et de son autorité, la mutation de l'armée est essentielle. Il lui faut devenir l'instrument de l'indépendance nationale au service d'une politique de défense totalement repensée. Dès le retour au pouvoir, et alors même que se prolonge le conflit algérien, de Gaulle va donc jeter les bases d'une nouvelle politique de défense, axée autour de la force de dissuasion nucléaire.

2.1. Dès le début des années 50, le général de Gaulle s'est rallié à la théorie de la dissuasion nucléaire. Chez ce technicien d'une stratégie de mouvement, le nucléaire joue dans le second après-guerre le rôle des divisions blindées dans les années 30. Mais, au-delà de l'élément technique et stratégique, la force nucléaire présente un avantage politique considérable : elle implique en effet l'indépendance de la décision d'emploi, ce qui la rend incompatible avec des structures militaires intégrées.

Pour le chef de la France libre, qui avait dû constamment se battre pour préserver l'autonomie d'action de son pays et reconstituer une armée face à des Alliés récalcitrants, la détention de la force nucléaire est une obligation : elle seule ne mettra plus la France sous la dépendance du parapluie nucléaire américain et dans l'obéissance automatique aux décisions militaires de Washington.

Aussi, dès son retour au pouvoir, Charles de Gaulle décide-t-il d'accélérer la recherche nucléaire militaire : « priorité absolue » est donnée à la fabrication de la bombe atomique. Les travaux engagés depuis 1952 (par Félix Gaillard) et relayés notamment sous Pierre Mendès France et Guy Mollet sont accélérés et les crédits multipliés. Le choix du ministre des Armées, que Charles de Gaulle nomme le 2 juin 1958, traduit bien cette « priorité absolue » : Pierre Guillaumat a jusqu'alors dirigé le Commissariat à l'énergie atomique et orienté ses recherches vers l'atome militaire.

Le 13 février 1960, la première bombe atomique française explose à Reggane. Il faudra attendre août 1968 pour qu'explosent les premières bombes thermonucléaires après qu'ont été surmontées les difficultés techniques et les réticences américaines.

Entre-temps un énorme effort scientifique, industriel et financier aura été accompli, ouvrant la voie parallèlement à une industrie nucléaire civile ; le centre d'essais nucléaires aura été réinstallé (après l'indépendance de l'Algérie) en Polynésie (Mururoa) et l'irréversible atteint par la réorganisation de la doctrine et de l'armée autour de la nouvelle stratégie.

Dans quelques discours, (dont celui du 3 novembre 1959 à l'École militaire), le général de Gaulle fixe les grandes lignes de cette nouvelle doctrine. Celle-ci, dont les principes avaient été formulés dès 1956 par le général Pierre Gallois (*Stratégie à l'âge nucléaire*), repose sur l'autonomie de décision et la dissuasion dite « du faible au fort », la force de représailles de la France devant au moins égaler la valeur de l'objectif qu'elle représente pour son adversaire potentiel.

Au nom de l'autonomie de décision, la France se retirera de l'organisation militaire intégrée de l'OTAN (en 1966). Une réflexion doctrinale se développera au sein des états-majors, alimentée par le Centre de prospective et d'évaluations mis en place en 1964. Cette réflexion ira jusqu'à l'idée, exprimée en 1967 par le chef d'état-major, le général Ailleret, d'une défense nucléaire « tous azimuts », dans le cadre d'une stratégie planétaire où les alliés traditionnels n'apparaissent plus très nettement... Mise en forme de certaines réflexions du général de Gaulle à un moment où les rapports avec les États-Unis ne sont pas des meilleurs ? En tout cas, le CPE n'avalisera jamais ce dérapage de la doctrine de dissuasion, et, après la mort accidentelle du général Ailleret, en février 1968, l'état-major et le président de la République en reviennent à une vision plus réaliste et plus occidentale des conflits potentiels et du rôle de la dissuasion nucléaire.

Quant à la crédibilité de la dissuasion, elle sera assurée, outre le passage au thermonucléaire, par la modernisation et l'extension progressive des armements : escadrons de Mirage IV d'abord (dès 1964) puis missiles stratégiques du plateau d'Albion (à partir de 1969) et sous-marins lanceurs d'engins (le premier ne sera opérationnel qu'en 1971). Deux lois de programmation militaire (1960-1964 et 1965-1970) assureront la mobilisation des moyens financiers nécessaires, tous centrés sur la priorité donnée au nucléaire.

2.2. Au sein d'une armée partagée entre l'engagement dans les guerres coloniales (Indochine puis Algérie) et l'intégration dans l'OTAN, les partisans de la force de dissuasion nucléaire sont, en 1958, minoritaires. Le courant favorable à l'Algérie française est en général hostile à l'arme atomique, dont le coût financier est incompatible avec la poursuite de l'effort de guerre en Algérie. Quant aux «atlantistes», ils y voient une menace contre la cohésion de l'Alliance. L'écrasement du putsch d'avril 1961, et l'épuration qui en résulte anéantissent le premier courant. Quant au second, il n'aura de cesse, une fois le choix nucléaire accompli, de penser à une réinsertion dans le dispositif défensif de l'OTAN.

L'entrée en vigueur de la nouvelle stratégie modifie radicalement le visage de l'armée. Celle-ci voit ses effectifs fondre et se professionnaliser : composée de 1 150 000 hommes au début de la Ve République, elle n'en compte plus que la moitié dix ans plus tard (575 000 en 1968). L'hémorragie atteint essentiellement l'armée de terre (qui passe de 830 000 à 330 000 hommes), au moment où celle-ci voit son influence stratégique chuter : l'aviation et la marine ne se partagent-elles pas la force nucléaire stratégique?

Le déclin de l'armée de terre pose une série de questions : faut-il redéfinir ses missions, liées à son armement conventionnel ? Le débat sur ce point sera permanent sous la Ve République, notamment après le départ du général de Gaulle.

Mais cette armée aux effectifs réduits, professionnalisée, doit-elle toujours s'appuyer sur le service militaire ? L'attitude du contingent en 1961 lui vaut la méfiance des sympathisants du putsch alors que le général de Gaulle, malgré ses positions des années 30, optera pour le maintien des appelés, quitte à abaisser nettement la durée du service et à humaniser celui-ci.

L'essentiel de l'armée de terre constituera les forces de manœuvre chargées de la défense des frontières et de l'Europe, mais dont la mécanisation — du fait de l'affectation prioritaire des crédits au nucléaire — ne sera achevée qu'en 1973.

Quant à la défense opérationnelle du territoire, mise en place en 1962, son statut sera encore plus médiocre. Devant s'appuyer sur les cadres de réserve, elle avait été particulièrement sensible aux thèses favorables à l'Algérie française et fortement politisée. Sa mise en sommeil et l'affectation de matériel vétuste à ses unités symbolisent le double refus d'une DOT antisubversive noyautée par l'extrême droite ou d'une « dissuasion populaire » d'inspiration socialiste.

2.3. Le choix du nucléaire et la liquidation de la guerre d'Algérie aboutissent à une centralisation systématique de la défense.

Celle-ci est définie très largement par l'ordonnance du 7 janvier 1959 qui intègre dans la défense nationale, la défense militaire, sous l'autorité du ministre de la Défense, la défense civile, confiée au ministre de l'Intérieur, chargé de l'ordre public et de la sécurité civile, et la défense économique, par laquelle le ministre de l'Economie et des Finances intervient en cas de crise ou de pénurie. Cette conception globale, élaborée à l'époque de la guerre d'Algérie et avant la nucléarisation de la défense militaire, n'a jamais vraiment été mise au point. Elle souligne en tout cas la dimension *nationale* de l'effort de défense dans la conception gaulliste.

Sa principale application sera institutionnelle : la création du Comité de défense où s'élabore la politique de défense sous la présidence du chef de l'État.

Des réformes successives conduiront à un renforcement de l'autorité du ministre de la Défense : suppression en 1958 des secrétariats d'État aux trois armes, centralisation en 1961 des services et des armées sous l'autorité du ministre, création en 1962 d'un état-major des armées coiffant les trois états-majors existants et sous la tutelle du ministre.

Mais c'est le président de la République qui bénéficie surtout de la nouvelle organisation de la défense. Chef des armées, il détient désormais le pouvoir de décision et donc le contrôle de l'arme atomique.

Le décret du 14 janvier 1964 donne au président le pouvoir d'engager la force aérienne de dissuasion nucléaire — et, par extension, les autres armes. Sa constitutionnalité sera contestée : il aurait dû faire l'objet d'une loi. Mais le consensus croissant sur le nucléaire rendra vite le débat inutile.

Des pleins pouvoirs en matière nucléaire découlent, par une pratique extensive, le transfert, *de facto,* de la décision militaire en matière conventionnelle, notamment dans le cadre de l'utilisation des forces d'intervention dans les États faisant l'objet d'accords d'assistance militaire.

Par une logique que les autres États « nucléaires » avaient déjà connue, la dissuasion aboutit à l'abolition de la séparation du pouvoir civil et du pouvoir militaire, dont *le Fil de l'épée* avait souligné le caractère contingent. Commandant en chef des armées, le président s'approprie la stratégie, jusque-là chasse gardée des militaires et fondement de leur pouvoir autonome.

Non seulement la fin des guerres coloniales supprime l'empiétement du militaire sur le civil, par le biais des *proconsulats* risquant de finir en revendication du pouvoir politique, mais c'est l'inverse qui se produit. Le politique absorbe le stratégique (nucléaire, intervention hors de France) et se substitue à lui : l'usage de la dissuasion, pour contraindre l'adversaire à plier sans avoir à le combattre, est de l'ordre du discours et donc éminemment politique. On comprend que le général de Gaulle, passé maître en la matière, ait opté dès 1958 pour la nucléarisation de la défense, moyen essentiel d'affirmer le rang international recouvré de la France.

Mais si la dissuasion nucléaire implique la subordination du militaire au politique, il ne peut s'agir que de l'autorité politique chargée d'assurer la continuité de l'État. La centralisation de la défense entre les mains du président exclut, dans la conception du général de Gaulle, qui sera avalisée par ses successeurs, toute délégation au sein du gouvernement, et *a fortiori* toute parlementarisation.

Dès 1959, la suprématie du président sur le Premier ministre s'affirme en la matière. L'argument tiré de la nucléarisation de la défense pour justifier l'élection du président de la République au suffrage universel souligne que, dans le processus de présidentialisation accélérée du régime, la dissuasion nucléaire a été un facteur décisif.

III. L'EXERCICE CHARISMATIQUE DU POUVOIR

La réforme de l'État et la rénovation de ses instruments ne sont qu'un des volets de l'entreprise politique gaulliste. Le contrepoids au renforcement du pouvoir d'État institutionnel et administratif est fourni par l'appel systématique au peuple pour avaliser les grands choix politiques.

C'est le président, «clé de voûte de l'édifice de l'État», qui sera aussi le *deus ex machina* de cette conception charismatique de la souveraineté populaire.

Encore faut-il non seulement que le chef de l'État dispose d'une légitimité propre, mais qu'il puisse régulièrement renforcer cette légitimité tout au long de son mandat.

Toute la conception que Charles de Gaulle se fait de la fonction présidentielle repose sur cette nécessité. Pour ce qui le concerne, le premier président de la Ve République est conscient de disposer d'un statut hors du commun : l'histoire lui donne une légitimité qui échappe aux cadres constitutionnels et aux majorités politiques. « C'est sans droit héréditaire, sans plébiscite, sans élection, au seul appel, impératif mais muet, de la France, que j'ai été naguère conduit à prendre en charge sa défense, son unité et son destin. Si j'y assume à présent la fonction suprême, c'est parce que je suis, depuis lors, consacré comme son recours. Il y a là un fait qui, à côté des littérales dispositions constitutionnelles, s'impose à tous et à moi-même [10]. » C'est cette « légitimité qu'[il] incarne depuis vingt ans » (discours de janvier 1960, lors des barricades d'Alger) qui compte bien davantage que l'élection le 21 décembre 1958 par un collège de notables qui est celui de l'élection des sénateurs, et où les 80 000 électeurs sont essentiellement des élus locaux représentant surtout les communes rurales.

Si les circonstances de l'époque ont imposé ce mode d'élection, le général de Gaulle peut surtout s'appuyer sur le large soutien populaire qu'a constitué le référendum du 28 septembre 1958 où 79,25 % des suffrages et 66,4 % des électeurs inscrits ont approuvé la Constitution qu'il leur proposait.

Avant que l'affrontement décisif avec les partis traditionnels et le terrorisme d'extrême droite ne le conduise à instaurer l'élection du président de la République au suffrage universel, le général de Gaulle va solidement imprimer aux institutions ses conceptions, à commencer par la centralité du dialogue permanent entre le président et le peuple.

1. *Le dialogue peuple-président*

Détenteur du pouvoir d'État, le président ne peut être le représentant d'une *fraction,* le chef d'un parti politique. Dès 1958, le général de Gaulle le signifie aux fondateurs de l'UNR (anciens cadres du RPF), qui ne créeront pas une organisation structurée sur le modèle du RPF et renonceront, pour les élections législatives de novembre, à conclure des alliances qui auraient marqué l'UNR dans un camp déterminé (en l'occurrence à droite).

Pour échapper à cet accaparement partisan, le président de la République va opter pour un dialogue permanent avec le peuple. Ce dialogue va prendre une forme institutionnelle (notamment par le référendum), mais aussi quotidienne, à travers l'utilisation systématique de l'audiovisuel ou les voyages à travers le pays.

1.1. La pratique référendaire. « C'est un principe de base de la Ve République et de ma propre doctrine que le peuple français doit trancher lui-même dans ce qui est essentiel à son destin [11] », déclare le général de Gaulle dans ses *Mémoires d'espoir* à propos du référendum du 28 octobre 1962.

Dès 1945, le recours au référendum a été institué en matière constitutionnelle par le chef du gouvernement provisoire. En 1958, cette tradition est confirmée et renforcée par l'article 11 de la Constitution qui instaure le *référendum législatif* et prolonge l'article 3 établissant que la « souveraineté nationale appartient au peuple qui l'exerce par ses représentants et par la voie du référendum ». Dans sa rédaction, l'article 11 est directement lié à l'exercice du pouvoir d'État, puisqu'il concerne soit « l'organisation des pouvoirs publics », soit l'incidence sur les institutions d'accords internationaux, soit les accords de la Communauté africaine et malgache, où le président joue un rôle éminent.

Le référendum n'intervient donc pas dans le domaine de la loi ordinaire mais dans celui qui correspond à la fonction présidentielle, telle qu'elle est définie dans l'article 5 de la Constitution : le président « assure le fonctionnement régulier des pouvoirs publics », il est « le garant de l'indépendance nationale, de l'intégrité du territoire, du respect des accords de la Communauté et des traités ».

En cantonnant le champ de l'article 5 et de l'article 11 dans le domaine du pouvoir d'État, la Constitution a exclu toute incursion dans le domaine de l'action gouvernementale. Le général de Gaulle le constatera en mai 1968, lorsqu'il envisagera un référendum sur la «participation». Celui-ci était impossible en l'état de la rédaction de l'article 11.

Mais si celui-ci limite le domaine du référendum au pouvoir d'État, le général de Gaulle l'interprétera largement. Aucun des référendums gaulliens ne respectera le domaine précis de l'article 11 : celui de 1961 sur l'autodétermination de l'Algérie ne s'y rattache que par raccroc (en traitant de l'organisation provisoire des pouvoirs publics en Algérie); il en est de même pour celui d'avril 1962 sur les accords d'Evian, qui donne au président les pleins pouvoirs en matière algérienne jusqu'à l'indépendance. Quant aux référendums du 28 octobre 1962 (sur l'élection du président au suffrage universel) et du 27 avril 1969 (sur la réforme régionale et le Sénat), ils se réfèrent bien à l'organisation des pouvoirs publics, mais en procédant à une révision pure et simple de la Constitution et en organisant de toutes pièces une procédure parallèle à celle prévue par la Constitution (art. 89), qui sera contestée par la très grande majorité des juristes et le Conseil d'État.

L'interprétation extensive de l'article 11 est la conséquence de l'interprétation extensive de l'article 5 qui définit la fonction présidentielle, les tâches du chef de l'État. Dans ce domaine élargi, le général de Gaulle n'admet ni la concurrence du gouvernement ni celle du Parlement — qui laissera le Général imposer sa lecture de la Constitution jusqu'à la fin de la guerre d'Algérie. Par contre, l'utilisation de l'article 11 montre sa volonté de fonder le pouvoir d'État présidentiel sur l'assentiment direct : à l'occasion de chaque référendum, le général de Gaulle engage sa responsabilité devant le pays. Usant de la question de confiance devant le peuple sur le texte qu'il propose comme le fait le gouvernement devant l'Assemblée nationale à l'occasion d'un projet de loi, il crée une sorte de responsabilité politique présidentielle directe dont il tirera toutes les conclusions lors de l'échec du référendum d'avril 1969. Bien entendu, la question de confiance accolée au référendum fera accuser Charles de Gaulle de bonapartisme par ses adversaires : le référendum ainsi manié par le président ne serait qu'un plébiscite.

En fait l'utilisation gaullienne de l'article 11 souligne la spécificité du pouvoir d'État (qui est soumis au contrôle populaire pour mieux échapper à la mainmise des partis) et l'indépendance de son titulaire qui, pour se libérer de la tutelle des partis et de sa propre majorité parlementaire (trop à droite en 1958-1962 et en 1968-69 au goût du général de Gaulle), s'appuie sur le peuple pour conduire sa politique.

1.2. Les autres instruments institutionnels. La volonté gaullienne d'instituer une responsabilité politique du président devant le peuple et d'effacer toute médiation entre le premier et le second va peser sur la pratique institutionnelle et notamment sur les autres scrutins. Tout d'abord lors des élections législatives : si le général de Gaulle n'intervient que modérément à l'occasion des scrutins ordinaires (il s'abstient en novembre 1958, mais souligne en 1967 le caractère d'autant plus « souhaitable et équitable » de la reconduction de la majorité sortante que les oppositions ne constituent pas une alternative « constructive »), il pèse de tout son poids en cas de dissolution. C'est que, dans ce cas, même si le vote des électeurs est médiatisé par le fractionnement des circonscriptions, le président pose la question de confiance pour arbitrer un conflit avec la majorité parlementaire (comme en novembre 1962) ou demander au peuple, après des troubles graves, un assentiment qui ne peut être obtenu par voie de référendum (1968). Dans ce cas comme dans celui du référendum, c'est sa responsabilité politique qui est en jeu et qui donne aux campagnes électorales un style référendaire.

La réforme de l'État

Il en ira de même pour les élections présidentielles : en 1965, le Général sollicite le renouvellement de son mandat. Mais la façon dont il va conduire la campagne électorale sera calquée sur ses interventions lors des référendums précédents. Refusant de débattre avec ses rivaux, d'utiliser son temps de parole audiovisuel, il s'obstinera au premier tour à présenter l'élection comme un vote pour ou contre son maintien et sa politique. La mise en ballottage sanctionnera cette erreur et on verra le Général, pour le second tour, se livrer à une véritable campagne présidentielle même si son argumentation sur le fond restera fidèle à la démarche référendaire (refus de raisonner en termes de majorité et reprise du dualisme de 1962, de Gaulle contre les partis).

De 1958 (référendum sur la Constitution) à 1969 (référendum sur les régions et le Sénat), le dialogue peuple-président, sanctionné par la responsabilité politique de celui-ci, scande donc la vie politique, organisée autour de la primauté du pouvoir d'État et de sa légitimation électorale.

2. *Le dialogue quotidien.* Une telle vision charismatique de la fonction présidentielle implique que le dialogue peuple-président ne se réduise pas à la solennité institutionnelle des rendez-vous électoraux. Puisque « c'est au peuple lui-même et non seulement à ses cadres [qu'il veut] être lié par les yeux et par les oreilles [12] », le Général va s'en donner les moyens : la radio, la télévision et les voyages à travers la France seront utilisés tour à tour.

La radio avait joué un rôle essentiel durant la guerre (depuis le fameux message du 18 juin 1940) et à la Libération. Elle passera au second plan du fait de l'usage de la télévision, même si son rôle sera décisif en Algérie lors du putsch des généraux d'avril 1961 (le Général gagnant la bataille des transistors auprès du contingent) et en 1968 (lors de l'allocution du 30 mai qui marque la reprise en main de la situation).

La télévision devient aussitôt l'instrument central : « Voici que la combinaison du micro et de l'écran s'offre à moi au moment même où l'innovation commence son foudroyant développement. Pour être présent partout, c'est là un moyen sans égal [13]. » Maîtrisant parfaitement cet instrument — ce qui ne sera pas le cas de ses adversaires —, le général de Gaulle en tirera le meilleur parti, qu'il s'agisse d'allocutions ou d'entretiens — comme on le verra lors des entretiens avec Michel Droit entre les deux tours des présidentielles de 1965. Mais la forme la plus solennelle est la conférence de presse que le chef de l'État convoque deux fois l'an : autant l'allocution a pour but d'agir immédiatement sur l'opinion (comme lors des barricades de 1960, du putsch de 1961 ou de la reprise en main de 1968), autant la conférence de presse « annonce des décisions », comme le refus de l'adhésion de la Grande-Bretagne à la CEE en 1963, ou le retrait de l'OTAN en 1966, « en même temps qu'elle prend le tour d'un examen des problèmes [14] » (les institutions en janvier 1964 et septembre 1965, par exemple).

Qu'il s'agisse de discours ou de conférences, dans chaque cas il y a combinaison d'un acte politique et d'un dialogue avec le pays, qui devient, du fait de la parfaite maîtrise de l'audiovisuel, un des ressorts essentiels de l'autorité présidentielle.

A la magie du verbe télévisé s'ajoute la présence sur le terrain ; sillonnant les départements dès février 1959, suivant un programme immuable, il aura traversé l'ensemble du pays (y compris les DOM-TOM) durant sa présidence, serrant les mains ou s'adressant aux foules, dialoguant avec les notables.

Outre la présence physique du chef de l'État, c'est encore une fois la « magistrature du verbe » qui est déterminante, à la fois par le dialogue qu'elle matérialise avec le pays et par le modelage de l'opinion publique qu'elle assure.

CHAPITRE III

LE GRAND DESSEIN

Le premier objectif du général de Gaulle, revenu au pouvoir, est de « reprendre en main l'État », le second est de rendre à la France le rang qui est le sien sur la scène internationale. Mais, pour y parvenir, il faut surmonter l'obstacle majeur que constitue l'embourbement dans les guerres coloniales. Seule une décolonisation réussie, qui libérera la France d'un empire dépassé et en fera un point d'appui de sa politique mondiale, lui donnera la liberté de manœuvre sans laquelle il n'y a pas de politique internationale indépendante. Mais celle-ci implique une assise économique, financière et monétaire solide, faute de quoi l'État n'aurait pas les moyens de sa politique. Aussi les deux conditions, l'une préalable, l'autre permanente, d'une « grande politique » d'un État qui n'est plus une « grande puissance » seront-elles l'objet de l'intervention directe du Général.

I. Le préalable de la décolonisation

La longue et dramatique guerre d'Algérie ne doit pas masquer le succès rapide de la décolonisation subsaharienne. Amorcée par la « loi cadre » de 1956 (du ministre de la France d'outre-mer du gouvernement Mollet, Gaston Defferre), qui donnait aux territoires d'outre-mer l'autonomie interne, cette évolution vers l'indépendance se fera en moins de deux ans.

1. *La Communauté fédérale*

En 1958, le débat au sein de la classe politique africaine oppose partisans d'une *fédération égalitaire* avec la France (Rassemblement démocratique africain de Félix Houphouët-Boigny) et tenants d'une *confédération* où les États africains seraient indépendants (Parti du regroupement africain de Léopold Senghor). Mais, au sein même de ces partis s'opposent tenants d'une indépendance plus ou moins immédiate et partisans d'une association étroite avec la France, fédéralistes africains (qui veulent éviter la «balkanisation» de l'Afrique noire) et nationalistes (qui préfèrent la «balkanisation» à l'hégémonie masquée d'un État). Face à ce kaléidoscope de tendances où l'aile marchante, sur laquelle les autres devront s'aligner ou surenchérir, est celle de l'indépendance rapide, la position du général de Gaulle est au départ fédéraliste : estimant qu'aucun peuple africain n'est une nation, il pense que le nouvel ensemble devra être fortement articulé autour de la France qui, seule, détiendra la souveraineté. Il est soutenu en cela par Michel Debré.

Un tel fédéralisme inégalitaire n'a guère de rapport avec le fédéralisme que suggère le RDA. Aussi l'annonce de l'avant-projet de Constitution (et de fédération qu'il contient) est-il mal accueilli par tous les leaders africains. Comprenant qu'il fait fausse route, Charles de Gaulle va complètement modifier le projet. Désormais l'indépendance sera une des options possibles, mais il s'agit d'une *indépendance-sécession* qui entraînera une rupture avec la France, celle-ci se libérant de tout engagement. Pour obtenir cette indépendance immédiate, il suffira de voter «non» au référendum constituant du 4 octobre 1958.

L'alternative à la sécession sera la *Communauté* (terme moins marqué que la Fédération), regroupant autour de la France des *États* autonomes ayant la possibilité de demander leur indépendance, soit en quittant la Communauté, soit en demandant que leur soient transférées les compétences de la Communauté. C'est cette possibilité, largement ouverte, d'accession à l'indépendance, *dans* ou *hors de* la Communauté qui sera utilisée en 1960.

Quant aux institutions, elles font la part belle à la métropole et à son président : au sein de la Communauté, la Constitution prévoit, pour exercer les compétences communes (entendues très largement), différentes instances — Sénat de la Communauté, Conseil exécutif, Cour arbitrale, président de la Communauté — qui sont toutes dominées par l'État français. Le Sénat est composé aux deux tiers de délégués français, le président de la Communauté est le président de la République française, la Cour arbitrale est nommée par lui et le Conseil exécutif ne peut que débattre des décisions qui sont prises par le président, un président élu par un collège de notables où l'outre-mer ne compte que pour 5%.

Du 20 au 27 août 1958, le général de Gaulle entreprend une tournée à travers l'Afrique française pour défendre son projet. L'accueil, chaleureux aux premières escales, est houleux à Dakar et surtout à Conakry (Guinée), où Sékou Touré, chef de file de la gauche du RDA, est décidé à profiter de l'option pour l'indépendance que lui ouvre le « non » au référendum sur la Constitution. Mortifié par l'accueil guinéen, de Gaulle abrège la visite et rompt par avance avec le régime qui commence à s'installer à Conakry. La Guinée sera le seul territoire qui votera « non » le 4 octobre et accédera à l'indépendance. Le nouvel État et son chef seront mis au ban des relations franco-africaines tout au long des années 60.

2. *La désagrégation de la Communauté*

L'année 1959 voit l'entrée en vigueur des institutions communautaires. Très vite celles-ci sont marquées par une pratique très présidentialiste de la part du Général, qui tente de donner un grand éclat aux instances qui s'installent, mais aussi par une surenchère interne entre les différentes tendances politiques locales. Les leaders les plus modérés (Houphouët-Boigny, Tsiranana) sont obligés de se déclarer indépendantistes pour ne pas être débordés. Tenant compte de cette évolution irréversible, de Gaulle, lors de la session de décembre 1959 du Conseil exécutif de la Communauté, ouvre la voie de l'accession à la « souveraineté internationale » des États membres.

Le problème qui se pose alors est de savoir si l'Afrique française sera balkanisée à l'indépendance ou si des regroupements régionaux s'opéreront. En fait la première issue l'emportera très vite, les tentatives de fédération échouant : le Sénégal et le Soudan constitueront la Fédération du Mali, qui accède à l'indépendance le 20 juin 1960, mais elle ne durera que trois mois. Les États de l'ancienne Afrique-Equatoriale Française (Gabon, Centrafrique, Tchad, Congo) tentent également de se regrouper, en vain : ils accèdent séparément à l'indépendance en août 1960.

Les États qui ont constitué le Conseil de l'Entente (Côte-d'Ivoire, Niger, Haute-Volta, Dahomey) n'iront pas au-delà de relations contractuelles et accéderont eux aussi séparément à l'indépendance en août. Si l'on y ajoute la Mauritanie (indépendante en novembre 1960), Madagascar (en juin) et les anciens protectorats du Cameroun et du Togo (indépendants en janvier et avril), c'est en quelques mois que la Communauté fédérale se dissout. La loi constitutionnelle du 4 juin 1960 (adoptée sur la base de l'article 85 de la Constitution, qui prévoit une procédure de révision simplifiée pour les institutions communautaires) substitue à la fédération une communauté conventionnelle reposant sur des accords bi- ou multilatéraux entre la France et les nouveaux États. Ce n'est qu'en 1963 que les dernières traces de la Communauté disparaîtront, le Général renonçant à son titre de président de la Communauté et le secrétaire général de celle-ci (Jacques Foccart) devenant simple secrétaire pour les Affaires africaines et malgaches.

Tournant la page de l'ère coloniale africaine dans

son allocution du 14 juin 1960, de Gaulle soulignera que « le mouvement d'affranchissement qui emporte les peuples de toute la terre » devait être accepté, quoi qu'il en coûtât, par la France : « Il est tout à fait naturel qu'on ressente la nostalgie de ce qui était l'Empire, tout comme on peut regretter la douceur des lampes à huile, la splendeur de la marine à voile, le charme du temps des équipages. Mais quoi ? Il n'y a pas de politique qui vaille en dehors des réalités. »

3. *Les nouvelles relations franco-africaines*

Dès le lendemain de l'indépendance des États africains, une multitude d'accords de coopération sont conclus entre la France et ses anciennes colonies : accords économiques et financiers, accords culturels et d'assistance technique, accords militaires de soutien aux jeunes États. Une sorte de « Commonwealth » s'instaure, où, complétant le dense réseau des conventions et de l'aide au développement, s'ajoutent les liens directs entre le président français et les chefs d'État africains, notamment ceux qui réussiront à instaurer solidement leur pouvoir (L. Senghor au Sénégal, Houphouët-Boigny en Côte-d'Ivoire, A. Ahidjo au Cameroun, Ph. Tsiranana à Madagascar...). Durant toute cette période, Charles de Gaulle conservera au secrétariat aux Affaires africaines et malgaches Jacques Foccart, à la fois parfait connaisseur des dossiers et exécutant de la stratégie présidentielle sous tous ses aspects (du fait de ses attributions en matière de services spéciaux).

Dans les années 60, c'est 0,5 % du budget qui sera affecté à l'aide au développement. Une telle politique vaut au Général d'être critiqué sur sa gauche (PCF, PSU) et taxé de néocolonialisme, mais aussi sur sa droite où l'on reproche au gouvernement de « gaspiller » des crédits plus « utiles » au développement de la métropole (la campagne contre l'aide au développement lancée par le journaliste Raymond Cartier — d'où son qualificatif de « cartiérisme » — sera reprise en 1965 par J.-L. Tixier-Vignancourt).

Si la coopération avec l'Afrique noire ne connaît guère de problèmes, celle avec le Maghreb se révèle plus délicate. Vis-à-vis de l'Algérie, le général de Gaulle s'efforce de maintenir le maximum de coopération culturelle et technique, malgré le nationalisme ombrageux des dirigeants algériens, comme le montre l'accord pétrolier de 1965. Après le renversement de Ben Bella par Houari Boumediene, les relations politiques seront plus distantes.

Les principales difficultés viendront pourtant du Maroc et de la Tunisie avec lesquelles la Ve République avait aplani les derniers contentieux dès 1958. En Tunisie, le différend sera consécutif aux revendications d'Habib Bourguiba sur la zone frontalière saharienne qui jouxte le Sud tunisien. Dans cette zone, où les découvertes pétrolières attisent les convoitises, la Tunisie se fait d'autant plus pressante en 1961 que les négociations entre le gouvernement français et le GPRA butent sur le statut du Sahara. Le 5 juillet 1961, Bourguiba joint à ses revendications la sommation d'évacuer la base navale de Bizerte, d'où les troupes françaises doivent se retirer dans l'année qui suit. La réaction du général de Gaulle est violente : aux troupes tunisiennes qui, le 18, font mouvement sur Bizerte et s'emparent de la « borne 233 », aux abords de la zone pétrolière contestée, il fait répliquer par l'aviation et les parachutistes qui, en deux jours, chassent les assaillants : le bilan est lourd (700 morts tunisiens, 27 morts français) et crée un fossé que l'expropriation en 1964 des colons français aggravera : la suspension de l'aide française décidée en représailles durera quatre ans, jusqu'à la tardive réconciliation de 1968.

Quant au Maroc, les relations étroites seront durablement altérées par une sombre « affaire » qui sera l'une des taches de la présidence de Gaulle : l'enlèvement, le 29 octobre 1965, du leader de l'opposition de gauche au roi du Maroc, Mehdi Ben Barka, en plein Paris. Cet enlèvement, suivi d'un transfert clandestin au Maroc (du prisonnier ou de sa dépouille), est organisé par le ministre de l'Intérieur marocain, le général Oufkir, homme fort du régime, avec l'aide non seulement des services marocains mais de truands et de policiers français (ceux-ci ayant eux-mêmes procédé au rapt). Survenant en pleine campagne présidentielle de 1965, l'affaire ne sera pourtant pas exploitée par les candidats, même si elle met le président de la République dans l'embarras. Outre l'atteinte à la souveraineté française, le Général doit constater, même s'il déclare que les complicités françaises ne sont que «subalternes», que l'affaire jette un jour cru sur la dégénérescence des services utilisés lors de la guerre d'Algérie (police politique, «barbouzes»), et sur le silence gêné des responsables administratifs et politiques. On ne retrouvera jamais Mehdi Ben Barka, les exécutants de cet enlèvement seront condamnés à des peines minimes et les organisateurs resteront hors d'atteinte.

II. L'INDÉPENDANCE NATIONALE

La décolonisation et la fin de la guerre d'Algérie permettent de ne plus hypothéquer la politique extérieure et la défense de la France, tout en rehaussant son prestige parmi les États du tiers monde. Pour autant, c'est dès les années 1958-1962 que la politique internationale de la France est remodelée par le Général en fonction de la vision qu'il s'est forgée — notamment durant la guerre — des rapports entre États.

Celle-ci repose sur deux principes, le premier étant la primauté du fait national. Cette primauté justifie le recouvrement par la France de sa liberté d'action (en Europe, dans l'Alliance atlantique), explique le mouvement d'émancipation qui traverse les anciennes colonies, constitue le ressort réel des ambitions des États communistes, au-delà des idéologies. Mais si l'émergence du fait national est un phénomène universel, elle apparaît sur le plan international à travers le prisme des États. Entre ceux-ci, le seul principe qui vaille est celui de l'« égoïsme sacré » des rapports de force.

Cette vision aurait pu conduire le gaullisme à mener, sur la scène internationale, une *Realpolitik* purement cynique. En fait, cette tendance sera corrigée par la vision romantique et volontariste du rôle que le Général assigne à la France sur la scène internationale : promouvoir l'unité européenne, mais sur des bases respectueuses des nations, soutenir l'émergence et le développement des jeunes États, dépasser avec le monde de l'Est les réflexes hérités de la guerre froide. Mais, dans un système international où le rang de puissance moyenne qui est désormais celui de la France ne lui permet pas d'infléchir durablement la politique des grandes puissances, la politique étrangère gaulliste rencontrera des difficultés croissantes.

1. *Face à l'Alliance atlantique*

Dès son retour au pouvoir, le général de Gaulle est décidé à remettre en cause l'esprit et le fonctionnement d'une Alliance atlantique conçue en pleine guerre froide et dont les centres de décision sont devenus très rapidement exclusivement américains, ou du moins anglo-saxons (le Royaume-Uni étant consulté avant chaque décision des États-Unis). D'une part, la menace soviétique semble moins immédiate, l'URSS étant accaparée par la scission provoquée par la Chine populaire au sein du mouvement communiste international et par le risque d'un conflit ouvert avec la deuxième puissance communiste du monde. D'autre part, les progrès atomiques de l'URSS, le risque de destruction réciproque des deux grandes puissances en dernier ressort font de l'Europe un terrain possible de conflit intermédiaire entre elles : « Pour les Européens de l'Ouest, l'OTAN a donc cessé de garantir leur existence[15] », a conclu de Gaulle. Comme celui-ci est décidé à doter rapidement la France des moyens militaires de sa politique d'indépendance, les nouveaux rapports entre la France et l'Alliance atlantique sont clairement tracés : « Mon dessein consiste donc à dégager la France, non pas de l'Alliance atlantique, que j'entends maintenir à titre d'ultime précaution, mais de l'intégration réalisée par l'OTAN sous commandement américain [16]. » Cette volonté va prendre plusieurs formes successives.

Durant les années 1958-1961, le chef de l'État va tenter d'obtenir des Anglo-Saxons la constitution d'un *directoire à trois* (États-Unis, Royaume-Uni, France) chargé de prendre les décisions communes ayant trait à la sécurité — non plus de la seule région de l'Atlantique Nord mais du monde entier — et de mettre au point les stratégies en résultant, notamment quant à l'usage du nucléaire. Les fins de non-recevoir des administrations américaines successives conduisent en 1961 le Général à renoncer définitivement à ce projet. Et, tout en manifestant une solidarité totale avec les États-Unis lors des crises de Berlin (en 1959 et 1961) et de Cuba (en 1962), tout en entretenant d'excellentes relations avec D. Eisenhower ou J. Kennedy, il engagera d'autant plus volontiers le retrait progressif de la France de l'OTAN que les États-Unis refusent d'épauler la mise au point de l'arme nucléaire française.

Les années 1961-1963 seront marquées par l'affrontement ouvert de deux projets diamétralement opposés. D'un côté le grand dessein de John Kennedy, qui vise à intégrer économiquement et militairement Europe et États-Unis dans une « communauté atlantique » sous leadership américain, de l'autre, le projet gaulliste d'Europe européenne articulé autour du leadership français. Pour les Américains, il s'agit sur le plan militaire de renforcer leur monopole nucléaire et d'opter pour une riposte graduée (doctrine McNamara) et non — comme c'était le cas jusqu'alors — pour un recours quasi immédiat aux armes atomiques. Parallèlement, le président américain lance l'idée d'une « force multilatérale intégrée », sorte de CED atlantique. Au même moment, il suggère la création d'une grande zone de libre-échange atlantique entre les États-Unis et une Europe que le Royaume-Uni aurait rejointe.

A ce grand dessein, le général de Gaulle s'oppose point par point: en nouant des liens privilégiés avec l'Allemagne de l'Ouest du chancelier Adenauer, sur lesquels nous reviendrons, en tentant de constituer une union politique européenne de type confédéral (plan Fouchet) et en essayant de gagner le Royaume-Uni à ses conceptions. Il échouera plus ou moins sur ces trois terrains puisque le chancelier Adenauer ne parviendra pas à rallier la classe politique allemande — celle-ci réaffirmera solennellement son atlantisme lors de la ratification du traité franco-allemand de 1963 —, que le plan Fouchet sera rejeté par les partisans d'une Europe atlantique (notamment les Néerlandais) et que les entretiens franco-britanniques de 1962 n'aboutiront pas; au lendemain de ces entretiens, les accords de Nassau entre les États-Unis et le Royaume-Uni (décembre 1962) intègrent la force de frappe britannique à celle des États-Unis. L'Angleterre a choisi une nouvelle fois «le grand large» et le général de Gaulle en tire les conséquences en lui fermant les portes du Marché commun.

Si les États-Unis et leurs alliés en Europe ont réussi à torpiller les projets gaullistes d'Europe européenne, ils subissent cependant une série de revers infligés par la diplomatie gaulliste: il leur faut renoncer à la force multilatérale et, même si le développement de la force nucléaire française est jugé «inamical» par le président Kennedy, il se produit à un rythme accéléré.

La recherche nucléaire exclusivement nationale — la collaboration avec la RFA, décidée en mars 1958 par Félix Gaillard, est stoppée dès juin 1958 — se fera sans assistance américaine, y compris lorsque celle-ci sera suggérée en décembre 1962.

Dès lors, et d'autant plus que l'accession de Lyndon Johnson à la Maison-Blanche (au lendemain de l'assassinat de John Fitzgerald Kennedy, le 22 novembre

1963) marque une nette dégradation des relations bilatérales, le général de Gaulle va accélérer sa prise de distance. A peine réélu, il annonce le retrait de la France de l'armée atlantique intégrée. Croyant moins que jamais à une réplique nucléaire américaine en cas d'agression des nations d'Europe de l'Ouest, du fait du nouvel infléchissement de la doctrine McNamara, le chef de l'État met, lors de sa conférence de presse du 21 février 1966, un point final au processus de désengagement poursuivi depuis 1959 : le retrait des commandements intégrés de l'OTAN, le transfert à Bruxelles du siège de l'Organisation prennent une forme spectaculaire, même si le Général affirme que l'Alliance « reste à ses yeux toujours valable ». Pour beaucoup s'amorce une dérive diplomatique qui pourrait aboutir à un certain *neutralisme*. En France même, l'opposition de droite, du centre et de la gauche non communiste converge pour dénoncer la rupture de la solidarité atlantique. En décembre 1965, la candidature de Jean Lecanuet est en grande partie destinée à marquer cette hostilité et la mise en ballottage du Général sera considérée comme un moyen d'affaiblir ses prétentions.

2. *La dérive nationaliste*

A partir de 1964, la politique internationale du général de Gaulle change de dimension. La prise de distance par rapport à des États-Unis qui se tournent vers le Pacifique et s'enferrent en Asie du Sud-Est s'accentue. L'ouverture vers l'Est s'opère au lendemain du voyage de 1966 à Moscou. Surtout, une démarche mondialiste se développe en direction des États nouvellement indépendants.

2.1. L'« Ostpolitik » gaullienne. La première phase de la présidence de Gaulle n'a guère été marquée par un réchauffement des relations avec la « Russie soviétique » de Nikita Khrouchtchev, après les années de guerre froide de la IVe République : l'appui ostensible de l'URSS au FLN algérien, le fait que le Général soupçonne son influence dans la sécession guinéenne contribuent à créer une certaine tension en 1958-59. En 1960, le chef de l'État doit subir les foucades de N. Khrouchtchev et son sabotage de la conférence de paix de la mi-mai à Paris. Lors de la crise de Berlin, en 1959, face à l'ultimatum soviétique, et lors de la crise des fusées de Cuba, le Général apparaît comme le plus intransigeant des alliés, son soutien total aux États-Unis contrastant avec la mollesse des autres membres de l'Alliance.

Cette intransigeance ne va évoluer que lentement, sous l'effet de la crise du monde communiste et de la stratégie occidentale du Général.

La crise sino-soviétique, qui passe de l'affrontement idéologique, en 1960, au désaccord stratégique puis aux rivalités nationales — et même à un début de conflit armé —, affaiblit le « camp socialiste », Dès 1963, de Gaulle décide d'en tirer profit. Un voyage d'Edgar Faure en octobre-novembre à Pékin aboutit en janvier 1964 à la reconnaissance par la France de la Chine de Mao comme seul État chinois ; une Chine qui, en octobre 1964, fera exploser sa première bombe atomique et qui apparaît comme l'un des éléments de ce monde multipolaire qu'appelle de ses vœux le chef de l'État français.

Celui-ci, après l'échec du Directoire atlantique et du plan Fouchet, est bien décidé à faire jouer par la France une stratégie nationale. Au lendemain du retrait de l'OTAN, en mars 1966, c'est la visite en URSS (juin). Le général de Gaulle bénéficiera d'un accueil exceptionnel pour un Occidental. Du triptyque détente-entente-coopération qui doit, dans la vision gaullienne, marquer l'évolution des rapports avec l'Est, seules la détente — réelle — et la coopération technique et commerciale se détachent. Du moins le dialogue avec l'URSS permet-il au Général d'obtenir le « visa » autorisant la France à renouer avec les autres pays d'Europe de l'Est sous tutelle soviétique et notamment avec les deux États les plus autonomes, la Pologne, qu'il visitera en septembre 1967, et la Roumanie, en mai 1968, mais qui signifieront à de Gaulle les limites, comme on le verra, de son «Ostpolitik».

2.2. Le tiers-mondisme. Plus que l'ouverture à l'Est, c'est celle vers le tiers monde qui caractérise la seconde phase (1964-1968) de la diplomatie gaullienne. Auréolé de la décolonisation qui lui vaut prestige et soutien en Afrique francophone, de Gaulle peut avancer dans deux directions, l'Amérique latine et l'Asie du Sud-Est, ce qui constitue autant de défis aux États-Unis.

En Amérique latine, ce seront les deux «tournées» triomphales: en mars 1964, au Mexique, puis en septembre-octobre 1964, la visite complète du sud du continent, du Venezuela jusqu'au Brésil où le Général tempère sa dénonciation des hégémonies et son exaltation de l'indépendance, compte tenu du poids des États-Unis. Périple sans lendemain, faute d'en avoir les moyens.

En Asie du Sud-Est, au lendemain de la reconnaissance de la Chine populaire et alors que les États-Unis accroissent leur intervention militaire au Vietnam, de Gaulle défendra une neutralisation de l'ancienne Indochine. Affirmée dès janvier 1964, cette position ne variera plus: c'est elle qu'il répétera le 1er septembre 1966 à Phnom Penh, en plein bombardement du Nord-Vietnam par l'aviation américaine; justifiant le désengagement français de l'OTAN par des initiatives unilatérales américaines de ce type, exaltant le droit des peuples à disposer d'eux-mêmes, prévoyant l'impossibilité de tout succès militaire, il en appelle au retrait des troupes américaines et à la neutralisation. Tout autant que l'appel à la paix, c'est la dénonciation de l'intervention américaine qui marque ce discours fameux qui sera l'apogée de ce que certains ont qualifié abusivement de neutralisme gaullien.

C'est en Méditerranée que la politique gaulliste marque un tournant. Dans cette région, le Général désire opérer un rapprochement avec les États arabes, dès lors qu'est levée l'hypothèque de la guerre d'Algérie. Depuis la création de l'État d'Israël, celui-ci est l'allié exclusif de la France dans la région, l'épaulant notamment lors du conflit de Suez. De 1958 à 1966, le nouveau régime maintiendra son assistance et sa coopération militaire totale à Israël, tout en incitant l'État hébreu à la modération.

A partir de 1964, la résurgence du problème palestinien, entretenue par les surenchères syrienne et égyptienne, entraîne une tension croissante qui culmine en mai 1967 avec le blocus par les armées de Nasser du golfe d'Akaba, accès d'Israël à la mer Rouge. La position du Général est formulée rapidement : la France ne laissera pas détruire Israël, mais le condamnera si c'est lui qui attaque. L'offensive éclair de l'armée israélienne dans le Sinaï, la Cisjordanie et le Golan le 5 juin se termine par une victoire totale six jours plus tard. Israël occupe désormais un espace qui correspond aux objectifs des partisans du «Grand Israël». La condamnation de l'«agression», en Conseil des ministres, l'embargo sur les livraisons d'armes aux belligérants dès le 5 juin (qui vise en fait Israël, seul client de la France, mais sera appliqué avec souplesse) marquent une rupture qui s'approfondira lors de la conférence de presse du 22 juin : l'analyse de la situation — «ne pas laisser les pays arabes n'avoir de bons rapports qu'avec les Soviets» — et des conséquences des annexions par Israël qui «organise, sur les territoires qu'il a pris, l'occupation qui ne peut aller sans oppression, répression, expulsions», et où se manifeste contre lui une résistance que l'occupant qualifie de «terrorisme» se mêle à un éloge ambigu du peuple juif «qui était resté ce qu'il avait été de tout temps, c'est-à-dire un peuple d'élite, sûr de lui-même et dominateur».

La lucidité de l'analyse sera oblitérée par la condamnation unilatérale ; surtout, la définition du peuple juif trouble plus d'un commentateur qui y trouvera des relents d'antisémitisme. Les réserves d'une large fraction de l'opinion — qu'elle soit spontanément pro-israélienne ou antiarabe —, l'émotion de la communauté israélite française conduiront le Général et le gouvernement à adoucir leur propos et à protester de leur bonne foi, mais la cicatrice demeurera en France alors que, dans le monde arabe, le général de Gaulle va se tailler une popularité dont bénéficieront ses successeurs.

De l'Amérique latine au Vietnam et au Moyen-Orient, c'est donc une politique de démarquage systématique des États-Unis qui se met en place, dont le point culminant sera atteint lors du voyage au Québec, en juillet 1967.

Déjà attentif à la situation de sujétion économique, culturelle et politique de la province francophone au sein de l'ensemble canadien et nord-américain, le Général s'y rend à bord du *Colbert,* navire amiral de la flotte de l'Atlantique, qui remontera le Saint-Laurent jusqu'à Québec, avant de suivre le « chemin du Roy » en voiture découverte de Québec à Montréal. Qu'au-delà de la volonté délibérée de défendre, une nouvelle fois, le droit des peuples à disposer d'eux-mêmes, le Général, en authentique leader charismatique, ait été saisi par l'enthousiasme d'une population où les indépendantistes bénéficient d'un écho croissant, cela ne fait aucun doute ; mais l'appel à la libération du Canada par rapport à son « colossal voisin » et des « Français canadiens » par rapport aux Anglo-Saxons, répété dans ses allocutions de Québec à Montréal, ira, lors de son discours improvisé à l'hôtel de ville de Montréal, jusqu'à lui faire comparer l'atmosphère de son voyage à « celle de la Libération », avant qu'il conclue son discours par un retentissant « Vive le Québec libre » qui laisse ses auditeurs ivres de joie et éberlués.

Couvert d'opprobre par les fédéralistes et les Anglo-Saxons (nord-américains et britanniques), le chef de l'État abrégera son voyage, renonçant à se rendre à Ottawa. Cette fois, les réactions en France seront nettement critiques dans l'opposition et la presse, et plutôt réservées dans la majorité et jusqu'au gouvernement. Avec l'épisode québécois, la politique gaulliste n'a-t-elle pas violé le principe de non-ingérence au nom d'un nationalisme exprimé sans le souci de ménager les autorités canadiennes ?

3. *Le réalignement*

De 1958 à 1967, la politique internationale de Charles de Gaulle ne cessera de se heurter à une vive opposition interne. Les premières années, il lui faut essuyer les critiques contradictoires des communistes — qui lui reprochent son intransigeance face aux Soviétiques —, des atlantistes — de la SFIO à la droite modérée — qui l'accusent d'affaiblir l'Alliance par son nationalisme, et de l'extrême droite colonialiste. A partir de 1964, alors que l'attitude du PCF devient de plus en plus compréhensive — on le verra en mai 1968 —, la critique des socialistes et des modérés se durcit : le départ de l'OTAN voit la SFIO, le centre et les modérés converger vers une motion de censure critique de la politique étrangère et de défense. La condamnation d'Israël lors de la «guerre des six jours» laisse réapparaître la même opposition (de la part de l'ex-troisième force de la IVe République, qui avait soutenu Israël) et le même soutien objectif du PCF proarabe. Les premières fissures apparaissent dans la majorité. Elles se creusent à propos du Vietnam — les modérés n'appréciant guère la condamnation de l'intervention américaine —, voire du Québec, où les commentateurs ont vu parfois — comme Hubert Beuve-Méry, directeur du *Monde* — la marque d'une fébrilité sénile !

Mais c'est l'année 1968 qui redimensionnera l'ensemble de la stratégie internationale gaulliste : d'abord avec la crise de mai et ses séquelles — économiques et monétaires —, qui porteront un rude coup au prestige international du Général au moment même

Le grand dessein

où s'entrouvrent les négociations américano-vietnamiennes à Paris. Ensuite avec la brusque glaciation en Europe de l'Est : alors que l'arrivée au pouvoir à Prague, au printemps 1968, d'une équipe libérale dirigée par le nouveau secrétaire général du PCT, Alexandre Dubcek, laissait croire à un début de concrétisation du rêve gaullien de dépassement de Yalta, l'invasion le 20 août de la Tchécoslovaquie par les troupes du pacte de Varsovie et la réaffirmation par L. Brejnev de la doctrine de la souveraineté limitée des pays socialistes met à bas cet espoir : « l'Europe de l'Atlantique à l'Oural » chère au Général apparaît plus que jamais comme une chimère et son « Ostpolitik » comme une impasse stratégique.

Parallèlement, l'ouverture au tiers monde se révèle aléatoire : la Chine, vers laquelle les relations diplomatiques nouées en 1964 laissaient espérer une ouverture, s'enferme dans l'isolement de la révolution culturelle et sert même d'appui idéologique aux étudiants révoltés de mai 1968. Le monde arabe, en proie aux divisions et aux surenchères depuis sa défaite, n'est pas un interlocuteur réel.

Bref, la voie de l'Est étant fermée et celle du tiers monde incertaine, le général de Gaulle est contraint à reconsidérer ses rapports avec l'Alliance atlantique. Au sein de celle-ci, le retour *de facto* de « l'enfant prodigue » sera surtout l'occasion de lui faire payer la superbe passée. Il faudra attendre l'élection de Richard Nixon pour que l'atmosphère se réchauffe : le rétablissement de bonnes relations bilatérales au printemps 1969 se traduit par la visite de Richard Nixon en Europe, en février. L'accueil sera d'autant plus chaleureux à Paris que la conception du *partnership* atlantique qu'il propose à l'OTAN intègre les revendications françaises des années précédentes. Le 4 avril 1969, Charles de Gaulle reconduit le Pacte atlantique venu à expiration, dernier acte diplomatique qui marque bien le cadre dans lequel, malgré tout, se mouvait la stratégie mondiale de la France depuis 1958.

III. Quelle unité européenne ?

Dès 1958, Charles de Gaulle a marqué son attachement à la construction européenne : le plan Rueff ne crée-t-il pas les conditions sans lesquelles la France n'aurait pas pu remplir les obligations du traité de Rome ? Aussi les dirigeants français jouent-ils le jeu du traité, tout en y incluant cependant une composante agricole et en se battant pour l'imposer (c'est une des raisons de la crise de 1965), aussi longtemps que l'application des traités européens n'ira pas à l'encontre de la conception gaullienne de l'unité européenne. Or celle-ci est aux antipodes de celle des rédacteurs des traités de Paris et de Rome.

A la construction progressive d'un système fédéral — ou « supranational » — qui supplante les anciens États souverains grâce à des transferts de compétence et des institutions communautaires, le général de Gaulle oppose (on l'a vu lors de la querelle de la Communauté de défense, en 1952-1954) une vision confédérale qui respecte la souveraineté des États membres. Lors de sa conférence de presse du 5 septembre 1960, s'interrogeant sur les « réalités de l'Europe, les piliers sur lesquels on peut la bâtir », il répond : « En vérité ce sont des États, qui sont les seules entités qui aient le droit d'ordonner et l'autorité pour agir. Se figurer qu'on peut bâtir quelque chose qui soit efficace pour l'action et qui soit approuvé par les peuples en dehors et au-dessus des États, c'est une chimère. » Les organismes supranationaux — comme la Commission de Bruxelles — « ont leur valeur technique, ils ne peuvent pas avoir d'autorité et, par conséquent, d'efficacité politique ». C'est au nom de ces conceptions que le Général n'aura de cesse de diminuer le rôle de la Commission, d'empêcher le passage de la décision à l'unanimité dans la CEE à celle de la majorité (crise de 1965) et de constituer, à côté des traités de Paris et de Rome cantonnés dans un domaine purement économique, une « union d'États » chargée de traiter des questions politiques.

Au-delà de cette controverse de fond apparaissent à la fois la crainte d'une majorité atlantiste qui dicterait sa loi à la France — « il y aurait peut-être un fédérateur, mais il ne serait pas européen », affirme le général de Gaulle dans sa conférence de presse du 15 mai 1962 — et la volonté d'imprimer à cette unité européenne le leadership français.

1. *Le dialogue franco-allemand*

Dans la logique de cette vision étatique de l'unité, le général de Gaulle va mettre l'accent sur les rencontres bilatérales et d'abord sur les rapports avec la république fédérale d'Allemagne. Pourquoi la RFA ? D'abord parce que l'Europe gaullienne est continentale, le Royaume-Uni n'étant que la pointe avancée du monde anglo-saxon dans lequel de Gaulle a toujours vu le rival de la France, ensuite parce que l'histoire de l'Europe démontre que les rapports franco-allemands déterminent le sort du continent.

Tournant le dos à ses projets d'Allemagne éclatée de 1944-45, mais voulant tirer parti du statut inférieur qui est celui de l'Allemagne vaincue sur le plan politique et militaire, de Gaulle va faire de l'alliance privilégiée avec la RFA l'axe de sa politique européenne. La « réconciliation franco-allemande » qu'il entend sceller solennellement par un traité (ratifié en 1963) et qui reposera sur ses rapports privilégiés avec le démocrate-chrétien Konrad Adenauer (malheureusement pour lui, en fin de carrière politique) n'a certes pas attendu 1958 : à partir de 1952, Robert Schuman, Georges Bidault ou Guy Mollet l'ont réalisée dans les rapports bilatéraux ou européens. Mais le fait que le chef de la France libre lui donne une solennité et une ampleur particulières lui conférera une autre dimension : Konrad Adenauer sera, en septembre 1958, le seul chef de gouvernement reçu à Colombey, et jusqu'en 1963 les rapports franco-allemands resteront privilégiés, avec pour sommet le voyage triomphal du président français en RFA, en septembre 1962.

Ces rapports privilégiés se heurteront vite à certaines limites : la volonté allemande de ne pas mettre en cause la protection américaine conduit les dirigeants de la RFA à balancer en permanence entre le ménagement des États-Unis et celui de la France. De Gaulle s'en apercevra lorsque, au moment du débat de ratification du traité franco-allemand — en mai 1963, alors, que l'étoile d'Adenauer décline —, le Bundestag adjoindra un préambule qui subordonne la coopération franco-allemande à l'Alliance atlantique et à une unité européenne ouverte au Royaume-Uni. Au lendemain de ce camouflet, l'axe franco-allemand perdra de sa force : avec les chanceliers Erhard et Kiesinger, les rapports bilatéraux seront plus ternes, sans que jamais cependant, côté français, leur caractère privilégié soit remis en cause.

2. *La rivalité franco-britannique*

Dès lors que l'Europe à unifier sera d'inspiration française, il n'y a aucune place en son sein pour un Royaume-Uni qui est non seulement le seul vrai rival culturel et politique de la France, mais aussi l'allié naturel et privilégié des États-Unis, la branche européenne du monde anglo-saxon et le leader du Commonwealth. De surcroît, argumentera de Gaulle, le Royaume-Uni n'a eu de cesse, de toute éternité, de s'opposer à l'unité de l'Europe : « Que la Grande-Bretagne soit foncièrement opposée à [cette] entreprise, comment s'en étonnerait-on, sachant qu'en vertu de sa géographie, par conséquent de sa politique, elle n'a jamais admis, ni de voir le continent s'unir, ni de se confondre avec lui ? »

L'attitude du Royaume-Uni dans l'Alliance atlantique, les accords de Nassau de 1962 expliquent en grande partie le refus opposé à la candidature britannique d'entrer dans le Marché commun en 1963 ; celle-ci s'appuie pourtant sur une logique gaullienne : dès lors que la France refuse la construction d'une Europe supranationale au profit d'une Europe confédérale, le Royaume-Uni n'a plus d'objection de fond à présenter son adhésion. La conception gaulliste de l'unité européenne lui convient.

Aussi pour rejeter cette candidature, de Gaulle devra-t-il se fonder sur des arguments plus concrets et plus subjectifs à la fois : la conviction que le Royaume-Uni ne jouera pas le jeu des règles communautaires (préférence CEE plutôt que Commonwealth, acceptation d'un tarif douanier commun, etc.), et surtout que la CEE perdrait sa cohésion, se diluant dans une « Communauté atlantique colossale sous dépendance et direction américaines ».

Le veto du 14 janvier 1963 tiendra d'autant plus longtemps le Royaume-Uni éloigné de la CEE que les travaillistes vont s'installer au pouvoir. Pourtant, c'est d'abord Harold Wilson qui, au terme d'un désengagement britannique à l'est de Suez, présente à nouveau, en mai 1967, la candidature britannique. Celle-ci sera rejetée dès la conférence de presse du 16 mai 1967 pour les mêmes raisons de fond qu'en 1963, les « progrès » constatés du côté britannique n'étant que « l'adoption en apparence d'un état d'esprit nouveau ». Ce second rejet, au moment où les rapports franco-allemands traversent une phase difficile (la RFA est gouvernée par la grande coalition CDU-SPD), sera aussi mal accueilli que le premier.

Aussi lorsqu'en novembre 1968, conscient de la suprématie économique allemande, de Gaulle amorcera un discret « renversement d'alliance » en direction des Britanniques, le Foreign Office se fera un malin plaisir de rendre public (en février 1969) le texte des conversations — « corrigé » par ses soins — de Gaulle-Soames (ambassadeur du Royaume-Uni, à Paris), rendant au chef de l'État ses camouflets de 1963 et de 1967 et attendant son successeur pour négocier.

3. La politique communautaire

Fondant sa politique européenne sur les rapports directs entre puissances européennes — et d'abord la France et l'Allemagne, — de Gaulle ne peut guère espérer de soutien de la part des petits États. Ceux-ci, et notamment les Pays-Bas, dont le ministre des Affaires étrangères au début des années 60, Joseph Luns, est à la fois fédéraliste, atlantiste et anglophile, conduiront une guérilla diplomatique constante.

La principale victime de cet affrontement sera le projet d'union d'États, dit plan Fouchet, du nom du chef de la délégation française à la commission d'études constituée pour élaborer un projet politique. Le projet initial (plan Fouchet I), mis au point en février 1961, prévoit qu'en matière diplomatique, militaire et culturelle les États membres de la CEE constituent une Union d'États dont les principaux rouages sont le Conseil (représentant les gouvernements et statuant à l'unanimité) et une Commission politique (constituée de hauts fonctionnaires des États). Outre le siège de la Commission fixé à Paris, la mise à l'écart des institutions de Bruxelles entraîne des réserves, tandis que les Pays-Bas réclament la participation des Britanniques aux négociations et que les fédéralistes s'insurgent contre le caractère «étriqué» (P. H. Spaak) de cette «Europe des patries». Un second projet (plan Fouchet II) sera élaboré, dans un sens encore plus étroit: le général de Gaulle ôte tout caractère obligatoire aux décisions du Conseil, donne à celui-ci des compétences économiques (ce qui constitue une provocation pour les institutions de la CEE) et biffe les références à l'Alliance atlantique. Malgré une troisième mouture (en mars 1962), qui ne diffère guère de la seconde, le projet sera enterré, du fait de l'opposition du Benelux.

La tentative d'union politique disparaîtra définitivement. Restent les traités de Paris et de Rome dont l'application va se heurter à des difficultés dès lors que la Commission de Bruxelles est chargée de l'application des politiques communes — notamment l'agriculture — et que le Conseil, au terme d'une période de transition, doit passer à la règle de la majorité qualifiée : refusant que la Commission dépossède les États de tout pouvoir en matière de politique agricole commune et que la France puisse être mise en minorité, le gouvernement français opte pour un affrontement avec Bruxelles ; celui-ci n'est pas refusé par la Commission, dont le président, Walter Hallstein, fédéraliste convaincu, espère forcer la main du Général à la veille des élections présidentielles de 1965 et dispose en Jean Lecanuet, candidat centriste, d'un allié sûr. Sept mois durant, le gouvernement français pratique la « politique de la chaise vide », boycottant Bruxelles.

Cet incident grave s'achèvera, une fois de Gaulle réélu, mais mis en ballottage par le candidat *européen,* par un compromis dit de Luxembourg bloquant le passage à la majorité qualifiée et pérennisant la règle de l'unanimité, mais maintenant intactes les prérogatives de la Commission.

Après Luxembourg, l'application des traités se poursuivra, les fédéralistes se résignant à attendre des jours meilleurs, ceux de l'après-de Gaulle. Mais onze années de pratique *confédérale* auront définitivement détourné les traités de l'objectif de leurs rédacteurs.

La querelle européenne aura, elle aussi, eu ses effets sur la vie politique française : la rupture entre le centre démocrate-chrétien et de Gaulle se fait en 1962, au lendemain de la violente diatribe du Général contre la supranationalité (conférence de presse du 15 mai) et la candidature Lecanuet est présentée en pleine « politique de la chaise vide ».

Cette opposition — qui englobe les socialistes et la droite modérée — n'est que partiellement compensée par la neutralité bienveillante des communistes.

En fin de compte, le clivage sur la politique étrangère — Alliance atlantique, ouverture à l'Est, Europe, tiers-mondisme — recoupe assez largement l'opposition entre l'ancienne classe politique de la IVe République, européenne et atlantiste, et le gaullisme — dont les communistes sont les alliés discrets et objectifs. Clivage qui est celui apparu en 1954 (querelle de la CED) et qui diffère de celui qui régit la politique intérieure, plus proche de l'opposition gauche-droite. C'est la contradiction de ces deux clivages (qui explique que l'union de la gauche achoppe sur la politique internationale) qui fait l'une des singularités du gaullisme et lui assure une position centrale sur l'échiquier politique jusqu'en 1969.

IV. LES MOYENS DE LA PUISSANCE

La primauté du « rang », de la politique étrangère et de défense n'a de sens que si elle repose sur une puissance effective. Celle-ci se mesure d'abord au niveau de l'État, de son autorité, ce qui explique la réforme prioritaire de l'État en 1958. Mais elle passe également, dans cette seconde moitié du XXe siècle, par le poids de l'économie nationale au sein de l'économie mondiale. Les grandes querelles du général de Gaulle, après 1958, ne seront pas uniquement militaires ou diplomatiques, mais aussi commerciales et monétaires.

1. *La primauté de l'ordre monétaire*

Il n'est pas de grande politique qui vaille si « la puissance, l'influence, la grandeur » ne reposent sur des « bases » économiques et financières solides. La puissance économique et financière du pays est la condition *sine qua non* de son poids international. Aussi le général de Gaulle mettra-t-il, de 1958 à 1969, l'économie au premier rang de ses préoccupations : « Les problèmes économiques et sociaux ne cesseront jamais d'être au premier plan de mon activité comme de mes soucis. J'y consacrerai une bonne moitié de mon travail, de mes audiences, de mes visites, de mes discours, aussi longtemps que je porterai la charge de la nation. C'est dire, entre parenthèses, à quel point le reproche obstinément adressé à de Gaulle de s'en désintéresser m'a toujours paru dérisoire [17]. »

1.1. Lorsqu'il retourne « aux affaires » en juin 1958, la situation financière est dramatique : découvert budgétaire considérable, déséquilibre grave de la balance commerciale (couverte à 75 %), chute des réserves monétaires, instabilité du franc (une dévaluation de fait a relayé celle de 1957) et inflation de 20 % pour les deux dernières années. L'État est menacé de banqueroute et Pierre Pflimlin a annoncé des « mesures de contingentement, de rationnement et de répartition » ainsi que l'impossibilité d'honorer les obligations résultant du traité de Rome (ouverture des frontières).

Pour rétablir la confiance et l'équilibre, le Général va faire appel à Antoine Pinay, symbole pour l'opinion d'une « gestion raisonnable » depuis les succès financiers qu'il a remportés en 1952, et à Jacques Rueff, le plus brillant défenseur du libéralisme économique depuis l'entre-deux-guerres. Le premier, ministre des Finances, lance un emprunt dès le 17 juin, destiné à renflouer la trésorerie : indexé sur l'or et accompagné d'exonérations fiscales, il remporte un succès immédiat et considérable (324 milliards de francs et 150 tonnes d'or en un mois).

Mais, pour le moyen terme, des mesures plus profondes et plus sévères sont indispensables. Un comité d'experts, présidé par Jacques Rueff et suivi attentivement par Georges Pompidou (directeur du cabinet du Général), rassemblant patrons, économistes et hauts fonctionnaires, est constitué le 20 septembre. Les conclusions auxquelles il parvient se heurtent à l'hostilité d'Antoine Pinay et des socialistes : une dévaluation franche, une réduction drastique de l'impasse budgétaire et l'ouverture des frontières en sont les éléments majeurs. Si le Général finit par emporter le ralliement d'Antoine Pinay, il ne peut que différer (à l'entrée en vigueur de la Ve République) la rupture avec les socialistes.

La principale mesure est la dévaluation — de 17,55 % —, accompagnée d'une mesure symbolique : l'institution du « franc lourd » (équivalent de 100 anciens francs), qui le met au niveau du deutsche Mark. Parallèlement, la convertibilité de la monnaie est rétablie ainsi que la libération des échanges.

Le second volet du plan Rueff est l'application du traité de Rome, avec un premier abaissement de 10 % des droits de douane avec les cinq États associés.

Enfin, dans l'ordre interne, l'impasse est réduite à 600 milliards (dus largement aux dépenses militaires) grâce à 390 milliards d'économies et 300 milliards d'impôts nouveaux. Parallèlement l'indexation des salaires et des prix agricoles est supprimée (sauf le SMIG, salaire minimum interprofessionnel garanti) ainsi que de nombreuses subventions.

Le plan Rueff, le Général le prend à son compte, l'imposant à son gouvernement et l'annonçant au pays, le soir du 28 décembre. Avant que la Ve République ne commence officiellement, le choix est clair : la politique de rigueur a pour but d'ouvrir l'économie française sur l'Europe et sur le monde, en optant pour l'orthodoxie financière, la liberté des échanges et les sacrifices salariaux. C'est l'inverse du choix opéré à la Libération (où le Général avait préféré la politique de facilité de René Pleven à la politique de rigueur de Pierre Mendès France), mais, cette fois, la croissance économique et la hausse du niveau de vie permettent de faire passer rigueur et libéralisme.

L'efficacité des mesures prises en septembre et décembre 1958 sera totale : le rééquilibrage de la balance commerciale, la réduction nette de l'inflation caractérisent la fin de l'année 1958. De 1959 à 1962, l'économie française connaîtra une expansion régulière, des finances publiques assainies (impasse budgétaire bloquée à 7 milliards), la modération de la hausse des prix et des salaires et la stabilité de la monnaie.

1.2. Les effets du plan Rueff se font sentir jusqu'en 1962. Mais dès 1962 on assiste à une hausse générale des salaires dans la fonction publique et le secteur nationalisé, et à une hausse partielle des prix (5 %) qui relancent l'inflation: le retour d'un million de rapatriés, les largesses d'une année électorale accroissent les dépenses publiques. Le dérapage s'accélérant au printemps 1963, le Général prend lui-même les choses en main: constatant que Georges Pompidou « semble moins convaincu que [lui] de l'importance primordiale de la stabilité du franc au point de vue national et international et tient par-dessus tout à ce que rien ne vienne compromettre l'expansion qui est en cours [18] », le président « brusque les choses » et impose un *plan de stabilisation* à son Premier ministre et au ministre des Finances, V. Giscard d'Estaing: les aspects principaux en seront le blocage des prix et l'équilibre budgétaire.

Le plan de 1963 aboutit rapidement à un assainissement financier, avec une nette limitation de l'inflation et un excédent de la balance commerciale. Il entraîne aussi un freinage de la production qui se poursuivra jusqu'en 1965 ; la politique d'austérité accroît le mécontentement social et sera à l'origine de la grande grève des mineurs de 1963.

Période d'orthodoxie budgétaire, de défense farouche de la parité du franc, qui s'explique d'autant mieux que, de 1963 à 1965, le général de Gaulle se lancera dans une critique très dure du système monétaire international — le *Gold Exchange Standard* (qui donne au dollar et à la livre sterling le statut de monnaies de réserve équivalentes à l'or pour les paiements internationaux) —, des facilités financières qu'il permet aux États-Unis, et prônera un retour à l'étalon-or (conférence de presse du 4 février 1965). Le défenseur de l'orthodoxie monétaire internationale ne peut faire moins que d'appliquer ses doctrines dans son propre pays.

1.3. A partir de l'été 1965, l'économie française connaîtra une nouvelle phase d'expansion dans la stabilité avant qu'une dégradation n'apparaisse en 1967, marquée par une régression de la croissance et une hausse sensible du chômage (qui atteint 400 000 personnes). Cette dégradation aura un effet immédiat: le réveil de la conflictualité sociale, même si la deuxième moitié de l'année 1967, après les mesures de relance du gouvernement, voit un redémarrage de la croissance. C'est dans ce contexte que se produira la crise de 1968, dont les effets sur l'économie seront sévères: chute des réserves, accroissement de l'impasse budgétaire (du fait de l'augmentation des dépenses publiques) et déstabilisation du franc. L'automne 1968 sera caractérisé par un nouveau plan de rigueur dont l'objectif, comme en 1958 et en 1963, sera la défense de la monnaie et le retour à un franc fort.

On retrouve l'axe permanent de la politique financière gaulliste: la primauté de l'ordre monétaire — élément constitutif du rang mondial de la France — autour duquel se construisent l'équilibre budgétaire, celui de la balance commerciale et celui de la balance des paiements, la lutte contre l'inflation.

Sur ce terrain, le général de Gaulle doit guerroyer avec des tendances contradictoires au sein du gouvernement: s'il peut compter sur le soutien de Michel Debré (comme Premier ministre jusqu'en 1962, puis comme ministre des Finances de 1966 à 1968), il se heurte aux conceptions moins draconiennes de Georges Pompidou, moins soucieux de rigorisme monétaire.

Ces tendances contradictoires se retrouvent à propos de l'autre instrument central de la politique économique gaullienne: la planification.

2. L'« *ardente obligation* » *du plan*

Si le retour aux équilibres financiers est un objectif impératif, le général de Gaulle entend également promouvoir une expansion économique axée sur la *compétitivité,* le *développement des investissements,* la *promotion de la recherche.* Ces objectifs sont articulés et quantifiés à moyen terme grâce à la planification, dont le chef de l'État entend faire l'instrument de son volontarisme économique : « Il embrasse l'ensemble, fixe les objectifs, établit une hiérarchie des urgences et des importances, introduit parmi les responsables et dans l'esprit même du public le sens de ce qui est global, ordonné et continu, compense l'inconvénient de la liberté sans en perdre l'avantage ; je ferai donc en sorte que la préparation et l'exécution du plan prennent un relief qu'elles n'avaient pas en lui donnant un caractère "d'ardente obligation" et en le proclamant comme mien [19]. »

Le plan, sans être impératif, est donc fortement incitatif, notamment pour l'État et le secteur public, orientant tous les instruments de coercition et de pression dont il dispose vers la réalisation de ses objectifs : ministère des Finances, système bancaire, Caisse des dépôts et consignations, budget, etc. Pour le général de Gaulle, le plan est l'articulation d'un « dirigisme » économique qu'il ne cessera de revendiquer et qui divise le gouvernement : si Michel Debré partage ses conceptions, si Jean-Marcel Jeanneney, à l'Industrie, les accentue jusqu'en 1962, à l'inverse Georges Pompidou est moins convaincu de la nécessité de cette « ardente obligation » (Valéry Giscard d'Estaing se trouvant sur une position intermédiaire). Les débats seront donc permanents et souvent vifs. De 1958 à 1962, les planificateurs dominent et collaborent avec le Commissariat général du plan : le quatrième plan (1962-1965) sera le résultat de cette unité de vues, mettant l'accent sur une forte croissance (34 %), la modernisation de l'agriculture, le développement de la chimie et de la métallurgie, la révolution des moyens de transport et de télécommunication. De 1962 à 1965, les positions sont plus contrastées, la situation différente (l'ouverture des frontières rend plus malaisée une planification rigide) et le général de Gaulle devra intervenir personnellement pour rallier tout le gouvernement à ses conceptions : le cinquième plan marquera l'apogée de la planification gaulliste, d'abord au niveau de ses méthodes puis de ses objectifs.

Préparé par le Commissariat au plan — où se trouvent associés technocrates de l'État et partenaires sociaux (et notamment les syndicats qui, à l'instar de la CFTC-CFDT, l'ont massivement investi), mis au point lors des conseils restreints tenus à l'Élysée autour du chef de l'État, voté par le Parlement, examiné par le Conseil économique et social, le plan fera (notamment en 1964-65) l'objet d'une ample discussion devant l'opinion, tant au niveau régional que national. En 1964, le PSU, s'appuyant sur les réflexions des clubs, élaborera un *contre-plan* et, lors des débats parlementaires sur le cinquième plan comme lors de la campagne des présidentielles de 1965 (débats Pierre Mendès France-Michel Debré à Europe 1), il apparaît que le plan est au centre des meilleurs affrontements politiques.

Le cinquième plan marque un progrès très net par rapport au précédent quant à son élaboration. Cette fois, il est articulé au niveau régional (en ce qui concerne les perspectives et les objectifs, le plan global étant divisé en tranches régionales). Surtout ses objectifs sont particulièrement ambitieux dans deux domaines : la concentration industrielle et financière et la politique des revenus. Le premier se traduira par une série de fusions dans le secteur public (banques, assurances, pétrole, aéronautique) mais aussi par la constitution de grands groupes privés : Saint-Gobain-Pont-à-Mousson, BSN, Pechiney-Ugine-Kuhlmann, CGE-Alsthom ou Dassault-Breguet.

Ce mouvement de concentration à dimension internationale gardera très nettement un aspect nationaliste, le gouvernement mettant son veto aux prises de contrôle de Jeumont-Schneider par Westinghouse, de Citroën par Fiat ou des Laboratoires Roussel par Hoescht.

Plus aléatoire apparaîtra la réalisation du second grand objectif, la politique des revenus. L'idée de mettre progressivement en place une politique indicative des revenus se heurtera à des problèmes techniques (la connaissance imparfaite des revenus distribués) mais surtout politiques, le patronat et les confédérations syndicales étant opposés à ce qui, pour le premier, limite sa liberté d'action et, pour les secondes, fait obstacle à une politique contractuelle extérieure à toute intervention étatique.

Avec mai 1968, les objectifs du plan sont en question et le départ du Général verra la remise en cause du volontarisme dirigiste. Celui-ci se heurte en permanence à l'hostilité du CNPF, dont les orientations (franchement conservatrices jusqu'en 1966, sous la présidence de Georges Villiers, plus ouvertes ensuite sous celle de Paul Huvelin) sont ostensiblement opposées à la planification. La *Charte* qu'adopte, le 18 janvier 1965, l'assemblée générale du CNPF est une dénonciation de l'interventionnisme et de la technocratie d'État et un hymne à la liberté d'entreprise et à la levée des contrôles étatiques. Pour autant, le patronat est loin de prôner une voie réellement libérale, faute de renoncer au protectionnisme et à l'aide publique.

L'opposition patronale ne se nourrit pas seulement de l'hostilité à la planification, mais aussi et surtout des projets d'association des travailleurs à la vie des entreprises, à travers le discours gaullien sur la participation, tel qu'on le trouvera formulé en 1963-66, puis, plus tard, en 1968. Bien qu'en 1965-66 l'idée ait bénéficié des bienveillances convergentes de la technocratie d'État (cf. le livre de François Bloch-Lainé, *Pour une réforme de l'entreprise*), des milieux catholiques (assemblée générale de l'épiscopat en 1966) et des efforts des gaullistes de gauche au gouvernement (G. Grandval) et au Parlement (L. Vallon), les projets de loi mis en chantier n'aboutiront jamais. Le général de Gaulle, dans ses *Mémoires d'espoir,* invoquera « l'atmosphère d'immobilisme qui suit la fin des drames et l'éloignement des périls et où se raidissent les routines, les égoïsmes et les sectarismes » pour expliquer l'impossibilité de réaliser « à froid » la « révolution pacifique de la participation [20] ». Il croira, à tort, en trouver l'occasion en mai 1968, et ne parviendra pas à l'imposer à l'automne de cette même année.

C'est que la participation ne constituait pas au même titre que l'essor industriel, la modernisation, la stabilité monétaire et le dirigisme étatique un élément clé de la politique économique, lié directement aux impératifs de la politique internationale.

C'est sur l'économie que « se fondent nécessairement *la puissance, l'influence, la grandeur,* aussi bien que ce degré relatif de bien-être et de sécurité que pour un peuple, ici-bas, on est convenu d'appeler le bonheur [21] ». Les trois premières sont directement liées au *rang* international de la nation. Le dernier, et le plus « relatif », était le seul qui justifiât la participation. Il lui faudra, onze ans durant, céder le pas aux autres.

CHAPITRE IV

LA LENTE MUTATION DU RÉGIME

Les années 1962-1967 sont marquées par l'apogée du gaullisme présidentiel, du triomphe au référendum de 1962 aux victoires successives. Pourtant cette hégémonie politique ne va pas sans soubresauts : le général de Gaulle veut imposer un régime totalement modelé sur ses conceptions et son style et se heurte à la classe politique traditionnelle. Par ailleurs, il lui faut guerroyer pour imposer jusqu'à ses partisans sa vision *nationale* du rassemblement présidentiel, hostile au clivage gauche-droite qui transformerait tôt ou tard le gaullisme en un conservatisme. Cette tendance est la tentation d'un fort courant interne à la majorité qui se dégage à partir de 1962 autour du président mais aussi l'espoir de ceux qui, à gauche, vont fonder leur stratégie sur un affrontement bipolaire.

I. LA BATAILLE INSTITUTIONNELLE

Le compromis initial qui a caractérisé la rédaction de la Constitution ne durera pas. Dès les premières années de la Ve République, la prééminence du président s'affirme et écarte toute lecture parlementaire de la Constitution. Le problème devient alors celui de l'attitude des forces politiques qui, tout en ralliant de Gaulle en juin 1958, avaient cru à la possibilité d'un compromis institutionnel viable avec lui.

Ce sont essentiellement les socialistes et les modérés du centre droit qui sont concernés. Il leur faut subir tout à la fois une pratique présidentialiste exacerbée que traduit le recours à l'article 11 et à l'article 16 dans des conditions discutées et une utilisation par le Premier ministre de toutes les ressources du parlementarisme rationalisé. Amoindris par le mode de scrutin au sein d'une Assemblée elle-même redimensionnée par la Constitution, vont-ils passer à l'opposition ?

Jusqu'en 1962, les problèmes constitutionnels vont passer au second plan car la question essentielle est celle de la guerre d'Algérie. Les partis dominants ont appelé le général de Gaulle pour l'achever : aussi longtemps que la guerre continuera, le présidentialisme ne fera l'objet d'aucune attaque frontale.

1. *La parenthèse algérienne*

De 1958 à 1962, c'est sur l'Algérie que majorité et opposition se démarquent. Il n'est pas jusqu'aux opposants de gauche — parti communiste et éléments de la gauche non communiste qui ont voté « non » le 28 septembre 1958 — qui ne se cantonnent dans un rejet systématique : s'ils votent « non » au référendum de janvier 1961 sur l'autodétermination de l'Algérie, ils approuveront celui sur la ratification des accords d'Évian. Surtout, lors du putsch d'avril 1961, ils appuieront sans hésitation le chef de l'État.

Les partis traditionnels de la gauche et du centre sont encore plus explicites. Si la SFIO a refusé en janvier 1959 de participer au gouvernement Debré, elle n'a pas pour autant rallié l'opposition : malgré l'existence, au sein du parti, d'un puissant courant antigaulliste, Guy Mollet pratique une politique médiane, se démarquant sur la gestion gouvernementale (budget, politique scolaire) ou sur la politique de défense (s'opposant notamment à la loi de programmation militaire accordant la priorité au nucléaire), mais approuvant la politique algérienne. Si la SFIO a « repris sa liberté » (lettre du général de Gaulle à Guy Mollet du 27 décembre 1959) le jour de l'entrée en vigueur de la

Constitution, pour ce qui est de la politique quotidienne, elle observe un *gentleman's agreement* avec le pouvoir jusqu'en avril 1962, évitant que son opposition n'aboutisse à un renversement du gouvernement.

L'attitude du centre et particulièrement du MRP est encore plus nette : participant à la majorité, représenté au gouvernement (avec quatre ministres, mais aucun leader), le MRP soutient sans réserve la politique algérienne du Général, débarrassé qu'il est de son aile nationaliste (depuis la scission de Georges Bidault, dont la dérive le conduira jusqu'à l'OAS). Son opposition porte surtout sur la politique étrangère et notamment l'Europe, mais le général de Gaulle jouant le jeu du traité de Rome, il ne rompra pas lui non plus avant les accords d'Évian, malgré son hostilité au plan Fouchet.

Restent les modérés, grands vainqueurs avec l'UNR des élections législatives de novembre 1958 ; leur situation devient vite très difficile. S'ils sont associés à la « reconstruction » économique et financière avec la mise en œuvre du plan Pinay-Rueff, la lune de miel ne dure guère : dès septembre 1959, A. Pinay marque son désaccord avec la conception hiérarchique que Michel Debré se fait de la structure gouvernementale, mais aussi avec celle qui prévaut dans les domaines qui ne sont pas de sa compétence (la politique étrangère notamment) mais où il estime avoir un droit de regard. Le 13 janvier 1960, après de vaines tentatives de conciliation, Antoine Pinay quitte le gouvernement. Le communiqué de l'Élysée déclare qu'il s'agit d'une décision du président sur proposition du Premier ministre. En fait, c'est une révocation qui marque bien la conception nouvelle des institutions.

Le départ d'Antoine Pinay ne conduit pas le CNIP dans l'opposition. Divisés face à la politique algérienne et au général de Gaulle, les indépendants ont éclaté en de multiples tendances : les « gaullistes », parmi lesquels le jeune secrétaire d'État au Budget, Valéry Giscard d'Estaing, sont minoritaires avant même le 13 janvier (un quart du groupe seulement vote le budget mis au point par Antoine Pinay et Valéry Giscard d'Estaing) tandis qu'une fraction importante est sur des positions extrêmes, rejetant la politique algérienne du gouvernement, au point que le CNIP n'appellera pas à voter «oui» aux référendums et sera le seul parti à ne pas condamner le putsch d'avril 1961.

Ce sont ces éléments, ainsi que les exclus et dissidents de droite de l'UNR, qui forment l'opposition la plus nette au général de Gaulle jusqu'en 1962. Ils contribuent d'ailleurs à conforter les autres forces politiques dans leur soutien à la politique gaulliste : comme en 1958, le danger qui menace la démocratie vient de droite et, à partir de 1960, d'une opération militaire (armée) ou paramilitaire (terrorisme). Les pouvoirs exceptionnels que s'attribue le président ne lui sont pas contestés : face à la menace militaire, compte tenu de l'inertie — calculée ou non — d'une large fraction de l'appareil administratif et gouvernemental, mieux vaut un pouvoir présidentiel renforcé pour résoudre la crise. Ni le MRP ni la SFIO ne remettront en cause l'utilisation de l'article 11 en janvier 1961 et en avril 1962 ou celle de l'article 16 en avril 1961.

2. *La bataille de 1962*

A la fin de la guerre d'Algérie, l'affrontement décisif sur la conception du régime est prévisible. Les partis traditionnels s'y sont préparés, décidés à en finir avec ce qui était une situation exceptionnelle liée à l'état de guerre. Majoritaires dans les deux Chambres, ils sont décidés à imposer un retour rapide au régime parlementaire. Le général de Gaulle a choisi de prendre l'initiative : Michel Debré suggère de profiter du succès du référendum d'avril 1962 pour dissoudre et se doter d'une véritable majorité parlementaire. Le Général préfère changer non pas de législature mais de gouvernement en substituant à un Premier ministre usé par trois années de combat quotidien en première ligne, au service d'une politique dont la dimension essentielle — l'Algérie — était aux antipodes de ses convictions, un homme neuf et moins autonome par rapport à l'Élysée. Le départ de Michel Debré et son remplacement par Georges Pompidou sont un double défi aux partis traditionnels.

Le départ de Michel Debré s'effectue en parfait accord avec le chef de l'État, mais c'est ce dernier qui en a pris l'initiative, interprétant l'article 8 de la Constitution dans un sens qui n'avait pas été prévu à l'origine, et qui sera d'autant plus dénoncé par l'opposition que le successeur, Georges Pompidou, n'appartient pas, contrairement à Michel Debré, au sérail : normalien, banquier, il n'a jamais détenu de mandat électif ni milité dans un parti. Très proche collaborateur du Général (il est son directeur de cabinet à l'époque du RPF puis lorsque le Général est investi président du Conseil en juin 1958), il suivra à distance les premières années du régime depuis le Conseil constitutionnel (où il a été désigné en 1959) ou en œuvrant dans les coulisses, comme lors des premières prises de contact avec le FLN.

Pour Guy Mollet, la nomination de Georges Pompidou, « homme du président », représente l'instauration du « pouvoir personnel ». Seuls 259 députés (contre 247) votent la confiance et parmi eux la moitié seulement du MRP alors que celui-ci est présent au gouvernement (avec cinq ministres dont P. Pflimlin). Moins d'un mois plus tard, cette courte majorité devient minorité après la démission des ministres MRP, consécutive à la conférence de presse du 15 mai où le Général s'était gaussé de l'Europe supranationale.

Minoritaire au Parlement, Charles de Gaulle est décidé à en découdre. Le terrain de la bataille est choisi : ce sera l'élection du président de la République au suffrage universel. L'arme : l'article 11, puisque l'article 89 est inutilisable faute de pouvoir obtenir l'aval des parlementaires.

L'élection du président par le peuple était déjà envisagée depuis quelque temps : l'UNR en avait accepté le principe lors de ses assises de mars 1961, avec l'approbation explicite de Michel Debré et Jacques Chaban-Delmas, et lors de sa conférence de presse d'avril 1961, le Général en avait caressé l'éventualité. C'est au lendemain de la démission des ministres MRP qu'il en parle à nouveau au cours d'une allocution consacrée au référendum sur l'indépendance qui se déroulera le 8 juillet 1962. Mais c'est l'attentat manqué du Petit-Clamart (le 22 août) qui le détermine à hâter l'échéance. Au lendemain de son voyage triomphal en Allemagne fédérale, lors du Conseil des ministres du 12 septembre, la décision est rendue publique. La réaction est immédiatement négative et violente au sein de la classe politique traditionnelle, qui condamne à la fois l'objet et la procédure de la révision. Seul forfait dans la majorité, le ministre de l'Éducation nationale, Pierre Sudreau, qui n'admet pas l'utilisation de l'article 11.

Très vite le ton monte : au congrès radical de Vichy, le président du Sénat, Gaston Monnerville, traite l'opération présidentielle de « forfaiture » — ce qui lui vaudra d'être désormais *persona non grata* à l'Élysée — et prend *de facto* la tête de la campagne en faveur du « non ». A l'hostilité des partis se joint celle des légistes : le Conseil d'État considère, à l'unanimité moins une voix, le projet contraire à la Constitution, tandis que le Conseil constitutionnel, saisi par déférence du projet, préfère ne pas se prononcer pour ne pas faire connaître une position majoritairement négative. La grande majorité des juristes abonde dans ce sens.

Pourtant unanime à condamner la procédure — contre laquelle elle censurera le gouvernement — l'opposition est divisée sur le fond : une majorité se prononce pour un régime parlementaire, mais une minorité, emmenée par P. Coste-Floret, suggère un régime présidentiel à l'américaine. La majorité parlementaire qui vote la censure le 5 octobre 1962 par 280 voix sur 480 (du PC aux indépendants) est donc négative.

La réponse du Général est immédiate : l'Assemblée est dissoute, le Premier ministre reste en fonction et des élections législatives suivront le référendum. L'objectif est clair, écraser les partis traditionnels au référendum puis tirer les bénéfices du succès aux législatives. Il est atteint, avec un score moins net que prévu pour le référendum (où le « oui » obtient 62,25 % des suffrages exprimés mais 47 % seulement des inscrits), mais plus triomphal qu'espéré pour les législatives, où l'UNR et ses alliés, avec 36,2 % des voix au premier tour (et 42,1 % au second), obtiennent 27 sièges de plus que la majorité absolue (268 députés sur 482).

La double défaite des partis traditionnels marque un tournant du régime : le général de Gaulle est fondé à croire qu'en ôtant l'élection du président aux partis et en la confiant au peuple il a définitivement écarté le risque d'un retour au « régime des partis ». Surtout, dans les différentes familles politiques, l'introduction de l'élection présidentielle va bouleverser les comportements. A gauche comme à droite, les plus ambitieux calquent leur stratégie sur cette échéance et ne conçoivent de pouvoir que présidentiel : Valéry Giscard d'Estaing commence à organiser ses partisans tandis que François Mitterrand reconnaîtra bien plus tard : « Depuis 1962, c'est-à-dire depuis qu'il a été décidé que l'élection du président de la République aurait lieu au suffrage universel, j'ai su que je serai candidat [22]. » Désormais, la ligne de clivage — encore invisible — n'est plus entre ceux qui acceptent ou non la République gaullienne mais entre ceux qui acceptent le fait présidentiel et la centralité de l'élection du président et ceux qui les refusent. Ce clivage ne passe plus entre gaullistes et non-gaullistes mais entre l'ancienne et la nouvelle classe politique. Cette dernière, qui joue le jeu du régime, transcende les clivages de 1958 et les querelles de légitimité de l'époque, quoi qu'elle ait pu dire alors.

3. La bataille de 1965

Le référendum d'octobre 1962 a peut-être modifié la donne de la bataille sur les institutions, celle-ci ne cesse pas pour autant. Elle se développera désormais sur deux terrains : le pouvoir présidentiel et l'utilisation de la présidentielle de 1965.

C'est lors de la conférence de presse du 31 janvier 1964 que le général de Gaulle tire toutes les conséquences de la révision constitutionnelle : décrivant les attributions du président, il souligne que, grâce à son élection, « l'esprit de la Constitution » qui veut que « le pouvoir ne soit plus la chose des partisans, mais qu'il procède directement du peuple » a été « simplement précisé par le dernier référendum ». Surtout, il va rejeter les conceptions favorables au régime présidentiel à l'américaine qui reposent sur une remise en cause de la dyarchie de l'exécutif en soulignant que la hiérarchie, qui s'est consolidée dans la pratique, distingue « sans qu'il y ait de séparation étanche entre les deux plans », celui de l'autorité de l'État et celui de la « conjoncture politique, parlementaire, économique et administrative » qui est « le lot, aussi complexe et méritoire qu'essentiel, du Premier ministre français ».

La conférence de presse du 31 janvier 1964 traite des rapports président-Premier ministre, en magnifiant la fonction présidentielle. Il n'en faudra pas plus pour que soit à nouveau dénoncé le « pouvoir personnel », et notamment lors d'un débat qui mettra aux prises à l'Assemblée François Mitterrand et Georges Pompidou, le 24 avril. Le premier plaide sur le registre classique de la Constitution parlementaire qu'aurait instaurée le référendum de septembre 1958 et interroge le second sur les rapports président-Premier ministre. Georges Pompidou, qui vient d'exercer l'intérim de fait de la présidence durant l'hospitalisation du Général[23] (présidant notamment le Conseil des ministres), va se tirer habilement du piège qui lui est tendu : attaquant vivement « les émigrés de l'ancien régime », il mettra en valeur le statut du Premier ministre, qui n'est pas « un soliveau », et peut avoir éventuellement des divergences avec le chef de l'État — « dès lors qu'il ne les révèle pas ». La conférence de presse du 31 janvier est ramenée à de plus justes proportions.

Sitôt apaisée la controverse née de la conférence de presse de 1964, le débat est relancé, sur le fond, à l'occasion de l'élection présidentielle.

Pour l'opposition la question est simple : faut-il accepter de jouer ou non le jeu de cette élection ? Le débat est en grande partie faussé par les pronostics sur le résultat final. Rares sont ceux, à commencer par le général de Gaulle, qui croient en la victoire de l'opposition. Aussi les grands ténors de celle-ci, à commencer par Antoine Pinay, renoncent-ils à relever le défi. La voie est libre pour une nouvelle génération d'hommes politiques qui accepteront de se présenter à l'élection pour être un président exerçant effectivement ses fonctions : qu'il s'agisse de Gaston Defferre ou, à un degré moindre, de François Mitterrand, l'un comme l'autre ne soulèvent pas de préalable à leur acceptation du régime. En se présentant, ils valident *a posteriori* pour leur famille politique le référendum de 1962 et l'esprit nouveau qu'il donne aux institutions. Surtout, l'un comme l'autre ne se proposent de réviser la Constitution que sur quelques points. Dans l'immédiat, il s'agit d'abroger l'article 16 et d'abandonner la pratique « plébiscitaire » du référendum. A terme d'autres dispositions seraient révisées, mais sans porter atteinte à l'économie du système.

Bref, à une opposition entre deux blocs porteurs de deux conceptions opposées des institutions se substitue une opposition entre l'interprétation gaullienne et une interprétation *révisionniste,* qui conserve l'essentiel mais doit louvoyer entre une opinion publique favorable au présidentialisme et des partis (SFIO et surtout PCF pour François Mitterrand) qui restent attachés au parlementarisme à la française.

Le général de Gaulle finira par le comprendre. Alors que la campagne — ratée — du premier tour était

axée sur l'alternative — maintien ou destruction de la
« République nouvelle » —, celle du second tiendra
compte de cette mutation. Le danger devient désormais
l'entrisme des partis dans le régime par l'intermédiaire
d'un candidat qui est « le candidat des partis ». En cas
de victoire de celui-ci, « tout ce qu'on aura écrit dans
la Constitution ne changera rien : on en reviendra à ce
qui était avant, avec peut-être quelque forme légèrement différente ».

La victoire le 19 décembre du général de Gaulle ne
va pas clore le débat. Désormais, et jusqu'en 1981, les
deux conceptions — orthodoxe et révisionniste —
s'opposeront avec une ultime tentative des parlementaristes en 1969 (candidature d'Alain Poher). Mais ce
débat s'étiolera progressivement du fait du ralliement
progressif des révisionnistes et de leur renonciation à
une révision fondamentale de la Constitution. Désormais la bataille de la Ve République est gagnée.
L'affrontement sur le régime d'institutionnel va devenir toujours davantage politique, portant sur le contenu
de l'action gouvernementale et présidentielle et sur les
alliances qui la conditionnent.

II. L'ÉVOLUTION DES RAPPORTS DES FORCES POLITIQUES DE 1958 À 1965

1. *Le système électoral*

Si la discussion est vive sur la Constitution, de 1958
à 1969, le débat sur le système électoral reste étonnamment discret. Certes, la gauche communiste revendiquera le retour à la représentation proportionnelle,
mais les autres formations approuveront ou s'accommoderont du scrutin uninominal majoritaire à deux
tours, qui avait été le mode de scrutin dominant de la
IIIe République.

En 1958 comme pour les constitutions précédentes,
le choix du mode de scrutin est préalable à la Constitution et n'en fait donc pas partie, contrairement au

souhait de Michel Debré (la loi électorale prendra la forme d'une ordonnance du gouvernement de Gaulle d'octobre 1958). Pourtant les conséquences de ce choix sont considérables, même si, comme nous le verrons, elles se sont révélées inverses des calculs de ses promoteurs.

Contrairement à 1945, où le choix unanime de la proportionnelle a pour but de contenir l'influence d'un parti communiste dont on ignore le poids réel, la proportionnelle est exclue d'emblée par le général de Gaulle, malgré les préférences du MRP ou les tentatives de combinaisons proportionnelle-système majoritaire mises au point par la SFIO (projet Weill-Raynal). La proportionnelle symbolise désormais aux yeux du Général « le régime des partis », les appareils partisans constituant discrétionnairement les listes et pouvant ensuite confectionner à leur aise des combinaisons gouvernementales, la représentation proportionnelle empêchant toute majorité de se dégager. Mais le refus de la proportionnelle a aussi pour but de réduire l'influence du PCF: cette fois, cette réduction passe par le système majoritaire à deux tours (et non un seul afin d'éviter de faire élire le candidat communiste qui profiterait de la dispersion de ses adversaires).

Une fois le débat tranché par le Général en faveur du système majoritaire, un second s'ouvre sur le choix entre scrutin de liste (qui a les faveurs de l'UNR et des indépendants) et scrutin uninominal. C'est le second qui est retenu, de Gaulle voulant éviter une hégémonie modérée et préserver le poids des socialistes et des radicaux.

Reste à procéder au plus difficile, le découpage des circonscriptions. Il n'y aura pas à l'occasion de « charcutage », même si la volonté de constituer des circonscriptions d'une taille moyenne de 93 000 habitants se combine avec celle de ne pas marginaliser la France rurale: la taille moyenne variera de 60 000 à 140 000 et seuls les communistes, exclus du gouvernement — et donc du grand marchandage — pourront s'estimer lésés, notamment par la « ruralisation » de circonscriptions urbaines.

A la veille des élections législatives de novembre 1958, l'ensemble des forces politiques raisonne en fonction des élections législatives de janvier 1956 qui ont donné l'ultime radioscopie du régime. La gauche a été majoritaire en voix (53,6 % des suffrages) et dominée par un parti communiste (26 %) confiné dans un isolement que renforcera l'invasion de la Hongrie. Au sein de la gauche non communiste, la SFIO s'est maintenue à un niveau honorable (15 %) tandis que le radicalisme de gauche a été revigoré par le mendésisme (11 %). Le centre et la droite sont en recomposition permanente : le lent déclin du MRP (11 %), la montée progressive de la droite classique du CNIP (15 %) coexistent avec des variations brutales. Le mouvement poujadiste a obtenu 11,5 % après quelques semaines de campagne démagogique alors que le « gaullisme » achève de s'effondrer (4 %). Malgré l'instabilité très forte du quart de l'électorat, rien ne laisse présager les bouleversements qui se produiront deux ans plus tard.

2. *Le recul de la gauche*

Dès les élections de novembre 1958, la première donnée essentielle du nouveau rapport de force politique est le recul sensible de l'influence de la gauche. Celle-ci (radicaux inclus) ne regroupe plus que 45,2 % des suffrages. Si la SFIO se maintient, le radicalisme régresse avec le déclin du mendésisme. Ce recul est surtout la conséquence de l'échec du parti communiste.

2.1. Le PCF paie en effet un lourd tribut au retour de celui qu'il présente comme un « fasciste ». Déjà, lors du référendum du 28 septembre, le « non » a totalisé 900 000 voix de moins que le score du parti communiste en 1956, ce qui fait conclure aux observateurs que c'est près du double que le PCF a perdu. Cette estimation est confirmée par le premier tour des législatives, où le recul enregistré est de 1 600 000 voix par rapport à 1956 : ces voix sont, pour l'essentiel, passées au gaullisme. Beaucoup y demeureront, le parti communiste ne retrouvant plus jamais l'influence d'avant 1958, même si le score de 18,9 % sera progressivement amélioré.

Totalement isolé (les désistements se faisant contre lui, il ne garde que 10 députés en 1958, ne pouvant même pas constituer un groupe parlementaire), aux prises avec une déstalinisation qu'il hésite à assumer et un schisme sino-soviétique devant lequel son groupe dirigeant reste longtemps incertain, le parti communiste réagit d'abord durement au gaullisme (excluant en 1961 ceux qui refusent son analyse outrancière : affaire Servin et Casanova). Il faudra attendre la fin de l'année 1962 pour que la ligne khrouchtchévienne l'emporte au sein du parti, Maurice Thorez plaçant désormais la lutte contre le « dogmatisme » avant celle contre l'« opportunisme » (comité central de Malakoff de décembre 1962). Ce tournant suit, il est vrai, un événement politique de taille : Guy Mollet a lancé à la veille du second tour des législatives de novembre 1962 un appel au désistement anti-UNR qui inclut les communistes. Ceux-ci, qui ont légèrement progressé depuis 1958 (mais, compte tenu du fort abstentionnisme, ils obtiennent 21,9 % des suffrages exprimés) vont pouvoir bénéficier de cette nouvelle tactique et obtenir 41 députés.

L'évolution idéologique du PCF va dès lors s'accélérer, notamment après le décès de Maurice Thorez et son remplacement au secrétariat général par Waldeck Rochet en 1964 : dénonciation du « culte de la personnalité », de la théorie du parti unique, ouverture aux chrétiens (où s'illustrera Roger Garaudy).

Tout en gardant une grande rigidité idéologique, l'appareil communiste commence une évolution favorisée par la détente internationale et le dégel tactique des relations avec la SFIO.

2.2. C'est un parti socialiste très affaibli qui soutient le retour au pouvoir du général de Gaulle. L'échec des tentatives de rénovation par Léon Blum en 1944-1946 a conduit à la victoire des tenants de la tradition: les doctrinaires guesdistes, conduits par Guy Mollet. Grâce à sa mainmise sur l'appareil, à l'alliance sous sa houlette des principales fédérations (Nord-Pas-de-Calais, Bouches-du-Rhône), Guy Mollet a présidé au déclin d'un parti conduit à une stratégie de «défense républicaine» contre les menaces communiste et gaulliste. Depuis 1947, il est complètement coupé du parti communiste, mais sa sclérose idéologique, son tacticisme politique ont détourné de lui les nouvelles générations et les «forces vives» de la gauche non communiste, séduites par l'éclat et le tranchant du gouvernement Mendès France de 1954 et ses tentatives de rénovation de la vie politique française.

Le gouvernement Mollet de 1956 met la gauche socialiste en porte à faux par rapport à l'inévitable décolonisation. L'affaire de Suez, l'extension de la guerre d'Algérie aboutissent à la cristallisation de tendances diamétralement opposées: d'un côté une aile anticolonialiste, où l'on retrouve nombre des «blumistes» de 1946 (Mayer, Depreux, Philip) et que son hostilité à la guerre d'Algérie conduit, en 1958, au refus d'un retour au pouvoir de De Gaulle «sur le pavois des militaires»; de l'autre, une minorité de droite, favorable à l'Algérie française et au maintien de l'empire colonial, conduite par le ministre résidant en Algérie, Robert Lacoste, et le ministre de la Défense, Max Lejeune. L'habileté médiatrice de Guy Mollet ne parvient pas à éviter l'éclatement: au congrès de septembre 1958 d'Issy-les-Moulineaux, qui décide de voter «oui» au référendum sur la Constitution, la minorité hostile (opposée au retour du général de Gaulle), qui a obtenu 30 % des mandats, fait scission pour créer le Parti socialiste autonome (PSA).

Amputée de son aile gauche, la SFIO apparaît comme la caution libérale du nouveau régime. Ses alliances à droite lors des législatives de novembre 1958, contrairement à ses prévisions, la desservent : 44 députés seulement contre 95 en 1956 avec un pourcentage de suffrages exprimés identique (15,5 contre 15,2 en 1956). Soumis aux pressions de son aile libérale (G. Defferre) et de ce qu'il reste de son aile gauche (A. Gazier), le groupe dirigeant molletiste gère difficilement sa prise de distance du gaullisme : quittant le gouvernement en janvier 1959, dans l'opposition modérée jusqu'aux accords d'Évian, puis à la tête de la *résistance parlementaire* contre la révision constitutionnelle d'octobre 1962.

La tactique d'alliance à droite aux législatives de novembre 1962 se révèle une erreur grave : perdant 900 000 voix, reculant à 12,5 % des suffrages exprimés, les socialistes se marginalisent. La décision d'élargir la tactique antigaulliste au PCF et de conclure avec lui des accords de désistement permet à la SFIO, sans redresser son score électoral, d'augmenter ses effectifs parlementaires. Mais elle aura surtout pour effet d'accroître ses contradictions.

D'une part sa stratégie prioritaire demeure l'opposition au gaullisme, à sa pratique institutionnelle, à sa politique (notamment étrangère : la SFIO est européenne et atlantiste), ce qui justifie des alliances à droite comme à gauche. Mais Guy Mollet pratique ces alliances tous azimuts pour des raisons de survie : survie du groupe parlementaire en 1962, des municipalités socialistes en 1965 (les alliances de front populaire et de « troisième force » choisies par les fédérations s'équilibrant). Lentement, cependant, l'idée chemine que le mode de scrutin impose une révision des rapports avec le PCF, *l'efficacité électorale allant dans le sens de l'union de la gauche*. Ce début d'alliance à gauche ou au centre se cristallisera à partir des présidentielles de 1965.

2.3. C'est autour des opposants à la Constitution de 1958 qui ont quitté la SFIO et le parti radical que se développe au début des années 60 une nébuleuse qui tente d'apparaître comme un nouveau pôle politique : à l'occasion du référendum de 1958, les dissidents de la SFIO (le PSA), les radicaux mendésistes, la fraction de l'UDSR (républicains de gauche) qui a suivi François Mitterrand et différents groupuscules constituent l'Union des forces démocratiques (UFD), dont le candidat à l'élection présidentielle obtiendra 8,4 % des voix et qui ne survivra pas à son échec aux législatives de novembre 1958 (1,2 % des suffrages exprimés).

Le 3 avril 1960, le Parti socialiste unifié (PSU), est constitué, rassemblant le PSA (auquel s'est rallié le courant mendésiste, P. Mendès France en tête), des dissidents du PCF qui l'ont quitté en 1956 *(Tribune du communisme,* animée par Jean Poperen) et l'Union de la gauche socialiste, regroupement de chrétiens de gauche et de socialistes indépendants liés à l'hebdomadaire *France-Observateur.* Ce nouveau parti est extrêmement divers quant à la sensibilité idéologique de ses adhérents, et il se caractérise d'emblée par son recrutement intellectuel et sa volonté de se démarquer systématiquement de la SFIO.

La volonté de rassemblement du PSU a ses limites : les républicains de gauche en sont exclus et François Mitterrand se verra refuser l'adhésion. Il devra constituer ses propres réseaux, au début bien maigres : la Ligue pour le combat républicain regroupe en 1959 sa tendance de l'UDSR. Le départ de la plupart des ex-radicaux mendésistes du PSU, en 1962, permet la fusion de ceux-ci — regroupés dans le Club des jacobins de Charles Hernu — et de la Ligue, créant ainsi le Centre d'action institutionnel en 1964, œuvrant à la fois à la « rénovation de la gauche » et à la « bataille républicaine » antigaulliste. Ce courant républicain de gauche franchira une nouvelle étape en fédérant en juin 1964 une série de clubs républicains au sein de la Convention des institutions républicaines dont François Mitterrand assure la présidence.

A l'aube des présidentielles de 1965, cette nébuleuse

de la gauche non SFIO est donc divisée en deux pôles qui se distinguent toujours plus nettement. D'une part, un pôle constitué autour du PSU, qui veut tout à la fois « gauchir » un socialisme « dévoyé » par la SFIO et moderniser la réflexion de la gauche : son influence s'étend au monde syndical (la gauche de la CFTC, qui constitue en 1964 un syndicat déconfessionnalisé, la CFDT), à la presse *(France-Observateur)* et à la technocratie intellectuelle et administrative (regroupée dans des clubs dont le club Jean-Moulin est le plus brillant). Son poids intellectuel est inversement proportionnel à son impact électoral. D'autre part, un pôle républicain de gauche, dont la culture est héritée du radicalisme, qui va opter dès 1962 pour une démarche purement politique et donc une attitude plus pragmatique envers la SFIO.

Au total, l'ensemble de la gauche — PCF, SFIO et gauche nouvelle — connaît, dans la première moitié des années 60, une « traversée du désert » qui semble augurer d'un long éloignement du pouvoir. L'abstention d'une partie de son électorat, le ralliement au gaullisme d'une autre, la division entre les partis masquent une évolution souterraine qui n'émergera qu'à partir de 1965.

3. *L'effondrement de la droite*

Le retour au pouvoir du général de Gaulle se traduit par un raz de marée conservateur : le succès de l'UNR est aussi celui de nombreux partisans de l'Algérie française qui ont intégré cette nouvelle formation, tandis que la droite classique (où le Centre national des indépendants est dominant) enregistre une progression spectaculaire (20 % des suffrages), souvent au détriment de l'extrême droite et des poujadistes (laminés à 2,5 %). L'effet démultiplicateur du mode de scrutin fait de cette poussée un raz de marée aux législatives de novembre 1958.

Pourtant le déplacement à droite de l'opinion et du

Parlement ne va pas être durable : la politique algérienne du chef de l'État conduit à une décantation du personnel politique tandis que les référendums successifs recentrent l'électorat gaulliste par rapport aux législatives de 1958.

C'est en deux étapes que la droite classique ou activiste va être écrasée. Tout d'abord du fait de la guerre d'Algérie : la rupture entre de Gaulle et les partisans de l'Algérie française marginalise progressivement les seconds. Ceux-ci vont de surcroît être vite divisés entre les tenants d'une opposition légale et ceux d'une opposition armée. Les premiers seront régulièrement laminés lors des référendums : celui où ils se battent seuls (en avril 1962, sur les accords d'Évian) se traduit par un score de 9,3 % des suffrages exprimés, démonstration de leur extrême faiblesse. Quant aux partisans de la lutte armée, ils pâtiront, outre la rivalité entre civils et militaires (chacun œuvrant de son côté, lors des barricades de janvier 1960, où les activistes ont l'initiative, et lors du putsch, essentiellement militaire, d'avril 1961), de leur extrême fragmentation : groupuscules d'extrême droite, d'inspiration nationaliste ou intégriste, débris des éléments « Algérie française » des partis traditionnels (autour de Georges Bidault, ex-MRP, ou Roger Duchet, ex-CNI) ou récents (l'aile droite exclue de l'UNR autour de J. Soustelle et de L. Delbecque), fragmentation enfin du terrorisme après l'échec du putsch de 1961, l'escalade du terrorisme étant due en grande partie aux rivalités et aux surenchères qui divisent les différentes factions de l'Organisation Armée Secrète (OAS).

L'indépendance de l'Algérie, l'arrestation des principaux chefs de la rébellion, le caractère aveugle des attentats marginalisent le terrorisme : la répression qui s'abat sur lui (après les attentats OAS contre la police, celle-ci se retrouvera unie pour combattre le terrorisme), de la part des forces de police et des services parallèles, anéantira l'OAS. Désormais le courant Algérie française est décapité.

La lente mutation du régime

Aux élections de novembre 1962, la sanction tombe : l'extrême droite disparaît à moins de 1 % et les leaders — quelle que soit leur origine — sont écrasés. Mais la droite classique paie aussi son tribut : ses ambiguïtés sur l'Algérie, son intégration au cartel des « non » sont rejetées par un électorat devenu gaulliste. Avec 11,5 % des suffrages et une perte de deux millions de voix, les conservateurs sont redimensionnés, à l'exception des indépendants giscardiens qui vont voler de leurs propres ailes aux côtés de l'UNR.

La droite classique entame alors sa traversée du désert, au point, aux présidentielles de 1965, d'être dans l'incapacité de présenter un candidat. Quant à l'extrême droite, la candidature de J.-L. Tixier-Vignancourt sera son chant du cygne (il n'obtiendra que 5,2 % de voix, grâce aux rapatriés) avant de disparaître pour près de vingt ans.

4. *La marginalisation du centre*

L'introduction du scrutin majoritaire porte un coup sévère aux formations centristes de la IVe République, les démocrates chrétiens et les radicaux. Ces derniers sont d'autant plus atteints que mai 1958 les a surpris en pleine division : le courant Algérie française (A. Morice), le courant mendésiste et celui d'Edgar Faure sont séparés du tronc officiel (F. Gaillard) à la suite d'exclusions réciproques. La tentative de rénovation mendésiste a totalement échoué et conduit ses promoteurs, après le retour de De Gaulle, au PSA puis au PSU. Les autres, radicaux officiels ou dissidents, n'obtiennent que 9 % des voix au total, en novembre 1958. Félix Gaillard tente bien de réunifier la diaspora mais ses efforts n'enrayent pas le déclin irrémédiable : aux législatives de 1962, alors que Maurice Faure lui a succédé, les radicaux chuteront à 7 % des voix.

Quant au MRP, son sort n'est guère plus enviable ; son soutien au général de Gaulle lui permet de conserver son capital électoral : aux élections législatives de novembre 1958, il conserve les 11 % de suffrages exprimés de janvier 1956. Mais les rapports avec le général de Gaulle vont rapidement se dégrader : sur la politique étrangère, qu'il s'agisse de l'Europe ou des relations avec les États-Unis, les divergences sont profondes. Elles éclateront au lendemain de la guerre d'Algérie lorsque le général de Gaulle critiquera ouvertement la supranationalité (conférence de presse du 15 mai 1962). Le départ des ministres MRP marque une rupture définitive qui se traduit par le ralliement au « cartel des non ».

Une fraction du MRP reste fidèle au gaullisme (M. Schumann) et fait dissidence. La majorité subit un échec aux législatives de novembre 1962 : perte de 800 000 voix et recul à 7,9 % des suffrages exprimés. La démocratie chrétienne devient une force secondaire, enracinée dans quelques bastions de l'Ouest et de l'Est. Son problème est le même que celui des radicaux : le mode de scrutin. S'y ajoute l'influence du gaullisme dans un électorat qui avait déjà été réduit de moitié par le RPF.

Refusant comme les giscardiens de flanquer l'UNR en attendant des jours meilleurs, le MRP va néanmoins renouveler ses élites dirigeantes. Au congrès de La Baule, Jean Lecanuet est élu président et Joseph Fontanet secrétaire général. C'est l'équipe qui conduira la campagne des présidentielles de 1965.

5. *L'ascension du mouvement gaulliste.* La grande nouveauté de la vie politique française à partir de l'automne 1958 est la reconstitution d'une grande formation gaulliste. Il y a un précédent : le Rassemblement du peuple français (RPF), mouvement de masse et véritable parti, qui, après le triomphe initial (40 % dans les communes de plus de 9 000 habitants, aux municipales d'octobre 1947, près de 400 000 adhérents réels en 1948) et le demi-succès des législatives de 1951 (22,3 % des suffrages) avait été mis en sommeil en 1953 par le général de Gaulle (les restes parlemen-

taires du gaullisme n'obtiendront, divisés, que 4 % aux législatives de 1956). Au-delà de la parabole électorale, le RPF a permis de créer un réseau très dense de cadres nationaux et locaux, souvent issus de la Résistance, qui constituent le vivier dans lequel vont puiser ceux qui tentent à l'automne 1958 de créer une nouvelle organisation.

A l'initiative de Jacques Soustelle (qui, en tant que secrétaire général, avait été la cheville ouvrière du RPF), la diaspora gaulliste se fédère le 1er octobre : on y retrouve les anciens du RPF, qu'ils viennent des républicains sociaux, autour de Jacques Chaban-Delmas, ou des groupes Algérie française de J. Soustelle (Union pour le renouveau français) et Léon Delbecque (Convention républicaine), mais aussi bon nombre d'activistes. Sur intervention du Général, l'Union pour la Nouvelle République ne se fédérera pas avec la droite nationaliste (comme le voudrait Soustelle) et n'aura pas de président (poste qu'ambitionnait l'ancien secrétaire général du RPF). Roger Frey, fidèle du Général, est désigné comme secrétaire général.

Malgré le gaullisme universel dont se réclament la plupart des candidats aux législatives de novembre 1958, la nouvelle formation obtient un succès inespéré (18 % des suffrages exprimés) amplifié par le nouveau mode de scrutin (198 élus). Mais ce succès masque une ambiguïté fondamentale : si une partie majoritaire du groupe parlementaire soutient *perinde ac cadaver* le président de la République, une minorité consistante est avant tout décidée à défendre l'Algérie française. Au sein de l'UNR, même clivage : aux fidèles (Frey, Chaban-Delmas, Chalandon) s'opposent les militants activistes. Pour éviter toute dérive, les premiers feront du parti un parti de cadres, recrutant parmi les gaullistes éprouvés et, sociologiquement, les élites locales. Le projet des seconds — constituer un parti de masse, sur le modèle du RPF, dirigé par eux — échouera : au fur et à mesure que la politique algérienne du Général se précise, l'hémorragie de l'aile droite s'accélère. Elle s'achèvera le 25 avril 1960, avec l'exclusion de Jacques Soustelle.

Désormais, la voie est libre pour faire de l'UNR le relais discipliné de la politique présidentielle: Jacques Chaban-Delmas, dès les assises de novembre 1959, explique au mouvement qu'il ne peut être un parti comme les autres, le pouvoir d'État présidentiel constituant un «secteur réservé» où l'UNR n'a pas à intervenir, sinon par son soutien total. Reste le «secteur ouvert», celui où le président ne décide pas, mais «opte», où le gouvernement n'exécute pas mais «conçoit», où l'UNR ne «suit» pas de Gaulle, mais doit «devancer l'événement». Une telle définition du travail politique exclut la *fonction programmatique* traditionnelle des partis français.

Jusqu'en 1965, l'UNR est «l'instrument séculier du gaullisme» (Michel Debré), le relais de l'action présidentielle et gouvernementale, chargée de défendre sur le terrain non seulement le chef de l'État mais aussi un régime contesté par les forces politiques traditionnelles et combattu par les tenants de l'Algérie française.

Durant cette période, le souci principal des dirigeants du mouvement (six secrétaires généraux se succéderont: Roger Frey, Albin Chalandon, Jacques Richard, Roger Dusseaulx, Louis Terrenoire et Jacques Baumel) est d'assurer une discipline totale derrière le chef de l'État en sanctionnant toute dissidence (les législatives de 1962, en laminant les exclus, serviront de leçon) et en maintenant le monopole du «label» gaulliste. Celui-ci sera d'abord défendu au lendemain du retour au pouvoir contre les tentatives rivales, puis contre la volonté des «gaullistes de gauche» de créer leur propre formation, distante d'une UNR trop conservatrice à leurs yeux.

Ces «gaullistes de gauche», regroupés dans l'Union démocratique du travail (UDT) créée en avril 1959 par Louis Vallon et René Capitant (déjà chefs de file de la gauche du RPF) et qui fusionnera difficilement avec l'UNR en novembre 1963, ne seront jamais très nombreux, mais leur poids politique est réel, notamment sous la pression du général de Gaulle qui tient à disposer d'un soutien progressiste reflétant l'électorat populaire qui l'avait rallié.

Cette volonté d'être le relais «inconditionnel» (J. Richard aux assises de Strabourg de 1961) du président et du régime va peser durant les premières années sur la nature du mouvement : le refus de Michel Debré de diriger le parti tout comme les rapports initiaux difficiles avec Georges Pompidou accentuent la référence gaulliste ; en 1962, André Malraux constitue une Association pour la Ve République qui octroie le «label» officiel aux candidats investis. Il n'y a donc pas d'autonomie du parti.

Mais le fait de participer surtout aux grandes batailles nationales a un inconvénient majeur : la difficile implantation au niveau local où l'UNR ne parvient pas à entamer la domination des notables appartenant aux partis traditionnels ; on le voit aux élections municipales de mars 1959 comme à celles de mars 1965 où les gaullistes subissent un échec indiscutable, malgré l'introduction en 1965 du scrutin majoritaire bloqué dans les villes de plus de 30 000 habitants.

Principale force politique du pays sur le plan national, l'UNR (devenue en 1963 UNR-UDT) n'est donc pas, durant le premier septennat, encore un parti, suivant en cela la volonté du président de la République. Il faudra attendre le second septennat pour que s'opère la mutation.

III. L'IMPOSSIBLE RASSEMBLEMENT

1. De 1958 à 1965 toute la démarche politique du Général dans ses rapports avec le pays est de parvenir à susciter une adhésion qui dépasse les clivages partisans traditionnels. L'ouverture à tous les partis, communiste excepté, le refus de s'engager aux législatives de 1958 en faveur de l'un d'eux en est un premier signe. Surtout, l'usage répété du référendum montre la volonté de rassembler par-dessus puis contre les partis traditionnels.

Mais de quel rassemblement s'agit-il ? L'objectif du Général est de regrouper sur son nom l'assentiment le plus large et les premières déceptions viendront en 1962, lorsque la majorité de « oui », qu'il ne voulait pas « faible, médiocre, aléatoire » (18 octobre 1962) se révèle plus limitée que prévue. Puis lorsqu'il constatera que le gaullisme présidentiel est nettement moins rassembleur que le gaullisme *référendaire*. L'essentiel reste cependant de tenir ferme sur quelques principes : le premier est de rassembler un électorat *interclassiste*, qui soit puisé dans toutes les catégories sociales. L'existence constante d'un gaullisme populaire, et notamment ouvrier, sera l'une des grandes exigences du Général et dictera ses choix tactiques en 1965 ou après 1968.

Le second est de ne pas s'enfermer dans un clivage gauche/droite, mais de jouer sur le registre « national ». « Ce n'est pas la gauche, la France, ce n'est pas la droite, la France », s'exclame-t-il à la veille du second tour des présidentielles de 1965 : le rassemblement n'est pas la neutralisation des tendances contradictoires qui traversent la nation, mais leur prise en charge, puisque « c'est avec tout cela qu'on fait la France ».

Le troisième est d'échapper à la tutelle des partis. Cette volonté permanente de De Gaulle depuis 1946 sera constamment affirmée après 1958 : éviter qu'ils fassent écran entre le président et le peuple — y compris au sein du gaullisme — comme on le verra au second tour des présidentielles ou dans la reprise en main *référendaire* qui suit les élections de 1958 et de 1968 et qui a pour but d'éviter que le gaullisme ne soit à l'image de ses parlementaires.

Mais ces garanties ne peuvent empêcher que le poids des institutions et des modes de scrutin soit de plus en plus lourd.

Dès 1962, avec l'opposition au « cartel des non » et

La lente mutation du régime

la dissolution, le président est conduit à demander au pays de lui donner une majorité parlementaire qui lui permette de gouverner. C'est à partir de 1962 que l'on parlera de la «majorité» pour parler des gaullistes et que ceux-ci insisteront sur la nécessaire coïncidence de la majorité présidentielle et de la majorité parlementaire.

Aussi longtemps que l'opposition est divisée et que ses thèmes favoris sont la remise en cause du régime et de sa lecture des institutions, la coïncidence entre *rassemblement et majorité* n'est pas contradictoire. C'est à partir du moment où la logique du système électoral majoritaire va conduire à une bipolarisation progressive que cette coïncidence va devenir délicate.

2. La longue période de campagne électorale permanente qui va de la préparation des présidentielles de 1965 (qui commence deux ans avant l'échéance) aux législatives de mars 1967 constitue un premier ébranlement.

Pour l'opposition au Général, la question est de savoir sur quelle base fonder une majorité alternative. La question se pose surtout pour le pivot de l'opposition, les socialistes: doivent-ils s'allier sur leur droite ou avec les communistes? La première hypothèse, qui correspond à la tactique du «cartel des non» de 1962, sera la première tentée. Dès septembre 1963, *l'Express* se lance à la recherche du candidat type, Monsieur X., qui va très vite prendre les traits de Gaston Defferre, maire de Marseille, président du groupe socialiste à l'Assemblée et représentant de l'aile libérale de la SFIO. Soutenue par les clubs de la gauche moderniste (et notamment le club Jean-Moulin) qui veulent intégrer l'opposition dans la Ve République, l'opération Defferre fera long feu: la SFIO, réticente car elle ne partage pas l'acceptation par le maire de Marseille des pouvoirs présidentiels, le laisse partir en campagne, à deux ans de l'échéance. En butte à l'hostilité des communistes (il ne veut pas négocier avec eux), G. Defferre va échouer lorsqu'il proposera, en 1965, de fédérer socialistes, radicaux et démocrates chrétiens. En juin, le compromis entre les uns et les autres se révèle impossible et Gaston Defferre se retire.

La place est alors libre pour une stratégie de type front populaire entre les différentes fractions de la gauche non communiste et le PCF. Prenant de vitesse d'autres candidats potentiels, François Mitterrand présente sa candidature le 9 septembre 1965. Voulant regrouper la gauche radicale et socialiste d'abord (la Fédération de la gauche démocrate et socialiste est créée le 10 septembre) puis toute la gauche, il bénéficiera du soutien sans condition des communistes. Ceux-ci n'hésiteront pas à conduire une campagne imposante afin de réussir leur réintégration dans la vie politique nationale, alors même que les dirigeants soviétiques ne cachent pas leur préférence pour le général de Gaulle. Après les désistements réciproques aux législatives de 1962, les listes d'union dans de nombreuses communes aux municipales de janvier 1965, une renaissance de la stratégie de front populaire se dessine et montre son efficacité : François Mitterrand obtient 32,2 % des suffrages au soir du premier tour.

Démonstration est faite ce soir-là à beaucoup de leaders et militants de la gauche communiste et socialiste que la reconquête du pouvoir devra nécessairement passer par une stratégie présidentielle et l'union de la gauche. Un tel succès pose un problème sérieux au général de Gaulle.

Son objectif principal est d'éviter un clivage gauche-droite qui ferait de lui le candidat de la droite. Le second tour sera mené de façon à ne pas présenter le président sortant comme un conservateur : le gaullisme sera mis en avant, plutôt que la majorité parlementaire, André Malraux plutôt que Georges Pompidou. Quant à François Mitterrand, il s'agira de ne pas le présenter comme le candidat de l'union de la gauche ou du front populaire.

Durant ses entretiens télévisés avec Michel Droit, le Général s'en tiendra fermement à cette ligne de conduite : d'un côté un candidat qui représente la France, qui intègre les deux sensibilités, celle du *mouvement* et celle de *l'ordre,* l'une comme l'autre « nécessaires » ; de l'autre un candidat qui est le « candidat de la gauche » mais aussi le « candidat de la droite », en fait « le candidat des partis », qui « entend représenter la France au nom d'une fraction ». D'un côté le rassembleur au-delà des partis, de l'autre le *rassembleur des partis.*

Par un tel discours, Ch. de Gaulle parvient à maintenir l'essentiel de sa stratégie de rassemblement interclassiste et national et à conjurer le risque d'une bipolarisation qui conduirait à une révision générale de sa démarche depuis 1945.

Mais cette stratégie est remise en cause à terme. D'abord du fait de la base politique du candidat Mitterrand. Si celui-ci n'est pas le candidat de la gauche unie, mais des « républicains » (du PCF à Tixier-Vignancour), le gros de ses troupes est constitué par l'électorat communiste et socialiste. La démarche mitterrandiste conduit au développement d'une stratégie d'union de la gauche à deux niveaux — union de la gauche non communiste et unité entre celle-ci et les communistes — qui sera l'axe autour duquel évolueront PCF et socialistes de 1965 à 1972, avec des hauts et des bas.

Jusqu'en 1968, ce danger n'est encore que potentiel pour le gaullisme. Certes, dans la foulée de l'élection présidentielle, la FGDS se structure, constitue même un « cabinet fantôme » à la britannique et noue avec le PCF un accord électoral en bonne et due forme pour les législatives de mars 1967. Mais le gaullisme ne peut être alors réduit aux yeux de l'opinion à un simple rassemblement conservateur : l'attitude du général de Gaulle sur la scène internationale lui vaut le soutien des régimes progressistes du tiers monde et la compréhension de l'Est. On le verra lors du conflit israélo-arabe ou de la guerre du Vietnam (discours de Phnom Penh). La sortie de la France du commandement intégré de l'OTAN, en mars 1966, entraînera le dépôt d'une motion de censure par les fidèles de l'OTAN, au rang desquels les parlementaires de la FGDS : l'opposition gauche-droite est encore loin.

Mais le second élément qui limite progressivement la stratégie de rassemblement est la consolidation de la majorité gaulliste.

Élu par 55 % des électeurs, Ch. de Gaulle n'est plus que le président de la majorité des Français ; son problème n'est plus seulement de rassembler sur son nom, mais de conserver les électeurs qui se sont portés sur lui afin de garder une majorité parlementaire. Il n'hésite pas à intervenir à la veille des élections de mars 1967 pour demander « une majorité qui soit cohérente et constante » au Parlement afin qu'elle poursuive, « en commun » avec le gouvernement, l'œuvre entreprise. Mais même si le général de Gaulle reconnaît la nécessité d'une majorité parlementaire, il se refuse d'en être le chef de file.

A partir de 1963, c'est le Premier ministre, Georges Pompidou, qui va prendre en main progressivement les rênes du parti majoritaire. Après la fraîcheur initiale de l'accueil, en 1962, Georges Pompidou apprivoise rapidement l'UNR-UDT : dirigeant l'action du groupe parlementaire, participant aux réunions des instances du mouvement, il apparaît vite comme le chef de file du parti gaulliste. Pour les élections de mars 1967, il intervient activement dans le choix des candidats, lançant même ses jeunes collaborateurs de Matignon à la conquête des bastions effrités de l'opposition. Durant la campagne, c'est son duel avec Pierre Mendès France qui donne le ton.

L'étroitesse de la victoire des gaullistes et de leur alliés, malgré l'accroissement de leur électorat (qui passe à 38,5 % des suffrages) rend la cohésion de la majorité vitale : 250 sièges (dont 8 non-inscrits) sur 487, face à la gauche qui a bénéficié de bons reports de voix et un centre dont une large fraction des électeurs n'a pas hésité à voter à gauche au second tour.

Pour sauver la majorité parlementaire, Georges Pompidou tente en vain d'obtenir la création d'un seul groupe; les giscardiens le refusent. Du moins réussit-il à tuer dans l'œuf les manœuvres centrifuges des gaullistes de gauche; et, puisque la majorité est exiguë, le Premier ministre n'hésitera pas à gouverner par ordonnances.

A peine un peu plus d'un an après l'élection présidentielle de 1965 qui a vu le gaullisme de rassemblement se muer en *gaullisme majoritaire,* celui-ci se structure de façon totalement inédite: les électorats présidentiels (43,7 % au premier tour) et législatif (38,5 %) se rapprochent, le référendum disparaît et le gestionnaire politique quotidien de cette majorité est un Premier ministre en pleine ascension. Ne tentera-t-il pas de supprimer le secrétariat général de l'UNR-UDT en juin 1967, afin d'en devenir le véritable patron, en lui substituant un organe collégial? Il faudra le congrès de Lille de novembre 1967 du mouvement pour revenir sur cette initiative. Georges Pompidou fera cette concession au patriotisme de parti mais n'en gardera pas moins le contrôle de ce qui est devenu désormais le parti gaulliste.

3. L'accélération de la mutation majoritaire du gaullisme est largement due au rapprochement des communistes et de la FGDS. L'accord électoral, le début d'une « discipline républicaine » des électeurs montrent aux appareils que l'union est rentable: le PCF (22,5 % des suffrages) et la FGDS (19 %) progressent, alors que le PSU, qui reste à l'écart, est sanctionné (2 %). Un premier dialogue s'instaure à gauche qui aboutira le 24 février 1968 à une déclaration commune PCF-FGDS, qui est la première ébauche du futur programme de gouvernement de 1972. État des convergences et des divergences, elle montre que les désaccords sont encore nombreux sur la politique étrangère et la démocratie (le PCF n'est pas résigné à l'acceptation totale de l'alternance) mais que l'accord est assez large sur l'économique et le social.

On est cependant encore loin d'une alternative politique crédible et ce d'autant que la FGDS est déchirée par des dissensions entre socialistes, radicaux et clubistes, les deux premiers partis refusant la suggestion de se saborder en un *parti démocrate et socialiste* dont François Mitterrand serait le leader obligé.

De ces mutations, aucun des acteurs politiques — à commencer par le général de Gaulle — n'a pris véritablement la mesure, ce qui explique la brutalité du choc de mai 1968, où la crise larvée du système politique va être amplifiée par le mouvement de fond d'une société qu'il n'a pas vu évoluer à ce point.

CHAPITRE V

LE GAULLISME ET LA SOCIÉTÉ FRANÇAISE

Les années de gaullisme coïncident avec une mutation profonde de la société française. Les années 1960 sont celles de l'urbanisation rapide du pays (et de l'accélération de l'exode rural), de la venue à maturité de la génération du baby-boom de l'après-guerre, de l'entrée massive des femmes sur le marché du travail et de la modernisation des mœurs et des modes de vie.

C'est sur cette société en mouvement que le gaullisme veut agir : accompagnant la croissance économique (la France est alors au cœur des « trente glorieuses » années d'expansion dont parlera J. Fourastié), la hausse des niveaux de vie et les mutations technologiques, mais restant attaché à un système de valeurs traditionnel. Le fameux entretien télévisé avec Michel Droit du 15 décembre 1965 illustrera l'idée que le général de Gaulle se fait du changement et de la tradition : le premier est défini de façon purement matérielle (le progrès, c'est la volonté pour la « ménagère » d'avoir un frigidaire, un aspirateur, une machine à laver et une automobile), la seconde en termes d'ordre familial traditionnel. Cette dichotomie modernité-tradition se heurte cependant à un mouvement de fond qui secoue les croyances traditionnelles, notamment chez les jeunes générations, et entraîne un décalage entre celles-ci et le pouvoir, décalage qui ira croissant, comme on le verra en 1968.

I. Une nouvelle génération politique

A partir de 1960, une nouvelle génération entre en force dans la société française et va en bouleverser les comportements collectifs : la génération du baby-boom de la Libération et de l'après-guerre. L'inversion de la fécondité à partir de 1943 et surtout de 1945 (850 000 naissances en moyenne par an) crée une classe d'âge nouvelle par son nombre et ses aspirations (elle coïncide avec la reconstruction et la croissance accélérée de la production et du niveau de vie) qui arrive à maturité avec les dernières années de la guerre d'Algérie et la fin de l'engagement de la France dans des conflits armés.

Parallèlement, une explosion scolaire prolonge cet essor démographique. L'accès au secondaire puis au supérieur se démocratise : de 20 000 bacheliers par an dans les années 50, on passe à 75 000 en 1963 et à 130 000 en 1967, de 100 000 étudiants dans les années 50, on passe à 300 000 en 1962 et à 700 000 en 1967, ce qui ne contribuera pas peu à la crise grave d'une université dans l'incapacité de les accueillir, qu'il s'agisse des moyens, des hommes ou des politiques.

Cette démocratisation de l'enseignement n'est pas due seulement à un phénomène démographique. Elle est le résultat d'une volonté délibérée des familles ouvrières de faire accéder, grâce à l'école, leurs enfants à un meilleur statut social : la traduction de cette « stratégie scolaire » est nette dans le secondaire durant les années 60 (elle le sera moins dans les années 70) et aboutit à un passage générationnel des *cols bleus* vers les *cols blancs* (employés).

Cette mobilité sociale partielle par l'école, jointe à la force numérique, va créer dans la nouvelle génération une solidarité horizontale renforcée par la révolution des médias (télévision mais surtout radio : généralisation du transistor, dont on a vu le rôle lors du putsch de 1961 et qui a pesé en mai 1968) : ceux-ci font non seulement connaître les modes culturelles d'outre-Manche ou d'outre-Atlantique mais «ciblent» leur public par tranche d'âge; le rock'n roll devient, après une pénétration progressive à la fin des années 50, la référence culturelle, avec ses leaders (les «idoles»), ses «fans», ses réseaux médiatiques (émissions spécialisées, presse) et ses manifestations de masse : le 22 juin 1963, à l'appel de *Salut les copains* (émission emblème d'Europe n° 1), 150 000 jeunes se retrouveront place de la Nation pour écouter leurs «idoles». C'est le premier des concerts de rock qui seront la forme culturelle privilégiée de ces manifestations communautaires d'une génération dont l'uniforme (jean et tee-shirt) traduit le refus de l'uniformisation par le service militaire des années 1956-1962.

Cette nouvelle génération qui, à partir de 1965, va augmenter progressivement le nombre des électeurs, constitue un enjeu politique considérable. Pourtant, dans la vague générale de reflux de l'influence des partis politiques qui caractérise les premières années de la Ve République, la jeunesse ne détonne pas. Le reproche de dépolitisation lancé aux nouvelles générations par celles qui se sont mobilisées dans les années 1954-1962 sur la guerre d'Algérie ne résiste pas à la constatation d'une politisation qui prend d'abord la forme de la découverte idéologique : les années 60 sont marquées par la diffusion de masse des œuvres politiques, à commencer par celles de marxistes orthodoxes (Marx, Lénine) ou non (Mao, Trotski), en collections de poche.

Avant même l'explosion de mai 1968, l'hégémonie idéologique de l'extrême gauche dans une large fraction de la jeunesse scolarisée constitue un phénomène décisif, qu'illustre, en creux, la crise des mouvements de jeunesse des partis traditionnels (PCF) ou nouveaux (le mouvement de la jeunesse gaulliste, l'UJP, n'ayant guère d'influence). Culturellement puis politiquement, c'est le messianisme «gauchiste» qui va donner le ton.

1. *Le kaléidoscope gauchiste*

Sur la vague de la guerre d'Algérie, une nouvelle mouvance politique s'est constituée progressivement, qui se différencie radicalement du parti communiste ou de la mouvance socialiste : contre la guerre d'Algérie, contre un service militaire interminable, l'Union nationale des étudiants de France devient progressivement un groupe de pression qui compte. Et, le conflit algérien terminé, il sera un enjeu de pouvoir, tant par ses capacités d'influence au moment où l'université se démocratise que par ses moyens — via la gestion des mutuelles étudiantes. A compter de 1960, c'est au sein de l'UNEF que se forment les nouvelles élites politiques de l'extrême gauche, qu'elles transitent ou pas par le PSU ou par l'Union des étudiants communistes (branche étudiante du PCF). De ses origines « algériennes » ce courant est marqué par un puissant tiers-mondisme qui lui fera épouser toutes les causes révolutionnaires des années 60, qu'elles se situent en Amérique latine, en Asie ou, à un degré moindre, en Afrique. Deux mythes se détachent : celui de Che Guevara, idéologue et praticien (il mourra en Bolivie) du « castrisme » c'est-à-dire de la guérilla révolutionnaire, et celui de Mao Tsé-toung, de la critique du « révisionnisme khrouchtchévien » et d'une « révolution culturelle » chinoise totalement imaginaire ; dans les deux cas des théoriciens de la révolution du tiers monde contre les métropoles du Nord.

A partir de 1965, ce mouvement trouvera à s'investir dans l'« anti-impérialisme », contre la guerre américaine au Vietnam, qui l'unifiera aux gauches radicales de l'ensemble du monde occidental.

Sur ce fond de tiers-mondisme militant, la diversité des formes politiques est étonnante. Chez ceux qui ont fait leurs premières armes au parti communiste, deux issues sont possibles : le trotskisme ou le maoïsme. Le premier a toujours été vivant en France, malgré sa division en chapelles : il est régénéré en 1966 par l'appoint de jeunes dissidents de l'UEC qui créent la

Le gaullisme et la société française

Jeunesse communiste révolutionnaire, mais aussi par la création d'une branche rivale, la FER (Fédération des étudiants révolutionnaires). Les maoïstes, à la différence des trotskistes, tenants de la critique antibureaucratique de l'URSS, se présentent comme les derniers défenseurs de l'orthodoxie marxiste-léniniste contre les « révisionnistes » du PCF : adeptes de Mao, ils ont pour maître à penser le philosophe communiste Louis Althusser, qui tente de concilier structuralisme, maoïsme et léninisme, tout en restant, pour sa part, au PCF.

A ces courants marxistes s'opposent ceux dont la matrice est anarchiste : les uns se situent dans une mouvance libertaire classique, les autres dans une démarche de critique radicale de la vie quotidienne (critique de la société de consommation et de la société du spectacle), d'une contestation du capitalisme qui met l'accent sur la dimension culturelle de la révolution à venir, où la libération totale des désirs humains prime la libération économique et politique (influence du surréalisme). Dès 1957, l'Internationale situationniste véhicule ce discours qui empruntera dans les années 60 au freudo-marxisme (Marcuse).

Autant de mouvances qui, à la veille de 1968, constituent un kaléidoscope bruyant ou immergé dont le seul point commun politique est la critique du PCF (les « staliniens ») qui, d'ailleurs, le leur rend bien.

2. *Mai 1968*

Le mouvement étudiant, qui débute « officiellement » le 22 mars 1968, au campus universitaire de Nanterre, s'inscrit dans un contexte mondial de révolte de la jeunesse scolarisée qui, en France seulement, pour des raisons sur lesquelles nous reviendrons, se prolonge par une crise sociale et une crise de régime. Cette « révolution étudiante » démarre dès 1964 en Californie (septembre-octobre), atteint l'Allemagne en 1966 (Berlin, juin), où elle se développera en 1967, et l'Italie en 1968 (début en février du « mai rampant ») avant de se prolonger au Japon, au Mexique ou en Europe de l'Est (Pologne, Yougoslavie). En France, les premiers incidents éclatent en mars 1967, à la cité universitaire de Nanterre où la contestation vise la réglementation séparant filles et garçons. De la revendication de la liberté sexuelle, le mouvement passe, en novembre, à la révolte contre l'institution universitaire. Le point de départ est l'application pratique de la réforme Fouchet (introduisant la sélection); le centre de la grève : les étudiants en sociologie, secteur en marge au sein de l'université (le moins professionnalisé). C'est parmi eux que va se dégager la personnalité de Daniel Cohn-Bendit, agitateur de talent, qui deviendra le modèle d'une génération de tribuns étudiants, orateurs efficaces et catalyseurs d'assemblées générales (les « AG »). Rendu célèbre par son interpellation du ministre de la Jeunesse et des Sports venu inaugurer la piscine du campus, le 8 janvier 1968, et à qui il a reproché de ne pas traiter des « problèmes sexuels des jeunes » dans son Livre blanc sur la jeunesse, il fédère le 22 mars les divers groupuscules d'extrême gauche qui contribuent à l'agitation croissante sur le campus et qu'électrise, le 21 mars, l'arrestation de six étudiants, coupables de déprédations sur des établissements américains, dont l'un est nanterrois.

Après les vacances de Pâques, l'agitation franchit un degré : manifestations et contre-manifestations (du groupe d'extrême droite Occident) se multiplient. Nanterre est fermée le 3 mai et l'agitation s'installe au quartier Latin : les « enragés » occupent la cour de la Sorbonne d'où ils seront chassés sans ménagement par la police qui arrête 500 personnes (y compris des passants).

Désormais le cycle qui transforme la contestation universitaire en émeute est amorcé. L'arrestation de 500 « étudiants » l'après-midi du 3 mai n'est pas terminée que les affrontements avec la police commencent et que les premières barricades se dressent. La vio-

Le gaullisme et la société française

lence des étudiants n'a d'égale que l'aveuglement et la brutalité de la répression policière.

Les leaders du mouvement (Daniel Cohn-Bendit, Jacques Sauvageot, président de l'UNEF, Alain Geismar, secrétaire général de la fédération universitaire de la FEN, le SNESup) sont interpellés (ils seront rapidement relâchés).

Fait important, l'opinion (notamment parisienne) est plus sensible à la répression policière qu'aux violences étudiantes : elle bascule du côté des étudiants (et ce jusqu'à la fin de mai).

La Sorbonne fermée, l'agitation s'installe dans la rue : une première grande manifestation se déroule le 7 mai, de la place Denfert-Rochereau à l'Etoile, contre la condamnation des étudiants arrêtés le 3. Puis la nuit du 10 au 11 sera celle des barricades qui couvrent le quartier Latin et que la police enlève après trois heures d'affrontements violents.

Face aux étudiants, le pouvoir a fait preuve de flottement, ne prenant pas au sérieux l'agitation — « enfantillages » pour le général de Gaulle — puis se divisant entre partisans d'une attitude ferme (de Gaulle) et conciliateurs (Fouchet).

Georges Pompidou, en voyage en Iran et en Afghanistan, rentre le 11 mai et arrache au Général la réouverture de la Sorbonne le 13 mai, jour où se déroule une immense manifestation de 200 000 personnes et où les étudiants sont rejoints par les partis et syndicats traditionnels.

C'est à partir du 14 mai que la crise étudiante se double d'un mouvement social général (grèves et occupations d'usines), de Gaulle partant en visite officielle en Roumanie. Mais, au-delà des slogans, il n'y aura jamais de fusion entre mouvement étudiant et mouvement de salariés. Le premier garde ses formes propres : les universités occupées sont le théâtre d'assemblées générales interminables où l'on refait le monde et l'université, où le défoulement écrit et verbal est roi.

Le retour du chef de l'État survient alors que manifestations et bagarres ont repris à l'annonce de l'interdiction de séjour de Daniel Cohn-Bendit, qui est de nationalité allemande. Le 24 mai, le Général s'adresse au pays, dans un message où il promet des réformes de structures allant dans le sens de la «participation» pour répondre au «trouble profond [...] de la jeunesse». Mais, pour cela, il suggère un référendum donnant au «chef de l'État un mandat pour la rénovation».

L'allocution tombe à plat : cette nuit-là, les manifestations et bagarres de rue dureront jusqu'au matin et le feu sera mis à la Bourse. S'ouvre alors la phase critique où chaque camp abat son jeu : les accords de Grenelle entre gouvernement, patronat et syndicats rejetés par la base, les manifestations du PCF et celles des gauchistes et de la CFDT (au stade Charléty), les appels de François Mitterrand (le 28) et de Pierre Mendès France (le 29) pour suggérer une alternative politique, le départ, la disparition et le retour victorieux du Général de Baden-Baden (29-30 mai) qui mettent un terme à la crise sociale et politique.

La crise étudiante, elle, se prolonge, mais désormais l'opinion publique a majoritairement basculé du côté du *parti de l'ordre*. Les occupations des universités dureront jusqu'au début juillet, même si dès le 16 juin la Sorbonne a été «nettoyée» de ses occupants.

Tandis que les groupuscules s'interrogent sur la création d'un parti révolutionnaire aux lieu et place des mouvements dissous (le 12 juin), que l'UNEF prépare des «universités populaires d'été», la minorité la plus dure tente de prolonger le conflit, refusant les élections et tentant l'impossible jonction avec les usines occupées : c'est à ce moment-là que l'on comptera les premiers morts d'un conflit où le sang-froid des leaders étudiants et surtout celui de la police (à commencer par le préfet de police Paul Grimaud) avaient permis de ne jamais atteindre l'irréversible : le 10 juin le lycéen Gilles Tautin meurt noyé à Flins au cours d'affrontements avec la police.

Même si la principale préoccupation des étudiants

devient celle des examens (reportés en septembre), le mouvement de mai n'est pas mort : un fort courant contestataire demeure qui, en alliance objective avec les conservateurs, ruinera la réforme Edgar Faure adoptée le 12 novembre, loi d'orientation qui veut fonder la restauration de l'université sur le principe de participation — pour cette extrême gauche, la participation est un piège et elle restera en dehors des institutions («Élections-piège à cons» sera le slogan opposé aux élections universitaires). Il faudra attendre le milieu des années 70 pour que cette génération, devenue adulte, quitte l'université, et avec elle l'esprit de mai.

Du mouvement de mai la dimension politique (le gauchisme) éclatera vite, avec les désillusions du tiers-mondisme (liquidation de la révolution culturelle, guerres indochinoises entre communistes après le retrait américain), mais il se développera dans une série de mouvements dont il a été le ferment (féminisme, écologie, régionalisme, antimilitarisme) et dans une série de modifications fondamentales des comportements collectifs que le personnel politique essaiera de récupérer dans les années 70, mais que le gaullisme n'avait ni anticipées ni comprises.

II. Face au monde du travail

Si le rajeunissement de la société française s'est révélé riche de conséquences politiques, il en va de même des bouleversements qui caractérisent le monde du travail et qui déboucheront sur les grandes grèves de 1968.

1. C'est dans le monde rural que la tension est vite montée dans les premières années de la Ve République. Pourtant les paysans ont voté massivement en faveur du nouveau régime en septembre 1958, et appuyé l'UNR en novembre. Mais très vite la déception succède à l'espoir: le plan Pinay-Rueff annule l'indexa-

tion des prix agricoles et de nombreuses subventions sociales. Par la suite, d'autres difficultés surgissent avec l'ouverture des frontières et des négociations difficiles sur l'enseignement libre agricole, pour ne pas parler des restrictions au fameux privilège des bouilleurs de cru.

Durant l'hiver 1959-60, des manifestations avec barrages routiers se multiplient au point que les députés réclameront une session extraordinaire (rejetée par le chef de l'État). Le motif principal est l'abaissement du pouvoir d'achat. Au printemps 1961, c'est cette fois le problème de la surproduction qui attise la colère des agriculteurs : surproduction de lait mais aussi, en Bretagne, des artichauts et des pommes de terre. En mars des bureaux de vote ont été attaqués le jour des élections cantonales, mais le 8 juin 1961, c'est la ville de Morlaix qui est investie et occupée par des paysans. L'arrestation des chefs de file de la révolte entraînera une mobilisation de tout le monde paysan, jusqu'à ce que la justice rende un verdict d'acquittement.

Ces « jacqueries » ne sont qu'un des aspects du malaise au sein même du syndicalisme agricole ; traditionalistes, partisans de la petite exploitation et d'une politique de soutien des prix, et modernistes, favorables à de profondes réformes de structures, seules capables de réussir l'entrée dans le Marché commun, s'affrontent : les premiers dominent la Fédération nationale des syndicats d'exploitants agricoles (FNSEA), les seconds, le Centre national des jeunes agriculteurs (CNJA). Le gouvernement va s'appuyer sur les seconds, misant sur l'accroissement des superficies des exploitations et de leur rentabilité, la diminution du nombre des agriculteurs, la modernisation des techniques de production. La loi d'orientation agricole de 1960 coïncide avec les débuts de la politique agricole commune, la loi Pisani (ministre très réformateur de l'Agriculture) de 1962 avec la mise en place définitive de la PAC.

La modernisation du monde agricole va alors s'accélérer et une nouvelle génération de dirigeants (venus du CNJA) va prendre en main la FNSEA. Jouant la carte du Marché commun, elle interviendra comme un puissant lobby pour appuyer et aiguillonner la politique française à Bruxelles.

2. Les années d'agitation paysanne coïncident avec un climat social particulièrement calme dans le monde salarié, même si le plan de redressement de 1958 ne lui était pas particulièrement favorable. Les premières années de la Vᵉ République sont surtout marquées par la guerre d'Algérie et le souci des syndicats de ne pas paraître, par leurs critiques, cautionnner les opposants à la politique algérienne du général de Gaulle. Lorsqu'en 1961 le secteur public se mobilise pour «rattraper» les hausses de salaires du secteur privé, les syndicats pèsent pour circonscrire le mouvement. Par contre, leur engagement est total sur le terrain politique. Lors des barricades d'Alger en janvier 1960 ou du putsch des généraux en avril 1961, les confédérations iront manifester en faveur du général de Gaulle. Au moment où les négociations avec le FLN s'enliseront, on les verra intervenir pour peser en faveur d'une issue rapide : le 17 décembre 1961, le 8 février 1962 (avec les 9 morts du métro Charonne) et surtout la manifestation monstre du 13 février (le jour de l'enterrement des victimes).

Si ces années 1958-1962 sont des années parenthèses sur le plan social, elles permettent aussi aux syndicats de prendre une première mesure des relations nouvelles qui s'établissent dans le cadre du nouveau régime, et qui rompent avec les pratiques antérieures.

2.1. L'évolution des confédérations. 1. L'instauration de la Vᵉ République a bouleversé l'horizon du monde syndical. La concentration du pouvoir au niveau gouvernemental modifie les rapports entre les syndicats et l'État : les relais partisans (notamment la SFIO pour Force ouvrière et la FEN) sont marginalisés, les nouveaux responsables politiques et administratifs peu familiers des milieux syndicaux. Ceux-ci sont obligés de redéfinir une stratégie: au-delà des divergences, ils se retrouveront dans un rejet de toute politique des revenus, ou de toute intégration dans l'État ou l'entreprise (via la «participation»).

Jusqu'en 1968, l'évolution du monde syndical est surtout consécutive à ses évolutions internes et aux tentatives d'unité d'action.

L'événement primordial sera l'évolution de la CFTC et sa déconfessionnalisation. En fait, c'est bien avant 1964 que la Confédération française des travailleurs chrétiens a amorcé son évolution interne: dès 1953, la CFTC, tout en continuant à s'inspirer des «principes de la morale sociale chrétienne» (statut révisé de 1947), opte pour l'économie dirigée et une «planification souple». En 1959, il s'agit d'une «planification démocratique», mais aucune référence explicite au socialisme n'est encore faite. En 1964, la tendance qui, depuis 1938, à partir du Syndicat général de l'éducation nationale (SGEN) de Paul Vignaux, se bat pour l'abandon de toute référence chrétienne et a conquis une par une les fédérations ouvrières, devient majoritaire: une minorité irréductible demeure fidèle à la «vieille maison» et refuse la transformation, adoptée à 70% des mandats, en Confédération française démocratique du travail. Regroupant surtout les mineurs et des employés (banques, EDF, fonction publique), la CFTC «maintenue» est loin de conserver 30% de l'ancienne confédération. Son influence restera marginale jusqu'aux années 80.

La CFDT, même s'il lui faudra attendre 1968 pour retrouver son niveau de 1964, va accélérer son «virage à gauche». Les responsables cédétistes sont proches (ou partie prenante) de cette gauche non communiste et non SFIO qui a été marquée par l'expérience mendésiste et suit les réflexions et recherches des clubs et du PSU; tentés par l'opération Defferre en 1963, ils préfèrent au cartel électoral de la «vieille gauche» qu'est la FGDS les travaux plus novateurs de la «nouvelle gauche», tels que le Colloque de Grenoble de 1966 en donnera l'illustration : la démocratie dans l'entreprise, la planification sont ses thèmes majeurs.

Mais l'objectif de la nouvelle direction est aussi d'ordre stratégique : constituer une grande organisation socialisante avec Force ouvrière, qui soit capable de contrebalancer l'influente CGT, puis de réaliser avec elle l'unité d'action, voire l'unité syndicale. Ainsi ce qui a pu être amorcé en 1965 sur le plan politique (candidature Mitterrand) le serait sur le plan syndical. Cette opération échoue rapidement : Force ouvrière, anticommuniste par principe, récuse par avance toute stratégie qui aboutirait à l'unité d'action avec la CGT. Ses dirigeants sont réservés envers les évolutions qui s'opèrent dans la gauche non communiste, leurs préférences restant celles manifestées sous la IVe République en faveur d'une SFIO anticommuniste et laïque, pratiquant des alliances de «troisième force». La tendance politique à la bipolarisation à partir de 1962 contrecarre FO qui, plutôt que de se remettre en cause, préfère accentuer son *indépendance syndicale* en accroissant ses distances avec tous les partis, à commencer par la SFIO.

Paradoxalement, au moment où la CFDT développe une évolution vers la gauche, tant sur le plan stratégique que programmatique, Force ouvrière connaît la trajectoire inverse, renonçant à la planification ou à la réforme de l'entreprise pour se rabattre sur une vision contractualiste d'un syndicat groupe de pression.

Ne pouvant conclure avec FO, la CFDT va se tourner vers la CGT. Le syndicat communiste, après un alignement complet sur le parti communiste dans les années 50, se trouve depuis 1958 totalement isolé. Le risque d'un rapprochement CFDT-FO, le contexte d'ouverture du PCF vers les catholiques en cette période de détente idéologique vont accélérer la marche en avant. Le 10 janvier 1966, les deux centrales signent un accord hiérarchisant les objectifs revendicatifs et permettant de relancer l'action en direction du CNPF. Les journées nationales d'action du 17 mai et du 23 novembre 1966, celle du 1er février 1967 en sont la suite logique et cette unité d'action, qui rompt avec la division régnant depuis 1947, sera un élément qui favorisera le mouvement social de 1968.

L'accord de 1966 ne s'étendra pas aux autres confédérations : la FEN, arguant de la «fausse» déconfessionnalisation de la CFDT, refuse tout dialogue, tandis que FO continue à rejeter tout rapprochement avec la CGT. Il faudra les grandes grèves de 1968 pour bouleverser ces jeux tactiques.

2.2. Si le mouvement syndical cherche, dans ces années 1958-1967, sa stratégie, c'est que cette période est marquée par une paix sociale remarquable : celle-ci n'est pas due seulement aux effets de la croissance économique, qui entraîne une hausse générale — bien qu'inégale — du niveau de vie, mais également à un bouleversement complet de la structure sociale du pays.

Jusqu'au début des années 60, la classe ouvrière traditionnelle, celle des ouvriers qualifiés du textile, des mines, de la sidérurgie, qui fournit ses bastions à la CGT et au parti communiste, domine encore le prolétariat industriel et le monde salarié. Lorsque, le 1er mars 1963, les syndicats CFTC et FO des Charbonnages décident la grève illimitée faute d'avoir obtenu gain de cause dans leurs revendications salariales (ils seront rejoints par la CGT), c'est encore de la classe ouvrière classique que part un mouvement soutenu par l'ensemble des salariés du secteur public.

Si cette grève prend rapidement un tour symbolique, c'est du fait de la maladresse des gouvernants : le 2 mars, le général de Gaulle signe un décret de réquisition visant l'ensemble des mineurs ; non seulement la grève ne s'arrête pas, mais elle s'étend aux autres bassins, notamment la Lorraine. A travers tout le pays, la solidarité avec les mineurs s'organise. Il faudra que le gouvernement recule en bon ordre — en se ralliant au «comité des sages» qui conclut dans un sens favorable aux grévistes — pour que le mouvement s'achève le 2 avril.

Si la grève des mineurs a révélé la carence du pouvoir en matière de relations avec le monde du travail, elle ne changera rien aux problèmes de fond : le plan de restructuration des Charbonnages, qui prévoit une réduction des effectifs liée à la diminution de la production charbonnière, sera poursuivi, et, une fois retombées les passions, la «paix sociale» reviendra jusqu'au réveil de 1967.

Entre-temps, les syndicalistes les plus lucides — notamment à la CFDT — ont commencé à s'interroger sur l'évolution structurelle qui caractérise le monde salarié : au sein de celui-ci, la part de la classe ouvrière diminue même si cette dernière continue à croître en nombre absolu ; les couches montantes sont les cadres supérieurs, les cadres moyens et les employés, dont les effectifs s'accroissent d'année en année.

Au sein du monde ouvrier, des mouvements internes se produisent : plus du tiers des emplois créés entre 1962 et 1966 le sont en zone rurale et absorbent une partie de l'exode massif qui ramène la population agricole à 10 % des actifs. Mais, dès le début des années 60, une part croissante des emplois industriels est confiée à des travailleurs immigrés — maghrébins et ibériques — utilisés surtout dans le bâtiment et la métallurgie. Ces travailleurs d'origine rurale (chassés par l'exode rural en France et dans les pays d'immigration) constituent les gros bataillons d'emplois déqualifiés (ouvriers spécialisés) destinés aux nouvelles industries de fabrication de biens de consommation où le travail est standardisé au sein de grandes unités. Ces OS (et manœuvres) deviennent majoritaires par rapport aux ouvriers qualifiés et contremaîtres dans les années 60.

Face à cette désagrégation sociologique de la classe ouvrière, les syndicats se trouvent en difficulté, la

CGT s'appuyant sur les bastions traditionnels et la CFDT misant sur les couches nouvelles à la fois d'ouvriers, d'employés et de cadres.

2.3. Les grèves massives et inattendues de 1968 se produiront dans ce contexte. Après les ordonnances de 1967 (notamment celles d'août et septembre sur la Sécurité sociale, établissant la parité de représentation des employeurs et des salariés et supprimant l'élection des représentants), les syndicats sont décidés à obtenir leur abrogation et leur hostilité au gouvernement s'est renforcée. Fin 1967, grèves et manifestations se sont multipliées dans les secteurs et régions menacés par le chômage (notamment dans la sidérurgie). Pourtant, comme en 1936, les confédérations n'auront aucune part au déclenchement du mouvement social de mai 1968 qui se développe une semaine après le début de la révolte étudiante : les syndicats ont participé à la grande manifestation du 13 mai contre la « répression policière », mais, alors que la CFDT considère le mouvement étudiant avec sympathie, la CGT est plus que réservée à l'égard des « gauchistes ».

Le mouvement démarre le 14 mai à l'usine Sud-Aviation de Bouguenais : grève avec occupation d'usine ; il se prolonge aussitôt à plusieurs usines de la Régie Renault avant de gagner le secteur public (RATP, SNCF). A partir du 20, les grèves et occupations se généralisent sans qu'aucune centrale ouvrière ait lancé de mot d'ordre de grève générale : ce sont les jeunes ouvriers et employés qui sont le fer de lance du mouvement auquel les moyens de communication sociale modernes donnent une vitesse de propagation extraordinaire : la fonction publique, les banques, les grands magasins et même l'ORTF sont gagnés.

A la base ce sont les éléments les plus jeunes qui sont les plus décidés, mais il est significatif que dans le monde ouvrier plusieurs tendances se juxtaposent qui rendent leur gestion syndicale problématique : la révolte des OS d'origine rurale qui craignent de rester

OS toute leur vie, les ouvriers qualifiés de l'industrie traditionnelle qui refusent son déclin, les techniciens et employés d'origine ouvrière qui se sentent déclassés (la démocratisation de l'enseignement coïncidant avec la dévalorisation des diplômes), les jeunes ouvriers (le quart de la classe ouvrière a de 18 à 24 ans) qui connaissent une socialisation *horizontale,* de génération, qui transcende la « culture ouvrière », autant de sous-groupes noyés dans un mouvement social contradictoire.

Lorsque le gouvernement, le patronat et la CGT, alors que la révolte étudiante atteint son paroxysme, amorcent les négociations bipartites calquées sur les accords de Matignon de 1936, ces contradictions apparaissent au grand jour dans les comportements syndicaux : la CGT pèse pour des gains quantitatifs (hausses des salaires, du SMIG), la CFDT insiste sur des avancées qualitatives (droit syndical, durée du travail, réforme de la Sécurité sociale), appuyée par Force ouvrière. Gouvernement et patronat céderont sur les deux tableaux (hausse du SMIG de 35%, des salaires de 10%, droit syndical dans l'entreprise). Mais, quelques heures après la conclusion des accords de Grenelle, le 27 mai, les ouvriers de la Régie Renault refusent ces accords que leur a soumis le secrétaire général de la CGT, Georges Séguy, entraînant avec eux les autres travailleurs.

Dès lors chaque centrale suivra sa propre voie : la CGT collant au Parti communiste (manifestation du 29 mai), la CFDT naviguant entre le soutien au mouvement étudiant (manifestation du 27 mai au stade Charléty) et la recherche d'une solution alternative au gaullisme (soutien à Pierre Mendès France). Après la reprise en main par le général de Gaulle le 30 mai, le mouvement reflue aussi spontanément qu'il est apparu, la « reprise » s'étalant sur tout le mois de juin.

2.4. De cette grève, les syndicats sortent apparemment renforcés, mais plus divisés qu'avant mai : contrairement à 1936, les effectifs syndicaux ne croissent que modérément (en 1936, la CGT avait multiplié par cinq ses effectifs, cette fois elle gagne quelques centaines de milliers d'adhérents, ainsi que les autres centrales); l'autonomie du mouvement, la division syndicale ont pesé : le syndicalisme attire moins les salariés (on a même vu de jeunes syndiqués occuper le siège de la Confédération générale des cadres et celui du Syndicat national des instituteurs). Quant aux relations entre syndicats, elles se caractérisent par une méfiance réciproque : la CGT soupçonne la CFDT de jouer une carte sociale-démocrate, tout en servant de lieu d'accueil aux gauchistes soixante-huitards, tandis que FO est plus que jamais convaincue du bien-fondé de sa ligne d'indépendance syndicale.

Bref, le mouvement syndical gagne des troupes, mais il perd de l'influence à la base; il va lui falloir gérer l'éclatement du salariat et de la classe ouvrière, les tentations idéologiques, les conflits de génération : ce sera l'enjeu des années 70.

Seul point d'accord, la rupture définitive avec le gaullisme. Amorcée avec la grève des mineurs de 1963, confirmée lors des ordonnances de 1967, traduite dans les faits en 1968, elle se concrétise par le rejet unanime du référendum du 27 avril 1969, refusant une régionalisation dont l'un des aspects serait la création d'une Assemblée où cohabiteraient syndicalistes, patrons et hommes politiques : le refus de toute espèce de corporatisme ou d'intégration dans l'État soudera les syndicats dans le front des «non».

Alliance négative, qui prélude à une nouvelle période de division, l'invasion de la Tchécoslovaquie, en août 1968, ayant distendu l'unité d'action CGT-CFDT; celle-ci se retrouve aux côtés de FO pour condamner le totalitarisme soviétique : c'est le retour aux réflexes des années 50 qui semble prévaloir.

CHAPITRE VI

LA DÉSAGRÉGATION DU GAULLISME

Fondé sur la volonté de rassembler à la fois le courant du *mouvement* et celui de l'*ordre,* le gaullisme connaît en mai 1968 un échec dont il ne se relèvera pas. Les élections de juin 1968 marquent bien la victoire politique du pouvoir, mais cette victoire est celle du parti conservateur et le général de Gaulle ne la considère pas comme la sienne. Sa tentative de reprise des affaires en main en juillet 1968 se révèle un échec : son charisme a disparu comme le prouvera le référendum du 27 avril 1969.

I. L'Effondrement gaulliste de 1968

Le général de Gaulle n'avait vu venir ni la crise étudiante ni la crise sociale de mai. Et, face à cette crise, il n'a pas su trouver, durant plusieurs semaines, la parade. Plus grave, il a dû laisser constamment l'initiative à son Premier ministre, qui tirera tous les bénéfices du succès final.

On peut, de ce point de vue, comparer la crise de mai 1968 à celle des barricades ou au putsch de 1961 : alors que, lors de ces événements, de Gaulle est le seul stratège face à la débandade de l'exécutif, cette fois, c'est l'inverse. L'allocution du 24 mai, annonçant le référendum sur la participation, ne passe pas : de Gaulle doit laisser Georges Pompidou tenter de désamorcer la bombe sociale par les accords de Grenelle le lendemain. Devant l'échec de Grenelle et la persistance de la double crise, sociale et étudiante, qui menace de devenir politique (l'opposition commençant à revendiquer le pouvoir à partir du 28 mai), le Général opère, conformément à sa stratégie habituelle (1960, 1961) un repli tactique qui permettra de tester ses adversaires et ses soutiens, mais aussi de prendre le recul nécessaire : le 29 mai, il quitte discrètement Paris en hélicoptère après avoir fait décommander le Conseil des ministres, sans aviser quiconque, à commencer par son Premier ministre ; destination : Baden-Baden, PC des forces françaises en Allemagne, placées sous le commandement d'un vieux compagnon, le général Massu.

Qu'en quittant Paris le Général ait cédé à une défaillance momentanée, il le reconnaîtra plus tard devant Michel Droit, lors de son entretien télévisé du 7 juin. Mais l'essentiel est de créer l'effet de surprise, en désorientant tous les acteurs qui détenaient l'initiative depuis le 13 mai. Après « avoir envisagé toutes les éventualités » (comme il le déclarera au pays le 30 mai), le Général regagne Paris le soir du 29, glissant au secrétaire général de l'Élysée, Bernard Tricot, qu'il « s'est mis d'accord avec ses arrière-pensées ». Le Premier ministre, qu'il reçoit, obtient qu'il inclue dans l'allocution qu'il fera au pays l'annonce de la dissolution de l'Assemblée : « Un référendum sur un vague sujet de régionalisation n'intéressait guère et ne répondait ni de loin ni de près aux inquiétudes du pays, le rendre pratiquement impossible par la grève n'indignait pas l'opinion, alors qu'elle n'accepterait pas qu'on empêchât les élections, forme ancienne, enracinée dans les esprits, de la consultation populaire [24] », argumente Georges Pompidou, qui n'obtient la dissolution qu'en échange du retrait de sa démission.

L'allocution que prononce de Gaulle l'après-midi du 30 mai à la radio — afin de toucher tous les citoyens : la bataille, qui a failli être perdue à cause des transistors, sera gagnée grâce à eux — est une de ses mieux réussies, par le style et par le ton, percutants. Annonçant qu'il ne se retirera pas, qu'il ne changera pas de

Premier ministre, qu'il diffère le référendum et dissout l'Assemblée, il agite, comme en 1947, l'épouvantail communiste (alors que le PCF, durant toutes ces semaines, a été son allié objectif contre le gauchisme et pour barrer la route à des alternatives politiques de « troisième force »), ce qui est toujours efficace, et en appelle à l'« action civique » contre « la menace de dictature du communisme totalitaire [...] utilisant l'ambition et la haine de politiciens au rancart. »

Ce discours de combat aura le meilleur effet sur les troupes gaullistes dont les leaders les plus trempés (Foccart, Frey, Sanguinetti, Lefranc, Lancien notamment) préparaient de longue main une manifestation de masse pour la soirée du 30. Le discours du Général transforme cette initiative pleine d'incertitude en contre-attaque victorieuse : de la Concorde à l'Etoile, au moins 500 000 personnes effacent les manifestations du 13 et du 29 ; au coude à coude, bourgeois du parti de l'ordre et peuple gaulliste une dernière fois fidèle au charisme du Général.

La campagne électorale, où de Gaulle interviendra pour demander une « forte, constante et cohérente majorité » n'est qu'une formalité. Le mouvement gaulliste, absorbant tout ce qui se trouve à sa droite, change de sigle : l'Union pour la défense de la République (UDR) obtient 46 % des suffrages (+ 8 %), écrasant le centre (12,3 %), la FGDS (16, 5 %) et le PCF (20 %). Pour la première fois, elle obtient à elle seule la majorité absolue à l'Assemblée (293 sièges sur 487), flanquée des giscardiens (qui passent de 42 à 61 députés). Pour les électeurs, c'est la victoire de De Gaulle, mais aussi d'un Georges Pompidou dont « la valeur, la solidité, la capacité méritent l'hommage de tous » (de Gaulle le 30 mai).

Si Georges Pompidou fait savoir le 1er juillet qu'il « souhaite prendre du champ », il se ravise le 6, sous la pression de son entourage ; mais le Général a déjà fait appel pour lui succéder à celui qu'il envisageait déjà en 1967 et qui, lors du remaniement gouvernemental du 31 mai, a quitté le Quai d'Orsay pour la Rue de Rivoli : Maurice Couve de Murville.

II. L'IMPOSSIBLE RELANCE

Du 1er juillet 1968 au 27 avril 1969, le général de Gaulle va tenter, comme dix ans plus tôt, d'imposer à sa majorité parlementaire une politique qu'elle ne veut pas en utilisant une nouvelle fois son arme favorite : le référendum. Mais, cette fois, la tentative échoue.

1. *La participation*

Le gouvernement constitué le 12 juillet est, sans nulle équivoque, le gouvernement du président. Outre le Premier ministre, qui a traduit en termes diplomatiques le grand dessein du Général dix ans durant, les gaullistes « orthodoxes » sont à des postes clés : Michel Debré aux Affaires étrangères, Maurice Schumann aux Affaires sociales, René Capitant à la Justice et Jean-Marcel Jeanneney aux Affaires institutionnelles (il préparera le référendum).

L'objectif assigné à ce gouvernement est tout à la fois de rétablir les conditions économiques et financières — ruinées par la crise sociale — du statut international assigné à la France et d'opérer les réformes de structures dont la révolte de mai a montré la nécessité : le 31 juillet, le Général n'analyse-t-il pas le raz de marée électoral de juin comme « le grand mouvement qui porte le pays vers la participation », ce qui est aux antipodes du point de vue dominant de sa majorité.

L'urgent est le retour à l'équilibre économique : sur ce terrain, le gouvernement va effectuer une série de fausses manœuvres. Pour trouver des ressources supplémentaires, il opte pour une augmentation de l'impôt sur le revenu des tranches supérieures et pour l'accroissement massif des droits de succession, ce qui va déclencher une fronde de l'aile droite de la majorité. Mais, parallèlement, le contrôle des changes est levé en septembre, ce qui accélère le mouvement de fuite des capitaux et la spéculation sur une dévaluation du franc. Face à l'attitude réservée des partenaires européens — peu fâchés de pouvoir ainsi prendre leur revanche sur la superbe gaullienne des années passées — et à l'opinion favorable à la dévaluation des milieux patronaux, le gouvernement hésite : conforté dans sa volonté de résister par ceux de ses ministres (E. Faure, J.-M Jeanneney, appuyé par le vice-président de la Commission de Bruxelles, Raymond Barre) qui jugent l'opération humiliante pour la France gaulliste, impensable d'un point de vue technique (on ne dévalue pas à chaud en pleine crise) et politiquement discutable (la dévaluation effacerait les avantages salariaux conquis à Grenelle et entraînerait la fronde syndicale), le Général tranche : « la parité du franc est maintenue », tandis qu'une politique de rigueur est engagée dont l'une des dimensions les plus symboliques sera l'amputation des dépenses militaires.

Mais la grande affaire est de conduire les réformes qui vont dans le sens de la participation. Le plus urgent est de remettre l'université sur les rails. Edgar Faure, à qui cette redoutable mission a été confiée, s'entoure de conseillers dont le libéralisme lui vaudra les foudres de la majorité parlementaire : la loi-cadre sur l'université est mise en chantier en août et débattue au Parlement en octobre et novembre ; reposant sur le principe de l'autonomie d'universités démultipliées (on passe de 20 à 70 universités), sur la participation égalitaire des enseignants et non-enseignants à la gestion et sur la réforme pédagogique (le contrôle continu des connaissances limitant le poids de l'examen et la pluri-disciplinarité étant érigés en principe).

La loi, qui bouleverse le système d'avant mai, se heurte à la vive hostilité des enseignants conservateurs et traditionalistes, soutenus à l'Assemblée par la puissante aile droite de l'UDR. Quant à l'extrême gauche universitaire, hostile à toute participation, elle boycottera le nouveau système puisque concédé par le pouvoir. La loi Edgar Faure, votée contre son gré par la majorité, sera vidée de son contenu par les décrets d'application et par le comportement hostile ou passif des enseignants et des étudiants.

La réforme universitaire adoptée, reste à réaliser le projet plus ambitieux de « participation » visé par le référendum avorté du 24 mai. Mais, mis à part les gaullistes de gauche (René Capitant en tête), personne ne veut réellement affronter le patronat et les syndicats (notamment la CGT et FO, qui ne veulent pas entendre parler de cogestion). Le Général a, dès le 7 juin, renvoyé dos à dos communisme et capitalisme et prôné la participation comme troisième voie. Le 9 septembre, lors de sa dernière conférence de presse, il ira encore plus loin, en définissant la participation : celle-ci « doit prendre trois formes distinctes. Pour ceux qui y travaillent, il faut d'abord qu'elle comporte l'intéressement matériel direct aux résultats obtenus, ensuite le fait d'être mis au courant de la marche de l'entreprise dont le sort de chacun dépend, et enfin la possibilité de faire connaître et de faire valoir leurs propositions pratiques. »

Le CNPF réagit négativement à ces déclarations successives qui n'auront pas de suite. D'une part le projet est loin d'être prêt, de l'autre il est impossible d'utiliser le référendum — auquel le Général tient à tout prix — puisque le sujet relève du droit privé et non de « l'organisation des pouvoirs publics ». Faute de réforme de l'entreprise, c'est de la régionalisation qu'il s'agira.

Après la participation à l'université, le début de la participation dans l'entreprise (la section syndicale d'entreprise est reconnue par la loi du 21 décembre 1968 et n'est que la première étape de la « grande réforme » à venir), c'est la participation par la décentralisation qui est invoquée.

2. *La dernière bataille contre les notables*

Le référendum — reporté de mois en mois jusqu'au 27 avril 1969 — est le dernier grand défi du Général aux notables politiques traditionnels. Dans la procédure tout d'abord, puisqu'il recourt de nouveau, pour réviser la Constitution, à l'article 11, dressant contre lui les légistes (Conseil d'État), les juristes et les partis. Sur le fond, puisqu'il s'agit de briser la résistance des notables du Sénat et d'ailleurs : le gaullisme n'a jamais pu vaincre les élus locaux traditionnels dans les élections locales et donc s'implanter au Sénat. Le projet référendaire supprime tout simplement le bicamérisme en transformant le Sénat en une assemblée dépourvue du pouvoir de légiférer.

Tout comme les *conseils régionaux,* que le projet veut instaurer, le Sénat deviendrait une assemblée corporative composée pour partie des anciens sénateurs (réduits à 173, élus pour six ans dans le cadre de la région) et pour partie de représentants des activités économiques, sociales et culturelles (146, désignés par les organisations nationales représentatives : syndicats, associations, etc.).

Un tel projet, qui crée la deuxième Chambre corporative déjà invoquée dans le discours de Bayeux, ôte toute influence au Sénat puisque son président se voit retirer l'intérim de la présidence de la République au profit du Premier ministre.

Ramenant le Sénat au rôle d'un super-Conseil économique et social sous le prétexte de calquer la seconde Chambre sur les conseils régionaux, le projet ne fait que souligner les limites de la réforme.

Dès mars 1968 (discours à Lyon), de Gaulle avait mis l'accent sur la régionalisation. Estimant que « l'effort multiséculaire de centralisation, qui fut longtemps nécessaire pour réaliser et maintenir l'unité [de l'État] malgré les divergences des provinces qui lui étaient successivement attachées, ne s'impose plus désormais », le chef de l'État concluait que « ce sont les activités régionales qui apparaissent comme les ressorts de sa puissance économique de demain ». Pourtant, le projet de loi référendaire renforce surtout les pouvoirs du préfet de région, instituant face à lui une assemblée corporatiste où les conseillers élus (les trois cinquièmes) ne le sont pas au suffrage universel direct mais par un mécanisme indirect (ils sont élus par les conseils généraux et municipaux ou leurs délégués) et flanqués de représentants (les deux cinquièmes restants) socioprofessionnels désignés par les diverses organisations professionnelles. De surcroît, les compétences du conseil régional sont fonctionnelles (équipement, économie locale, planification). Bref, la réforme régionale annoncée est singulièrement limitée et semble servir de prétexte au règlement de comptes final avec le Sénat et les élus locaux, au grand bénéfice du président de la République et de ses préfets.

Mais le référendum du 27 avril ne vise pas que le Sénat : la victoire électorale des législatives de juin 1968 n'a pas satisfait le Général. Victoire du parti de la peur mais aussi de Georges Pompidou, ces élections ont déporté le gaullisme vers la droite, placé, face au Général, un groupe parlementaire qui résiste à sa volonté réformatrice. Il lui faut donc vérifier si son charisme opère toujours, grâce à la procédure qui a sa préférence (même les présidentielles ont démontré leurs limites) et recentrer le gaullisme contre son image parlementaire. En avril 1969, la bataille de De Gaulle contre les notables ne vise plus seulement les notables traditionnels d'avant 1958 mais aussi ceux surgis *au sein du gaullisme* depuis 1958 et qui veulent en donner une version conservatrice. Leur leader : Georges Pompidou.

3. *Les deux gaullismes*

Depuis la crise de mai 1968, le mouvement gaulliste est partagé entre deux tendances contradictoires. Pour le général de Gaulle, il fallait réagir fermement à la révolte pour rétablir l'autorité de l'État, mais tenir compte des aspirations du mouvement de mai en passant à la phase de la participation. Pour Georges Pompidou, la souplesse de la réaction face à la révolte devait se combiner avec le rassemblement de tous les modérés, une fois la crise surmontée. Le désaccord sur la tactique en mai (fermeté ou souplesse) se prolonge d'un désaccord stratégique sur l'après-mai (participation ou conservatisme).

Pour Georges Pompidou, le gaullisme doit désormais s'appuyer sur la majorité modérée qui lui a fait gagner les législatives de juin 1968 et faire la politique que veulent ses électeurs : aussi reste-t-il muet lors du débat sur la réforme universitaire comme sur la dévaluation — à laquelle il était favorable — en novembre. Quant à la participation, elle lui a toujours semblé une utopie dangereuse : le 27 février 1969, devant le comité directeur de l'assemblée des Chambres de commerce et d'industrie, il prononce un vibrant éloge de la libre entreprise.

Ces divergences de fond se nourrissent de conflits plus politiques et personnels. Désormais, l'UDR est tout acquise à Georges Pompidou, plus proche de sa sensibilité moyenne et en qui elle voit le meilleur garant d'un maintien au pouvoir. Lorsque le député du Cantal n'est pas renouvelé à Matignon, le groupe parlementaire marque son désappointement : il élit Georges Pompidou président d'honneur du groupe UDR. Pour l'ancien Premier ministre, il va s'agir, tout en n'apparaissant pas « comme ce qu'il est, chef politique et moral du groupe UDR », de ne pas « disparaître », sous prétexte que le Général l'a placé, le 9 septembre, « en réserve de la République [24] ».

Une manœuvre destinée à l'abattre va lui permettre de prendre définitivement ses distances avec le Général : en octobre, un fait divers crapuleux — qui prendra vite le nom de sa victime, Stephan Markovic — devient le point de départ de rumeurs et de calomnies dans lesquelles le nom de Mme Pompidou est cité. Le plus étonnant pour l'ancien Premier ministre est que ceux qui, au gouvernement, devraient le défendre face à ces calomnies totalement préfabriquées et qui vont croissant restent silencieux, qu'il s'agisse de l'Élysée, de Matignon ou du ministère de la Justice.

Ses protestations indignées auprès du général de Gaulle — qui le recevra à deux reprises — atténueront la campagne, mais ne l'arrêteront pas. Il faudra que, suite à de nouvelles rumeurs et à la réaction blessée de Georges Pompidou, « ancien Premier ministre du Général de Gaulle », celui-ci le reçoive à dîner officiellement à l'Élysée le 12 mars, pour que « l'affaire » se noie dans les sables sans qu'on connaisse jamais l'origine de cette vile campagne.

Entre-temps, l'ancien Premier ministre, qui se considère libre de toute dette envers un président qui ne l'a pas vraiment défendu, a franchi le Rubicon. Lors d'une visite à Rome le 17 janvier, interrogé par des journalistes qui lui demandent s'il sera un jour candidat à l'Élysée, il répond : « La question, pour l'heure, ne se pose pas. Mais si le général de Gaulle se retirait, il va de soi que je serais candidat. » La réponse, cinglante, du Général, ne se fait pas attendre. A l'issue du Conseil des ministres du 22, un communiqué déclare : « J'ai le devoir et l'intention de remplir mon mandat jusqu'à son terme. » L'incident ne sera pas clos. Exaspéré par la relance de l'affaire Markovic — qui lui apparaît télécommandée — Pompidou récidive à Genève, le 13 février, relevant qu' « il y aura bien un jour une élection à la présidence de la République » et concluant : « J'aurai, si Dieu le veut, un destin national. »

Le dîner — glacial — du 12 mars à l'Élysée enterre l'affaire Markovic, il ne clôt pas le combat entre les deux leaders ; désormais, le gaullisme est divisé en deux clans — qui combattront côte à côte durant la campagne du référendum —, l'un lié au vieux chef et à sa dernière bataille, l'autre, plus conservateur, qui se prépare déjà aux futures échéances.

4. *L'échec référendaire*

Le général de Gaulle se lance en février dans la campagne référendaire, dans un climat bien différent de celui de 1962 : cette fois, il doit compter avec l'usure du pouvoir, le caractère moins enthousiasmant du projet, l'ampleur de l'opposition — nouveau « cartel des non » — et l'impossibilité de poser la question de confiance en termes de peur du vide.

Pour la première fois, le risque d'un échec est réel. L'entourage est à ce point réticent que la date du référendum est reculée à plusieurs reprises (de l'automne 1968 au printemps 1969) et que les pressions ne cesseront pas jusqu'au dernier moment pour l'éviter. Quant au projet, il ne parvient pas à susciter l'enthousiasme des partisans, ni la passion des adversaires : ceux-ci, des indépendants aux communistes, dénoncent pêle-mêle la violation de la Constitution, le pouvoir personnel et le corporatisme que l'on voudrait instaurer. Le chef de file de la campagne, *volens nolens,* est, comme en 1962, le président du Sénat. Alain Poher, démocrate-chrétien convaincu, est un modéré et sa campagne pour la défense du Sénat aura plus d'impact que les philippiques de Gaston Monnerville. Quant au général de Gaulle, son appel à « l'armée de ceux qui [le] soutiennent » a du mal à être entendu. Cette fois l'adversaire a le visage rassurant d'Alain Poher, la gauche étant divisée (la FGDS a éclaté et François Mitterrand est marginalisé) et n'apparaissant plus comme une alternative menaçante.

Au sein de la majorité, les dissensions sont vives. Même si Georges Pompidou participe activement à la campagne, il se refuse à déclarer par avance qu'il ne sera pas candidat à l'Élysée en cas de victoire du non, comme les gaullistes « orthodoxes » l'en adjurent. Il sera bien le recours.

Quant à Valéry Giscard d'Estaing, après avoir en vain demandé que le référendum comporte deux questions — une sur les régions et une sur le Sénat — il opte pour le non, « avec regret, mais avec certitude », son propre parti, divisé, laissant la liberté de vote. Affaibli dans son camp par la dissidence giscardienne et l'ombre de Georges Pompidou, dépourvu d'adversaire dont il pourrait faire un épouvantail, le général de Gaulle part vaincu à la bataille, au point que certains parleront de « suicide politique ».

Le 27 avril, conformément aux pronostics des instituts de sondage, les non l'emportent par 52,40 % des suffrages. Le non est majoritaire dans 71 départements et le oui dans 24 seulement. Il apparaît nettement que ce sont les bastions du centre droit qui se sont effrités (le gaullisme populaire restant fidèle) et ont entraîné le renversement des rapports de force : les modérés se sont joints à l'opposition de gauche traditionnelle pour renverser le général de Gaulle. Avec 47,6 % des suffrages exprimés (et 37 % des inscrits), de Gaulle n'a guère fait mieux que l'UDR en juin 1968 (46,4 % des suffrages et 36,5 % des inscrits), et autant de voix qu'au premier tour des présidentielles de 1965 (44,5 % des suffrages et 37,5 % des inscrits). Le gaullisme de rassemblement échoue à un niveau qui permettait, depuis 1965, au gaullisme majoritaire de gouverner.

Sitôt connus les résultats, le général démissionne de la présidence, sa décision prenant effet le 28 avril à 12 heures. Se retirant à Colombey-les-Deux-Églises, il se tiendra totalement à l'écart de toutes les péripéties politiques, voyageant en Irlande puis en Espagne et surtout rédigeant ses *Mémoires d'espoir*, dont seul le premier volume (1958-1962, « le Renouveau ») sera achevé.

Son prestige est renforcé par les circonstances de son départ, sa démission après l'échec référendaire ayant fait justice de toutes les accusations de pouvoir personnel — sa démission n'est-elle pas une leçon de démocratie ? — comme de conservatisme — n'est-ce pas la droite qui l'a lâché le 27 avril ?

Sa mort, le 9 novembre 1970, sera l'occasion d'une ultime manifestation de fidélité populaire. Le 12 novembre, alors que ses obsèques se déroulent dans une simplicité chevaleresque à Colombey (la famille et les Compagnons de la Libération sont les seuls à participer à la cérémonie religieuse, une foule de fidèles étant venue le saluer), des centaines de milliers de Parisiens déposeront à l'Arc de triomphe les fleurs de l'adieu.

Deuxième partie
LA RÉPUBLIQUE CONSERVATRICE

Le 1er juin 1969, aux élections présidentielles consécutives à la démission du général de Gaulle, la gauche enregistre son plus mauvais score électoral depuis 1945 (31 % des suffrages) et laisse deux candidats modérés s'affronter au second tour. Un an à peine après la crise de 1968, une longue hégémonie conservatrice semble promise à la France. De fait, douze ans durant, ce sont les héritiers, proches et lointains, du Général qui gouvernent, infléchissant à droite une politique respectueuse des orientations essentielles imprimées de 1958 à 1969. Mais l'impression donnée par les élections de 1968 et 1969 est fallacieuse : très vite, le bloc électoral de centre-droit, que Georges Pompidou et Valéry Giscard d'Estaing vont s'attacher à unifier, s'effrite sous la pression de la crise économique et d'une gauche qui se renouvelle et se rassemble, attirant à elle jeunes électeurs et nouvelles classes moyennes marquées par mai 1968 et ses aspirations.

La longue marche de la gauche, la pérennisation au pouvoir des modérés permettent au régime de se consolider en imposant ses mécanismes, son style et son personnel à l'ensemble des familles politiques, communistes exceptés. Le pari du général de Gaulle est gagné : la Ve République a survécu à son fondateur.

CHAPITRE I

L'ENRACINEMENT

De 1969 à 1981, la stabilité politique constitue le meilleur garant de la stabilité du régime. Malgré ses mutations internes, la majorité qui a gouverné la France de 1958 à 1969 demeure au pouvoir et impose sa vision et sa pratique des institutions. Non seulement le régime présidentialiste est maintenu, mais ses traits essentiels sont accentués ; les effets du scrutin majoritaire — qui renforce la bipolarisation —, la mutation des formations politiques — qui s'adaptent à la primauté présidentielle — et surtout l'usage concret du pouvoir et des mécanismes institutionnels par les gouvernants maintiennent l'esprit dans lequel Charles de Gaulle avait conçu la Ve République.

La continuité du personnel dirigeant est l'élément clé de la stabilité politique de 1969 à 1981 ; les présidents successifs ont pour trait commun d'avoir été les ministres du général de Gaulle et d'avoir été marqués tant par sa conception du pouvoir que par son projet politique. Sur l'essentiel, ils maintiendront.

D'abord Georges Pompidou, collaborateur durant vingt-cinq ans du Général avant de lui succéder : cet agrégé de lettres devenu banquier avait été dès 1944 intégré au cabinet de De Gaulle avant de le diriger durant la phase du RPF. Lorsque Charles de Gaulle est investi président du Conseil le 1er juin 1958, il devient tout naturellement son directeur de cabinet, où il coordonnera l'action gouvernementale (institutions et plan notamment), avant d'entrer en 1959 au Conseil constitutionnel tout en amorçant les contacts avec le FLN.

Du 14 avril 1962 au 10 juillet 1968, il bat tous les records de longévité au poste de Premier ministre, avant d'être placé, l'espace d'un an, « en réserve de la République ». Dans les *Mémoires d'espoir*, le général de Gaulle le dépeint comme un second « révérant l'éclat dans l'action, le risque dans l'entreprise, l'audace dans l'autorité, [qui] incline vers les attitudes prudentes et les démarches réservées, excellant d'ailleurs dans chaque cas à en embrasser les données et à dégager une issue. [...] Il se saisit des problèmes en usant, suivant l'occasion, de la facilité de comprendre et de la tendance à douter, du talent d'exposer et du goût de se taire, du désir de résoudre et de l'art de temporiser, qui sont les ressources variées de sa personnalité [25] ».

Élu président sans coup férir en juin 1969, il se confirmera un homme d'État fidèle aux orientations gaullistes, tout en donnant à la politique française un tour plus pragmatique et plus conservateur. Valéry Giscard d'Estaing, qui lui succédera en 1974, est un homme du sérail (Polytechnique, ENA, une famille qui compte plusieurs parlementaires sous la IIIe République et lui a légué un siège de député en 1956), dont les « patrons » en politique ont été Edgar Faure, Jean Monnet et Antoine Pinay. Membre du gouvernement de 1959 à 1965, où il a dès 1962 accédé au ministère de l'Économie et des Finances, puis, après l'élection de Georges Pompidou, inamovible locataire de la Rue de Rivoli, il a participé à toutes les orientations fondamentales de la Ve République en matière économique, financière et monétaire, tempérant son libéralisme de principe par le colbertisme propre aux institutions qui l'ont façonné ou dont il a eu la tutelle.

Accédant à l'Élysée après dix ans passés Rue de Rivoli, lui aussi maintiendra davantage qu'il n'innovera, malgré le bouleversement des équilibres majoritaires en 1974.

I. LA CONSOLIDATION DU RÉGIME

Le départ du général de Gaulle constitue pour le régime qu'il a institué l'épreuve de vérité. La question est surtout de savoir si les institutions fonctionneront dans l'esprit qui était celui que de Gaulle avait imposé depuis onze ans. L'élection de Georges Pompidou traduira la continuité institutionnelle et politique et écartera pour longtemps les velléités de retour au régime parlementaire.

1. *L'ultime échec de la vieille classe politique*

Le référendum du 27 avril 1969 est en quelque sorte une réédition du conflit politico-institutionnel de 1962 : derrière le président du Sénat, Alain Poher, se reconstitue un « cartel des non » dont l'objectif est de profiter du renversement de De Gaulle pour rétablir, via l'élection présidentielle, le régime parlementaire.

Chef de file des partisans du « non », Alain Poher apparaît, au moment de la campagne référendaire, comme l'antagoniste du président de la République. Sa défense modérée du Sénat lui vaut une grande popularité et il va devenir tout naturellement, *volens nolens,* le candidat de ceux qui récusent la lecture présidentialiste de la Ve République : quel meilleur candidat, pour revenir au parlementarisme, que le président du Sénat ?

Pour y parvenir encore faut-il éviter que ne se rééditer l'opération de 1965, c'est-à-dire la candidature de partisans — même révisionnistes — du régime présidentialiste. Le problème se pose surtout à gauche : y aura-t-il candidature ou non de François Mitterrand, candidat en 1965 de la gauche unie ?

Guy Mollet, chef de file du courant parlementaire de la SFIO, va s'engager à rendre cette candidature impossible : d'abord en rejetant par avance toute union de la gauche, en brandissant l'épouvantail communiste, au lendemain d'une intervention soviétique en Tchécoslovaquie dont le PCF ne s'est pas suffisamment démarqué. Ensuite en empêchant François Mitterrand de devenir le leader de la gauche non communiste.

Celle-ci est entrée, au printemps 1969, dans un processus d'unification dont les radicaux se sont écartés. L'objectif est d'aboutir à la création d'un nouveau parti socialiste par la fusion de la SFIO et des clubs de gauche (issus du républicanisme ou scissionnistes du PSU) apparus dans les années 60 autour de la candidature Mitterrand. Ce processus est considéré avec méfiance au sein de la SFIO, saisie par le patriotisme de parti. Seuls le CEDEP de Pierre Mauroy (qui rassemble la génération montante des notables socialistes) et le CERES de Jean-Pierre Chevènement (constitué par de jeunes énarques socialistes partisans de l'union de la gauche) l'appuient ouvertement.

Le référendum du 27 avril bouleverse la procédure qui devait s'achever par un congrès constitutif. Désormais, la question devient celle de la candidature aux présidentielles : contre Guy Mollet qui désire présenter un candidat destiné simplement à faciliter le report des voix sur Alain Poher sans vraiment le concurrencer (Christian Pineau), Gaston Defferre présente sa candidature, sur les mêmes bases qu'en 1963 (de centre gauche). Cette candidature, à laquelle Guy Mollet fait mine de se rallier, va accélérer la division de la gauche : condamnée par les communistes, elle l'est aussi par les clubs qui dénoncent l'« impérialisme » de la SFIO. Mais ces clubs sont divisés entre eux : le regroupement mitterrandiste (la Convention des institutions républicaines) est isolé, les clubs proches d'Alain Savary, rassemblés dans l'UCRG (Union des clubs pour le renouveau de la gauche), présentent la candidature de celui-ci, tandis que l'UGCS de Jean Poperen se retire sur l'Aventin.

Dans le désaccord le plus complet, le congrès socialiste se tient le 4 mai à Alfortville. Seules la SFIO et l'UCRG y participent. Pour leur part les conventionnels se réunissent à Saint-Gratien et récusent le congrès.

Le congrès d'Alfortville sera marqué par la plus

extrême confusion : contestation des mandats, votes contradictoires. Bien que soutenu par Guy Mollet, Alain Savary est battu et retire sa candidature. Gaston Defferre est investi, mais par 57 % seulement des mandats : la CIR et l'UGCS ne feront pas campagne pour lui tandis que plusieurs fédérations molletistes du Midi soutiennent dès le premier tour la candidature d'A. Poher. Le candidat socialiste voit ainsi son espace électoral rogné à gauche (par le candidat communiste, Jacques Duclos, et celui du PSU, Michel Rocard) et au centre (par Alain Poher) et son espace militant réduit à la portion congrue (il est le candidat d'une partie de son parti!). L'opération «Stop-Mitterrand» de Guy Mollet réussit parfaitement, mais elle va même au-delà de son objectif puisque l'effondrement électoral de la SFIO (malgré l'appui de P. Mendès France, Gaston Defferre n'obtient que 5,01 % des suffrages et 3,8 % des inscrits) entraînera celui de l'hégémonie molletiste sur le parti socialiste.

Pour autant, l'atomisation de la gauche non communiste — Michel Rocard n'obtient de son côté que 3,6 % des suffrages — ne profite pas à Alain Poher. Celui-ci va être victime de trois phénomènes.

Le premier est le bon score du candidat communiste, Jacques Duclos, vieux routier de son parti, dont la campagne populiste, efficacement relayée par l'appareil militant du PCF et l'appel au vote «utile et unitaire» en direction de l'électorat désemparé de la gauche non communiste, sera la surprise du premier tour : Jacques Duclos sera le seul candidat à gagner de l'audience durant la campagne, finissant par talonner Alain Poher avec 21,27 % des suffrages (et 16,3 % des inscrits, à mi-chemin du score de 1967 et de celui de 1968).

Ne parvenant pas à s'imposer sur sa gauche, Alain Poher sera aussi contesté sur sa droite ; une partie des parlementaires du centre — autour de Jacques Duhamel, leader du groupe centriste de l'Assemblée — appuie Georges Pompidou, et surtout celui-ci bénéficie du soutien des Républicains indépendants, dont les parlementaires ont imposé à Valéry Giscard d'Estaing (qui, faute de pouvoir être candidat, a tenté en vain de susciter une candidature Pinay) qu'il soutienne sans faiblesse l'ancien Premier ministre du général de Gaulle.

Enfin et surtout, Alain Poher souffre d'être trop visiblement le candidat du retour au régime parlementaire. Il n'a ni le tempérament ni les moyens politiques d'exercer un leadership : la coalition hétéroclite qui le soutient (des socialistes, la majorité du centre, des groupes de droite) n'a aucune unité, aucun programme et sa campagne ne s'appuie sur aucune logistique militante.

Les attaques de Georges Pompidou contre le retour à la IVe République s'avéreront très efficaces : crédité en début de campagne de 37 % des suffrages, le candidat centriste n'en conservera que 23,3 % au soir du premier tour. Sa situation ne s'améliorera pas entre les deux tours, le gros des conservateurs, avec Antoine Pinay, soutenant Georges Pompidou, la gauche non communiste le soutenant du bout des lèvres (à l'exception des molletistes, très favorables) et le PCF appelant à l'abstention (son « blanc bonnet-bonnet blanc », pour qualifier les deux candidats du second tour, cachant mal le refus d'un centre gauche qui le renverrait à son ghetto et marquerait un infléchissement atlantiste en politique étrangère). Avec 42 % des suffrages (mais seulement 27 % des inscrits, car il y a 31 % d'abstentions), le candidat centriste réalisera le plus mauvais score d'un second tour des présidentielles sous la Ve République.

Avec son échec, c'en est fini des projets de retour au parlementarisme. Durant la campagne électorale, Georges Pompidou n'a cessé d'accentuer sa critique de son rival sur ce chapitre, faisant très vite de la défense de l'héritage institutionnel du gaullisme l'axe essentiel de son programme. Vainqueur, il imposera le maintien — et le renforcement — de la pratique gaullienne de la Constitution, tandis que, dans l'opposition, la place est désormais libre pour François Mitterrand qui saura imposer le ralliement effectif de la gauche à la Ve République, non sans avoir dû subir une dernière offensive du parti communiste.

2. *Le nouveau débat sur les institutions*

2.1. Si l'élection de Georges Pompidou le 19 juin 1969 clôt une première phase de la bataille sur l'avenir du régime, celle-ci ne disparaît pas pour autant. Désormais, le débat se circonscrit à la gauche. A droite et au centre, l'unanimité est faite : chez les gaullistes bien entendu qui se retrouvent en 1969 derrière Georges Pompidou, puis en 1974, quel que soit leur sentiment quant au candidat. Au centre droit, les giscardiens se trouvent rapidement en position dominante autour d'un candidat qu'ils imposeraient en 1974 et qui partage totalement la vision présidentialiste des institutions. Quant au centre d'opposition, son échec et sa division en 1969 le conduisent à renoncer à ses conceptions parlementaires. Après l'échec de la tentative de rénovation autour du parti radical par Jean-Jacques Servan-Schreiber (en 1970), il ne lui restera plus qu'à défendre les candidats des autres, faute de susciter un présidentiable dans ses rangs : du moins, de ce côté-là de l'échiquier, la querelle des institutions est close.

Il n'en va pas de même à gauche : au lendemain de l'échec de 1969 les tenants du parlementarisme sont vaincus chez les socialistes, mais ils restent influents. Le parti socialiste, qui s'unifie enfin en 1971 autour de François Mitterrand et qui opte pour une stratégie d'union de la gauche avec les communistes, va être amené à débattre, en son sein puis avec les communistes, du régime.

Ce débat est intéressant autant par son contenu que par son contexte. Elaboré dans le cadre d'une conquête du pouvoir par la voie parlementaire, le programme commun de la gauche de 1972 est rédigé en pleine phase de gauchissement du PS, alors que celui-ci, divisé, est en proie à une surenchère interne et externe : les minoritaires molletistes n'hésitent pas à défendre des positions ultraparlementaires (considérées « de gauche ») et le parti communiste à proposer des mesures qui, sous prétexte de révision, rapprocheraient les institutions amendées de la IVe République, voire du projet constitutionnel de mai 1946 (contrat de législature, dissolution automatique en cas de rupture de celui-ci, limitation des pouvoirs présidentiels et extension de ceux du Parlement). François Mitterrand et la majorité du PS doivent mener une bataille défensive qui leur permet d'éviter le pire (et notamment la dissolution automatique). S'ils cèdent sur de nombreux points au parti communiste, c'est qu'ils savent bien qu'en cas de victoire aux élections législatives il leur sera impossible d'imposer ces révisions au président de la République, *a fortiori* à Georges Pompidou. Les discussions constitutionnelles de 1972 ont donc un aspect largement irréel, dont il faut ôter la dimension tactique (chez les opposants socialistes). Seul, le parti communiste, alors que le score de Jacques Duclos en 1969 aurait pu l'amener à reconsidérer son jugement sur le système présidentiel, demeure inflexible dans sa défense du parlementarisme.

La preuve du caractère largement factice de ces discussions sera fournie en 1974, lorsque François Mitterrand sera le candidat unique de la gauche aux élections présidentielles. Bien que candidat unique des partis de gauche dès le premier tour, son programme n'est pas le programme commun de 1972 : deux des cinq thèmes de sa campagne (la monnaie, le rôle de la France dans le monde), sont d'ailleurs nouveaux par rapport au programme de la gauche même socialiste. Quant à sa vision des institutions, elle sacrifie totalement à la vision gaullienne du régime, à quelques inflexions près : du programme commun ne reste que l'idée d'un « contrat » entre le candidat et ses électeurs.

La comparaison de l'attitude de la gauche en 1973

L'enracinement

— législatives — et 1974 — présidentielles — pourrait conduire à souligner une rupture de son discours entre ces deux dates et à conclure à un ralliement total, en 1974, à la Ve République. En fait, il n'en est rien : en 1974, François Mitterrand candidat a les mains libres dans son parti (l'opposition parlementariste de Guy Mollet a été laminée) et dans la gauche (le parti communiste n'ayant rien réclamé). Au lendemain des présidentielles, alors que Valéry Giscard d'Estaing l'a emporté et que l'échéance redevient celle des législatives, on va bien voir réapparaître, à propos de l'actualisation du programme commun, le débat institutionnel. Mais celui-ci a changé en grande partie de nature du fait de la polémique entre PCF et PS, le premier constatant que l'élection présidentielle a creusé l'écart entre les deux partis au profit des socialistes. Le débat institutionnel devient débat sur le pouvoir entre les deux partis (organisation du gouvernement, détail et caractère contraignant des mesures à mettre en œuvre, etc.), évacuant le problème constitutionnel proprement dit. La rupture qui en découlera sonnera le glas du débat institutionnel théorique pour lui donner un tour plus concret.

2.2. A partir de 1973 en effet, du fait de la poussée électorale de la gauche, une question qui n'avait jamais été soulevée depuis 1958 va apparaître : comment fonctionneraient les institutions en cas de majorité parlementaire différente de la majorité présidentielle ? La question avait été posée en 1967, elle l'est à nouveau en 1973, mais sans présenter un caractère dramatique : le fait qu'il existe un centre droit d'opposition auquel le président peut faire quelques concessions laisse à ce dernier une marge de manœuvre. En 1973, Georges Pompidou agira de la sorte, après avoir laissé planer le doute durant la campagne électorale.

Mais, à cause de l'intégration du centre droit à la majorité présidentielle en 1974, et du face-à-face qui en découle entre celle-ci et la gauche, le débat institutionnel ne devient pas tant celui de l'application des propositions constitutionnelles du programme commun — dont chacun sait qu'elles ne seront pas appliquées *in extenso* — que celui des rapports entre un président conservateur et une majorité parlementaire de gauche — si la gauche gagne les législatives de 1978. Dès lors, la controverse changera de camp et concernera les prérogatives du président en l'absence de majorité parlementaire. La victoire de la majorité sortante rendra le débat inutile en 1978, mais non sans que le président Giscard d'Estaing ne déclare, durant la campagne électorale, déclenchant une controverse dans sa majorité : « Vous pouvez choisir l'application du programme commun, c'est votre droit. Mais, si vous le choisissez, il sera appliqué. Ne croyez pas que le président de la République ait dans la Constitution les moyens de s'y opposer. » (Verdun-sur-le-Doubs, le 27 janvier 1978).

En fin de compte, la disparition après 1978 d'un projet constitutionnel de gauche révisant sérieusement la Constitution clôt le chapitre révisionniste ouvert en 1963 avec les candidatures Defferre puis Mitterrand. Mais la bipolarisation du système politique et la disparition des formations charnières ouvrent en 1978 un nouveau débat constitutionnel, non plus idéologique mais concret : celui de la non-coïncidence des majorités. Il faudra attendre 1986 pour que le cas se présente.

II. LA PRATIQUE PRÉSIDENTIALISTE

Si les rêves de retour au parlementarisme s'envolent avec l'élection de Georges Pompidou, ceux d'un rééquilibrage des institutions seront vite dissipés : de 1969 à 1981, le pouvoir présidentiel se trouve renforcé par-delà les visions et l'usage très différents que les deux présidents auront des institutions et de leurs fonctions.

1. *L'apogée de la présidentialisation*

Au lendemain de mai 1968, à la veille du référendum du 27 avril 1969, la conception que se forge Georges Pompidou de l'avenir du régime est bien arrêtée, elle va dans le sens d'un accroissement de la fonction présidentielle : « Les futurs présidents de la République seront conduits à choisir comme Premiers ministres des hommes qui leur soient étroitement liés sur le plan non seulement politique, mais intellectuel et personnel, et dont ils n'aient jamais à redouter, je ne dis pas l'indépendance de pensée et d'expression, qui est essentielle, mais la concurrence. Je suis convaincu que les futurs présidents de la République seront amenés à intervenir dans la direction de l'État de façon constante, permanente, et à maintenir par l'action quotidienne cette suprématie qu'ils ne tiendront pas automatiquement du "coefficient personnel". Pour tout dire, je crois que nous n'avons pas d'autre alternative que le retour camouflé mais rapide au régime d'assemblée ou l'accentuation du caractère présidentiel de nos institutions [26]. »

Cette primauté absolue du président sera étayée par l'expérience gouvernementale : ayant été sept ans Premier ministre, Georges Pompidou bénéficie d'une parfaite connaissance de tous les dossiers qu'il a pris l'habitude, à Matignon, de traiter personnellement. Il continuera à le faire à l'Élysée. Mais un autre élément va se révéler décisif : les rapports étroits entre le président et le mouvement gaulliste, notamment le groupe parlementaire de l'Assemblée dont la confiance ira plus naturellement à l'Élysée qu'à Matignon.

Très vite, Jacques Chaban-Delmas, président de l'Assemblée nationale depuis 1958 et à l'écart des responsabilités gouvernementales depuis la IVe République, avant que Georges Pompidou ne l'appelle à Matignon, va pouvoir mesurer les limites de ses prérogatives. Choisi pour ses trois principaux atouts politiques — son long séjour au « perchoir » de l'Assemblée lui donne une parfaite connaissance du personnel politique, son ouverture sociale et son libéralisme en font le traducteur désigné de l'ouverture au centre opérée durant les présidentielles, et son statut privilégié dans le gaullisme, de la Résistance à mai 1958, lui assure la confiance des gaullistes orthodoxes —, le maire de Bordeaux ne dispose pas de la liberté de mouvement qu'il souhaiterait : si celle-ci est réelle durant la première année du septennat, c'est pour des raisons de fait (la statue du Commandeur du général de Gaulle à Colombey conforte les « barons » du gaullisme, l'ouverture au centre introduit des contradictions politiques avec la base de l'UDR difficiles à gérer). Mais, d'entrée, le chef de l'État crée les conditions d'une reprise en main.

D'abord sur le plan des structures : l'équipe élyséenne est unifiée (suppression de la distinction entre le cabinet et le secrétariat général) et étoffée : de Michel Jobert à Edouard Balladur, en passant par le très conservateur Pierre Juillet (hostile au maire de Bordeaux) ; il s'agit d'un ensemble efficace qui va vite entrer en conflit politique avec les conseillers de Matignon, dont les plus actifs, Simon Nora et Jacques Delors, sont marqués par le mendésisme et deviendront les victimes toutes désignées des milieux conservateurs de l'UDR et de l'Élysée. Quant au gouvernement, où se combinent l'influence de Georges Pompidou, la volonté de ménager les orthodoxes et les amitiés du Premier ministre (qui a saupoudré son équipe de vingt et un secrétaires d'État), il va échapper très vite à l'emprise du Premier ministre qui se révèle être un animateur et surtout un coordinateur médiocre, pour tomber sous celle du président.

Mais c'est surtout le contexte politique dans la majorité qui va favoriser le pouvoir présidentiel : en quelques mois, Jacques Chaban-Delmas s'aliène la confiance politique de l'UDR et de Georges Pompidou.

Le 16 septembre, à l'occasion de la rentrée parlementaire, le Premier ministre prononce une déclaration de politique générale dont la teneur est très libérale :

reprenant les thèses chères à Michel Crozier sur la « société bloquée » il en appelle à l'avènement d'une « nouvelle société » (dont la définition correspond aux visions du club Jean-Moulin des années 60), débarrassée de l'étatisme, des « archaïsme et conservatisme » des structures sociales. Ce discours éveille d'autant plus l'hostilité de Georges Pompidou (qui avait déjà rejeté ce thème, durant la campagne présidentielle, le jugeant une « fausse bonne idée » car contraire aux aspirations de l'électorat majoritaire) qu'il ne lui a pas été préalablement soumis. Surtout, il donne l'image d'un Premier ministre progressiste et inspirateur de grands desseins et d'un président conservateur réduit à la gestion quotidienne. Peu de temps après, la réforme de l'ORTF — dans le sens d'une libéralisation du statut de l'audiovisuel que traduit le choix des responsables de l'information, notamment Pierre Desgraupes à la première chaîne de télévision — cristallise les clivages : contre le Premier ministre se dressent alors les gros bataillons de l'UDR, encouragés en sous-main par le président de la République. Les 25-27 juin, lors du conseil national de l'UDR, Jacques Chaban-Delmas est l'objet d'une offensive en règle, qu'il s'agisse de sa politique générale ou de ses rapports avec la majorité, de la part de « notables qui pouvaient imaginer qu'en critiquant le Premier ministre ils répondaient aux vœux d'une autre autorité, plus élevée encore » (Léo Hamon).

La victoire du Premier ministre à l'élection législative partielle de Bordeaux (son suppléant est décédé) le 20 septembre 1970, où il écrase avec 63,55 % des suffrages Jean-Jacques Servan-Schreiber, bête noire de l'UDR, tait un temps les critiques, mais, dès janvier 1971, Georges Pompidou renforce ses interventions : le remaniement gouvernemental permet l'entrée de proches du président (Jacques Chirac, Robert Poujade), renforcée par le ralliement de Pierre Messmer (ministre d'État en février), la nomination de René Tomasini au secrétariat général de l'UDR parachevant l'opération.

Désormais, c'est le président de la République qui

gouverne, réduisant le secteur d'intervention du Premier ministre comme une peau de chagrin ; comme le relève Maurice Duverger, la distinction entre domaine présidentiel et domaine ministériel n'est plus horizontale, mais « verticale d'après l'importance des problèmes, quel que soit le domaine » : outre une autorité exclusive en matière de politique étrangère et de défense, Georges Pompidou préside aux choix essentiels dans tous les domaines, allant jusqu'à annexer le seul secteur abandonné jusqu'alors à Matignon, celui des affaires sociales (SMIC, mensualisation des salaires).

Après la *capitis diminutio,* la disgrâce : la multiplication des scandales du fait de l'affairisme qui gangrène certains secteurs de l'UDR (scandales de la Garantie Foncière et du Patrimoine Foncier à l'été 1971), les accusations de fraude fiscale contre le Premier ministre (après la publication de sa déclaration d'impôts par *le Canard enchaîné*) fragilisent Matignon et montrent que l'offensive ne vient pas seulement de l'UDR, mais aussi des Républicains indépendants (le ministre des Finances, Valéry Giscard d'Estaing, déclarant cyniquement, au plus fort de l'offensive de presse contre Chaban : « La lutte que nous menons contre la fraude fiscale se fait avec l'appui du Premier ministre » et Michel Poniatowski, secrétaire général des RI et homme de confiance de V. Giscard d'Estaing, s'employant méthodiquement à la démolition de l'image du maire de Bordeaux, œuvre à laquelle il se consacrera jusqu'à la veille du premier tour des présidentielles de 1974).

Le référendum du 23 avril 1972 sur l'élargissement des Communautés européennes achève de miner Matignon, bien que l'initiative référendaire soit purement élyséenne. Pour relancer le septennat après le résultat peu probant des urnes (attribué à la défection de voix gaullistes), Georges Pompidou va opter pour le changement de Premier ministre. Mais ce remplacement va prendre la forme d'un renvoi : se sachant menacé, Jacques Chaban-Delmas tente de forcer la main du président de la République en sollicitant un vote de confiance de l'Assemblée nationale. La Constitution exigeant (art. 49.1) une délibération du Conseil des ministres pour que le Premier ministre engage sa responsabilité, le Conseil du 17 mai — et donc le président — l'y autorise « s'il le juge utile ».

Une telle formule suggère les réserves qui sont celles de Georges Pompidou (et qu'il fera connaître *a posteriori*) et la liberté qui reste la sienne de tenir compte ou non du vote, au demeurant massif, de la majorité. A Jacques Chaban-Delmas qui propose d'opérer une dissolution anticipée et de pourvoir éventuellement à son remplacement par Olivier Guichard, il répond en refusant de dissoudre et en remplaçant le maire de Bordeaux par un personnage plus docile : Pierre Messmer. Celui qui a été dix ans ministre des Armées du général de Gaulle avant de présider l'amicale Présence et Action du gaullisme et d'entrer au gouvernement en 1971 comme ministre d'État est le type idéal de ces hauts fonctionnaires (il a été gouverneur général de la France d'outre-mer) disciplinés qui, une fois ministres, conduisent la politique qu'on leur dicte plutôt que celle qu'ils imaginent : n'a-t-il pas remis au pas l'armée d'Algérie et opéré sa mutation ? De surcroît, son gaullisme historique est une caution d'autant plus appréciable qu'il ne fait pas partie du groupe des « barons », et sera parfaitement loyal. A son passif : l'absence de rayonnement dans l'opinion mais aussi chez le personnel politique, qui se révélera un handicap sérieux après mars 1973.

Le nouveau gouvernement, comme le montre sa composition, est bien celui du président. Le fait qu'il soit constitué au début des vacances parlementaires, qu'à l'ouverture de la session d'automne seulement le Premier ministre s'adresse au Parlement, qu'il n'engage pas sa responsabilité à cette occasion, autant d'éléments qui attestent de la présidentialisation de l'exécutif — on ne peut plus parler de dyarchie — et du degré d'affaiblissement de l'institution parlementaire: après que Jacques Chaban-Delmas a tenté de l'utiliser contre le président, il faudra attendre le succès aux élections législatives de mars 1973 pour que Pierre Messmer demande un vote de confiance. Au sein du gouvernement, les fidèles de Georges Pompidou voient leurs pouvoirs et leur nombre accrus et la mainmise de l'Élysée transparaît jusqu'à Matignon, les collaborateurs du Premier ministre, à commencer par son directeur de cabinet (Pierre Doueil), étant suggérés par la présidence.

L'unité de la gauche symbolisée par le programme commun facilitera la victoire de la majorité aux législatives de 1973, Georges Pompidou étant monté en première ligne durant la campagne et ayant établi une ligne de démarcation entre le PC et ses alliés, d'une part, « tous les autres », d'autre part. Pourtant, malgré la victoire de la majorité grâce aux reports de voix centristes au second tour, le remaniement gouvernemental d'avril aboutit à un cabinet de « concentration pompidolienne »: le départ — symbolique — de Michel Debré et la rentrée — non moins symbolique — de Michel Poniatowski s'accompagnent de l'arrivée du collaborateur de Georges Pompidou, Michel Jobert, au Quai d'Orsay, mais aussi d'hommes de droite (Maurice Druon qui remplace Jacques Duhamel, gravement malade, à la Culture et Jean Royer prenant en charge le Commerce et l'Artisanat) qui marquent l'infléchissement conservateur du président.

Celui-ci, depuis l'été 1972, se sait condamné par une terrible maladie qui va limiter rapidement sa capacité de travail, renforcer l'influence de son entourage (notamment le clan Juillet-Garaud), désorienter l'opinion — qui a la révélation de la gravité de son état de santé par les images télévisées de sa rencontre avec Richard Nixon à Reykjavik en mai 1973 —, alimenter les rumeurs et rallumer la guerre des clans dans la majorité, cette fois pour sa succession. Paradoxalement, Georges Pompidou va aggraver le climat politique en tentant une ultime opération institutionnelle, la réduction à cinq ans du mandat présidentiel. Cette proposition de révision de la Constitution, qu'il soumet au Parlement et non à référendum, surprend d'autant plus qu'il s'y était montré jusqu'alors décidément hostile. Alors que certains expliquent son revirement par son état de santé, la réaction de la classe politique sera la même qu'à l'occasion du référendum européen de 1972 : les réformateurs, dans leur majorité, y sont favorables, tout comme les Républicains indépendants et le CDP, mais l'UDR, où les « barons » ont retrouvé leur influence, y est hostile : n'est-ce pas remettre en cause un aspect essentiel de l'héritage gaullien, la « monarchie populaire » instaurée par le Général ? Quant à la gauche, en proie au programme commun, son approbation initiale se mue en hostilité lorsqu'il lui est signifié que le projet de révision ne pourra être amendé et donc la révision élargie à d'autres dispositions. Les 16-19 octobre, le débat au Parlement tourne court : l'Assemblée approuve bien le projet, mais avec une majorité de 270 voix seulement (Maurice Couve de Murville a voté contre, Michel Debré s'est abstenu) alors que la majorité du Sénat est de 162 voix. Or, pour que le texte soit voté ensuite par les deux Chambres réunies en Congrès, il faut une majorité des trois cinquièmes des suffrages, soit 464 voix. L'addition des votes des deux Chambres n'en laisse espérer que 432. Le 24 octobre, Georges Pompidou préfère différer la suite de la procédure, comprenant que les votes parlementaires ont été calibrés pour le dissuader d'aller plus avant.

Visiblement, le présidentialisme pompidolien a ses limites : sur certains chapitres, sa majorité dispose d'un droit de veto qui ne peut être surmonté du fait des rigidités de l'opposition gauche-droite.

Au lendemain de cet échec, le gouvernement est encore plus élyséen qu'auparavant — Jacques Chirac troquant l'Agriculture pour l'Intérieur en février 1974 afin d'être prêt à toute élection présidentielle anticipée. Mais son immobilisme est accentué par les difficultés croissantes du président — dont l'état de santé se détériore — à assumer sa fonction. Il le fera pourtant avec un courage et une dignité exemplaires, son décès le 2 avril bouleversant l'opinion et prenant de court la classe politique.

Une phase de présidentialisation exacerbée s'achève, aucun des successeurs potentiels — Jacques Chaban-Delmas, Valéry Giscard d'Estaing ou François Mitterrand — ne pouvant compter bénéficier de la même expérience et des mêmes relais politiques.

2. Le rééquilibrage giscardien

2.1. Le leadership difficile sur la majorité. L'élection de Valéry Giscard d'Estaing le 19 mai 1974 réalise la petite alternance au sein de la majorité et le rééquilibrage de la droite. Bien que son propre parti soit minoritaire au sein de la majorité parlementaire élargie, le nouveau président renonce à dissoudre : il gouvernera avec une Assemblée où l'UDR joue un rôle décisif jusqu'en 1978. Mais, ce faisant, il est conduit à modifier les règles du jeu politique entre les pouvoirs. Désormais, au sein de la coalition qui gouverne, il n'y a plus de parti dominant et la direction de la coalition pose problème : est-ce l'affaire du président de la République, du Premier ministre ou des partis ? La question ne sera jamais résolue de façon satisfaisante.

Jacques Chirac est nommé Premier ministre le 27 mai en récompense des services rendus durant la campagne et parce qu'il appartient au premier parti de la majorité, mais il est flanqué d'un ministre d'État, Michel Poniatowski, avec qui les rapports iront en se dégradant, et de nombreux chefs de parti, J. Lecanuet (pour les centristes, qui deviendra ministre d'État en janvier 1976), J.-J. Servan-Schreiber (pour les radicaux). Si, très vite, la coordination des partis de la majorité se révèle délicate, elle deviendra impossible lorsque Jacques Chirac, en décembre 1974, prendra le contrôle de l'UDR en devenant son secrétaire général. Pour la première fois dans l'histoire de la Ve Républi-

L'enracinement

que, le Premier ministre est un chef de parti, et ce sans qu'apparemment l'Élysée s'en émeuve. Cédant vite la direction de l'UDR à André Bord — tout en y gardant la haute main — Jacques Chirac va se heurter à la méfiance puis à l'hostilité croissante de ses alliés : ceux-ci lui reprochent d'être à la fois chef du gouvernement et chef de l'UDR, mais cela n'empêchera pas Michel Poniatowski d'être élu président des Républicains indépendants ni Jean Lecanuet celui du Centre des démocrates sociaux. Sa désignation officielle — au lendemain des cantonales perdues de mars 1976 — par le président comme «coordonnateur de la majorité» (ce qui démontre que pendant deux ans il n'était pas reconnu comme tel) ne changera rien aux difficultés de Jacques Chirac, prisonnier des contradictions de son double statut : devant choisir entre la fonction de Premier ministre et celle de leader de l'UDR, il préférera la seconde, démissionnant avec fracas le 25 août 1976.

Les rapports entre le président de la République et sa majorité ne seront pas réglés pour autant : le nouveau Premier ministre, Raymond Barre, est un universitaire extérieur à la classe politique, familier des rouages gouvernementaux (directeur de cabinet de J.-M. Jeanneney de 1958 à 1962) et internationaux (vice-président de la Commission de la CEE de 1967 à 1973), respecté jusqu'au RPR pour sa compétence économique, qui a intégré le gouvernement lors du remaniement de janvier 1976 (au Commerce extérieur). Il confie à un groupe de travail composé des représentants des partis au gouvernement — ayant rang de ministres d'État (MM. Guichard, Lecanuet, Poniatowski) — le soin de régler les litiges «de la politique politicienne». En vain : la chiraquisation du mouvement gaulliste (mué en RPR), la querelle des investitures pour les municipales de Paris (en mars 1977) rendent cette solution impraticable, faute d'autorité. Le remaniement d'avril 1977 supprimant les ministères d'État confiera *de facto* à Raymond Barre la fonction de chef de la majorité parlementaire, titre que le RPR lui refusera jusqu'à la fin du septennat. L'autorité croissante du Premier ministre sur son gouvernement, la férule exercée sur sa « majorité parlementaire » grâce aux multiples ressources du parlementarisme rationalisé lui permettront de « tenir » sa majorité mais sans jamais parvenir à faire accepter ses prérogatives par le RPR.

Face à ces difficultés, Valéry Giscard d'Estaing tentera de faire de nécessité vertu mais sans éviter les contradictions : lorsqu'il explique, le 26 août 1976, que les partis avaient pris trop d'importance au point de menacer l'action gouvernementale, il accepte le lendemain qu'ils soient représentés en tant que tels au gouvernement. Et leur disparition en avril 1977 sera précédée d'une fausse manœuvre que Jacques Chirac utilisera au maximum : lors de sa conférence de presse du 21 janvier 1977, le président ne déclare-t-il pas que « l'expression de chef de la majorité n'a pas de contenu. Il faut sortir de la conception d'une uniformité qui se déchire pour passer à une autre conception qui est celle d'un pluralisme qui s'organise ». C'est au nom du « pluralisme organisé » que le président du RPR interdira au président de la République et au Premier ministre d'intervenir dans les batailles électorales, qu'elles soient municipales, législatives ou européennes.

Du « pluralisme organisé » à la division, il n'y a qu'un pas, vite franchi, et dont les effets seront décisifs en 1981.

2.2. Le nouveau présidentialisme. Les difficultés majoritaires n'ont pas affaibli le caractère présidentialiste du régime. Plus que jamais, le pouvoir présidentiel éminent (politique étrangère, coopération, défense) est exercé sans partage par le chef de l'État. Celui-ci marque par ailleurs son empreinte sur la politique générale, en multipliant les conseils restreints (à un rythme double de celui de son prédécesseur), en adressant ses directives au gouvernement — lettres directives au Premier ministre, calendriers de travail fixés au gouvernement — certaines donnant lieu à publicité pour accroître leur caractère contraignant. Tout comme Georges Pompidou, V. Giscard d'Estaing tire bénéfice de son long séjour au ministère clé de l'Économie et des Finances et de sa connaissance approfondie des dossiers.

Il faut cependant relever que cette tendance générale est corrigée par des inflexions particulières, compte tenu de la conjoncture politique.

De 1974 à 1976, l'interventionnisme présidentiel se manifeste dans tous les domaines, le chef de l'État ne laissant au Premier ministre que l'exécution des décisions et confiant à Jacques Chirac, comme fonction essentielle, la refonte de la majorité. La démission du Premier ministre sera justement consécutive à cette division du travail qu'il refuse : la coordination politique de la majorité lui pose un problème insurmontable du fait de ses fonctions à l'UDR et la simple exécution des décisions présidentielles dans le domaine gouvernemental le conduit à estimer qu'il « ne dispose pas des moyens qu'il estime nécessaires pour assumer ses fonctions de Premier ministre ». Le fait que, pour la première fois dans l'histoire de la Ve République, ce soit le Premier ministre qui parte et manifeste publiquement les raisons de son départ (publication de la lettre de démission, allocution télévisée) ne s'explique pas uniquement par le tempérament bouillant du Premier ministre, mais par son refus de la marginalisation de sa fonction.

Au lendemain de cette expérience, Valéry Giscard d'Estaing infléchit sa pratique présidentielle. Le nouveau Premier ministre n'appartient pas au personnel politique : la coordination de la « majorité » est transférée à la « troïka » des représentants des partis au gouvernement, puis, après avril 1977, pour partie au Premier ministre, pour partie aux services de l'Élysée et notamment aux conseillers politiques et électoraux du président (J. Serisé et J. Riolacci jouant le rôle dévolu avant 1974 à P. Juillet). Par contre, du fait de ses compétences — « M. Barre est sans doute le meilleur économiste de France, en tout cas un des tout premiers » — le nouveau Premier ministre se voit confier une tâche gouvernementale, celle de « résoudre le problème le plus important pour la France à l'heure actuelle qui est celui de la lutte contre l'inflation » (25 août), de « redresser l'économie française » (23 novembre). A ce titre, et ce pour la première fois depuis 1958, le Premier ministre cumulera jusqu'en avril 1977 ses fonctions et celles de ministre de l'Économie et des Finances avant de céder celles-ci non sans avoir scindé la Rue de Rivoli en deux ministères, sur lesquels il gardera une tutelle étroite.

Dans la mesure où Raymond Barre semble, comme Pierre Messmer, dépourvu d'ambitions personnelles mais assume totalement une politique impopulaire (plans Barre successifs pour répondre aux chocs pétroliers et redresser les finances du pays) avec laquelle il concorde, Valéry Giscard d'Estaing n'intervient qu'indirectement (par voie de directives générales ou pour tirer profit d'arbitrages populaires — relèvement du taux d'intérêt des livrets d'épargne par exemple), développant plutôt ses pouvoirs propres. D'abord en matière de politique étrangère, où son activisme ira croissant, mais aussi en matière d'arbitrage, le chef de l'État renforçant son image de « président au-dessus des partis », disposant de « l'arme capitale » de la dissolution — pour répondre aux attaques de Jacques Chirac — puis envisageant, durant la campagne des législatives du printemps 1978, l'éventualité d'une victoire de la gauche : tout en déclarant que « le président de la République n'a pas, dans la Constitution, les moyens de s'opposer [...] à l'application du programme commun » (discours de Verdun-sur-le-Doubs du 27 janvier), il formulera une théorie de l'ambivalence de la fonction présidentielle, qui implique d'une part qu'il est le « garant des institutions, le protecteur des libertés des Français », de l'autre qu'il représente « l'application d'une certaine politique, ou, en tout cas, la référence à un certain principe politique », ce qui l'autorise à « indiquer quel est le bon choix pour la France, chaque fois qu'il s'agira d'un choix fondamental » (conférence de presse du 17 janvier 1977). Il interviendra la veille du scrutin pour mettre les Français face à leur « immense responsabilité », les invitant à nouveau au « bon choix pour la France », tout en affirmant clairement — pour la première fois depuis 1958 — que la décision du suffrage universel sera respectée.

La victoire aux élections législatives réglant la question de l'alternance pour trois ans, le président de la République n'infléchira plus sa pratique des institutions : la division du travail entre le président et le Premier ministre s'avère efficace, et lorsqu'à l'été 1979 la question est posée — par la presse et les candidats à la succession — d'un changement éventuel de Premier ministre, celui-ci est confirmé implicitement dans ses fonctions, l'attelage Giscard-Barre s'avérant aussi solide que celui de De Gaulle et Pompidou.

2.3. La décrispation institutionnelle. Sitôt entré en fonction, Valéry Giscard d'Estaing, dans son message du 30 mai 1974 au Parlement, avait annoncé une série de réformes institutionnelles ; une première échoue d'entrée, celle de la suppléance : les deux Chambres votent bien en octobre un projet imposant aux suppléants de restituer leurs sièges aux titulaires, six mois après le départ de ceux-ci du gouvernement, mais le texte est retiré devant l'hostilité des gaullistes.

Par contre, l'élargissement du droit de saisine du Conseil constitutionnel aux parlementaires (60 députés ou 60 sénateurs) est adopté par le Congrès, le 21 octobre, sans que personne voie l'importance réelle de ce que la plupart taxent de « réformette ». L'élargissement du droit de saisine sera à l'origine d'un développement considérable du contrôle de constitutionnalité et des pouvoirs du Conseil constitutionnel et constituera l'élément essentiel du statut de l'opposition voulu par le président.

Enfin, une réforme apparemment plus technique fait l'objet de la loi organique du 18 juin 1976 (faisant passer de 100 à 500 le nombre des signatures de notables, et de 10 à 30 les départements dont ils émanent, pour la présentation des candidats à la présidence de la République), elle sera de peu d'effet; parallèlement, le Congrès adopte le 14 juin 1976 une loi constitutionnelle, suggérée par le Conseil constitutionnel, comblant les lacunes du droit positif en matière d'élection présidentielle, en cas de décès ou d'empêchement.

A ces réformes d'importance inégale, il faut ajouter celles qui portent sur le régime des élections: la loi du 5 juillet 1974 abaissant à 18 ans l'âge de la majorité abaisse parallèlement la majorité électorale. Elle favorisera surtout la gauche, même si tous les nouveaux électeurs potentiels ne s'inscriront pas automatiquement sur les listes électorales. Mais le débat le plus vif va porter sur la réforme du mode de scrutin: Valéry Giscard d'Estaing avait à plusieurs reprises exprimé ses préférences pour l'introduction de la représentation proportionnelle — voulue également par les centristes —; l'hostilité absolue des gaullistes conduit en 1976 le gouvernement à opter pour la solution inverse: le renforcement du système majoritaire, en élevant à 12,5 % (il était à 10 % depuis 1966) des inscrits le seuil nécessaire pour pouvoir se maintenir au second tour de toute élection (M. Poniatowski avait même proposé au départ 15 %). L'idée giscardienne est désormais de pousser, grâce à cette réforme, les partisans du président à s'unifier: l'UDF sera la fille de cette réforme.

A ces changements du droit positif opérés au début du septennat s'ajoute une série de réformes qui vont dans le sens d'une réhabilitation de l'institution parlementaire: la première est le réveil du Sénat où les groupes centristes (désormais intégrés à la majorité) sont dominants; Jacques Chirac y fait approuver dès le 10 juin 1975 une déclaration de politique étrangère et Raymond Barre son programme le 5 mai 1977.

Cet intérêt pour le Sénat se développera parallèlement aux difficultés de l'exécutif avec le groupe UDR-RPR de l'Assemblée.

Plus généralement, ce sont les pouvoirs quotidiens des Chambres qui sont accrus : création des questions au gouvernement le mercredi, jour d'affluence parlementaire, utilisation plus fréquente des commissions d'enquête, convocation de sessions extraordinaires, attribution d'assistants parlementaires aux députés et sénateurs.

Cette sollicitude sans précédent pour le Parlement connaîtra une limite : face à la fronde des députés chiraquiens, Raymond Barre devra utiliser vingt-six fois le vote bloqué et neuf fois l'article 49.3 (dont sept fois entre le 20 novembre 1979 et le 11 janvier 1980). Il faudra attendre l'approche de l'échéance présidentielle de 1981 pour que, la fronde s'apaisant, le gouvernement manifeste à son tour sa bonne volonté en réhabilitant l'initiative parlementaire.

Cet ensemble de réformes qui visent à renforcer l'institution parlementaire mais aussi les droits de l'opposition n'entraîne pas une modification profonde du régime : les partis et l'opinion sont davantage sensibles à l'usage à répétition de l'article 49.3 qu'aux questions au gouvernement. L'opposition va cependant recourir de façon croissante à ces prérogatives nouvelles : à quarante-quatre reprises, la gauche saisit le Conseil constitutionnel entre 1974 et 1981 (obtenant quatre fois satisfaction ; souvent sa menace de le saisir permet de faire reculer le gouvernement). L'opposition utilise également avec habileté la procédure des commissions d'enquête mais, celles-ci risquant de devenir dangereuses pour la majorité et le gouvernement à la veille des législatives de 1978, leur usage sera limité durant les dernières années du septennat.

Celles-ci sont surtout marquées par la recherche du dialogue direct avec l'opposition : une fois levée l'hypothèque de mars 1978, le président de la République va recevoir leaders syndicaux (Edmond Maire s'engouffrant dans la brèche avec la CFDT) et politiques, le leader du MRG se montrant le plus ouvert: Robert Fabre en sera récompensé à terme par le poste de médiateur, en remplacement d'Aimé Paquet, en 1980.

Ces ouvertures ne seront cependant pas de nature à modifier les comportements des partis ni à convaincre l'opinion.

III. LES BASES DU RÉGIME

Consolidé dans son fonctionnement institutionnel et politique malgré les soubresauts dus aux rivalités des hommes et des partis, le régime renforce également ses assises dans les années 70, tant au niveau de l'État qu'à celui des partis.

1. *Le maintien de l'hégémonie administrative*

Si le gaullisme s'était en grande partie caractérisé par l'hégémonie de la haute fonction publique et ses liens privilégiés avec le pouvoir, cette tendance ne se dément pas de 1969 à 1981. La pénétration de la haute administration apparaît à tous les niveaux: au sein du gouvernement, au Parlement et dans le monde économique. Mais, sous les présidences Pompidou et Giscard d'Estaing, certaines tendances spécifiques sont à souligner.

La présidence Pompidou est marquée par une certaine régression des fonctionnaires au sein du personnel ministériel: c'est notamment perceptible dans le gouvernement Chaban-Delmas (où le pourcentage tombe sous les 50%: 43,5%). Par contre, cette période est marquée par l'entrée en force des hauts fonctionnaires dans le monde parlementaire: ces anciens élèves de l'École nationale d'administration passés par les cabinets ministériels se lancent dans la bataille des législatives: les premiers sont apparus en 1967 (les «jeunes loups» pompidoliens autour de Jacques Chirac) au sein du mouvement gaulliste. A compter de 1973, leur nombre ira croissant dans tous les partis de la majorité et même au parti socialiste, après sa refondation en 1971 : à gauche, l'énarchisation du groupe dirigeant socialiste reste relative car elle se heurte à la concurrence victorieuse de la moyenne fonction publique et notamment des enseignants, mais elle va s'imposer, à défaut de l'appareil, au sommet : Lionel Jospin, Pierre Joxe ou Laurent Fabius chez les mitterrandistes, J.-P. Chevènement et Didier Motchane au CERES, autant de hauts fonctionnaires socialistes qui détiennent des postes clés. Dans la majorité, le phénomène est décisif chez les gaullistes mais se développe également chez les giscardiens et au CDP : les ministres hauts fonctionnaires sont désormais le plus souvent des hauts fonctionnaires devenus députés avant de devenir ministres.

Enfin, à la différence de la période gaulliste, les hauts fonctionnaires vont amorcer — à travers le « pantouflage » dans le secteur public mais aussi privé — une participation au monde des affaires au moment où l'industrialisation de la France devient « l'ardente obligation » du septennat.

Après 1974, la haute fonction publique atteint l'apogée de son influence : regagnant le terrain perdu dans les ministères, qu'il s'agisse des ministres (ministres techniciens dans les gouvernements Barre ou ministres issus de la fonction publique) ou de leurs cabinets (où l'ENA est majoritaire et, au sein de celle-ci, les grands corps), continuant à se développer à l'Assemblée nationale (26 % des députés UDF élus en 1978, 24 % des députés RPR et 20 % des députés socialistes). L'osmose entre personnel politique et personnel administratif se renforce, mais il en va de même entre celui-ci et le pôle économico-financier. Une grande partie des dirigeants des grandes entreprises et des banques d'État ou privées sont issus de l'ENA : tout comme le libéralisme prend progressivement la place de l'interventionnisme et de l'intérêt général, l'ENA devient une école de management public autant qu'une pépinière de commis de l'État.

Ce phénomène de renforcement-mutation de la haute administration traduit un profond changement du centre droit traditionnel : alors que les Républicains indépendants — et les composantes de l'UDF en général — représentaient le monde traditionnel des notables, leur accès au pouvoir gouvernemental aboutit à leur prise de contrôle de (et par) la haute fonction publique : la logique du pouvoir d'État de la Ve République s'impose à ceux qui y accèdent. Au-delà de l'exacerbation des rivalités entre les leaders et entre les partis, la majorité connaît donc, sous la présidence Giscard d'Estaing, une homogénéisation croissante, sous la forme de l'élite politico-administrative qui dirige le pays.

2. *La présidentialisation des relais politiques*

De 1969 à 1981, le système politique bipolaire et majoritaire connaît une sorte d'apogée. Malgré les révoltes du parti communiste ou du RPR à partir de 1974, les tentatives d'introduction de la proportionnelle aux élections, la discipline majoritaire résiste et se renforce avec la loi de 1976 sur le seuil de 12,5 % des inscrits : c'est le règne de ce que Michel Jobert appelle « la bande des quatre » (RPR, UDF, PS, PCF) et d'une bipolarisation d'autant plus exacerbée qu'il n'existe plus à partir de 1973 (ralliement *de facto* des réformateurs au second tour des législatives) de *no man's land* politique et électoral entre les deux blocs.

Puisque le système majoritaire et présidentiel s'impose, les relais politiques traditionnels (partis) et nouveaux (instruments de mesure de l'opinion publique) achèvent de s'adapter au régime. Les partis politiques sont progressivement pris en main par les présidentiables, catégorie nouvelle dans le personnel politique, tandis que la « sondomanie » s'abat sur les citoyens et leurs dirigeants.

2.1. La présidentialisation des partis. L'adaptation des partis au régime politique, amorcée avant 1969 pour ceux de la majorité, s'achève pour les autres qui muent ou se marginalisent. Mais cette présidentialisation ouvre une phase de mutation permanente, le nouveau système fragilisant un mode de leadership lié à la victoire aux présidentielles et à la réussite ou non des successions internes.

1. L'élection présidentielle de 1969 balaye non seulement les rêves de retour à une République parlementaire, mais également les formations qui ne sont pas adaptées à la primauté du fait présidentiel. L'échec de Gaston Defferre entraîne l'effondrement électoral de la SFIO — devenue nouveau parti socialiste lors du congrès d'Alfortville en mai 1969. Le nouveau premier secrétaire, Alain Savary, élu avec les voix molletistes en juillet 1969, au congrès d'Issy-les-Moulineaux, ne parvient pas à assurer le leadership: ne réussissant pas à franchir la barre des 10 % aux élections partielles de 1969-1971, les socialistes semblent voués à la marginalisation. De même, le centre droit est atomisé par l'échec d'Alain Poher. Une partie du Centre démocrate a rallié Georges Pompidou et constitué le Centre Démocratie et Progrès (CDP) autour de Jacques Duhamel. L'autre partie, majoritaire, reste dans l'opposition, impuissante à devenir un point de ralliement. Quant aux radicaux, l'OPA tentée en octobre 1969 par Jean-Jacques Servan-Schreiber va se révéler une aventure sans lendemain: le manifeste *Ciel et Terre,* qui se réclame du «modèle suédois», adopté en janvier 1970, rédigé par J.-J. S.-S. et Michel Albert, est avant tout un éphémère succès de librairie. En juin 1970, l'élection triomphale de J.-J. S.-S. lors de l'élection législative partielle de Nancy (avec 45 % des suffrages au premier tour et 55 % au second) sur fond de régionalisme est suivie, en septembre, de l'échec de Bordeaux où Jacques Chaban-Delmas écrase le «député de Lorraine» qui doit réduire ses ambitions et s'allier avec le Centre démocrate de Jean Lecanuet pour constituer le 3 novembre 1971 le Mouvement réformateur: tiraillé entre la stratégie anti-UDR de J.-J. S.-S. et la

stratégie anticommuniste de Jean Lecanuet, il sera condamné à rester une force d'appoint.

La déconfiture des vieux partis laisse place nette pour les nouvelles formations. Les années qui suivent l'élection de Georges Pompidou sont marquées par le renforcement des formations déjà présidentialisées et l'apparition d'une nouvelle, le parti socialiste refondu autour de François Mitterrand.

Au sein de l'UDR, sur laquelle Georges Pompidou exerçait un leadership indiscuté depuis 1968, les clivages internes ne remettront pas en cause son autorité : les gaullistes de gauche nostalgiques du Général s'atomisent en une série de groupuscules rivaux. De leur côté, Pierre Messmer et Hubert Germain constituent bien, au sein du groupe parlementaire, une amicale intitulée Présence et Action du gaullisme, mais ce groupe entrera en sommeil après la nomination en 1971 de Pierre Messmer au gouvernement. Reste l'affrontement, classique, entre conservateurs (dont le chef de file est René Tomasini, secrétaire général de l'UDR en 1971-72) et libéraux (proches de Jacques Chaban-Delmas), qui constitue, jusqu'en 1973, une dialectique interne respectueuse du soutien unanime à Georges Pompidou.

La marque de cette fidélité présidentielle sera le refus de la désignation d'un président de l'UDR (suggérée par Alexandre Sanguinetti) en octobre 1971. Chez les Républicains indépendants, formation plus restreinte et plus légère que l'UDR, Valéry Giscard d'Estaing adopte, de 1969 à 1973, une stratégie prudente du fait de la présence au sein des parlementaires et membres du gouvernement d'un fort courant « pompidolien » — celui-là même qui l'a contraint à soutenir G. Pompidou en 1969. La structure mise en place de 1967 à 1974 est adaptée à la clientèle modérée en s'appuyant sur les élus et les clubs (Perspectives et Réalités) et en cherchant avant tout à valoriser l'image et le discours du futur présidentiable. Bien que s'appuyant sur une formation dont l'influence reste

L'enracinement

marginale par rapport au parti gaulliste, Valéry Giscard d'Estaing dispose dès le début des années 70 d'un réseau autrement plus performant que ceux qui s'édifient vainement dans le centre d'opposition.

Mais c'est dans la gauche non communiste que s'opère la mutation la plus importante. Les 11-16 juin 1971, à Epinay-sur-Seine, François Mitterrand prend le contrôle du « parti socialiste », à la tête d'une coalition hétérogène où les mitterrandistes de la Convention des institutions républicaines sont flanqués du courant de gauche (CERES) et des notables modérés (autour de Gaston Defferre et de Pierre Mauroy). Guy Mollet, qui soutenait Alain Savary depuis 1969, est définitivement battu.

En ralliant François Mitterrand au moment où le score électoral socialiste est au plus bas, les notables socialistes se raccrochent au dernier leader de gauche susceptible de ranimer leur parti. Mais ils sont obligés d'accepter la stratégie que le nouveau premier secrétaire a échafaudée depuis 1964.

François Mitterrand est depuis cette date convaincu que la victoire de la gauche socialiste passe par la victoire aux élections présidentielles où la capacité de rassemblement est un élément déterminant. Mais il a également compris que le mode de scrutin majoritaire conduit inéluctablement — du fait de sa répétition de législatives en présidentielles — à la bipolarisation. Dans cet affrontement bipolaire, le système à deux tours favorisera, à gauche, le plus modéré. La gauche non communiste doit donc s'unifier, accepter le système présidentiel et adopter une stratégie d'union de la gauche avec les communistes, avec cependant pour objectif, les institutions aidant, de faire du socialisme démocratique la force hégémonique de la gauche.

C'est sur ces bases que François Mitterrand se lance dans la bataille présidentielle de 1965, qui lui donne une stature charismatique dont il saura se servir après sa mise à l'écart de 1969. Désormais, il n'a plus de rivaux : les partisans du régime parlementaire se sont éliminés en 1969 (Guy Mollet, Pierre Mendès France), tout comme les adversaires de la bipolarisation gauche-droite (Gaston Defferre). Le nouveau premier secrétaire va pouvoir, tout en nouant une alliance à long terme avec le parti communiste (en 1972, avec la signature du programme commun de gouvernement), préparer le parti socialiste à la conquête du pouvoir.

Celle-ci passe, dans son esprit, par la victoire aux présidentielles et le PS sera organisé dans ce but. Renonçant à son projet initial d'une structure « souple [27] », François Mitterrand va laisser s'édifier une machine électorale efficace, reconstruisant et rajeunissant la défunte SFIO, en l'ouvrant largement aux classes moyennes salariées qui vont constituer l'ossature sociale du parti et en calquant l'organisation du PS sur celle des institutions. Alors que les organes créés en 1971 se voulaient destinés à empêcher un nouveau « pouvoir personnel » analogue à celui de Guy Mollet, une concentration des pouvoirs va vite s'opérer autour du premier secrétaire et de son équipe, celle-ci comprenant outre la direction officielle un entourage (cabinet, comité des experts) préfigurant un futur pouvoir présidentiel.

En l'espace de trois ans, François Mitterrand va ainsi réussir à construire un parti entièrement nouveau sur les décombres de la SFIO, un parti totalement adapté au régime, qui contraindra les autres formations de la gauche non communiste à le rallier sous peine de disparaître (des radicaux de gauche en octobre 1972 à Michel Rocard et ses fidèles du PSU en 1974). Reste le cas du parti communiste. La candidature de Jacques Duclos en 1969, son insertion dans une stratégie de conquête du pouvoir — même si ni le PCF ni son candidat ne souffleront mot sur le pouvoir présidentiel en cas de victoire — auraient pu conduire à une présidentialisation du PCF dans les années 70. Il n'en sera rien, puisque, dès 1970, les communistes reprennent leur stratégie parlementariste de conquête du pouvoir à travers une alliance de type front populaire (qui débouche en 1972 sur le programme commun) et qu'en 1974 ils ne tentent même pas de présenter un candidat, s'effaçant derrière François Mitterrand.

Ce refus du fait présidentiel qui habituera les électeurs communistes au vote utile en faveur du candidat socialiste et accélérera le basculement du rapport de force interne à la gauche traduit bien l'attachement aveugle du PCF au parlementarisme, au point de ne pas comprendre, même lorsqu'en 1969 il joue à son profit, le système présidentiel. Au-delà de cette carence, il semble que le ralliement du parti communiste à la Ve République aurait contraint le PCF à une remise en cause non seulement stratégique mais aussi politique qu'il a préféré ne pas accomplir en restant fidèle aux méthodes éprouvées, quitte à en payer le prix quelques années plus tard.

2. L'élection présidentielle de 1974 et ses conséquences sur le système de partis achèveront ce processus de présidentialisation. A gauche, la candidature de François Mitterrand permet l'accomplissement de l'unification de la gauche non communiste et l'organisation du PS suivant des structures présidentialistes : au cours de la campagne de 1974, le premier secrétaire s'installe à la tour Montparnasse, entouré d'un brain-trust qui n'est constitué que pour partie de dignitaires du PS : comptent tout autant les experts qui élaborent les dossiers du candidat et son image, voire préfigurent les futurs rouages du pouvoir en cas de victoire. Après le court échec de François Mitterrand, le phénomène se poursuivra, le PS se révélant incapable d'intégrer les structures parallèles aux instances officielles. Surtout, le déclin de l'aura mitterrandiste après la défaite de la gauche aux législatives de 1978 entraînera une prolifération d'équipes autonomes autour des présidentiables du PS et notamment de Michel Rocard, prétendant officiel à la succession et « candidat à la candidature » pour les présidentielles de 1981.

Dans la majorité, le décès prématuré de Georges

Pompidou ouvre une crise de leadership d'autant plus aiguë que le chef de l'État n'a pas préparé sa succession. Au sein de l'UDR, personne ne peut prétendre à une légitimité supérieure — comme Georges Pompidou, sept ans Premier ministre du général de Gaulle et vrai patron du mouvement gaulliste et de son groupe parlementaire, en 1969 — et aucun réseau ne domine le parti de façon incontestable. L'UDR aborde les élections présidentielles de 1974 dans la dispersion ; son candidat officiel — Jacques Chaban-Delmas — se retrouve peu ou prou dans la situation de Gaston Defferre, candidat d'une partie de son parti, en 1969. Une telle situation, outre qu'elle précipitera son échec au premier tour, empêche le maire de Bordeaux de prétendre conquérir l'UDR au lendemain des élections : le candidat gaulliste et ses soutiens sont éliminés de la course au pouvoir.

Plus grave, la question de la survie du mouvement est posée. Encore une fois, c'est la prise de contrôle du parti gaulliste par un homme qui veut en faire un instrument pour la conquête du pouvoir présidentiel qui sauvera l'UDR de l'éclatement. Malgré sa responsabilité dans la défaite de Jacques Chaban-Delmas, Jacques Chirac, profitant de son statut de Premier ministre, se fait nommer secrétaire général du mouvement dès décembre 1974. Au lendemain de sa démission de Matignon, il transformera l'UDR en un parti destiné à devenir la machine électorale et militante de ses ambitions : le Rassemblement pour la République, créé en décembre 1976, est tendu vers la conquête du pouvoir, ce qui rendra difficiles les rapports du mouvement d'un côté, des ministres et parlementaires de l'autre, les seconds devant élaborer les inévitables compromis avec le pouvoir en place.

Malgré ces difficultés, la chiraquisation du mouvement gaulliste traduit la mutation réussie d'un parti qui aurait pu éclater sans l'OPA à la hussarde du jeune poulain de Georges Pompidou.

Paradoxalement, c'est le vainqueur des présidentielles de 1974 qui aura le plus de difficultés à créer un parti du président : la victoire giscardienne de 1974 n'est pas due à l'efficacité d'une machine mais à la performance du candidat dans les médias et les meetings, à la division de l'UDR et à l'abondance des moyens financiers. Au lendemain de la victoire, le président n'aura ni la possibilité ni la volonté d'unifier le centre droit, la plupart des cadres giscardiens étant absorbés par le pouvoir et la fédération de ce qui est avant tout un réseau de notables se révélant difficile.

Il faudra attendre le défi chiraquien pour que les formations soutenant le président se décident à constituer un cartel électoral destiné à résister à l'offensive du RPR. L'Union pour la démocratie française, structure confédérale de partis et de groupes gardant leur souveraineté, ne deviendra pas un parti et le vrai « parti du président » restera la Fédération des républicains indépendants, muée en Parti républicain en 1976. Une carence organisationnelle qui ne sera pas étrangère à l'échec de 1981.

En fin de compte, si l'on met à part les communistes, plus que jamais confinés dans leur attachement au parlementarisme, le fait présidentiel s'impose dans les années 70 aux acteurs politiques qui calculent leur cursus honorum en fonction du « destin national » qu'ils s'attribuent ou que leur reconnaissent leurs réseaux et leurs militants. Cette présidentialisation des carrières entraîne, comme on l'a vu, une présidentialisation des organisations (partis, courants) mais peut avoir aussi des effets négatifs dans la mesure où elle crée une compétition permanente, exacerbée pour peu que le leadership s'affaiblisse (conflit Mitterrand-Rocard en 1978-1981) ou que l'on sacrifie la fidélité immédiate aux ambitions à terme (conflits Giscard-Pompidou en 1969, Chirac-Chaban en 1974, Chirac-Giscard d'Estaing en 1976-1980).

La présidentialisation des ambitions, des carrières et des équipes n'aboutit cependant pas automatiquement à la création de machines électorales puissantes : seuls les socialistes et les gaullistes y parviennent, alors que le centre droit y renonce faute de l'avoir voulu lorsque la tentative était envisageable.

2.2. Le poids des sondages. Entrés dans la vie politique française avec l'élection présidentielle de 1965 où ils ont joué un rôle décisif (révélant l'effondrement de la cote du général de Gaulle à la veille du premier tour), les sondages deviennent, dans les années 70, un élément clef du débat et des comportements politiques ; tout, il est vrai, prédispose à leur développement, puisque aussi bien l'élection présidentielle que les législatives sont structurées autour de choix clairs (quatre partis, une majorité) et de phénomènes de leadership (d'où la mesure des popularités).

Si les sondages vont s'avérer décisifs pour mettre en relief l'effondrement d'Alain Poher en 1969 ou de Jacques Chaban-Delmas en 1974, leur influence politique directe n'est pas évidente : leur inflation croissante à partir de 1977 — où le monopole de l'IFOP et de la Sofres est battu en brèche par l'arrivée de nouveaux venus — va relativiser leur impact. Et, surtout, ils ne modifieront pas le comportement des acteurs politiques : la révolte du RPR, celle du PCF, la politique économique de Raymond Barre n'obéissent pas à des logiques de popularité immédiate.

Malgré tout, les sondages vont progressivement modifier les comportements des acteurs politiques : l'existence de cellules d'opinion se développe au gouvernement et dans les partis. En 1974, la publication par le ministère de l'Intérieur (dont le titulaire est Jacques Chirac) d'un sondage des Renseignements généraux indiquant qu'au second tour Valéry Giscard d'Estaing aurait plus de chances contre François Mitterrand que Jacques Chaban-Delmas achève de faire basculer l'opinion. Après son élection, Valéry Giscard d'Estaing préfère au lourd appareil du ministère de l'Intérieur (mis au point après 1968 par Raymond Marcellin) la cellule d'opinion (installée en

1976) de l'Élysée relayée par celle de Matignon (au sein du service d'information et de documentation du Premier ministre). Ces équipes commencent à apparaître après 1978 dans les partis politiques (au PS et au RPR). A travers la référence aux sondages s'amorce une modification des techniques de communication et de propagande qui donnera son plein effet à partir de la campagne des présidentielles de 1981, avec un résultat inégal. Mais, dès 1976, on voit apparaître les premiers signes de l'interaction entre discours politique, publicité et enquêtes d'opinion : la COFREMCA conseille le président de la République et lui « vendra » le thème du « groupe central », vaste classe moyenne indifférenciée autour de laquelle s'intégrerait la société française, thème qui sera un des messages les plus significatifs de *Démocratie française*. Mais, là encore, l'effet réel de ces techniques sur l'opinion sera très limité.

CHAPITRE II

LA RECOMPOSITION DE LA MAJORITÉ

Avec le départ du général de Gaulle le 27 avril 1969, c'en est fini du gaullisme de rassemblement, qui ambitionnait d'unir l'ordre et le mouvement, la gauche et la droite, dans un élan national. La bipolarisation, fruit du mode de scrutin, les «pesanteurs sociologiques» de l'électorat, les grands affrontements sociaux de 1968 font basculer à droite électeurs, notables et dirigeants gaullistes dans leur majorité dès avant le 27 avril 1969. Aussi Georges Pompidou, puis Valéry Giscard d'Estaing, héritiers, chacun à leur manière, du gaullisme, face à une gauche en expansion continue, sont-ils acculés à pratiquer l'ouverture vers les secteurs du centre et de la droite réfractaires au gaullisme de 1958 à 1969. Cette ouverture aboutit en dix ans à l'unification des différentes familles du centre et de la droite et à la recomposition progressive de la majorité au détriment du gaullisme. Amorcée avec l'élection de Georges Pompidou, elle atteindra son apogée avec les élections législatives de 1978.

Contraintes aux mêmes nécessités politiques, les deux présidences connaîtront aussi le même destin: elles débutent par l'ouverture au centre, qu'il s'agisse de la «nouvelle société» de Jacques Chaban-Delmas ou des réformes des premières années du septennat giscardien. Puis, après une phase de recentrage, elles s'achèvent par un tournant conservateur: le dernier gouvernement Messmer (avec M. Druon, J. Royer ou P. Malaud) est nettement marqué à droite, tandis que le gouvernement Barre III (de la loi «sécurité et liberté» d'Alain Peyrefitte à la politique universitaire de Mme Saunier-Seïté) sera chargé de chasser sur les terres de l'électorat conservateur du RPR.

Mêmes bases électorales et sociologiques et même parcours politique d'une majorité qui s'élargit politiquement pour compenser sa perte d'influence.

I. Le tournant conservateur (1969-1973)

1. Juin 1968 en avait fourni les prémices (avec l'amnistie de l'extrême droite — Algérie française — et l'ouverture à droite aux législatives). Juin 1969 en fournit la démonstration : désormais, c'est en se tournant vers l'électorat modéré que le gaullisme pompidolien veut trouver sa majorité. L'élection présidentielle de 1969 est l'application à l'Élysée des méthodes mises en œuvre pour conserver le Palais-Bourbon : ouverture vers le centre d'opposition dont une partie se rallie (derrière J. Fontanet et J. Duhamel), et vers la droite — les Républicains indépendants au premier tour, Antoine Pinay au second. Autour de Georges Pompidou s'amorce un vaste rassemblement modéré à trois piliers — le principal, gaulliste, avec l'UDR, le second, conservateur-libéral, avec les Républicains indépendants, le troisième, centriste, avec les ralliés du CDP — qui n'est que freiné par la candidature Poher. L'échec de ce dernier dissout les rêves de «troisième force» et atomise durant deux ans l'espace politique situé entre la majorité pompidolienne et le parti communiste, auréolé par le score de Jacques Duclos.

L'idéal, pour Georges Pompidou, ne serait-il pas que se réalise l'affirmation d'André Malraux réduisant la vie politique à un affrontement entre gaullisme — élargi — et communisme ? De fait, la stagnation du centre et du parti socialiste — dont la direction échoit en juillet 1969 à Alain Savary, contrôlé étroitement par Guy Mollet —, l'éphémère épisode Jean-Jacques Servan-Schreiber au parti radical traduisent d'autant plus maintenant le désarroi de cette fraction de l'échiquier politique que la nomination de Jacques Chaban-Delmas à Matignon, la politique d'ouverture sociale et de libéralisme qui caractérise la « nouvelle société » couvrent au centre la majorité : celle-ci n'a pas d'ennemi à droite, est la plus crédible au centre, et n'a pour seul problème que de gérer ce double objectif — l'UDR ayant tendance à appuyer davantage la défense de l'ordre public que l'ouverture chabaniste.

Or, sur cette gestion, les désaccords sont patents entre Georges Pompidou et Jacques Chaban-Delmas. Celui-ci se voit reprocher de vouloir chercher un élargissement de la majorité (notamment à l'occasion des élections municipales de mars 1971) alors que le problème essentiel du chef de l'État est de maintenir la cohésion de la majorité et notamment de l'UDR. Jusqu'à la mort du général de Gaulle (9 novembre 1970) sa hantise est que les gaullistes orthodoxes ne divisent le mouvement. Aussi ménage-t-il les barons lors de la composition du gouvernement Chaban-Delmas (bénéficiant en retour de l'aide de Michel Debré, qui prêchera l'unité) puis manœuvre-t-il habilement pour isoler les irréductibles (Louis Vallon) au sein de l'amicale Présence et Action du gaullisme. Après la disparition du Général, ayant les coudées franches, il neutralise définitivement cette tendance (en intégrant Pierre Messmer au gouvernement, alors que Ch. Fouchet et J. Vendroux quittent l'UDR), place ses hommes à l'UDR (R. Tomasini) et au gouvernement (Jacques Chirac étant chargé des relations avec le Parlement). Le départ de Jacques Chaban-Delmas sera la dernière étape de cette reprise en main générale.

2. Au printemps 1972 une opération politique va précipiter les évolutions amorcées : lors de sa conférence de presse du 16 mars 1972, Georges Pompidou annonce un référendum sur l'élargissement des Communautés européennes à quatre États dont le Royaume-Uni. Ce référendum — *a priori* gagné d'avance car seul le PCF

est vraiment hostile — présente de multiples avantages politiques : il permet de rapprocher de la majorité les centristes d'opposition dont le credo européen est l'essentiel de leur programme, mais surtout de diviser la gauche au moment où socialistes — dirigés par François Mitterrand — et communistes s'apprêtent à négocier un « programme commun de gouvernement » dont le chapitre international sera le plus délicat. Le PCF annonce d'entrée qu'il votera « non », et le PS est divisé entre pro- et anti-européens. Pour éviter l'éclatement, F. Mitterrand appelle à l'abstention, évitant la rupture avec le PC et renforçant le camp des abstentionnistes, de nombreux électeurs s'estimant peu concernés par un sujet de politique étrangère : les 39,5 % d'abstentions et les 7,1 % de bulletins blancs ou nuls seront davantage commentés que les 68 % de « oui » (36 % des inscrits), parmi lesquels les centristes sont présents massivement.

Le référendum du 23 avril 1972 est donc un demi-succès : il ne bloque pas le rapprochement PCF-PS mais accélère celui entre la majorité pompidolienne et le centre d'opposition. Le lendemain de la signature du programme commun (le 26 juin), Georges Pompidou signifie son congé à Jacques Chaban-Delmas et confie au nouveau Premier ministre le soin de préparer une bataille électorale pour les législatives de 1973 qui sera centrée sur le combat d'une alliance dominée par le parti communiste.

Face au programme commun, la majorité, rassemblée dans l'« Union des républicains de progrès pour le soutien au président de la République » qui présente un candidat unique dans 405 des 473 circonscriptions, défend le programme de Provins (présenté par Pierre Messmer le 7 janvier après avoir été mis au point précipitamment). Le résultat du premier tour marque un retour au niveau qui était celui de la majorité en 1967 (37 % des suffrages exprimés) mais avec des glissements internes, l'URP régressant dans les bastions historiques de la gauche et du gaullisme — et donc dans l'électorat populaire — et progressant dans ceux du centre et de la droite.

Comme en 1967, ce sont les 13,25 % d'électeurs du centre d'opposition qui feront la décision ; cette fois, face à la menace de l'union de la gauche, Jean Lecanuet n'hésite pas : une négociation discrète avec Matignon (malgré les réserves de Jean-Jacques Servan-Schreiber, qui préfère dénoncer « l'État-UDR ») précède l'appel aux électeurs centristes pour qu'ils « mettent en échec la coalition socialo-communiste ». Georges Pompidou intervient dans le même sens à la veille du second tour. Sur le terrain, des désistements réciproques nombreux sont conclus : le 11 mars, l'appel a été entendu. Les électeurs centristes reportent massivement leurs voix sur les candidats de l'URP. La majorité reste majoritaire, même si elle perd 97 sièges par rapport aux élections exceptionnelles de 1968.

Désormais, l'hypothèque de la gauche est levée provisoirement et les prémices d'une alliance avec le centre d'opposition consolidées. La mort prématurée de Georges Pompidou le 2 avril 1974 va accélérer le processus.

II. L'Unification des droites

1. *L'élection présidentielle de 1974*

Le décès de Georges Pompidou ouvre la bataille des présidentielles dans des conditions qui ne sont claires que pour l'un des camps : la gauche. A peine un an après le bon score des législatives, alors que la dynamique unitaire est très efficace et l'état d'esprit excellent entre socialistes et communistes, François Mitterrand sera le candidat incontesté de la gauche unie. Simplement, la bataille arrive trop tôt, alors que le PS n'a pas encore eu le temps de se développer suffisamment. Face à la gauche, la majorité est profondément divisée.

L'UDR, depuis 1972, est secouée par de féroces luttes de clan : partisans de l'ouverture contre partisans de

La recomposition de la majorité

l'ordre, barons du gaullisme contre pompidoliens. En 1972, conservateurs et pompidoliens se sont ligués contre Jacques Chaban-Delmas. Cependant, celui-ci remplacé, les luttes intestines reprennent : René Tomasini, homme de l'Élysée, quitte le secrétariat général de l'UDR mais le « candidat » de l'Élysée, Alain Peyrefitte n'est élu qu'au second tour par 61 voix contre 50 à Alexandre Sanguinetti, le 5 septembre 1972. Il y restera un an, le temps d'entrer au gouvernement, en octobre 1973.

Dès ce moment, au sein de l'UDR, la guerre de succession commence, attisée par les rumeurs insistantes sur la santé du chef de l'État. L'Élysée — et notamment Pierre Juillet, conseiller politique du président —, estimant la bataille perdue, laisse les « barons » s'affronter par personne interposée : André Fanton pour Michel Debré, Alexandre Sanguinetti pour Jacques Chaban-Delmas et les autres. Le second, plus brillant, l'emporte de justesse — au troisième tour ! — par 58 voix contre 56. Alexandre Sanguinetti réunit les différents clans pour soutenir Jacques Chaban-Delmas mais surtout pour contrer le clan élyséen dont le chef de file est désormais le nouveau ministre de l'Intérieur, Jacques Chirac. Les assises de novembre de Nantes voient la défaite de celui-ci et le triomphe de Michel Debré et de Chaban-Delmas. Le maire de Bordeaux est bien le patron de la majorité de l'UDR mais il ne dispose d'aucun autre levier de pouvoir, notamment au gouvernement. Surtout, la coalition qui le soutient est une alliance négative, hostile à Valéry Giscard d'Estaing et aux hommes de G. Pompidou, mais incapable d'un projet politique commun.

Au lendemain de la mort de Georges Pompidou et alors que V. Giscard d'Estaing est déjà prêt et assuré du soutien du centre d'opposition, l'UDR est divisée : les pompidoliens pressent Pierre Messmer d'être le candidat d'union de la majorité afin de barrer la route au maire de Bordeaux. Mais Pierre Messmer, indécis, ne peut empêcher la candidature Chaban, annoncée le jour des obsèques du chef de l'État, alors que l'éloge funèbre prononcé par Edgar Faure à l'Assemblée n'est pas achevé !

Si la candidature Chaban-Delmas est annoncée le 4 avril, déclenchant le 8 celle de Valéry Giscard d'Estaing, qui lance son appel de Chamalières (Puy-de-Dôme), dont il est maire, « en regardant la France au fond des yeux », ils ne sont pas les seuls : Edgar Faure se lance dans la course le 5, il s'en retirera le 9, pressentant l'échec et utilisant l'opportunité que lui offre l'appel de Pierre Messmer à l'unité de la majorité sur son nom. La candidature Messmer est trop tardive : Jacques Chaban-Delmas se maintient, Giscard d'Estaing le suit et si Edgar Faure se retire, c'est pour céder la place à un autre troisième larron, le ministre de l'Artisanat et maire de Tours, Jean Royer, héraut de la défense du petit commerce et de l'ordre moral. Il ne jouera qu'un rôle marginal (obtenant 3,17 % des voix) et c'est entre Jacques Chaban-Delmas et Valéry Giscard d'Estaing que se livrera la bataille. Le premier a le soutien de l'appareil et des barons gaullistes, ainsi que celui des centristes de la majorité, le CDP. Mais il est loin de faire l'unanimité : une partie du groupe parlementaire et certains ministres UDR ne feront pas campagne au premier tour ; d'autres vont plus loin : convaincus que Jacques Chaban-Delmas « ne fera pas le poids » face à François Mitterrand, ils sont en fait favorables à la candidature Giscard d'Estaing. Aussi vont-ils œuvrer, en attendant de pouvoir soutenir celui-ci au second tour, pour miner la route du candidat gaulliste. Jacques Chirac, ministre de l'Intérieur, prend l'initiative d'un manifeste signé par 39 députés et 4 membres du gouvernement, dit « manifeste des 43 » qui, publié le 14 avril, appelle à une candidature d'union et reproche implicitement au maire de Bordeaux d'être un diviseur. Ce manifeste, lancé à la veille de l'ouverture de la campagne officielle, achève de désemparer l'UDR, tout comme la déclaration de soutien par « discipline » de Pierre Messmer à J. Chaban-

Delmas. Abandonné par une partie des siens, tiraillé par les orientations contradictoires de ses soutiens (vers la droite ou le centre, l'Europe ou l'indépendance nationale) et victime d'une campagne mal organisée et franchement médiocre à la télévision, le candidat gaulliste va connaître un destin analogue à celui d'Alain Poher en 1969 : parti le 9 avril avec un court avantage dans les sondages sur son rival (29 % contre 27 %), il ne cessera de reculer avant de s'effondrer dans la dernière semaine de campagne. Son score (15,11 % des suffrages exprimés) est inférieur à celui de Jean Lecanuet en 1965 ! L'électorat chabaniste, si l'on excepte le vote régional du Sud-Ouest en faveur du maire de Bordeaux, ne représentera qu'une partie marginale des suffrages, comparé aux 32,6 % qui se sont portés sur Valéry Giscard d'Estaing.

Le score du candidat des Républicains indépendants constitue une surprise dans la mesure où personne n'avait prévu un tel écart avec J. Chaban-Delmas. Au terme d'une campagne efficace, Valéry Giscard d'Estaing a réussi à consolider sur son nom le rapprochement entre pompidoliens et réformateurs amorcé au second tour des législatives de 1973 (J.-J. S.-S. sera le seul à ne le rallier qu'au second tour). Sur les 8 326 774 électeurs giscardiens du premier tour, on estime à 1 million et demi l'apport des électeurs centristes. Le reste provient des RI et de l'UDR, justifiant l'attitude des « 43 ».

Si, entre les deux tours, J. Chaban-Delmas ne lance qu'un appel indirect à voter Giscard d'Estaing, en se prononçant contre F. Mitterrand, et si quelques gaullistes de gauche (E. Pisani, J.-M. Jeanneney) soutiennent celui-ci, tous les leaders de l'UDR et du centre appellent à voter Giscard d'Estaing, ainsi que les candidats marginaux du centre (le « social-démocrate » E. Muller, maire de Mulhouse) et de droite (Jean Royer, J.-M. Le Pen). Le problème giscardien est de ne perdre aucun vote Chaban-Delmas et même de récupérer quelques-uns des électeurs de la majorité qui — troublés par ses divisions — se sont abstenus au premier tour, pour barrer la route au candidat de gauche, fort d'un capital potentiel de 47,4 % des suffrages.

Le face-à-face télévisé Giscard-Mitterrand du 10 mai donne un léger avantage au premier, si l'on en juge par les sondages, mais les deux candidats restent au coude à coude, dans un duel qui, pour la première fois, est un duel gauche contre droite. Le 19 mai, V. Giscard d'Estaing l'emporte avec une avance de 424 599 voix sur 26 724 595 votants : si le candidat de droite a vaincu c'est grâce à l'avantage potentiel conquis au premier tour (52,2 %) dont l'effritement a été partiellement compensé par le réveil des abstentionnistes : comme le relève A. Lancelot, la carte électorale du giscardisme de 1974 est celle du centre droit traditionnel, celui du « non » au référendum du 5 mai 1946 sur le projet de constitution socialo-communiste, le nouveau président unifiant toutes les familles de la droite mais laissant une nouvelle frange d'électeurs de centre gauche — qui ont voté pour le maire de Bordeaux — passer dans le camp socialiste.

La donnée politique la plus importante de cette élection est que la majorité a puisé dans les dernières réserves d'électeurs dont elle disposait, mais que l'absorption du centre réformateur n'a fait que compenser l'hémorragie à gauche d'une partie de ses électeurs traditionnels. Désormais, la majorité n'a plus de marge de manœuvre : qu'elle échoue et ce sera l'alternance.

2. *Les difficultés du giscardisme partisan*

Le conglomérat politique qui a permis à V. G. E. d'atteindre 32 % des voix au premier tour est plus que composite : d'abord les Républicains indépendants, son parti, mais aussi les centristes d'opposition, démocrates-chrétiens (Centre démocrate) et radicaux, enfin les gaullistes pompidoliens.

En refusant de dissoudre l'Assemblée et en décidant de s'appuyer sur la majorité — élargie aux réforma-

La recomposition de la majorité

teurs — telle qu'elle est, le nouveau président évite peut-être le risque d'un affrontement avec une gauche plus unie que la droite — il laisse aussi passer l'occasion de démanteler l'UDR.

Celle-ci est désemparée au lendemain du premier tour des présidentielles et sa division profonde. V.G.E. nomme bien Jacques Chirac Premier ministre, mais celui-ci est considéré comme un « traître » par plus d'un compagnon. Surtout, dans un gouvernement où les Républicains indépendants se taillent la part du lion aux côtés d'antigaullistes notoires (Jean Lecanuet, Pierre Abelin, et surtout Jean-Jacques Servan-Schreiber qui, il est vrai, ne restera que dix jours) les seuls UDR présents sont des personnages secondaires (MM. Soufflet, Ansquer et Jarrot). Face au risque d'éclatement du mouvement sous l'effet de courants contradictoires (gaullistes de gauche, « barons », députés, appareil), Jacques Chirac va manœuvrer habilement : il est le seul point de référence possible dans le reflux et notamment pour les députés ; or, ceux-ci constituent toujours la majorité de la majorité (180 contre 116 giscardiens des diverses obédiences) et il est vital, pour Jacques Chirac, d'en prendre le contrôle : c'est chose faite début juillet, le groupe le reconnaissant comme « l'animateur de l'UDR ».

La prise de contrôle du mouvement est plus délicate. Dans un premier temps, il favorise une opération des « Cent Fleurs » à l'initiative d'Alexandre Sanguinetti, flanqué de René Tomasini et du nouveau délégué à l'animation, Charles Pasqua (son homme de confiance), destinée à donner la parole à une base désorientée tout en canalisant le mouvement. Les propositions de révision des statuts se multiplient, mais elles seront balayées par l'élection du Premier ministre au secrétariat général de l'UDR, le 14 décembre. Cette opération, que les opposants qualifient de « mini-Brumaire », donne à l'UDR un patron, au mépris des règles traditionnelles de la Ve République. Celles-ci seront caricaturées lorsqu'en juin 1975 Jacques Chirac cède le secrétariat général à l'un de ses fidèles, André Bord, «se contentant» du poste de secrétaire général d'honneur, chargé «d'assurer par son arbitrage le fonctionnement régulier des instances nationales de l'UDR» (application *pro domo* de l'article 5 de la Constitution sur le pouvoir présidentiel !).

En chiraquisant l'UDR quelques mois à peine après l'élection de V. Giscard d'Estaing, pour en faire l'instrument de ses propres ambitions, Jacques Chirac réduit singulièrement la marge de manœuvre giscardienne. C'est désormais sur le seul secteur du centre droit que le président de la République peut espérer consolider son influence. Or, comme il ne prend aucune initiative en ce sens, républicains indépendants, démocrates-chrétiens et radicaux ne parviennent pas à se fédérer.

Du côté des républicains indépendants, le problème de l'après-1974 est délicat: la mouvance giscardienne — élus, clubs et quelques milliers d'adhérents — avait été conçue par Michel Poniatowski dans le but de permettre l'ascension puis l'élection de Valéry Giscard d'Estaing. Mais, celui-ci victorieux, il s'agit de refonder les RI pour en faire le parti du président. Les giscardiens en seront incapables: en moins d'un an, le parti change trois fois de secrétaire général (M. d'Ornano est nommé le 8 mars; Roger Chinaud le remplace le 25 juin; le 1er février 1975, Jacques Dominati lui succède, tandis que Michel Poniatowski en devient le président).

Ce dernier tente bien une relance du parti, fixant l'objectif de 30 000 adhérents pour juin 1975 (ce qui prouve qu'il ne les avait pas auparavant). L'échec de cette opération entraîne une stagnation qu'aggravera la défaite de Michel d'Ornano aux élections municipales de 1977 à Paris (voir *infra*). C'est à Jean-Pierre Soisson de tenter à son tour de lancer — enfin — le mouvement giscardien après trois années d'inefficacité. Obtenant les pleins pouvoirs du président de la République, il convoque une assemblée extraordinaire du parti les 20 et 21 avril à Fréjus : les Républicains indépendants se transforment en Parti républicain sans réussir pour autant leur décollage militant (le secrétaire général continue à être désigné par l'assemblée générale des adhérents, ce qui prouve leur nombre limité) ni à arrêter la valse des secrétaires généraux (Jacques Blanc succédera à J.-P. Soisson le 13 avril 1978).

Restent les centristes : dès le lendemain de l'élection présidentielle les groupes parlementaires du CDP et des réformateurs fusionnent en un seul groupe présidé par Max Lejeune. Mais cette unification parlementaire favorise surtout le retour au bercail des démocrates-chrétiens qui avaient appuyé Georges Pompidou : les 21-23 mai 1976 le CDP et le Centre démocrate constituent le Centre des démocrates sociaux (CDS), dont Jean Lecanuet assure la présidence.

A la marge du CDS, les radicaux de la majorité ne parviennent pas à trouver un nouveau souffle : Jean-Jacques Servan-Schreiber, évincé du gouvernement Chirac en juin 1974, se retire, sans que personne parvienne à tirer le parti de sa torpeur. Quant aux groupuscules sociaux-démocrates, ils n'existent qu'autour de quelques notables locaux.

La direction et la constitution d'un vaste rassemblement présidentiel se révèlent donc impossibles. Privé des bataillons gaullistes du fait de l'offensive éclair de Jacques Chirac dont il avait fait son allié privilégié, Valéry Giscard d'Estaing ne peut compter que sur la nébuleuse du centre droit, partagée en plusieurs formations rivales. Celles-ci ne vont parvenir à une première unification que du fait de l'affrontement avec Jacques Chirac.

3. *L'union est un combat*

La prise de contrôle de l'UDR par Jacques Chirac alors que Valéry Giscard d'Estaing ne l'avait pas nommé Premier ministre pour cela n'a pas peu contribué — outre les désaccords institutionnels et de politique générale — à une rupture entre les deux hommes dont la première étape est la difficulté croissante rencontrée par Jacques Chirac dans ses rapports avec les autres formations de la majorité.

Son remplacement le 25 août 1976 par un homme au-dessus des partis et donc étranger aux querelles d'état-major aurait pu signifier, dans d'autres circonstances, l'enterrement de la hache de guerre au sein de la majorité. C'est le contraire qui va se produire. Raymond Barre, estimant que le problème primordial est le règlement des difficultés économiques et financières, y consacrera l'essentiel de ses efforts, laissant les ministres d'État représentant les trois « sensibilités » de la majorité, Olivier Guichard, Jean Lecanuet et Michel Poniatowski, régler les litiges entre partis. Or, ces litiges vont vite dépasser le niveau d'une simple guérilla.

Sitôt débarrassé du fardeau de Matignon, Jacques Chirac, conseillé plus étroitement que jamais par Pierre Juillet et Marie-France Garaud, anciens conseillers politiques de Georges Pompidou, passe à l'offensive : face à un président de la République soupçonné de vouloir ouvrir la majorité — et dont le livre publié en octobre 1976, *Démocratie française,* énonce, à travers son projet libéral pour la France, la nécessité d'un gouvernement par le centre et refuse la coupure en deux du pays — et qui s'accommode de son pluralisme, Jacques Chirac entend défendre la thèse pompidolienne selon laquelle il faut d'abord faire la politique de sa majorité plutôt que celle de ceux que l'on veut conquérir.

Par un curieux chassé-croisé, Jacques Chirac, réélu triomphalement député de Corrèze en novembre (ainsi que Jean Tibéri à Paris) alors que deux républicains indépendants sont battus et quatre giscardiens accrochés à des législatives partielles, va renouer avec la tradition gaulliste (du RPF) au moment où c'est l'aile chabaniste de l'UDR qui est appelée au gouvernement : le 16 septembre, il lance un « appel au rassemblement et au renouveau » destiné aux militants de l'UDR. Le

3 octobre, à Égletons, petite ville de sa circonscription, il en appelle à l'opinion pour constituer un «vaste mouvement populaire». Entre-temps, lors des journées parlementaires UDR de Rocamadour, il a évoqué la création d'un «rassemblement» où cohabiteraient «la défense des valeurs essentielles du gaullisme et un véritable travaillisme français». Et, le 5 septembre, à Paris, porte de Versailles, une grande messe gaulliste célèbre la création du Rassemblement pour la République, dont Jacques Chirac est plébiscité président (par 96,56 % des voix), Jérôme Monod, un de ses proches, devenant secrétaire général. Face à cet acte de guerre, le chef de l'État envisage un regroupement des «autres» partis de la majorité. Mais, dans l'immédiat, il s'agit de ne pas perdre les élections municipales de mars 1977: dans la plupart des villes de plus de 30 000 habitants, la majorité conclut des listes d'union, la question nouvelle étant celle de Paris, qui depuis la loi du 31 décembre 1975 est entrée dans le droit commun électoral et aura un maire élu.

Dans la capitale, où les élus gaullistes ont une majorité écrasante et où les rapports entre UDR et giscardiens sont déjà tendus, la recherche d'un candidat d'union s'avère délicate. Or, le 12 novembre 1976, M. d'Ornano, proche du président de la République, ministre de l'Industrie et maire de Deauville, annonce sur le perron de l'Élysée — où Valéry Giscard d'Estaing l'a, en quelque sorte, intronisé — qu'il conduira les listes de la majorité. La réaction des gaullistes est vive face à ce qu'ils considèrent comme une provocation — aucune concertation n'a précédé cette décision unilatérale. Qui plus est, on apprendra par la suite que M. d'Ornano envisage de confier à Mme Françoise Giroud, dont l'antipathie pour l'UDR est notoire, la tête de liste dans le secteur où Mme de Hauteclocque, UDR, est sortante, lui-même convoitant le secteur du «divers droites» B. Lafay, homme clé de la majorité municipale. Cette accumulation d'erreurs et de provocations facilite la candidature de Jacques Chirac, plébiscité par une UDR qui ne saurait trouver candidat plus combatif. L'ancien Premier ministre annonce sa candidature le 19 janvier et la «bataille de Paris» entre chiraquiens et giscardiens, conduite avec un déferlement de propagande, va éclipser celle qui se déroule entre gauche et droite dans le reste du pays. A Paris, la victoire de Jacques Chirac sur Michel d'Ornano, pour ne pas être écrasante, est incontestable et amplifiée par le mode de scrutin (50 conseillers contre 15). Elle donne à Jacques Chirac un centre de pouvoir prestigieux qu'il saura utiliser contre l'Élysée. Mais, dans le reste du pays, la bataille gauche-droite a tourné à l'avantage très net de la gauche : dans les communes de plus de 30 000 habitants, la majorité n'obtient que 41,9 % des suffrages exprimés (contre 49,8 % pour V. G. E. en 1974). Cette perte de 8 points montre qu'une partie de l'électorat potentiel de la majorité — notamment centriste — préfère voter socialiste, ou se reporte sur les tiers partis comme les écologistes (10 % des voix à Paris, notamment dans les quartiers «bourgeois» ; 10,5 % à Strasbourg ; 20 % à Mulhouse ; 20 % à Chambéry) ou les listes se réclamant de Michel Jobert (13 % au Mans, 12 % à Nantes, 8 % à Saint-Étienne). Les municipales de mars 1977 soulignent nettement les difficultés que rencontre la majorité pour rassembler son électorat potentiel, mais l'élection de Paris va être utilisée par Jacques Chirac pour revendiquer la direction politique de la campagne des législatives de 1978.

4. *Le sursis*

Au lendemain des élections municipales, Raymond Barre présente la démission de son gouvernement. Son objectif est de se débarrasser de la présence encombrante des *représentants des partis* (les ministres d'État) pour prendre en main lui-même les rênes de la majorité parlementaire. Un des événements qui traduit le mieux cette volonté dans l'opinion est le face-à-face télévisé Barre-Mitterrand du 12 mai, où, face au leader de l'opposition torpillé par la publication, deux jours plus tôt, du *chiffrage* communiste du programme commun dans *l'Humanité*, le Premier ministre marque son ascendant du fait de sa parfaite maîtrise des questions économiques et sociales.

Pour la préparation des élections, le Premier ministre se heurte à la concurrence directe de Jacques Chirac, qui, fin juin, incite les responsables des formations de la majorité à des réunions de concertation: le 19 juillet, un accord de désistement réciproque est signé entre RPR, CDS, RI et CNIP, ainsi qu'un manifeste de la majorité qui, tout en faisant référence à «l'autorité du président de la République», ne fait pas la moindre allusion au Premier ministre. Dans l'esprit de Jacques Chirac, on s'oriente vers une pluralité de candidatures qui ferait, du fait des rapports de force, des candidats RPR les candidats de la majorité, dans la plupart des cas, au second tour.

Mais Matignon trouve rapidement la parade. Dès septembre, les différentes formations giscardiennes (CDS, RI, radicaux) entament des négociations pour parvenir à une candidature unique face au RPR: le 13 janvier, une première liste de candidats est rendue publique. Le RPR, surpris par la manœuvre, réplique en présentant des candidats contre les leaders giscardiens. Le 19 janvier 1978, alors que les candidats uniques de la coalition giscardienne sont devenus 363, les 80 représentants des formations de la majorité — Jacques Chirac compris — sont invités à l'Élysée par le président de la République; la réunion restreinte des 14 principaux responsables qui suit le déjeuner est particulièrement orageuse et relance la guerre des candidatures.

Le 1er février, la constitution de l'Union pour la démocratie française, dont la dénomination traduit bien l'inspiration giscardienne, est officiellement annoncée. L'UDF est en fait un cartel électoral qui rappelle la FGDS des années 1965-1968: on y retrouve le CDS, le

Parti républicain, les radicaux, les clubs giscardiens Perspectives et Réalités, et quelques groupuscules sociaux-démocrates. Le 3 mars, l'UDF se dote d'un conseil politique, d'un président — Jean Lecanuet — et d'un délégué général — Michel Pinton. Pour l'opinion, l'UDF est une sorte de « parti du président », du moins le courant politique qui le soutient sans arrière-pensée, ainsi que celui qui appuie, sans besoin d'article 49.3, la politique de Raymond Barre, et cette double légitimité lui sera bénéfique.

A la veille des élections où Raymond Barre et Jacques Chirac, chacun dans son style, très différents, se sont dépensés sans compter — le premier pour défendre la politique de la majorité et démontrer qu'il en est le leader, le second pour prouver qu'il est le mieux à même d'empêcher la victoire de la gauche —, Valéry Giscard d'Estaing indique à plusieurs reprises (du discours de Verdun-sur-le-Doubs du 27 janvier à l'allocution du 11 mars) le « bon choix », matérialisé par le programme de Blois de la majorité, contre celui du « front du refus » dont le programme serait appliqué, aux risques et périls du pays, en cas de victoire de la gauche.

Le premier tour des législatives — le 11 mars 1978 —, alors que la participation est la plus forte depuis la Libération (83,25 % des inscrits), est indécis : la gauche est majoritaire (50,2 % des suffrages) mais la majorité résiste mieux que prévu (46,73 %). Avec 22 % des suffrages, l'UDF réussit son pari : équilibrer le courant gaulliste (22,84 %) et placer son candidat en tête (en métropole) dans 226 circonscriptions contre 248 pour le RPR. En son sein, centristes (CDS, radicaux, sociaux-démocrates) et républicains ont une influence équilibrée et, sur le plan géographique, les zones de force sont celles traditionnelles du centre droit (Ouest, Est et Sud-Est).

De son côté, Jacques Chirac a tout lieu d'être satisfait du score du RPR : celui-ci ne recule que de 1,4 % par rapport à 1973, alors que l'UDR avait présenté davantage de candidats et que ceux-ci étaient le plus souvent des candidats uniques de la majorité. Les 22,84 % du RPR sont dus au très bon score dans les villes (notamment la région parisienne), les marches de l'Ouest et de l'Est, l'Alsace et l'ouest du Massif central. Si l'on compare la situation à l'effondrement de 1974 — auquel Jacques Chirac avait cependant contribué —, le gaullisme, chiraquisé, s'est nettement redressé.

Entre les deux tours, alors que l'accord de désistement réciproque conclu à gauche ne lève aucune illusion, la majorité redouble d'efforts à l'image du Premier ministre, qui multiplie les déplacements : au soir du second tour, le 19 mars, tous les records de participation (84,86 %) sont battus et cette fois la droite est majoritaire : 50,37 % des suffrages, soit un écart de 0,73 %. La majorité a bénéficié du réveil d'une partie des abstentionnistes du premier tour, alors que la gauche pâtit de mauvais reports de voix (en direction du PC). Compte tenu du mode de scrutin et du découpage électoral, l'écart en sièges est de 89 : le RPR régresse de 183 à 154 députés alors que l'UDF en rassemble 124 (en lieu et place des 119 répartis en trois groupes de 1973).

La leçon la plus importante des législatives est l'unité de l'électorat majoritaire : les reports de voix ont été remarquables et c'est là que s'est creusé l'écart entre gauche et droite, la première subissant les conséquences de sa division en deux électorats nettement distincts. Mais cet électorat majoritaire ne domine que faiblement l'ensemble électoral de la gauche. Qu'il se divise et la majorité connaîtrait la même déconvenue que la gauche en 1978. Or, dès le lendemain des législatives, les conflits entre J. Chirac et le gouvernement vont se multiplier, relativisant les effets bénéfiques de la victoire conjointe de mars. Alors que la majorité espérait que mars 1978 marquerait un renversement de tendance, il n'en sera rien : la révolte chiraquienne va creuser un fossé qui se révélera impossible à combler en 1981.

CHAPITRE III

L'IRRÉSISTIBLE ASCENSION DE LA GAUCHE

En l'espace de sept ans (1972-1978), la gauche opère un redressement étonnant qui la conduit aux portes du pouvoir : alors qu'elle n'atteignait que 31,3 % aux présidentielles de 1969, et que les années qui suivent voient l'effondrement de la gauche non communiste, la refondation du parti socialiste autour de François Mitterrand, l'adoption d'une stratégie d'alliance électorale et programmatique, l'ouverture idéologique du PCF rendent la gauche à nouveau crédible dans l'opinion et créent la mobilisation militante et électorale qui a toujours accompagné les années *frontistes*. Majoritaires dans les collectivités locales, frisant la majorité aux présidentielles de 1974 et aux législatives de 1978, communistes et socialistes sont alors persuadés que ce mouvement de croissance coïncide avec le basculement sociologique d'une France urbanisée et salariée : la majorité sociologique deviendrait majorité politique. Nombre d'analyses partagent alors cette vision, corroborée par le vote à gauche des moins de 40 ans et la domination croissante du PS et du PC chez les ouvriers et couches moyennes salariées (hommes et femmes) : l'électorat de gauche tendrait à croître dans des catégories elles-mêmes en croissance démographique. Si l'on y ajoute les corrélations, soulignées par les enquêtes sociologiques, entre la montée de la gauche et l'affaissement de l'influence de la tradition catholique, voire le développement d'un libéralisme culturel et moral, c'est sur un véritable déterminisme sociologique que s'appuie la croyance, de plus en plus majoritaire, en l'inéluctabilité de l'alternance de gauche.

Cette croyance explique peut-être en partie pourquoi la crise des rapports PC-PS et de l'union de la gauche n'aura pas d'effet immédiat dans l'électorat et pourquoi, après avoir vanté durant plusieurs années les vertus de l'union, dirigeants communistes et socialistes auront bien des difficultés à convaincre leurs bases de l'inéluctabilité de la rupture de 1977.

La stratégie d'union n'a pas seulement modifié les comportements électoraux : elle a aussi modifié les partis, accélérant l'évolution du parti communiste et ses contradictions, propulsant le PS au rang de premier parti de France. Autant d'effets que les partisans les plus lucides de l'union n'ont pas ignorés dès 1972.

I. L'UNION DE LA GAUCHE (1971-1973)

1. Comment remobiliser l'électorat de gauche traditionnel et comment y intégrer les nouvelles générations d'électeurs : à cette question, les communistes et les nouveaux dirigeants du parti socialiste donnent une réponse identique : en rassemblant l'électorat populaire autour d'un projet collectif et en créant une dynamique grâce à l'unité des partis de gauche. Le début des années 70 est ainsi marqué par la renaissance des grands mythes unitaires de 1936 et de la Libération : union de la gauche, programme commun. Cette résurgence est favorisée par la stratégie de la direction communiste qui, à partir de 1964, va renouer avec une ligne de front populaire, tirant toutes les conséquences de la détente internationale, détente qui survit à l'invasion de la Tchécoslovaquie (*Ostpolitik* de Willy Brandt, accords Nixon-Brejnev).

Cette stratégie, théorisée nettement au lendemain de mai 1968 par le PCF dans son Manifeste de Champigny, est défendue avec d'autant plus de vigueur que son score aux présidentielles de 1969 (et celui du PS) traduit une nette hégémonie communiste sur l'ensemble de la gauche: l'union prônée joue en faveur du parti communiste.

Prête à nombre de concessions envers un PS faible et convalescent, la direction du PCF n'en est que plus intraitable envers ceux qui comme Roger Garaudy, voudraient que le parti réalise son aggiornamento idéologique — par une « révision » ouverte — et social — en abandonnant son ouvriérisme traditionnel. Roger Garaudy est exclu au lendemain du XIXe congrès de février 1970, avec d'autant moins de ménagement qu'il a attaqué durement l'invasion soviétique en Tchécoslovaquie, cristallisant face à lui une aile prosoviétique peu satisfaite de la prise de distance de Waldeck Rochet par rapport au parti frère. Malgré ces soubresauts, la ligne de rapprochement avec les socialistes sera confirmée par le nouvel homme fort du PCF, Georges Marchais, qui supplée Waldeck Rochet gravement malade.

Du côté socialiste, la volonté unitaire se fonde sur une double analyse. La première est la reconnaissance du fait majoritaire et de la bipolarisation: le parti socialiste n'a pas de véritable alternative à l'alliance avec le PCF — l'échec des politiques de « troisième force » l'a prouvé — alors que l'union de la gauche décèle une capacité de mobilisation démontrée par les présidentielles de 1965 et les législatives de 1967. Il faut cependant que cette alliance soit pratiquée avec cohérence pour se traduire, au-delà des accords d'appareils, par un programme (idée reprise à Pierre Mendès France et au colloque de Grenoble de 1966) et un mythe mobilisateur (qui façonne les comportements électoraux).

Mais si l'union de la gauche est une nécessité incontournable, encore faut-il qu'elle favorise les desseins du parti socialiste; de 1969 à 1971, le PS d'Alain Savary (et Guy Mollet) amorce un rapprochement avec le PCF, mais suivant les voies empruntées en 1935-1936 et en 1944-1945, celles du « dialogue idéologique », destiné à dresser l'inventaire des convergences et divergences, comme s'il s'agissait une nouvelle fois de créer les conditions d'une future unité organique. Aussi longtemps que les divergences l'emporteront, aucune alliance ne pourra être conclue : pour la coalition victorieuse au congrès d'Épinay, ce dialogue est une impasse ; il s'agit au contraire de conclure avec le parti communiste un programme de gouvernement.

Ce programme aura l'avantage de placer l'union sur un terrain concret, limité dans le temps (législature) et l'objet (il ne vaut pas automatiquement pour les présidentielles) et de préserver l'identité des signataires. Une telle conception vaut l'adhésion à François Mitterrand de la gauche du PS (le CERES), mais aussi de sa droite (les notables) à qui il fait miroiter l'usage qu'il compte faire, à long terme, de la stratégie unitaire.

L'objectif est en effet, grâce à l'union de la gauche, de faire du PS une formation hégémonique à terme. Seule une politique de gauche de la part des socialistes permettra de récupérer l'électorat conquis par le PCF : «Pour reprendre aux communistes le terrain perdu il faut s'ancrer résolument à gauche, tandis qu'aller vers le centre revient à leur donner le monopole de l'authenticité[28].»

L'alliance avec les communistes présente-t-elle un risque ? François Mitterrand ne le croit pas car elle est subordonnée à la coexistence pacifique sur le plan international et à l'évolution sociologique de l'électorat de gauche, la classe ouvrière traditionnelle, bastion du PCF, déclinant au profit de couches nouvelles, celles du secteur tertiaire : le courant socialiste qui « n'adhère plus aux contours d'une classe déterminée » doit trouver dans ce nouveau secteur tertiaire « les assises sociologiques de son renouveau[29] ».

Le nouveau programme socialiste et sa stratégie d'alliance permettront au PS rénové de devenir à terme hégémonique à gauche : son audience sera élargie à gauche grâce à ses réformes économiques et à droite grâce à son libéralisme : « Ainsi sera constitué un mouvement politique apte à équilibrer d'abord, à dominer ensuite, le parti communiste et à obtenir enfin par lui-même, en lui-même une vocation majoritaire[30]. »

Cet objectif — affirmé dès 1969 — vaudra au nouveau premier secrétaire le soutien des notables socialistes, et la méfiance des communistes qui accueillent négativement le congrès d'Épinay avant de se lancer dans la stratégie unitaire.

2. *Le programme commun*

La négociation avec les communistes d'un accord de gouvernement ne sera pas chose aisée. François Mitterrand doit d'abord contrôler l'adoption d'un programme propre au PS afin de se confronter avec celui du PCF dans les meilleures conditions.

C'est le CERES qui se voit confier la préparation du programme socialiste. Ce dernier prend de ce fait une tournure nettement « révolutionnaire », notamment sur le terrain économique : le champ envisagé des nationalisations est très vaste puisqu'il comprend le secteur bancaire et financier, le secteur industriel vivant des commandes publiques (Dassault), celui où la concurrence a disparu (Pechiney-Ugine-Kuhlmann, Saint-Gobain) et celui où « la puissance publique exerce une responsabilité particulière » (sidérurgie, textile, télécommunications). Le programme socialiste renvoie au programme commun la mise au point d'une liste des nationalisables. François Mitterrand, bloqué par l'alliance du CERES et de la minorité molletiste, doit même concéder la possibilité de nationalisations « à la demande des travailleurs intéressés ». En outre, dans certaines entreprises nationalisées pourront être amorcées des « expériences d'autogestion ».

François Mitterrand sera par contre intraitable sur la politique étrangère (maintien dans l'Alliance atlantique, construction européenne) — malgré un certain verbalisme — et sur les institutions (imposant une

Cour suprême, refusant la dissolution automatique, concédant la représentation proportionnelle).

Ce programme, nettement marqué à gauche, ne sera confronté à celui du parti communiste (qui a adopté le sien en octobre 1971) qu'en avril 1972, après que socialistes et communistes ont déjoué la tentative de G. Pompidou de les diviser sur l'Europe grâce au référendum sur l'élargissement de la CEE. C'est au lendemain de ce référendum (23 avril) que les négociations entre communistes et socialistes s'ouvrent. Elles dureront du 27 avril au 27 juin, date de la signature du programme commun. François Mitterrand doit à la fois négocier pied à pied avec le PCF, éviter les surenchères dans son propre parti et tenir compte des réserves de ses alliés radicaux de gauche (une grande partie des notables radicaux abandonne J.-J. S.-S. au congrès radical de Lille de juin 1972 et constitue le Mouvement des radicaux de gauche).

Les principaux terrains de discussion concernent les nationalisations et l'alternance : sur le premier chapitre, l'accord se fait sur la nationalisation intégrale du secteur bancaire et financier, la nationalisation de onze groupes industriels de taille internationale ainsi qu'une prise de participation dans la sidérurgie, le pétrole, les télécommunications et les transports. Les nationalisations seront étroitement articulées avec la mise en place d'une « planification démocratique ».

Mais c'est le débat sur l'alternance qui retient le plus l'attention. Le parti communiste, face à l'intransigeance des socialistes, doit accepter le pluralisme et le droit aux partis « bourgeois » de revenir au pouvoir : « Si la confiance du pays était refusée aux partis majoritaires, ceux-ci renonceraient au pouvoir pour reprendre la lutte dans l'opposition. » De même, il ne peut obtenir de François Mitterrand la dissolution automatique en cas de rupture de la coalition gouvernementale.

De ce programme, qui reste largement imprécis et abstrait sur de nombreux chapitres, et que les radicaux de gauche rallient moyennant une annexe exaltant l'économie de marché et les PME, l'opinion retient surtout l'unité de la gauche, la promesse de réformes économiques et sociales profondes (augmentation des salaires, réduction de la durée du travail), sur le financement desquelles le programme ne s'appesantit pas outre mesure et l'idée d'une rupture avec le système social en place. Pour François Mitterrand, il s'agit de compléter 1789 en s'emparant des bastilles économiques et financières tout en développant l'acquis des libertés républicaines. Pour la gauche du PS et les communistes, d'ouvrir la voie à une « transition au socialisme ».

Pourtant, la signature du programme commun ne doit pas masquer les divergences profondes d'objectifs à long terme entre les signataires. Dès le lendemain de cette signature, dirigeants socialistes et communistes vont livrer leurs arrière-pensées. François Mitterrand déclare au congrès de Vienne de l'Internationale socialiste (26-29 juin) que l'un des buts de la stratégie d'union de la gauche n'est rien moins que de réduire drastiquement l'influence communiste en reprenant au PCF trois de ses cinq millions d'électeurs. Quant à Georges Marchais, il déclarera au comité central du PCF du 29 juin (dont les rapports ne seront rendus publics qu'en 1975) qu'il « serait dangereux de se faire la moindre illusion sur la sincérité ou la fermeté du parti socialiste » quant à sa fidélité au programme commun, comme le démontre « toute son histoire ». « L'union est un combat » sera le thème éloquent de ce comité central qui en dit long sur la confiance réciproque des alliés.

Méfiant vis-à-vis de ses alliés communistes, François Mitterrand l'est tout autant à l'égard de son aile gauche remuante dont le soutien lui est moins indispensable à partir de 1973 : n'écrase-t-il pas au congrès de Grenoble la vieille garde molletiste, dont une grande partie des partisans préfère quitter le PS et former de petits groupes « démocrates-socialistes » (L. Boutbien, G. Guille, M. Lejeune)? A Grenoble, les molletistes ne sont plus que 8 % du parti face aux 65 % de mitterrandistes (où les conventionnels côtoient les ralliés anciens et nouveaux et surtout les nouveaux adhérents). Mathématiquement, François Mitterrand n'a plus besoin d'un CERES accusé de vouloir « faire un faux parti communiste avec de vrais petits-bourgeois ». La mise à l'écart de la gauche du PS commence : l'alliance d'Épinay est renouvelée mais le CERES est éloigné des postes clés de la direction, avant d'être écarté de l'équipe qui préparera la campagne présidentielle de 1974.

II. LE RÉÉQUILIBRAGE DE LA GAUCHE

1. Sur la lancée du programme commun, la gauche unie connaît une première vague de croissance. Aux législatives de 1973, la « discipline républicaine » est appliquée strictement : socialistes et radicaux de gauche constituent l'Union de la gauche démocrate et socialiste, l'UGDS. L'UGDS et le PCF concluent un accord de désistement automatique auquel se joint le PSU. La gauche dépasse son score de 1967 et rejoint celui de 1956, limitant l'influence de l'extrême gauche (qui perd près de 200 000 voix) et rognant celle du centre d'opposition : 46,6 % des suffrages, parmi lesquels 21,55 % en faveur du PCF et 21,3 % en faveur de l'UGDS. Cette fois le rééquilibrage entre communistes et socialistes est réussi. Pour le parti communiste, le tassement constaté par rapport à 1967 (où il avait 22,5 %) montre que la stratégie unitaire ne lui permet pas de récupérer les électeurs perdus sous le gaullisme alors même que le Général a disparu. La méridionalisation débutante de l'électorat communiste est même préoccupante.

A l'inverse, le parti socialiste — même s'il cède du terrain à la majorité dans ses bastions du Nord, du Midi et du Sud-Ouest — effectue une percée spectaculaire dans ses « terres de mission » de la France catholique (Est et surtout grand Ouest). Seule tache à ce résultat encourageant : les reports de voix, corrects lorsqu'il s'agit de voix communistes se reportant sur des candidats socialistes au second tour, assez médiocres lorsqu'il s'agit de voter communiste au second tour. Avec 40 députés communistes et 45 députés UGDS supplémentaires par rapport à 1968, l'union de la gauche reste cependant une entreprise positive pour ses partenaires.

Aussi, au lendemain du décès de Georges Pompidou, pourra-t-on vérifier la solidité de l'union : le parti communiste renonce à présenter un candidat. Du 5 au 8 avril, les partis de gauche exhortent François Mitterrand à être candidat de la gauche unie : même le PSU l'appuie ainsi que la CGT et, pour la première fois, la CFDT. Preuve de ce «chèque en blanc», le PCF ne trouvera rien à redire à la prise de distance du candidat Mitterrand par rapport au programme commun, ni à l'allure très mendésiste de sa plateforme qui articule son action en trois étapes — dont la troisième seulement (les cinq dernières années du septennat) serait consacrée aux réformes de structure : c'est l'inverse de la démarche de rupture du programme de 1972. Or, le parti communiste ne prononce aucune critique, participe activement mais discrètement à la campagne (un seul rassemblement unitaire) et ne revendique qu'un tiers des ministères en cas de victoire.

Le soir du 5 mai 1974, François Mitterrand rassemble 43,2 % des suffrages, progressant dans les régions de l'Est où la gauche avait gagné des suffrages en 1973, stagnant dans ses bastions traditionnels. Entre les deux tours, il récupère les voix d'extrême gauche et écologistes mais aussi celles d'électeurs gaullistes, atteignant près de 13 millions de voix et 49,2 % des suffrages.

Échec certes, mais avec 400 000 voix d'écart et alors que la progression de la gauche est continue et destinée à se poursuivre.

2. Des élections présidentielles, François Mitterrand et la majorité du PS tirent la conclusion que, tout en gardant une stratégie d'union de la gauche, les socialistes doivent jouer davantage leur propre jeu, afin de supplanter le PCF : les élections législatives partielles leur donnent raison, enregistrant une progression du PS alors que le PCF stagne et pâtit de mauvais reports de voix.

Afin de rassembler plus largement la gauche non socialiste, le PS tient les 12 et 13 octobre 1974 les «Assises nationales du socialisme» destinées à intégrer tous ceux qui ont soutenu la campagne présidentielle de mai. L'événement des Assises, c'est le ralliement du courant Rocard du PSU : ralliement qui marque l'échec de la gauche moderniste qui, durant dix ans, n'avait pas cru au succès de l'entreprise de F. Mitterrand et doit à présent constater que celui-ci a réussi son pari, tant sur le plan électoral que sur le plan militant. Michel Rocard, malgré l'aide de Pierre Mauroy, doit rallier le PS sans conditions, après avoir été mis en minorité au sein du PSU. Aux Assises, de nombreux éléments de la CFDT — moins nombreux cependant que ne l'espérait le secrétaire général de la Confédération, Edmond Maire — «prennent leur carte» du PS, aux côtés de personnalités de centre gauche comme Jacques Delors et Edgard Pisani, donnant une image de rassemblement très large au PS, même si l'apport réel des Assises est d'environ 5 000 cadres politiques qui se fondent dans les 150 000 membres du PS. Si les mitterrandistes n'ont guère de sympathie pour ces «ouvriers de la onzième heure», François Mitterrand perçoit immédiatement — au-delà de l'utilité électorale évidente — l'intérêt tactique de l'entrée du «courant des Assises». Représentant environ 15 % du parti (amendement G. Martinet au congrès de Pau des 31 janvier-2 février 1975), ce courant lui permet un jeu d'équilibre avec le CERES (dont l'influence progresse à Pau, où il obtient 25 % des mandats), qui est officiellement exclu de la direction.

Apparemment, l'autorité de François Mitterrand sur son parti est désormais entière. En fait, le PS est parcouru de soubresauts permanents : avec 25 % du parti, le CERES refuse la lecture mitterrandiste de l'union de la gauche. Son objectif est d'utiliser le programme commun pour changer parallèlement PS et PCF, le premier dans un sens révolutionnaire, le second dans un sens démocratique, le courant de Jean-Pierre Chevènement servant de « guide » à cette mutation réciproque. Le CERES va ainsi mener durant trois ans une guérilla politico-idéologique permanente : du coup d'État chilien, il tire une conclusion maximaliste favorable à l'appui de la gauche sur le « mouvement populaire » au moment où la majorité du PS insiste sur les compromis nécessaires. Durant la révolution des œillets au Portugal (au lendemain du soulèvement militaire du 25 avril 1974), le CERES soutient le Mouvement des forces armées alors que la majorité du PS appuie Mario Soares, leader modéré du PS portugais. Surtout, au moment où le PS se rapproche de la social-démocratie allemande, le CERES prône une alliance privilégiée avec la gauche d'Europe du Sud, celle de l'eurocommunisme et d'un socialisme qui pourrait ne pas être social-démocrate. Conflit idéologique qui agace François Mitterrand et qui culminera lors de la convention sur l'autogestion (21-22 juin 1975), que les mitterrandistes ont voulue pour donner une référence idéologique au PS qui se démarque de celle du PCF et à laquelle le CERES veut donner un tour maximaliste, et au congrès de Nantes de juin 1977, où, bien que confiné dans l'opposition interne, le CERES maintient son influence : à la veille des élections législatives de 1978 et de l'actualisation du programme commun, le débat porte sur l'État, les rapports plan-marché, la nature et l'ampleur des nationalisations, les conséquences internationales de la « rupture ». Le CERES dénonce la « social-démocratisation » du PS tandis que Michel Rocard lui réplique en opposant les « deux cultures » qui partageraient le socialisme, l'une jacobine, marxiste et étatique, l'autre autogestionnaire et décentralisatrice.

Paradoxalement, ces empoignades farouches n'ont guère d'échos hors du PS, qui continue à bénéficier de résultats électoraux en progrès constants (cantonales de 1976, municipales de 1977). Les contrastes internes au parti socialiste donnent l'image d'une formation pluraliste, qui s'étend des confins de l'extrême gauche à ceux du centre, qui rassemble les militants PS laïcs mais aussi un fort contingent de chrétiens venus par la CFDT ou l'associationnisme catholique, et que l'on retrouve en particulier au CERES et au courant des Assises. Surtout, ces différences culturelles et idéologiques n'entament pas l'unité sociologique d'un parti dont l'essentiel de l'encadrement est issu des couches moyennes salariées — et notamment des enseignants du secondaire et du supérieur — alors que l'électorat est plus diversifié et populaire. De même, malgré la vigueur des débats internes, l'unité se fait dans la tactique politique quotidienne, comme pour les municipales de 1977 où le PS est uni pour imposer les alliances à gauche à ses notables locaux. Il faudra attendre la réactualisation du programme commun pour que cette unité soit réellement menacée.

3. Le parti socialiste n'est pas le seul à s'interroger sur son autonomie et à connaître des débats internes. Le parti communiste, bien que de façon plus indirecte — centralisme démocratique oblige — est traversé par des contrastes du même ordre, mais qui sont motivés en grande partie par le peu de bénéfices qu'il tire de la stratégie unitaire, notamment au lendemain des présidentielles de 1974.

Depuis la signature du programme commun, l'influence communiste n'augmente pas, mais a même tendance à s'effriter. Au sein de l'union de la gauche, c'est le parti socialiste qui progresse, s'étendant vers les couches moyennes que le PCF ne parvient pas à séduire, mais aussi grignotant les bastions ouvriers communistes (à partir de 1974, le PS a autant d'électeurs ouvriers que le PCF). Aussi les avancées socialistes aux législatives partielles de l'automne 1974 entraînent-elles au sein du parti communiste une réaction défensive : le XXIe congrès de Vitry, qui devait vanter les mérites de l'union, voit se développer une contestation interne orchestrée par l'aile orthodoxe du parti (Roland Leroy) et dont la principale victime sera le projet de résolution défendu par Georges Marchais. D'amendements en discours critiques, le XXIe congrès devient celui de la résistance face à ceux qui entendent réduire l'influence communiste. Aussi la stratégie affirmée est-elle celle de la *centralité communiste* à travers le mot d'ordre d'«union du peuple de France», version élargie de la stratégie antimonopoliste : au centre, la classe ouvrière et son parti, et autour une union ouverte à toutes les classes excepté «la poignée de féodaux des grandes affaires et leurs commis politiques». Aussi le PCF s'ouvre-t-il aux chrétiens d'un côté, aux gaullistes et aux militaires (au nom de l'indépendance nationale) de l'autre, afin de relativiser son alliance avec les socialistes.

Menacé, après une élection présidentielle où il a été absent (erreur reconnue par la direction), de perdre son identité et son rôle, le parti communiste va devoir, de 1975 à 1977, avancer sur deux lignes en même temps : d'un côté une stratégie de harcèlement vis-à-vis de ses alliés et d'affirmation de ses croyances, de l'autre un aggiornamento destiné à élargir son influence.

Au titre de la première, il faut ranger la dénonciation du ralliement du PS à l'autogestion, mais aussi le soutien au PC portugais — stalinien s'il en fut — d'Alvaro Cunhal, engagé lui aussi dans une violente polémique avec le PS de Mario Soares (que soutient François Mitterrand), la publication des travaux du comité central de juin 1972 («l'union est un combat»), la mise en chantier d'une *Histoire du réformisme en France* (qui paraîtra en 1976), somme des trahisons social-démocrates depuis la fondation de la SFIO. Autant de temps forts d'une polémique déclenchée soudainement et qui sera particulièrement violente jusqu'à l'automne 1975, avant de devenir plus modérée jusqu'en 1977 (au moment où démarre une nouvelle phase d'affrontement).

Mais, parallèlement, le Parti communiste opère un aggiornamento d'envergure : ouverture à toutes les classes sociales (dans le respect de la centralité ouvrière) et aux chrétiens, révision doctrinale (avec l'abandon de la dictature du prolétariat en janvier 1976) et surtout prise de distance par rapport à l'Union soviétique : le PCF se tourne vers les autres partis d'Europe occidentale qui ont, avant lui, opté pour l'autonomie des PC par rapport à Moscou et pour la voie nationale au socialisme : le PC espagnol et surtout le PC italien d'Enrico Berlinguer, en pleine phase de révision doctrinale et de stratégie de « compromis historique » avec les démocrates-chrétiens. La rencontre de Rome du 17 novembre 1975 entre dirigeants du PCF et du PCI et la déclaration commune adoptée sont la suite d'une série de rencontres amorcées par la conférence de janvier 1974 des PC ouest-européens dont l'autonomie culminera à la conférence de Berlin (juin 1976) des PC européens. Malgré son rapprochement avec le PCI, son ralliement au Marché commun (avec réserves), c'est surtout d'une stratégie nationaliste qu'il s'agit (on parlera de « national-communisme » plutôt que de véritable « eurocommunisme ») : la défense de l'indépendance nationale, l'appel aux gaullistes qui culmine en mai 1977 avec l'acceptation de la force nucléaire, l'hostilité à l'élection du « Parlement européen » au suffrage universel dessinent un communisme à la roumaine très différent du communisme italien. A la différence de celui-ci, le PCF reste entre deux discours (eurocommuniste et orthodoxe), deux bases sociales (ouvriérisme ou union populiste) et deux stratégies (alliance étroite avec les socialistes ou sectarisme, faute de compromis historique possible), et se replie sur une voie moyenne insatisfaisante.

4. Des derniers succès à la crise de 1977

Malgré les lignes autonomistes qui l'emportent après 1974 au parti socialiste et au parti communiste, l'union de la gauche reste inentamée à la base et notamment dans l'électorat. Les élections cantonales de mars 1976 et les municipales de mars 1977 constituent l'apogée de l'union de la gauche et de sa progression électorale. En mars 1976, la gauche (PS, PCF, MRG) obtient 52,5 % des suffrages et le PS s'y taille la part du lion, progressant dans les zones de faiblesse traditionnelle, mais où il avait commencé à réapparaître depuis 1973 (l'Est et l'Ouest), mais aussi en région parisienne et dans la région Rhône-Alpes. La gauche progresse de 44 % en sièges, gagnant 13 présidences de conseils généraux.

En mars 1977, les municipales voient un nouveau triomphe. Pourtant l'accord entre socialistes et communistes a été difficile à négocier : la principale bataille s'est déroulée au sein du parti socialiste, les notables alliés jusqu'alors avec le « centre » refusant d'appliquer une stratégie d'union de la gauche (39 villes de plus de 30 000 habitants sur 221 sont concernées). Malgré l'intégration du « centre » dans la majorité giscardienne, bon nombre d'élus socialistes sont réticents à faire liste commune avec le PCF et surtout à lui laisser la tête de liste (comme ce sera le cas à Saint-Étienne et à Reims). Pourtant la stratégie unitaire sera respectée, 7 villes seulement voyant une primaire entre socialistes et communistes au premier tour (notamment Marseille et Villeurbanne). Cette stratégie est ratifiée par l'électorat, y compris dans les municipalités gérées jusqu'alors par la « troisième force » (22 des 29 villes de « troisième force » dirigées par les socialistes restent à gauche, et 4 des 10 villes à direction centriste sont conquises par le PS). Avec 50,8 % des suffrages, la gauche remporte une victoire indiscutée, contrôlant désormais 156 villes de plus de 30 000 habitants (au lieu de 98 auparavant) : le PS gagne 35 communes et le PC 22. Désormais le PCF est présent dans une série de communes où il n'avait pas accès et cette percée compense pour lui la domination numérique des socialistes. Développant son communisme municipal, ayant tiré le parti maximal de la stratégie unitaire, il va montrer son intransigeance à la veille des élections législatives que chacun s'accorde à considérer comme gagnées d'avance par la gauche.

La question qui est en effet au centre de la préparation des législatives de mars 1978 est celle du programme commun. Huit ans après sa signature, celui-ci a vieilli : entre-temps, la crise économique a rabattu les rêves de croissance illimitée et la certitude de la victoire rend nécessaire la transformation du programme déclamatoire de 1972 en un véritable programme gouvernemental. Surtout, six ans de vie commune ont fait des arrière-pensées de 1972 des polémiques publiques, le PCF n'acceptant pas que le PS se trouve désormais dans la situation dominante qui était la sienne en 1972 et voulant obtenir des gages.

La majorité du parti socialiste n'accepte qu'à contrecœur la proposition faite par le PCF au sommet de la gauche du 21 mai 1976 d'une «bonne actualisation». Elle craint que la négociation ne devienne marchandage sur la place publique, le PCF multipliant les surenchères. La minorité de gauche du PS tente à l'inverse d'obtenir coûte que coûte une réactualisation, quitte à faire des concessions au PC. Elle ne sera pas suivie par François Mitterrand.

Celui-ci accepte le 31 mars 1977 l'ouverture des négociations, qui vont durer d'avril à septembre. Elles commencent très mal puisque le PC énonce d'entrée ses propositions et avance un chiffrage du programme commun révisé que le PS récuse. Mais, très vite, le désaccord va se concentrer sur quatre questions clés : les réformes sociales, les nationalisations, la défense et l'organisation du gouvernement. Sur le premier chapitre l'opposition concerne le SMIC — la proposition du PC est jugée trop élevée par le PS et le MRG — et la grille nationale des salaires que défend le PC. Le chapitre des nationalisations est décisif : le PC réclame la nationalisation de nouveaux groupes mais aussi celle des filiales contrôlées à plus de 50 % soit 1 008 entreprises alors que la direction du PS s'en tient aux 9 groupes de 1972 et aux filiales contrôlées à plus de 98 %, soit 236 entreprises. Plus grave, le désaccord sur la direction des entreprises nationalisées : alors que le PS s'en tient à des directions désignées majoritairement par l'État, le PCF défend leur élection par un conseil d'administration où les syndicats sont dominants. Sur ce chapitre le désaccord porte bien sur le contrôle des entreprises nationales, le PS espérant le détenir via la nomination gouvernementale, le PCF via la domination de la CGT chez le personnel.

La défense nationale voit un affrontement à front renversé : le PCF s'est rallié à la force de frappe alors que la majorité du PS reste favorable à sa renonciation à terme. Mais ce désaccord masque mal une opposition fondamentale sur la stratégie internationale, puisque le PCF reprend la thèse de la «défense tous azimuts» (y compris contre les États-Unis) alors que le PS s'en tient à la défense atlantique. Même divergence sur la décision d'emploi de l'arme nucléaire, le PC proposant un organisme collégial et le PS le président de la République après consultation du Premier ministre.

Enfin, la dernière (et décisive) controverse porte sur la composition et l'organisation du pouvoir gouvernemental : le PC propose une répartition à la proportionnelle sur la base des suffrages obtenus, le PS des sièges à l'Assemblée. De même le PC réclame une partition du ministère des Finances (prenant le plan et laissant les finances au PS) et de l'Intérieur (prenant les préfets et laissant au PS la police) qui est rejetée par le parti socialiste.

Sur ces quatre thèmes qui vont être soulevés successivement, les conflits seront parfois surmontés : le PS cède sur le SMIC tandis que le PCF ramène les entreprises nationalisées de 1 008 à 729. Mais le désaccord demeure sur la défense, la direction des entreprises nationalisées et surtout l'organisation du pouvoir gouvernemental. Le 14 septembre, c'est la rupture, qui entraîne les protestations de la gauche du PS et des remous au parti communiste. La reprise des négociations a bien lieu une semaine plus tard, mais, le 23 septembre, la division est encore plus profonde; une ultime réunion, le 9 novembre, ne donnera rien.

Durant ces mois de négociations entrecoupées d'invectives, ce qui frappe le plus est la suspicion qui règne entre les protagonistes: chacun cherche dans les propositions de l'autre les arrière-pensées qui les sous-tendraient; aux décisions se juxtaposent les procès d'intention. En ce qui concerne le PC, la conscience d'être en position de faiblesse sur le terrain électoral, la crainte d'une alliance entre le PS et Valéry Giscard d'Estaing (d'où la référence constante à Mario Soares et au PS portugais) le conduisent à proposer un programme contraignant lui permettant de disposer de leviers institutionnels (des ministères clés) et économiques (le secteur public via la CGT) pour contrebalancer le PS. A l'inverse, celui-ci refuse de se laisser enfermer dans des engagements trop précis et de donner trop de gages à un PCF soupçonné d'être plus que jamais stalinien et prosoviétique. A ces désaccords sur le pouvoir s'ajoute une analyse opposée de la crise économique — qui pousse le PS à la modération, le PCF à la «rupture avec le capitalisme» et à un nouveau modèle articulé autour du secteur public et du plan — qui alimente elle aussi les procès d'intention.

Pourtant la question centrale est de savoir pourquoi le PCF refuse en 1977 les concessions faites en 1972 et 1974: l'interprétation dominante — que le comportement communiste illustrera *a posteriori* — est le refus, par le parti communiste, de participer à l'exercice du pouvoir dans une position dominée et pour une politique qu'il récuse. Aussi cette rupture publique prend-elle la forme d'une sorte de «crise gouvernementale anticipée[31]» (O. Duhamel), les arrière-pensées des uns et des autres apparaissant au grand jour.

La rupture est nette, brutale, publique, théâtrale même. Pourtant ses effets sur l'opinion et les électeurs seront différés : au sein des partis un fort courant unitaire subsiste (le CERES, une large fraction du courant mitterrandiste au PS, les eurocommunistes au PC) et dans l'électorat, les années d'union ont structuré les comportements. La gauche est plus que jamais majoritaire dans le pays, comme le démontre le premier tour des législatives de mars 1978 : le 12 mars, la gauche rassemble 50,20 % des suffrages exprimés, progressant nettement par rapport à 1973 et 1974 alors que 4 624 000 électeurs nouveaux se sont rendus aux urnes, dont beaucoup de jeunes (les 18-21 ans qui votent pour la première fois et à gauche pour 63 % d'entre eux), mais régressant légèrement par rapport aux élections locales de 1976 et 1977.

Au sein de la gauche, les socialistes et leurs alliés (MRG) sont désormais nettement majoritaires (24,26 % des suffrages) et c'est leur progression qui entraîne celle de toute la gauche : la poussée socialiste est particulièrement marquée dans les territoires catholiques (où le PS gagne encore par rapport aux élections locales de 1976 et 1977) et compense largement la stagnation voire le recul dans les bastions traditionnels.

Quant au parti communiste, il continue de régresser lentement : depuis 1967 son influence est passée de 22,4 % à 20,6 % des suffrages. Cette fois son recul est freiné par l'extension du corps électoral aux 18-21 ans (où il obtient 29 % des suffrages), mais atteint le noyau dur de la région parisienne. Seule satisfaction : le tournant stratégique de 1977 n'a pas été sanctionné par le gros de ses électeurs.

Au lendemain du premier tour, les dirigeants communistes et socialistes concluent bien un accord de désistement réciproque, mais celui-ci ne règle aucun des problèmes de fond : en cas de succès le désaccord resterait entier. Aussi la gauche ne bénéficie-t-elle entre les deux tours d'aucune dynamique ; la baisse du taux d'abstention profite intégralement à la majorité alors que les reports de voix restent médiocres des socialistes vers les communistes : le PS gagne bien 11 sièges et le PCF 13, mais la gauche est largement battue par une majorité qui tire parti de l'effet démultiplicateur du mode de scrutin.

La défaite de mars 1978 est durement ressentie : cette fois, l'union de la gauche est bien terminée. Le parti communiste tourne définitivement la page tandis qu'au sein du parti socialiste l'échec des législatives est considéré par plus d'un élu comme l'échec de François Mitterrand : le débat stratégique sur l'après-programme commun est gros d'un débat politique sur la succession éventuelle du premier secrétaire. Comme dans la majorité, les élections de 1978 marquent la fin d'une époque.

CHAPITRE IV

LA CRISE DE LA BIPOLARISATION

Portée à son paroxysme à la veille des législatives de 1978, la bipolarisation éclate à l'occasion de ces élections, rendant impossible toute véritable recomposition pour l'échéance présidentielle de 1981. L'affrontement de la « bande des quatre » est tel que les leaders et les appareils partisans doivent désormais élaborer des stratégies essentiellement *négatives,* visant moins à d'hypothétiques *rassemblements* qu'à la division et l'échec du camp adverse : désormais le vainqueur est celui qui sera le moins victime des divisions de son camp et le plus capable d'exploiter, voire de favoriser les divisions de l'adversaire. A ce jeu, François Mitterrand va s'avérer le meilleur.

I. LA CRISE DES COALITIONS

La démonstration que l'unité de l'opposition n'appartient plus qu'au passé et que celle de la majorité ne tient qu'aux mécanismes constitutionnels dont dispose le gouvernement va être faite tout au long des trois années qui séparent les élections législatives de la campagne présidentielle de 1981.

1. *L'enterrement de l'union de la gauche*

Sitôt connu le résultat du second tour des législatives, les directions du PC et du PS concordent sur un point : l'échec est dû intégralement à la trahison du partenaire. Sur de telles bases, la polémique est le trait dominant des rapports PC-PS, chaque parti s'ingéniant à dresser le procès de l'autre. La campagne des élections européennes, au printemps 1979, illustre le divorce: sur fond de nationalisme outrancier, le parti communiste utilise la campagne pour attaquer durement le PS, tandis que celui-ci hésite entre deux « lignes » européennes (celle, fédéraliste, de Jacques Delors, et une autre, plus réservée, proche du CERES). Les 47,46 % de la gauche traduisent bien les interrogations de son électorat. Le recul frappe davantage le PS (23,73 %) que le PCF (20,5 %) qui a récupéré un électorat anti-européen dans le Midi.

Dès le lendemain des élections, l'affrontement reprend, les dirigeants communistes attaquant sans discernement — au point que Georges Marchais se fera condamner en diffamation pour avoir reproché à Edmond Maire ce qui était le fait de la SFIO durant la guerre d'Algérie. Dans ces conditions, la rencontre PC-PS du 20 septembre 1979 ne peut être autre chose qu'un constat de décès de l'union.

Pourtant, dans l'électorat, le réflexe unitaire demeure: on le constate aux élections cantonales des 18 et 25 mars 1979, où la gauche obtient globalement d'excellents résultats (PS: 26,9 % des suffrages; PC: 22,5 %), ainsi qu'aux élections législatives partielles de novembre 1980 où la « discipline républicaine » de l'électorat est parfaite (y compris dans l'Aveyron où les communistes locaux passent outre à l'exclusive de la direction nationale contre le candidat MRG). Par contre, aux élections sénatoriales du 28 septembre 1980, où les états-majors peuvent peser sur les grands électeurs, la division de la gauche empêche l'élection de plusieurs sénateurs des deux partis. A la veille des présidentielles, électeurs et dirigeants ne semblent donc pas réagir de la même façon.

2. *La rupture de la majorité*

Si la division de la gauche est d'abord celle de

l'opposition, l'affrontement qui met aux prises le RPR et l'exécutif giscardien est d'une tout autre gravité, car il menace le fonctionnement des institutions.

On s'aperçoit dès la réunion de la nouvelle Assemblée de l'état d'esprit qui règne : face à Jacques Chaban-Delmas, président de l'Assemblée de 1958 à 1969 et qui se porte à nouveau candidat au « perchoir » avec le soutien du président de la République, le RPR appuie le président sortant, Edgar Faure (proposé par 70 % des députés du groupe) : n'obtenant que 136 voix au premier tour, celui-ci se retire, laissant la voie libre au maire de Bordeaux (qui avait obtenu 153 voix). L'échec est évident pour Jacques Chirac, qui va repartir à l'attaque à l'occasion des élections européennes.

L'élection au suffrage universel de l'Assemblée des Communautés européennes de Strasbourg — voulue par Valéry Giscard d'Estaing — avait été adoptée par la loi du 30 juin 1977 moyennant le recours à l'article 49.3, afin de passer outre aux critiques du RPR. Le 7 juillet 1977, une seconde loi avait décidé que l'élection se ferait à la présentation proportionnelle avec une seule circonscription : le territoire national. La quasi-unanimité du Parlement s'était ralliée à une solution qui ménageait « l'unité nationale ».

Mais, en novembre 1978, la querelle rebondit à propos du financement de la campagne électorale : le RPR, soutenu par les communistes, fait voter contre l'UDF (le PS s'abstenant) une proposition de loi interdisant tout financement communautaire ou étranger, le 11 décembre. Quelques jours plus tôt, le 6 décembre, Jacques Chirac, lance de son lit d'hôpital (il a été victime d'un accident de voiture en Corrèze) un appel, dit « appel de Cochin », où, tout en donnant le ton de la campagne électorale, il se livre à des attaques plus violentes que jamais contre le pouvoir : « Nous disons non à une France vassale dans un empire de marchands, non à une France qui démissionne aujourd'hui pour s'effacer demain. [...] Comme toujours lorsqu'il s'agit de l'abaissement de la France, le parti de l'étranger est à l'œuvre avec sa voix paisible et rassurante. Français, ne l'écoutez pas. C'est l'engourdissement qui précède la mort. Mais, comme toujours quand il s'agit de l'honneur de la France, partout des hommes vont se lever pour combattre les partisans du renoncement et les auxiliaires de la décadence.» Le ton est celui du RPF, le contenu celui des idées de Michel Debré, qui prend la tête de la campagne.

Les réactions sont vives à l'UDF — mais aussi au RPR — mais le gouvernement refuse d'entrer dans le jeu de l'escalade verbale, même lorsque Jacques Chirac ira jusqu'à déclarer que Valéry Giscard d'Estaing devra démissionner si la liste Veil obtient moins de 50% des suffrages (ce qui est inévitable avec 9 listes en présence). Le 10 juin, la liste Union pour la France en Europe (Simone Veil), c'est-à-dire l'UDF, obtient 27,6% des suffrages alors que la liste Défense des intérêts de la France en Europe (J. Chirac, M. Debré) n'en obtient que 16,2%. C'est un nouvel échec, de taille, pour le président du RPR, qui fera attendre Mme Veil un tour avant d'être élue présidente du Parlement européen (M. de La Malène bloquant au premier tour 26 voix sur son nom et ne les reportant qu'au second).

Au lendemain des élections européennes, le RPR opte pour une tactique de harcèlement qui se limite au Parlement, mais refuse la politique du pire, Valéry Giscard d'Estaing ayant annoncé clairement (allocution au Conseil constitutionnel pour le 20e anniversaire du référendum fondant la Ve République, le 30 septembre) qu'il est «prêt à exercer» le droit de dissolution si les partis «font le moindre pas vers l'affaiblissement des institutions, et notamment de celles qui exercent le pouvoir exécutif».

Raymond Barre doit faire face à une guérilla parlementaire multiforme, la gauche et le RPR convergeant *de facto* dans l'obstruction législative. La seule solution pour le Premier ministre est de scinder ces oppositions, par l'utilisation à répétition de la question de confiance (art. 49.3) ou du vote bloqué. La première est notamment employée pour la loi de financement de la Sécurité sociale élaborée par Jacques Barrot (qui a succédé à S. Veil) et surtout pour la loi de finances 1980, qui donnera lieu à un imbroglio juridico-politique, la première partie de la loi n'ayant pas été adoptée distinctement — cela valant la censure du Conseil constitutionnel — : il faudra convoquer l'Assemblée en session extraordinaire fin décembre puis début janvier pour que, via l'article 49.3, la loi soit finalement adoptée.

Quant au vote bloqué, il sera utilisé systématiquement au printemps 1980, au point d'aboutir parfois au rejet du RPR (comme sur le projet d'aide aux familles nombreuses en juin).

Dans cette dernière phase du septennat — qui précède l'élection présidentielle de 1981 — la désagrégation de la majorité, comme celle de l'opposition, atteint une telle ampleur qu'il faut le recours aux fictions juridiques que permet la Constitution pour que le gouvernement continue à aller de l'avant.

II. LES CRISES INTERNES DES PARTIS

La crise du système bipolaire de partis est d'autant plus aiguë qu'elle se prolonge par une crise à l'intérieur même de chaque formation. Elle est particulièrement nette à gauche, mais évidente aussi dans la majorité.

1. *Les retombées de la rupture de l'union de la gauche*

La crise de 1977-78, la polémique qui l'accompagne et la suit sont très mal vécues par les militants et électeurs habitués depuis 1972 à entendre vanter, de part et d'autre, les mérites de l'union, fût-elle un combat : dans chaque parti, ce désarroi nourrit une contestation interne qui durera au-delà de 1981.

1.1. La crise du parti communiste. Pour la première fois de l'après-guerre, la contestation interne à laquelle se heurte la direction du parti communiste est massive : il ne s'agit pas seulement d'intellectuels — encore que ceux-ci se manifestent en nombre — mais de courants critiques qui ne rompent pas d'entrée avec le parti. A l'origine de cette contestation, la défaite de la gauche mais surtout du parti, qui succède à un recul électoral et militant continu depuis 1967. Le score de mars 1978 est au-dessous du minimum envisagé par la direction (21 %) et celle-ci n'a pour seule réponse que la critique du parti socialiste jugé responsable exclusif de la défaite. Plus profondément, le PC subit les effets de son ouverture depuis dix ans à la société française, de l'image démocratique qu'il veut donner de lui-même, et qui a des conséquences d'autant plus immédiates sur ses adhérents que la majorité d'entre eux est entrée au parti depuis 1968 : une contradiction tend ainsi à apparaître entre le noyau dur des fonctionnaires du parti, l'avant-garde liée aux anciennes croyances et aux méthodes traditionnelles du centralisme démocratique, et les nouveaux adhérents plus hétérogènes et plus marqués par «l'esprit de mai» que par l'esprit de parti.

Au lendemain des législatives, la direction communiste appelle la base à «tirer tous les enseignements» des élections : la réponse sera inattendue. Pétitions et manifestes se succèdent dans *le Monde* et la presse socialisante, ainsi que des livres critiques émanant d'intellectuels de renom (à commencer par Louis Althusser, le philosophe le plus prestigieux du parti). Les manifestations publiques du PCF elles-mêmes (Fêtes de *l'Humanité* et d'*Avant Garde*) en subissent les échos. Les contestataires se divisent en deux tendances (entre lesquelles bien des passerelles existent). D'une part les eurocommunistes, partisans d'une libéralisation du parti, de sa mutation «italienne» et qui restent fidèles à l'union de la gauche (Jean Ellenstein, Jean Rony) : leurs critiques portent sur le fonctionnement du parti, son silence sur le stalinisme et l'URSS — au moment où le PC italien prend ses distances avec le PCUS. De l'autre, les partisans d'un parti révolutionnaire, fidèle au léninisme, tel que les vrais marxistes (c'est-à-dire eux) l'enseignent: Louis Althusser est le maître à penser de ce groupe dont la base est purement intellectuelle (G. Labica, É. Balibar). La tentative de reprise en main par la direction, devant l'ampleur des critiques, doit faire face à de sérieuses difficultés.

Représentant type des eurocommunistes «politiques», Henri Fiszbin, premier secrétaire de la fédération de Paris (la plus intellectuelle et la plus gagnée par la contestation), candidat du PCF aux municipales de 1977, sera le bouc émissaire des libéraux. Démissionnant de toutes ses fonctions, il va devenir le porte-parole des eurocommunistes mais n'échappera pas à la marginalisation. Quant aux althussériens, ils vont pâtir de leurs divisions internes, de la critique du marxisme dans l'intelligentsia — qui les atteint, eux d'abord, du fait de leur idéologie —, avant que leurs chefs de file ne disparaissent en 1980 (Nikos Poulantzas et surtout Louis Althusser). Dans ce contexte, le XXIIIe congrès du PCF (9-13 mai 1979) peut toujours voter à l'unanimité le rapport du secrétaire général ou les nouveaux statuts — marqués surtout par l'insistance sur la dimension «nationale» d'un parti promoteur d'un «socialisme aux couleurs de la France», les données fondamentales de la crise interne du PCF ne changent pas; simplement en évinçant les ultras de la ligne dure (Roland Leroy est écarté du secrétariat) et en renforçant les pouvoirs de Georges Marchais, la direction du parti garde la porte ouverte pour des oscillations tactiques. Au lendemain du XXIIIe congrès, la contestation ne cessera pas, exacerbée par le réalignement prosoviétique du PC au moment de l'invasion de l'Afghanistan (janvier 1980), qu'annonçait le «bilan globalement positif des pays socialistes» dressé par le congrès. Livres, pétitions, articles de contestataires continuent, mais cette fois leurs auteurs renoncent le plus souvent à mener une bataille minoritaire perdue d'avance:

nombre d'intellectuels, grands et petits, claquent la porte tandis qu'à la base l'hémorragie des adhérents s'accélère.

1.2. Le mitterrandisme contesté. Au sein du parti socialiste également, la défaite du mars 1978 est durement ressentie : pour la plupart des responsables du PS, la victoire était inéluctable et la crise même de l'union de la gauche sous-estimée. La reconduction de la droite oblige à s'interroger non seulement sur la stratégie du PS mais aussi sur les raisons de l'échec : le passage du rééquilibrage de la gauche à l'hégémonie du PS a été refusé par le PC. Ne faut-il pas remettre définitivement en cause une stratégie désormais incompatible avec l'objectif d'un parti socialiste dominant? Cette interrogation, Michel Rocard et ses amis la posent désormais ouvertement à une formation où les tenants de l'union sont en difficulté.

C'est le cas du CERES de J.-P. Chevènement, défenseur jusqu'au dernier moment du compromis avec les communistes : à présent que la stratégie du CERES (servir de centre de gravité à une gauche unie) a échoué, la gauche du PS entre en crise : son influence sur le parti régresse (il n'obtient que 15 % des mandats au congrès de Metz d'avril 1979). C'est aussi le cas de François Mitterrand. Rejetant la responsabilité de la défaite de mars 1978 sur la direction du PCF, il se refuse à rompre l'union de la gauche : le PS, en établissant un rapport de force électorale décisif, doit contraindre le retour des communistes à l'union. Plus que ce discours, c'est le charisme même du premier secrétaire du PS qui, après mars 1978, est contesté : chez les notables socialistes, un nombre croissant d'élus se demande si le PS ne devrait pas changer de « locomotive électorale » en prévision des présidentielles de 1981, et choisir comme candidat Michel Rocard.

L'ancien secrétaire général du PSU peut croire, au printemps 1978, que son heure est venue. N'a-t-il pas été au congrès de Nantes (juin 1977) le véritable porte-parole du courant majoritaire, défendant l'autonomie idéologique et politique d'un PS à vocation majoritaire? La crise de l'union de la gauche ne lui donne-t-elle pas raison? Au lendemain même des législatives, le député des Yvelines déclare sans précaution que «sans doute, un certain style politique, un certain archaïsme sont condamnés. Il faut parler plus vrai, plus près des faits» (le 19 mars à Europe n°1). Cette appréciation sonne comme une déclaration de guerre chez les mitterrandistes, consacrant l'éclatement du courant majoritaire. Celui-ci donne naissance à trois factions: les mitterrandistes orthodoxes, les rocardiens et les notables qui suivent Pierre Mauroy. L'année 1978 est marquée par de dures polémiques, les rocardiens relançant le débat sur les «deux cultures» (socialisme autogestionnaire et «social-étatisme») et soulevant maladroitement la question de la direction du PS.

Face à cette offensive, François Mitterrand manœuvre habilement. Sachant qu'un congrès socialiste se gagne à gauche, il laisse ses fidèles revendiquer l'orthodoxie marxiste et pourfendre le révisionnisme — suivant les recettes éprouvées du molletisme — et surtout en appeler au patriotisme de parti autour du chef charismatique que François Mitterrand demeure pour les militants. A Metz — les 20-22 avril 1979 — cette tactique s'avère payante: si Michel Rocard obtient un score satisfaisant (21% des mandats), le courant Mitterrand en obtient 47%, gagnés au détriment du courant Mauroy (17%), ventre mou du parti. Les notables sont restés finalement fidèles au premier secrétaire. De plus, en s'alliant avec le CERES, François Mitterrand peut montrer au PC et à ses électeurs que la rupture de l'union n'a entraîné aucune dérive droitière du PS, tout en créant les conditions internes d'une victoire décisive sur Michel Rocard: celui-ci représente la droite du parti et François Mitterrand laisse carte blanche aux idéologues du CERES pour placer les rocardiens dans une position intenable.

Au lendemain du congrès de Metz — qui voit accéder à la direction, aux côtés de la vieille garde mitterrandiste, la génération des « sabras » (Paul Quilès, Laurent Fabius, Lionel Jospin issus de l'X ou de l'ENA), la seconde phase de l'affrontement Mitterrand-Rocard s'ouvre. Le second, vaincu dans l'appareil, va s'appuyer plus que jamais sur l'opinion publique, et notamment sur des sondages qui lui sont plus que jamais favorables. Quant à François Mitterrand, il laisse J.-P. Chevènement rédiger un *Projet socialiste*, nouvelle charte idéologique du PS, destinée à établir la ligne du parti, une ligne qui s'imposera à tous, et en particulier au candidat aux présidentielles. Particulièrement ancré dans le discours des années 1972-1977 (reprenant les grandes lignes du programme commun), prônant une « rupture » rapide avec le capitalisme, fortement teinté d'antiaméricanisme, le projet socialiste tient toutes ses promesses. Le 13 janvier 1980, à la convention d'Alfortville, Michel Rocard ne parvient pas à le faire amender et doit malgré tout le voter pour ne pas s'isoler. Après la défaite politique de Metz, la défaite idéologique d'Alfortville le place en position difficile, harcelé par le CERES et marginalisé dans le parti par un François Mitterrand peu soucieux, alors que les sondages lui sont défavorables, d'annoncer trop tôt sa candidature aux présidentielles : l'année 1980 sera ainsi une course de lenteur qui met les nerfs des militants à rude épreuve et exacerbe les tensions entre factions.

2. *Les tensions internes du RPR*

Si l'UDF, confortée après les législatives de 1978 par le succès de la liste Simone Veil aux européennes de 1979, est plus que jamais soudée autour du président de la République, le RPR est agité de soubresauts dus aux hésitations tactiques de Jacques Chirac.

Au lendemain des législatives de 1978, sa politique de harcèlement du gouvernement entraîne une rupture de fait entre le mouvement d'un côté, les ministres et une partie des parlementaires de l'autre : le congrès d'avril 1978 sanctionne J. Chaban-Delmas, élu président de l'Assemblée contre le candidat du RPR, Edgar Faure, mais aussi les ministres, dont les fonctions sont déclarées incompatibles avec la participation aux instances dirigeantes du mouvement. De même, Yves Guéna, ancien secrétaire général, est écarté. L'appel de Cochin du 6 décembre 1978 accroît le clivage : le garde des Sceaux, Alain Peyrefitte, ayant dénoncé « certains personnages occultes » (P. Juillet, M.-F. Garaud) « qui semblent s'être emparés de l'appareil du mouvement » et les « propos outranciers » de son président, une procédure d'exclusion est lancée contre lui. Les ministres RPR se solidarisant avec leur collègue, le mouvement est au bord de la scission, d'autant que les contestataires peuvent compter sur une quarantaine de députés (qui refusent de s'associer à la demande de session extraordinaire réclamée par la direction du RPR en mars 1979) et sur neuf anciens secrétaires généraux du mouvement gaulliste qui lancent à Jacques Chirac un appel à la raison.

L'échec cuisant de la liste RPR aux élections européennes entraîne un revirement de Jacques Chirac : rompant avec Pierre Juillet et Marie-France Garaud, abandonnant les thèses nationalistes de Michel Debré, le président du RPR opère un recentrage — que traduit son rapprochement avec les gaullistes de gauche, Jean Charbonnel en tête —, sans renoncer à ses attaques contre le président — que traduit l'accession, en octobre 1979, de Bernard Pons au secrétariat général. Si les rapports avec l'aile ministérialiste du mouvement se détendent et permettent d'éviter la scission, ses réticences demeurent envers la ligne antigiscardienne du mouvement. Par contre, la rupture avec Michel Debré entraîne la prise de distance de celui-ci au point de l'amener à annoncer le 30 juin 1980 sa candidature à l'Élysée.

Sa mainmise sur l'appareil du RPR n'assure donc pas à Jacques Chirac (tout comme à J. Chaban-Delmas

La crise de la bipolarisation

en 1973-74) son hégémonie sur l'ensemble du mouvement gaulliste.

III. L'ÉLECTION PRÉSIDENTIELLE DE 1981

L'éclatement du système partisan après 1978 produit tous ses effets à l'élection présidentielle de 1981. Contrairement à 1974 où avait prévalu une stratégie de rassemblement pour ou contre l'union de la gauche, ce sont les divisions qui priment et conduisent à la mise en place de stratégies négatives.

1. *Une campagne en clair-obscur*

Barrer la route au rival — et accessoirement à l'adversaire — semble être la préoccupation essentielle d'une bonne partie des acteurs en compétition durant la longue précampagne puis durant la campagne officielle.

1.1. Le choix des candidats. La question du choix du candidat ne se pose en fait que pour deux partis: le RPR et le PS. Au RPR, Jacques Chirac paie les conséquences de son tournant tactique après l'échec aux élections européennes de 1979: Michel Debré, conformément à sa déclaration du 30 juin 1980, est candidat. Il va pâtir d'une marginalisation rapide, ne pouvant s'appuyer sur aucun réseau ni sur d'importants moyens, ce que montrera son effondrement rapide dans les sondages. Quant à Marie-France Garaud, évincée de l'entourage chiraquien, elle se lance également dans la campagne, donnant à sa candidature une orientation exclusivement antigiscardienne. Face à ces deux candidatures marginales, Jacques Chirac, qui annonce la sienne le 3 février 1981, ne peut compter que sur l'appareil du RPR, les ministres gaullistes se montrant particulièrement discrets: on retrouve la situation de Jacques Chaban-Delmas en 1974.

Au parti socialiste, Michel Rocard, qui a perdu les

deux premières manches de son affrontement avec François Mitterrand, ne dispose plus que de la carte de l'opinion publique. Mais le premier secrétaire et l'appareil du PS vont jouer avec le temps, renvoyant au 19 octobre 1980 l'ouverture du dépôt des candidatures. Michel Rocard annonce la sienne dès le 19, depuis sa mairie de Conflans-Sainte-Honorine, commettant par là même une série d'erreurs tactiques : la précipitation — que critiqueront ses rivaux —, l'imitation de Valéry Giscard d'Estaing en 1974 — ceux qui dénoncent en lui le porte-parole de la « gauche américaine » sont confirmés dans leurs arrière-pensées — et surtout la maladresse vis-à-vis de son parti, puisque celui-ci est une nouvelle fois relégué après l'opinion publique. Sur le fond, l'appel de Conflans (assez médiocre) ne fait référence ni à l'union de la gauche ni au programme économique du PS. Comme prévu, cette candidature est immédiatement contrée par celle de Jean-Pierre Chevènement. Quant à François Mitterrand, il suggère aux militants — via les fédérations — d'en appeler à sa candidature, ce qui lui permettra de la présenter le 8 novembre, comme une réponse aux sollicitations de la base. Michel Rocard et Jean-Pierre Chevènement se retirent et le congrès extraordinaire du 24 janvier 1981 n'est qu'une formalité (François Mitterrand obtient 83,5 % des mandats).

Contrairement au RPR, l'unité des socialistes se fait très rapidement autour de leur candidat, grâce au loyalisme de Michel Rocard et à l'habileté de François Mitterrand, qui pourra compter sur le soutien de l'ensemble du parti et sur celui des électeurs socialistes, récupérant le capital de sympathie jusqu'alors réservé à Michel Rocard dans les sondages.

1.2. Les stratégies négatives. La campagne des différents candidats est aux antipodes de 1974 : en 1974, François Mitterrand avait été au centre de la campagne, unifiant la gauche autour de lui et la droite contre lui. Cette fois, Valéry Giscard d'Estaing, président sortant, est l'objet des attaques convergentes du PS et du RPR.

Au-delà des intentions de vote qui lui sont favorables à la veille de la campagne officielle, sa position est difficile. D'abord, du fait de la dégradation de son image : sa popularité s'effrite à partir d'octobre 1980 (les satisfaits vont chuter de 45 à 37 % tandis que les mécontents passent de 41 à 48 %) alors que Raymond Barre « bénéficie » d'une impopularité constante et absolue (60 %). Si le second paie les effets du second choc pétrolier, le premier subit en outre les conséquences d'une série de scandales et d'événements mal gérés devant l'opinion : rebondissement de l'affaire de Broglie (l'ancien ministre républicain indépendant assassiné le 23 décembre 1976 dans des circonstances obscures mais qui valent à M. Poniatowski, alors ministre de l'Intérieur, de se faire menacer de la Haute Cour du fait de l'attitude du RPR, en janvier 1981), l'assassinat non élucidé de l'ancien ministre Joseph Fontanet début 1980 et surtout l'affaire des diamants dont le dictateur centrafricain — ménagé par Valéry Giscard d'Estaing malgré ses crimes —, J. B. Bokassa, aurait gratifié selon le *Canard enchaîné* le président de la République. Autant de faits qui servent surtout à créer une ambiance délétère de fin de règne. Plus que ces épisodes, ce sont des événements politiques et des attentats qui vont peser : la rencontre, en mai 1980, Brejnev-Giscard, de Varsovie, au lendemain de l'invasion de l'Afghanistan, va accréditer l'image, complaisamment exploitée au RPR et au PS (François Mitterrand parlera le 16 mars 1981 du « petit télégraphiste » de Varsovie) d'un président « finlandais », incapable de résister à la pression soviétique. La molle réaction de Valéry Giscard d'Estaing à l'attentat antisémite contre la synagogue de la rue Copernic, le 3 octobre 1980 à Paris, permet aux mêmes partis de lancer une campagne de suspicion contre le président auprès de la communauté juive française, amalgamant sa passivité apparente avec une présentation travestie de son voyage dans les pays arabes du Moyen-Orient en avril 1980.

Bref, c'est une véritable campagne de dénigrement qui se développe tout au long de l'année qui va du printemps 1980 au printemps 1981 et face à laquelle Valéry Giscard d'Estaing se révèle incapable de réagir clairement et fermement. Son charisme s'effondre, alors que ses possibilités de victoire demeurent (contradiction entre popularité et intentions de vote) et c'est la mauvaise campagne électorale qui lui sera fatale.

Celle-ci pâtit d'abord de la perte de crédibilité des alliances électorales : les autres candidats de droite ne font-ils pas essentiellement campagne contre lui ?

Marie-France Garaud, sous couvert de dénoncer l'hégémonie soviétique, attaque celui qui, en France, en serait le complice involontaire, Valéry Giscard d'Estaing, contre lequel elle a lancé sa campagne dans une lettre ouverte au *Monde* le 16 décembre 1980. Michel Debré lui reproche d'avoir « fait perdre sept ans » à la France. Mais c'est bien entendu Jacques Chirac qui décochera les flèches qui seront les plus sensibles.

Dès 1980, le président du RPR a essayé de briser le réflexe unitaire des électeurs de la majorité : non seulement sa critique virulente du giscardisme ne sera pas sans effet sur une partie de l'électorat gaulliste, mais surtout certains thèmes communs tendent à apparaître au PS et au RPR : l'entrée du CERES dans la direction socialiste en 1979 renforce les tenants d'un appel aux gaullistes au nom d'une défense commune de l'indépendance nationale et de la lutte contre la « décadence » et « l'américanisation ». Du projet socialiste inspiré par J.-P. Chevènement à l'appel de Cochin, des convergences sont nées que certains croient matérialiser en rêvant à des renversements d'alliance, qu'il s'agisse de gaullistes de gauche ou d'éléments du CERES. Plus tard les contacts entre émissaires et la rencontre Mitterrand-Chirac du 12 novembre 1980 accréditeront l'idée d'un pacte secret, voire d'un complot : plus sérieusement, François Mitterrand en tirera la conclusion que le président du RPR est déterminé, coûte que coûte, à provoquer l'échec du président sortant ; Jacques Chirac ne dira-t-il pas, le 4 mars, qu'il faut « rendre à ce pays la confiance et l'espoir, fût-ce au prix de la défaite du président » ?

Celui-ci, pour sa part, ne parvient pas à trouver un style de campagne. Sa candidature et son élection sont données pour certaines jusqu'à l'hiver 1980 mais Valéry Giscard d'Estaing n'annoncera sa candidature que le 2 mars 1981, afin de ne pas affaiblir son autorité de président durant les derniers mois du septennat. Principale difficulté : comment ne pas être un candidat comme les autres ? Refusant d'être le candidat d'un parti, il ne s'appuiera pas sur l'UDF qui ne pourra le soutenir qu'à distance ; refusant d'être un président sortant qui renouvelle son mandat, il ne s'appuiera pas sur son gouvernement, et notamment sur Raymond Barre, qui devra rester à l'écart (ce qui n'empêchera pas le candidat d'utiliser tous les privilèges que permet l'Élysée). Se voulant « citoyen candidat », au-dessus des partis, V. Giscard d'Estaing mène au premier tour une campagne terne (son slogan « Il faut un président à la France » est totalement dépersonnalisé) et sans relais efficace sur le terrain, ce qui ne fait que mettre en relief les critiques convergentes contre lui. Son seul allié objectif est le parti communiste : la campagne de Georges Marchais est populiste, mais surtout antisocialiste. Renouant avec la totale allégeance au parti communiste soviétique — qui a achevé de dégrader son image dans l'opinion —, se lançant dans des campagnes démagogiques — contre la « surpopulation » immigrée dans la banlieue rouge, contre la drogue en encourageant la délation —, le PC semble faire flèche de tout bois, attaquant un parti socialiste soupçonné de vouloir s'allier avec le RPR et l'UDF. Ces attaques violentes vaudront au secrétaire général du PCF, candidat de son parti depuis septembre 1980, d'être accusé par François Mitterrand de complicité avec le président sortant : « Les deux hommes de Cro-Magnon, celui de la droite et celui du PC, copains comme cochons. »

C'est en tenant compte de cette orientation antigiscardienne de la campagne de la droite et de la stratégie du PCF que François Mitterrand construit sa campagne. Pour répondre aux critiques communistes, il lui suffit de rappeler son programme — 110 propositions qui s'inspirent largement du projet socialiste de 1980 et du défunt programme commun de 1972 — et l'orientation du PS depuis 1978 ; la rupture de la gauche, elle, ôte à la droite l'argument d'un PS otage des communistes : le 11 mars, il déclarera que la participation du PCF au gouvernement « ne lui paraît ni raisonnable ni juste » aussi longtemps que les dirigeants communistes persisteront dans leur attitude antisocialiste. Paradoxalement, c'est le candidat socialiste qui utilisera à son profit l'arme de l'antisoviétisme en attaquant la politique à l'Est du président sortant. Si l'on y ajoute que les 110 propositions mêleront habilement remake du programme commun et électoralisme catégoriel (en promettant la satisfaction des revendications des rapatriés, des homosexuels, des écologistes, des régionalistes, des futurs appelés, des propriétaires de moto, des féministes, des artistes et des libraires), c'est dans l'ensemble une campagne particulièrement efficace qui est menée, le slogan choisi (« La force tranquille », sur fond de village campagnard) traduisant le tour de force réussi : une image centriste (la France profonde) ravie au candidat Giscard de 1974 et un programme plus à gauche qu'en 1974, et dont on promet qu'il sera appliqué.

S'adossant à la dégradation progressive du « citoyen président » dans les intentions de vote (en février celles-ci se stabilisent à ce qui sera le résultat final, prévoyant la victoire du candidat socialiste), François Mitterrand crée, durant sa campagne du premier tour, les conditions de la transformation d'un vote de rejet du président sortant en vote d'adhésion au candidat de la gauche.

2. *Les conséquences du vote*

2.1. Les résultats du premier tour, le 26 avril, où la participation a été moyenne (81,09 % de votants, ce qui est inférieur à 1974 et 1965, mais supérieur à 1969), confirment les estimations des instituts de sondage : le rapport de forces gauche-droite est de 47,25 % contre 48,83 %, les écologistes, avec Brice Lalonde, atteignant 3,88 % des suffrages. La gauche régresse par rapport à 1978 (50,20 %) mais se situe à un niveau supérieur à 1974 (46,08 %). Ses zones d'influence demeurent celles des années 1974-1978. La « majorité » dépasse son score de 1978 (47,47 %) mais réalise une performance en recul par rapport à 1974 (52,58 %).

C'est au sein de chaque camp que les bouleversements sont importants. A gauche, le parti communiste subit un recul historique, chutant à 15,35 % des suffrages ; il est ramené à son niveau du Front populaire.

La perte d'un électeur sur quatre est générale affectant aussi bien les bastions traditionnels que les zones de faible implantation : la carte du vote communiste est inchangée mais c'est désormais un modèle réduit. L'explication essentielle de ce recul massif — confirmé par les enquêtes postélectorales — est le vote utile en faveur du candidat socialiste, seul capable d'assurer une alternance à laquelle Georges Marchais se refuse ; de plus, la crainte d'un duel Giscard-Chirac au second tour ainsi que le score très faible réalisé chez les jeunes électeurs (11 %) ont renforcé cette tendance.

Avec 25,85 % des suffrages, François Mitterrand réalise le record historique du parti socialiste, surtout si l'on tient compte des 2,21 % du radical de gauche Michel Crépeau, maire de La Rochelle. Le candidat socialiste a creusé définitivement l'écart avec le PCF et il talonne Valéry Giscard d'Estaing, dont ne le séparent que 700 000 voix : François Mitterrand a non seulement fait le plein des électeurs socialistes, mais il a attiré le quart des électeurs communistes.

A droite, le président sortant a réalisé un score

médiocre (28,31 %), à peine supérieur à celui de la liste UDF aux élections européennes (27,6 %) et en tout cas en net recul par rapport à 1974 (32,6 %). Ce recul est largement dû au résultat honorable réalisé par Jacques Chirac (18 %), malgré Michel Debré (qui n'obtient que 1,66 %) et Marie-France Garaud (1,33 %) : le maire de Paris devance non seulement le président sortant dans ses bastions régionaux, mais surtout dans les électorats traditionnels de la majorité (professions libérales, chefs d'entreprise, cadres supérieurs, agriculteurs), Valéry Giscard d'Estaing ne triomphant que chez les personnes âgées.

2.2. Le second tour. Au lendemain du premier tour, les désistements sont significatifs : François Mitterrand bénéficie immédiatement du désistement de tous les autres candidats de gauche et notamment de Georges Marchais. Le PCF n'a pas le choix, s'il ne veut pas perdre une nouvelle tranche d'électeurs au profit des socialistes, même si, ici ou là, certains responsables renâclent à appliquer la consigne. A droite, Jacques Chirac se refuse à tout désistement : « Le 10 mai, chacun devra voter selon sa conscience. » Du moins concède-t-il : « A titre personnel, je ne puis que voter pour M. Giscard d'Estaing. » Et, si M.-F. Garaud annonce qu'elle votera blanc, Michel Debré est le seul à appeler à voter Giscard, même s'il attend le 5 mai pour cela. Valéry Giscard d'Estaing se lance bien, entre les deux tours, dans une opération séduction de l'électorat chiraquien, mais il ne peut compter, sur le terrain, sur l'aide du RPR.

Le 5 mai, un duel télévisé oppose les deux candidats, mais, contrairement à celui de 1974, François Mitterrand y est en position de force, attaquant le président sortant à grands renforts de citations de Jacques Chirac.

Le 10 mai, alors que la participation s'est élevée notablement, (atteignant, avec 85,85 %, un niveau presque égal à celui de 1974), François Mitterrand l'emporte assez facilement, obtenant 51,76 % des suffrages contre 48,24 % à son adversaire : l'écart est de 1 066 000 voix (les bulletins blancs et nuls 900 000).

Le candidat socialiste a obtenu la majorité dans 65 départements sur 96, mais surtout il a bénéficié d'excellents reports de voix de l'électorat communiste et écologiste, du vote à gauche de la majorité des nouveaux électeurs du second tour, et de l'apport d'une fraction de l'électorat chiraquien (16 %, 11 % s'abstenant et 73 % votant Giscard d'Estaing).

Au-delà du score de la gauche, l'élection du 10 mai marque l'usure définitive d'une majorité et d'un personnel politique qui avait dirigé la France sans interruption depuis vingt-trois ans. La disparition de toute « réserve électorale » face à la gauche la plaçait à la merci de l'alternance en cas de division : la crise prolongée de 1978-1981 a non seulement creusé les divisions — faisant oublier celles de la gauche —, mais annihilé toute dynamique, toute mobilisation, comme le second tour l'a montré.

Si « l'expérience » de la gauche au pouvoir commence, celle de la refondation de la droite aussi.

CHAPITRE V

L'HEURE DU PRAGMATISME

Si les années 60 étaient celles de l'expansion économique, de la stabilité monétaire, de l'ouverture sur un monde marqué par la détente et l'indépendance du tiers monde, les années 70 sont des années de crise, qui obligent les dirigeants français à adapter la démarche gaullienne, à laquelle ils continuent à se référer, à une conjoncture mouvante.

L'événement essentiel est le déclenchement, en 1971, d'une déstabilisation monétaire, qui ébranle les bases des échanges internationaux, avant que le choc pétrolier de 1973 — consécutif à la guerre du Kippour — et celui de 1979 n'entraînent une hausse des prix des matières premières qui précipitera elle-même une crise économique mondiale.

En 1971, l'ampleur des bouleversements qui s'annoncent et la fin de la longue période d'expansion économique — les « trente glorieuses » — ne sont perçues par aucun responsable. Dans le monde politique, les perspectives resteront longtemps celles de la croissance et il faudra plusieurs années pour que les gouvernants prennent conscience de l'irréversibilité du tournant. Dans la majorité, c'est en 1976 que l'adoption d'une politique d'austérité à la mesure de la crise (plan Barre) est enfin décidée après l'échec de l'ultime relance. Dans l'opposition, durant toute cette période, le leitmotiv est le rejet de la responsabilité de la crise sur la mauvaise gestion de la « droite » et sur le capitalisme mondial. Seules quelques voix minoritaires après 1978 souligneront le poids inévitable des contraintes économiques internationales (M. Rocard): le programme des gauches restera fermé à toute adaptation en profondeur à la crise et il faudra attendre 1982 pour qu'un premier tournant se produise.

I. LA PRIMAUTÉ A L'ÉCONOMIE

Dès 1969, l'économie passe au premier rang des préoccupations présidentielles: Georges Pompidou prend personnellement en main la gestion du pays à un moment où les problèmes monétaires constituent la principale pomme de discorde au sein de l'Alliance atlantique. C'est lui qui fixera et veillera à la réalisation des grandes orientations du sixième plan — «l'impératif industriel» —, ne laissant au gouvernement que leur dimension sociale.

En 1974, l'accession à l'Élysée de celui qui avait été dix ans ministre de l'Économie et des Finances renforcera cette priorité. S'appuyant sur un ministre des Finances qu'il a choisi parmi ses proches — Jean-Pierre Fourcade jusqu'en 1976 —, Valéry Giscard d'Estaing optera ensuite pour un Premier ministre également titulaire de la Rue de Rivoli jusqu'en 1978 — dont il partage les analyses et respecte la compétence: Raymond Barre. Tout en le laissant supporter en *première ligne* les conséquences politiques de la politique d'austérité, il en revendiquera en permanence la «responsabilité».

1. *La gestion pompidolienne*

En donnant à la monnaie la priorité dès 1969, Georges Pompidou prend la mesure de la crise du système monétaire qui commence en avril, en pleine campagne référendaire. Désirant fonder sa politique économique sur la «valeur réelle du franc», il procède d'emblée à une dévaluation surprise de 12,5 % le 8 août. Réplique indirecte au refus de dévaluer du 23 novembre 1968 par le général de Gaulle? Plutôt la prise en compte de l'état de l'économie française et d'un système monétaire où le mark, à la veille des élections allemandes, est l'objet d'une spéculation intense (il sera réévalué après la victoire du SPD en octobre). A partir de 1970, et surtout de 1971 (le 15 août 1971, le président Nixon supprime la convertibilité du dollar en or), la crise monétaire s'aggrave et installe l'incertitude dans les échanges internationaux, secoués par les grands mouvements spéculatifs et les effets des déficits budgétaires considérables des États-Unis, en pleine guerre du Viêt-nam. Face à cette conjoncture, qui ne fait que refléter la *guerre économique* naissante entre les États-Unis, l'Europe et le Japon, Georges Pompidou décide d'accélérer la modernisation et la concentration de l'industrie française afin de renforcer sa capacité de pénétration sur le marché mondial. Ce sera l'objectif du sixième plan, mélange de libéralisme au niveau international (poursuite de l'ouverture des frontières) et d'interventionnisme étatique (pour accélérer les regroupements d'entreprises comme dans la chimie, la métallurgie, l'aéronautique ou l'électronique). Poursuivant l'effort entrepris sous la présidence de De Gaulle en matière d'industrie de pointe, Georges Pompidou favorise systématiquement la recherche et l'industrie nucléaire — afin notamment de limiter la dépendance pétrolière de la France —, les télécommunications, l'aéronautique (lancement du projet Airbus et poursuite du projet Concorde) et l'informatique. Dans d'autres domaines, comme la sidérurgie, le gigantisme (exemple Fos-sur-Mer) se révélera un pari inconsidéré sur l'avenir.

Si les choix du sixième plan vont dans le sens d'une croissance forte (ce qui sera atteint avec une production industrielle croissant de 7 % par an de 1969 à 1973) et de l'investissement, le point faible est l'inflation. Celle-ci va croître progressivement pour atteindre au début de 1972 un taux moyen de 14 % : un plan antihausse est bien décidé en décembre, mais, à la veille des législatives de mars 1973, il sera très modéré (emprunt, manipulation des taux de TVA) au point de laisser l'inflation repartir en 1973, le gouvernement étant paralysé durant les derniers mois de présidence et décidant, devant les turbulences monétaires, de faire flotter le franc en janvier 1974.

2. *Face à la crise*

Le septennat giscardien est tout entier dominé par la crise mondiale, puisqu'il s'ouvre au lendemain du *premier choc pétrolier* (fin 1973) et se clôt au lendemain du *second choc pétrolier* (1979, du fait de la révolution iranienne et de la guerre Iran-Irak). Face à la crise, la politique économique va être variable: sous-estimant la gravité de la situation et optant pour une relance keynésienne de 1974 à 1976, puis, après 1976, pour une orthodoxie financière qui s'orientera progressivement vers le libéralisme.

2.1. Le dernier sursaut du keynésianisme. La gravité de la crise économique mondiale au printemps 1974 ne semble pas émouvoir outre mesure l'opinion publique française et les dirigeants — politiques ou économiques. Malgré le désordre monétaire persistant, la hausse des matières premières et la récession mondiale, le gouvernement Chirac opte pour le maintien de la politique d'avant 1973: les salaires continuent à progresser (4 % par an en 1974-1976) et ce sont les entreprises qui « paieront » le premier choc pétrolier — avec pour conséquence la diminution drastique des profits, la chute de la production et de la productivité. La hausse du déficit budgétaire, la croissance de l'inflation (de mai 1974 à août 1976, les prix augmentent de 25 %), le déséquilibre de la balance des paiements entraînent une perte de valeur du franc: celui-ci réintègre bien le serpent monétaire international en 1975, mais c'est pour en ressortir précipitamment en mars 1976.

Au sein de l'exécutif, les avis sont contrastés: le ministre des Finances, Jean-Pierre Fourcade, est partisan de l'austérité alors que Jacques Chirac défend le maintien de la politique «du coup par coup», Valéry Giscard d'Estaing semblant plutôt incliner vers le premier. Cette absence de stratégie économique cohérente se traduit par une politique contradictoire : en juin 1974, le «plan Fourcade» tente de stopper la hausse de l'inflation, mais, devant le risque de récession, le gouvernement lance en septembre 1975 un *plan de relance,* qui fait redémarrer la production par la consommation mais aggrave vite les déficits budgétaires et commerciaux tout en faisant repartir l'inflation.

Si l'on ajoute à ces mesures économiques des mesures sociales qui visent à élargir les avantages de l'État providence (abaissement de l'âge de la retraite des travailleurs manuels, contrôle des licenciements, haut niveau des allocations de chômage, élargissement du champ de la Sécurité sociale) c'est à l'apogée du keynésianisme que l'on assiste au plus fort de la crise économique.

2.2. Les plans Barre. La nomination de Raymond Barre à Matignon en août 1976 souligne la gravité de la situation. Économiste réputé sur le plan international, il a eu la responsabilité des questions monétaires à la Commission de Bruxelles avant d'entrer comme ministre du Commerce extérieur dans le gouvernement Chirac lors du remaniement du 11 janvier 1976 : la confiance dont il jouit dans la communauté financière internationale favorise la crédibilité des *plans de redressement successifs.*

La nouvelle politique économique ne se dessine que très lentement, car le gouvernement se trouve face à une échéance politique de taille, celle des législatives de mars 1978 : il ne peut renverser brutalement l'orientation suivie, sauf à remettre le pouvoir à une gauche plus que jamais confiante dans les bienfaits du *Welfare State.* Aussi le plan Barre se veut-il gradualiste. Annoncé en septembre 1976, il vise dans l'immédiat une réduction de la hausse des prix, le rétablissement des équilibres extérieurs (balance commerciale, monnaie) et le soutien à l'activité économique et à l'emploi. Le premier objectif est atteint par des mesures contraignantes : le blocage des prix, auquel correspond le blocage des hauts salaires. Le retour aux équilibres, faute de parvenir rapidement à la suppression du déficit budgétaire, est assuré par une augmentation de la pression fiscale, puis par des emprunts d'État destinés à relayer le financement monétaire.

Après la victoire électorale de la majorité en mars 1978, cette politique va être poursuivie et même renforcée : l'objectif est de donner aux entreprises une compétitivité qui leur permette de s'insérer solidement, malgré la crise, dans le marché mondial. La libération des prix industriels en 1978, des taux d'intérêt faibles pour favoriser l'investissement vont dans ce sens.

Parallèlement, le gouvernement met plus que jamais au premier rang la stabilité du franc : c'est la politique du *franc fort* que Raymond Barre justifie par la nécessité de lutter contre l'inflation (qui reste à 10 % en 1978), de contenir les effets de la hausse du pétrole et de ne pas pénaliser l'agriculture (sous peine de montants compensatoires). Cette politique monétaire permet en mars 1979 la création du *système monétaire européen*, au moment où le déficit budgétaire est contenu et la balance commerciale rééquilibrée puis excédentaire.

Mais le prix payé est lourd : accélération du chômage, accroissement de l'endettement de l'État et du secteur public, montée de l'inflation (les entreprises, contraintes de réduire leurs marges bénéficiaires à l'exportation du fait du franc fort, les augmentent en France, utilisant la liberté des prix).

Le second choc pétrolier de 1979 obligera à un nouveau durcissement qui marque un infléchissement vers les politiques *monétaires et libérales* telles que les États-Unis, la RFA et le Royaume-Uni les mettent en pratique. La hausse des prix du pétrole entraîne un déséquilibre impossible à colmater dans le court terme, une croissance de l'inflation (11,8 % en 1979, 13,6 % en 1980), une montée sensible du chômage

(1 370 000 chômeurs), une stagnation du pouvoir d'achat des ménages. Pourtant, malgré ces chiffres inquiétants, le gouvernement peut aussi se targuer de taux d'investissement et de productivité à un excellent niveau, d'une bonne tenue de la monnaie et d'un différentiel d'inflation qui s'est nettement amélioré par rapport aux principaux partenaires commerciaux de la France. En fait, le Premier ministre suit un chemin de crête périlleux entre des dangers nombreux, financiers, économiques et sociaux, restreignant la hausse du pouvoir d'achat mais la maintenant au degré minimal compatible avec le non-étouffement du marché intérieur, bloquant le déficit budgétaire mais ne le supprimant pas pour alimenter la demande, limitant la croissance de la masse monétaire mais ne la stoppant pas pour aider la trésorerie des entreprises, stabilisant le franc tout en le laissant se déprécier par rapport à la monnaie du principal concurrent et client, le mark.

Bien entendu, cette navigation délicate dans une conjoncture difficile ne vaut pas au président et au Premier ministre une grande popularité, d'autant que la concurrence des nouveaux États industriels du tiers monde met en cause l'avenir des industries à bas salaires et faible qualification, comme la sidérurgie et le textile. Certaines régions, comme le Nord ou la Lorraine, sont particulièrement frappées, entraînant la révolte ouvrière (notamment à Longwy en mars 1979) contre le gouvernement, les syndicats, mais aussi les partis (de gauche et le RPR), voire l'Église. Le travail pédagogique du président de la République et du Premier ministre est d'autant plus difficile que l'on entre en période électorale.

Sur le long terme, Valéry Giscard d'Estaing continue l'œuvre entreprise par G. Pompidou (diversification des sources d'approvisionnement énergétique, accélération du vaste programme de centrales nucléaires, malgré l'hostilité des écologistes), restructurant les secteurs en difficulté, poussant entreprises et banques à franchir les frontières et à s'internationaliser. Désormais, la tâche assignée à l'État est de donner aux entreprises la compétitivité internationale indispensable dans une économie mondialisée. Cette vision nouvelle des rapports entre politique et économie n'est pas sans effet sur la façon même dont est conduite la politique internationale.

II. FACE AUX CRISES INTERNATIONALES

Après dix ans de politique internationale marquée par des opérations spectaculaires au service d'un *grand dessein* national, les douze années des présidences Pompidou et Giscard d'Estaing sont plus réalistes: les grandes orientations demeurent, notamment en matière de défense, de rapports Est-Ouest, de coopération avec le tiers monde — en particulier francophone —, mais une sorte d'inflexion se fait jour sous l'effet des modifications à l'œuvre dans les relations intereuropéennes, au sein de l'Alliance atlantique, ou du fait des crises internationales (notamment énergétiques, monétaires et technologiques).

Un élément demeure stable: l'exclusivité présidentielle en la matière. Sous la présidence de G. Pompidou, la direction élyséenne des affaires étrangères est totale de 1969 à 1972, le président et ses collaborateurs (Jean-René Bernard, Michel Jobert) ne consultant qu'à l'occasion le ministre des Affaires étrangères, Maurice Schumann. Il faudra attendre la nomination de Michel Jobert au Quai d'Orsay en 1973 pour que l'ancien secrétaire général de l'Élysée donne au ministère un rôle prééminent — la maladie de Georges Pompidou favorisant la montée en première ligne de son homme de confiance. Après 1974, cette centralisation élyséenne demeurera: les ministres des Affaires étrangères sont sous l'autorité directe du président, qu'il s'agisse de Jean Sauvagnargues, ancien ambassadeur à Bonn (comme M. Couve de Murville) ou de Louis de Guiringaud, et, plus évidemment encore, de

Jean François-Poncet, nommé en 1978 alors qu'il était jusqu'alors secrétaire général de l'Élysée.

Cette tutelle directe sur ce que Jacques Chaban-Delmas appelait en 1959 le « domaine réservé » est tout aussi nette pour la coopération africaine et malgache : sous Georges Pompidou, Jacques Foccart garde à l'Élysée les fonctions et prérogatives qu'il avait sous de Gaulle. Il sera remplacé après 1974 par René Journiac — qui a été son collaborateur —, sans que la tutelle élyséenne sur l'Afrique faiblisse.

Au-delà d'une continuité dans le processus de décision et dans les grands axes de la politique internationale, les deux présidences se distinguent tant au niveau du style que de l'appréciation de certains rapports de force.

1. *La présidence Pompidou*

Georges Pompidou aura à faire face à quatre problèmes de taille : l'ouverture de la Communauté européenne au Royaume-Uni, la crise multidimensionnelle de l'Alliance atlantique, les effets de l'*Ostpolitik* de Willy Brandt et les répercussions de la guerre du Kippour. Quatre problèmes dont les incidences sur la politique française sont déterminantes.

1.1. L'élargissement des Communautés. Élu avec les voix d'une partie du centre, concurrencé au second tour des présidentielles par l'ancien collaborateur de Robert Schuman, Alain Poher, Georges Pompidou est contraint de prendre une initiative pour la relance de la construction européenne, bloquée depuis 1965. D'un côté, il favorise, lors du sommet des chefs d'État et de gouvernement de La Haye (1er décembre 1969) le démarrage d'une union économique et monétaire (plans Barre et Werner) et d'une coopération politique (rapport Davignon), de l'autre, il débloque les négociations avec les Britanniques une fois obtenue l'adoption des règlements financiers agricoles définitifs (qui se traduit par l'augmentation des pouvoirs budgétaires de l'Assemblée européenne de Strasbourg).

La coopération politique se révélera très limitée et la coopération monétaire problématique (du fait de la crise du système monétaire international), la France devant se retirer dès janvier 1974 du «serpent monétaire européen». Par contre, l'adhésion britannique va se révéler moins ardue.

A cela des raisons essentielles: la victoire des sociaux-démocrates aux élections allemandes le 24 septembre 1969 amène à la chancellerie Willy Brandt avec lequel Georges Pompidou n'a guère de convergences: l'axe franco-allemand n'a plus beaucoup de consistance. Par contre, la victoire le 18 juin 1970 d'un conservateur aux élections législatives britanniques, le fait que le nouveau Premier ministre, Edward Heath, soit un européen convaincu favorisent un dégel franco-britannique rapide: les négociations sont conduites sans discontinuer et se concluent au bout d'un an, le gouvernement français se contentant de garanties ténues en matière monétaire ou de préférence communautaire. Entre-temps, le Danemark, l'Irlande et la Norvège (qui renoncera à l'adhésion) se sont joints aux Britanniques et le traité de Bruxelles, qui scelle l'élargissement, est signé le 22 janvier 1972.

Cette négociation positive est largement due à l'action de la diplomatie française, et notamment à la volonté du président français. Aussi celui-ci est-il tenté d'en tirer le maximum de bénéfices en politique intérieure: le référendum surprise du 23 avril 1972 aurait dû avoir cet effet, mais l'abstention massive (39,6% des inscrits auxquels il faut ajouter les 7% de bulletins blancs ou nuls), où les socialistes ont conflué avec les gaullistes orthodoxes, transforme l'opération en demi-échec. Au lendemain du référendum, le remplacement de Jacques Chaban-Delmas par Pierre Messmer, gaulliste classique, traduit un reflux de l'européisme. Celui-ci, il est vrai, est confronté à une crise majeure de l'Alliance atlantique.

1.2. Face à la crise de l'Alliance. Si le général de Gaulle avait pu se bercer d'illusions sur la nouvelle administration républicaine qui s'installe à Washington en janvier 1969, son successeur devra vite déchanter. Face aux difficultés économiques et financières (dues largement à la guerre du Viêt-nam), Richard Nixon opte pour une remise en cause fondamentale des solidarités traditionnelles : la reconnaissance de la Chine populaire en 1971 sans demander l'avis du Japon, les négociations stratégiques avec l'URSS par-dessus la tête des Européens en sont un premier signe. Mais l'affrontement décisif se fait sur le terrain monétaire. En août 1971, les États-Unis dénoncent unilatéralement les accords sur lesquels reposait le système monétaire international depuis 1944. Suppression de la convertibilité en or du dollar, taxe de 10 % sur les importations, dévaluation *de facto* du dollar. Georges Pompidou, dont les rapports avec les États-Unis se sont refroidis depuis les incidents qui ont marqué son voyage en mars 1970 (lui et sa femme ont été insultés et bousculés par des manifestants pro-israéliens à Chicago), obtient au nom des Européens, lors de sa rencontre avec Richard Nixon aux Açores, en décembre 1971, la suppression de la surtaxe de 10 % en échange de l'acceptation du nouveau cours monétaire. Ces concessions n'empêcheront ni la crise permanente d'un système monétaire dérégulé ni la nouvelle dévaluation du dollar en février 1973.

L'annonce, en avril 1973, par Henry Kissinger, d'un projet de nouvelle *Charte atlantique élargie au Japon* achève d'accroître les méfiances de Georges Pompidou : la nomination de Michel Jobert au Quai d'Orsay, dont le discours, cassant et parfois arrogant, ne contribue pas à aplanir les différends, traduit le tournant : refusant de lier questions économiques — où les Européens feraient les concessions — et questions stratégiques — les États-Unis acceptant de poursuivre leurs engagements —, considérant avec inquiétude le rapprochement américano-soviétique, le président français adopte une attitude et un langage (via Michel Jobert) néo-gaulliens qui culminent lors de la guerre du Kippour, où le gouvernement français refuse de s'aligner sur les États-Unis et d'approuver leur appui inconditionnel à Israël.

Parallèlement, Georges Pompidou veille au maintien — sans concessions — de bonnes relations bilatérales avec l'Union soviétique — il se rendra en visite officielle en URSS en octobre 1970, puis pour de brefs entretiens en janvier 1973 et mars 1974 —, le secrétaire général du PCUS, Leonid Brejnev, visitant la France en octobre 1971. Ces échanges suivis auront en partie pour objet de relativiser l'*Ostpolitik* allemande.

1.3. Les nouveaux rapports franco-allemands. L'élection de Willy Brandt à la chancellerie ouest-allemande en septembre 1969 achève de refroidir les relations franco-allemandes. Déjà, fin 1968, le général de Gaulle avait tenté un rééquilibrage vers les Britanniques afin d'échapper à l'hégémonie économique d'outre-Rhin. Si cette inquiétude demeure après mai 1969, l'essentiel n'est plus là: l'ouverture à l'Est du gouvernement fédéral — qui aboutira en 1970 aux traités germano-russe et germano-polonais (reconnaissant les frontières établies en 1945) mais surtout au traité du 21 décembre 1972 entre la RFA et la RDA (de reconnaissance réciproque) — risque de faire de la RFA, surtout du fait de son poids économique, l'interlocuteur privilégié de l'Union soviétique. De l'irritation devant ce qui aboutit à une perte d'influence diplomatique de la France, au risque — hypothétique — d'un rapprochement germano-soviétique, il n'y a qu'un pas: le spectre du traité de Rapallo de 1922 est évoqué ici et là et pousse à une accélération concurrentielle de la coopération franco-soviétique, sans que celle-ci franchisse jamais les limites du dialogue entre deux États appartenant à des systèmes opposés.

Malgré les rivalités entre les hommes et entre les diplomaties, la coopération franco-allemande restera dans les années 1969-1973 particulièrement étroite, y compris, d'ailleurs, sur l'*Ostpolitik* que la France ne cessera d'appuyer. Sur le front occidental, les convergences face à l'offensive américaine ne manquent pas, notamment lors de la guerre du Kippour de 1973.

1.4. Les lendemains du Kippour. Au Moyen-Orient, comme ailleurs, c'est la continuité qui est la règle après 1969. La diplomatie française défend la version la plus rigoureuse pour Israël de la résolution 242 du Conseil de sécurité sur le retrait des troupes israéliennes des territoires occupés depuis la guerre des six jours. L'embargo sur les armes à destination de Tel-Aviv est maintenu notamment après l'«évasion» rocambolesque de Cherbourg, en décembre 1969, de cinq vedettes — commandées et payées par Israël — qui gagneront le port d'Haïfa au grand dam des autorités françaises. Par contre, en janvier 1970, la vente d'une centaine de Mirage à la Libye — sous prétexte qu'elle n'est pas un pays du «champ de bataille» — est autorisée, malgré les vives critiques de l'opposition non communiste et des alliés de l'UDR: une partie de ces appareils seront mis à la disposition de l'Égypte par le colonel Kadhafi.

Lorsque les troupes égyptiennes et syriennes attaquent le 6 octobre 1973 — le jour du Kippour — les Israéliens, la position française ne varie pas: Michel Jobert ne commente-t-il pas cette offensive en déclarant: «Est-ce que tenter de remettre les pieds chez soi constitue forcément une agression imprévue?» L'orientation clairement proarabe de la politique française — qui conduit Michel Jobert à une critique systématique du «condominium» des deux Grands sur le Moyen-Orient (Soviétiques et Américains ayant soutenu puis freiné leurs alliés respectifs pour aboutir au cessez-le-feu) — est renforcée par l'augmentation considérable du prix du pétrole et l'embargo politique — décrétés par les pays arabes exportateurs de pétrole. La France tente bien d'unifier les Européens pour un dialogue euro-arabe qui serait conduit sans les États-Unis, mais Michel Jobert ne parvient pas à séduire ses partenaires au point qu'ils acceptent un affrontement ouvert avec les Américains.

Sur toutes ces questions, l'attitude des partis politiques est variable. La poursuite du dialogue avec l'Est et d'une diplomatie proarabe vaut un soutien des communistes mais ceux-ci sont trop engagés dans leur alliance avec les socialistes pour traduire ces convergences. Par contre, les centristes d'opposition, tout en approuvant l'ouverture au Royaume-Uni, trouvent la relance européenne trop timide, les rivalités avec les États-Unis et le soutien indirect à l'Égypte condamnables. Quant aux socialistes, leur abstention au référendum de 1972, leur amitié affichée avec les travaillistes israéliens (François Mitterrand reçoit Golda Meir en janvier 1973, à la veille des législatives) traduisent leur refus de tout soutien au président qui pourrait rejaillir en politique intérieure. C'est l'époque où le PS et la gauche ne sont pas exempts d'un certain nationalisme économique (vis-à-vis des États-Unis) et baignent dans le tiers-mondisme.

La politique étrangère de Georges Pompidou ne lui vaudra donc pas un surcroît de consensus malgré la popularité que Michel Jobert apporte par son comportement de David contre le Goliath américain. L'élection de Valéry Giscard d'Estaing marquera de ce point de vue une rupture, le nouveau président s'engageant d'entrée à ne plus recourir aux coups d'éclat.

2. *Le mondialisme giscardien*

Sur fond de fidélité aux grands principes gaullistes — notamment en matière de défense — la politique internationale de Valéry Giscard d'Estaing tranche par rapport à celle de Georges Pompidou sur deux aspects décisifs : tout d'abord une vision relativement optimiste des relations internationales, considérées d'abord dans leur dimension économique, et qui conduit, par exemple à propos des rapports Est-Ouest, à croire que la détente se développera au fur et à mesure de l'essor des relations commerciales entre les deux systèmes. Cette thèse, qui est aussi celle de Jimmy Carter (élu président en 1976) et de la Commission trilatérale — créée en 1973 et qui rassemble d'éminentes personnalités privées du monde occidental — vaut aussi pour les relations interoccidentales et pousse à l'enterrement de la hache de guerre commerciale entre les alliés. Mais cet optimisme conduit également le nouveau président à une recherche systématique du compromis, qui le conduira parfois à des anticipations aussi spectaculaires que malheureuses.

2.1. Les rapports Nord-Sud. C'est en direction du tiers monde que la diplomatie giscardienne est la plus active. Dès 1974, les Nations Unies s'étant lancées dans un programme d'action en faveur d'un *nouvel ordre économique international* destiné à rééquilibrer les échanges Nord-Sud bouleversés par la crise monétaire et la hausse des produits énergétiques, le gouvernement français s'y engouffre, tentant de faire de la France le défenseur des intérêts du tiers monde auprès des pays riches. Une conférence s'ouvre à Paris en décembre 1975, groupant pays industrialisés occidentaux et représentants du « Groupe des 77 » (États du tiers monde). Elle échouera en juin 1977 faute d'avoir trouvé un compromis satisfaisant sur l'énergie. Valéry Giscard d'Estaing tente bien de lui substituer en 1979 un « trilogue » entre Europe, Afrique et pays arabes, mais il n'aura guère plus de succès.

Par contre, en convainquant ses partenaires européens, le gouvernement français obtient la conclusion à Lomé, en février 1975, d'une convention entre la CEE et les pays ACP (Afrique, Caraïbes, Pacifique) — ex-colonies européennes — garantissant pour cinq ans (la convention sera renouvelée en 1979) les exportations de produits agricoles et les productions minières.

A ce volet économique multilatéral s'ajoute un volet

économique bilatéral, la diplomatie française se lançant dans une «course aux contrats», destinée à garantir l'approvisionnement énergétique et en matières premières, et à équilibrer la balance commerciale: le boom des ventes d'armes au Moyen-Orient, la vente de réacteurs nucléaires à l'Irak en sont l'aspect le plus controversé.

Mais cette politique tiers-mondiste est aussi marquée par un interventionnisme politique et militaire. En Afrique, les «sommets» annuels franco-africains tentent avec difficulté de s'élargir aux États anglophones. Sur le plan bilatéral, l'assistance militaire est renforcée: en avril 1977, puis en mai 1978, l'armée française porte assistance au régime zaïrois menacé au Shaba. En décembre 1977, l'aviation française attaque des colonnes du Polisario pour prêter main-forte à la Mauritanie dans le conflit du Sahara occidental. Enfin, à partir de 1978, la France s'installe dans le conflit tchadien où s'opposent différentes factions ethniques soutenues alternativement par le colonel Kadhafi. Cette interventionnisme a aussi, le plus souvent, un tour plus traditionnel: celui du soutien à des régimes et des potentats plus ou moins corrompus. L'appui donné au dictateur au pouvoir en République centrafricaine, Jean Bedel Bokassa, le financement de ses caprices les plus dispendieux comme son couronnement «impérial» en décembre 1977, son renversement par l'armée française en septembre 1979, après la découverte du massacre de civils (dont de nombreux enfants) par les hommes du régime et le rapprochement de Bokassa avec la Libye donneront une image trouble de cet «africanisme», en Afrique et en France.

2.2. *Le Moyen-Orient.* Au Moyen-Orient, les nécessités de l'approvisionnement pétrolier et des débouchés commerciaux (travaux publics, armement) font des pays arabes les interlocuteurs de la France, dans la droite ligne de la politique française dans la région depuis 1967. Le rapprochement avec Israël bute rapidement devant l'intransigeance des nouveaux dirigeants israéliens (M. Begin), peu satisfaits du statut accordé par le gouvernement français à l'OLP : en octobre 1975, l'OLP est autorisée à ouvrir un bureau d'information à Paris ; en décembre 1976, elle se voit reconnaître le droit à un État. En janvier 1977, l'organisateur de l'attentat anti-israélien aux jeux Olympiques de Munich de 1972, Abou Daoud, arrêté par la police, est expulsé vers Alger deux jours plus tard. Enfin, en mars 1980, lors de son voyage dans les pays du Golfe et en Jordanie — il ne se rendra pas en Israël —, Valéry Giscard d'Estaing mettra une nouvelle fois l'accent sur les droits du peuple palestinien.

Lorsque le chef de l'État égyptien, Anouar el-Sadate, accédant aux pressions américaines, se rend à Jérusalem en novembre 1977 puis conclut un traité de paix avec Israël en mars 1979 (accords de Camp David), le gouvernement français reste sur une très prudente réserve. Et, lorsque Valéry Giscard d'Estaing fait participer un contingent français à la Force des Nations Unies expédiée en mars 1978 au Liban, c'est que celle-ci est chargée de veiller au retrait des troupes israéliennes entrées dans le sud du pays.

Mais c'est à propos de l'Iran que la politique moyen-orientale du président de la République sera le plus controversée : le 6 octobre 1978, l'ayatollah Khomeiny, chef de file des adversaires intégristes du shah d'Iran, obtient le droit d'asile à Paris. De sa résidence de Neauphle-le-Château, où un matériel sophistiqué de télécommunication a été obligeamment mis à sa disposition, il pourra appeler au renversement du régime et prêcher son islamisme antioccidental aux foules iraniennes. Le régime du shah renversé, un avion d'Air France sera affrété pour qu'il rejoigne ses partisans, prenne le pouvoir et mène immédiatement une politique fanatique. Cette erreur étonnante sur la situation iranienne et ses issues — partagée par une grande partie de l'opposition — montrera crûment les limites d'un certain tiers-mondisme facile dont le gouvernement français aura cru pouvoir tirer bénéfice.

2.3. La «finlandisation»? Le 1er août 1975 s'achèvent les négociations amorcées en 1969 et poursuivies depuis 1973 dans le cadre de la Conférence sur la sécurité et la coopération en Europe entre les deux moitiés de l'Europe : l'acte final d'Helsinki, en échange de l'affirmation solennelle du statu quo consolidé depuis 1945 — que voulait l'URSS —, contient des déclarations de principe sur le respect des droits de l'homme dans chaque État, dont les dissidents d'Europe de l'Est vont se prévaloir.

Mais, sur ce chapitre, le président français n'intervient guère : ses déclarations relatives à l'Union soviétique, de 1974 à 1981, sont marquées par la compréhension et un refus d'ingérence qu'il opposera à Jimmy Carter lorsque celui-ci se lancera dans une offensive sur le thème des droits de l'homme et du respect des accords d'Helsinki. Mais c'est surtout face à l'offensive soviétique dans le tiers monde ou en Europe que l'attitude passive de Valéry Giscard d'Estaing sera mise en cause : en janvier 1977, il reconnaît le gouvernement du MPLA qui s'installe en Angola avec l'aide des soldats cubains, sans attendre la concertation prévue entre Européens. L'intervention soviétique en Afghanistan, en décembre 1979 — au lendemain du coup d'État communiste de Babrak Karmal —, hors de la zone d'influence traditionnelle de l'URSS, donne lieu à une réaction modérée d'abord, puis à un voyage surprise à Varsovie où, sans en avoir averti ses alliés, Valéry Giscard d'Estaing rencontre, le 19 mai 1980, L. Brejnev : il croit en ramener des concessions soviétiques et annonce un retrait d'unités militaires d'Afghanistan qui n'aura jamais lieu.

Peu après, le gouvernement français refuse de boycotter les jeux Olympiques de Moscou (prévus en août) en signe de protestation à propos de l'Afghanistan, contrairement à la plupart des pays occidentaux.

Et, alors que les événements de l'été 1980 en Pologne — où les accords de Gdansk, le 30 août, aboutissent à la reconnaissance du syndicat Solidarité —

laissent craindre une réaction soviétique, le président de la République se borne à rappeler que la Pologne « est à l'intérieur du bloc soviétique » et que « celui qui ignorerait ces données géographiques et stratégiques n'a aucune chance d'être acceptable pour l'Union soviétique » (27 janvier 1981).

Cette attitude compréhensive et résignée lui vaudra par la suite — et notamment durant la campagne électorale des présidentielles de 1981 — des attaques convergentes des autres candidats contre la « complaisance » affichée envers l'URSS. Il faut cependant souligner que le président de la République, durant cette période, n'a pas le monopole de l'ambiguïté : le projet socialiste de 1980 ménage l'Union soviétique et le PS refuse le boycott des Jeux de Moscou. En fait, le parti de la détente malgré tout avec l'Est a ses défenseurs, à gauche comme à droite — même si le président de la République apparaît, parfois avec maladresse, comme son porte-parole le plus autorisé.

2.4. L'Europe. C'est en matière européenne que la politique étrangère — comme sous la présidence Pompidou — aura les plus forts prolongements nationaux.

Plus encore que Georges Pompidou, Valéry Giscard d'Estaing doit son élection aux voix du centre. Lui-même est un européen convaincu, comme ses conseillers et son second Premier ministre (Raymond Barre a été vice-président de la Commission de Bruxelles de 1967 à 1973), mais sa vision de l'unité européenne, peu dogmatique, est plus proche de la démarche gaulliste que de celle des fédéralistes. Restaurant d'entrée l'entente franco-allemande — et s'appuyant pour cela sur ses liens d'amitié avec le chancelier fédéral Helmut Schmidt, qui a succédé à Willy Brandt — Valéry Giscard d'Estaing dispose du levier qui permettra la relance de la construction européenne.

Dès le début de son mandat, il est à l'origine de deux initiatives apparemment contradictoires. D'une part l'institutionnalisation du Conseil européen des

L'heure du pragmatisme

chefs d'État et de gouvernement (dont Georges Pompidou avait pris l'initiative) en décembre 1974. Cette instance sera destinée à se réunir au moins trois fois par an pour tracer les grandes lignes de l'action des institutions communautaires et intervenir dans les domaines non couverts par le traité de Rome (politique internationale); d'autre part l'élection au suffrage universel de l'Assemblée des Communautés européennes de Strasbourg. Ce projet, qui aboutit à un accord le 12 juillet 1976 à Bruxelles, est vivement attaqué en France par les gaullistes et les communistes, qui y voient une atteinte à la souveraineté nationale. Le Premier ministre, Jacques Chirac, est lui-même réservé et sa démission suit de peu le Conseil des ministres (du 15 juillet) qui entérine l'accord (sa lettre de démission est du 26 juillet, elle ne sera rendue publique que le 25 août). Saisi par le président de la République, le Conseil constitutionnel déclare la décision du conseil des ministres de la CEE (du 20 septembre), fixant le principe et les modalités de l'élection, conforme à la Constitution, mais en faisant de cette décision une lecture restrictive et respectueuse des souverainetés nationales. Les réticences gaullistes restant entières, c'est en recourant à l'article 49.3 que Raymond Barre fera adopter le projet, seul le choix de la représentation proportionnelle faisant l'unanimité.

Les élections du 10 juin 1979 seront loin d'être une grande manifestation d'unité européenne. Outre le fort pourcentage d'abstentions, la campagne électorale est rarement « européenne » mais marquée par les querelles de politique intérieure, en France plus qu'ailleurs.

A ces grands débats institutionnels s'ajoutent d'autres difficultés plus classiques. La première est consécutive à la disparition des régimes dictatoriaux d'Europe du Sud en 1974 (Portugal, Grèce) et 1975 (Espagne). Valéry Giscard d'Estaing, qui soutient activement Constantin Caramanlis en Grèce et le roi Juan Carlos à Madrid, est favorable à l'élargissement de la CEE vers le Sud. Dès le 28 mai 1979, l'accord est conclu avec la Grèce — qui adhérera le 1er janvier 1981 — mais l'ouverture de négociations avec les États ibériques se heurte en France à une forte opposition des agriculteurs méridionaux, soutenus par le PC et le RPR. Le président de la République doit, en juin 1980, reporter à plus tard ce second élargissement, préférant subir les critiques des Espagnols que d'électeurs potentiels. Si l'élargissement vers le Sud s'avère problématique, celui parachevé au Nord en 1972 est loin d'avoir satisfait les parties prenantes. Dès son arrivée au pouvoir en 1979, Mrs. Thatcher, qui n'a guère l'esprit européen d'Edward Heath, multiplie les querelles, qu'il s'agisse de l'application de la préférence communautaire en matière agricole ou, surtout, du montant de la contribution britannique au budget des Communautés : il faudra toute la solidité du tandem Giscard-Schmidt pour parvenir à un accord en mai 1980, sans que soit réglé le problème au fond. Le Royaume-Uni ne fera d'ailleurs pas partie du système monétaire européen mis en place en mars 1979 entre les États européens, plus contraignant que l'ancien « serpent » dont la France avait dû sortir une seconde fois en mars 1976. Cette nouvelle tentative de solidarité monétaire européenne va s'avérer plus solide que la première, puisqu'elle sera capable de résister au second choc pétrolier de 1979.

CHAPITRE VI

ENTRE DEUX CRISES

Le gaullisme avait coïncidé avec la paix sociale des années 60, l'accès massif des Français aux bienfaits de la « société de consommation » et l'irruption de la génération issue du baby-boom des années 50, avant de sombrer dans la lame de fond du mouvement social et estudiantin du printemps 1968. Les années 70 sont marquées par deux mouvements qui s'interpénètrent. Le premier est celui des retombées de mai 1968, dont les effets sur la société civile sont multiples, du domaine des mœurs à celui des idéologies (autogestion, écologie, antimilitarisme) et des actions collectives (syndicalisme, mouvement associatif). La gauche et les libéraux tentent des récupérations contradictoires qui se heurtent à la résistance des idéologies traditionnelles : d'une part le marxisme, difficilement réceptif à la dimension libertaire du discours soixante-huitard, de l'autre, le conservatisme, qui, face à un mai 1968 considéré comme le berceau d'une remise en cause généralisée des valeurs traditionnelles, brandit le drapeau de l'ordre public et moral.

Le tournant culturel de 1977-78, qui coïncide avec la crise de l'union de la gauche et la défaite aux législatives de mars 1978, se traduit par la remise en cause du marxisme — classique ou tiers-mondiste — qui dominait l'intelligentsia depuis les années 50 : cette crise atteint la société communiste, mais ébranle par ricochet toute la gauche, marxiste ou non. Le socialisme, autogestionnaire ou étatiste, le syndicalisme révolutionnaire voient eux aussi leurs mythes remis en

La république conservatrice

re une renaissance des théories

tendance est renforcée par la crise développe à partir de 1973: les du keynésianisme s'avérant inopémble de l'édifice économique, social État providence des années d'après-... les attaques des tenants du libéralisme, confortés ... a victoire de Margaret Thatcher au Royaume-Uni en 1979, puis par celle de Ronald Reagan aux États-Unis. S'il faudra attendre la victoire de la gauche en 1981 pour que la droite se convertisse au libéralisme économique, les tenants de celui-ci apparaissent dès la moitié des années 70 en France. A la veille des élections de 1981, le débat sur la crise investit partis et syndicats, gauche et droite: outre la question de la problématique *sortie de la crise,* il concerne ses effets, celui de la « société duale », celle des épargnés et celle des victimes de la récession, de la troisième révolution industrielle et des mutations sociologiques qu'elle engendre.

Les années 70 sont celles où se lézardent les certitudes, où les désillusions succèdent à l'idéologisation systématique, où les forces politiques hésitent sur les projets politiques et sociaux.

I. L'APRÈS 1968

Le mouvement de mai 1968 ne disparaît pas de la scène sociale et politique avec les élections de juin 1968: ne s'étant jamais situé sur le terrain électoral, il ne pouvait subir de défaite dans ce domaine; par contre, il va investir largement la société civile, à partir de la génération qu'il a symbolisée.

1. *Le mouvement social post-soixante-huitard*

Mai 1968 s'était caractérisé par deux dimensions essentielles. La première, messianique, dont le gauchisme est la traduction multiforme, se dilue assez vite : certains groupes disparaissent, d'autres sont interdits ; très vite ne subsistent que les mieux organisés, c'est-à-dire les trotskistes, divisés en multiples chapelles, et les maoïstes. Chez ces derniers, le groupe le plus virulent est aussi le moins orthodoxe : la Gauche prolétarienne, qui se réclame d'un ouvriérisme radical et se tourne vers les immigrés, opte pour des actions démonstratives qui lui vaudront sa dissolution. Fait déterminant : aucune composante du gauchisme n'optera, dans les années 70, pour une stratégie terroriste, contrairement aux autres pays où le gauchisme s'était développé dans des conditions similaires (l'Italie et l'Allemagne). Le terrorisme restera un phénomène marginal, lié aux mouvements nationalistes régionaux.

Quant à la seconde dimension du mouvement de mai, celle *antiautoritaire,* elle sera destinée, tout au long des années 70, à une large diffusion. Et d'abord, à l'université où le mouvement étudiant n'a pas été décapité en 1968 : les années 1969-1976 sont caractérisées par une agitation endémique, universitaire en 1969 et 1970, lycéenne en 1971, universitaire à nouveau en 1973 (réforme des sursis militaires) et 1976 (réforme des études) : alors que jusqu'en 1971 il s'agit de grèves à contenu politique, après 1973, leur contenu deviendra socioprofessionnel.

Hors de l'université, le mouvement de mai n'épargne aucun des piliers de la société traditionnelle. L'une des institutions les plus ébranlées est l'Église catholique : déjà déstabilisée par le concile Vatican II, dont elle avait commencé l'application, délicate du fait des résistances des traditionalistes et des impatiences des progressistes, elle subit de plein fouet le choc de mai 1968 : une partie du clergé, mais surtout des mouvements laïcs (JEC, Équipes enseignantes, MRJC, Vie nouvelle), épouse le mouvement. Certains tentent de l'introduire dans l'Église faisant de la critique anti-autoritaire du pouvoir celle de l'institution ecclésiale. La politisation d'une large fraction du monde militant chrétien conduit plus d'un à «s'engager»: souvent via la CFDT ou le syndicalisme étudiant, pour se retrouver au PSU, à la Convention des institutions républicaines (les plus anciens), dans les différents groupes d'extrême gauche, voire au PC — pour certains, marqués par l'ouvriérisme à l'ACO ou la JOC. Cet engagement politique crée une large mouvance de chrétiens de gauche (marginalement de «chrétiens marxistes») en rupture de ban avec l'institution ecclésiale au moment où celle-ci, tout en admettant le «pluralisme politique légitime des catholiques» (le marxisme demeurant écarté), opère une reprise en main doctrinale (l'encyclique *Humanae Vitae* du 25 juillet 1968 condamnant la contraception place l'épiscopat dans l'embarras et divise les laïcs): ils alimenteront en militants et cadres la CFDT et la gauche non communiste (notamment le PS après 1971) dans les années 70, faisant basculer nombre de bastions traditionnels démocrates-chrétiens.

Au-delà des Églises — le catholicisme n'étant pas le seul à être ébranlé — le mouvement antiautoritaire revêt des formes multiples. Tantôt il s'attache à la révolution des mœurs, comme le mouvement féministe, dont les revendications vont du droit à l'avortement à des batailles plus économiques sur l'égalité des droits et des salaires (en 1973, le mouvement féministe et le Planning familial défieront la loi en organisant des centres qui pratiqueront l'avortement) ou le mouvement homosexuel, qui sort de son ghetto et s'organise en tant que tel (le Front homosexuel d'action révolutionnaire, en 1971). Tantôt, il s'agit d'une radicalisation de la critique de la société de consommation, comme pillage de la nature: à partir de 1971, l'écologie inspire un mouvement social aux multiples associations et prolongements politiques qui organise des manifestations contre l'implantation des centrales nucléaires (Creys-Malville, Plogoff et Fessenheim) mais s'articule également avec le mouvement régionaliste et le mouvement antimilitariste.

Antiautoritaire, le mouvement de mai ne pouvait être qu'hostile au jacobinisme centralisateur : c'est lui qui fait passer le thème régionaliste à gauche, en lui donnant une multitude de sensibilités. Les plus radicaux lisent le combat régional en termes de lutte anticoloniale, allant jusqu'à la revendication indépendantiste, en Bretagne, en Corse ou au Pays basque ; certains verseront dans le terrorisme nationaliste, inspiré de l'ETA basque, à partir de 1975, notamment en Corse. D'autres courants défendent l'autonomie, l'identité culturelle ou linguistique, et parviennent ainsi à se faire entendre des forces politiques traditionnelles — notamment le parti socialiste après 1974.

L'antimilitarisme est lui aussi multiforme : dans un premier temps, ce n'est qu'une dimension de l'écologie. Les décisions de l'armée en 1971 d'agrandir trois camps de manœuvre ou de tir, dont celui du Larzac dans les Causses, focalise la protestation écologiste. Au Larzac elle peut s'appuyer sur le refus de la population locale et notamment des paysans. De mai 1971 (première marche) à 1977, le Larzac devient le symbole de l'antimilitarisme écologique, faisant converger écologistes, non-violents, régionalistes occitans, pacifistes : les uns tentent de s'y installer en achetant des terres, d'autres intègrent, comme en 1977, le Larzac dans un vaste « circuit » écologiste de protestation (au côté de sites de centrales nucléaires et de barrages). Des milliers de militants feront durant ces années le pèlerinage, sensibilisant l'opinion. A terme, la mobilisation échouera, les agriculteurs préférant passer un compromis fructueux avec les autorités militaires et ôtant aux écologistes leur base locale.

Mais l'antimilitarisme prend, à partir de 1973, une forme plus dangereuse pour l'institution militaire, celle de sa contestation même : le point de départ est la protestation étudiante contre la réforme Debré du sursis (qui raccourcit sa durée), qui devient une critique du service militaire en tant que tel et s'élargit, fin 1974, en une revendication des *droits du soldat* et notamment du droit à la liberté d'expression, voire d'organisation syndicale. Ce mouvement — qui correspond à une lame de fond antimilitariste qui déferle alors sur toute l'Europe occidentale — aboutit, dans certaines unités, à la constitution de syndicats, de comités de soldats, à l'initiative de l'extrême gauche, et qui bénéficient du soutien du PSU et de certains courants de la CFDT : les contestataires étant poursuivis en justice, des procès spectaculaires (comme celui de Draguignan) leur donneront une large publicité. Si le mouvement s'éteindra fin 1975, c'est que la vigueur de la reprise en main sera facilitée par quelques concessions sur le service militaire et le refus de la gauche (en pleine opération de séduction auprès des cadres militaires) d'emboîter le pas à la contestation.

Ces différents mouvements sociaux qui s'articulent sur la société civile ne sont pas les seules expressions de ce courant antiautoritaire. On le voit également se développer sur le terrain économique, qu'il s'agisse de grèves avec occupation d'usine (notamment en 1973-1976), la plus significative étant celle du Joint français (1972) en Bretagne, car elle donne une dimension régionaliste au conflit, ou de tentatives d'autogestion. Là encore, un conflit va devenir symbolique, celui de l'entreprise d'horlogerie Lip à Besançon : le personnel, plutôt que d'accepter la liquidation de la société, occupe l'usine, s'empare des stocks, vend les montres pour se payer, tout en tentant de relancer la production en autogestion. La solidarité très large dont il bénéficiera dans l'opinion, qui survivra à l'évacuation de l'usine par la police un 15 août, la popularité de Charles Piaget — leader local de la CFDT et membre du PSU — contribueront à populariser l'idée d'autogestion, qui devient alors la référence du PSU et de la CFDT, avant que le parti socialiste ne s'y rallie en 1975. Si l'on ajoute que le courant soixante-huitard inspire un large courant intellectuel, qu'il bénéficie d'une presse multiforme (de *Charlie-Hebdo* à *Actuel* — 1969-1975 — et *Libération* — créé en 1973) et plonge ses racines dans une partie du monde associatif, on perçoit l'ampleur du phénomène. Du fait de sa nature même, qui ne prête pas à une organisation structurée, les tentatives de représentation politique échouent: qu'il s'agisse du gauchisme, au demeurant peu électoraliste, du PSU (son courant traditionnel émigre en 1974 au parti socialiste avec Michel Rocard) ou des écologistes. Ceux-ci se présentent bien aux élections mais ne réussissent pas à s'unifier: René Dumont obtient 1,32 % des suffrages aux présidentielles de 1974, mais c'est aux municipales de 1977 que les Verts obtiennent leur meilleur score (limité, il est vrai, aux quartiers bourgeois et universitaires des grandes villes) ainsi qu'aux élections européennes de 1979 (4,39 % pour la liste de Brice Lalonde). Mais, laminés par le scrutin majoritaire, divisés entre eux, dépourvus de leaders incontestés, ils ne réussiront pas de percée durable: la place sera libre pour les forces politiques traditionnelles.

2. *L'attitude des syndicats*

Le mouvement syndical se trouve, au lendemain de 1968, dans une situation difficile: il ne dispose d'aucun soutien du côté des partis politiques, du fait de l'éclatement de la gauche. Il lui faudra attendre 1972 et le programme commun PS-PCF pour se situer par rapport à lui jusqu'en 1978. Les grèves de mai 1968 ont réveillé le monde du travail et créé un nouveau type de conflits sociaux qui marquent la première moitié des années 70, au moment où les thèmes antiautoritaires pénètrent le syndicalisme.

2.1. L'heure des OS. Dans le prolongement des grèves de 1968, celles des années suivantes sont des grèves dures, qui éclatent au niveau de l'entreprise, et non des mouvements intercatégoriels. D'un côté, des mouvements qui affectent le secteur public, comme celui des conducteurs de la SNCF en 1969, ceux du métro parisien en septembre 1971, des pilotes de ligne la même année — autant de grèves de catégories professionnelles qui veulent défendre leurs privilèges ou, comme la grève des centres de tri postaux de l'hiver 1974, émanant des «OS» de la fonction publique : grèves dures de personnels situés à des secteurs stratégiques. De l'autre des grèves d'OS, d'employés, groupes défavorisés à faible expérience syndicale : grèves du Mans en 1971 et de Billancourt en 1973, à la Régie Renault, où le mouvement s'étend après avoir été déclenché dans un atelier par quelques dizaines d'ouvriers spécialisés, grève du Joint français en 1972 à Saint-Brieuc, où le personnel est surtout féminin, ou grève des éboueurs parisiens en décembre 1972. Autant de conflits sociaux qui mettent en avant non plus la classe ouvrière traditionnelle, mais celle de «l'ouvrier-masse», d'origine paysanne ou immigrée, peu habitué aux modes d'action habituels.

Les syndicats réagissent de façon fort diverse à ces conflits : le plus à l'aise est la CFDT, qui recrute massivement dans cette «nouvelle» classe ouvrière et en épouse les luttes, modifie son organisation pour l'articuler davantage à la «base», essaie à chaque occasion de «populariser» le conflit en impliquant les usagers, la région dans une solidarité avec les grévistes (Joint français, Lip). La CGT, par contre, surtout implantée chez les ouvriers qualifiés, reste prudente sauf lorsque ses bastions syndicaux sont en jeu (Régie Renault) : évitant dès le lendemain de 1968 toute infiltration gauchiste, à l'inverse de la CFDT (qui attendra 1973 pour limiter leur influence), elle se retrouve souvent dépassée sur le terrain par les modes d'action cédétistes.

Avec le début de la crise économique — qui fera sentir ses effets en 1976 —, les conflits sociaux changeront d'aspect et leurs protagonistes deviendront les ouvriers menacés de licenciement.

2.2. Le nouveau discours syndical. Du côté des syndicats, c'est l'unité d'action conflictuelle entre la CGT et la CFDT qui continue à dominer les stratégies des uns et des autres. Unité en dents de scie depuis l'accord de 1966 : après les grèves de 1968 et l'invasion de la Tchécoslovaquie, la polémique s'était développée entre les deux centrales. En décembre 1970, c'est la réconciliation et la confirmation de l'accord de 1966. Le compromis à peine signé, les divergences réapparaissent, du fait des jugements contrastés sur le programme commun de gouvernement conclu entre le parti socialiste et le parti communiste en juin 1972. Alors que la CGT approuve totalement ce programme et la stratégie qu'il implique, la CFDT est réticente : lancée dans une réflexion doctrinale autonome, elle a fait du *socialisme autogestionnaire,* à son congrès de mai 1970, son projet et sa stratégie ; au socialisme « étatiste » du programme commun, elle oppose (comme le PSU) un modèle reposant sur la propriété sociale des moyens de production et sur la « gestion des entreprises par les travailleurs mais aussi de l'ensemble de l'économie et de la cité par le peuple ». En soutenant énergiquement les conflits sociaux les plus proches de son projet — comme la grève de Lip — ou les plus symboliques, la CFDT ne facilite pas l'unité d'action, la CGT lui reprochant sa complaisance pour le gauchisme.

Au lendemain des élections présidentielles de mai 1974, où la CFDT a soutenu pour la première fois le candidat de la gauche, battu de peu, l'unité d'action est à son zénith. Le 26 juin 1974, les deux confédérations signent une déclaration commune qui met un terme aux polémiques sur la pratique syndicale et constitue en quelque sorte un pacte de non-agression ainsi qu'une énumération précise des méthodes d'action et des objectifs revendicatifs. La Fédération de l'Éducation nationale, qui a soutenu elle aussi la candidature Mitterrand, constitue le troisième pilier *de fait* de l'unité syndicale dont seule Force ouvrière reste exclue.

Cette période de confiance réciproque sera de courte durée : dès l'automne 1974, la CGT durcit le ton, au diapason d'un parti communiste qui s'aperçoit que l'union profite surtout aux socialistes. Profitant de la tension sociale dans le secteur public, les militants communistes de la CGT poussent la centrale à une série d'actions visant à prouver le leadership dans le monde du travail du parti communiste et de son syndicat. Si le nombre d'actions menées durant l'année 1975 par la CGT — avec le soutien explicite de la direction et de l'appareil du PCF — est impressionnant, les résultats obtenus sont maigres, la CGT se retrouvant souvent isolée, la CFDT refusant de suivre dans des opérations spectaculaires mais vouées à l'échec : la crise économique s'avance et la CFDT est encline à plus de prudence, refusant par exemple que les travailleurs des centaines de petites et moyennes entreprises fermées ou menacées se lancent dans de nouvelles opérations Lip.

Mais avant même le désaccord stratégique consécutif aux appréciations divergentes sur la crise, les deux confédérations s'opposeront sur des terrains plus idéologiques, calquant leurs divergences sur celles des partis.

En octobre 1974 se déroulent les Assises du socialisme qui marquent l'adhésion au parti socialiste de plusieurs centaines de cadres et de responsables de la CFDT. L'opération, lancée au lendemain des présidentielles de 1974, n'a pas l'écho souhaité dans la confédération par Edmond Maire qui aurait voulu faire, avec l'afflux de militants CFDT, du PS un parti socialiste de masse partageant le projet de la confédération. Du fait de l'opposition de l'aile droite — hostile à la remise en cause de l'indépendance de l'organisation — et de l'aile gauche — la « gauche syndicale », qui trouve le PS trop électoraliste — l'opération échoue : la CFDT n'est finalement pas partie prenante aux Assises du socialisme et les militants CFDT qui adhèrent au PS se retrouveront au sein des différents courants du PS (notamment le courant « des Assises », futur courant rocardien) sans réussir à peser en tant que tels. Certes, en juin 1975, le PS se rallie à l'autogestion, mais sans que ce ralliement modifie sa conception de la pratique politique ou sa vision du programme gouvernemental. Surtout, il lui faut tenir compte de ses adhérents qui militent à la FEN, à FO ou à la CGT, syndicats hostiles aux thèses autogestionnaires.

Ce rapprochement, même partiel, avec le PS, ne facilite pas les rapports de la CFDT avec la CGT. La révolution portugaise et l'alignement de la CGT sur la position du PCF tendront encore davantage les rapports. En mai 1976, revenue de ses rêves travaillistes, la CFDT relance une stratégie autonome, celle de l'« union des forces populaires » plus large que l'alliance purement électorale du programme commun, mais qui ne sera pas reprise par le PS, malgré un refus commun de l'alliance « antimonopoliste » prônée par le PC et la CGT. A partir de ce moment, l'unité d'action CGT-CFDT se dilue progressivement jusqu'à sa disparition lors de la crise de l'union de la gauche en 1977-78. Mieux, la CFDT commence, dès 1975, à renouer des contacts avec Force ouvrière et la FEN.

3. *La réaction des gouvernements*

Face à l'évolution de la société et aux remous consécutifs à mai 1968, le pouvoir gouvernemental oscille de 1969 à 1976 entre deux attitudes : celle de l'ouverture et celle du refus. La politique de Jacques Chaban-Delmas en 1969-1972 et celle des débuts du septennat giscardien illustrent la première, celle du gouvernement Messmer (1972-1973) la seconde.

3.1. La « nouvelle société ». Au sein de la majorité, l'aile réformiste se trouve mise en avant au lendemain de l'élection de Georges Pompidou avec la nomination de Jacques Chaban-Delmas à Matignon. Sa déclaration de politique générale du 16 septembre 1969 se situe dans la ligne des analyses du club Jean-Moulin et de Michel Crozier, qui analyse la France comme une « société bloquée » : société bloquée du fait notamment de « l'archaïsme et du conservatisme de ses structures sociales ». Le gouvernement va donc accorder sa priorité au domaine social, prônant « la politique contractuelle dans les rapports entre les partenaires sociaux ». L'État va aussi négocier des « contrats de programme » avec les entreprises publiques pour leur donner une autonomie de gestion, celles-ci négociant à leur tour des « contrats de progrès » avec les syndicats, liant développement et progression du pouvoir d'achat. Au niveau national, la politique contractuelle se traduit par la pression du gouvernement sur les partenaires sociaux pour qu'ils négocient systématiquement leurs litiges : la mensualisation des salaires est ainsi le résultat d'un accord CNPF-syndicats du 20 avril 1970. Une loi du 13 juillet 1971 permettra de conclure les accords salariaux au niveau de l'entreprise.

De même, la loi du 16 juillet 1971 étend le droit au congé formation prévu par un accord interprofessionnel de 1970, tout en réformant également l'apprentissage et les enseignements technologiques.

Les années 1970-71 sont donc des années de réformisme social, qui est exploité systématiquement par les syndicats modérés (la CGC et surtout FO, qui va faire de la politique contractuelle la pierre angulaire de sa stratégie syndicale), mais laisse indifférente la CGT et réservée la CFDT (alors en plein gauchissement).

Si cette ouverture sociale fait l'unanimité du gouvernement, il n'en va pas de même des autres chapitres du programme de « nouvelle société », notamment ceux qui concernent la « libéralisation » de l'audiovisuel public, qui vaudront au Premier ministre les remontrances de sa majorité et de l'Élysée (pour qui la radio-télévision d'État est la « voix de la France »), ou la régionalisation, vite enterrée par un président de la République particulièrement jacobin.

S'il est un domaine où le discours sur la « nouvelle société » ne pénètre pas, c'est celui de l'*ordre public*, auquel veille Raymond Marcellin, ministre de l'Intérieur depuis juin 1968 (lors de l'ultime remaniement du gouvernement Pompidou) : la vigilance policière s'exerce surtout à l'encontre des groupes d'extrême gauche solidement implantés dans les universités, mais aussi face aux adeptes de l'action directe dans les entreprises. A plus d'une reprise l'affrontement entre l'extrême gauche et les forces de l'ordre prend un tour violent. La mort de Pierre Overney, militant maoïste assassiné à la porte des usines de Renault Billancourt, paraîtra pour ces militants comme le symbole de l'« État policier » — ses obsèques de la place Clichy au Père-Lachaise seront suivies par une foule considérable.

Parallèlement à l'action répressive, la législation est renforcée : loi anticasseurs en 1970, loi restreignant la liberté d'association en 1971. Pourtant, cette politique de fermeté ne fait pas l'unanimité : au sein de la magistrature, le Syndicat de la magistrature, qui rassemble surtout les jeunes magistrats frais émoulus de l'École nationale de la magistrature (il a été créé le 8 juin 1968), mène un combat quotidien contre la « justice de classe », tandis que la Fédération autonome des syndicats de police, avec plus de modération, refuse toute politisation des forces de sécurité. Surtout, le Conseil constitutionnel, jusqu'alors bien timide, déclare le 16 juillet 1971 une partie des dispositions de la loi restreignant la liberté d'association contraire à la Constitution, incluant dans celle-ci les « principes fondamentaux reconnus par les lois de la République », dont la liberté d'association. Véritable révolution jurisprudentielle, cette décision, qui sera suivie par bien d'autres, renforcera la protection des libertés démocratiques, y compris sous forme de dissuasion.

3.2. Le tournant conservateur. Avec le départ de Jacques Chaban-Delmas en juillet 1972, les projets de « nouvelle société » — peu prisés par Georges Pompidou — sont définitivement abandonnés. Le discours dominant est nettement conservateur et la nomination de Jean Royer au ministère du Commerce et de l'Artisanat marque bien la volonté de rassurer les couches sociales traditionnelles, inquiètes de la modernisation rapide de l'économie (révolte des petits commerçants contre les grandes surfaces), mais aussi les tenants de l'ordre moral et des valeurs traditionnelles que confortent le même Jean Royer ou le ministre de la Culture Maurice Druon. On est loin des appels à la modernité et à la «décrispation» de septembre 1969.

Pourtant, si ce discours semble un défi à la génération soixante-huitarde, il ne caractérise pas l'ensemble de la politique gouvernementale. Sur le terrain social, celle-ci reste progressiste: la loi du 13 juillet 1973 réformant le licenciement constitue le point ultime d'avancée en la matière — établissant un droit du salarié à la sécurité de son emploi — avant les reculs ultérieurs consécutifs à la crise économique. Sur le terrain, c'est le redémarrage de l'inflation qui a remis en cause la politique contractuelle (relançant les grèves dans le secteur public) tandis que la radicalisation et l'originalité de certains conflits placent le gouvernement face à des alternatives difficiles: le conflit Lip voit les forces de police évacuer l'usine et le Premier ministre vouloir en finir avec une situation ouvertement illégale alors que son ministre du Développement industriel, J. Charbonnel, tente vainement d'ébaucher des solutions de compromis.

3.3. Le réformisme giscardien. Comme en 1969, le septennat giscardien commence par une phase réformiste. Mais, cette fois, c'est le président de la République qui en a l'initiative. Outre les réformes institutionnelles et les réformes symboliques, les plus importantes concernent les rapports de la société et du pouvoir et les mœurs.

Dès le 7 juillet 1974, une loi abaisse à 18 ans l'âge de la majorité électorale, mais aussi civile. La loi du 29 octobre 1974 sur la régulation des naissances débloque un projet du gouvernement Messmer. Celle du 11 juillet 1975 étend les cas de divorce en introduisant le divorce par consentement mutuel; mais c'est la loi du 17 janvier 1975 sur l'interruption volontaire de grossesse qui suscite les plus vifs débats, le projet étant adopté grâce au vote compact de la gauche (qui assure les deux tiers des votes favorables).

L'ensemble constitue une véritable révolution législative dans le domaine des mœurs, une révolution qui prend acte de l'évolution de la société française mais qui passe outre à l'opposition d'une large fraction de cette société et notamment au sein de l'électorat de la majorité. Sur ces questions — abaissement de l'âge de la majorité mis à part — le gouvernement néglige l'opposition de la hiérarchie catholique, elle-même appuyée par le Vatican. Il est vrai que les sondages montreront que l'intransigeance de la hiérarchie en la matière est loin d'être partagée par tous les laïcs catholiques. Les lois de 1974-75 doivent en tout cas être relevées car non seulement elles marquent une fracture entre l'Église et l'État, mais surtout, ce qui est nouveau, entre l'Église et un pouvoir dont l'électorat est puisé majoritairement parmi les catholiques.

A ce premier volet de réformes il faut ajouter les *réformes sociales* qui élargissent le régime de la Sécurité sociale (24 décembre 1974 et 5 juillet 1975), réglementent le licenciement pour cause économique (loi du 3 janvier 1975), abaissent l'âge de la retraite (loi du 30 décembre 1975) ou promeuvent les handicapés (loi du 30 juin 1975), ainsi que l'action sur les partenaires sociaux pour relancer la politique contractuelle (notamment face à la montée du chômage).

Par contre, dans d'autres domaines, l'action sera plus timide : le rapport Sudreau sur la réforme de l'entreprise, le rapport Barre sur les problèmes du logement, le rapport Meraud sur les inégalités sociales ne seront pas suivis d'effets.

Il en ira pour ainsi dire de même de l'imposition des plus-values du capital, idée lancée par le président de la République en juillet 1974 mais qui ne sera votée que deux ans plus tard, malgré les réticences de Jacques Chirac, et après avoir été totalement édulcorée par l'UDR : nouvel exemple de réforme adoptée malgré l'hostilité de la majorité parlementaire.

II. La fin des certitudes

Les années 1976-1978 sont celles de l'effondrement des mythes. Dans le domaine des idéologies, 1977 est l'année de la crise du marxisme : celle-ci est ouvertement reconnue par le plus remarquable philosophe marxiste français, Louis Althusser, au colloque de Venise du *Manifesto* en novembre. La publication en français en 1974 de *l'Archipel du Goulag,* de Soljenitsyne, et en 1977 des *Hauteurs béantes* d'Alexandre Zinoviev est accompagnée de la connaissance précise de la dissidence soviétique, et ce au moment où la fin de la guerre du Vietnam laisse place au régime des Khmers rouges au Cambodge, au conflit sino-vietnamien et aux règlements de comptes au sein du PC chinois. La désillusion de l'intelligentsia — grande et petite — est à la hauteur des mythes qu'elle s'était forgés dans les années 60. De nouveaux courants intellectuels apparaissent qui systématisent la critique du totalitarisme (« nouveaux philosophes », libéraux, ex-marxistes devenus théoriciens de l'anticommunisme) et renversent le discours dominant dans l'édition, les médias et le sens commun.

Cet effondrement du marxisme, au moment où ses révisions — tiers-mondiste ou eurocommuniste — sont arrivées à un degré tel que réviser davantage n'aurait aucun sens, coïncide avec la crise de la gauche : la rupture de septembre 1977 est ressentie d'autant plus rudement par l'opinion de gauche qu'elle se produit au moment où « l'union » est à l'apogée de son influence électorale, où sa victoire est considérée par tous comme certaine — y compris dans la majorité.

Le découragement du « peuple de gauche » est profond — il mettra du temps à se traduire en comportement électoral — car l'enjeu n'est pas seulement la conquête du pouvoir : toute la stratégie syndicale — et notamment le maintien malgré tout de l'unité d'action entre la CGT et la CFDT — est tributaire du succès escompté en mars 1978. Aussi, la rupture de septembre puis l'échec aux législatives n'ont pas uniquement pour conséquence la polémique et la division entre les partis, mais aussi entre les syndicats (CFDT et FEN accusant le PC, la CGT accusant le PS). L'espoir de la victoire s'étant évanoui dans un contexte de remise en cause des croyances, la crise économique apparaît alors au grand jour. Jusqu'en 1974 — présidentielles inclues — personne dans le monde syndical n'a soupçonné sa gravité: désormais, elle est d'autant plus au centre de la vie quotidienne que le gouvernement, convaincu qu'il s'agit d'une crise de longue durée, et débarrassé de l'hypothèque de l'union de la gauche (plus personne, dans la classe politique, ne croit à une résurrection de la gauche en 1981), va appliquer une véritable politique d'austérité.

1. *Les effets de la crise*

A partir de 1974, une grande partie des conflits sociaux est déjà liée aux risques de licenciement: petites et moyennes entreprises, mais bientôt aussi les grandes, notamment dans les secteurs industriels traditionnels. A partir de 1976, l'hémorragie y devient dramatique et sera désormais constante: un quart des effectifs disparaît en six ans dans la sidérurgie, le textile ou la machine-outil. Mais aucun secteur n'est véritablement épargné: le chômage devient le problème social numéro un, celui sur lequel est jugé le pouvoir et auquel se consacre désormais l'action syndicale: 400 000 chômeurs en 1974, 950 000 en août 1976 et 1 600 000 en fin de septennat. Face au chômage, l'attitude des syndicats est contradictoire. Désormais, après la défaite de la gauche, l'unité d'action CFDT-CGT est moribonde. Gouvernement et patronat se trouvent face à un mouvement syndical totalement émietté, en proie de surcroît à une grave crise de représentativité: la CGT perd des adhérents depuis 1969 déjà; la CFDT voit ses effectifs s'effriter à partir de 1975 tout comme la FEN (seule FO croît régulièrement depuis 1970).

Affaiblies, les confédérations tirent des conclusions opposées de la crise économique et de la crise de la gauche : dès janvier 1978, la CFDT opère un tournant stratégique. Il s'agit, déclare le rapport de Jacques Moreau, au nom de la direction, de « recentrer l'action syndicale ». Prenant acte de la rupture de la gauche, la confédération passe à une nouvelle phase, caractérisée par le retour du politique au social, mais aussi par la recherche d'une nouvelle définition du syndicalisme.

Pour la CFDT, la période de soumission des syndicats aux partis se termine, mais elle ne doit pas être remplacée par une phase de corporatisme défensif : il s'agit désormais d'être présent sur des terrains nouveaux, de reconstituer culturellement la classe ouvrière, de repenser la négociation sociale ou la politique industrielle. Cette perspective — qui ne débouchera guère sur le terrain, faute d'être partagée par les autres centrales — est durement combattue au congrès de Brest (mai 1979) par la « gauche syndicale » pour qui le « recentrage » est un virage à droite. Edmond Maire ne l'emporte que de justesse mais la nouvelle « ligne » passe : elle aura une assise croissante désormais. De son côté, la CGT subit de plein fouet la crise de la gauche : ayant bâti toute sa stratégie sur l'application du programme commun, la désillusion est rude. Reprenant d'abord à son compte les diatribes du PC contre les socialistes, elle subit une véritable fronde des cégétistes membres du PS, et notamment au sein de la commission exécutive. Georges Séguy doit faire machine arrière, ouvrir le débat interne, remettre en avant — en lieu et place du programme commun — le programme de la CGT. Le congrès de Grenoble (novembre 1978) est celui de l'ouverture, de la défense de l'autonomie syndicale.

Dans la foulée du congrès de Grenoble un rapprochement s'opère entre CGT et CFDT. En septembre 1979, un accord est conclu sur les bas salaires, sur la réduction du temps de travail à 35 heures et sur les droits d'expression des travailleurs dans l'entreprise.

Mais cet accord est sans lendemain. La polémique entre PCF et CFDT reprend de plus belle, la CFDT accusant le PCF d'ingérence dans le domaine syndical et ce dernier reprochant à E. Maire « d'aguicher » la droite. La rupture sera consommée avec l'intervention soviétique en Afghanistan et l'alignement du PCF sur le PCUS. Au fur et à mesure que l'on approche de l'échéance présidentielle de 1981, le clivage s'accentue, y compris au sein de la CGT, celle-ci devant compter avec le courant socialiste (qui soutient la candidature Mitterrand) mais aussi avec les communistes critiques, nostalgiques de l'union de la gauche, qui commencent à s'organiser.

Jamais, à la veille des présidentielles, la division syndicale n'a été aussi profonde, les confédérations semblant s'installer dans une stratégie d'alliances tournantes (la CFDT tentant de se rapprocher de FO et concluant en novembre 1979 un premier accord avec la CGC).

Le 12 septembre 1979, les élections prud'homales permettent de faire le point sur le rapport de force entre les syndicats (il y a eu 62 % de votants) : la CGT demeure largement en tête (42,4 %) et la CFDT (23,1 %) devance FO (17,4 %), désavantagée par l'exclusion du vote de la fonction publique. Quant aux syndicats modérés, leur influence est limitée (6,9 % pour la CFTC et 5,2 % pour la CGC). Les rapports de force traditionnels restent donc stables.

Sur le terrain, la crise économique modifie totalement les comportements : les craintes de licenciement freinent les grèves dans le secteur privé. Au sein du monde du travail, le développement du chômage accentue les clivages : un processus de marginalisation des plus frappés par la crise se met en place, faisant apparaître un nouveau sous-prolétariat où domine une économie de survie et que ne représentent ni les syndicats ni les partis.

Quant aux ouvriers et autres salariés des régions et des secteurs les plus touchés, leur seule réaction est souvent la révolte; en 1979, alors que le second choc pétrolier aggrave la crise et que les restructurations industrielles se multiplient, la colère ouvrière secoue le Nord, le Pas-de-Calais, la Haute-Normandie, la Lorraine: les manifestations violentes se succèdent (sabotages, prises d'assaut de bâtiments, batailles rangées avec les policiers comme à Longwy ou à Denain). L'accord du 24 juillet dans la sidérurgie entre le patronat, les syndicats (sauf la CGT) et l'État arrête pour un temps le conflit (en échange de la suppression de 20 000 emplois, l'État finance les départs à la retraite anticipée), mais sans régler la question de l'avenir des régions sinistrées.

Pour les syndicats (de la CGT à FO), l'une des réponses au chômage est la réduction drastique de la durée du travail. Les négociations avec le CNPF débutent le 23 juin 1978 mais elles sont vite dans l'impasse. La mission confiée par le gouvernement à M. Giraudet, qui conclut à la fois à la nécessité d'une réduction effective de la durée du travail et à la nécessaire souplesse dans la programmation annuelle des temps de travail, échoue du fait des réticences patronales — notamment des PME — et des divisions (et donc surenchères) syndicales, le 10 juillet 1980: deux ans de négociations n'ont abouti à rien.

Patronat, syndicats et gouvernement n'ont d'autre issue que d'attendre l'échéance de 1981, renvoyant la redéfinition des rapports sociaux pour temps de crise aux gouvernants issus des élections présidentielles.

TROISIÈME PARTIE

LA RÉPUBLIQUE FACE AUX PARTIS

Les dix premières années de la Vᵉ République avaient été marquées par l'imposante stature de Charles de Gaulle : législateur fixant les tables de la Loi constitutionnelle, mais aussi leur interprétation présidentialiste ; homme d'État imprimant à la politique étrangère et à la défense nationale une orientation progressivement adoptée par l'ensemble de l'opinion et la grande majorité de la classe politique ; chef politique donnant à ses partisans une position hégémonique pour de longues années dans le système de partis.

Les années 1980 sont tout aussi marquées par l'empreinte de François Mitterrand. Sa double élection de 1981 et 1988 lui donne une légitimité populaire qui lui permet de s'imposer dans des contextes politiques contradictoires : les années de « socialisme absolu » de la législature 1981-1986, les deux ans de résistance présidentielle dans une « cohabitation » avec la droite victorieuse aux législatives de mars 1986, l'hégémonie face à une opposition atomisée de 1988 à 1993, avant une seconde cohabitation.

Du président qui domine de la tête et des épaules ses adversaires et ses rivaux, ne faut-il retenir que la capacité à rebondir, l'habileté tactique ? Lui qui a survécu à plus d'un traquenard, plus d'une traversée du désert (après 1958 ou après 1968), tire après 1981 parti d'une expérience politique unique (entré en politique en 1946, c'est un des rares socialistes à avoir été ministre avant l'alternance de 1981 — onze fois sous la IVᵉ République), mais aussi du contrôle d'un grand parti dont il est le chef charismatique. Sa capacité d'adaptation fait merveille face aux différentes crises qui émaillent sa présidence et notamment celle de 1984.

Pour autant, cette capacité manœuvrière ne suffit pas. Si François Mitterrand ne partage pas le dessein visionnaire d'un Charles de Gaulle, sa compréhension de la Ve République comme de l'histoire de la gauche lui a permis de supplanter sans difficulté des rivaux incapables d'une telle stratégie d'ensemble (Guy Mollet, Pierre Mendès France, Gaston Defferre, Michel Rocard), mais aussi de garder un ancrage politique et institutionnel capable de surmonter les difficultés et replis imposés par la conjoncture.

Les années Mitterrand sont celles des paradoxes : d'un côté les ruptures idéologiques brutales, socialiste en 1981, libérale en 1986, de l'autre la crise des idéologies qui se prolonge par l'indifférentisme de l'opinion ; d'un côté des soubresauts institutionnels (noncoïncidence des majorités, changements de modes de scrutin) qui auraient pu mettre à mal le régime, de l'autre sa consolidation grâce au développement du consensus et à l'habileté manœuvrière du président ; d'un côté un poids jamais connu jusqu'alors des partis qui s'imbriquent ouvertement avec les institutions, de l'autre un désintérêt croissant du citoyen qui se traduit par la désaffection militante, l'abstentionnisme électoral mais aussi l'essor d'une extrême droite protestataire qui prend le relais d'un communisme en déclin brutal.

CHAPITRE I

LA RUPTURE SOCIALISTE

Vainqueur des élections présidentielles le 10 mai, François Mitterrand ne s'installe à l'Élysée que le 21. Cette cérémonie d'intronisation symbolise d'entrée l'esprit du nouveau septennat. A l'Élysée, où les dirigeants de l'Internationale socialiste ont été conviés, le nouveau président s'affirme l'héritier du monde du travail et déclare qu'après le Front populaire et la Libération s'ouvre «une troisième étape d'un long cheminement» qui voit «la majorité politique des Français démocratiquement exprimée s'identifier à sa majorité sociale». Dans la soirée, le président de la République remonte, suivi de ses fidèles, la rue Soufflot pour déposer une rose (symbole du parti), seul, sur les tombes de Jean Jaurès, Jean Moulin et Victor Schœlcher au Panthéon.

Cette symbolique républicaine et socialiste donne le ton du nouveau pouvoir. Il lui reste pourtant à remporter la seconde bataille, celle des élections législatives. Sitôt celles-ci gagnées, la tentation de la *rupture socialiste* balaye les réticences (minoritaires) des courants modérés de la majorité. L'expérience socialiste attendue depuis dix ans peut enfin se réaliser.

I. LES CONDITIONS DE LA RUPTURE

Entré en fonctions le 21 mai, François Mitterrand nomme Premier ministre Pierre Mauroy, longtemps numéro deux du parti socialiste (jusqu'à son alliance avec Michel Rocard au congrès de Metz en 1979), mais qui représente mieux que quiconque la tradition populaire du socialisme français. Maire de Lille, patron de la puissante fédération du Nord du PS, il est celui qui a permis, en emportant le ralliement des notables de la SFIO, la victoire de François Mitterrand au congrès d'Épinay en 1971. Sa nomination est un gage et une récompense.

Le gouvernement qu'il constitue est presque exclusivement socialiste (la participation communiste étant subordonnée à un éventuel accord politique après les élections) : deux ministres et un secrétaire d'État radicaux de gauche, un ministre d'État — Michel Jobert — représentant un centre gauche gaullien qu'on aimerait rallier, pour trente-neuf socialistes, répartis à la proportionnelle des courants — seul le courant Rocard étant sous-représenté, pour les raisons que l'on devine — les chefs de file de ces courants (Gaston Defferre, Jean-Pierre Chevènement, Michel Rocard) étant gratifiés du rang de ministre d'État.

Dès le 22 mai, grâce à la diligence du secrétaire général du gouvernement, Marceau Long, l'Assemblée nationale est dissoute. Les élections auront lieu les 14 et 21 juin.

1. *L'interprétation des élections de juin 1981*

Face à des socialistes qui veulent tirer bénéfice de la victoire présidentielle du 10 mai et qui gardent habilement le silence sur la participation communiste au gouvernement, Jacques Chirac se présente comme le leader de l'opposition et tente de la fédérer : l'Union pour la nouvelle majorité présente 385 candidats uniques en métropole, ne laissant que 86 primaires. Son échec sera éclatant.

1.1. Les résultats. Les élections de juin sont d'abord marquées par une forte abstention (29,14 %) alors que celle-ci n'avait été que de 16,06 % le 10 mai. Cette abstention est différenciée car elle concerne surtout l'électorat de l'ancienne majorité : près d'un quart de l'électorat de droite n'est pas allé voter.

La gauche remporte un succès historique avec 55,64 % des suffrages exprimés (mais 38,9 % des inscrits contre 40,97 % en 1978) ; la majorité sortante recule à 43,19 % des suffrages alors que les écologistes sont laminés.

Au sein de la gauche, le parti socialiste se taille la part du lion avec 36 % des suffrages (et 37,5 % en incluant les candidats qu'il soutenait), devenant le parti de majorité relative dans l'électorat : 45 de ses candidats sont élus dès le premier tour et il bénéficie de ballottages très favorables pour le second.

Le parti communiste ne parvient pas à améliorer son score des présidentielles, avec 16,13 % des suffrages exprimés : le million de voix qui avait rallié François Mitterrand s'est reporté sur les candidats socialistes, qui ont également bénéficié du vote légitimiste d'une petite fraction de l'électorat modéré.

Au second tour, l'hégémonie socialiste devient un raz de marée du fait du scrutin majoritaire : le recul de l'abstention est limité (24,97 %) et n'entraîne qu'une faible progression de la droite. Le parti socialiste, bénéficiant d'excellents reports de voix, obtient, *à lui seul,* la majorité absolue à l'Assemblée avec 285 députés sur 491 (aussi bien que l'UDR en 1968) alors que le parti communiste recule à 44. Quant à la droite, elle ne réussit à sauver que 151 sièges, le RPR perdant 40 % de ses députés et l'UDF la moitié.

Le parti socialiste dispose du pouvoir politique absolu, grâce à la coïncidence des majorités présidentielle et législative.

1.2. Le sens du scrutin. Dès le lendemain des élections présidentielles, le débat s'est ouvert sur le sens réel des résultats. Est-ce la droite qui a construit sa défaite du fait de ses divisions ou est-ce la gauche qui a rallié à elle une majorité favorable à son programme ?

Pour la partie de l'ancienne majorité qui soutenait

Valéry Giscard d'Estaing, la cause est entendue : c'est la « trahison préméditée » (Valéry Giscard d'Estaing) de Jacques Chirac qui a permis la victoire de la gauche. Pour les socialistes, les victoires du 10 mai et du 21 juin démontrent le soutien de la majorité du pays au programme de la gauche. Lorsque François Mitterrand déclare le 21 mai que la majorité sociologique est devenue majorité politique, il traduit bien ce retour au déterminisme qui avait été celui de la gauche dans les années 1960-1970. Or ce déterminisme sociologique n'explique pas la victoire du 10 mai. François Mitterrand a construit son succès en bâtissant, tout au long de sa campagne, un rassemblement antigiscardien, de *rejet* du président sortant. Puis, une fois élu, il a permis aux candidats socialistes à l'Assemblée de mener une bataille légitimiste au nom du *parti du président*. Ce sont ces thèmes, qui, en mai-juin, se juxtaposent à ceux traditionnels du PS.

De surcroît, comme le souligne Alain Lancelot[32], les socialistes sont *seuls* à faire campagne en juin, la droite et le PC étant sous le choc de leurs défaites respectives en mai.

Au-delà de ces circonstances, la victoire de mai-juin conclut dix ans de hautes eaux électorales amorcées aux législatives de 1973. Après avoir perdu de justesse en 1974 et 1978, la gauche accède enfin à un pouvoir attendu depuis longtemps.

Reste une ultime question : celle de la nature de l'alternance. Dans l'enthousiasme d'une victoire inespérée pour la plupart, les dirigeants et élus socialistes vont tomber dans le triomphalisme, oubliant l'étroitesse de leur victoire du 10 mai (51,75 % des suffrages). Faut-il en conclure, comme François Goguel, qu'« aux élections du printemps 1981 le peuple français a sans doute conféré aux partis de gauche la faculté de transformer profondément les structures de la société et de l'économie françaises, mais [qu']il ne leur en a pas véritablement donné le mandat » ? Ou faut-il s'en remettre à l'analyse de Jérôme Jaffré, pour qui François Mitterrand a remporté une «vraie victoire» le 10 mai et le PS un «triomphe éphémère» en juin, et qui considère que les déboires électoraux qui suivront ne sont dus qu'à la «succession des erreurs [de la gauche] depuis la conquête du pouvoir»? Constatons que les deux explications ne sont pas contradictoires: l'application des réformes de structures entraîne un premier recul en janvier 1982 (législatives partielles), les graves erreurs de gestion les reculs plus sérieux de 1982-1984; en janvier 1982, la gauche repassera sous la barre des 50%, après janvier, sous celle des 45%. Entre-temps, la stratégie de rupture avec le capitalisme aura échoué.

2. *La stratégie de rupture*

Au lendemain de la victoire socialiste aux législatives de juin, le régime socialiste s'installe dans les institutions de la Ve République. Les membres du gouvernement et les parlementaires pourraient tous reprendre à leur compte cette déclaration de François Mitterrand (le 2 juillet 1981): «*Les institutions n'étaient pas faites à mon intention. Mais elles sont bien faites pour moi.*» Et aussitôt le «changement» va se manifester à tous les niveaux.

2.1. La barre à gauche. Le 22 juin 1981, Pierre Mauroy remet la démission du gouvernement. Le 23, une déclaration commune PC-PS affirme que les deux partis «sont décidés à promouvoir la politique nouvelle qu'ont choisie les Françaises et les Français en élisant François Mitterrand à la présidence de la République». Pour l'essentiel, il s'agit d'un alignement total, y compris en politique étrangère, du PC sur les positions socialistes. Néanmoins, l'entrée des communistes dans le gouvernement, qui en est la conséquence logique, est dans une certaine mesure une surprise (y compris pour beaucoup de socialistes), François Mitterrand n'ayant jamais laissé entendre clairement durant sa campagne présidentielle qu'il y aurait des ministres communistes. Ceux-ci ne seront que quatre, leur chef de file, Charles Fiterman, ministre des Transports, ayant rang de ministre d'État, et les ministères concédés n'ayant pas d'importance stratégique (Fonction publique, Formation professionnelle, Santé). Les autres ministres sont presque tous ceux du premier gouvernement Mauroy et reflètent les mêmes rapports de force.

Le groupe parlementaire pléthorique du parti socialiste à l'Assemblée constitue, lui aussi, une instance importante. Ses 269 députés sont pour la plupart des nouveaux venus, qui ont conquis leurs galons politiques dans les mandats locaux (souvent gagnés en 1976-1977) et dans la direction des fédérations départementales du PS. Pour moitié, ce sont des enseignants (surtout du second degré); pas d'ouvriers (0,7 %) ni de patrons (2,6 %), mais une immense majorité de fonctionnaires.

Si l'on considère la composition politique, on constate que la coalition victorieuse au congrès de Metz est majoritaire, les mitterrandistes contrôlant la moitié du groupe parlementaire et le CERES 13,5 %. Cette domination se traduit par la mainmise mitterrandiste sur les rouages parlementaires (Pierre Joxe, président du groupe, et Louis Mermaz, président de l'Assemblée, sont des hommes de confiance de François Mitterrand) et par un état d'esprit majoritaire qui, dès les débuts de la session, se caractérise par le maximalisme du verbe et de l'action législative. Celui-ci est encouragé par le verbalisme de certains députés de l'opposition, leur tactique d'obstruction; mais lorsqu'André Laignel réplique à l'opposition, lors du débat d'octobre 1981 sur les nationalisations, «vous avez juridiquement tort car vous êtes politiquement minoritaires», il donne bien le ton dominant du groupe.

Quant au parti socialiste lui-même, bien qu'affaibli par l'absorption de la plupart de ses cadres dirigeants par l'appareil gouvernemental et le Parlement, il est au diapason de ce maximalisme: le congrès de Valence d'octobre n'est pas seulement un *Te Deum* à la victoire (pour la première fois, tous les courants ont conflué dans une même motion) mais aussi une surenchère verbale inspirée de 1793. Le plus vindicatif est Paul Quilès, numéro deux du parti, qui demande de s'appuyer sur la «dynamique populaire», dénonce «la résistance, voire l'obstruction» de l'opposition à travers ses «relais» dans l'administration, ceux qui «sont déterminés» à saboter la nouvelle politique chez les préfets, recteurs, hauts fonctionnaires, dirigeants d'entreprises publiques, pour conclure: «Il ne faut pas non plus dire: "Des têtes vont tomber", comme Robespierre à la Convention, mais il faut dire lesquelles, et rapidement.» Jean Poperen, Louis Mermaz et Gaston Defferre ne sont pas moins virulents dans la dénonciation des «saboteurs» et la demande de leur mise hors d'état de nuire.

2.2. *A la découverte du programme.* Si la victoire électorale était nécessaire, encore faut-il que les socialistes aient la volonté d'appliquer leurs engagements. Les 110 propositions du candidat Mitterrand n'ont guère été mises en avant durant la campagne et elles ne sont véritablement découvertes qu'à partir du 22 juin. Dans la droite ligne du programme commun de 1972 et du projet socialiste de 1980, elles ne constituent pas une surprise idéologique, mais la surprise va venir de la rapidité et de l'insistance avec laquelle il sera veillé à leur application.

Et d'abord par le président de la République. Dès le 8 juillet 1981, dans son message au Parlement, François Mitterrand rappelle que son programme est un véritable *contrat* passé entre lui et le peuple français: «J'ai dit à plusieurs reprises que mes engagements constituaient la charte de l'action gouvernementale. J'ajouterai, puisque le suffrage universel s'est prononcé une deuxième fois, qu'ils sont devenus la charte de votre action législative. Le Premier ministre vous demandera les moyens pour que soit fidèlement exécuté le contrat qui, depuis les 10 mai et 21 juin derniers, nous lie au peuple français.»

Pour appliquer ce programme, et notamment les

principales réformes, tous les moyens sont mobilisés. Le gouvernement est chargé de mettre rapidement au point les projets, au point d'y consacrer plus de temps qu'à la gestion de la conjoncture, et les parlementaires sont convoqués en sessions extraordinaires : trois pour la seule année 1981 — juillet, septembre, décembre —, quatre en 1982 — janvier, juillet, septembre, décembre —; pour accélérer davantage l'action législative, le gouvernement utilise les ordonnances de l'article 38, la loi d'habilitation de décembre 1981 sur « l'amélioration de l'emploi et des conditions de vie des travailleurs » donnant lieu à dix-huit ordonnances en quatre mois. Enfin les ressources du parlementarisme rationalisé sont utilisées pour amener à la raison une opposition tentée par l'obstruction (article 49.3 en janvier 1982 sur les nationalisations).

Pourquoi aller aussi promptement dans l'application du programme ? Pour le président de la République, il s'agit d'exploiter au maximum la période d'« *état de grâce* » des débuts du septennat où le président dispose d'une confiance exceptionnelle de ceux qui l'ont élu mais aussi de la démobilisation de ses adversaires.

Pour les responsables socialistes, la motivation est aussi politique. Chez les plus anciens, marqués par le Front populaire et la SFIO, l'idée — pourtant réaffirmée par François Mitterrand — que la gauche dispose maintenant de la *durée* a du mal à être assimilée. Il s'agit pour eux de mener à bien et rapidement, comme en 1936 ou en 1945, des réformes décisives qui marqueront un nouveau progrès social, pour le cas où une contre-offensive de la « droite » se produirait. Non seulement ces socialistes traditionnels n'ont pas assimilé les principes fondamentaux de la Ve République, mais surtout la crainte d'une réaction de « l'ennemi de classe » les incite à agir vite et fort : la méfiance vis-à-vis de la police et de l'armée — d'où la nomination de Charles Hernu au ministère de la Défense pour rassurer cette dernière et la préférence donnée à la gendarmerie sur la police, y compris pour assurer la protection du chef de l'État —, la dénonciation des « sabotages » par les tenants de l'ancienne majorité dans l'appareil d'État ou le patronat, traduisent cet état d'esprit, que l'on résumera souvent sous le qualificatif de « syndrome chilien » (on le verra jusque lors de la grève des transporteurs routiers de l'hiver 1983-1984) et dont le congrès de Valence restera la plus belle illustration.

A ce courant socialiste « historique » s'adjoint le courant maximaliste, celui du CERES et de l'aile gauche de la tendance mitterrandiste, pour qui *l'heure de la rupture avec le capitalisme est venue.* Les réformes immédiates ont pour but de créer l'irréversible, qui interdira tout retour en arrière et obligera la gauche à poursuivre dans la voie du « changement ». Le débat sur le *gradualisme* ou la *rupture,* qui avait divisé le PS de 1973 à 1980, est tranché en faveur de la rupture, grâce au basculement (tactique en 1979-1980, pour écarter Michel Rocard, mais convaincu en 1981, du fait de l'ampleur de la victoire) du courant mitterrandiste.

2.3. Les instruments du nouveau pouvoir. La principale force du nouveau pouvoir qui s'installe en juin 1981 est la détention, pour la première fois depuis l'avènement de la Ve République, d'un double système d'allégeance, celui des institutions et celui du parti dominant. François Mitterrand souligne le 2 juillet 1981 que « c'est la première fois dans l'histoire de la République qu'un parti dispose à lui seul de la majorité des sièges à l'Assemblée nationale ». Or cette domination du parti socialiste est d'autant plus significative que c'est son fondateur et leader indiscuté — même si Lionel Jospin, un fidèle, l'a formellement remplacé au poste de premier secrétaire — qui est le président de la République. Les ministres socialistes du gouvernement, les députés socialistes à l'Assemblée nationale n'entretiennent pas une allégeance au chef de l'État fondée sur son onction populaire et sur un accord politique, mais parce qu'il est leur chef indiscuté, celui sans lequel leur carrière politique n'aurait pas eu la dimension victorieuse de 1981.

Pour la première fois depuis 1958, le président ne tire pas son autorité de son expérience gouvernementale récente ou d'un charisme extra-partisan mais de son leadership sur le parti majoritaire. Ce leadership donnera, de 1981 à 1986, une dimension originale au présidentialisme : non seulement François Mitterrand exerce ses fonctions dans la plénitude de leur lecture gaullienne, mais son pouvoir est garanti par une soumission — de nature partisane — à tous les échelons des institutions — gouvernement, Assemblée nationale. Et, le président comme les députés s'engageant à appliquer fidèlement le programme-contrat qui les lie au pays, l'homogénéité du pouvoir sera aussi unité dans l'application du programme du candidat du parti.

Pour cela, le président peut user non seulement de ses pouvoirs institutionnels — directives au gouvernement, messages quasi impératifs aux députés — mais aussi des liaisons dont il bénéficie avec le parti, qu'il s'agisse des instances statutaires — auxquelles les adhérents, fussent-ils ministres, sont tenus d'obéir — ou des influences exercées par ses hommes liges — notamment Pierre Joxe et Louis Mermaz à l'Assemblée.

Un système totalement original se met en place, qui sera accentué par la pratique, à une échelle inusitée, du *spoil system*.

3. *La maîtrise des institutions*

La coïncidence des majorités, le poids du parti socialiste assurent au nouveau pouvoir une emprise sur les institutions qui avait fait défaut au septennat précédent et qui prend, surtout dans la phase 1981-1982, une dimension particulière. L'activité législative fébrile, consécutive à l'élaboration et à l'adoption des innombrables textes qui traduisent la mise en œuvre de la nouvelle politique, nécessite une parfaite maîtrise des rouages institutionnels. Les socialistes, maîtres de l'exécutif et de l'Assemblée nationale, n'ont quasiment aucun obstacle sérieux sur leur chemin, qu'il s'agisse de leurs alliés ou de leurs adversaires.

3.1. L'utilisation des institutions. Les 110 propositions, particulièrement prolixes sur les différents chapitres du programme présidentiel, ne contiennent guère de dispositions ayant trait aux institutions: la réduction du mandat présidentiel à cinq ans ou l'interdiction de deux mandats de sept ans, le rétablissement des «droits constitutionnels» du Parlement et la réforme du Conseil supérieur de la magistrature, voilà à quoi aboutissent dix ans de discussions sur la révision de la Constitution de 1958; et même ces propositions ne seront pas suivies. Autant dire que la Constitution, dans sa lecture gaullienne, est intégralement avalisée.

— Le président de la République

La prééminence du président de la République a été consacrée par le premier acte auquel a procédé François Mitterrand, sitôt élu: la *dissolution immédiate de l'Assemblée nationale.* Sans même attendre que celle-ci se réunisse et se situe par rapport au nouveau président, François Mitterrand a signé le décret de dissolution le 22 mai, après avoir accompli les consultations d'usage et sans tenir compte des réserves du président de l'Assemblée, Jacques Chaban-Delmas.

Cette dissolution souligne d'entrée la supériorité présidentielle du fait de son onction populaire et, dans sa première conférence de presse, le chef de l'État déclarera: «Je suis le premier responsable de la politique française. Le Premier ministre et les ministres doivent exécuter la politique définie par le président de la République.» Cette politique, surtout en 1981-1982, est la «mise en œuvre du programme sur lequel le président a passé contrat avec la nation», ce qui se traduit par une intervention *a posteriori,* François Mitterrand ayant le monopole d'interprétation de son programme et d'appréciation de l'opportunité d'en différer telle ou telle disposition. Les 110 propositions constituent en quelque sorte *une directive présidentielle globale,* que le gouvernement doit traduire dans la législation, le président exerçant son arbitrage en cas de besoin.

Pour le reste, le chef de l'État « peut à tout moment faire prévaloir l'opinion qu'il a de l'intérêt national » sur ses ministres, se réservant d'agir directement dans les domaines sur lesquels il a un droit de regard particulier (défense, politique internationale, coopération, culture).

Dans la gestion quotidienne, la primauté du président se traduit par l'interventionnisme des services de l'Élysée. Le fait que le secrétariat général de la Présidence soit confié en 1981-1982 à un « politique » (Pierre Bérégovoy), qui ambitionne de devenir Premier ministre, aggrave la situation de Pierre Mauroy. Mais c'est surtout le manque d'expérience global des rouages de l'État par la plupart des ministres, Premier compris, qui font remonter à l'Élysée une grande partie des dossiers : les conseils interministériels réunis autour du président ont tendance à doubler les comités interministériels de Matignon. Enfin, de nombreux ministres n'hésitent pas à court-circuiter le Premier ministre, voire à faire appel de ses décisions en saisissant directement un président de la République avec lequel ils ont, de longue date, des relations politiques privilégiées (le ministre du Budget, Laurent Fabius, y recourt systématiquement).

Le pouvoir présidentiel est donc multiforme : pouvoir de décision, d'évocation souveraine (en matière culturelle par exemple), d'arbitrage ou de directives, autant d'aspects d'une suprématie totale qui n'est contestée par aucun membre du gouvernement.

— Les ministres

Au sein du gouvernement, rares sont en 1981 les ministres qui bénéficient d'une expérience gouvernementale : Michel Jobert est le seul ancien ministre de la Ve République, alors que Gaston Defferre et Alain Savary l'ont été sous la IVe. Tous les autres sont des néophytes. L'action gouvernementale s'en ressentira. Issus du parti socialiste, tirant leur légitimité de leur fonction dans le PS (membres de la direction, leaders de courant), les ministres sont, quelle que soit leur origine, des hommes politiques habitués aux débats et aux prises de parole sur tous les sujets. Il faudra quelque temps pour que l'activité ministérielle se professionnalise, que les membres du gouvernement comprennent, suivant la formule lapidaire de Jean-Pierre Chevènement, qu'«un ministre, ça ferme sa gueule» et que cesse une cacophonie permanente qui a tendance à s'amplifier chaque fois que le président de la République se déplace à l'étranger: le conflit Defferre-Badinter d'avril 1982 sera le plus spectaculaire des litiges publics entre membres du gouvernement et, après cette date, les conflits seront plus feutrés et se transféreront au niveau du groupe parlementaire.

— Le parlementarisme rationalisé

François Mitterrand avait fait du rétablissement des «droits constitutionnels» du Parlement l'un des engagements de sa campagne. Dès les premiers mois du septennat, il considère cet engagement tenu puisque «le gouvernement gouverne, le parlement légifère et participe au débat sans contrainte d'aucune sorte». En fait, il en va un peu différemment.

Tout d'abord, le système devient, *de facto,* monocaméral, du fait de la majorité pléthorique de l'Assemblée et de l'attitude oppositionnelle du Sénat: celui-ci optant souvent pour l'intransigeance (question préalable sur les principales réformes) et les commissions mixtes paritaires ne parvenant pas, dans la plupart des cas, à trouver de compromis, le gouvernement s'appuie et dialogue exclusivement avec sa majorité. Le dialogue gouvernement-Parlement devient confrontation entre le Premier ministre et le groupe parlementaire socialiste.

Les dispositions constitutionnelles du parlementarisme rationalisé sont ainsi utilisées pour accélérer le travail législatif (ordonnances) ou tenir en main la majorité. Tout comme Raymond Barre en 1979-1980, Pierre Mauroy recourt à l'article 49.3 en janvier 1982 pour éviter des amendements de députés socialistes sur la loi de nationalisation (révisée pour tenir compte de la décision du Conseil constitutionnel), en juin 1982 pour éviter au parti communiste de rendre publique son hostilité au blocage des salaires et surtout le 24 novembre 1982 pour briser la rébellion du groupe parlementaire socialiste (appuyé par le PS) contre le projet (d'origine élyséenne) de réintégration des généraux putschistes d'avril 1961 dans les cadres de réserve.

Autant de cas où c'est davantage pour faire respecter la discipline majoritaire que pour faire barrage à l'opposition que le gouvernement recourt aux ressources constitutionnelles limitant les droits du Parlement.

3.2. L'absence d'opposition. Omniprésents à l'Assemblée et maîtres de l'exécutif, les socialistes n'ont, en début de septennat, aucune opposition organisée : il faut attendre la fin de l'année 1981 pour que le RPR d'abord, l'UDF ensuite, s'adaptent à leur nouveau statut d'opposition, et s'organisent pour la reconquête progressive du pouvoir par le bas — élections locales, élections partielles. Mais cette stratégie à long terme — cinq ans au moins — paraît bien longue pour une coalition qui gouvernait depuis vingt-trois ans et qui s'habitue mal à la nouvelle donne politique.

De janvier à mai 1982, après la défaite de la gauche aux législatives partielles de janvier 1982 et aux cantonales de mars 1982, les leaders du RPR (MM. Debré, Labbé, Peyrefitte) opposent le « pays légal » au « pays réel » et remettent en cause la légitimité du président de la République. A l'automne, l'offensive reprend et Jacques Chirac lui-même affirme à Nouméa (le 1er septembre) que « l'expérience socialiste ne durera pas deux ans ». Autant de propos qui ne peuvent que conforter l'aile la plus déterminée du PS dans l'idée d'un « complot » de la droite et de l'inéluctabilité d'un affrontement.

Au Parlement, le Sénat est devenu le bastion de l'opposition au point que les sénateurs modérés de l'intergroupe UDF ont bien du mal à contenir les sénateurs RPR dont le chef de file devient Charles Pasqua, homme de confiance de Jacques Chirac. A l'Assemblée, les députés UDF et RPR, minoritaires, ne peuvent mener que des batailles de procédure : quelques jeunes parlementaires utilisent ainsi systématiquement le droit d'amendement pour en faire un mode d'obstruction. Cette pratique, inaugurée par les socialistes en 1980 contre le projet de loi « sécurité et liberté », prend, à partir de 1981, une dimension extraordinaire : 1 438 amendements sur le projet de loi sur les nationalisations, 2 204 en mai 1983 sur le projet de loi concernant l'enseignement supérieur, 2 598 en 1984 sur le projet de loi sur la presse seront examinés, avant que le gouvernement n'arrête chaque fois l'obstruction par l'usage de l'article 49.3.

Une autre procédure devient elle aussi systématique à partir de juin 1981 : la saisine du Conseil constitutionnel. Déjà, les parlementaires socialistes avaient utilisé cette arme comme un véritable recours en cassation contre nombre de lois avant 1981. Sous la législature de 1981-1986, la saisine par l'opposition est quasi automatique au point de placer la Haute Instance dans la position inconfortable d'une « troisième Chambre ». En fait, les socialistes n'auront guère lieu de se plaindre de la jurisprudence du Conseil qui ne s'opposera pas au nouveau pouvoir.

Simplement — et ce n'est pas négligeable quant au fond — le Conseil s'est opposé d'entrée à toute rupture avec l'ordre constitutionnel et le régime socio-économique. Sa décision concernant la loi sur les nationalisations du 16 janvier 1982 contraint le gouvernement à réviser en hausse l'indemnisation des actionnaires, tout en acceptant le principe des nationalisations, ce qui satisfait la majorité — du moins le gouvernement. Mais les attendus de la décision traduisent une franche réserve. Le principe de nationalisation, souligne la décision, est affirmé par le Préambule de la Constitution d'octobre 1946 (intégré à la Constitution de 1958) mais il doit être lu en fonction de la Déclaration de 1789 (et de sa définition du droit de propriété, « inviolable et sacré ») et du rejet du projet de constitution et de déclaration des droits « socialisante » de mai 1946 : la Déclaration de 1789 a « pleine valeur constitutionnelle, tant en ce qui concerne le caractère fondamental du droit de propriété, dont la conservation constitue l'un des buts de la société politique, qu'en ce qui concerne les garanties données aux titulaires de ce droit et les prérogatives de la puissance publique». Les «transferts de biens et d'entreprises» à l'État ne s'imposent que dans la mesure où ils ne restreignent pas «le champ de la propriété privée et de la liberté d'entreprendre au point de méconnaître les dispositions de la Déclaration de 1789». Bref, la socialisation de l'économie a ses limites. Le Conseil accepte les nationalisations de 1981, mais aller au-delà changerait la nature du régime et nécessiterait une révision de la Constitution abrogeant la référence à la Déclaration de 1789.

C'est une épée de Damoclès juridico-idéologique que brandit le Conseil sur les tenants de la «rupture». Ceux-ci ne s'y trompent pas, qui dénoncent le «gouvernement des juges» et exaltent la souveraineté du législateur. Le gouvernement, quant à lui, s'incline et révise le projet conformément aux indications de la décision. Le président de la République, garant de la Constitution, interviendra en Conseil des ministres le 4 novembre 1981 pour défendre le président du Conseil constitutionnel (Roger Frey) contre les attaques dont il est l'objet. Le 4 janvier 1983, il reconnaîtra même qu'il «n'a pas observé au cours de ces dix-huit derniers mois de difficultés particulières» dans ses relations avec la Haute Instance.

Il n'en demeure pas moins qu'en fixant d'entrée des limites à l'alternance socialiste — sans l'entraver dans son action — le Conseil constitutionnel a été, au début du septennat, la seule institution qui a ouvertement *mis son veto* à toute stratégie de rupture. Peut-être a-t-il ainsi rendu service, à terme, au chef de l'État.

4. *L'État-PS*

Maître — ou presque — d'institutions qui lui permettent d'agir à sa guise, le nouveau pouvoir peut également s'appuyer sur le relais efficace que constituent le parti socialiste, ses élus, son appareil, ses militants. Très vite, la tentation d'une hégémonie socialiste apparaît, qui rappelle celle antérieure des gaullistes, voire des giscardiens, mais concerne cette fois un véritable parti et non un rassemblement de cadres ou une fédération de notables.

Dès juin 1981, l'influence socialiste est considérable, mais il faut définir précisément de quel secteur du PS il s'agit — groupe parlementaire, appareil, direction. Plus que du parti, c'est de *l'esprit de parti*, ce mélange de solidarité, de culture politique commune, de discipline relative, qu'il faut parler.

4.1. L'esprit de parti. Qu'ils soient ministres ou députés, les socialistes restent, en 1981, plus que jamais fidèles à l'esprit de parti : le gouvernement a été constitué à partir de dosages savants entre les courants et les leaders de tendance primés en tant que tels (ministres d'État). La même règle a prévalu pour le groupe parlementaire (présidence de l'Assemblée, du groupe, des commissions, rapporteurs). Au sein des cabinets ministériels, la composition multiforme traduit l'entrée des entourages de courant (fonctionnaires membres du courant, permanents du parti).

Cette entrée massive du militantisme politique bouleverse la composition sociologique des instances gouvernementales — on a vu ce qu'il en était pour le Parlement : dans les deux premiers gouvernements Mauroy, les ministres hauts fonctionnaires ne sont plus que 25 % de l'effectif (au lieu de 40 % sous le septennat giscardien) alors que les enseignants passent de 8,7 % à 34 %, avec un poids particulier pour ceux du secondaire (le Premier ministre est un ancien professeur de l'enseignement technique) ; quant aux cabinets, ils voient le poids des hauts fonctionnaires diminuer (tombant de 85 à 75 %) et en leur sein les administrateurs civils prendre leur revanche sur les grands corps. Les remplacent des enseignants, des militants politiques, syndicaux ou associatifs.

L'entourage du président de la République lui-même n'échappe pas à la règle : 40 % de fonctionnaires (19 % de membres des grands corps), mais aussi des amis personnels, qu'ils soient écrivains, syndicalistes ou compagnons politiques (du temps de l'UDSR à celui du PS).

L'« esprit de parti » ne joue pas seulement au niveau du choix des hommes et de leur origine socioprofessionnelle, mais aussi au niveau de la *gestion du pouvoir* : les responsables politiques ont tendance à régir les institutions comme ils ont régi le parti. Entre les deux pôles que constituent la soumission au président de la République-leader du PS et la fidélité au programme-contrat, une dialectique interne caractérise le fonctionnement du groupe parlementaire ou du gouvernement. Le cas du groupe parlementaire est particulier dans la mesure où sa dimension et son recrutement (beaucoup d'anciens cadres politiques locaux du PS) en font une sorte de super-comité directeur. Le choix de Pierre Joxe, mitterrandiste de gauche, assure une discipline finale sur les options présidentielles tout en laissant libre cours aux initiatives du groupe sur le détail. De surcroît, le Premier ministre n'étant pas mitterrandiste et donc parfois suspecté, le groupe parlementaire peut être un moyen pour le président d'exercer une tutelle indirecte et en aval sur le Premier ministre.

Celui-ci se trouve dans une position inconfortable : François Mitterrand, par tempérament, répugne à assigner au gouvernement des directives précises et régulières. S'il n'hésite pas à intervenir jusque dans le détail sur une question, le plus souvent il laisse le gouvernement œuvrer quotidiennement, se réservant de rendre des arbitrages, quitte, comme on le verra en mars 1983, à laisser dix jours le gouvernement dans l'expectative malgré l'urgence ou, comme en juin 1984, à désavouer *in fine* un projet auquel il a largement contribué. Or cette conception du pouvoir et de la décision, déjà constatée à la tête du PS dans les années 70, n'est pas équilibrée par la pratique mauroyiste de l'arbitrage du Premier ministre : plutôt que d'imposer *a priori* ses directives, Pierre Mauroy préfère la synthèse *a posteriori,* comme on le verra lors de la controverse Defferre-Badinter d'avril 1982. Cette conception, peu conforme aux règles de la Ve République, lui vaudra une attaque en règle du premier secrétaire du PS et du président du groupe à l'Assemblée (tous deux mitterrandistes), approuvée indirectement par le président de la République. Les deux têtes de l'exécutif ont donc tendance à transposer, au sommet de l'État, leur pratique politique de la décision héritée de leur expérience au PS, ce qui aboutit souvent à une conduite chaotique de l'action gouvernementale, soumise aux pressions (adroitement utilisées par l'Élysée) du groupe parlementaire ou du parti.

4.2. Le rôle du parti. Quelle fonction exacte attribuer au parti, une fois réussie la conquête du pouvoir ? Dès le congrès de Valence, François Mitterrand assigne, dans son message aux congressistes (où il rappelle : « Si je ne suis plus avec vous, dans le parti, je reste avec vous, avec nos idées et nos espoirs »), une double tâche : « Principale force du changement, il doit être capable d'exprimer, d'éclairer les choix du gouvernement et de convaincre. Mais il lui faut aussi transmettre au gouvernement le message qu'il reçoit des couches sociales où il a su plonger ses racines, dire leurs revendications, leurs craintes, leurs espoirs. » Cette fonction de double communication aura du mal à s'instaurer, notamment dans la mesure où le PS ne réussira pas, après juin 1981, à devenir le parti de masse capable d'un rapport autre qu'électoral avec la société française.

Le discours à Valence de Louis Mermaz, pourtant proche du président, illustre bien cette incapacité des responsables du PS à concevoir des rapports pouvoir d'État-PS autres que ceux envisagés avant 1981 : « Le président de la République, le gouvernement, la majorité de gauche, la majorité absolue des députés socialistes, cela forme un bloc, le pouvoir. Mais pour que ce bloc ne s'endorme pas, il faut qu'il y ait le parti, qui a un rôle fondamental à jouer. D'abord un rôle de réflexion, un rôle idéologique. Il a ensuite pour rôle de veiller à ce que le programme soit appliqué. Il doit exercer à travers le groupe parlementaire son contrôle de l'action gouvernementale.» Cette conception est celle des rapports parti-gouvernement des années 1930, elle ne sera jamais mise en œuvre en 1981.

Pour l'essentiel, le rôle du parti se limite à son intervention dans les rapports entre gouvernement et groupe parlementaire. Le gouvernement est largement présent au comité directeur, où les députés sont nombreux, tandis que le bureau exécutif est en liaison directe avec le groupe parlementaire. Les instances dirigeantes du parti sont amenées à arbitrer les conflits éventuels entre gouvernement et groupe ou au sein du groupe. Dans la pratique, l'intervention du parti dans le premier cas est assez rare (surtout d'ailleurs en 1981), plus fréquente dans le second, l'arbitrage du premier secrétaire étant souvent une forme d'intervention de l'Élysée.

Très vite, la tentation est apparue de formaliser ce type de lien triangulaire exécutif-parti-groupe. En 1981-82, le président de la République réunit au petit déjeuner du mardi le Premier ministre, le premier secrétaire du PS et le secrétaire général de l'Élysée, au déjeuner du mercredi les mêmes personnages auxquels se joignent quelques ministres et les numéros deux et trois du parti (Jean Poperen, Paul Quilès), tandis que le petit déjeuner du jeudi matin rassemble les barons du courant Mitterrand.

A ces pratiques présidentielles (qui s'assoupliront sans disparaître après la «crise des généraux» de novembre 1982), le parti tentera d'ajouter une institutionnalisation des rapports gouvernement-groupe-direction du PS: tel sera l'objet du séminaire réunissant à Maisons-Laffitte le 16 juillet 1982 responsables des groupes parlementaires, membres socialistes du gouvernement et bureau exécutif; ce séminaire décide bien la création de groupes de travail mixtes parti-cabinets ministériels chargés d'élaborer des projets de loi dans certains domaines (affaires sociales, éducation nationale, réforme fiscale, réforme électorale), mais, sauf en matière électorale (statut de la Ville de Paris), cette initiative n'aura guère de suite.

Si les velléités de participation active du parti en tant que tel restent sans lendemain, c'est qu'il est soumis au président par le haut — via le secrétariat national — et au groupe parlementaire par le bas. Après 1981 et jusqu'en 1983, il n'y a pas de débat interne au PS puisque tous les courants sont unis (une seule motion à Valence) et présents au gouvernement. Les débats se déroulent au sein du gouvernement ou du groupe, non du parti. Celui-ci est verrouillé par les fidèles du président et surtout privé de la plupart de ses ténors. Seuls Lionel Jospin, Paul Quilès et Jean Poperen (qui tente de tirer parti de ce vide pour s'imposer) sont restés, tandis que les autres postes de direction sont occupés par les «seconds rôles» d'avant 1981 (le même phénomène se produisant au niveau local, les meilleurs cadres étant devenus députés).

Le parti, affaibli, est la caisse de résonance des luttes internes entre socialistes ministres ou députés. Quant à ses rapports avec les syndicats ou le «mouvement social», ils sont inexistants (mis à part la FEN), les syndicats préférant négocier directement avec le gouvernement.

4.3. Le spoil system. Un des aspects du rôle nouveau joué par le parti dominant est l'introduction du système des dépouilles, qui double la politisation de la haute fonction publique. Déjà, sous le septennat précédent, on avait pu constater un développement du second phénomène et même l'apparition d'un népotisme présidentiel.

A partir de 1981, le processus prend de l'ampleur; Paul Quilès le théorise au congrès de Valence et Anicet Le Pors — ministre communiste de la Fonction publique — est chargé de concrétiser: les deux à trois cents responsables chargés de la mise en œuvre de la politique gouvernementale doivent être des convaincus. En deux ans, 70 % des directeurs d'administration centrale sont changés tandis que les gouvernements Mauroy feront procéder à deux cents changements d'affectation préfectorale. Au sein du corps diplomatique, la nomination de non-diplomates à des ambassades clés (Madrid, Rome, Washington...) éveille une rancœur croissante, tandis que l'éviction de la moitié des recteurs dès les premiers mois du septennat s'explique par la volonté des enseignants socialistes d'écarter des adversaires non moins politisés mis en place par Mme Saunier-Seïté. Il faut y ajouter les changements rituels de PDG de la radio et de la télévision d'État et le choix des PDG des entreprises nationalisées.

A ce système de nominations politiques se combine le clientélisme pur et simple : corps d'inspection générale créés dans les ministères qui n'en possédaient pas, assortis d'un recrutement au tour extérieur qui sera utilisé systématiquement au lendemain de 1981 (et à la veille de 1986), élargissement des cabinets ministériels, autant de moyens de récompenser des militants qui ont rendu dix ans ou plus de bons et loyaux services.

Enfin, un certain népotisme présidentiel témoigne d'un sens aigu de la famille et de l'amitié.

5. *Les réformes politiques*

L'hégémonie socialiste sur les institutions et le rôle dévolu au PS sont complétés par une série de réformes de structures qui ont pour but de «démocratiser l'État».

Dans le domaine pénal, la suppression de la Cour de sûreté de l'État (dès juillet 1981) et des tribunaux permanents des forces armées (en juin 1982) est prolongée par *l'abolition de la peine de mort* (en septembre 1981 ; 31 membres de l'opposition, dont Jacques Chirac, se joignent à la majorité) et l'abrogation de la loi «sécurité et liberté» d'Alain Peyrefitte (en mai 1983, après de sévères controverses).

Dans le domaine administratif, la réforme de la haute fonction publique se limite à l'institution d'une troisième voie d'accès à l'ENA, ouverte par concours aux élus locaux, responsables syndicaux ou d'organismes de protection sociale. Cette volonté de «démocratiser» l'ENA restera très limitée, du fait du faible nombre de postes ouverts à ce concours et du peu de succès chez les intéressés qui préfèrent recourir à la pratique traditionnelle du recrutement au tour extérieur.

Dans le domaine des rapports de l'État et de l'audiovisuel, c'est après les mutations à la tête des chaînes publiques et de la radio que le gouvernement décide de libéraliser l'audiovisuel en créant, par la loi du 29 juillet 1982, une Haute Autorité de l'audiovisuel, ayant la radio-télévision d'État sous son contrôle : son mode de désignation, calqué sur celui du Conseil constitutionnel (neuf membres dont trois désignés par le président de la République, trois par le président du Sénat et trois par le président de l'Assemblée, pour neuf ans) donne automatiquement une majorité à gauche. Elle fera preuve d'une certaine indépendance mais les grandes décisions (comme celle, en 1985, de créer deux chaînes de télévision privées) lui échapperont.

C'est la réforme de la décentralisation qui marque la véritable rupture avec l'organisation antérieure de l'État. Gaston Defferre, ministre d'État chargé de l'Intérieur et de la Décentralisation, y met une passion analogue à celle dont il avait fait preuve en 1955 pour décentraliser les territoires d'outre-mer. Dans ce projet, qui rompt avec le centralisme que le général de Gaulle avait tenté d'ébranler en 1969, on retrouve à la fois l'écho des thèses régionalistes intégrées par le PS depuis 1976-77, celui des thèses départementalistes auxquelles reste attaché un fort courant du PS et celui du socialisme municipal.

La réforme entraîne un transfert de compétences au profit de la région, du département et de la commune, ce qui n'est pas sans poser problème quant au rapport de force qui s'établira entre région et département.

La création de la région comme collectivité territoriale de plein droit est la grande nouveauté de la réforme Defferre. Dotée d'un conseil élu au suffrage universel (les premières élections n'auront lieu qu'en mars 1986), la région garde le cadre géographique des anciens établissements publics régionaux. Seul changement, la constitution d'une région Corse à statut spécial (l'ancien département de la Corse étant divisé en deux départements) dont le conseil est élu à la proportionnelle (ce qui le rendra ingouvernable) dès le 8 août 1982. Quant aux départements d'outre-mer, ils se voient dotés (à l'exception de Saint-Pierre-et-Miquelon) d'un statut hybride, mi-département, mi-région et d'un conseil remplissant les fonctions d'un conseil général et d'un conseil régional : le Conseil constitutionnel obligera le gouvernement à créer *deux* Assemblées — conseil général et conseil régional —, rendant plus complexe la vie politique de ces régions monodépartementales.

Au niveau du département, l'innovation principale est la *capitis diminutio* du préfet, devenu « commissaire de la République » et simple représentant de l'État dans le département, ses autres pouvoirs étant transférés au président du conseil général qui devient un personnage considérable.

Une première loi transfère les pouvoirs le 2 mars 1982 ; le transfert des compétences voit ses principes fondamentaux fixés par la loi du 7 janvier 1983, peu de temps avant la victoire de l'opposition aux municipales.

II. LA RUPTURE ÉCONOMIQUE ET SON ÉCHEC

La conquête du pouvoir présidentiel et parlementaire, l'utilisation systématique des instruments constitutionnels et partisans, la réforme de l'État, autant de conditions nécessaires à une rupture qui, dans la conception de la nouvelle majorité, est d'abord *d'ordre économique et social,* le parti socialiste étant le garant et le symbole de la rupture politique avec ce que, en

La rupture socialiste 327

1981 et 1982, on appelle, par mimétisme révolutionnaire, « l'ancien régime ».

Cette rupture économique et sociale doit être obtenue grâce à une série de réformes de structure adoptées par voie législative, qui bâtiront le *« socle du changement »*.

Reposant sur une nouvelle politique économique, la rupture échouera dans la mesure où cette politique s'effondrera en moins d'un an.

1. *La nouvelle politique économique*

Paradoxalement, le programme économique et social du candidat Mitterrand est beaucoup plus « révolutionnaire » en mai 1981 qu'en mai 1974 : sept ans plus tôt, alors que l'influence du programme commun était à son zénith, François Mitterrand avait opté pour un programme très mendésiste, jouant sur la durée, planifiant les réformes et renvoyant les changements les plus spectaculaires à la deuxième moitié du septennat. En 1981, alors que l'union de la gauche est rompue, c'est la démarche inverse qui prévaut : d'entrée, il faudra rompre avec la politique de la droite pour créer les bases du socialisme. Cette stratégie, qui est celle de la gauche du PS (le CERES, l'aile marxiste du courant mitterrandiste), est dictée par la conviction que la sortie de la crise se fera par la mise en place rapide d'une *autre logique* fondée sur la relance de la croissance, la reconquête du marché intérieur, une dose importante de protectionnisme. L'objectif est de relancer la consommation intérieure grâce à une politique sociale vigoureuse (SMIC, retraites, allocations familiales), de donner un poids décisif au secteur public élargi par les nationalisations tout en utilisant les recettes classiques du keynésianisme (grands travaux, équipements collectifs, création d'emplois dans le secteur public, déficit budgétaire). La croissance, l'emploi et les réformes de structures sont les trois volets d'une politique qui se veut délibérément socialiste. Cette radicalisation du programme économique et social répond à des objectifs politiques : face à la surenchère du PC auquel François Mitterrand veut ravir ses électeurs, face à l'alternative social-démocrate de Michel Rocard, le candidat socialiste revendique la fidélité à l'union de la gauche et à son programme. Mais ce choix n'est pas seulement tactique : la majorité des socialistes, dirigeants, experts ou militants sont convaincus que l'*alternative socialiste* est la seule voie praticable. C'est la croissance qui financera les réformes, comme l'expérience socialiste européenne l'a prouvé. De surcroît, les experts socialistes tablent, au printemps 1981, sur la fin de la crise économique des pays occidentaux et sur la capacité de l'industrie française à répondre rapidement à une politique de relance.

Malgré le scepticisme des rocardiens — marginalisés —, malgré les inflexions social-démocrates apportées par Jacques Delors durant la campagne électorale, le programme sera appliqué, et appliqué d'autant plus vigoureusement que le triomphe socialiste aux législatives de juin transforme l'optimisme en véritable euphorie. La démoralisation de la nouvelle opposition, l'« état de grâce » présidentiel, la pression de la base, tout va concourir à l'application intransigeante du programme.

2. *La réalisation des réformes*

Dès le 3 juin et dans l'année qui va suivre, le gouvernement Mauroy va adopter une série de mesures qui ont pour but de lutter contre le chômage et de réduire les inégalités sociales. Suivront les mesures budgétaires destinées à la relance économique et les réformes de structures, véritable « socle du changement ».

2.1. Les mesures sociales. Sitôt le premier gouvernement Mauroy constitué, et à la veille du premier tour des législatives, les premières mesures sociales sont adoptées : augmentation de 10 % du SMIC (1,5 million de salariés sont concernés), hausse de 25 % des allocations familiales, majoration de 20 % du minimum vieillesse.

A ces mesures d'urgence va s'ajouter un train de réformes qui visent à lutter radicalement contre le chômage : les deux principales concernent l'abaissement de l'âge de la retraite à 60 ans et la réduction du temps de travail à 39 heures.

L'abaissement de la retraite à 60 ans est décidé dès le 12 juin mais des difficultés techniques — il faut reconstituer un système des retraites — et politiques — les cadres résistent — retardent la mise au point définitive, après des négociations tripartites (patronat-syndicats-gouvernement), en mars 1982. L'instauration de la semaine de 39 heures va se révéler plus délicate : tout d'abord, les 39 heures ne sont qu'une étape vers les 35 heures réclamées par les syndicats. Mais surtout, pour Pierre Mauroy comme pour la CFDT, le passage de 40 à 39 heures entraînera une réduction du salaire. La CGT, FO et les parlementaires socialistes vont se mobiliser pour son maintien intégral ; soutenus par François Mitterrand qui tranche en leur faveur, ils obtiendront gain de cause le 13 janvier 1982, sans s'apercevoir qu'ils hypothèquent ainsi le résultat initialement escompté : la création d'emplois.

A ces deux mesures s'ajoutent celles qui ont pour but d'accélérer l'embauche grâce à l'articulation nouvelle du temps de travail et de la préretraite : les heures supplémentaires sont plafonnées à 130 heures par an, la durée maximale hebdomadaire du travail est limitée à 48 heures, le travail intérimaire est limité à six mois et le travail temporaire aux travaux urgents, le travail à temps partiel conditionné par l'accord des salariés ou des syndicats. Enfin, les contrats de solidarité signés par les entreprises ou les collectivités locales prévoyant la diminution de la durée du travail ou la préretraite à 55 ans doivent permettre l'embauche de nouveaux salariés.

Il faut intégrer à ces réformes celles qui se rattachent à la tradition du Front populaire : d'abord l'allongement à 5 semaines par an de la durée des congés payés — la semaine supplémentaire devant être distinguée des quatre autres —, la loi Quilliot sur le logement, favorable aux locataires, et surtout les lois Auroux sur les droits des travailleurs dans l'entreprise, esquissées dès juin 1981 dans des négociations patronat-syndicats. En fin de compte, les quatre lois déposées au Parlement en 1982 seront en retrait par rapport au programme du candidat Mitterrand, au grand soulagement du patronat et de Force ouvrière : celle sur les institutions représentatives du personnel crée le comité de groupe au niveau de la direction des groupes d'entreprises ; celle sur la liberté d'expression directe et collective des salariés concerne le contenu et l'organisation du travail ; celle sur les négociations collectives prévoit l'obligation d'une négociation annuelle sur les salaires et celle sur les comités d'hygiène et de sécurité renforce leurs pouvoirs d'enquête et d'information. Le ministre du Travail, Jean Auroux, devra résister à une offensive maximaliste du groupe parlementaire socialiste, notamment pour donner aux comités d'hygiène un droit de veto.

Au total, les réformes sociales de 1981-82 bouleversent le droit du travail, amorcent la réforme de l'entreprise et des relations industrielles tentée depuis la « participation » gaulliste, mais se révéleront impuissantes à atteindre leur objectif principal, celui de la réduction du chômage.

2.2. Les nationalisations. Si les socialistes ont modéré leurs ambitions réformatrices sur l'entreprise, il en a été tout autrement sur les nationalisations. Il est vrai qu'on touche là au noyau dur des croyances de la gauche, aussi bien celles du PC que celles de la majorité du PS : qu'il s'agisse de prendre les dernières bastilles, celles de l'oligarchie financière (F. Mitterrand), de donner à l'État les moyens d'une politique dirigiste (J.-P. Chevènement) ou de concrétiser « l'alliance contre les monopoles » (marxistes du PC ou du PS), les nationalisateurs dominent et c'est la conception maximaliste qui l'emporte : les groupes nationalisés le seront à

100 %. Quelques voix tentent bien, au gouvernement, de défendre une simple prise de participation majoritaire de l'État (Michel Rocard, Jacques Delors, Robert Badinter) mais François Mitterrand est du côté de la majorité du PS. L'objectif est autant symbolique qu'économique et, dès le 7 juillet 1981, Pierre Mauroy annonce au Parlement l'ampleur de l'opération : dans le secteur financier, nationalisation des deux compagnies Suez et Paribas et des trente-six banques françaises qui détiennent au moins un milliard de francs en placements à vue ou à court terme (ce qui exclut les mutuelles) ; dans le secteur industriel, cinq groupes sont nationalisés à 100 % (la Compagnie générale d'électricité, Péchiney-Ugine-Kuhlmann, Rhône-Poulenc, Saint-Gobain-Pont-à-Mousson et Thomson-Brandt). S'y ajoutent les groupes où l'État devient actionnaire majoritaire à 51 % (Dassault, Matra, qui vivent des commandes militaires), et les groupes sidérurgiques Usinor et Sacilor où les créances de l'État sont converties en actions. Enfin des négociations sont ouvertes avec trois sociétés étrangères pour prendre le contrôle de leurs filiales en France (ITT, Honeywell, Hœchst). Le projet de loi est adopté par le gouvernement le 23 septembre et la loi sera promulguée le 13 février 1982 après une âpre bataille juridique et politique.

Le 17 février, les PDG des entreprises nationalisées sont nommés : ils appartiennent presque tous à la haute technocratie d'État pour les principaux établissements. Le clientélisme partisan a davantage joué pour les autres. Quant au mode de gestion de ces entreprises, il emprunte largement aux règles prévalant pour l'ancien secteur nationalisé : le personnel — contrairement au programme socialiste — n'a guère voix au chapitre et la tutelle de l'État est étroite.

2.3. Les instruments. Dès juin 1981, il est nécessaire de trouver les ressources pour financer les réformes sociales immédiates : la loi de finances rectificative bouleverse l'équilibre du budget préparé par Raymond Barre à l'automne 1980. L'impasse budgétaire est doublée, passant de 30 à 60 milliards (elle en atteindra en fait une centaine). Surtout, la loi de finances pour 1982 est résolument keynésienne : l'impasse prévue est de 95 milliards, l'accroissement des dépenses de 21,6 %. Elles permettront la création de 61 000 emplois dans le secteur public, une croissance de 32 % des investissements publics, mais aussi une série de mesures sociales. Le budget élaboré par Laurent Fabius et les services de l'Élysée repose sur l'hypothèse d'une croissance de 3,3 %.

Contrepartie de la générosité gouvernementale, la pression fiscale augmente : correction du barème de l'impôt pour tenir compte de l'inflation ; plafonnement du quotient familial et surtout création d'un *impôt sur les grandes fortunes,* qui vise les 200 000 contribuables dont le revenu est égal ou supérieur à 3 millions de francs. Cet impôt sur les grandes fortunes, prévu par le programme du candidat Mitterrand, aura une valeur plus symbolique que réelle. Il sera complété par un impôt exceptionnel payable en 1982 pour les bénéficiaires de revenus élevés en 1981.

Enfin le ministre du budget déclare la guerre à la fraude fiscale : à partir du 1er octobre 1981, l'anonymat sur les achats d'or est levé, entraînant lui aussi une violente polémique.

3. *Les contrecoups*

Éblouis par un succès inespéré et d'autant plus enclins à l'application immédiate de leur programme, les gouvernants socialistes ont négligé la gestion conjoncturelle de l'économie française. C'est à ce niveau d'abord, puis à celui d'un dysfonctionnement total de la « nouvelle logique économique » que vont se produire les dégradations rapides de la situation.

3.1. Le laisser-aller conjoncturel. Dès son accession au pouvoir, François Mitterrand est confronté aux problèmes financiers. Avant même son élection, la fuite des capitaux a commencé. Elle ira s'accélérant tout au long de l'année 1981 pour atteindre son maximum à l'automne. Les réserves de change accumulées sous Raymond Barre permettent de défendre le franc, mais commencent à fondre. La question de la dévaluation du franc est posée.

En juin 1981, les experts du CERES et ceux de la droite du PS (J. Delors, M. Rocard) sont partisans d'une dévaluation nette, une «dévaluation sanction» qui pourrait s'accompagner, pour le CERES, d'une sortie du système monétaire européen. Mais François Mitterrand y est délibérément hostile. Il faudra attendre l'hémorragie de devises à partir d'août pour que le gouvernement se décide à dévaluer: après des négociations ardues au sein de la CEE, la dévaluation sera de 8,5 % par rapport au mark allemand. Mais les mesures d'accompagnement proposées par Jacques Delors se heurtent à l'hostilité des socialistes: la dévaluation du 4 octobre 1981 n'aura servi à rien.

Au lendemain de la dévaluation, la dégradation s'accélère: accroissement de l'inflation, chute de la production industrielle à partir de janvier, déséquilibre grave de la balance commerciale (du fait de la hausse des importations) et de la balance des paiements, hausse du chômage (qui passe la barre des deux millions en octobre 1981, contrairement aux promesses de la campagne électorale). A nouveau, la parité du franc est menacée, et, début mai 1982, la dévaluation est inévitable. Le gouvernement attend que s'achèvent les fastes du sommet de Versailles des grands pays industrialisés (les 5-6 juin) pour annoncer le 12 la nouvelle dépréciation de 9,5 % par rapport au mark. Cette fois, les mesures d'accompagnement sont mises au point et d'autant plus rigoureuses que les partenaires européens les ont exigées.

L'effet de la seconde dévaluation est d'autant plus brutal que le sommet de Versailles et la conférence de presse du président de la République qui le clôturait ont constitué l'apogée du verbalisme socialiste de cette période euphorique: la «Charte de la modernisation» élaborée par Jacques Attali pour le sommet n'a pas convaincu les partenaires de la France et la conférence de presse de François Mitterrand n'a en rien laissé prévoir un changement de politique économique. Plus dure sera la chute.

3.2. L'échec de la politique keynésienne. La politique économique nouvelle amorcée en juin 1981 échoue en un an avec des conséquences graves à moyen terme et un changement de cap en juin 1982. L'échec se produit en deux temps.

C'est d'abord l'insuccès de la tentative de relance keynésienne par le relèvement des bas salaires et des prestations sociales et l'augmentation des dépenses publiques qui, en augmentant la consommation, auraient dû relancer l'activité. En fait, il n'en a rien été: la relance de la consommation a bien lieu mais elle entraîne une progression des achats à l'étranger. Quant à la hausse des bas salaires, elle s'accompagne d'une hausse du pouvoir d'achat d'autres catégories (non salariées), le tout, faute de politique cohérente des prix et des revenus, alimentant une forte inflation. Bref, la première phase de la nouvelle politique économique échoue d'entrée et conduit à la dépréciation du franc.

Dès lors, la seconde phase ne se produira pas: la relance de 1981 est la condition nécessaire à la croissance de 1982 — sur laquelle le budget est construit. Celle-ci doit théoriquement permettre la création d'emplois productifs, le recul du chômage, l'augmentation des rentrées fiscales. Or *c'est l'inverse qui se produit*: les entreprises subissent le choc de l'alourdissement des charges sociales sans que la croissance permette de les digérer. L'augmentation des dépenses publiques entraîne un endettement de l'État alors que l'absence de croissance diminue les rentrées fiscales. L'inflation réduit la compétitivité des entreprises, atteint le franc, accroît le déséquilibre extérieur.

Ce double et grave échec — intérieur et extérieur — de la « nouvelle politique économique » repose surtout, et les dirigeants socialistes le reconnaîtront dès 1983, sur la sous-évaluation dramatique de la dépendance extérieure de l'économie française. En pensant qu'une réforme nationale, française, suivant les méthodes classiques du keynésianisme, pourrait réussir dans une économie ouverte aux échanges internationaux et dans un contexte de crise mondiale, les dirigeants socialistes commettent non seulement une erreur d'évaluation globale, mais remettent en cause leur projet de société, la réalisation de leur programme reposant impérativement sur la croissance.

L'échec est également dû au refus, par le président de la République, Pierre Mauroy et Laurent Fabius, de choisir nettement entre deux politiques. La première, nationaliste et étatique, celle de Jean-Pierre Chevènement, implique une rupture avec l'économie de marché intérieure et internationale en quittant le SME, en établissant le protectionnisme et en quadrillant l'économie par la tutelle du secteur public et de la planification. François Mitterrand s'y refuse (la nomination de Michel Rocard au ministère du Plan, sans pouvoirs ni moyens, traduit le refus de cette voie). La seconde, social-démocrate, prônée par Jacques Delors, défend le réalisme dans la reconnaissance des contraintes extérieures, des solidarités internationales et des grands équilibres financiers : elle repose sur la primauté du marché. Cette voie sera elle aussi récusée car contraire aux promesses du candidat Mitterrand et non susceptible de permettre la réalisation des réformes voulues, coûte que coûte, par le PS et ses alliés.

La politique appliquée sera donc un mélange hybride de décisions à caractère doctrinal, de mesures dictées par le choix keynésien, d'éléments de pragmatisme dus aux pressions du ministère des Finances, de la Banque de France et des partenaires étrangers, sans qu'une cohérence apparaisse entre les objectifs à long terme et le coup par coup de la conjoncture.

4. *La marche vers la rigueur*

4.1. Entre juin 1982 et mars 1983, c'est-à-dire entre le premier et le second *plan de rigueur, ponctué chacun d'une dévaluation*, les dirigeants socialistes hésitent : la rigueur n'est-elle qu'une « parenthèse » inévitable avant de reprendre la « vraie » politique socialiste ou doit-elle devenir le cadre d'une nouvelle politique qu'il faudrait assumer devant l'opinion ? Dans le premier camp, la majorité des socialistes, au gouvernement et au groupe parlementaire, à commencer par Pierre Bérégovoy, devenu le 29 juin ministre des Affaires sociales pour corriger la gestion catastrophique de Nicole Questiaux — celle-ci avait prévenu en 1981 qu'elle ne « serait pas le ministre des comptes » —, Jean-Pierre Chevènement, qui intègre l'industrie au ministère de la Recherche, et Laurent Fabius. Dans le second, Jacques Delors mais aussi Pierre Mauroy, dont les conseillers se sont ralliés à la politique de rigueur. Entre les deux, le président de la République qui hésite et dont les conseillers sont divisés.

Les mesures d'accompagnement de la dévaluation de juin 1982 (premier plan de rigueur) sont classiques : blocage des prix et des salaires (sauf le SMIC), limitation de la progression de la masse monétaire, économie sur les dépenses publiques ; le gouvernement s'engage à équilibrer les comptes de la Sécurité sociale et à limiter la croissance des dépenses publiques pour le budget 1983 (11,8 % au lieu des 21,6 % prévus et des 27,7 % effectifs du budget 1982).

Le plan de rigueur de juin 1982 fait l'effet d'une douche froide sur les syndicats et sur l'opinion (en juin 1982, François Mitterrand décroche dans les sondages). Pour redresser les comptes de la Sécurité sociale, Pierre Bérégovoy cherche des économies sur les dépenses hospitalières (par l'instauration d'un forfait hospitalier) et surtout introduit en octobre une contribution de 1 % sur le salaire des agents publics, afin de combler le déficit de l'assurance chômage, et

La rupture socialiste

une vignette sur les tabacs et alcools. A ces mesures s'ajoute en novembre un relèvement des cotisations, ce qui permet d'équilibrer tant bien que mal le budget de la Sécurité sociale.

Pour redresser le commerce extérieur, dont l'évolution est préoccupante, la tentation protectionniste est illustrée par Michel Jobert (ministre du Commerce extérieur) et Jean-Pierre Chevènement. On n'ira pas plus loin que le contingentement des magnétoscopes japonais et leur dédouanement à Poitiers.

Plus grave, l'épuisement des réserves, aggravé par la hausse du dollar (du fait de la hausse des taux d'intérêt aux États-Unis), qui atteint 7,31 F en novembre : dès juin, lors de la dévaluation, le gouvernement avait obtenu de ses partenaires européens un prêt de 2 milliards de dollars, mais d'autres emprunts vont se succéder auprès des banques étrangères ou d'États — comme le prêt de 4 milliards de dollars consenti en septembre 1982 par un consortium de banques ou celui de 2 milliards de dollars en janvier 1983 par l'Arabie Saoudite. La spéculation sur le franc ne cesse pas, alimentée par les chiffres du commerce extérieur et de la balance des paiements (151 milliards de déficit commercial pour 1982) et par les contradictions des politiques gouvernementales (des propos alarmistes de Michel Jobert aux états d'âme de Jacques Delors). En janvier 1983, une nouvelle hémorragie de devises laisse profiler une nouvelle dévaluation : pourtant, alors qu'un second plan de rigueur se prépare, l'indécision règne à l'Élysée et à Matignon — Pierre Mauroy ignorant s'il survivra à l'échec prévisible aux municipales de mars 1983.

4.2. Au lendemain du second tour des municipales de mars 1983, qui ont vu un net échec de la gauche, mais moins catastrophique que ne le laissait présager le premier tour, François Mitterrand va tergiverser dix jours sur la politique à suivre. La situation monétaire est dramatique : 30 milliards de francs de réserves en devises et 330 milliards de dettes.

Encore une fois, deux politiques s'affrontent, celle de Pierre Bérégovoy, Jean-Pierre Chevènement et Jean Riboud, qui préconisent la sortie du SME, accompagnée d'une politique protectionniste, et celle de Jacques Delors et Pierre Mauroy, fidèles à une rigueur respectueuse des engagements européens, qui craignent que la sortie du SME ne soit un saut dans le vide avec un décrochage du franc d'au moins 20 % par rapport aux grandes monnaies internationales. Le ralliement de Laurent Fabius au clan Mauroy-Delors permet d'emporter l'adhésion de François Mitterrand, qui donne carte blanche à Jacques Delors pour le second plan de rigueur et une troisième dévaluation.

Cette fois, les réticences des Européens sont plus fortes et les Allemands exigent en échange d'une dévaluation que les négociateurs français voudraient forte — mais qui ne sera que de 8 % par rapport au mark — un plan de rigueur draconien. Il le sera.

Première conséquence de la victoire des «européens», le départ du gouvernement de Michel Jobert et de Jean-Pierre Chevènement — virtuellement démissionnaire depuis deux mois, les PDG des entreprises nationalisées s'étant émus auprès du chef de l'État de la tutelle trop lourde du colbertiste ministre de l'Industrie et ayant obtenu gain de cause. Quant au plan de rigueur, déjà prêt depuis plusieurs mois, il comprend notamment la hausse du forfait hospitalier et un prélèvement proportionnel de 1 % sur tous les revenus imposables et les revenus de 1982 pour équilibrer les comptes de la Sécurité sociale, un emprunt forcé pour tous les contribuables payant plus de 5 000 F d'impôt et représentant 10 % de l'impôt sur le revenu et de l'impôt sur les grandes fortunes (il sera remboursé au printemps 1986), la hausse des tarifs publics, l'annulation immédiate de 7 milliards de crédits budgétaires et différée de 8 autres. A ces mesures sévères s'ajoute une mesure plus symbolique, qui déclenchera la colère des touristes français: l'institution d'un carnet de change limitant les sorties de devises à l'étranger et destiné à montrer la volonté de lutter contre la fuite des capitaux.

Ce plan de rigueur, prolongé par la préparation d'un budget d'austérité pour 1984, marque le tournant définitif de la politique socialiste, qu'avalise François Mitterrand le 28 juin 1983, en déclarant que «la politique du gouvernement est inéluctable» et qu'il «s'en tient à une ligne sur laquelle il ne changera plus».

Désormais, la rigueur n'est plus une «parenthèse» technique avant le retour à la «vraie» politique socialiste, mais le cadre dans lequel la nouvelle politique économique va être conduite. A la priorité de la lutte pour l'emploi succède celle de la lutte contre l'inflation et les déséquilibres financiers. Sur le plan économique et social, l'expérience socialiste est terminée.

III. LES CONSÉQUENCES POLITIQUES

Le tournant radical de la politique économique et sociale, qui met la recherche de la rigueur avant la lutte contre le chômage, n'entraîne pas seulement le recul électoral de la gauche et la perte de popularité des gouvernants; il place ceux-ci dans une situation difficile: les réserves croissantes du parti communiste, les remous au sein du parti socialiste, l'usure du Premier ministre conduisent François Mitterrand à un changement de cap politique en juillet 1984.

1. *L'effondrement électoral*

De janvier 1982 à juin 1984, la gauche subit une série de revers électoraux qui la ramènent de 52 % des suffrages en mai 1981 à 39 % aux élections européennes de 1984.

1.1. Les élections de 1982. Celles-ci permettent de constater un premier effritement. En janvier, quatre élections partielles se déroulent à la suite d'invalidations prononcées par le Conseil constitutionnel. Trois députés de la majorité et un de l'opposition se représentent et ce sont les quatre candidats de l'opposition qui sont élus dès le premier tour, la gauche reculant de six points.

Les 14 et 21 mars, ce sont les élections cantonales, dont l'enjeu est accru par les pouvoirs nouveaux du président du conseil général. La mobilisation de l'opposition est très forte et l'abstention tombe à 31,6 % (trois points de moins qu'en 1976). La gauche recule de 52,5 % à 48,1 % des suffrages, revenant à son niveau du premier tour des présidentielles de 1981, au profit de l'opposition. Au sein de la gauche, le parti socialiste est en position dominante. Avec 30 % des voix il confirme sa croissance de 1981, mais sa progression se fait au détriment des autres courants de gauche : les « divers gauche » sont laminés et surtout le parti communiste confirme son déclin (avec 15,9 %, il répète son score de 1981, ce qui signifie que son entrée au gouvernement n'a pas enrayé un processus structurel).

Traduites en termes de pouvoir, les cantonales de mars 1982 sont un échec pour la gauche : elle espérait devenir majoritaire en présidences de conseils généraux, or elle perd huit présidences au profit de l'opposition en métropole. Pierre Mauroy avait déclaré le 5 mars : « Ces élections représentent mieux qu'un sondage, puisqu'elles constituent un test en vraie grandeur. » Le test est concluant : après dix mois de « nouvelle politique », la gauche est redevenue minoritaire.

1.2. Les municipales de 1983. Alors que la politique de rigueur a été amorcée sans que le renoncement aux objectifs initiaux soit annoncé, les municipales de mars 1983 constituent un nouveau test : celles de 1977 n'ont-elles pas été l'apogée électoral de la gauche unie ?

Pour la bataille de 1983, les règles du jeu sont modifiées : conformément au programme de 1981, une dose de proportionnelle est introduite pour les communes de plus de 3 500 habitants afin de permettre la représentation des minorités. Si cette nouvelle règle (qui préserve la majorité pour la liste arrivée en tête) a obtenu l'assentiment général, il n'en va pas de même de celle qui visait à démanteler Paris en vingt communes de plein exercice. Devant la vigueur de la protestation de Jacques Chirac, le gouvernement a reculé et ne sont restés que les maires et conseils d'arrondissement sans pouvoir réel. A Marseille, afin de permettre à Gaston Defferre de garder la mairie, un découpage savant des secteurs a été opéré puisque ce sont seize arrondissements regroupés en six secteurs qui désignent les conseillers municipaux.

Sur le plan tactique, la bataille est sans pitié. L'opposition fait campagne sur le thème de l'insécurité, voire de l'immigration et favorise à Paris l'apparition de l'extrême droite. A gauche, les socialistes ont accepté de ne pas trop tenir compte du recul communiste, échangeant la pérennisation du *communisme municipal* contre le maintien de l'appui du PC au gouvernement malgré la rigueur. Ces concessions ne changent rien au résultat final : les municipales de 1983 constituent une sévère défaite pour la gauche, malgré son sursaut au second tour. Trente villes sont perdues, parmi lesquelles Brest, Reims, Grenoble, Roubaix, Tourcoing et Avignon. Quinze villes perdues par le PC, quatorze par la gauche non communiste pour une seule de gagnée (Châtellerault). Au premier tour, alors que la participation est forte (78 %), l'opposition a obtenu un score impressionnant (53,6 % des suffrages contre seulement 44,2 % pour la gauche dans les villes de plus de 30 000 habitants); mais, au second tour, la gauche a réussi à mobiliser une partie des abstentionnistes en sa faveur ce qui lui a permis de sauver quelques villes comme Belfort (où Jean-Pierre Chevènement est maire) et surtout Marseille (grâce au découpage électoral).

La défaite est cependant indiscutable, inversant le rapport de force de 1977 mais cette fois au profit de la droite. Les socialistes constatent que les électeurs centristes qui avaient voté pour eux en 1977 ont basculé à droite et le PC voit s'effriter sensiblement le communisme municipal. Plus grave, l'annulation pour fraude des résultats dans vingt et une communes de plus de 9 000 habitants par les juridictions administratives frappe surtout le PC qui perd sept autres communes de plus de 30 000 habitants, se voyant de surcroît frappé de suspicion. Les socialistes avaient voulu ménager le pouvoir local du PC : celui-ci s'effondre sous l'effet du recul électoral, de mauvais reports de voix et de la sanction des pratiques électorales des municipalités communistes. Et, en reculant, le PC entraîne dans son repli toute la gauche.

1.3. Les élections européennes de juin 1984. Le 17 juin 1984, alors que la politique de rigueur a été officiellement reconnue et que les dissensions internes de la majorité vont croissant, le résultat des élections européennes constitue un ultime avertissement. Si les 42,78 % d'abstentions (en métropole) faussent l'analyse des résultats, il n'en demeure pas moins que la gauche réalise son plus mauvais score depuis les présidentielles de 1969 : 39 % des suffrages — contre 47,4 % aux européennes de 1979. Cette fois, c'est toute la gauche qui recule : la liste Stirn de centre gauche (ouverte aux écologistes via Brice Lalonde) n'obtient que 3,3 % des suffrages, tandis que le parti socialiste, conduit par Lionel Jospin, ne réalise que 20,75 % des suffrages, chutant à son niveau de 1973. Quant au parti communiste, c'est d'un effondrement qu'il s'agit puisqu'il tombe à 11,2 % des suffrages, au point d'être talonné par la liste d'extrême droite de Jean-Marie Le Pen, qui réalise une percée inattendue à 10,95 %.

La majorité parlementaire et présidentielle est désormais nettement minoritaire dans le pays et personne ne voit comment un renversement de tendance pourrait se produire avant 1986.

2. *La crise de la majorité*

Les résultats électoraux ne font que refléter l'état de l'opinion. La popularité de François Mitterrand, qui était demeurée à un haut niveau jusqu'en mars 1982, chute brutalement en juin 1982 (41 % de satisfaits au baromètre IFOP) au moment du premier plan de rigueur, puis subit une seconde régression en mars-avril 1983 qui le conduit à une impopularité absolue qui se prolongera tout au long de l'année 1984 (avec une moyenne de 32 % de satisfaits), battant les précédents records (Valéry Giscard d'Estaing était tombé à 35 % à la veille de mai 1981) et surtout s'installant pour plusieurs années dans cette situation. Cette impopularité, qui frappe tous les groupes (seuls les électeurs socialistes sont relativement épargnés), tous les milieux et tous les âges, est généralement motivée par quatre facteurs : « démoralisation économique et sociale, désillusion après les attentes excessives de l'alternance (thème des "promesses non tenues"), sentiment d'un certain manque de compétence dans la gestion des affaires publiques (économiques en particulier), faible image personnelle du président [33] ».

Le Premier ministre épouse fidèlement cette impopularité présidentielle, un cran en dessous, ce qui lui permet de battre le record d'impopularité de Raymond Barre.

Dans un tel contexte, les difficultés du gouvernement et de la majorité en 1984 ne font qu'aggraver le phénomène.

2.1. *Les derniers temps du gouvernement Mauroy.*

Usé par l'application de deux politiques contradictoires, Pierre Mauroy achève la transition à une gestion classique à la tête d'un gouvernement qui, lui aussi, est de transition. L'échec des partisans d'une politique moins européenne et plus volontariste a certes entraîné leur départ du gouvernement, mais celui-ci ne gagne pas pour autant en cohésion. Le remaniement du 22 mars 1983 semble annoncer dans un premier temps une équipe ministérielle ramenée à quinze ministres — « le quinze de France » — mais on apprendra l'adjonction de huit ministres délégués et de dix-neuf secrétaires d'État, soit quarante-trois membres (au lieu de quarante-quatre dans le précédent gouvernement); de même la suppression des ministres d'État n'empêche pas la constitution de trois superministères dont les titulaires ne sont autres que ceux qui avaient espéré succéder à Pierre Mauroy: Jacques Delors, qui devient ministre de l'Économie, des Finances *et du Budget,* Pierre Bérégovoy, ministre des Affaires sociales et de la Solidarité nationale et Laurent Fabius qui remplace Jean-Pierre Chevènement à l'Industrie et à la Recherche. Ces promotions, comme celle de Michel Rocard à l'Agriculture, traduisent la volonté de compromis directs avec les grands lobbys traditionnels — patronat privé et public, FNSEA, médecins — dont les rapports avec Jean-Pierre Chevènement, Édith Cresson et Jack Ralite avaient été conflictuels.

Mais c'est avec la base sociale de la gauche que les difficultés s'amoncellent: grèves dans l'automobile du fait des restructurations draconiennes, notamment dans le groupe Peugeot-Talbot, à partir de l'automne 1983, révolte ouvrière contre les réductions d'effectifs dans les Charbonnages (8 000 pour 1984) et dans la sidérurgie (le plan acier d'avril 1984 qui prévoit la fermeture de nombreux sites industriels, notamment en Lorraine).

A ces conflits durs qui concernent le monde ouvrier s'ajoute le réveil des fonctionnaires (qui font grève en mars pour protester contre le recul du pouvoir d'achat) mais aussi la grève-bouchon des transporteurs routiers de janvier qui voit patrons et salariés unis contre un État qui favoriserait trop le chemin de fer. Sur tous ces dossiers, le gouvernement hésite, se divise, alors que le président de la République, qui préside un semestre le Conseil européen, voyage.

L'impression de vide au sommet de l'État revient.

Face aux transporteurs routiers, le gouvernement adopte une attitude incertaine, ne sachant pas comment aborder un conflit spontané où les interlocuteurs représentatifs n'existent pas. La crainte du Chili et de sa grève des camionneurs qui mit à mal l'Unité populaire est d'autant plus vive que le ministre des Transports est le communiste Charles Fiterman. La grève s'arrêtera finalement par autodissolution du mouvement. Face aux ouvriers, la question est plus grave: le gouvernement est divisé sur la politique à suivre.

D'un côté Pierre Mauroy, qui reste fidèle à la «gestion sociale» du chômage et des restructurations (préretraites, stages de formation), soutenu par le PC. De l'autre Jacques Delors, qui constate que le coût de cette politique devient exorbitant. Les néophytes de la rigueur (P. Bérégovoy, L. Fabius) le rejoignent pour demander des restructurations radicales et rapides, qui permettent de tourner vite la page avant la préparation des législatives de mars 1986.

Mais le désaccord est aussi pratique: lorsqu'il s'agit de mettre au point le plan acier, Pierre Mauroy, patron du socialisme du Nord, s'oppose à la fermeture du laminoir de Trith-Saint-Léger, dans le Valenciennois, alors que Laurent Fabius préfère désamorcer la révolte lorraine en faisant porter la restructuration sur le Nord.

François Mitterrand, qui, depuis avril 1983, s'est totalement rallié à la politique de rigueur et veut aller jusqu'au bout de ses conséquences, arbitre contre Pierre Mauroy sur le fond tout en lui concédant le choix des sites industriels à abandonner: c'est le chef de l'État qui annonce le 4 avril 1984 dans une conférence de presse le plan acier et c'est lui qui sera visé par la marche du 25 avril des ouvriers lorrains sur Paris.

Battu sur la politique économique et sociale, Pierre Mauroy, qui avait été un des premiers à se rallier à la rigueur mais refusait de gérer le nouveau cours autrement qu'*en social-démocrate,* est condamné. Il ne se reconnaît pas dans l'interview que François Mitterrand accorde à *Libération* pour le troisième anniversaire de son élection où il exalte une «économie mixte, harmonisant le marché et l'intérêt collectif» et souligne l'importance de l'entreprise, du profit, de la modernisation, sans réussir à élaborer un discours idéologique totalement adapté au nouveau cours.

Isolé au sein du gouvernement, contraint d'appliquer une politique qu'il désapprouve, Pierre Mauroy est d'autant plus décidé à partir — ce qu'il fera le 17 juillet — que sa majorité éclate.

2.2. L'éclatement de la majorité. Le choix du second plan de rigueur a entraîné le passage du CERES à une quasi-opposition interne au sein du parti socialiste. Le troisième plan de rigueur — plan acier et restructurations — d'avril 1984 conduit au départ des communistes du gouvernement.

— La crise interne au PS.

Le plan de rigueur de mars 1983 a laissé des traces au parti socialiste : attaqué avant son adoption par ceux qui, au CERES et dans le courant mitterrandiste, dénonçaient la « gauche maso », le tournant de 1983 entraîne le départ de Jean-Pierre Chevènement et le réveil du CERES (qui reste représenté au gouvernement). Celui-ci détient désormais le monopole de la critique de gauche, le ralliement de François Mitterrand à la rigueur imposant le silence aux mitterrandistes. Dans le cadre de la préparation du congrès de Bourg-en-Bresse (28-30 octobre 1983), le CERES continue à prôner la politique de 1981, fidèle à la « ligne d'Épinay », et concentre ses attaques contre Jacques Delors, accusé de vouloir poursuivre la politique de Raymond Barre. La présence d'une liste de rocardiens dissidents (menée par le député Alain Richard) ne l'empêche pas de rassembler 19 % des mandats. Le débat que les leaders du CERES tentent de susciter sur la politique économique est d'un niveau assez faible et ne parvient pas à ébranler la tendance majoritaire, plus disciplinée que convaincue par la politique gouvernementale. Jean-Pierre Chevènement essaie surtout de prendre date en attendant l'échec, selon lui inéluctable, de la ligne Delors.

La rupture socialiste 347

— La défiance communiste

Laminé d'élections en élections, contraint d'approuver une politique qui est de plus en plus opposée à ses convictions et à ses intérêts, puisqu'elle frappe directement sa base sociale traditionnelle, le parti communiste est, depuis l'automne 1982, dans une situation schizophrène : collant aux grèves ouvrières et du secteur public tout en évitant qu'elles ne dégénèrent, manifestant sa différence à l'Assemblée et participant loyalement à l'action gouvernementale. La mise au point de la politique de restructurations à partir de l'automne 1983 met les *ministérialistes* du parti et les modérés de la CGT en position délicate. En décembre, le parti socialiste et le parti communiste se rencontrent à l'initiative du premier pour «*vérifier*» leur accord. La déclaration qui clôt la réunion proclame bien que « les deux partis sont conscients de la nécessité de renforcer la solidarité de la majorité gouvernementale à tous les niveaux où elle doit s'exprimer», mais les désaccords communistes persistent.

Les décisions prises en avril 1984 sur les restructurations contraignent Pierre Mauroy à exiger une «*clarification*» qui se traduit, le 19 avril, par l'engagement de sa responsabilité devant l'Assemblée. Les députés communistes votent la confiance, mais ce n'est que partie remise. Désormais les partisans de la rupture de l'union sont majoritaires au sein de la direction communiste : le désastre électoral du 17 juin lors du scrutin européen permet aux ministérialistes de tenter une ultime offensive au comité central des 26-27 juin, mais l'alliance de Georges Marchais et des orthodoxes précipite leur défaite. Le départ du PC du gouvernement en juillet en sera la conséquence inévitable.

Affaibli au sein du parti socialiste, voyant le PC quitter progressivement la majorité, désavoué sur sa politique économique par la majorité du gouvernement et le président de la République, Pierre Mauroy va quitter Matignon. Du moins réussira-t-il à «tomber à gauche», dans la grande tradition du socialisme de la SFIO dont il est l'héritier.

— Tomber à gauche

Contraint d'appliquer une politique économique et sociale impopulaire, le gouvernement Mauroy n'a guère d'instruments disponibles pour remobiliser le « peuple de gauche » : aussi va-t-il d'abord attaquer l'opposition avant d'utiliser la question scolaire pour réveiller ses troupes.

Les attaques contre l'opposition, à la veille du congrès de Bourg-en-Bresse, prennent la forme du projet de loi sur la presse dont l'objectif antimonopoliste affirmé vise surtout l'empire constitué par Robert Hersant, devenu le symbole de la presse de droite : le discours de Pierre Mauroy à Bourg-en-Bresse lui est en grande partie consacré, mais, au lendemain du congrès, le projet de loi, mis au point trop rapidement et noyé sous la bataille d'amendements de l'opposition à l'Assemblée, perdra vite de son tranchant.

En janvier 1984, c'est la gestion de la majorité d'avant 1981 qui est mise en cause avec la dénonciation, à l'initiative du secrétaire d'État au budget, H. Emmanuelli, de la perte camouflée de 800 millions de francs par la société ELF-ERAP entre 1976 et 1978 pour des investigations assez fantaisistes mais secrètes (mise au point d'avions détecteurs de pétrole, qualifiés d'« avions renifleurs » par la presse satirique) : la gestion hasardeuse de cette affaire et son contrôle inexistant sont montés en épingle par la majorité pour tenter de raviver la « guerre des chefs » dans l'opposition.

Mais c'est sur l'école que Pierre Mauroy va tenter un baroud d'honneur et tomber.

Depuis 1981, l'opposition est sur le qui-vive, la 90e proposition du programme présidentiel prévoyant la constitution d'un « grand service public, unifié et laïque, de l'éducation nationale ». Cette proposition prévoit également — et contradictoirement — que « les contrats d'association d'établissements privés conclus par les municipalités seront respectés », mais cela, semble-t-il, dans une phase transitoire.

C'est dès la fin de 1982 que les premières propositions du ministre de l'Éducation, Alain Savary, sont connues : elles visent à intégrer l'enseignement privé dans le service public de l'éducation, via le statut du personnel (intégration progressive dans la fonction publique) et celui des établissements (« établissements d'intérêt public » où les représentants du privé seraient minoritaires). A terme, c'est l'étatisation des établissements et la fonctionnarisation des enseignants qui se profile.

L'opposition s'empare immédiatement du projet pour en faire son cheval de bataille des municipales de mars 1983 et, tandis que le lobby laïc (FEN, Comité national d'action laïque) fait monter la pression sur les socialistes, l'enseignement privé se mobilise : des manifestations de masse, organisées par les associations de parents d'élèves catholiques, mais soutenues par l'opposition, commencent dans l'Ouest (Nantes, Caen) puis s'étendent à toute la France. Des négociations discrètes sont conduites entre l'Élysée et Matignon d'une part, l'épiscopat de l'autre. Mais la méfiance est forte : l'enseignement privé s'insurge contre l'introduction dans la loi de finances de 1984 de chapitres budgétaires non dotés destinés à la création de 15 000 emplois publics en vue de la titularisation des maîtres du privé — le Conseil constitutionnel annulera ces dispositions. Après Rennes, Bordeaux, Lyon et Lille, la manifestation de l'UNAPEL de Versailles le 4 mars rassemble 800 000 personnes. La réplique du CNAL le 25 avril montre que les laïcs ne parviennent pas — et de loin — à une mobilisation équivalente.

Le compromis laborieusement mis au point en mai entre le gouvernement et la hiérarchie catholique ne résistera pas à la poussée des bases respectives de chaque camp. A gauche, les socialistes laïcs, soutenus par la FEN, tentent d'amender le projet soumis au Parlement : le 22 mai, ils modifient à l'Assemblée le texte gouvernemental, Pierre Mauroy ayant cédé. Dans le camp de l'enseignement privé, l'opposition condamne à l'avance tout « compromis historique » et l'épiscopat se divise, le cardinal Lustiger, fort du soutien du Vatican, optant pour une attitude intransigeante après la modification du projet à l'Assemblée.

L'effondrement de la gauche le 17 juin aux élections européennes, la force tranquille de la manifestation des parents d'élèves du privé dans Paris le 24 (ils seront un million) convainquent François Mitterrand d'opérer un repli général sous peine de voir sa légitimité remise en cause.

Le 14 juillet, il annonce le retrait du projet Savary (le ministre démissionnera pour protester contre la légèreté avec laquelle on a usé de lui). Le 17, Pierre Mauroy remet sa démission. Il est remplacé sur-le-champ par Laurent Fabius qui constitue un gouvernement auquel les communistes refusent de participer. Cette fois, l'expérience amorcée en mai 1981 est bien terminée, et c'est, avec elle, le chapitre de l'union de la gauche qui est définitivement clos.

IV. LA PRÉPARATION DE LA COHABITATION

Que restera-t-il de la monarchie républicaine si l'opposition l'emporte en mars 1986 ? La question devient lancinante à partir de l'été 1984 : la défaite sans appel aux élections européennes de juin, les manifestations sur l'enseignement libre qui les suivent, la rupture du parti communiste qui laisse les socialistes sans alliés, la popularité au plus bas du président de la République, tout laisse présager une défaite inéluctable. Le président de la République va se préparer à l'échéance de deux façons : d'une part en soulignant plus que jamais sa mainmise sur le domaine éminent du chef de l'État, celui de la défense et des relations internationales, poursuivant avec intensité son action dans ce domaine et soulignant son autorité hiérarchique sur le Premier ministre — à propos de l'affaire du *Rainbow Warrior* — ; d'autre part en amorçant une division du travail entre lui-même et le Premier ministre pour ce qui est des affaires intérieures. Mais il tentera auparavant une ultime opération pour redresser la situation à l'été 1984.

1. *L'échec de l'opération référendaire*

Le retrait peu glorieux du projet de loi sur l'enseignement privé a constitué un échec cuisant pour la majorité. De cet échec, François Mitterrand tente en vain de faire le terrain d'une contre-attaque en juillet 1984. Le Sénat ayant voté le 5 juillet une motion proposant au président, sur la base de l'article 11 de la Constitution, de soumettre au référendum le projet Savary, l'Assemblée refuse de s'y associer au motif que le texte n'entre pas dans le champ de l'article 11 (et qu'il serait rejeté vraisemblablement par les électeurs, plaçant François Mitterrand en position difficile). Le 12 juillet, le président suggère alors d'élargir le champ d'application de l'article 11 en incluant «les garanties fondamentales en matière de libertés publiques». Une telle révision de l'article 11 entraîne la mise en branle de la procédure de révision constitutionnelle par le mécanisme de l'article 89 : vote par les deux Chambres puis ratification populaire par référendum.

C'est seulement après révision de l'article 11 que le peuple pourrait être éventuellement saisi par référendum pour se prononcer sur la liberté de l'enseignement.

La contre-attaque présidentielle entraîne une vive réaction de l'opposition : une partie de celle-ci (Raymond Barre) admet le principe d'un référendum, mais à condition que le chef de l'État mette en jeu sa responsabilité, ce à quoi François Mitterrand se refuse à l'avance. Mais la majorité des opposants, et notamment le RPR, dont le groupe parlementaire du Sénat (animé par Charles Pasqua) est particulièrement virulent, préfère refuser le principe même du référendum, accusant le président de la République de visées plébiscitaires et liberticides (ce qui surprend de la part des héritiers du général de Gaulle). Alain Poher tente bien de suggérer un vote en Congrès après celui des Chambres plutôt qu'un référendum et le rapporteur du projet à l'Assemblée, R. Forni, des amendements sur le champ d'application du référendum, le président refuse tout compromis : dès lors le Sénat refuse le projet, en votant la question préalable le 8 août. Un second vote négatif, le 5 septembre, enterre définitivement le projet.

L'opération présidentielle a donc échoué ; combinée avec le recentrage politique (départ du PC) et le changement de Premier ministre, elle aurait permis, en cas de réussite, une relance du septennat. L'opposition l'a compris, qui a tué le projet dans l'œuf. Dès lors, il ne reste plus à François Mitterrand qu'à se préparer méthodiquement à la défaite de 1986 en préparant les contre-feux.

2. *Le recentrage politique*

L'abandon du projet Savary, la rupture de l'union de la gauche, le projet référendaire s'abattent comme autant de surprises sur un parti socialiste qui n'en peut mais, et qui ne débattra pas du tournant de l'été 1984 avant plusieurs mois. Pour couper court à toute contestation et serrer les rangs autour du président de la République, Laurent Fabius constitue un gouvernement de *concentration socialiste* où se retrouvent tous les courants du PS et notamment l'aile gauche du parti (J.-P. Chevènement, Pierre Joxe). Ce gouvernement est à dominante mitterrandiste.

Le Premier ministre, outre sa jeunesse (38 ans), est un proche de François Mitterrand, dont il a été un collaborateur direct au PS avant de suivre (ou d'anticiper) ses évolutions de 1981 à 1984, comme ministre du Budget puis de l'Industrie. Les mitterrandistes se trouvent aux postes clés, qu'il s'agisse de l'Économie et des Finances (Pierre Bérégovoy), ou de l'Intérieur (P. Joxe). Le remaniement gouvernemental du 7 décembre, consécutif au départ de Claude Cheysson (qui regagne la Commission de Bruxelles) accentuera cette tendance avec la promotion du fidélissime Roland Dumas (qui accède au Quai d'Orsay) et des mitterrandistes Catherine Lalumière et Édith Cresson.

Cette équipe socialiste soudée autour de l'Élysée, qui doit affronter la double opposition de la droite et du PCF — épaulé par la CGT — se voit confier la tâche d'une gestion irréprochable de l'État et de l'économie jusqu'en mars 1986, pour couper l'herbe sous le pied à l'opposition, et de conduire une politique enfin cohérente avec la stratégie de recentrage.

Laurent Fabius s'avère être, durant sa première année à Matignon, l'homme de la situation. Sa jeunesse, son sens de la communication, l'image de compétence et d'ouverture qu'il fait passer dans l'opinion lui valent une popularité personnelle qui va progressivement déteindre sur son action ministérielle. Sa cote est non seulement nettement supérieure à celle de Pierre Mauroy mais surtout à celle de François Mitterrand et du parti socialiste, qui ne bénéficient pas du succès médiatique du nouveau Premier ministre. Du moins, François Mitterrand, qui a touché le fond de l'abîme en novembre 1984 (26 % de satisfaits), connaît-il une remontée lente mais continue de popularité qui le situe cependant au niveau très bas d'un tiers de satisfaits.

Sur ces bases difficiles, les gouvernants socialistes vont amorcer une lente reconquête de l'opinion. D'abord en soldant les erreurs du passé. En matière scolaire, après l'abandon du projet Savary, Jean-Pierre Chevènement, nouveau ministre de l'Éducation nationale, élabore en un mois un compromis avec l'enseignement privé qui marque un retour à la loi Debré et garantit son financement : la querelle scolaire est close discrètement. En matière financière, l'orthodoxie règne : le budget 1985 est celui des économies, compte tenu des contraintes qui pèsent sur l'État (règlement de la dette) et des erreurs persistantes de prévisions (toujours trop optimistes).

Le nouveau cours politique se traduit dans les orientations gouvernementales : faute de réduire le chômage, le nouveau ministre du Travail, Michel Delebarre (qui avait été directeur du cabinet de Pierre Mauroy), lance des formules nouvelles, telles que le travail à temps partiel pour les jeunes (travaux d'utilité collective), notamment dans les municipalités, ou la formation en alternance dans les entreprises : même si, sur ce second terrain, patronat et syndicat renâclent, ces formules permettent de stabiliser le nombre des chômeurs à 2 500 000.

De même, en matière d'éducation, Jean-Pierre Chevènement opère un virage complet par rapport au discours en vigueur entre 1981 et 1984. Mettant l'accent sur la nécessité de l'éducation civique et de la sélection d'une « élite républicaine », il se présente comme l'héritier de Jules Ferry ; s'appuyant sur la critique croissante des théories pédagogiques des années 1960-1970, prônant une restauration de « l'effort » et même — de manière plus feutrée — d'une certaine sélection (ce qui lui vaudra les critiques d'Edmond Maire), il est sûrement le socialiste dont la reconversion idéologique après 1984 a été la mieux réussie.

Reste à convaincre de ce tournant le parti socialiste : le président de la République lui-même hésite. Alors que Laurent Fabius se présente comme un « modernisateur » du socialisme, plus réformiste que social-démocrate, que les clubs qu'il suscite autour de lui diffusent un discours ultra-révisionniste, François Mitterrand est parfois tenté par la fidélité à la tradition : son interview en novembre à *l'Expansion* en témoigne. Pourtant la convention des 15 et 16 décembre 1984 du parti socialiste sur la modernisation franchit le pas. Le document de travail préparé par l'économiste D. Strauss-Kahn prône une voie moyenne entre le libéralisme et le vieil étatisme, fondant la nécessaire modernisation de l'économie et de la société sur la concertation. Si Laurent Fabius et Michel Rocard appuient sans réserves ces orientations, les cadres du

PS, fidèles au socialisme historique, sont réservés, la « rigueur » restant pour eux une parenthèse avant le retour à la « vraie » politique socialiste et la « modernisation » un impératif technique et non un choix de société.

Le demi-échec de la convention sur la modernisation ne clôt pas le débat. Le 1er février 1985, François Mitterrand, dans son discours de Rennes, relayé dans le gouvernement et le PS, fait du « rassemblement républicain » le nouveau leitmotiv présidentiel : mettant l'accent sur des thèmes classiques — la patrie, l'histoire, l'unité nationale, la condamnation des divisions et des « passions idéologiques » — et sur le retour aux « valeurs essentielles » de la République, tendant par avance la main aux « républicains de droite » qui pourraient se retrouver aux côtés des « républicains de gauche » pour rejeter ensemble ceux qui (à l'extrême droite) refusent les « idéaux républicains ».

Une division du travail tend à se mettre en place entre un président qui se prépare à « cohabiter » avec la droite et tend des passerelles vers elle et un parti socialiste qui vise à rassembler un maximum de l'électorat de gauche, en combinant tradition et modernité. Reste à préparer dans les meilleures conditions « techniques » la bataille de mars 1986.

3. *La préparation de la défaite*

3.1. Les élections cantonales des 10 et 17 mars 1985 constituent pour les socialistes une sévère désillusion. Malgré le nouveau cours politique, malgré Laurent Fabius, l'opposition remporte une victoire écrasante : la droite classique frôle la majorité absolue (49,07 % des suffrages) et le Front national, desservi par sa faible implantation locale, obtient 8,85 %. A l'inverse, le PCF stagne à 12,5 % alors que le parti socialiste n'obtient que 24,85 % des suffrages. La cause est entendue : la gauche perdra les législatives de mars 1986.

Dans l'état du rapport de force, le maintien du scrutin majoritaire conduirait à un raz de marée conservateur auquel François Mitterrand ne pourrait résister. La majorité des responsables socialistes opte donc pour un changement de loi électorale qui permettrait de «limiter les dégâts». La plupart penchent en faveur d'un système mixte majoritaire-proportionnel qui préserverait l'implantation locale des députés sortants. D'autres optent pour le maintien du scrutin majoritaire assorti d'un redécoupage des circonscriptions. François Mitterrand est par principe favorable au scrutin en vigueur mais les arguments de Laurent Fabius, soulignant le risque d'amplification de la défaite, l'emportent: ce sera la représentation proportionnelle dans le cadre départemental, le seuil de 5 % exigé pour participer à la répartition des restes et la règle de la plus forte moyenne pour celle-ci favorisant les grands partis.

Outre les réactions vigoureuses de l'opposition qui y voit une manipulation du suffrage universel, la nouvelle loi électorale entraîne de graves remous au PS: beaucoup d'élus voient ruinés cinq ans de travail sur le terrain et appréhendent le parachutage d'apparatchiks; les fédérations les plus puissantes — comme le Pas-de-Calais — font leurs comptes: l'opposition sera dans leur département seule bénéficiaire de la réforme. Mais c'est Michel Rocard qui soulève les objections de fond qui le conduisent, le 4 avril 1985, à démissionner du gouvernement: la gauche, souligne-t-il, ne peut devenir majoritaire que grâce au scrutin qui lui a permis de gagner en mai-juin 1981. Introduire la proportionnelle c'est la vouer à rester minoritaire faute de pouvoir rassembler.

Autant d'arguments auxquels François Mitterrand n'est pas insensible: le peu de résistance qu'il dressera au rétablissement du scrutin majoritaire en 1986 montre bien ses véritables préférences mais aussi qu'à la veille d'une défaite certaine nécessité fait loi.

3.2. Si l'introduction de la représentation proportionnelle (le 10 juillet 1985) fixe le terrain de la bataille électorale, il reste à organiser la répartition des tâches au sein de la « majorité », c'est-à-dire du parti socialiste. Fin juin 1985, le conflit éclate entre Laurent Fabius, qui veut diriger la campagne électorale de la majorité sortante et fait mine de la lancer le 14 juin à Marseille, et Lionel Jospin, patron du PS. Le second s'appuie sur la loi électorale nouvelle qui fait de la campagne *l'affaire des partis*, mais aussi sur d'autres arguments : puisqu'il n'y a plus de majorité sortante, mieux vaut ne pas en parler ; quant au « Front républicain », des radicaux au PSU, que voudrait rassembler Laurent Fabius, il ne fait guère plus d'électeurs que le seul PS et servira uniquement à lui soustraire des sièges. Enfin, Laurent Fabius ne veut faire campagne que sur *sa* politique alors que la direction du PS revendique haut et fort les acquis de 1981-1983. Autant de griefs qui font mouche : le bureau exécutif soutient son premier secrétaire contre un Premier ministre jugé à la fois trop activiste et désireux de dissoudre le parti dans un conglomérat incertain.

Le conflit prend une telle ampleur que François Mitterrand doit intervenir et trancher dans un sens favorable à Lionel Jospin : le PS conduira sa campagne en toute autonomie et Laurent Fabius défendra devant les électeurs la politique *conduite depuis quatre ans*.

Ce premier échec de Laurent Fabius ne sera pas le dernier. L'affaire Greenpeace — bavure mortelle des services secrets français dans le port néo-zélandais d'Auckland (voir *infra*) — l'atteint personnellement, l'opposition concentrant ses attaques sur lui pour ménager le chef de l'État — en prévision de l'après-mars 1986 —, et c'est lui qui doit endosser la décision d'acculer Charles Hernu à la démission — le président de la République ayant une nouvelle fois longuement hésité pour finir par demander à son Premier ministre de trancher rapidement — et encaisser les contrecoups de cette affaire. Si le congrès de Toulouse du PS (11-13 octobre 1985) est un succès personnel pour Laurent Fabius, dont le discours réformiste devient celui de tout le parti, le Premier ministre n'en sort pas renforcé à terme : le courant mitterrandiste, auquel il appartient, passe désormais sous la barre des 50 % du fait de la poussée des rocardiens (28,5 % des mandats) et surtout ce courant mitterrandiste est divisé, le clan Jospin s'opposant au clan Fabius. Le Premier ministre a réussi son congrès, il n'est toujours pas — et loin de là — le patron du PS.

L'embellie de Toulouse sera de courte durée : le 24 octobre, Laurent Fabius affronte Jacques Chirac dans un duel télévisé sur TF1. Trop sûr de lui, étonnamment agressif alors qu'il s'était forgé l'image d'un homme d'ouverture, mou dans ses convictions, le Premier ministre rate sa prestation et s'effondre dans les sondages. Plus grave, en décembre, à l'occasion de l'entretien accordé par le président de la République au général Jaruzelski, il s'avoue « personnellement troublé ». Bien que la rumeur de sa démission circule, Laurent Fabius est « blanchi » : refusant de se priver « d'un bon gouvernement et d'un bon Premier ministre », François Mitterrand clôt l'incident. Mais, aux yeux de l'opinion et à présent du PS, Laurent Fabius est dévalué. Révisant sa stratégie, François Mitterrand va devoir monter en première ligne.

4. *En première ligne*

Celui qui était le favori du président, qui avait pu déclarer à propos de ses rapports avec le chef de l'État « lui c'est lui, et moi c'est moi » sans être contredit apparaît dans l'impossibilité politique de conduire la campagne électorale des législatives. Encore une fois, c'est à François Mitterrand de s'en charger, s'il ne veut pas que le PS réalise un score identique à celui des cantonales de 1985 : dans ce cas, son maintien à l'Élysée serait en jeu.

François Mitterrand va donc conduire un jeu extrêmement subtil. Assuré, depuis 1983 (voir *infra*), que Jacques Chirac et le RPR joueront, au moins au début, le jeu de la cohabitation, le président de la République s'y prépare, défendant son domaine et définissant la condition qui sera celle du gouvernement. Mais en même temps, il est amené à conduire la campagne électorale socialiste afin que le score obtenu par le PS crée les meilleures conditions parlementaires pour que le maximum de ses pouvoirs soit sauvegardé.

4.1. Dès avril 1985, François Mitterrand avertit qu'en cas de victoire de l'opposition, celle-ci ne pouvant pas « censurer » le président de la République, il ne « restera pas inerte », confirmant en juin qu'il « entend bien, pendant les sept ans qui lui sont donnés, remplir sa fonction comme il doit la remplir ».

Cette fonction présidentielle ne sera pas passive : le président « aura sa liberté de mouvement, quoi qu'il advienne » (le 11 décembre) ; surtout, il ne sera pas neutre, « revendiquant la responsabilité de ce qui a été fait » (le 17 décembre), se présentant comme le « gardien de la solidarité », le « garant de la cohésion sociale », déclarant qu'il refusera de se laisser dicter des conditions dans le choix du Premier ministre — « je fais le sourd à ce moment-là » (le 2 mars 1986) — ou de « dilapider le patrimoine national » par des dénationalisations (le 23 novembre 1985). La cohabitation qui se prépare est donc très différente de celle envisagée par Valéry Giscard d'Estaing en 1978 : alors, le président avait averti que rien n'empêcherait la gauche d'appliquer tout son programme, seule la dissolution pouvant intervenir après coup pour sanctionner son échec. Cette fois, le président accepte la confrontation mais distingue la *fonction* présidentielle qui sera conduite jusqu'à son terme — et avec elle les prérogatives constitutionnelles du chef de l'État (défense, politique étrangère, présidence du Conseil des ministres, signature des décrets et ordonnances, fonctionnement régulier des institutions), du *rôle* du président, tributaire du résultat des élections, mais qui pourrait être celui de *garant des acquis de la législature socialiste.*

4.2. Solidaire du travail accompli pendant ces quatre années et demie et d'ailleurs «principal responsable», François Mitterrand se lance à l'automne 1985 dans la campagne électorale et bénéficie totalement de la remobilisation de l'électorat de gauche (sa cote de popularité se redresse de 33 à 39 % de satisfaits en mars, entraînant derrière elle celle du PS) : voyage en Bretagne en octobre, conférence de presse en novembre, meetings à Lille et au Grand-Quevilly, dans les fiefs de ses Premiers ministres, en janvier et février, chez son porte-parole à Arles et dans son ancienne circonscription à Nevers, ainsi qu'à la radio et à la télévision. Cette omniprésence médiatique, prolongée par la campagne du PS dont les listes rassemblent «la majorité de progrès avec le président de la République», marque un engagement présidentiel supérieur à aucune autre élection législative depuis 1958 : évoquant le «programme des riches contre les pauvres» pour attaquer la plate-forme RPR-UDF, défendant les acquis de la législature, François Mitterrand va bien au-delà du «bon choix», se déclare «responsable» de la politique conduite mais refuse en même temps, comme l'y invite Raymond Barre, à mettre en jeu son mandat en cas d'échec. Tablant sur l'effet «brise-lame» de la proportionnelle, sur les rivalités internes de la future majorité, sur la volonté du RPR de cohabiter, le président défie ouvertement l'opposition : que la gauche perde et son rôle changera, non sa fonction.

Le 16 mars, le pari présidentiel est gagné : la droite modérée l'emporte de justesse, le parti socialiste réussit un score suffisant, la marge de manœuvre présidentielle est assez grande pour que François Mitterrand non seulement se maintienne, mais exerce ses prérogatives et poursuive son redressement dans l'opinion.

CHAPITRE II

LA RUPTURE LIBÉRALE

L'opposition qui revient «aux affaires» en 1986 est paradoxale : héritière de la majorité qui a défendu le régime présidentialiste contre le retour ouvert ou subreptice au parlementarisme, elle conquiert le pouvoir par la voie des élections législatives, comme la gauche l'avait tenté en 1978. Ayant géré l'économie et le social en utilisant toutes les ressources de la puissance publique durant vingt-trois ans, elle découvre le libéralisme dans les années 80, s'en endoctrine et en vient à rédiger un «programme commun de gouvernement» qui s'en inspire. En 1986, elle revient au pouvoir, mais, même si les hommes sont souvent les mêmes que cinq ans plus tôt, les esprits ont changé : à combattre les socialistes et la gauche, la majorité a repris leurs méthodes, l'idée de *rompre* (avec le socialisme, celui d'avant 1986, mais aussi celui «rampant» d'avant 1981). Une majorité plus à droite, à l'image de son électorat, mais que la cohabitation avec un président socialiste obligera, qu'elle le veuille ou non, et encore une fois, à «*gouverner au centre*». Une majorité qui découvre le problème qui était jusqu'en 1981 celui des socialistes : être flanqué d'un parti extrémiste et protestataire, dont elle aimerait ravir les électeurs sans se compromettre avec lui.

I. LA CONQUÊTE DU POUVOIR

Victorieuse de toutes les compétitions électorales de 1982 à 1985, l'opposition se présente, à la veille des législatives de 1986, sûre d'elle, mais profondément divisée. Son assurance, elle la doit à son unité idéologique, mais aussi à des résultats électoraux qui la « portent » depuis quatre ans. Ses divisions sont le résultat des rivalités entre présidentiables, de l'influence persistante du Front national, mais surtout d'un désaccord de fond sur les rapports à établir avec François Mitterrand.

1. *Le ralliement au libéralisme*

Le passage à l'opposition a constitué pour les gouvernants d'avant 1981, habitués à la gestion du pouvoir depuis vingt-trois ans, un tournant difficile. Dans un système politique où l'opposition n'a guère de ressources — dans tous les sens du terme — le risque, que la gauche avait illustré, est de tomber dans le verbalisme idéologique et l'esprit doctrinaire. L'avantage est de profiter de la démobilisation des électeurs de la majorité, de leur déception, pour conquérir méthodiquement le pouvoir local. La gauche l'avait fait avant 1981, la droite après : de cantonales en municipales, l'opposition conquiert présidences de conseils généraux et mairies.

En 1983, les élections municipales permettent même l'éclosion d'une nouvelle génération d'élus — surtout au RPR — qui n'appartiennent pas au moule de la haute fonction publique mais proviennent souvent des professions libérales et du patronat local.

Ces nouveaux venus, comme ceux qui, à partir de 1981, se retrouvent dans les clubs — notamment le club 89, qui fédère rapidement plus d'une centaine de clubs locaux dans la mouvance du RPR, mais aussi les clubs Perspectives et Réalités, qui redémarrent après 1981 — sont particulièrement sensibles au discours nouveau qui se développe dans l'opposition.

Ce discours se réclame du libéralisme. Contre l'étatisme de la politique socialiste (nationalisation réalisée des entreprises, tentée de l'école), le choix libéral est d'abord le fait du RPR. Le mouvement chiraquien s'y est rallié après 1979, troquant son nationalisme forcené des élections européennes et son «travaillisme à la française» pour une dénonciation du «socialisme rampant», que serait le giscardisme, et du «marxisme» de la gauche. Exaltant la libre entreprise, critiquant l'étatisme, Jacques Chirac se présente en 1981 comme l'équivalent en France de Margaret Thatcher et Ronald Reagan qui viennent d'accéder au pouvoir.

Après 1981, cette tendance s'est accentuée et la dénonciation de l'étatisme socialiste est devenue le leitmotiv des clubs chiraquiens (club 89, mais aussi le club de l'Horloge, plus ancien, plus élitiste et plus conservateur) et du RPR : dénationalisation, baisse des prélèvements obligatoires, déréglementation et défense de l'enseignement privé constituent les principaux thèmes qui vont imprégner le premier parti de l'opposition dès 1981.

A l'UDF, ce sont les giscardiens qui constituent le point d'appui du libéralisme. L'ancien président de la République s'y est converti — son «libéralisme avancé» d'avant 1981 était plus technocratique que libéral — et la nouvelle génération de dirigeants du parti républicain (François Léotard, Alain Madelin) se réclame d'un libéralisme qui puise lui aussi ses références outre-Manche et outre-Atlantique.

Face à cette montée irrésistible du libéralisme, rares sont ceux, au RPR et à l'UDF, qui résistent. C'est surtout Raymond Barre qui, en dénonçant le danger de la «politique littéraire» dans l'opposition, est le plus sévère contre le «reaganisme à la française» des libéraux néophytes du RPR et du PR. Soulignant que la politique reaganienne n'a pas que des aspects positifs (déficit budgétaire) ni la forme caricaturale qu'on lui prête, Raymond Barre ne cessera de plaider pour un libéralisme qui ne renonce pas à utiliser l'État — en redéployant ses fonctions — et qui préserve la cohésion nationale en reconnaissant les conquêtes sociales du *Welfare State*. Mais ces mises en garde — qui ont surtout un écho chez les centristes du CDS — ne parviennent pas à ébranler les certitudes idéologiques des clubs et partis, certitudes qui imprègnent la plate-forme UDF-RPR de 1986, fruit du travail des clubs chiraquiens et giscardiens. On est loin du dirigisme colbertiste du gaullisme et même de l'interventionnisme des années 70 : face au marasme économique persistant, les recettes libérales semblent être pour l'opposition la condition de la relance. Face au socialisme, la désétatisation le moyen de rassembler ennemis et déçus de l'expérience de gauche.

Le libéralisme n'est pas le seul point de ralliement de l'opposition. Face à la présence — même réduite — des communistes au gouvernement, à la bataille sur les euromissiles en Europe, et surtout à la victoire des conservateurs au Royaume-Uni et aux États-Unis (en 1982, la CDU retourne au pouvoir à Bonn), une solidarité des partis conservateurs se dessine dans le monde occidental. Là encore, le RPR joue un rôle moteur : tournant la page du nationalisme, Jacques Chirac participe en juin 1983 à la fondation de l'Union démocratique internationale, sorte de club mondial des partis conservateurs, préparée par une première réunion à Paris en juillet 1982 : aux côtés du RPR, de la CDU allemande, des conservateurs britanniques, des libéraux japonais et des républicains américains se regroupent les forces politiques qui veulent s'opposer aux socialistes (l'UDI est un défi à l'Internationale socialiste), se réclament du libéralisme en matière économique et prônent le renforcement de l'Alliance atlantique. Cette solidarité atlantique constitue un nouveau tournant pour le RPR, qui surenchérit ainsi sur les positions des socialistes français face à l'URSS, ce qui conduira Jacques Chirac en 1985 à défendre la proposition reaganienne d'Initiative de défense stratégique. Sur ce terrain également, Raymond Barre se démarque, refusant l'IDS et un atlantisme absolu au nom de l'indépendance de la défense française et de l'autonomie de l'Europe, mais, au sein de l'UDF, une majorité soutient les positions nouvelles du RPR.

Le tournant qui sera le plus lourd de conséquences est celui sur la sécurité. Là encore, le RPR est en flèche. L'abolition de la loi « sécurité et liberté », annoncée en 1982 mais qui n'aboutit qu'en mai 1983, cristallise d'autant plus l'opposition de la droite que le garde des Sceaux se heurte aux résistances du ministre de l'Intérieur (la controverse Defferre-Badinter sur les contrôles d'identité et l'usage des armes par les policiers atteint en avril 1982 une ampleur telle qu'il faut l'arbitrage de l'Élysée) mais aussi — et surtout — des corps de policiers : le 3 juin 1983, une manifestation de policiers devant les ministères de la Justice et de l'Intérieur se déroule en toute impunité, ce qui donne une idée du peu d'autorité qu'exerce le gouvernement sur la hiérarchie de la police (les choses commenceront à changer avec la venue de Pierre Joxe en juillet 1984 au ministère de l'Intérieur), mais aussi des liens de celle-ci avec le RPR (les meneurs de la manifestation du 3 juin seront révoqués, mais réintégrés et promus après le 16 mars 1986). Les attaques contre Robert Badinter — sur le thème du « laxisme » de la justice et de la « colonisation » du ministère par le Syndicat de la magistrature —, l'accroissement de l'insécurité et de la délinquance dénoncé par l'opposition se traduisent par l'appel à un renforcement de la répression — renforcement des effectifs de la police (et en attendant création de polices municipales), rétablissement de la loi Peyrefitte — et de l'État (l'État gendarme des théories libérales).

Au printemps 1983, ce discours sécuritaire connaît un dérapage brutal à l'occasion de la campagne des élections municipales : dans les grandes agglomérations, la dénonciation de l'insécurité glisse parfois à celle de la présence immigrée dans les quartiers et communes où elle constitue un fort pourcentage de la population. La dénonciation du « laxisme » en matière de répression de la délinquance s'enrichit d'une critique du « laxisme » en matière d'immigration (au moment où le gouvernement, tout en facilitant l'insertion des immigrés « réguliers », renforce la lutte contre l'immigration clandestine), favorisant la surenchère de l'extrême droite qui sort ainsi du néant (à Marseille, dans les quartiers est de Paris) avant de faire sa percée décisive en 1984, grâce à sa campagne démagogique sur l'insécurité et l'immigration. La boîte de Pandore est ouverte et, sur ce terrain, la droite modérée va devoir se situer par rapport au discours raciste et xénophobe du Front national.

A la veille des législatives de 1986, le credo libéral de la droite lui assure donc une cohérence, mais le glissement conservateur de son discours a créé une brèche dans laquelle s'est glissée l'extrême droite. Le RPR et l'UDF avaient réussi en 1981-1984 à suggérer une alternative *libérale-conservatrice* à une gauche en crise ; en 1984-1986, ils doivent désormais compter avec un pôle idéologique *ultraconservateur* qui effrite leur capacité de rassemblement.

2. *Les divisions croissantes*

La droite est entrée divisée dans l'opposition en juin 1981 ; elle n'en ressort unie qu'en apparence en mars 1986.

2.1. Malgré les efforts de Jacques Chirac, la réconciliation des adversaires de mai 1981 n'est pas immédiate, même si la rencontre Chirac-Giscard du 25 novembre 1981 laisse entrevoir la fin des controverses : elle se fera d'abord sur le terrain, grâce à l'unité d'action RPR-UDF aux différentes élections locales et aux élections européennes où le RPR obtient — malgré les fortes réserves du CDS et du parti républicain — une liste unique dirigée par Simone Veil. Elle se fera ensuite dans les programmes, à travers les convergences entre clubs giscardiens et chiraquiens de 1984-85, qui débouchent sur la plate-forme de 1986.

Cette unité d'action est d'autant plus remarquable qu'elle va à contre-courant de l'introduction progressive de la proportionnelle (partielle aux élections municipales de 1983, totale aux législatives de 1986) : les deux formations présenteront en mars 1986 des listes communes dans soixante et un départements.

Durant cinq ans, cette unité d'action sur le terrain fonctionne d'autant mieux qu'elle est fructueuse. Seule contre-performance, les élections européennes où, en opérant un recentrage par son intégration à la liste Veil en pleine phase de radicalisation de l'électorat conservateur (alors qu'il a contribué à la susciter), le RPR laisse un espace à l'extrême droite, qui profitera du faible enjeu de ces élections et de la proportionnelle pour réaliser une percée décisive.

La même harmonie ne règne pas dans les étatsmajors. A l'UDF, on s'accommode de moins en moins du leadership qu'exerce Jacques Chirac sur l'opposition (il existe désormais une aile chiraquienne à l'UDF, notamment à Paris), qui s'appuie sur la force de l'appareil militant du RPR, mais aussi sur ses succès électoraux (les municipales de 1983 permettent un rééquilibrage de l'opposition à son profit, qui se traduira au Sénat par un renforcement du groupe parlementaire RPR). Face au leader indiscuté du RPR, l'UDF essaie de réaliser son unité mais celle-ci se révèle difficile : Valéry Giscard d'Estaing tente un come-back grâce à sa maîtrise du parti républicain — où l'un de ses jeunes lieutenants, François Léotard, est devenu secrétaire général — et à l'absence de fédérateur de l'UDF, mais cette tentative — bien amorcée en 1982 — achoppe rapidement en 1983, du fait de l'influence croissante de Raymond Barre.

2.2. L'ancien Premier ministre, convaincu que la présence des socialistes au pouvoir pour cinq ans lui donne le temps nécessaire pour un travail en profondeur à la base, démarre fin 1981 une prospection systématique de tous les départements qui se ponctue, chaque fois, par la création d'un club ou d'une association «barriste». A partir de 1983, le succès de ces réunions va croissant et aboutit à la création d'un véritable réseau, avec une coordination parisienne (où l'on retrouve nombre de ses anciens collaborateurs de Matignon), une publication mensuelle, *Faits et Arguments,* où Raymond Barre et ses experts prennent position et qui atteindra vite 20 000 abonnés, et une toile d'associations locales qui s'implantent dans les milieux socioprofessionnels et dans la mouvance de l'UDF. Très vite, Raymond Barre peut compter sur le soutien total du CDS et d'une fraction du parti républicain, auxquels se joindront les adhérents directs de l'UDF.

Fait significatif, le décollage de Raymond Barre dans les sondages se produit en avril-mai 1983, au lendemain de la crise de mars où les hésitations du président de la République puis le plan de rigueur et la dévaluation ont entraîné la chute de popularité de François Mitterrand et du PS. C'est son image de « meilleur économiste de France », la confirmation de ses analyses sur la politique menée depuis mai 1981, qui lui donnent cette popularité nouvelle (à l'UDF mais aussi au RPR): à partir de l'automne 1984, son ascension dans les sondages s'accélère et, en janvier 1985, Raymond Barre s'installe à la première place des leaders de l'opposition jusqu'au printemps 1986.

Désormais ce n'est plus seulement son profil économique, mais sa stature d'homme d'État qui s'impose à l'opinion. Raymond Barre réussit en effet à réunir sur son image et son projet plusieurs traditions politiques.

Défenseur acharné des institutions de la Ve République dans leur lecture gaullienne — ce qui le conduit à condamner la cohabitation —, pourfendeur du retour au « régime des partis » dont il voit les signes dans le rôle du PS depuis 1981 et surtout dans le rétablissement de la représentation proportionnelle, il bénéficie de la défiance vis-à-vis des formations politiques qui se développe à partir de 1984. Ses positions très gaulliennes sur les relations internationales lui valent un écho positif dans les milieux gaullistes, et ses convictions européennes, son souci de la cohésion sociale l'assentiment des milieux démocrates-chrétiens. Quant aux libéraux modérés, partisans de moins d'État mais

La rupture libérale

hostiles à un reaganisme débridé, ils sont confortés par son libéralisme tempéré, qui accorde une place essentielle à un État régulateur dans une *économie sociale de marché* inspirée du modèle ouest-allemand. Rien d'étonnant à ce que la synthèse barriste ait un succès important dans toutes les familles de l'opposition et se présente comme un fédérateur potentiel.

Reste une difficulté, mais de taille : le projet barriste est articulé autour d'une perspective *présidentielle* au moment où l'opposition se lance à la conquête du pouvoir dans le cadre d'élections *législatives*. Cette contradiction va valoir à Raymond Barre une fragilisation de sa position, accrue par la volonté de ses rivaux de lui rogner les ailes : rapprochement Chirac-Giscard en 1985, mise en orbite au parti républicain de François Léotard, qui décolle à son tour dans les sondages à partir de janvier 1986. A nouveau, l'opposition est divisée par la « guerre des chefs ».

3. *Les conséquences de la stratégie parlementaire*

A la veille des législatives de mars 1986, l'opposition se trouve face à une contradiction stratégique importante : ses convictions politiques et institutionnelles, ses structures mêmes (celles de partis organisés autour de présidentiables) la conduisent à une conquête du pouvoir par l'élection présidentielle. Mais les rapports de force entre gauche et droite l'obligent à exercer le pouvoir gouvernemental si elle l'emporte en mars 1986. Que faire dans ce cas ? Pour Raymond Barre, la seule solution conforme à la logique gaullienne serait de refuser de cohabiter, de faire des élections un *vote-sanction* obligeant le président de la République à démissionner et donc à organiser des élections présidentielles anticipées.

Mais ce raisonnement se heurte à plusieurs objections avancées par le reste de l'opposition. Tout d'abord le refus du président de démissionner ; or, rien ne peut l'y contraindre. D'autre part le caractère démobilisateur d'un refus anticipé de cohabiter alors que l'objectif est de remporter le succès le plus large possible (compte tenu de la représentation proportionnelle) pour imposer ses conditions au président de la République.

A ces deux objections, il faut en ajouter deux autres de taille.

D'une part, la logique même de la stratégie de conquête du pouvoir suivie depuis 1982 : l'alliance UDF-RPR a conquis, un par un, les pouvoirs locaux avant de s'attaquer à l'Assemblée nationale. C'est une *coalition de partis,* dans le cadre d'un *programme commun de gouvernement* (comme la gauche de 1973), qui se lance à la conquête du pouvoir, suivant une logique *parlementaire,* et qui doit régler (comme la gauche de 1973 et 1978) le problème de ses rapports avec un président de la République élu par le bloc adverse.

D'autre part, la stratégie personnelle de Jacques Chirac. Celui-ci souhaite l'emporter aux élections présidentielles et n'a aucunement l'intention d'affaiblir les pouvoirs du président. Mais il sait qu'en l'état du rapport de force Raymond Barre l'emporterait. La seule solution envisageable est donc d'exercer le pouvoir gouvernemental dans le cadre de la cohabitation, de devenir le leader de la majorité parlementaire et de tirer parti de ce leadership comme des effets positifs espérés de l'application du programme libéral pour reprendre la tête des présidentiables de droite dans l'opinion et l'emporter en 1988. Cette analyse explique pourquoi, dès septembre 1983, Édouard Balladur, dans un article publié dans *le Monde* sous le titre « Ambivalence de la Constitution », avait défendu la thèse de la cohabitation. L'ancien secrétaire général de l'Élysée sous la présidence Pompidou, proche conseiller de Jacques Chirac, a convaincu dès cet instant le maire de Paris que sa nomination à Matignon et son succès à la tête d'une majorité parlementaire de droite sont les conditions *sine qua non* d'une victoire en 1988.

Jacques Chirac va suivre cette stratégie avec constance cinq ans durant.

Le 10 avril 1985, UDF et RPR signent un «accord pour gouverner ensemble» qui aboutit le 16 janvier 1986 à une plate-forme commune. Celle-ci reprend les projets de dénationalisation massive et de désengagement de l'État promis depuis longtemps, mais elle se garde en même temps d'intégrer les propositions ultralibérales de certains éléments du RPR et du PR : sous la pression du CDS, les signataires renoncent à toute remise en cause de la protection sociale ou du statut des immigrés ; paradoxalement, la mouture finale du programme rappelle celle du programme Mitterrand de 1981 : rupture sur la politique économique, positions de compromis sur les autres terrains.

Partant unis à la bataille (accord de désistement pour le tiers des départements où il n'y a pas de listes uniques, intégration *in extremis* du Centre national des indépendants, dissidences limitées chez les barristes), RPR et UDF mèneront une campagne assez terne, se disputant sur la cohabitation au point de ne pas attaquer la gestion socialiste avec autant de vigueur que l'on pouvait l'escompter : peut-être est-ce dans cette campagne en demi-teinte qu'il faut chercher les explications d'un abstentionnisme assez fort (21,53%) et d'un score en deçà de ceux des années 1983-1985.

II. LA REMISE EN CAUSE DE LA RUPTURE LIBÉRALE

Le 16 mars 1986, conformément aux prévisions avancées depuis trois ans, l'opposition gagne les élections législatives, mais cette victoire est ambiguë du fait du mode de scrutin. Victime de la représentation proportionnelle, la droite modérée au pouvoir avant 1981, avec 42% des voix, n'obtient que 48% des sièges (auxquels il faut adjoindre les 2% de divers droite). Grâce à la proportionnelle, le PS (et ses alliés), avec 31,6% des suffrages, obtient 38% des sièges, mais le PC, avec 9,7% des voix, préserve 5,7% des sièges, tout comme le Front national (6,3% des sièges pour 9,8 % des voix). A titre de comparaison, l'élection de mars 1986 avec le nombre de députés et le mode de scrutin majoritaire de 1981 — qui permit le raz de marée socialiste — aurait donné au RPR et à l'UDF 120 sièges de majorité et éliminé le Front national.

Le changement de mode de scrutin a empêché un raz de marée modéré et placé la nouvelle et courte majorité parlementaire (deux voix) dans une situation inconfortable. En voix comme en sièges, sa remontée par rapport à 1981 est impressionnante, mais le score du Front national (9,8 %), qui stabilise son audience à un haut niveau, a conduit à un tassement par rapport au résultat escompté. L'effondrement global de la gauche par rapport à 1981 (44 % contre 55,6 %) ne doit pas masquer le redressement par rapport aux européennes de 1984 (39 %), un redressement dû exclusivement au résultat du parti socialiste. Celui-ci prend des voix aux écologistes et à l'extrême gauche (laminés) mais aussi au PC qui continue sa descente aux enfers. Face à une droite modérée à 44,5 % (RPR, UDF, divers droite), le PS constitue un pôle d'alternative potentielle et consolide sa position de premier parti de France (il a le premier groupe parlementaire de l'Assemblée avec 212 députés).

1. *Le nouveau pouvoir*

La nouvelle majorité «est faible numériquement, mais elle existe», constate François Mitterrand le 17 mars. De fait, disposant d'une majorité de deux voix, la coalition RPR-UDF, coincée entre une gauche socialiste puissante et le groupe du Front national, est contrainte à une unité sans faille. Cette unité nécessaire réduit d'autant plus au silence les barristes que leur chef de file n'a réalisé qu'une performance honorable à Lyon et que le RPR lui impute le score médiocre de la majorité du fait de sa controverse sur la cohabitation.

Si François Mitterrand fait mine de préserver ses

La rupture libérale 373

prérogatives en déclarant qu'il « choisira » le Premier ministre dans les rangs de la majorité parlementaire, ce choix est singulièrement limité : dès le 17 mars, un communiqué du RPR et de l'UDF a fait savoir sans ambages que toute personnalité de la nouvelle majorité sollicitée par le président de la République devrait obtenir, avant d'accepter, l'aval des partis qui la composent. Même si cette menace a pour but d'empêcher tout autre choix que celui de Jacques Chirac (en l'occurrence Jacques Chaban-Delmas, « candidat à la candidature » depuis 1985 et vieux compagnon de François Mitterrand depuis la IVe République), elle montre le poids nouveau qui est celui des partis. D'ailleurs Jacques Chirac, pressenti, se voit confier par le président le soin de « procéder à un tour d'horizon au sujet de la formation du gouvernement », conformément aux usages... de la IVe République. Le 19 mars est consacré aux marchandages avec les partis de la majorité, les chefs de chacun d'eux intégrant le gouvernement (Pierre Méhaignerie pour le CDS, André Rossinot pour le parti radical, François Léotard pour le parti républicain et bien sûr Jacques Chirac pour le RPR). Aucun clan (celui de François Léotard étant spécialement privilégié), aucune génération de la majorité n'est oublié dans cette équipe où le RPR est hégémonique : vingt postes contre dix-sept à l'UDF, et surtout celui du ministère de l'Économie, des Finances et de la Privatisation à Édouard Balladur, le seul ministre d'État du gouvernement, l'Intérieur à Charles Pasqua, la Justice à Albin Chalandon et les Affaires sociales à Philippe Séguin.

Première manifestation de sa volonté de défendre ses compétences, François Mitterrand met son veto aux noms pressentis pour les Affaires étrangères (Jean Lecanuet) et la Défense (François Léotard), préférant des ministres techniciens : Jean-Bernard Raimond pour le Quai d'Orsay et André Giraud pour la Rue Saint-Dominique.

Parallèlement au gouvernement, la majorité se met

en place. Dès le 28 mars, un *comité de liaison* se constitue: présidé par Jacques Chirac, il comprend les présidents des groupes et ceux des partis ainsi que le secrétaire général du RPR — Jacques Toubon —, et se réunit chaque semaine. L'action gouvernementale est ainsi mise sous la tutelle des partis mais se prémunit par là même contre tout accident, du fait de l'étroitesse de la majorité à l'Assemblée. Celle-ci, comme le confirme le vote de confiance du 9 avril, n'est que de trois voix (É. Frédéric-Dupont, élu sur les listes du Front national, ayant rejoint lors du vote le RPR et l'UDF). Malgré la déception d'être écarté du gouvernement comme de la présidence de l'Assemblée (par Jacques Chaban-Delmas), V. Giscard d'Estaing a été solidaire tandis que Raymond Barre, qui avait envisagé avant le 16 mars de s'abstenir, fait de même.

2. *La rupture libérale*

2.1. Du fait de l'exiguïté de sa base politique et des aléas de la cohabitation, Jacques Chirac aurait pu opter pour la gestion des affaires courantes et renvoyer les réformes à plus tard. C'est le contraire qui se produit: choisissant d'appliquer rapidement le programme de la majorité, le Premier ministre n'hésite pas à gouverner par ordonnances. Le 26 mars, le Conseil des ministres décide, malgré les réserves du chef de l'État, de recourir à la législation déléguée en matière économique et sociale ainsi que pour délimiter les circonscriptions électorales de l'Assemblée dans le cadre du retour au scrutin majoritaire.

Les mesures les plus spectaculaires concernent les privatisations; la loi d'habilitation du 6 juillet prévoit le transfert au secteur privé, d'ici à 1991, de près de soixante-cinq entreprises financières et industrielles, celles nationalisées en 1982 mais aussi une partie de celles nationalisées en 1945-46: il s'agit de privatiser — si l'on excepte la chaîne de télévision TF1 — les entreprises du *secteur concurrentiel* et non des services publics comme au Royaume-Uni. Cette politique se caractérise par son rythme accéléré: vingt entreprises dès la première année. L'objectif est de rompre radicalement avec l'*État entrepreneur* et d'instaurer parallèlement un *capitalisme populaire* en démultipliant le nombre d'actionnaires directs d'une entreprise (il sera multiplié par quatre en quelques mois), ainsi que d'assurer à l'État de nouvelles ressources; la politique de privatisation d'Édouard Balladur est cependant très critiquée (à gauche mais aussi chez les barristes) car l'essentiel du capital des «privatisées» est confié — discrétionnairement — à un «noyau dur» d'actionnaires stables où l'on retrouve les investisseurs institutionnels classiques (banques, assurances, Caisse des Dépôts) mais aussi des sociétés dont les dirigeants ne nourrissent pas d'hostilité particulière envers le RPR (comme la CGE d'Ambroise Roux).

Ces mesures constituent, avec la libération des prix des produits industriels — et surtout des services — et la suppression du contrôle des changes, le «socle du changement» libéral.

Autant de mesures dont les effets sont à moyen et long terme, mais qui se combinent avec une gestion conjoncturelle en continuité avec celle de l'équipe Fabius-Bérégovoy: la lutte contre le chômage, le difficile équilibre des finances sociales, la tentative de relance sans ranimer l'inflation — tombée à un niveau très bas à la veille de mars 1986.

Sur ces différents terrains, le gouvernement tente d'intervenir en infléchissant la politique d'après juillet 1984 dans un sens encore plus libéral: ainsi avec la suppression de l'autorisation administrative de licenciement ou l'aménagement du temps de travail, destinés à accroître la souplesse du marché du travail ou à améliorer la productivité. De même la réduction des impôts est accélérée par Édouard Balladur. Enfin le budget 1987 marque une nouvelle réduction des dépenses publiques, seuls l'emploi, la sécurité et la défense étant épargnés.

Toutes ces mesures sont destinées à rétablir la confiance chez les chefs d'entreprise pour qu'ils relancent les investissements et réembauchent, la baisse des prix des matières premières devant, quant à elle, faciliter l'essor des exportations.

2.2. Parallèlement aux réformes d'orientation libérale (ou à l'intérieur de celles-ci), la majorité se lance dans une série de réformes dont l'inspiration est conservatrice ou simplement de retour à l'avant-1981.

En matière institutionnelle, le rétablissement du système électoral majoritaire à deux tours, assorti d'un nouveau découpage électoral et d'une conservation des nouveaux effectifs de l'Assemblée (pour rassurer les députés de la majorité), est adopté d'entrée. En matière pénale, les lois Chalandon et Pasqua de septembre 1986 rétablissent les contrôles et vérifications d'identité, renforcent le contrôle de l'immigration en faisant de la reconduction aux frontières une simple mesure administrative, simplifient les procédures d'expulsion. A ces mesures spectaculaires, dont le ministre de l'Intérieur fera largement usage, s'ajoute un renforcement du dispositif pénal dans le cadre de la lutte contre le terrorisme et de la sûreté de l'État et la construction de nouveaux établissements pénitentiaires (on a même songé un temps à privatiser la gestion de ces nouvelles prisons).

Dans le domaine de la communication, l'abrogation de la loi de 1984 sur la presse (loi anti-Hersant) était attendue; celle de la loi de 1982 sur la communication audiovisuelle s'explique surtout par la volonté de remplacer la Haute Autorité par une instance plus proche politiquement (la Commission nationale pour la communication et les libertés) et plus à même de faire le « bon choix » pour la réattribution des concessions des 5e et 6e chaînes et pour celle de TF1.

Dans le domaine de l'éducation, une guérilla commence dès l'automne 1986 avec la FEN (visant ses permanents installés au ministère ou son monopole en matière d'assurances scolaires) mais c'est surtout la mise en place d'une nouvelle loi sur les universités qui est confiée à Alain Devaquet sous la pression des universitaires de la majorité.

Dans le domaine économique, l'amnistie de la fuite des capitaux, le rétablissement de l'anonymat sur l'or, les mesures fiscales prises en faveur des agriculteurs, des professions libérales et des commerçants, la suppression — symbolique — de l'impôt sur les grandes fortunes, l'abrogation de la loi Quilliot sont autant de signes adressés à l'électorat de la majorité, tout comme la réforme du Code de la nationalité dont la mise en chantier va se révéler délicate.

Pour ce second ensemble de réformes, le rythme du changement est lui aussi soutenu. Tout comme les libéraux (Valéry Giscard d'Estaing en tête) veillent à l'entrée en vigueur rapide des réformes libérales, l'aile droite de la coalition et ses groupes de pression aiguillonnent le gouvernement pour qu'il légifère sans faiblir. Mais le rythme initial va être enrayé rapidement par une double réaction, institutionnelle et sociale, puis par la crise boursière internationale de l'automne 1987.

3. *La pause*

Contrairement à ce qui s'était passé en 1981-82, la rupture libérale ne s'arrête pas brutalement pour cause d'incompatibilité économique : certes, contrairement aux espoirs, la relance économique ne se produit pas, les entreprises ne réembauchent pas ; ni le choc keynésien de 1981 ni le choc libéral de 1986 n'ont pu relancer la machine économique française. Si l'inflation demeure limitée — bien que la libération des prix la réveille début 1987 —, la croissance reste très faible et le commerce extérieur préoccupant. Le déséquilibre des échanges avec la République fédérale et le différentiel d'inflation avec elle entraînent même deux dévaluations le 6 avril 1986 (3 %) et le 12 janvier 1987 (3 %). Édouard Balladur ne parvient pas à transformer la première en *dévaluation-sanction* qui aurait donné une prime à l'économie française, du fait du refus allemand.

Faute d'une relance qui ne vient pas, la situation reste préoccupante en matière d'emploi. Du moins le gouvernement peut-il enregistrer en 1986 un arrêt de la chute des effectifs et une reprise de la création d'emplois. Par contre le nombre de chômeurs s'accroît début 1987 sous l'effet d'une contraction dans le traitement social du chômage mais aussi d'un accroissement des licenciements (dû à la suppression de l'autorisation administrative).

Enfin le gouvernement doit faire face à une situation préoccupante de la Sécurité sociale : du fait du marasme économique, les recettes croissent moins vite que les dépenses de santé ou que les charges consécutives au vieillissement de la population. Le déséquilibre est bien colmaté par une hausse des prélèvements sociaux mais celle-ci est contradictoire avec la politique de baisse des prélèvements obligatoires, qui se réduit en fait aux impôts. Refusant d'endosser seule les effets d'une réforme qui irait dans le sens du libéralisme, la majorité se contente de mesures provisoires, d'une prise de conscience dans l'opinion — en organisant des « états généraux » de la Sécurité sociale à l'automne 1987 — renvoyant à 1988 les décisions de fond.

En fait, ce n'est pas le marasme économique qui va mettre en difficulté la majorité, mais les résistances auxquelles se heurte sa politique.

3.1. L'obstacle présidentiel. La résistance du président de la République, relayée par les groupes parlementaires socialistes, n'est pas une surprise.

François Mitterrand avait prévenu qu'il ne resterait pas « inerte » : il tient parole. Dès le lendemain du 16 mars 1986, Jacques Chirac devient, pour la première fois depuis 1958, le vrai chef du gouvernement et détient une autorité qu'aucun des précédents Premiers ministres de la Ve République n'avait eue avant lui. Mais il trouve face à lui un président qui, tout en le laissant gouverner sans l'entraver systématiquement, veille à conserver ses attributions constitutionnelles et fait connaître *urbi et orbi* son point de vue sur la politique gouvernementale.

La défense du «domaine réservé» présidentiel (défense, diplomatie) fait l'objet des soins jaloux du président qui peut s'appuyer sur les textes (constitutionnels, législatifs et réglementaires), voire sur le protocole (en matière diplomatique) pour résister aux tentatives d'empiétements (voir *infra*). Malgré une friction qui va croissant au fur et à mesure que les jours passent (et que l'on s'approche de l'élection présidentielle où Jacques Chirac, candidat, veut se donner une stature d'homme d'État), cette résistance est d'autant plus efficace que le Premier ministre, candidat à l'Élysée, ne désire pas trop amoindrir la fonction à laquelle il prétend.

Mais c'est surtout dans tout ce qui relève de la politique intérieure que la cohabitation se révèle la plus délicate.

Dans ce secteur, qui comprend d'une part le *pouvoir d'empêcher* du président, en matière de signature des projets d'ordonnance, de certains décrets réglementaires et de nominations aux principaux emplois civils et militaires, d'autre part le *pouvoir de censure morale* que le président s'octroie au nom de sa fonction d'arbitrage, Jacques Chirac va se heurter à de sérieuses déconvenues.

Le *pouvoir d'empêcher* se manifeste dès le 22 mars 1986, lorsque François Mitterrand fait savoir qu'il ne signera que les ordonnances qui «présenteraient un progrès par rapport aux acquis sociaux». Au nom de ce critère purement subjectif, le président refuse que la suppression de l'autorisation administrative de licenciement fasse l'objet d'une ordonnance et annonce qu'il ne signera pas d'ordonnance de privatisation d'entreprises nationalisées avant 1981 ou qui ne respecteraient pas les règles d'évaluation mises au point lors des nationalisations de 1981, afin de ne pas brader le « patrimoine national ». Le gouvernement passant outre, le président refuse de signer (le 14 juillet) l'ordonnance, estimant que les conditions de cession ne protègent pas suffisamment « l'indépendance nationale » alors que le Conseil constitutionnel a donné son aval. Le 2 octobre, c'est l'ordonnance délimitant les circonscriptions électorales qu'il refuse de signer, au nom de la « tradition républicaine » qui voudrait que le Parlement soit souverain en la matière (en 1958 on eut recours à une ordonnance), alors que le gouvernement a mis en œuvre une procédure complexe à sa demande (double examen critique par le Conseil d'État et une « commission des sages » composée de hauts magistrats, soumission du projet à l'Élysée). Le 17 décembre, c'est l'ordonnance sur l'aménagement du temps de travail qu'il récuse.

Dans le même temps, le président examine minutieusement toutes les nominations qui passent par sa signature, refusant les unes, différant les autres, imposant que le remplacement de responsables nommés entre mai 1981 et mars 1986 n'entraîne aucun dommage de carrière pour les évincés, négociant âprement pour les nominations à la tête des entreprises publiques.

A ce travail de sape s'ajoute celui conduit en tant que « gardien de la Constitution ». L'action gouvernementale, souligne d'entrée le président, devra respecter la loi fondamentale. Aussi exprime-t-il ses réserves sur l'usage répétitif de l'article 38 ou du 49.3 au nom des « droits du Parlement », objet de toute sa sollicitude depuis le 16 mars 1986, relève-t-il à l'occasion des points d'inconstitutionnalité d'un projet (comme celui sur la Nouvelle-Calédonie), ou, plus généralement, laisse-t-il planer une suspicion qui conforte les parlementaires socialistes dans leur volonté de saisir systématiquement le Conseil constitutionnel sur tous les textes votés par le Parlement (comme l'avait fait la droite avant 1986).

La rupture libérale

La Haute Instance, dont la présidence a été confiée à Robert Badinter à la veille du 16 mars et qui reste composée majoritairement de membres nommés par la majorité d'avant 1981 (et d'après 1986), va pouvoir exercer son arbitrage dans un contexte délicat. Sa jurisprudence reste constante et s'applique désormais à des textes qui abrogent ceux d'avant 1986 : sur les privatisations, la presse, la communication, le droit pénal, le Conseil se livre à un travail d'interprétation des lois d'habilitation destiné à encadrer celles-ci dans ses principes jurisprudentiels, au point de formuler des *quasi-directives*.

Ainsi, sur les privatisations, pour les mêmes raisons qui l'avaient conduit à souligner le nécessaire respect de la Déclaration de 1789, souligne-t-il la nécessité de ne pas privatiser (comme le Préambule de 1946 le précise) les entreprises remplissant un « service public dont l'existence et le fonctionnement seraient exigés par la Constitution » ou exige-t-il que la privatisation se fasse « à un prix conforme aux intérêts patrimoniaux de l'État et dans le respect de l'indépendance nationale ». La première condition est surtout préventive (empêchant une privatisation à la britannique) tandis que la seconde obligera le gouvernement à réviser son texte.

De même, les décisions du 29 juillet et du 18 septembre 1986 sur la loi sur la presse et celle sur l'audiovisuel, imposant le respect du pluralisme et une sorte de principe *antitrust* obligent le gouvernement à « corriger sa copie » en tenant compte de ses directives.

Si le Conseil constitutionnel avalise les lois Chalandon et Pasqua, s'il entérine le découpage des circonscriptions électorales consécutif au rétablissement du scrutin majoritaire, estimant que le législateur « n'a pas manifestement méconnu les exigences constitutionnelles », son annulation le 23 janvier 1987 de l'« amendement Séguin », par lequel le projet d'ordonnance sur l'aménagement du temps de travail avait été intégré en fin de session à une loi à tiroirs en matière sociale, au motif des « limites inhérentes » au droit d'amendement, entraîne de violentes réactions de la majorité.

Celle-ci et son gouvernement vivent depuis le 16 mars sous l'épée de Damoclès de la non-signature présidentielle et du veto du juge constitutionnel. Dans le premier cas, Jacques Chirac en a pris son parti, une fois passé l'agacement initial (manifeste à propos des privatisations), optant chaque fois que nécessaire pour le « circuit long » (projet de loi ordinaire, procédure d'urgence, article 49.3) : quinze jours ou trois semaines supplémentaires pour contourner la non-signature présidentielle des ordonnances. Dans le second cas, les accusations de « gouvernement des juges » par le garde des Sceaux, les responsables de la majorité ou les présidents des Chambres, voire les menaces de limitation des pouvoirs du Conseil constitutionnel ne seront pas reprises par Jacques Chirac, qui considérera d'autant plus volontiers que la Haute Instance n'entrave pas son action que celle-ci sera immédiatement défendue par l'autre « gardien de la Constitution » : François Mitterrand.

A ces obstacles politico-juridiques s'ajoute le *pouvoir de censure morale* que s'octroie le président de la République. A Solutré, le 20 mai 1986, il intègre ce pouvoir à la *fonction arbitrale* du chef de l'État : « Les Français ont l'impression d'avoir gagné avec moi un arbitre, d'avoir retrouvé une fonction arbitrale, déclare-t-il. Je dois à la fois marquer des domaines essentiels, ceux qui relèvent des pouvoirs du président de la République définis par la Constitution. Et pour tous ceux qui sont minoritaires, je dois exercer ce pouvoir arbitral, représenter les catégories de Français qui pourraient souffrir d'un manque de justice. » Notion incertaine que cette « fonction arbitrale » qui semble ici plus proche de la fonction tribunicienne, et qui conduit le président à faire connaître son point de vue sur la politique gouvernementale, soit solennellement en Conseil des ministres, soit en distillant de « petites phrases » à l'occasion d'émissions, d'interviews (ainsi de la critique de la CNCL dans *le Point,* en septembre

1987, affirmant «qu'elle n'a rien fait jusqu'ici qui puisse inspirer le respect»), ou de voyages en province ou à l'étranger, mais aussi à exercer son veto (sur les signatures), voire à faire pression sur le gouvernement lorsqu'il se trouve «en phase» avec l'opinion — surtout si celle-ci est hostile au gouvernement, comme lors de la crise sociale de novembre 1986-janvier 1987.

3.2. La crise sociale de l'hiver 1986-87 constitue la seconde épreuve décisive du gouvernement Chirac. Celui-ci a déjà dû affronter durant le printemps et l'été 1986 une dure offensive du terrorisme. Le jour même de la composition du gouvernement, un attentat se produit à Paris, faisant deux victimes. D'autres suivront, avec une vague particulièrement meurtrière à Paris (onze morts), liée au conflit du Moyen-Orient et relayée par les attentats d'Action directe (le 17 novembre le PDG de la Régie Renault, Georges Besse, est assassiné). Progressivement, police et services secrets réussissent à remonter les filières terroristes, aboutissant aux arrestations de la plupart des responsables d'Action directe et repérant les réseaux liés au Moyen-Orient (ce qui conduira à la rupture des relations diplomatiques avec l'Iran en juillet 1987). Cette efficacité sera le principal facteur de popularité de Jacques Chirac dans l'opinion.

Plus aléatoire va apparaître la gestion des crises sociales. La première éclate en novembre 1986 dans le monde étudiant et lycéen contre la loi sur les universités (chaque gouvernement de la Ve République croyant bon d'avoir «sa» loi sur le sujet), alors que celle-ci est en cours d'examen au Parlement. Cette loi rétablit le pouvoir de la hiérarchie universitaire, mais se caractérise aussi par l'augmentation des droits d'inscription dans les universités et la possibilité d'une sélection à l'entrée. Une grève massive se développe comme une traînée de poudre dans les facultés et les lycées, sans véritable direction sinon une «coordination étudiante» formée de «délégués» de la base, où l'UNEF-ID, syndicat étudiant proche du parti socialiste, est influente.

Les manifestations de masse qui se déroulent bi-hebdomadairement de la fin novembre à la mi-décembre, et qui verront la mort d'un étudiant à la suite de brutalités policières, obligent le gouvernement à reculer : la démission du ministre des Universités, Alain Devaquet, puis le retrait du projet de loi par le Premier ministre, enfin l'annonce d'une *pause,* d'un « nouveau rythme » dans les réformes, marquent le triomphe complet du mouvement, qui s'autodissout rapidement. Le recul du Premier ministre, approuvé par François Mitterrand, qui l'y avait incité après avoir déclaré qu'il « ne peut se sentir déphasé par rapport à ce que veulent exprimer les gens qui manifestent » (le 22 novembre), met aussi un point final à un débat qui commençait à devenir aigre-doux au sein du gouvernement et de la majorité, partisans du compromis et tenants de l'intransigeance s'étant opposés tout au long du conflit.

Dans les jours qui suivent, une série de grèves spontanées éclate dans le secteur public : le personnel portuaire, les journalistes de l'AFP, les conducteurs de train de la SNCF (dont la grève, dure et non contrôlée par les syndicats, paralyse le trafic durant la période des vacances de fin d'année) et de la RATP, les instituteurs (contre le statut de directeur d'école). Ces grèves catégorielles s'engouffrent dans la brèche ouverte par la grève étudiante : pesant sur les usagers au moment des fêtes de fin d'année, elles donnent à l'opinion l'impression que le gouvernement ne parvient pas à tenir les rênes du pays.

Les conflits sociaux se terminent pour la plupart en janvier sans que le gouvernement ait cédé. Leur effet a été cependant particulièrement négatif pour le Premier ministre qui chute dans l'opinion et ne récupérera pas le terrain perdu. Sa politique libérale va être de surcroît définitivement enrayée avec la crise boursière improvisée qui survient à l'automne 1987.

3.3. La panique qui s'empare des marchés financiers internationaux à la mi-octobre, après plusieurs années de hausse boursière continue, à l'annonce du nouveau déficit du commerce extérieur américain, entraîne un effondrement en deux temps des bourses occidentales (les deux « lundis noirs » des 19 et 26 octobre notamment) : la Bourse de Paris, à l'instar de celle de New York, recule en quelques jours au niveau qui était le sien en février 1986.

Si la tempête boursière n'a pas d'effet économique à court ou long terme (elle n'empêchera pas la reprise de la croissance qui se dessine), elle contraint en tout cas le gouvernement à stopper la vague de privatisations, le marché étant trop dépressif : seuls la compagnie Suez (en octobre) et le groupe Matra (en janvier 1988) seront privatisés, tandis que les autres opérations prévues (et notamment la compagnie d'assurance UAP, cœur du dispositif des « noyaux durs ») sont reportées dans l'attente d'une meilleure conjoncture.

La politique de privatisations s'arrête donc à mi-chemin, laissant un secteur public bien plus important qu'avant 1981, mais aussi un secteur « reprivatisé » contesté dans son système d'actionnariat. Néanmoins, la tension est bien retombée : impressionnés par le succès populaire des ventes d'actions et par l'engouement des épargnants pour la Bourse (pressenti dès 1984 par Pierre Bérégovoy), conscients de la crise financière de l'État entrepreneur, les socialistes ne sont plus disposés à faire des nationalisations leur cheval de bataille : leur polémique se concentrera, durant la campagne des présidentielles, sur les « noyaux durs ». Les grandes controverses théologiques sur le secteur public semblent devoir se conclure par un match nul.

4. *Les divisions de la majorité*

4.1. Effacées le temps de la campagne des législatives de 1986, les divisions de la majorité parlementaire réapparaissent inévitablement à la perspective des présidentielles de 1988. Deux débats les alimentent en permanence. D'une part l'attitude à adopter face au

Front national, d'autre part la multiplicité des candidatures.

Le débat sur le Front national est constant depuis le 16 mars 1986. Les élections régionales qui se déroulaient le même jour que les législatives (elles aussi à la proportionnelle) ont fait du Front national l'arbitre dans plusieurs régions (dans cinq, la majorité a bénéficié de ses voix et dans deux — Languedoc-Roussillon et Provence-Côte d'Azur —, un véritable accord a été conclu avec lui. Les appareils nationaux (à l'exception du CDS) ont préféré fermer les yeux.

Le débat sera relancé à deux reprises.

Au printemps 1987, l'annonce par Jean-Marie Le Pen de sa candidature à l'élection présidentielle de 1988 ouvre une controverse. Alors que l'aile droite de la majorité hésite entre le compromis (Ph. Malaud, J. Médecin) et une attaque frontale qui se ferait sur le terrain de l'extrême droite pour l'éliminer ensuite (Ch. Pasqua), les jeunes ministres du RPR (Michèle Barzach, ministre de la Santé, et surtout Michel Noir, ministre du Commerce extérieur) partent en guerre contre le Front national et ses thèses, soutenus par le CDS et le secrétaire d'État républicain aux Droits de l'homme, Claude Malhuret. Jacques Chirac aura beaucoup de mal à résorber une crise qui, pour la première fois, traverse son propre parti.

En septembre, ce sont des propos, lors d'une émission télévisée, de Jean-Marie Le Pen, déclarant que l'existence des chambres à gaz dans les camps de concentration nazis est «un point de détail de l'histoire de la Seconde Guerre mondiale», qui suscitent une indignation générale de la classe politique. Le débat sur les accords régionaux avec le Front national est relancé tout comme celui sur l'immigration : le rapport sur le racisme remis en novembre par le député RPR Michel Hannoun qui propose un renforcement de la législation antiraciste, tout comme celui de la commission de la nationalité (comité de sages constitué *ad hoc*) proposant une réforme plus libérale du Code de la nationalité que celle prévue dans le projet élaboré par le ministre de la Justice ne font qu'alimenter les polémiques à droite, contraignant le gouvernement à s'en tenir au statu quo.

A ce débat de fond non tranché se juxtapose celui sur les élections présidentielles. Affaibli, comme en 1974-76, par la présence des chefs de partis dans son gouvernement, Jacques Chirac (qui est resté lui-même à la tête du RPR) n'a pu obtenir d'être reconnu par eux comme le leader de la majorité. Cette situation va s'avérer toujours plus difficile à gérer au fur et à mesure que s'approche l'échéance.

Le 1er juin 1987, ce sont les déclarations de François Léotard, jusqu'alors allié privilégié, qui mettent le feu aux poudres : les propos peu amènes du secrétaire général du PR sur une candidature Chirac à l'Élysée conduisent celui-ci à le sommer de choisir entre sa fonction ministérielle et un « rôle militant dans le mouvement auquel il appartient ». Non seulement François Léotard refuse de s'incliner mais il se fera réélire quelques jours plus tard leader de son parti (au congrès de Fréjus du parti républicain, les 6-7 juin). Jacques Chirac n'aura d'autre solution que de minimiser l'incident.

Le problème est encore plus grave avec le courant barriste. La remontée dans les sondages — après neuf mois de déclin — de l'ancien Premier ministre à partir de janvier 1987 (au moment où J. Chirac connaît ses premières difficultés), son emprise sur de larges secteurs de l'UDF conduisent celle-ci à mesurer son soutien parlementaire. Qu'il s'agisse de la politique économique et sociale (comment relancer les investissements?), du budget (refus d'une loi de finances pluriannuelle proposée par Édouard Balladur), de la politique intérieure (Code de la nationalité), de l'Outre-Mer (le référendum du 13 septembre en Nouvelle-Calédonie, gagné par les loyalistes mais boycotté par le FLNKS, n'a rien résolu), voire de conflits sur l'usage du pouvoir (le RPR étant accusé de faire main basse sur le secteur public et parapublic en vue de la campagne), les divergences entre RPR et UDF se multiplient.

En rappelant, dès juillet 1986, que les problèmes de la « deuxième cohabitation » entre les familles politiques de la majorité n'étaient pas moins sérieux que ceux de la « première », entre le président de la République et cette même majorité, François Léotard soulignait le caractère superficiel de l'entente entre partis conservateurs réalisée en 1986.

Le code de bonne conduite majoritaire ne vaut de toute façon que jusqu'aux présidentielles : or la campagne commence dès janvier 1988 avec l'annonce de la candidature de Jacques Chirac (le 16 ; Raymond Barre fera connaître la sienne le 8 février). Écartelée entre deux candidats et bien plus de tendances (les républicains, qu'ils soient proches de V. Giscard d'Estaing ou de F. Léotard, ne soutiennent vraiment ni l'un ni l'autre), la droite retrouve ses querelles traditionnelles à l'approche de l'échéance décisive.

4.2. Condamnée à réussir rapidement du fait de la proximité des présidentielles, l'expérience libérale se termine donc en demi-teinte. Si la politique de privatisations a connu un succès populaire avant d'être enrayée par le krach boursier et si les réformes financières ne se sont pas heurtées à une véritable opposition, il n'en a pas été de même du reste du programme, d'essence plus franchement conservatrice, face à la résistance de François Mitterrand mais aussi des catégories sociales visées. Un recentrage de fait s'est produit sous cette double pression avant que les divisions de la droite ne conduisent le gouvernement à une gestion des affaires courantes.

Destinée à remettre Jacques Chirac en position dominante dans l'électorat conservateur tout en lui donnant une image d'homme d'État, la cohabitation ne permet pas au Premier ministre d'écarter Raymond Barre de la course à l'Élysée et profite surtout aux vaincus des législatives de mars 1986 : François Mitterrand et le parti socialiste. Le premier, grâce à une image d'arbitre doublée d'une fonction tribunicienne débarrassée des soucis de la gestion quotidienne, récupère sa popularité des débuts de septennat dès mai 1986, atteignant un record absolu début 1988 (60 % d'opinions favorables en janvier): outre l'électorat de gauche reconquis, c'est une opinion modérée séduite par sa gestion de la cohabitation qui se rallie.

Cette remontée du président dans l'opinion entraîne parallèlement celle du parti socialiste. Celui-ci calque durant toute la cohabitation sa stratégie sur celle du président, pratiquant une guérilla parlementaire modérée (moins d'obstruction que la droite en 1981-85 mais un recours systématique à la saisine du Conseil constitutionnel) et appuyant les mouvements sociaux lorsque ceux-ci bénéficient du soutien de l'opinion. Paradoxalement, le parti socialiste se présente comme une formation social-démocrate pragmatique après le tournant de 1984, sans qu'aucun aggiornamento idéologique ou la moindre autocritique sur les années maximalistes de 1981-84 n'ait eu lieu: le PS s'en tient à un discours «de gauche» réduit aux acquêts: ceux de la dénonciation du libéralisme absolu et de la critique des ambiguïtés de la droite classique à l'endroit du Front national. Le congrès de Lille (3-5 avril 1987) est surtout marqué par le souci de maintenir la cohésion du parti à l'aube d'une campagne présidentielle où Michel Rocard est une nouvelle fois «candidat à la candidature», mais sans pouvoir cette fois compter sur des sondages largement en faveur du président sortant (à Lille, Pierre Mauroy l'intronisera «candidat suppléant»).

4.3. Ce retour en grâce des socialistes et du président explique que les derniers mois de cohabitation soient marqués par la tentative de détruire cette popularité par tous les moyens. Successivement, trois «affaires», où des socialistes sont impliqués peu ou prou, défraient la chronique: l'affaire «Carrefour du développement», qui éclate en septembre, illustre la gestion particulière des relations franco-africaines et met en cause le ministre de la Coopération des années 1983-86, M. Christian Nucci, fidèle exécutant des décisions élyséennes : la majorité parlementaire décidera sa mise en accusation devant la Haute Cour de justice. En novembre, l'affaire Luchaire jette la suspicion sur des ventes d'armes (en l'occurrence un détournement vers l'Iran) opérées sous le ministre Hernu et les pots-de-vin qui les auraient accompagnées ; en décembre, le même Charles Hernu est éclaboussé par une affaire de fausses factures liées au financement des campagnes électorales dans la région lyonnaise. De son côté, la presse de gauche dénonce les liens étroits entre le ministre de la Justice, M. Chalandon, et la maison Chaumet, joailliers accusés de gestion frauduleuse, avant de concentrer ses polémiques sur l'académicien Michel Droit, membre de la CNCL et importante « plume » du groupe Hersant, qui sera inculpé quelque temps de « forfaiture ».

Ce grand déballage d'affaires à gauche et à droite prend une telle ampleur que la demande, par François Mitterrand, de sa mise en sommeil sous forme de loi sur la « transparence de la vie politique », est unanimement acceptée. Un tel climat en dit long sur les arrière-pensées qui se sont accumulées en deux ans de cohabitation et sur la tentation générale d'en découdre, à peine masquée par le vernis de consensus institutionnel. La campagne des présidentielles en fournira l'ultime preuve.

CHAPITRE III

LE MITTERRANDISME TRIOMPHANT

Au lendemain de sa réélection en décembre 1965, Charles de Gaulle n'avait en rien modifié sa politique et son comportement. Il n'est jusqu'à l'équipe gouvernementale, autour de Georges Pompidou, qui traduisait la continuité, face à l'Assemblée issue des élections de 1962. La réélection de François Mitterrand le 8 mai 1988 marque la fin d'une période difficile de deux ans où il lui a fallu défendre pied à pied ses prérogatives et les « acquis » de sa gestion ; elle est aussi l'occasion de donner à la présidence une orientation politique qui ne soit plus hypothéquée par l'héritage des années d'opposition.

I. LA RÉÉLECTION DE FRANÇOIS MITTERRAND

Le 22 mars 1988, c'est un François Mitterrand très pugnace — et très gaullien — qui annonce sa candidature à l'élection présidentielle, pour lutter contre les « germes de division », semés par des « partis qui veulent tout » et contre les « clans », « bandes » et « factions » qui menacent la « paix civile ». Cette quatrième candidature, après celle de 1965 sous le signe du « républicanisme » antigaulliste, celle de 1974, sous la bannière de « l'union de la gauche » et celle de 1981, sous l'égide du parti socialiste, se présente comme celle du « rassemblement » autour d'un président sortant, incarnant plus que jamais la « force tranquille » d'un socialisme bien assagi.

1. La campagne et les résultats

1.1. La campagne électorale est maîtrisée de bout en bout par le président sortant. En annonçant sa candidature le 22 mars (Michel Rocard a renoncé définitivement en février, déclarant qu'il ne prendra pas « le risque d'affaiblir » les chances de la gauche « pour des raisons personnelles » alors que les sondages montrent qu'il est nettement devancé par le chef de l'État), à un mois à peine du premier tour de scrutin, prévu le 24 avril, François Mitterrand prend au dépourvu tous ses rivaux.

Ceux-ci n'ont pas perçu la nature exacte de la campagne du président. Désireux d'éviter l'écueil dans lequel avait failli tomber Charles de Gaulle en 1965, en confondant, au premier tour, élection et référendum, et qui avait été fatal à Valéry Giscard d'Estaing incapable, en 1981, de trouver une démarche originale, François Mitterrand est allé au plus simple : faire une campagne de « sortant », mais à la manière d'un notable dont la circonscription serait la France entière. Ainsi, tout au long de l'année 1987, tirant profit des espaces de liberté offerts par la cohabitation, François Mitterrand sillonne la « France profonde », inaugurant ici, décorant là, distillant telle réflexion à la seule presse locale. Le jour où la campagne officielle s'ouvre, « sa » campagne de premier tour est terminée. Au moment où ses adversaires guerroient pour le premier tour, il peut mener en fait une campagne de second tour, sur le thème du rassemblement (notamment dans sa *Lettre à tous les Français* du 7 avril) et cela d'autant plus facilement qu'il est le seul candidat assuré de figurer au second tour : entre le 25 avril et le 7 mai, le président-candidat explique à ses électeurs ce qu'il fera après la victoire, au moment où Jacques Chirac, resté en lice, mène une campagne désespérée pour rassembler l'électorat épars de la droite. Tout au long de la campagne, François Mitterrand a donc eu un tour d'avance sur ses challengers.

Le président-candidat va bénéficier de cet avantage

d'abord sur le plan tactique : il ne perd qu'une très faible partie de ses soutiens au moment de son entrée officielle en campagne (c'était une des inconnues de l'élection), les intentions de vote en sa faveur baissant seulement de 37 à 35 % (il obtiendra 34,09 % des suffrages le 24 avril). Il en profite aussi sur le plan pratique : la partie la plus épuisante de la campagne — le premier tour — a été étalée sur un an ; le président peut donc se ménager (même si sa forme est excellente, il lui faut tenir compte de ses soixante-douze ans) et concentrer son effort (radio-télévision, meetings) sur quelques semaines. Menant entre eux une bataille incertaine, ses adversaires, en revanche, sont en permanence en position défensive.

A droite, Raymond Barre est le mieux placé au départ dans les sondages : il atteint un maximum de 25 % d'intentions de vote en octobre 1987 mais décline régulièrement ensuite pour finir à 16,5 %. Durant la campagne, il va hésiter entre deux stratégies sans opter, en définitive, ni pour l'une, ni pour l'autre : la première, calquée sur son image des années 1983-87, l'incite à se présenter comme un candidat « au-dessus des partis », s'appuyant sur le réseau barriste, transcendant le RPR et l'UDF ; la seconde imposée par ses principaux soutiens électoraux, le conduit à s'appuyer sur l'UDF et ses notables, au point d'en être le candidat.

Ne tranchant pas entre ces deux options, Raymond Barre ne peut compter sur le soutien autre que formel d'une partie de l'UDF : Valéry Giscard d'Estaing reste « neutre » entre ses deux « anciens Premiers ministres » tandis que le parti républicain de François Léotard alterne soutien timide, exaltation de l'action du gouvernement Chirac et critique des insuffisances de la campagne barriste. Raymond Barre ne mordra pas non plus sur l'électorat RPR, ni sur le centre-gauche, reconquis par François Mitterrand. De surcroît, la remontée de Jacques Chirac et la candidature tardive de François Mitterrand le placent en porte à faux : il a axé sa campagne de premier tour sur la critique du président sortant — qu'il ne parvient pas à atteindre — et, dans le même temps, éprouve de sérieuses difficultés à se démarquer d'un Premier ministre auquel il s'est lié par un pacte de non-agression réciproque (auquel veille François Léotard). Enfin, la volonté de François Mitterrand de concentrer ses attaques sur Jacques Chirac, de le désigner, en quelque sorte, comme son challenger — d'autant que celui-ci est considéré comme moins dangereux au second tour — va favoriser le Premier ministre au détriment du député de Lyon.

Contraint de déclarer sa candidature plus tôt que prévu afin de combler son retard sur Raymond Barre, Jacques Chirac doit mener une campagne de «primaire» épuisante, multiplier les visites en province et les meetings tout en assumant parallèlement sa fonction gouvernementale. Lui aussi va hésiter entre deux stratégies. La première consiste à valoriser son image de chef du gouvernement (en accréditant l'idée qu'il est le chef «naturel» de la majorité sortante) et l'action menée depuis 1986, cohabitation incluse : c'est la meilleure manière de limiter l'impact de Raymond Barre selon Édouard Balladur. La seconde a pour but de contenir la poussée du Front national en chassant sur les terres de Jean-Marie Le Pen, notamment la sécurité et l'immigration : c'est la thèse défendue par Charles Pasqua.

Oscillant entre ces deux stratégies et donc entre deux discours, Jacques Chirac prête le flanc aux attaques incisives du président sortant. Certes sa campagne lui permet de dépasser Raymond Barre mais elle ne crée pas de dynamique, au point que, de janvier à avril, le total des intentions de vote Chirac-Barre ne cesse de diminuer.

En fait le seul candidat qui progresse durant la campagne est Jean-Marie Le Pen. A gauche, le candidat du parti communiste, André Lajoinie, président du groupe parlementaire à l'Assemblée, ne réussit pas à percer dans l'opinion (son score de 6,8 % le 24 avril correspond à celui prévu depuis le début de la campagne et sanctionne le déclin irréversible du PC) et doit compter avec la candidature dissidente du communiste rénovateur Pierre Juquin (qui n'obtiendra, faute de stratégie claire, que 2,1 % des voix) ainsi qu'avec la présence de l'inusable Arlette Laguiller (2 %).

Alors que le candidat écologiste, Antoine Waechter, dont la campagne a été assez terne, plafonne à 3,8 %, les 14,4 % de voix obtenus par Jean-Marie Le Pen constituent la surprise du premier tour. Ayant comblé dès décembre 1987 la chute de popularité consécutive à ses propos sur l'holocauste, le leader du Front national va bénéficier du désarroi de l'électorat conservateur (qui ne comprend pas sur quoi porte la différence entre ses deux candidats), des débats sur l'immigration habilement relancés par François Mitterrand et de la crise politique en Nouvelle-Calédonie (des gendarmes sont pris en otages par des indépendantistes extrémistes dans l'île d'Ouvéa, le 22 avril). De surcroît, dans une campagne caractérisée par le refus des grands candidats de toute démarche idéologique ou programmatique (F. Mitterrand propose implicitement de poursuivre la politique du gouvernement Fabius de 1984-86 et Jacques Chirac celle menée depuis mars 1986) et par un consensus positif (sur les thèmes internationaux) ou négatif (silence sur le chômage: deux minutes seulement seront consacrées à l'emploi lors du face-à-face télévisé Chirac-Mitterrand), seul Jean-Marie Le Pen se distingue. Exaltant les mythes identitaires sur un registre xénophobe, tirant parti des réflexes de peur en se faisant le champion de la sécurité individuelle face à la délinquance ou à la dilution dans le futur grand marché européen, il se risque même sur le terrain de la nouvelle pauvreté. Bref, il est le seul à aborder de manière passionnelle et manichéenne les problèmes qui inquiètent les Français.

La banalisation presque générale de la campagne — au point de la rendre parfois ennuyeuse malgré la débauche de moyens (la loi votée le 11 mars pour limiter les dépenses des candidats est ouvertement bafouée) — n'est interrompue que par de brefs mais violents affrontements polémiques, notamment entre les deux tours.

1.2. Au soir du premier tour, la victoire de François Mitterrand est acquise. Avec 34,1 % des suffrages, il gagne huit points par rapport au premier tour de 1981 (alors qu'en 1981, Valéry Giscard d'Estaing avait reculé de cinq points par rapport à 1974), demeurant hégémonique chez les salariés et chômeurs mais perçant chez les femmes et les cadres supérieurs. Face à lui, la droite est divisée en trois pôles de taille assez comparable : celui de Jacques Chirac (19,9 %), celui de Raymond Barre (16,5 %) et celui de Jean-Marie Le Pen (14,4 %).

Bénéficiant d'un écart prévisible de huit points par rapport à Jacques Chirac, François Mitterrand peut conduire les quinze derniers jours de campagne avec une grande sérénité. Au contraire, Jacques Chirac sait les difficultés qu'il rencontrera à réunir les trois électorats conservateurs : Raymond Barre s'est bien désisté immédiatement et clairement en sa faveur mais Jean-Marie Le Pen attend le 1er mai pour appeler simplement à ne pas voter Mitterrand malgré les propos de Charles Pasqua déclarant que « sur l'essentiel, la majorité et le Front national se réclament des mêmes valeurs ».

Jacques Chirac décide alors de jouer son va-tout dans une dramatisation totale et l'affrontement avec le président sortant. Le duel télévisé du 28 avril est particulièrement tendu : chacun des protagonistes laisse percer les rancœurs accumulées en deux ans de cohabitation, évitant de justesse le « déballage » de dossiers et faisant voler en éclats la façade consensuelle maintenue pour raison d'État depuis mars 1986.

Mais surtout, à la veille du second tour, par une série de « coups » spectaculaires (libération des trois otages français détenus au Liban ; libération, au terme d'une opération sanglante qui fait 22 morts, des gendarmes pris en otages en Nouvelle-Calédonie ; rapatriement du commandant Prieur impliqué dans l'affaire du

Rainbow Warrior), le Premier ministre tente de forcer le destin. En vain. Depuis le soir du premier tour, les jeux sont faits : les points grignotés avec les coups d'éclat sont intégralement reperdus et l'écart prévu de 8 points est confirmé le 8 mai.

Avec 54,02 % des suffrages et près de 2 millions et demi de voix d'écart avec Jacques Chirac, François Mitterrand a réussi à rassembler bien au-delà de l'électorat de gauche. N'a-t-il pas obtenu le report du cinquième des électeurs lepénistes et de 15 % des électeurs barristes, mais aussi 65 % des nouveaux électeurs du second tour, mobilisant à un niveau digne des précédentes présidentielles (84,06 % de participation au second tour contre 81,37 au premier) ?

Le président réélu est désormais majoritaire chez les femmes comme chez les hommes (54 %), ralliant aussi une bonne partie de l'électorat de droite traditionnel (33 % des catholiques pratiquants). A l'inverse, Jacques Chirac s'avère être un piètre rassembleur, ne récupérant que la moitié des électeurs lepénistes et pénétrant faiblement la première des catégories socio-professionnelles : les salariés (26 % dans le secteur public et 41 % dans le secteur privé).

Ces bouleversements sociopolitiques modifient profondément la carte électorale de la France : au premier tour, la percée de l'extrême droite se traduit non seulement par son maintien à un fort niveau sur la façade méditerranéenne (plus de 20 % en moyenne), mais aussi par un score impressionnant tout au long des marches de l'Est (notamment en Alsace avec 22 %). La progression de la gauche socialiste, déjà décelable au premier tour, est sensible au second dans les fiefs démocrates-chrétiens traditionnels de l'Est et de l'Ouest (François Mitterrand dépasse 50 % dans le Haut-Rhin et dans tous les départements bretons).

Encombrées d'un Front national omniprésent, et dont les socialistes pourront jouer comme la droite joua du parti communiste avant 1981, les formations conservatrices sont donc largement battues le 8 mai. Les données électorales sont bouleversées au profit de la gauche et expliquent pourquoi le président réélu choisira d'exploiter rapidement son avantage.

2. *Logique des institutions et nouvel ordre électoral*

En apparence, le processus politique et institutionnel qui suit la réélection de François Mitterrand semble calqué sur celui qui avait été mis en œuvre en 1981 : le président réélu nomme un Premier ministre issu des rangs de son parti — Michel Rocard —, qui constitue un gouvernement largement dominé par le PS. Puis, le 14 mai (six jours à peine après sa réélection), le chef de l'État prononce la dissolution de l'Assemblée. Les élections législatives se déroulent les 5 et 12 juin et donnent la majorité absolue à la gauche.

En fait, la similitude n'est qu'apparente : la dissolution immédiate apparaît contradictoire avec les propos tenus durant la campagne par le chef de l'État et le discours d'ouverture développé par le Premier ministre ; quant à la victoire de la gauche, elle est factice dans la mesure où le désistement réciproque entre PS et PCF ne débouche sur aucun accord politique et laisse les socialistes, qui ont manqué de peu (contrairement à juin 1981) la majorité à l'Assemblée, en situation nouvelle, sous la Ve République, de *majorité relative*.

2.1. Le gouvernement Rocard et la dissolution. Tout, dans les faits et gestes de François Mitterrand au lendemain de sa réélection, traduit sa volonté de revenir à une pratique orthodoxe des institutions.

La formation du gouvernement en est un premier signe : désireux d'en finir au plus tôt avec les dernières traces de la cohabitation, le gouvernement Chirac est prié par l'Élysée de présenter « spontanément » sa démission avant même la proclamation officielle des résultats et le début du second mandat présidentiel. C'est chose faite dès le 11 mai et Michel Rocard est nommé immédiatement Premier ministre.

Même si la nomination de l'éternel rival de François Mitterrand n'est une surprise pour personne, elle constitue un événement, compte tenu de l'ampleur du contentieux qui les séparait jusqu'à une date récente : Michel Rocard ne fut-il pas celui qui ne crut pas à l'entreprise mitterrandienne de reconstruction de la gauche à travers la conquête de la SFIO et l'union de la gauche ; qui préféra tenter l'opération rivale du PSU avant de contester en vain, au nom d'une « deuxième gauche » moderniste et autogestionnaire, l'« archaïsme » du leader d'un parti qu'il avait fini par rallier ; qui dut passer sous les fourches caudines du premier septennat, ne glanant que des responsabilités secondaires ; qui fut enfin, lui aussi, victime d'une cohabitation qui, en replaçant François Mitterrand au zénith des sondages, ne faisait plus de lui l'enfant chéri de l'opinion ? Pour cet homme politique qui veille, à la façon de Jacques Chaban-Delmas, à garder jeunesse et dynamisme à cinquante-neuf ans (mais déjà trente-cinq d'engagement politique), l'arrivée à Matignon est malgré tout un succès : elle lui donne une légitimité institutionnelle et une autorité sur son parti qui pourraient lui être utiles plus tard. A lui de réussir, car il sait que ses nombreux ennemis au sein du PS seraient sans pitié en cas de faux pas.

La composition du gouvernement Rocard porte elle aussi la marque du président. Le choix des ministres traduit la volonté de confier les postes clés à des hommes d'expérience (ministres de 1981 à 1986) afin de ne pas répéter les erreurs de 1981, mais aussi à des hommes de confiance du président, qui ont rang d'ailleurs de ministres d'État : Lionel Jospin (Éducation), Pierre Bérégovoy (Économie et Finances), Roland Dumas (Affaires étrangères), Maurice Faure (Équipement). Les mitterrandistes, socialistes ou non, ont la majorité absolue au sein du gouvernement, alors que les rocardiens ne sont que 6 sur 42. Pour le reste, l'équipe Rocard traduit une première et timide ouverture : les quelques ralliés de l'entre-deux-tours (radicaux comme MM. Durafour et Pelletier, libéraux comme Lionel Stoléru) se voient récompensés d'un maroquin ministériel.

Pour parachever sa maîtrise retrouvée des pouvoirs, François Mitterrand compte enfin sur deux opérations décisives : la nomination d'un nouveau premier secrétaire du PS et la dissolution de l'Assemblée. Ces deux opérations n'obtiendront pas le succès escompté.

En annonçant dès le 18 février, qu'il démissionnerait de la direction du PS après les présidentielles, Lionel Jospin avait officiellement ouvert la bataille pour sa succession. Elle sera de courte durée. Alors que Laurent Fabius bénéficie du soutien de l'Élysée, c'est Pierre Mauroy qui est élu premier secrétaire le 14 mai par le Comité directeur du PS. En fait, l'élection surprise du maire de Lille révèle au grand jour la division du courant mitterrandiste qui avait régné dix-sept ans sur le PS : depuis la campagne électorale des législatives de 1986, la guerre est ouverte entre les deux dauphins du mitterrandisme, Laurent Fabius et Lionel Jospin. Le second peut compter sur les amitiés qu'il garde dans l'appareil et la vieille garde mitterrandiste, sur l'alliance qu'il a nouée avec Pierre Mauroy (et les grands féodaux du PS) mais aussi sur le soutien « objectif » des rocardiens. Rares étant ceux qui veulent, dès le début du second septennat, donner à Laurent Fabius un levier qui serait décisif en cas d'élection présidentielle, Pierre Mauroy l'emporte et avec lui une solution de transition acceptable par tous, y compris François Mitterrand.

La seconde déconvenue — la plus grave — est le résultat médiocre des législatives.

Même si le président de la République avait déclaré durant la campagne des présidentielles qu'il ne dissoudrait que si le gouvernement était « empêché de gouverner », la logique l'emporte. Logique politique et institutionnelle d'abord dans la mesure où François Mitterrand, après deux ans de cohabitation difficile avec une majorité parlementaire qui ne l'a guère ménagé, refuse catégoriquement de se lancer dans un nouveau type de cohabitation dont l'issue est imprévisible (le prétendant à la cohabitation est cette fois M. Giscard d'Estaing, qui adjure de ne pas dissoudre), alors que la dissolution au lendemain de sa réélection triomphale semble annoncer un large succès. Logique tactique également, car si le président et le Premier ministre attendent des centristes qui ont soutenu Raymond Barre qu'ils se rallient à la majorité présidentielle de gauche, ils n'envisagent nullement un «compromis historique» entre gauche et centre, qui amoindrirait la portée du succès présidentiel et ferait revenir le régime à la IVe République. Le fait que les centristes soient sommés de se rallier sur l'heure sous peine de dissolution montre bien où se situe le nouveau rapport de force. Refusant de tergiverser, François Mitterrand, sans attendre que l'Assemblée se soit réunie (autre signe de la primauté présidentielle), la dissout; on pourrait presque dire la révoque.

2.2. Les élections législatives de juin 1988. Contrairement aux prévisions formulées tant par les instituts de sondage que par le personnel politique, les élections législatives de juin ne sont pas la répétition de celles de 1981.

La première surprise réside dans la démobilisation générale de l'électorat. Comme en 1981, le pourcentage d'abstention enregistré les 5 et 12 juin est important (34,2 % le 5 juin contre 30,2 % en 1981). Mais la nouveauté par rapport à 1981 est que les abstentionnistes proviennent cette fois autant de la gauche, de ceux qui ont voté Mitterrand le 8 mai, que de la droite, empêchant la réédition de la «vague rose» de juin 1981. Comment expliquer cette démobilisation?

D'abord par l'absence de mobilisation des nouveaux gouvernants. Ni le président de la République, qui se contente de «petites phrases» sibyllines tant qu'il croit l'issue assurée («Il n'est pas bon qu'un parti gouverne seul», déclare-t-il à Solutré, facilitant la campagne de la droite contre «l'État-PS») avant de réclamer aux électeurs une « majorité de progrès » à la veille du scrutin, ni le PS, mal remis de sa bataille interne pour le pouvoir, ne sont parvenus à prendre la mesure d'un scrutin qu'ils estiment gagné d'avance, laissant Michel Rocard bien esseulé.

Mais également par la contradiction entre le discours sur l'ouverture tenu durant la campagne et au lendemain de l'élection présidentielle et la nécessité de conduire une bataille « gauche contre droite » classique du fait du scrutin majoritaire à deux tours. L'ouverture se réduit à quelques candidatures cédées à des compagnons de route du PS, aux quelques ralliés du second tour des présidentielles et à une poignée de notables locaux. Pour l'essentiel, face à une opposition qui a réalisé la candidature unique pour mieux résister au Front national, la gauche retrouve les vertus de la « discipline républicaine ».

La seconde surprise est la bonne tenue de la droite. Certes, elle doit reculer de 54,7 % des suffrages exprimés en mars 1986 à 50,7 % le 5 juin, mais ce recul se fait en bon ordre, autour de ses notables locaux qui résistent bien, appuyés sur les majorités départementales et municipales conservatrices héritées du premier septennat. De surcroît la candidature unique s'est avérée efficace : sous la houlette de Valéry Giscard d'Estaing, remis en selle par la contre-performance de ses « anciens Premiers ministres » et porte-parole de l'« URC » (Union du Rassemblement et du Centre), la campagne se fait sur le thème du vote utile face au risque d'État-PS, mais aussi face au Front national : celui-ci, qui régresse à son niveau de 1986 (9,63 %), ne parvient que rarement à franchir la fameuse barre des 12,5 % des inscrits nécessaire pour être présent au second tour.

A gauche, c'est en présentant systématiquement ses notables locaux, gestionnaires des derniers bastions du communisme municipal, que le PCF sauve sa représentation parlementaire : ses 11,3 % des suffrages (qui correspondent aux 7,3 % des inscrits de mars 1986) sont l'addition d'une performance exceptionnelle de ses notables (souvent âgés) dans 25 départements et de la poursuite de la désertification ailleurs.

Le score obtenu par le parti socialiste montre l'impact relatif de la victoire aux présidentielles : grossi de ses compagnons de route, il obtient 36,4 % des suffrages, soit une performance légèrement inférieure à celle de 1981 (38,3 %) : ce résultat est la combinaison d'une bonne tenue de ses notables (gagnant 4,9 points par rapport au premier tour de François Mitterrand dans les fiefs socialistes, notamment le grand Sud-Ouest) mais aussi de l'effet des présidentielles dans certaines zones de progression récente (grand Ouest).

Au soir du premier tour, avec 49,24 % des suffrages, la gauche reste légèrement devancée par la droite (50,32 %), mais enregistre une nette remontée par rapport à 1986 et au premier tour des présidentielles (il est vrai que cette fois les écologistes sont absents de la compétition). C'est la mobilisation d'une petite fraction des abstentionnistes du premier tour dans les 453 circonscriptions restant en ballottage (l'abstention y tombe de 34,4 à 29,8 %) qui fera la différence en faveur du parti socialiste, le rapport gauche/droite y passant de 50,3 contre 49,3 % à 52,1 contre 47,9 %. Progression marginale qui empêche le PS d'emporter la majorité absolue (il lui manque 13 sièges qu'il aurait pu emporter avec 1 411 voix de plus!) mais suffisante pour laisser la droite minoritaire (celle-ci aurait eu la majorité absolue, en conservant les 15 sièges qui lui manquent avec 2 612 voix de plus!). Des élections qui se sont jouées à 0,02 % des voix : autant dire que le bon report de voix à gauche, les pertes enregistrées à droite du côté du Front national, exclu du Parlement (il ne compte qu'un député, vite dissident) ont joué au maximum. Autant dire également que c'est un échec pour le président (il reconnaîtra au lendemain du second tour qu'« il eût été préférable d'atteindre la majorité absolue des députés ») qui devra composer avec la surenchère communiste ou le bon vouloir des centristes.

II. LES GOUVERNEMENTS DE MAJORITÉ RELATIVE

Manquant de 13 sièges la majorité absolue, les socialistes (276 sur 577) se trouvent dans une situation originale sous la Ve République : l'opposition au président n'est certes plus majoritaire comme en 1986 (elle compte 272 députés), mais le PS ne l'est pas comme en 1981 du fait du refus communiste (27 députés) de rallier la majorité présidentielle. Le gouvernement doit donc composer au coup par coup sa majorité en jouant de l'impossibilité (présumée) d'une conjonction des oppositions (droites et communistes).

A vrai dire, la situation correspond au cas de figure sur lequel avaient travaillé les constituants de 1958, vivant sur l'expérience de la IVe République. Sous la Ve République, où le gouvernement procède d'abord du chef de l'État, la disposition d'une majorité parlementaire est présumée : c'est à l'opposition de faire la preuve du contraire, en votant une motion de censure à la majorité absolue de ses membres (ainsi s'explique la déclaration de politique générale non suivie de vote du 29 juin 1988).

Bien entendu, il est difficile au gouvernement de s'appuyer sur le seul article 49.3 pour légiférer : l'arsenal du parlementarisme rationalisé est là pour éviter cette extrémité, mais aussi une bonne dose d'habileté. C'est ce à quoi Michel Rocard va s'employer.

1. *Gouverner au centre : les années Rocard*

L'arrivée de Michel Rocard à Matignon conforte l'orientation modérée qui est celle des socialistes en 1988 : revenus de leurs illusions idéologiques qui leur ont valu la défaite de 1986, ils s'en tiennent au programme fort succinct de la *Lettre à tous les Français*, caractérisée avant tout par le statu quo, à commencer par les nationalisations (selon la fameuse règle du *ni* privatisations, *ni* nationalisations).

Quant au Premier ministre, son double souci de ménager les centristes pour garantir une majorité parlementaire et de promouvoir une politique réformiste reposant sur le consensus et le changement progressif ne fait que renforcer le climat de modération du second septennat.

1.1. Le cadre politique. Faute d'avoir pu séduire les centristes, le second gouvernement Rocard pratique une «ouverture» originale. Face aux 26 ministres socialistes où les rocardiens sont très minoritaires, 20 ministres représentent le «centre» et la «société civile». Les centristes du gouvernement (6) sont avant tout des ralliés, en rupture avec leur famille d'origine (le barriste Jean-Pierre Soisson, les démocrates-chrétiens Théo Braun et Jean-Marie Rausch) mais qui seront utiles à Michel Rocard pour négocier des votes favorables ou des abstentions des barristes et du CDS (qui viennent de constituer un groupe parlementaire autonome à l'Assemblée, l'Union du Centre).

Quant à la «société civile» (14), elle est constituée de vedettes des media dans leurs domaines respectifs (médecine, sport, économie sociale): l'un d'eux, le professeur Schwarzenberg, ne restera d'ailleurs que quelques jours au gouvernement pour avoir tenu des propos non orthodoxes sur la prévention de la toxicomanie et le dépistage du sida.

Cette tactique d'ouverture s'avère payante la première année de la législature, puisque la plupart des projets de loi sont votés grâce à l'abstention des communistes ou des centristes, voire même du RPR et de l'UDF. Mais, à partir de l'automne 1989, le raidissement de la droite, sortie de sa torpeur post-électorale, puis le passage à une opposition dure du parti communiste obligent Michel Rocard à employer l'arsenal constitutionnel: s'il ne recourt à l'article 49.3 qu'à deux reprises en 1988, c'est à 16 reprises qu'il le fait en 1989 (dont 7 fois sur la loi de finances et la loi de finances rectificative) et à 9 reprises en 1990. De mai 1988 à avril 1991, c'est 28 fois que l'article 49.3 aura été utilisé, soit davantage que de 1958 à 1988!

Le 19 novembre 1990, en plein conflit du Golfe, le gouvernement manque d'être renversé par la conjonction des oppositions de droite et communiste : recueillant les fruits de son attitude compréhensive envers les parlementaires d'outre-Mer, Michel Rocard trouve les quelques voix qui lui évitent le naufrage (il manquera 5 voix à la censure).

Cette vie parlementaire agitée est le principal souci politique de Michel Rocard : les rapports avec l'Élysée, malgré le manque de chaleur et la volonté de François Mitterrand de continuer à exploiter le registre tribunicien qui lui avait si bien réussi sous la cohabitation (quitte à ce qu'il s'exerce contre son propre gouvernement, comme on le verra lors des différents conflits sociaux de ces années), restent en 1988 et 1989 dans la norme dyarchique de la Ve République. Enfin, Michel Rocard bénéficie, après la fin du cycle électoral amorcé en 1988, d'une période de répit potentielle de trois ans.

1.2. Les dernières hypothèques électorales

Alors que sous les deux septennats précédents, les élections secondaires (élections locales, européennes) s'étaient déroulées à mi-mandat, au grand dam des gouvernants, les hasards du calendrier électoral conduisent à une succession de scrutins, entre octobre 1988 et juin 1989, avant trois années sans élections nationales : les cantonales, les municipales et les européennes. A ces trois scrutins va s'ajouter un référendum, organisé pour ratifier solennellement l'accord de compromis survenu entre les deux factions néo-calédoniennes en conflit, les indépendantistes du FLNKS et les loyalistes du RPCR, le 26 juin grâce aux bons offices de Michel Rocard.

Survenant peu de temps après l'élection présidentielle, ces scrutins successifs vont traduire une grande lassitude de l'électorat mais aussi l'incapacité de l'opposition de les transformer en vote sanction contre des gouvernants encore peu contestés.

Les élections cantonales des 25 septembre et 2 octobre se caractérisent par une abstention considérable (51 % au premier tour, 53 % au second) notamment dans les zones urbaines. Alors que les cantons renouvelés avaient connu une progression de la droite en 1982, cette fois les rapports de force sont stabilisés (48 % pour la gauche, 50 % pour toute la droite) et si la gauche progresse en sièges, elle ne progresse pas en présidences de conseils généraux (le rapport de force reste de 71 contre 30, en faveur de la droite).

Le référendum sur la Nouvelle-Orléans, qui se déroule quelques semaines plus tard (le 6 novembre), traduit une nouvelle flexion de la participation: les 62,96 % d'abstentions constituent un record et sonnent le glas des efforts pour tirer l'institution référendaire de l'oubli dans lequel elle était tombée depuis 1972 (déjà du fait des abstentions).

Il est vrai que, pour l'opinion, tout semblait réglé depuis la signature des accords de Matignon du 26 juin, accords-cadres renvoyant le nouveau scrutin d'autodétermination (excluant les Européens installés depuis moins de dix ans) à 1998, après l'application d'un plan de développement de l'île destiné à sortir les Canaques du sous-développement. Les palabres de certaines factions du FLNKS, trouvant leur leader trop conciliant et tentant d'obtenir une renégociation (les accords sont légèrement remaniés le 20 août), les critiques virulentes du Front national, qui déstabilisent le leader du RPCR, Jacques Lafleur, affaiblissent les accords. La droite, qui penchait pour le «oui» en juin, se divise: si le CDS et le PR appellent timidement au «oui», le RPR, partagé entre le «non» et l'abstention, opte pour la non-participation (comme le PS en 1972), tandis que le Front national appelle au «non». Et si la gauche est unanime à appeler au «oui», ses militants et dirigeants sont étonnamment discrets: le président de la République, qui est théoriquement à l'origine de l'appel au peuple (article 11 oblige) ne se manifeste guère et c'est Michel Rocard et son équipe qui font presque seuls campagne.

Si le «oui» l'emporte largement (80 %), le score des abstentions et des bulletins blancs (12 %) est tel qu'il fragilise les signataires des accords Matignon. Jacques Lafleur doit subir l'affront d'un «non» massif des Caldoches (60 % dans la région Sud à majorité européenne). Quant à Jean-Marie Tjibaou, il reste contesté par l'aile extrémiste du FLNKS (qui organisera son assassinat quelques mois plus tard, le 4 mai 1989). Le «oui» est un succès facile mais relatif pour Michel Rocard, car s'il gèle le conflit calédonien, il n'octroie pas de légitimité suffisante pour le régler durablement.

Les élections municipales de mars 1989 constituent un autre test significatif pour le gouvernement. Michel Rocard sait cependant qu'il sera difficile cette fois pour l'opposition, à moins d'un an des présidentielles, d'en faire des élections-sanctions. De surcroît, après le raz de marée conservateur de mars 1983 (avant l'apparition du Front national), l'objectif de la droite est plus défensif que conquérant.

Dans un contexte de dépolitisation voulu à la fois par la gauche et par la droite, ces élections voient, après les législatives, un nouveau triomphe des notables. Les appareils partisans tentent bien, comme en 1983, de simplifier l'enjeu dans un combat «gauche» contre «droite», mais cette stratégie est contestée à la base.

A gauche, ce n'est que le 17 février, soit trois semaines à peine avant le premier tour, qu'un compromis global mais limité entre PS et PC est trouvé: dans 37 % des villes de plus de 20 000 habitants se dérouleront des primaires officielles. Si les cas d'alliance PS-centristes sont rares (Metz, Auxerre, Angers), les listes socialistes «autonomes» sont largement ouvertes à la «société civile» locale, ce qui permet, *via* la vie associative, une ouverture *de facto* au centre. A ces primaires officielles s'ajoutent des primaires sauvages, qui entraînent l'exclusion des socialistes locaux. Le cas le plus fameux est celui de Marseille où Robert Vigouroux, qui a succédé à Gaston Defferre, emmène sur sa liste l'aile defferriste du PS local contre la liste officielle d'union de la gauche; le PCF connaît lui aussi ses dissidences, notamment au Mans (où Robert Jarry est allié au PS).

Si le pluralisme des alliances est devenu la règle à gauche, à droite, le même phénomène se produit mais sous des formes différentes. La décision de Michel Noir (RPR) d'affronter le maire UDF de Lyon Francisque Collomb met le feu aux poudres: les primaires sauvages vont se multiplier, notamment dans le Midi méditerranéen, où elles sont entretenues par les luttes clientélaires endémiques. Rares sont cependant les cas où la droite s'allie ouvertement avec le Front national.

La faiblesse persistante de la participation, mais à un degré nettement moindre qu'aux consultations de l'automne, est l'un des traits significatifs de ces élections: 27,18 % d'abstention au premier tour et 26,94 au second, mais bien davantage dans les villes (l'abstention atteint 40 % en moyenne dans les grandes agglomérations). Le rééquilibrage des forces au profit de la gauche (48,5 % au premier tour) efface la poussée conservatrice de 1983. Ce rééquilibrage profite au parti socialiste qui conquiert 36 villes de plus de 20 000 habitants et en perd 14 alors que le PCF n'en gagne qu'une et en perd 15. Les primaires PS-PC ont tourné largement à l'avantage des socialistes (sauf dans les villes tenues par le PC) et le communisme municipal connaît un nouveau repli: une seule ville de plus de 100 000 habitants (Le Havre), trois seulement des villes de plus de 20 000 habitants perdues en 1983 reconquises (et par le PS!) et 41 de ses 53 municipalités de plus de 20 000 habitants concentrées dans la seule région Ile-de-France.

Pour autant, le succès socialiste n'est pas uniforme. Le PS parachève sa progression dans les terres démocrates-chrétiennes, à l'Ouest, en reprenant Brest et Nantes, en l'emportant à Quimper, Lisieux et Fécamp, mais surtout à l'Est avec les victoires spectaculaires de Strasbourg et Mulhouse, concrétisant la progression spectaculaire du socialisme d'inspiration chrétienne dans ces vieilles terres catholiques. Par contre, la crise persiste dans les grandes métropoles, à Paris ou à Lyon, à Bordeaux ou à Marseille (où les socialistes officiels sont laminés).

Quant aux listes dissidentes du PS et du PCF, leur succès est éloquent: à Marseille, Robert Vigouroux triomphe, avec 47,97 % des voix, dans tous les secteurs, ridiculisant la liste d'union de la gauche et sonnant le glas des espoirs de Jean-Claude Gaudin (25,67 %).

A droite, le rééquilibrage au profit du PS touche tous les partis, RPR comme UDF, PR comme CDS. La perte globale de 16 villes de plus de 20 000 habitants (34 passent de droite à gauche — dont 5 de plus de 100 000 habitants — et 18 sont conquises sur la gauche) est d'une portée inégale. Les villes perdues dans des bastions historiques du gaullisme et de la démocratie chrétienne, où la relève n'était plus assurée depuis longtemps, ne sont pas compensées par des gains sur des municipalités de gauche de moindre importance. Tout aussi significatifs sont les reclassements au sein de la droite: si le RPR chiraquien conserve son hégémonie sur Paris (où Jacques Chirac réédite le « grand chelem » malgré l'offensive conjointe du PS et de Jean-Marie Le Pen) et sur l'Ile-de-France, ce sont ses jeunes notables non conformistes, qui donnent le ton en province. Le triomphe de Michel Noir, qui écrase Francisque Collomb (soutenu par Raymond Barre) à Lyon et l'emporte dans tous les secteurs — 43,48 % contre 18,01 % au premier tour — est le plus significatif, tout comme les faciles confirmations d'Alain Carignon (RPR) à Grenoble ou Dominique Baudis (CDS) à Toulouse.

Dans la performance médiocre de la droite, les scores obtenus par les écologistes et le Front national pèsent très lourd. La réapparition du vote écologiste dans de nombreuses villes de l'Ouest et de l'Est (où les Verts approchent 15 % des suffrages) se fait, comme en 1977, parallèlement à la poussée du PS sans que le maintien des listes vertes (du fait de la proportionnelle) au second tour pénalise la gauche. Celle-ci est en effet moins gênée par les écologistes que la droite par le Front national, présent dans 214 villes de plus de 20 000 habitants. L'extrême droite réalise d'excellents scores dans ses bastions (29 % à Perpignan, 24 % à Toulon, 19 % à Nice, 18 % à Mulhouse, 22 % à Dreux), et obtient 10 % des suffrages dans les villes de plus de 9 000 habitants où elle se présente. Le refus de la droite modérée de négocier avec le Front national précipite la chute de villes comme Strasbourg ou Mulhouse. Dans les rares cas où l'alliance se fait, le résultat est également négatif, comme à Béziers.

Dix mois après les présidentielles, les retombées électorales de celles-ci bénéficient encore au parti socialiste et la droite reste face aux difficultés qui avaient alors précipité sa défaite.

Dernière étape du marathon électoral, survenant trois mois après les municipales, les élections européennes du 18 juin illustrent la lassitude des électeurs, appelés aux urnes pour la sixième fois en près d'un an. Se déroulant à la proportionnelle intégrale et permettant aux partis de maîtriser le jeu, elles se déroulent dans une indifférence générale dont témoignent les 50,64 % d'abstentions.

Le succès des tiers partis (les écologistes obtiennent 10,64 % des suffrages et le Front national 11,76 %) et des petites listes (4,15 % à la liste des chasseurs antibruxellois!) traduit le peu de mobilisation pour les grands partis: les 23,57 % de la liste socialiste guidée par Laurent Fabius constituent une contre-performance individuelle et collective, tout comme les 8,41 % de la liste centriste de Simone Veil alors que l'appel au vote utile à droite par Valéry Giscard d'Estaing (tête de liste de l'Union RPR-UDF) lui permet d'arriver en tête avec 28,82 % et de le replacer dans la compétition politique nationale.

Dans l'ensemble, le cycle électoral post-présidentiel se termine de façon satisfaisante pour la majorité présidentielle et ses gouvernants. Ayant levé les hypothèques électorales, et récupéré l'usage du droit de dissolution (interdit l'année qui suit une dissolution), François Mitterrand dispose de trois années « utiles » qui ne sont pas de trop pour une opposition en quête d'identité et de leadership.

1.3. Les limites de la méthode Rocard. Le retour des socialistes au pouvoir n'implique pas, comme en 1981, de grands bouleversements. Certes, dès mai 1988, un certain nombre de mesures sont mises en œuvre, mais elles visent davantage à corriger les décisions du gouvernement Chirac de 1986-88 qu'à innover. Ainsi avec le rétablissement de l'impôt sur les grandes fortunes (qui finance le revenu minimum d'insertion destiné aux 500 000 personnes les plus démunies), le remplacement de la C.N.C.L. par le Conseil Supérieur de l'Audiovisuel (nouvelle mouture de la Haute Autorité), la prévention du licenciement économique (qui atténue les effets de la loi Seguin), l'abrogation d'une partie de la loi Pasqua sur l'immigration ou la révision de la loi Méhaignerie en faveur des locataires.

Sur tous ces chapitres, le gouvernement cherche difficilement une voie moyenne entre le libéralisme du gouvernement Chirac et la politique socialiste d'avant 1984. Deux secteurs tests le démontrent : l'économie et l'audiovisuel.

L'arrêt des privatisations et le refus de toute ré-étatisation sont désormais la règle pour le secteur public. Il est vrai que la tentative avortée de raid sur la Société générale (banque privatisée en 1987) en octobre 1988, avec la bénédiction du ministre des Finances, Pierre Bérégovoy, où les raiders, proches du pouvoir, bénéficient de l'étonnant soutien de la Caisse des Dépôts, déclenche un tel scandale (on parle une première fois de délits d'initiés) que cet essai n'aura pas de suite. Désormais le secteur public se lancera dans les participations croisées entre entreprises à capitaux publics ou dans les OPA à l'étranger (quitte à ce que, comme dans l'OPA de Péchiney sur American Can, en novembre 1988, on retrouve des proches du pouvoir impliqués à nouveau dans des délits d'initiés).

Dans l'audiovisuel, le C.S.A. fait la démonstration de son indépendance en refusant de nommer des personnalités proches du pouvoir à Radio-France et à la présidence commune des chaînes publiques. Il est vrai que le nouveau PDG d'Antenne 2 et FR3, Philippe Guillaume, nommera à leur direction des socialistes, ce qui ne l'empêchera pas un an plus tard d'être acculé à démissionner.

Au-delà des ajustements de la transition, Michel Rocard tente de mettre en œuvre une méthode de travail qui privilégie le moyen terme (avec pour objectif avoué de durer jusqu'aux législatives de 1993) et le cumul de réformes limitées et de «grands chantiers».

Ces derniers, facilités par l'aisance budgétaire des années de croissance 1988 et 1989, seront en partie voulus et en partie imposés.

C'est d'abord le dossier de la Nouvelle-Calédonie qui lui permet durant l'été 1988 de trouver un compromis (politique et social) acceptable entre les deux communautés de l'île après les affrontements sanglants de l'automne 1987 et du printemps 1988.

C'est ensuite celui de l'Éducation nationale. Reposant sur une rénovation pégagogique couplée avec une revalorisation de la «condition enseignante», il n'atteindra que le second objectif (malgré l'affectation de 50 milliards de francs à ce chantier en trois ans), butant sur le conservatisme de la «forteresse enseignante».

Quant à la modernisation de l'administration, autre chantier promu dès 1988, dont l'objectif est d'introduire l'esprit managerial dans la gestion publique (ce qui facilitera la mutation des PTT en deux établissements), ses résultats (si l'on excepte la refonte de la grille salariale de la fonction publique) seront plutôt décevants.

Les deux derniers grands chantiers seront davantage subis qu'élaborés, qu'il s'agisse de la protection sociale ou de la ville.

A l'automne 1990, au moment de l'élaboration de loi de finances pour 1991, le gouvernement annonce la création d'un prélèvement sur l'ensemble des revenus afin de financer la Sécurité sociale (dont les comptes, sous l'effet du chômage, sont dangereusement déséquilibrés). La contribution sociale généralisée (C.S.G.) est une sorte d'impôt à la source qui, au-delà d'une réforme du financement de la Sécurité sociale, laisse entrevoir une réforme de l'ensemble de la fiscalité française. Face à Michel Rocard se dresse un front du refus syndical (à l'exception de la CFDT) et politique (du PCF à la droite... et au ministère des Finances) qui manque renverser le gouvernement en novembre 1990. L'introduction de la CSG ne règle d'ailleurs pas le problème du déficit de la Sécurité sociale, du fait du ralentissement de la croissance : ce sera même un sujet de polémique antirocardienne dans les rangs mitterrandistes après le départ de Matignon.

Le dossier de la ville est tout aussi complexe. Au départ, on y trouve le dossier de la région parisienne dont Michel Rocard veut revoir (en juillet 1989) le schéma directeur afin de redresser le déséquilibre Est-Ouest mais aussi centre-périphérie. Au nom de la défense de la décentralisation, la droite RPR (qui gère les départements riches de Paris et de l'Ouest) se mobilise et le projet gouvernemental sera enterré. La seule réalisation concrète sera la loi de solidarité financière entre communes riches et communes pauvres, adoptée en avril 1991 grâce à l'abstention du Centre et de l'UDF.

Mais ce sont les révoltes dans les banlieues (qui débutent en octobre 1990 avec les affrontements entre jeunes et policiers à Vaulx-en-Velin, dans la périphérie lyonnaise) qui contraignent le gouvernement à aborder le dossier de la ville en dehors des habitudes technocratiques. Dix ans après son arrivée au pouvoir, la gauche prend conscience de la gravité d'un problème dont elle avait pourtant à payer les conséquences électorales. Aiguillonné par François Mitterrand, Michel Rocard se saisit du dossier : l'action gouvernementale est centralisée dès décembre entre les mains de Michel Delebarre, qui de l'Équipement passe à un ministère d'État chargé de la ville, tandis qu'en mars 1990, une loi est adoptée pour modifier complètement la politique d'attribution des logements sociaux afin d'éviter la constitution de nouveaux ghettos, et que le gouvernement se penche sur les « quatre cents » quartiers difficiles.

Des révoltes des banlieues aux problèmes de l'immigration, il n'y a qu'un pas: mais c'est la dimension culturelle de l'immigration que Michel Rocard aura à affronter avec l'affaire du « foulard islamique » porté par de jeunes élèves musulmanes qui déclenchent l'ire de chefs d'établissements scolaires à l'automne 1989. La querelle, qui opposera laïcs intransigeants et laïcs tolérants au sein même de la gauche et sera tranchée dans le sens du compromis par le Conseil d'État après bien des tergiversations gouvernementales, ne contribuera pas peu à l'affaiblissement de l'image du Premier ministre.

Le bilan mitigé des chantiers rocardiens doit enfin intégrer les dossiers institutionnels que Michel Rocard a été contraint de gérer. En 1989, c'est d'abord la nouvelle loi sur le financement des campagnes électorales et des partis (voir chapitre VI) qui est adoptée en catastrophe à la demande du PS et de François Mitterrand. Son objectif avoué est de prévenir les enquêtes judiciaires sur le financement illicite du parti socialiste en adoptant (à l'occasion de la loi) une amnistie effaçant les délits commis avant son entrée en vigueur: non seulement la cacophonie qui entourera le débat parlementaire (particulièrement mal conduit) sera catastrophique pour l'image du gouvernement et du parti socialiste, mais surtout la loi manquera son effet en n'empêchant pas les enquêtes judiciaires de se multiplier.

Quant au projet de révision constitutionnelle élargissant le droit de saisine du Conseil constitutionnel aux justiciables (contrôle par voie d'exception) cher à Robert Badinter, il sera rejeté par les sénateurs en juin 1990, la seconde chambre ayant tenté de profiter de cette révision pour accroître ses prérogatives face à l'Assemblée.

1.4. La difficile gestion du social. La stratégie de modération politique et économique pour laquelle a opté d'entrée Michel Rocard se heurte à une difficulté de taille : la grande vague de mouvements sociaux qui caractérisent l'automne et l'hiver 1988-89 et qui placent le gouvernement au pied du mur : faut-il céder aux revendications et en finir avec la rigueur salariale, ou convient-il de rester ferme dans la gestion des finances publiques, quitte à mécontenter sa base électorale ? La nouveauté de la situation est que la reprise partielle de la croissance économique atténue la passivité des salariés qui estiment que, la rigueur ayant maintenant porté ses fruits, il convient d'en tirer les bénéfices. Ce changement d'état d'esprit — qui concerne pour l'essentiel le secteur public — se développe au moment où les conflits sociaux connaissent une remontée constante depuis le début de 1988.

A l'automne, ils s'enchaînent les uns aux autres au risque de faire craindre un embrasement général : audiovisuel public, gardiens de prison, infirmières (leur conflit, qui dure tout au long du mois d'octobre, est le plus dur et le plus original, puisqu'il adopte à son tour la structure des « coordinations »), centres de tri des PTT, RATP, fonctionnaires corses notamment.

Optant pour une voie médiane (ne pas renoncer à la rigueur mais maintenir le dialogue social), Michel Rocard va exploiter le caractère fragmentaire des conflits pour empêcher qu'ils n'embrasent tout le secteur public et qu'ils n'atteignent le secteur privé : le gouvernement négocie et évite toujours la rupture (non sans commettre parfois des maladresses initiales comme dans le conflit des infirmières ou celui des gardiens de prison) mais ne négocie que cas par cas en esquivant toute réponse globale. De même, tout en refusant des augmentations de salaires massives et uniformes (comme les 1 500 F par mois réclamés par la CGT), le gouvernement concède un desserrement de la rigueur salariale qui peut être parfois important (comme pour les enseignants) mais échelonné dans le temps et selon les catégories. Enfin et surtout, Michel Rocard impose de ne pas répondre aux revendications par de simples réponses quantitatives mais en abordant la réforme nécessaire du fonctionnement de l'administration et du secteur public (rénovation en trois ans des entreprises publiques, modernisation et participation dans la fonction publique). Une telle stratégie permet souvent d'enrayer les conflits, voire de les geler ; et lorsque le dialogue s'avère improductif, le pourrissement de la grève reste, comme en Corse, l'ultime arme du gouvernement.

On retrouvera la même attitude face aux conflits qui marquent l'année 1989 ; dans la grève qui paralyse en septembre et octobre les usines Peugeot de Mulhouse et Sochaux, le gouvernement reste discret (au grand dam du parti socialiste) tout en proposant un médiateur (qui œuvrera sans succès, le conflit s'achevant par l'usure du mouvement face à une direction d'autant plus intransigeante qu'il s'agit du premier grand conflit concernant le secteur privé depuis des années) ; dans le secteur public, il lui faut par contre intervenir directement car cette fois, c'est le « noyau dur » de l'État qui est atteint : la gendarmerie (où le mouvement de protestation doit trouver des formes originales du fait de son intégration à l'armée), les gardiens de prison (à nouveau) et surtout la longue grève des fonctionnaires du ministère des Finances. Si le dialogue prévaut dans le premier cas, seule l'usure aura raison des agents du fisc (bien que ceux-ci s'appuient sur un large front syndical et bénéficient longtemps du soutien du PS), et les mesures disciplinaires (menaces de révocation) des gardiens de prison.

En 1990, la tension internationale aidant, les conflits sociaux perdent en intensité. Seul le monde lycéen se réveille en octobre, protestant contre l'insécurité et la dégradation des établissements scolaires. La manifestation du 12 novembre, dite «marche pour l'éducation», rassemble 100 000 jeunes à Paris et le double en province. Bénéficiant de la compréhension du Président de la République (au grand dam du ministre de l'Éducation, Lionel Jospin), le mouvement obtiendra l'octroi d'un plan d'urgence pour la rénovation des locaux et l'extension des droits des élèves.

1.5. Le départ de Michel Rocard. Si les rapports Président-Premier ministre avaient évité jusqu'à l'été 1990 les tensions trop fortes, le climat se dégrade rapidement au second semestre : au-delà des sondages d'opinion (favorables au Premier ministre), qui prennent une importance démesurée dans ces années sans élections, ou de la tentation présidentielle de jouer davantage sur le registre tribunicien contre son gouvernement (à propos des agriculteurs ou des lycéens) c'est surtout la crise que traverse le parti socialiste qui est décisive.

En mars, le congrès de Rennes, marqué par de durs affrontements de tendances, se termine — pour la première fois dans l'histoire du parti — sans décision, le veto élyséen empêchant qu'une coalition Jospin-Rocard-Chevènement ne marginalise Laurent Fabius (dont la motion a pourtant obtenu 29 % des mandats, davantage que celles de L. Jospin, 28,5 %, et de M. Rocard, 24 %) et n'aboutisse indirectement à la mainmise du Premier ministre sur le parti. Si Pierre Mauroy demeure à la tête du PS, il n'a plus aucune autorité et le parti, paralysé, n'a plus d'influence : le conflit se déroule désormais dans le groupe parlementaire et au sein de l'exécutif. En octobre, l'entrée de Louis Mermaz dans le gouvernement entraîne une nouvelle bataille pour sa succession à la tête du groupe parlementaire : face au candidat soutenu par Michel Rocard et Lionel Jospin, Henri Emmanuelli, Jean Auroux, soutenu par Laurent Fabius, l'emporte grâce à l'abstention des amis de Jean-Pierre Chevènement.

La guerre du Golfe entraîne une trêve dans le conflit mais, sitôt la guerre achevée, François Mitterrand, auréolé d'une victoire des alliés qui l'a vu au premier rang (diplomatique et médiatique), se débarrasse le 15 mai 1991 de son Premier ministre, non sans lui avoir fait subir le 17 avril un ultime affront en refusant d'inscrire à l'ordre du jour du conseil des ministres la réforme du scrutin régional que proposait le gouvernement.

Trois ans passés à Matignon : même si le départ est abrupt, le bilan politique que Michel Rocard peut en tirer est assez positif : sa popularité n'a pas été profondément entamée, le brevet gouvernemental nécessaire à tout candidat à l'Élysée est enfin obtenu et sa situation dans le parti est meilleure qu'en 1988.

2. *L'échec de l'opération Cresson*

Le jour même de la démission de Michel Rocard, François Mitterrand nomme Édith Cresson Premier ministre.

L'arrivée à Matignon de la première femme chef de gouvernement constitue un événement à plus d'un titre.

D'abord, bien entendu, dans la mesure où François Mitterrand a voulu rééditer l'opération de juillet 1984, lorsqu'il avait choisi le «plus jeune Premier ministre de France» : cette fois, il s'agit de montrer à l'électorat féminin (qui a voté pour lui à 54 % en 1988) qu'il est décidé à franchir un pas décisif dans la féminisation de la vie politique, jusqu'à présent apanage presque exclusif de la gent masculine : outre Édith Cresson, mitterrandiste fidèle (depuis la Convention des Institutions républicaines) mais indépendante (elle n'appartient à aucun courant), six autres femmes sont également membres du gouvernement (Mmes Bredin et Aubry rejoignant Mmes Avice, Guigou, Neiertz et Tasca).

La seconde caractéristique du gouvernement Cresson est de marquer une reprise en main élyséenne : désormais, les mitterrandistes des diverses générations contrôlent l'exécutif, et les rocardiens se voient réduits à la portion congrue (Michel Sapin à la Justice et L. Le Pensec aux DOM-TOM).

Enfin, après les désillusions du congrès de Rennes, le nouveau gouvernement apparaît décidé à redimensionner le poids du parti socialiste, coupant le cordon ombilical entre Premier ministre et «éléphants» du PS (à titre symbolique, les «petits déjeuners» sont supprimés).

2.1. Un style en porte-à-faux. Sitôt entrée en fonction, Édith Cresson surprend l'opinion et le personnel politique.

D'abord par sa méthode de travail: le cabinet de Matignon est *de facto* dédoublé, le cabinet officiel étant flanqué d'une deuxième équipe, menée par Abel Farnoux, personnage atypique et «conseiller spécial» du Premier ministre, et composée de «groupes d'études et de mobilisation» chargés de proposer au Premier ministre des projets dans différents domaines prioritaires en faisant fi des circuits ministériels et administratifs traditionnels.

Ensuite par ses orientations: renouant avec un certain volontarisme du premier septennat, Édith Cresson fait de l'impératif industriel la priorité de son action, magnifiant le rôle des petites et moyennes entreprises (quitte à tenter de s'appuyer sur la très conservatrice CGPME, rivale du CNPF) et marquant son mépris pour l'École nationale d'Administration.

Enfin par son style: le «parler franc» d'Édith Cresson, qui lui vaut un succès médiocre au Parlement (sa déclaration de politique générale le 22 mai est peu appréciée), en fait vite un objet de caricature dans les média.

En fait, la tentative de relance du septennat au lendemain de la guerre du Golfe tourne court. Le choix d'Édith Cresson s'avère lourd de conséquences pour le Président de la République: outre les sarcasmes des média et d'un personnel politique misogyne, l'hostilité de ceux auxquels le Premier ministre a signifié son mépris (les hauts fonctionnaires, les barons du parti socialiste), Édith Cresson doit affronter deux obstacles de taille.

Le premier est l'impopularité qui l'atteint à peine un mois après sa nomination et qui va atteindre des niveaux jamais approchés sous la Ve République (en mars 1992, 19 % des personnes interrogées se déclarent satisfaites du Premier ministre et 59 % mécontentes) : cette impopularité n'est pas simplement le fait de la droite, mais également de la gauche, communiste, puis finalement socialiste. Édith Cresson paie l'absence de suites concrètes à ses annonces de réformes, et le fait qu'au contraire, le gouvernement Cresson est surtout celui de la rigueur accrue dans les finances publiques et la Sécurité sociale.

A la défiance croissante de l'opinion s'ajoute l'inertie ou l'obstruction des autres ministres. L'un d'eux se distingue : Pierre Bérégovoy, déçu de ne pas avoir succédé à Michel Rocard et titulaire, avec rang de ministre d'État, de tous les départements économiques (économie, finances, commerce extérieur, industrie, postes et télécommunications) mène sa propre politique sur laquelle Édith Cresson n'a guère de prise (elle devra guerroyer plusieurs mois pour obtenir finalement le financement de son plan de soutien aux PME-PMI). Même résistance à l'Éducation nationale lorsque Édith Cresson remet en cause le principe de la scolarité obligatoire jusqu'à seize ans et prône le développement de l'apprentissage : il lui faudra reculer sur le premier point et accepter un compromis sur le second. Enfin, lorsque le Premier ministre annonce en novembre 1991 la « délocalisation » de l'E.N.A. à Strasbourg et d'une vingtaine d'établissements publics en province ou banlieue, c'est le tollé dans la fonction publique.

A ces trois « chantiers » qui resteront inachevés, Édith Cresson n'aura pas la possibilité d'en ajouter d'autres. Le parti socialiste, à partir de l'automne 1991, est rattrapé par les affaires : celles des fausses factures finançant ses campagnes électorales, sur lesquelles de jeunes magistrats mènent une enquête systématique, celle des délits d'initiés de 1988, où les inculpations commencent, celle du sang contaminé enfin — la contamination d'hémophiles lors de transfusions sanguines s'étant produite à l'époque du gouvernement Fabius. Dès octobre, Édith Cresson n'a plus pour soutien que le Président de la République alors que son impopularité entraîne dans sa chute François Mitterrand et le PS.

Plus grave, le rejet dont elle est l'objet paralyse la machine gouvernementale : le gouvernement se heurte à une fronde du groupe parlementaire lorsqu'il tente d'introduire la représentation proportionnelle pour les prochaines législatives. En décembre 1991, on verra même le groupe socialiste à l'Assemblée refuser le projet du gouvernement de financement de l'indemnisation des personnes contaminées par le sida par une taxe sur les contrats d'assurance.

Maintenue à la tête du gouvernement alors que l'on annonce en permanence sa démission, Édith Cresson ne résiste pas à l'ultime épreuve : les élections régionales et cantonales de mars 1992.

2.2. *La déroute des élections locales.* Celles-ci se déroulent dans un contexte particulièrement difficile pour la gauche. L'effondrement de la participation électorale depuis 1989 (qui atteint près de 50 %) frappe surtout l'électorat de gauche. Par ailleurs, la représentation proportionnelle départementale pour les élections régionales favorise la dispersion, notamment en faveur des écologistes. Enfin, l'arrivée de Laurent Fabius à la direction du PS (il a remplacé Pierre Mauroy le 9 janvier à la suite d'un accord général qui traduit surtout un rapprochement Fabius-Rocard) est trop récente pour avoir quelque effet. Les dissidences sont plus faciles et la mobilisation des parlementaires pour des élections où le risque de défaite est trop évident sera très limitée, malgré les appels pressants du nouveau Premier secrétaire.

Autant de facteurs qui jouent d'entrée contre la gauche, qu'elle soit communiste (le PCF doit affronter des listes dissidentes dans 7 départements) ou socialiste (la dissidence concerne 12 départements). Pour autant, la situation n'est guère meilleure à droite (on ne compte pas moins de vingt départements atteints par la dissidence contre les listes officielles UDF-RPR) ni même chez les écologistes (les Verts devant affronter les nouveaux venus de Génération Écologie du ministre de l'Environnement, Brice Lalonde, chassant sur les terres des déçus du socialisme).

Le soir du 22 mars, les résultats sont largement conformes aux prévisions : la participation relativement forte (l'abstention est contenue à 31,3 %) ne favorise pas les grandes formations : la droite s'effrite et la gauche s'effondre, tandis que les écologistes et le Front national progressent.

Avec 18,2 % des suffrages (en recul de 12 points par rapport aux régionales de 1986), le parti socialiste obtient son plus mauvais résultat depuis sa fondation en 1971. Son recul est général, mais encore plus prononcé en milieu urbain (il passe de 28,6 % à 14,5 % des voix en Ile-de-France) ou dans les départements atteints par les scandales des fausses factures (— 18 points dans la Sarthe). Les pertes sont aussi fortes dans les bastions historiques (le PS passe de 31,4 % à 22,1 % dans le Nord-Pas-de-Calais) que dans les régions d'expansion récente (le PS s'effondre de 19,4 % à 12,3 % en Alsace). De surcroît, le PS paie son tribut à la dissidence, qui l'emporte dans quatre départements.

Le parti communiste stagnant à 8,1 %, le total des voix de gauche tombe à 30 %.

Cet effondrement ne profite en rien à la droite traditionnelle puisque l'Union pour la France de l'UDF et du RPR ne parvient à totaliser que 33 % des suffrages, n'atteignant la majorité absolue dans aucune région. Outre la faible mobilisation de l'électorat modéré, la droite est victime de l'effritement du vote conservateur au profit de l'extrême-droite, des écologistes et des listes de chasseurs (Chasse-Pêche-Nature et Tradition et les autres listes de défense d'intérêts catégoriels atteignent 4,1 %). Par contre les listes dissidentes n'ont eu qu'un succès limité (n'obtenant un bon score que là où elles bénéficiaient de clientèles locales, comme la liste Borloo qui obtient 13 % dans le Nord).

Les voix perdues par la gauche et la droite profitent donc aux listes anti-système : écologistes, extrême-droite et catégoriels.

Les écologistes apparaissent, avec un score global de 14,7 %, comme le troisième courant politique du pays. Ils dépassent le parti socialiste dans neuf régions (dont l'Ile-de-France, Rhône-Alpes, l'Alsace et la Picardie). Mais ce courant est divisé en deux groupes rivaux : les Verts (6,8 %) sont supplantés par Génération Écologie (7,1 %) dans 49 des 77 départements où les deux mouvements étaient en compétition. Les Verts dominent dans leur fief alsacien et dans les départements ruraux alors que la clientèle urbanisée de Génération Écologie est composée en grande partie de transfuges de l'électorat socialiste.

Le résultat étonnant des écologistes ne doit pas masquer le score obtenu par le Front national : avec 13,6 %, celui-ci gagne plus de 4 points par rapport à 1986. Si les prétentions de Jean-Marie Le Pen (en Provence-Alpes-Côte d'Azur) doivent être rabattues, son mouvement entre dans tous les conseils régionaux et dépasse les 15 % dans cinq régions : l'Ile-de-France (où le Front national dépasse le PS avec 16,2 %), le Languedoc-Roussillon (17,4 %), Rhône-Alpes (17,3 %), Provence-Alpes-Côte d'Azur (où le Front national est la seconde force avec 23,4 %) et l'Alsace (le FN et ses dissidents régionalistes atteignent 23 %).

L'atomisation de la représentation régionale rend la constitution de majorités d'autant plus problématique que l'UDF et le RPR ont interdit (pour éviter la réédition de 1986) à leurs conseillers de conquérir la présidence régionale avec les voix du Front national : seules cinq régions élisent leur président dès le premier ou le second tour. Dans la plupart des cas, c'est au troisième tour de scrutin (le président est alors élu à la majorité relative) que l'exécutif est désigné. Dans deux régions, l'élection (alors qu'ils étaient minoritaires) de candidats de la majorité présidentielle (Jean-Marie Rausch en Lorraine et Jean-Pierre Soisson en Bourgogne), est due aux manœuvres du Front national et entraîne la démission du premier tandis que le second, refusant d'obéir aux injonctions du gouvernement, est «démissionné» de celui-ci (il ne renoncera à la présidence de Bourgogne qu'un an plus tard). Dans le Nord-Pas-de-Calais, où la situation est bloquée (les écologistes détenant la clé de toute majorité), la gauche doit se résigner à laisser la présidence à une écologiste.

En fin de compte, le PS ne conserve qu'une présidence de région (le Limousin) mais le vrai problème est celui de la «gouvernabilité» de la plupart des régions, handicapées par un mode de scrutin qui rend la constitution de majorités impossible.

Les élections cantonales qui se déroulaient les 22 et 29 mars aboutissent à des résultats électoraux identiques, amplifiés par le mode de scrutin majoritaire. Cette fois, faute de proportionnelle, les écologistes et le Front national sont laminés au second tour (le FN n'a qu'un élu malgré sa présence dans 294 cantons au second tour). La droite traditionnelle, qui obtient 42,7 % au premier tour grâce à ses notables, lamine le PS au second tour (18,8 % au premier tour), enlevant des fiefs historiques de la gauche comme le Nord (dirigé par le PS depuis 55 ans), le Puy-de-Dôme, la Drôme, le Gers, la Dordogne et le Vaucluse.

Au lendemain d'un tel désastre électoral, François Mitterrand n'a d'autre choix que de changer de Premier ministre en confiant à la nouvelle équipe la tâche de sauver ce qui peut encore l'être.

3. *La mission impossible de Pierre Bérégovoy*

Celui qui était en lice pour le poste de Premier ministre depuis 1983 y accède enfin le 2 avril 1992, mais dans les pires conditions. Non seulement il lui reste moins d'un an pour gouverner, mais surtout la situation qui lui est léguée ne lui laisse aucune marge de manœuvre.

Sur le plan économique et social, Pierre Bérégovoy doit faire face à une récession qui réduit les recettes fiscales, augmente le chômage (qui atteint 10 % de la population active en avril 1992 et passera la barre des 3 millions de chômeurs en février 1993) et déséquilibre dangereusement les comptes sociaux. En pleine période électorale (il lui faut gérer le référendum sur le traité de Maastricht en septembre et préparer les législatives de mars), il lui est difficile de proposer une gestion rigoureuse et la loi de finances pour 1993 entraînera un lourd déficit budgétaire, faute d'augmenter les impôts ou de réduire les dépenses publiques.

A un an des élections, les grands projets ne sont plus de mise. L'équipe gouvernementale n'est d'ailleurs guère renouvelée : si le gouvernement Cresson était celui des différentes générations mitterrandistes, le gouvernement Bérégovoy est, pour l'essentiel, celui du courant Fabius, qui détient les principaux portefeuilles : le départ de Lionel Jospin le symbolise, tandis que Jack Lang bénéficie d'une promotion en gérant Culture et Éducation nationale et que P. Bérégovoy, par prudence, fait éclater le ministère de l'Économie et des Finances. Quant à l'ouverture, elle prend cette fois la forme de l'homme d'affaires et président de l'Olympique de Marseille Bernard Tapie, chargé du ministère de la Ville. Ce dernier devra « s'absenter » quelques mois du gouvernement, le temps de répondre de l'inculpation d'abus de biens sociaux et de recel (dans une affaire l'opposant à son ancien associé, le député RPR Georges Tranchant). De même, Jean-Pierre Soisson rejoindra en octobre le gouvernement (au ministère de l'Agriculture) une fois oublié le problème de sa présidence du conseil régional de Bourgogne qui lui avait valu d'être « démissionné » par Édith Cresson.

Contraint de gérer une situation difficile sans éclats, Pierre Bérégovoy s'abstient de grandes réformes : le projet socialiste de modification de la taxe d'habitation qui prévoit que l'imposition sera calculée en fonction du revenu est finalement enterré après un long conflit avec les députés tout comme le projet Jospin de réforme universitaire. Quant aux projets de réforme institutionnelle, leur sort sera identique : Pierre Bérégovoy annonce bien une commission chargée de proposer une réforme du mode de scrutin pour les élections législatives, mais, pour 1993, la loi électorale sera inchangée. Il en ira de même des projets mitterrandiens de révision de la Constitution, esquissés en novembre, confiés à la réflexion d'une commission présidée, comme celle sur le mode de scrutin, par le doyen Georges Vedel, et dont les résultats seront livrés à la sagesse de la prochaine législature. Enfin, conclusion de l'abandon des projets laïcs en matière d'éducation, le 13 juin le gouvernement et l'enseignement catholique signent un accord qualifié d'« historique », apurant le contentieux financier entre l'État et l'enseignement privé placé sous contrat d'association.

La seule réforme spectaculaire, l'introduction du permis de conduire à points, vaudra au gouvernement d'essuyer la révolte des transporteurs routiers, qui paralyseront les routes du 29 juin au 9 juillet au plus fort des départs en vacances.

Contraint à la prudence, Pierre Bérégovoy va devoir cependant subir deux épreuves difficiles : le référendum sur l'Union européenne, dont il se tirera de justesse, et le développement des affaires, dont il aura du mal à se dégager.

3.1. La bataille de Maastricht

Même si François Mitterrand avait fait de l'Europe l'axe porteur de son second septennat (voir chapitre V), rien ne laissait présager que le traité de Maastricht serait l'enjeu d'un débat aussi passionné qui couperait la France en deux. En 1987, l'Acte Unique avait été approuvé en pleine cohabitation sans faire même l'objet d'une saisine du Conseil constitutionnel. Le 10 mai 1989, certains des futurs adversaires du traité d'Union européenne (Philippe de Villiers et Philippe Séguin) avaient été co-signataires d'une motion de censure jugeant la politique européenne du gouvernement trop timide. Et à la veille de l'examen parlementaire du traité, Charles Pasqua (il est vrai candidat à la succession d'Alain Poher à la présidence du Sénat) n'avait pas fait mystère de son intention de l'approuver.

Si le débat prend rapidement un tour passionnel, c'est d'abord du fait de la dégradation du climat social. La réforme de la politique agricole commune inquiète le monde paysan et suscite un mouvement revendicatif qui échappe au contrôle de la FNSEA : la « coordination paysanne » récuse la politique communautaire et conduit certains secteurs de la droite à la radicalisation afin de ne pas laisser le terrain libre au Front national. Le 1er juin, une motion de censure sur la PAC, votée par toute la droite et les communistes, ne manque que de trois voix la majorité absolue.

Mais c'est surtout la découverte progressive du traité, et notamment de ses dispositions sur l'union monétaire (avec création à terme d'une monnaie unique) qui va développer un courant critique, conforté par le traitement particulier réservé aux Britanniques et surtout par les réticences croissantes de l'opinion publique danoise, appelée à se prononcer par référendum le 2 juin.

Le 9 avril, le Conseil constitutionnel, saisi par le gouvernement, déclare non conformes à la Constitution les dispositions du traité relatives au droit de vote des ressortissants de la Communauté aux élections municipales, à la politique européenne des visas et à la politique monétaire commune. Le premier point (qui recoupe le débat sur l'immigration) et le troisième (qui concerne une prérogative régalienne essentielle) constituent des sujets sensibles. La révision constitutionnelle étant nécessaire pour que le traité soit ratifié, une fraction importante de la droite parlementaire décide d'y faire barrage. Elle sera confortée par le succès du

« non » au référendum danois, qui oblige François Mitterrand à annoncer à son tour un référendum. Celui-ci ne portera pas sur la révision constitutionnelle (qui sera confiée au Parlement) mais (sur la base de l'article 11 de la Constitution) sur le traité.

Cette solution permet au Président de la République de valoriser son rôle mais aussi de creuser la division de la droite. Le risque encouru est aussi important dans la mesure où l'impopularité croissante du chef de l'État peut peser sur le scrutin.

La première phase de la bataille se déroule au Parlement. A l'Assemblée, le débat est surtout marqué par la performance oratoire de Philippe Séguin qui dresse dans son discours un long réquisitoire contre le traité en faisant appel à la tradition républicaine et à la souveraineté nationale. Pour stopper l'hémorragie que ce discours a entraîné dans les rangs du RPR, Jacques Chirac, tiraillé entre les pro- (Édouard Balladur, Alain Juppé) et anti-Maastricht, prône l'abstention du groupe : le projet est adopté par 398 voix contre 77 (le PCF, les amis de Jean-Pierre Chevènement, 31 RPR et 8 UDF). Au Sénat, où Charles Pasqua a rejoint les rangs des adversaires du traité et entraîne non seulement le RPR compact mais une partie importante de l'UDF, le débat sera plus serré. La majorité sénatoriale trouve une issue en amendant le texte sur le vote des étrangers (« le droit de vote peut être accordé » et non « est accordé », déclare le texte révisé) et en décidant que ce droit de vote fera l'objet d'une loi organique (votée dans les mêmes termes par les deux Chambres) ce qui déclenche l'ire présidentielle. De plus, le Sénat accroît le pouvoir de contrôle du Parlement sur les projets d'actes communautaires de nature législative (l'avis des Assemblées prendra la forme éventuelle de résolutions). Ainsi amendé, le projet est adopté par 192 voix contre 117 (dont 86 RPR).

Malgré les réserves de l'Élysée, le texte sénatorial est adopté dans les mêmes termes à l'Assemblée (les députés UDF ayant fait savoir qu'ils étaient solidaires de leurs collègues du Sénat). Lors de la réunion du congrès le 23 juin à Versailles, le RPR ne prend pas part au vote pour préserver son unité et la révision constitutionnelle est entérinée sans débat par 592 voix contre 73.

Commence alors la deuxième phase de la bataille, celle du référendum.

Le Mouvement européen, lobby fédéraliste constitué dans les années 1950 pour appuyer la construction européenne, où se retrouvent socialistes, libéraux et démocrates-chrétiens, organise en juin des réunions où se côtoient dirigeants de la majorité (PS) et de l'opposition (UDF). Devant les vives attaques du RPR, cette campagne commune ne se prolonge pas.

Du côté socialiste, la campagne est tardive: le Président refuse de lier son sort au résultat du vote et se bat en « duel télévisé » le 3 septembre avec Philippe Séguin; le parti socialiste ne se mobilise guère et Jacques Delors se répand en propos peu tolérants envers les partisans du « non ». Quant aux pro-européens de l'opposition, mobilisés autour de Valéry Giscard d'Estaing et de Jacques Chirac, ils entrent en campagne assez tardivement, et surtout lorsque le « non » se fait menaçant.

Au-delà des forces politiques, le camp du « oui » peut compter sur le soutien de tout l'establishment politique, économique, social (à l'exception de la CGT) et médiatique.

De l'autre côté, les partisans du « non » forment un front disparate. Au sein du RPR, Jacques Chirac, qui a rejoint Édouard Balladur et Alain Juppé dans le camp du « oui », doit faire face à une majorité de militants, emmenés par Charles Pasqua et Philippe Séguin favorables au « non »: il n'a d'autre choix que de laisser liberté de vote aux gaullistes. Flanquant le Rassemblement du « non », Philippe de Villiers et son « Combat pour les valeurs » chassent sur les terres du Front national (unanime dans son rejet du traité). A gauche, les anti-Maastricht sont représentés par les communistes (toutes tendances confondues), l'aile chevènementiste du PS (qui se constitue en Mouvement des citoyens) et l'extrême-gauche. Quant aux écologistes, si Génération Écologie fait campagne pour le «oui», les Verts se partagent entre les deux camps.

La campagne sera jusqu'au bout indécise et scandée par la publication incessante de sondages d'opinion. Ceux-ci donnent le «oui» largement vainqueur en juin mais durant l'été le «non» progresse et devient majoritaire fin août. En septembre la remontée du «oui», du fait de l'entrée en campagne de ses principaux partisans, ne lève pas l'indécision, et les derniers jours de campagne seront dramatisés par l'hospitalisation de François Mitterrand et la tempête sur les marchés boursiers.

Le 20 septembre, le «oui» l'emporte avec une faible marge : 51,04 % des voix contre 48,95 % (et 50,81 % contre 49,18 % en métropole), 909 377 électeurs ayant voté blanc ou nul et l'abstention s'élevant à 30,3 %.

Outre le désintérêt des DOM-TOM pour la consultation, le référendum traduit une coupure verticale du pays : selon les sondages «sorties d'urne», le «non» a été plébiscité par les agriculteurs, les ouvriers, et il est majoritaire chez les employés et artisans. Les classes populaires, plus touchées par la crise économique et moins insérées (professionnellement et culturellement) dans l'Europe, ont voté largement «non» alors que le «oui» a eu les faveurs des chefs d'entreprise, des professions libérales et intellectuelles, des cadres supérieurs et moyens. Cette géographie sociale explique que le «oui», majoritaire dans les villes et zones urbaines (Ile-de-France, Rhône-Alpes), ainsi que dans les terres démocrates-chrétiennes de l'Ouest et de l'Est, ne l'emporte que dans 9 régions sur 22 et 43 départements sur 96, le «non» dominant dans les régions rurales, les vieilles régions industrielles et le pourtour méditerranéen. Par préférence partisane, le «oui» l'emporte largement chez les socialistes, l'UDF et Génération Écologie et le «non» est hégémonique au PCF et au Front national et majoritaire au RPR (59 %).

Ce succès du «oui» constitue un soulagement pour les responsables des grands partis qui évitent le désaveu, mais l'ampleur du «non» — outre ses effets sur l'opinion publique européenne — empêche François Mitterrand et Pierre Bérégovoy de s'appuyer sur le référendum pour redresser l'image des gouvernants. Ceux-ci vont au contraire subir de plein fouet les conséquences de la vague de scandales.

3.2. *Le poids des scandales*

De nombreuses affaires sur lesquelles l'instruction (menée par de jeunes juges tenaces) avait été amorcée les années précédentes arrivent sur le devant de la scène en 1992.

La première est celle du financement illicite des campagnes électorales du PS. C'est à Marseille avec l'affaire de la SORMAE que le scandale (qui éclaboussait aussi des politiciens de droite) avait éclaté. C'est dans l'Ouest de la France, à propos d'un autre réseau de financement du PS, via la SAGES, bureau d'études, qu'il débouche. Les juges Renaud Van Ruymbeke à Rennes et Thierry Jean-Pierre au Mans multiplient perquisitions (le premier en conduira une au siège du PS le jour de la passation de pouvoir entre Pierre Mauroy et Laurent Fabius) et en fin de compte inculpations : celle en septembre d'Henri Emmanuelli, président de l'Assemblée nationale (il a succédé à Laurent Fabius au lendemain de l'accession de celui-ci à la direction du PS), du fait de sa fonction de trésorier à l'époque des faits incriminés, déchaîne la colère du PS, qui se solidarise avec lui.

Ces scandales liés au financement des campagnes électorales ont leurs pendants à droite avec notamment l'affaire Botton, gendre de Michel Noir, inculpé de banqueroute et d'abus de biens sociaux, mais à qui il est aussi reproché d'avoir financé les campagnes électorales de Michel Noir. Ils grossissent une chronique judiciaire permanente concernant le comportement de divers responsables politiques : le 6 janvier, Jacques

Le mitterrandisme triomphant 433

Médecin, ancien maire CNI de Nice en fuite en Uruguay, est condamné pour délit d'ingérence et déclaré incapable d'exercer à l'avenir une fonction publique. En décembre, l'Assemblée lève enfin l'immunité parlementaire de Jean-Michel Boucheron, l'ancien maire socialiste d'Angoulême qu'il a conduite à la faillite, lui aussi en fuite en Argentine. Quant à François Léotard, il est inculpé en juin d'ingérence, trafic d'influence et corruption dans l'affaire de Port-Fréjus, en tant que président de la société d'économie mixte locale. Se démettant de tous ses mandats, il réintégrera la vie politique à la veille des législatives après avoir obtenu un non-lieu partiel. Enfin Bernard Tapie inaugure ses démêlés judiciaires avec l'affaire Toshiba qui l'oppose à Georges Tranchant et l'oblige à laisser quelques mois son ministère.

Ce feuilleton interminable des affaires politico-financières se double de scandales plus politiques : celui occasionné par la venue à Paris pour hospitalisation de Georges Habache, leader du FPLP palestinien, organisation à l'origine de nombreux attentats terroristes, entraînera la démission de plusieurs hauts fonctionnaires et de Georgina Dufoix, ancien ministre devenue chargé de mission à l'Élysée, les responsables politiques ayant affirmé n'avoir pas été mis au courant.

Mais c'est l'affaire du sang contaminé qui va le plus marquer l'opinion. A la suite du procès et de la condamnation des responsables de la transfusion sanguine, la droite parlementaire demande en octobre la comparution devant la Haute Cour de Justice des ministres en fonction à l'époque : Edmond Hervé (ministre de la Santé), Georgina Dufoix (ministre des affaires sociales) et Laurent Fabius (Premier ministre). François Mitterrand est favorable à une telle procédure (qui n'aboutit jamais) alors que Laurent Fabius, qui réclame pour ce qui le concerne un jury d'honneur, s'y refuse. Sous la pression des dirigeants et parlementaires socialistes, qui refusent d'abandonner les deux ministres alors que le Sénat est prêt à dissocier le cas de Laurent Fabius, celui-ci finit par accepter de comparaître devant la Haute Cour, non sans avoir laissé une impression de malaise au sein de son parti. En fin de compte, la convocation de la Haute Cour sera jugée impossible par la Cour de Cassation, la prescription des faits la rendant inopérante.

Pour tenter de redresser une image catastrophique, Pierre Bérégovoy propose une nouvelle loi contre la corruption et sur la moralisation des activités économiques. Le projet prévoit l'interdiction des dons d'entreprises aux partis et aux candidats ainsi qu'une limitation du recours à la publicité, mais, à l'exception de ce dernier point, le projet sera sérieusement assoupli par l'Assemblée.

Mais le pire reste encore à venir pour Pierre Bérégovoy. A un mois des élections législatives, les médias vont révéler l'octroi en 1986 d'un prêt sans intérêt à Pierre Bérégovoy par Roger-Patrice Pelat d'un million de francs pour l'achat d'un appartement parisien. L'affaire serait anodine si le prêteur, ami personnel du Président de la République décédé depuis, n'avait eu son nom mêlé à l'affaire Péchiney-American Can de décembre 1988 (bénéficiant d'un délit d'initié au moment où P. Bérégovoy était ministre des Finances) et si le directeur de cabinet de P. Bérégovoy n'était sous le coup d'une inculpation pour cette affaire. Bref, cette révélation réveille d'autant plus les soupçons que l'explication du Premier ministre est confuse. Personnellement atteint, politiquement discrédité, Pierre Bérégovoy continue à assumer tant bien que mal une campagne électorale où, malgré les ultimes efforts de François Mitterrand, les jeux sont faits : face à un parti socialiste qui n'a plus d'espoir de vaincre, la droite a refait son unité.

III. LES RECOMPOSITIONS SUCCESSIVES DE LA DROITE

Après deux échecs successifs à l'élection présidentielle, les partis conservateurs abordent le second septennat de François Mitterrand dans une situation difficile. Depuis 1981, c'est le parti socialiste et son leader historique qui dominent la compétition politique car eux seuls, aux élections présidentielles et législatives, sont assurés de figurer au second tour depuis l'effondrement communiste. A l'inverse, non seulement la droite se trouve flanquée d'un courant politique extrémiste qui fait figure de repoussoir pour l'électorat centriste, mais la division persistante du bloc modéré entre des formations et des chefs rivaux oblige à une bataille permanente pour le leadership qui hypothèque tout rassemblement au tour décisif.

Chassée du pouvoir central, la droite prospère dans les contre-pouvoirs locaux, régions, départements et communes, à l'image de la gauche des années 1960-70. Mais les deux ans de cohabitation, en faisant goûter un temps aux délices des ministères, ont rendu encore plus impatiente une jeune génération qui brûle de relever celle venue aux affaires dans les années Pompidou, avec pour chefs de file Valéry Giscard d'Estaing et Jacques Chirac, et qui, depuis 1981, accumule vraies défaites et fausses victoires. Cette querelle de génération se double d'une querelle stratégique, révélée indirectement par la politique d'ouverture de Michel Rocard.

1. *Au centre ou à droite ?*

La politique d'ouverture de Michel Rocard n'a eu de dimension stratégique que quelques jours. Elle a cependant suffi pour révéler deux attitudes au sein de l'opposition. D'un côté, ceux qui veulent l'ancrer au centre, en pratiquant une opposition constructive au gouvernement socialiste, de l'autre ceux qui s'en tiennent au refus de tout compromis, voire cherchent avant tout à récupérer les électeurs partis au Front national. Un tel clivage traverse aussi bien le RPR que l'UDF, mais, au sein de l'UDF, seul le Centre des Démocrates sociaux de Pierre Méhaignerie est exempt de toute tentation droitière. Son attitude parlementaire (création d'un groupe autonome à l'Assemblée, refus de l'opposition systématique) correspond non seulement à un réflexe d'autonomie (la création d'un groupe centriste – l'Union du Centre, UDC — a voulu prévenir l'élection de V. Giscard d'Estaing à la présidence de l'UDF, le 30 juin), mais aussi à un comportement général de dialogue que l'on a vu lors des débats parlementaires ou du référendum sur la Nouvelle-Calédonie. Ce comportement est la suite logique du soutien à Raymond Barre (dont le CDS a été le seul appui réel) après la marginalisation du «barrisme» (la «Convention libérale, européenne et sociale», créée par Raymond Barre le 17 novembre, ne rallie guère de troupes et le député de Lyon ne garde qu'une poignée de fidèles au Palais-Bourbon pour partager son attitude compréhensive envers la gestion Rocard-Bérégovoy), mais se heurte cependant à un obstacle de taille : dans un régime où une formation politique ne survit pas sans présidentiable, le CDS est contraint de soutenir des personnalités qui lui sont extérieures : c'est encore le cas avec Simone Veil lorsque les centristes décident de constituer une liste autonome aux élections européennes de juin 1989, afin d'échapper une nouvelle fois à la tutelle giscardienne et à la liste unique avec le RPR.

Cette faiblesse du centrisme politique explique le retour en force de Valéry Giscard d'Estaing, au nom de son projet permanent de rassembler la droite pour gouverner au centre : après sept ans de traversée du désert, l'ancien président de la République a tiré profit des échecs de ses rivaux pour saisir un leadership médiatique tombé en déshérence à droite dès les législatives de juin 1988. Mais ce leadership manque lui aussi de troupes : ni le RPR, ni le CDS, ni le parti républicain de François Léotard ne sont disposés à se sacrifier à son profit, et son élection à la présidence de l'UDF s'est produite au moment où l'UDF a quasiment cessé d'exister. Cartel électoral, elle ne parvient même plus à imposer l'unité de candidature aux élections ni même à se doter d'une stratégie parlementaire : la scission des centristes à l'Assemblée ne rend pas ce qui reste du groupe UDF à l'Assemblée plus homogène puisque le départ de son président, Jean-Claude Gaudin, pour le Sénat au lendemain des élections sénatoriales de septembre 1989 conduit à une triangulaire fratricide entre François Léotard, Philippe Mestre et Charles Millon pour sa succession. La victoire de Charles Millon est surtout l'échec de François Léotard, auquel les giscardiens font payer une rupture bruyante avec son ancien mentor. De même, l'élection du président du Sénat le 3 octobre au lendemain des sénatoriales voit bien la confirmation d'Alain Poher, mais ce démocrate-chrétien a bénéficié des voix RPR alors que la plupart des voix UDF se sont dispersées sur d'autres candidats.

Le RPR connaît des difficultés du même ordre. La sévère défaite de Jacques Chirac aux présidentielles, la perte de 25 sièges aux législatives ont sanctionné l'échec de la stratégie de cohabitation et affaibli l'autorité du maire de Paris. Replié sur la capitale et sur l'Ile-de-France (où il est flanqué de Charles Pasqua, président du conseil général des Hauts-de-Seine), le chiraquisme doit tenir compte du poids des jeunes notables provinciaux, appuyés par leurs mairies (Michel Noir, Alain Carignon) et tenter de maintenir l'unité du mouvement, écartelé entre une puissante aile droite populiste, qui voudrait chasser sur les terres du Front national (Charles Pasqua), l'aile libérale d'Édouard Balladur et le courant social et moderniste des « rénovateurs » (M. Noir, A. Carignon, Ph. Séguin). Le risque d'éclatement apparaît au grand jour le 21 juin 1988 lorsque le groupe parlementaire issu des législatives se casse en deux pour l'élection de son président : Bernard Pons est élu avec 64 voix contre 63 à Philippe Séguin. La nomination, le 22 juin, d'Alain Juppé (jeune ministre du Budget du gouvernement de cohabitation et chiraquien moderniste) au poste de secrétaire général traduit la volonté de Jacques Chirac de reprendre indirectement le contrôle du mouvement en s'appuyant sur les nouvelles générations. Mais l'opération est difficile: l'offensive des «rénovateurs» au printemps 1989 en fournit la démonstration.

2. *Les rénovateurs et les appareils*

Le 6 avril 1989, six élus RPR (dont MM. Séguin, Noir et Carignon), trois républicains (dont Charles Millon, un des responsables de la campagne présidentielle de Raymond Barre et nouveau président de la région Rhône-Alpes) et trois centristes (dont Dominique Baudis et Bernard Bosson) lancent un appel à la rénovation et à l'unification de l'opposition et annoncent qu'ils préparent une liste pour les élections européennes. Le 9, ils reçoivent le soutien de 32 parlementaires.

La réplique des «appareils» ne tarde pas. Dès le 8, le conseil national du RPR, convoqué d'urgence, n'a accordé que 12,6 % des suffrages à la motion des rénovateurs et approuvé le principe d'une liste d'union dirigée par Valéry Giscard d'Estaing, tandis que les 22 et 23, le congrès du CDS approuve la constitution d'une liste du centre dirigée par Simone Veil. La droite est divisée, et entre deux listes dirigées par des leaders traditionnels: l'échec des rénovateurs est patent, et la motion de censure qu'ils déposent le 16 mai contre la politique européenne du gouvernement le démontre: 48 RPR sur 132, 16 UDF sur 90 et 7 UDC sur 41 ne l'ont pas votée. Le succès relatif de la liste Giscard le 18 juin et l'échec de la liste Veil (considérée avec sympathie par plus d'un rénovateur) marquant une nouvelle déconvenue. Désormais, le thème de l'unité de l'opposition est banalisé: la convention des rénovateurs le 24 juin à Lyon demande «la constitution d'une grande formation politique commune, pluraliste et décentralisée, rassemblant l'ensemble de l'opposition», mais dès le 21

Valéry Giscard d'Estaing s'en était fait le héraut. Devant le refus du RPR de se saborder et les dissensions Noir-Séguin pour le leadership de la rénovation, la bataille aboutit à un compromis à moyen terme : la création d'un intergroupe RPR-UDF-UDC à l'Assemblée, la réunion d'états généraux de l'opposition fin 1990 et la décision d'organiser des « primaires à la française » (idée chère à Charles Pasqua) pour les prochaines présidentielles.

3. *La difficile gestation de l'Union pour la France*

Dès février 1990, la parenthèse de la « rénovation » est bien refermée : la bataille reprend de plus belle au sein des partis. C'est au sein du RPR qu'elle est la plus vive.

La direction du mouvement gaulliste ayant dû concéder la libre constitution des courants, ceux-ci s'organisent. En janvier, la synthèse s'avère impossible entre les rénovateurs (Alain Carignon, Michel Noir), les proches de Jacques Chirac et d'Alain Juppé, et Charles Pasqua (qu'a rejoint Philippe Séguin). Face à la menace que constitue l'alliance Pasqua-Séguin, les rénovateurs préfèrent rallier Alain Juppé. La motion Pasqua-Séguin se présente comme un appel au maintien de l'identité gaulliste (contre toute fusion avec l'UDF) et à un retour aux sources populaires du mouvement et, tout en ménageant Jacques Chirac, attaque vigoureusement la direction et notamment Alain Juppé. Aux assises de février, la motion Juppé obtient 68,62 % des mandats et celle de Charles Pasqua et Philippe Séguin 31,38 %.

Au lendemain des assises, les rénovateurs repartent à l'attaque : avec François Léotard, Michel Noir, Alain Carignon et Michèle Barzach lancent un appel pour la constitution d'une « Force Unie » de l'opposition. En juin, Alain Carignon, qui prône un « Front républicain » contre le Front national, est désavoué et prend ses distances du RPR. En décembre, Michel Noir rompt à son tour, suivi seulement par

Michèle Barzach et un autre député RPR de Lyon. Mais l'opération échoue : aux élections législatives partielles de janvier 1991 organisées à la suite de la démission des trois députés rénovateurs, l'abstention est considérable (60 % à Paris, 70 % à Lyon) et si Michel Noir est réélu, Michèle Barzach est nettement battue par le candidat RPR.

Débarrassé des rénovateurs, Jacques Chirac conclut dès mai 1990 un « code de bonne conduite » entre les différents courants, qui repose sur l'idée d'une confédération UDF-RPR et l'organisation de « primaires à la française » pour l'élection présidentielle. Cette thèse est acceptée par l'UDF lors des états généraux de l'opposition le 18 mai 1990 et matérialisée dans une charte signée le 26 juin qui, outre la codification des primaires, crée la confédération UDF-RPR intitulée Union pour la France (UPF). Mais devant les réticences de Valéry Giscard d'Estaing, qui craint d'être battu par la machine électorale RPR en cas de primaires, la Charte est récusée *in extremis* par l'UDF et sa ratification reportée *sine die*.

Il faudra attendre avril 1991 pour que la marche en avant reprenne : Les dirigeants de l'UDF et du RPR décident alors de donner vie à l'UPF en présentant des candidatures uniques aux élections locales de 1992 et législatives de 1993 et en acceptant l'organisation des fameuses « primaires ».

Mais, afin d'être en position de force à l'intérieur de « l'Union », chaque composante se réorganise. Au RPR, où Charles Pasqua et Philippe Séguin transforment leur courant en club politique (Demain la France) et où Édouard Balladur anime groupes de réflexion parlementaires (rassemblant UDF et RPR) et équipes d'experts chargés d'alimenter le programme d'un futur Premier ministre, le mot d'ordre est l'unité face à l'UDF après les turbulences de 1990. Le congrès d'octobre 1991 qui approuve le Projet du mouvement pour l'alternance est avant tout l'occasion d'une manifestation de force et d'unité autour de Jacques Chirac.

A l'UDF, la réforme des statuts de la confédération en juin 1991 marque un certain renforcement du mouvement dans la mesure où l'élection corrige désormais les effets de la cooptation pour la désignation des instances dirigeantes. L'élection de 600 des 1644 membres du Conseil national permet de souligner le poids des deux principales composantes, le parti républicain (37,5 %) et le CDS (27,9 %).

L'Union pour la France va être testée lors des deux consultations de 1992. Les élections régionales (dont le résultat est médiocre pour l'UPF) et cantonales démontrent que l'union de l'opposition est réelle à la base, les dissensions étant finalement limitées et de peu d'effet. La force du Front national donne la preuve que l'unité est indispensable pour ne pas subir sa concurrence. Aussi l'UPF sera-t-elle intransigeante dans son interdiction de toute élection d'un président de conseil régional avec les voix de l'extrême droite (contrairement à 1986) : cette fois, la règle sera respectée, au prix de tentatives de « sanctions » du FN, mais, en fin de compte, c'est vers les écologistes que se tournera la droite régionale pour assurer ses majorités.

Plus délicate est la gestion du référendum européen de septembre, puisque la majorité du RPR incline pour le « non » et l'essentiel de l'UDF pour le « oui ». La courte victoire du « oui », mais surtout la crise européenne qui suivra le référendum faciliteront la tâche de l'opposition dans la mesure où il apparaît dès octobre que la lecture fédéraliste du traité de Maastricht n'a aucune chance de se réaliser et donc de diviser la droite. Celle-ci, qui a fait élire le centriste René Monory à la présidence du Sénat, le 2 octobre, peut se préparer à gérer un gouvernement que l'effondrement socialiste aux régionales de 1992 rend inévitable.

CHAPITRE IV

L'ÉPILOGUE

A la différence de 1986, la seconde cohabitation que doit subir François Mitterrand est en partie dédramatisée. L'expérience institutionnelle a déjà eu lieu, ce qui atténue les controverses constitutionnelles sur la responsabilité du chef de l'État : en fin de compte, malgré les effets oratoires, son maintien à l'Élysée en cas de défaite n'est pas sérieusement contesté. Par ailleurs, le tour passionnel pris par l'affrontement Mitterrand-Chirac a peu de chance de se reproduire, François Mitterrand n'étant pas candidat à un nouveau mandat et ne risquant pas d'entrer en concurrence directe avec le Premier ministre. Enfin, la victoire de la droite, amplifiée par le scrutin majoritaire maintenu, crée un tel déséquilibre des forces que la cohabitation change de nature politique.

A ces différents facteurs il faut ajouter un imprévu : l'arrivée à Matignon d'Édouard Balladur bouleverse le jeu politique dans la mesure où le nouveau Premier ministre conquiert d'emblée une stature qui renforce l'autorité du gouvernement face au Président et bouleverse les calculs présidentiels au sein de la droite.

I. LES ÉLECTIONS LÉGISLATIVES DE MARS 1993

Depuis un an, les analyses politiques, corroborées par les instituts de sondage, considéraient le résultat comme acquis : la défaite de la gauche était jugée inéluctable et le seul débat portait sur l'ampleur de la victoire de la droite. Cette défaite programmée était à ce point ancrée dans les esprits que même les dirigeants socialistes s'en étaient convaincus : rares étaient ceux qui faisaient mine de contester un résultat annoncé d'avance.

Ce fatalisme politique explique que la campagne électorale ait été une des plus ternes de l'histoire de la Ve République. Le résultat annoncé n'a cependant pas empêché une participation électorale convenable. Quant au succès de la droite et au recul socialiste, leur ampleur a été telle qu'elle a modifié en profondeur les conditions de la seconde cohabitation.

1. *La préparation de la seconde cohabitation*

La campagne électorale des élections législatives commence dès le lendemain du référendum sur l'Union européenne.

A gauche, la question essentielle est celle des conditions de la bataille et surtout de la ligne de défense du Président de la République après la défaite.

La première question posée est d'ordre institutionnel. François Mitterrand, partisan comme en 1985 d'une modification de la loi électorale afin, en revenant à la représentation proportionnelle, de limiter le raz-de-marée conservateur, s'est heurté au refus des parlementaires socialistes et des dirigeants du PS, tous courants confondus. Ceux-ci préfèrent le maintien du scrutin majoritaire pour deux raisons. D'une part, le score comparé du PS aux élections régionales et cantonales de 1992 a montré l'existence d'une « prime » en faveur des candidats socialistes aux cantonales (au scrutin uninominal majoritaire) par rapport au score socialiste aux régionales (à la proportionnelle): le « vote utile » et l'implantation des députés sortants pourraient permettre à ceux-ci de mieux résister en localisant la campagne. Par ailleurs, dans la mesure où la majorité des responsables socialistes considère l'ère Mitterrand virtuellement close et s'intéresse davantage à la préparation de la future présidentielle, mieux vaut tourner la page sans résister (et hypothéquer le futur par deux années consacrées à la défense des prérogatives présidentielles) afin de bénéficier de deux années de ressourcement dans l'opposition.

Faute de pouvoir modifier dans l'immédiat les règles du jeu, François Mitterrand tente de déplacer les enjeux du terrain politique au terrain institutionnel, afin d'apparaître à nouveau comme le gardien des institutions : la constitution d'une commission chargée de réfléchir pour l'après-mars 1993 à la réforme du mode de scrutin pour les élections législatives (créée le 25 juin) précède celle d'un « comité consultatif constitutionnel » (créé le 2 décembre) chargé de réfléchir au toilettage de la Constitution, toutes deux présidées par le doyen Georges Vedel. Leurs conclusions, remises (le 3 et le 16 février) au Président de la République et qui débouchent, pour la seconde, sur un projet de révision constitutionnelle repris à son compte par le chef de l'État (au conseil des ministres du 10 mars) illustrent clairement cette volonté de pouvoir mener le jeu sur le terrain institutionnel.

Pour autant, ni l'opposition, ni même la majorité sortante ne veulent emboîter le pas présidentiel et François Mitterrand devra se contenter de prendre date et se limiter, dans l'immédiat, à rappeler que, comme en 1986, il « ne restera pas inerte » en cas de cohabitation mais défendra ses prérogatives constitutionnelles (défense, politique étrangère, choix d'un premier ministre « européen » et respectant ses pouvoirs présidentiels) comme sa liberté d'expression (en faveur des acquis sociaux, en « appelant au peuple » si la politique de la droite s'avérait « inacceptable »).

La seconde question, celle de la direction de la campagne électorale, s'avère tout aussi épineuse. En 1985, elle avait été le point de départ du conflit entre Laurent Fabius et Lionel Jospin. Cette fois-ci à nouveau, le premier secrétaire (Laurent Fabius) et le Premier ministre (Pierre Bérégovoy) s'affrontent avec les

L'épilogue

mêmes motifs : le premier désirant mener la campagne du PS et le second celle de la « majorité » sortante, rebaptisée « Alliance des Français pour le progrès ». Si un compromis peut être trouvé (partage des tâches) sur le principe, dans la pratique, la difficulté viendra de l'image négative des deux personnalités : Pierre Bérégovoy est atteint à son tour par les affaires, tandis que Laurent Fabius ne parvient pas à se défaire de la procédure conduite devant la Haute Cour de Justice à propos de l'affaire du sang contaminé.

Les deux chefs de campagne de la majorité sortante étant atteints, le Président de la République devra, comme en 1985, intervenir en première ligne (interventions télévisées des 18 et 19 mars) mais avec un succès mitigé. Quant au candidat « virtuel » du PS à l'élection présidentielle, Michel Rocard, ses interventions ne feront que contribuer à la cacophonie générale, qu'il s'agisse de la proposition d'une refondation du parti socialiste au lendemain des législatives (discours de Montlouis-sur-Loire du 17 février appelant à un « big-bang politique »), de l'appel à un accord électoral unilatéral avec les écologistes (sans que la direction du PS en ait débattu) ou de la prise de distance avec François Mitterrand (en déclarant le 15 mars qu'il y a « un règlement de comptes personnels entre beaucoup de Français et le Président de la République »).

De surcroît, la question des alliances — décisive dans un scrutin à deux tours — reste pendante. Faute d'avoir réussi à trancher plus tôt entre l'union de la gauche et d'autres stratégies, le parti socialiste se retrouve à la veille des législatives avec une union de la gauche réduite aux acquêts électoraux (l'ensemble des voix de gauche est loin des 50 %) et surtout politiques (un simple désistement réciproque et informel entre PC et PS) et des rapports avec les écologistes caractérisés par la méfiance réciproque, l'appel de Michel Rocard à une alliance n'éveillant guère d'écho chez les Verts et n'étant entendu que par Brice Lalonde.

Le comportement politique et électoral des écologistes est bien la vraie inconnue de ces élections. Après le succès d'ensemble des Verts et de Génération Écologie (14,7 %) aux élections régionales et face au maintien d'un scrutin majoritaire, les deux formations rivales sont contraintes de conclure un accord électoral (le 14 novembre) afin de parvenir à des candidatures uniques. En fin de compte, cet accord va s'avérer plus facile que prévu, malgré de fortes résistances chez les Verts, où nombreux sont ceux qui considèrent avec méfiance Génération Écologie, où les écologistes de fraîche date sont nombreux.

L'élément qui explique peut-être le mieux cette conclusion positive est à chercher dans les intentions de vote : en novembre les candidats écologistes sont crédités de 15 % alors que le PS n'en obtient que 20 %. Deux mois plus tard, l'écart disparaît, le PS stagnant à 19,5 % et l'Entente écologiste culminant à 19 %. En fait, ce sera l'apogée, les intentions de vote écologistes ne cessant de refluer régulièrement dans un électorat mobile, décontenancé par les prises de position multiples et contradictoires de Brice Lalonde, l'incapacité des écologistes de présenter un programme crédible sur les autres chapitres que l'environnement et les appels de Michel Rocard.

A droite, le premier souci est d'effacer les séquelles du référendum sur l'Union européenne. La volonté de chasser le parti socialiste du pouvoir s'affirme vite plus importante que les désaccords sur une question que les lendemains de référendum (la crise monétaire européenne rendant problématique la future union économique et monétaire) relativisent. Non seulement le front anti-Maastricht se lézarde (Philippe Séguin et Charles Pasqua montrant leurs divergences sur la nécessité d'augmenter les impôts ou d'autonomiser la Banque de France) mais surtout les rivalités entre partis et candidats montrent bien que l'opposition entre RPR et UDF reste la ligne de partage principale.

En fin de compte, le débat portera sur trois questions.

D'abord, celle des investitures. Le principe retenu

L'épilogue

par le RPR et l'UDF est celui des candidatures uniques dans toutes les circonscriptions. Mais il se heurte aux rivalités traditionnelles entre notables, aux séquelles du référendum européen et à la concurrence souhaitée là où le sortant est socialiste. En fin de compte, 65 primaires officielles (le plus souvent entre RPR et UDF) seront admises, auxquelles s'ajouteront de nombreuses primaires « sauvages » attisées par la perspective d'un large succès de la droite mais aussi la résistance aux décisions des états-majors parisiens.

La question de la plate-forme électorale de l'Union pour la France sera plus facile à résoudre. D'orientation délibérément prudente et mettant l'accent sur la lutte contre le chômage, elle s'affirme résolument européenne, favorable aux privatisations mais hostile à la hausse des impôts, décidée à poursuivre la politique du franc fort et à réaliser l'indépendance de la Banque de France. Marquée de l'empreinte du courant européen du RPR (E. Balladur, A. Juppé) et de l'UDF (V. Giscard d'Estaing) la plate-forme rompt avec le langage idéologique très libéral du programme de 1986.

Reste l'épineux problème de la cohabitation, d'autant plus sensible qu'il a été attisé en 1991-92 par le débat sur la réduction du mandat présidentiel et que l'ampleur prévisible de l'échec socialiste est présenté, à droite (mais aussi on l'a vu dans certains secteurs de la gauche) comme imputable à François Mitterrand.

Au départ, c'est le président de l'UDF, Valéry Giscard d'Estaing, qui se montrera le plus intransigeant en estimant que le président de la République devrait démissionner en cas d'échec cuisant de la majorité sortante, le RPR adoptant un profil plus « cohabitationniste », à l'image de celui qui apparaît comme le candidat virtuel à Matignon, M. Édouard Balladur, ministre d'État dans le gouvernement Chirac de 1986, et « théoricien » depuis 1983 d'un compromis politique et constitutionnel avec le chef de l'État. Paradoxalement, un chassé-croisé se produira en mars, Valéry Giscard d'Estaing constatant que sa pugnacité n'a guère d'écho dans les rangs de l'UDF, et c'est des rangs du RPR (Charles Pasqua, Alain Juppé, Jacques Chirac), désireux de satisfaire une base très hostile au chef de l'État, que viendront les appels à la démission. Face à la réaffirmation par François Mitterrand de sa détermination à aller au terme de son mandat et sa menace de ne pas traiter avec ceux qui le contesteraient, il faudra l'intervention d'Édouard Balladur pour calmer les esprits.

Quant à la campagne proprement dite, elle restera étonnamment calme et même discrète, la loi de 1990 sur le financement des campagnes obligeant les partis et candidats à un train de vie modeste, réhabilitant les marchés et préaux d'école, au grand dam des publicitaires qui avaient donné le ton des campagnes dans les années 1980.

2. *Le triomphe de la droite*

Avec un taux d'abstentions de 30,8 %, le premier tour des élections législatives se situe à un niveau de participation très médiocre, supérieur certes aux élections législatives de 1988 (34,26 % d'abstentions) qui suivaient des élections présidentielles, mais très inférieur aux élections équivalentes de 1986 (21,5 %) et même de 1981 (29,14 %). Le désarroi d'une partie de l'électorat est mesurable à un autre indice : celui du nombre de bulletins blancs et nuls, qui atteint le chiffre record de 1 400 000.

Comme il était prévisible, le premier tour enregistre un recul historique de la gauche. Celle-ci atteint le plus bas score de la Ve République à des élections législatives : avec 30,76 % des suffrages (soit à peine un point de mieux qu'aux régionales catastrophiques de 1992, malgré le scrutin majoritaire), la gauche réalise un score inférieur aux 41,2 % de 1968, aux 44,7 % de 1958 et même aux 32 % de l'élection présidentielle de 1969, qui étaient jusqu'alors sa plus mauvaise performance de la Ve République.

Le parti socialiste est le principal responsable de ce score puisque son recul est général, aussi bien dans ses bastions historiques (comme le Pas-de-Calais où il chute de 34,6 % en 1986 et 48 % en 1988 à 28,7 %) que dans ses anciennes terres de mission (il tombe à 12,2 % dans le Bas-Rhin) ou dans les agglomérations (en Ile-de-France, il ne franchit de justesse la barre des 20 % que dans l'Essonne et tombe sous les 15 % en Seine-Saint-Denis, alors qu'il chute à 16 % dans le Rhône et à 18 % dans les Bouches-du-Rhône).

Atteignant 19,2 % des voix avec ses alliés MRG, le PS recule même par rapport aux régionales de 1992 dans 44 départements. Alors qu'en 1986, il n'atteignait pas la barre des 25 % dans seulement trois départements, cette fois il ne la franchit que dans 20, tombant même en deçà des 15 % dans 13 départements, au point, pour 11 députés socialistes sortants, d'être dépassés par les candidats communistes, tandis que nombreux sont ceux qui ne franchissent pas la barre des 12,5 % des inscrits : l'espoir de pouvoir, en s'appuyant sur son implantation personnelle, résister au reflux général s'est presque partout avéré vain.

Les sondages de sorties d'urnes permettent de mesurer la gravité du recul : le PS s'effondre chez les moins de 35 ans (il obtient 18 % des 18-24 ans et 20 % des 25-34 ans) où il était dominant ; il recule nettement dans les classes populaires (22 % des employés et 21 % des ouvriers qualifiés) alors qu'il résiste mieux dans les professions intellectuelles.

Paradoxalement, le parti communiste fait meilleure figure, même si, avec 9,21 % des suffrages, il recule par rapport à 1988 (11,31 %) et même par rapport à 1986 (9,87 %). Bénéficiant de son implantation solide dans les derniers bastions du communisme municipal, urbain et rural (il ne dépasse les 15 % que dans 9 départements : Seine-Saint-Denis, Val-de-Marne, Allier, Bouches-du-Rhône, Cher, Corrèze, Dordogne, Gard, Pas-de-Calais) où il n'a pas hésité à présenter des élus locaux parfois en quasi-dissidence pour sauvegarder le siège, en voie de marginalisation ailleurs (il n'atteint pas 5 % dans 12 départements), le parti communiste ne souffre pas des effets de ses débats internes.

Le score très faible de la gauche n'est pas compensé par le vote écologiste. Contrairement aux espoirs de ceux-ci et aux pronostics des instituts de sondage, qui, même s'ils avaient enregistré un reflux, ne l'avaient pas mesuré à un tel degré, c'est de contre-performance qu'il s'agit. Certes, le score global des écologistes (10,79 %) est supérieur à celui des candidats officiels de l'Entente écologique (7,8 %) et proche des dernières tendances enregistrées à la veille du premier tour. Mais la chute est forte entre le sommet atteint en janvier (19 %) et le vote final : cet effondrement est largement dû à la fragilité de l'électorat écologiste (où le pourcentage d'électeurs mobiles vers l'abstention — 30 % à dix jours du premier tour — ou vers d'autres candidats était le plus élevé) mais aussi à l'impression défavorable donnée par la campagne de l'Entente. A ce facteur général s'est ajouté le phénomène de dispersion : les différentes listes dissidentes ou pseudo-écologistes ont recueilli près de 3 % des suffrages, ce qui a achevé d'affaiblir le score des candidats officiels.

A l'inverse, l'Union pour la France obtient un succès incontestable. Avec 44,12 % des suffrages (si l'on y inclut les divers droite), elle efface son score médiocre de 1992 (36,88 %) et, atteignant presque son niveau de 1986 (44,95 %), dépasse nettement celui de 1988 (40,59 %). Ce retour au niveau de 1986 se traduit par des performances locales analogues : l'UPF dépasse les 50 % des suffrages dans 18 départements (20 en 1986) et progresse par rapport à 1986 dans 40 départements. Au sein de la droite, la bataille des primaires tourne nettement à l'avantage du RPR puisqu'il remporte 50 des 65 primaires officielles, mais aussi bon nombre de primaires « sauvages ».

Les sondages « sorties d'urnes » montre que la progression de la droite s'est faite notamment dans l'électorat féminin (qui vote UPF à 45 %), chez les jeunes et dans les classes moyennes, ainsi que chez les catholiques pratiquants irréguliers, mais qu'un fort déficit demeure dans les classes populaires (à l'exception des employés).

L'ampleur du succès de la droite a été limitée par le score inattendu du Front national. Avec 12,52 % des suffrages, le Front national obtient son meilleur score à des législatives et le troisième après la présidentielle de 1988 (14,39 %) et les régionales de 1992 (13,9 %). L'extrême droite progresse partout sauf dans le Sud-Ouest du Massif central. Son score n'est inférieur à 5 % que dans 4 départements et supérieur à 15 % dans 19 départements (8 en 1988) dont 7 sur le pourtour méditerranéen (dont 4 à plus de 20 % : Alpes-Maritimes, Vaucluse, Bouches-du-Rhône, Var), 6 dans le Bassin parisien, 3 dans le Nord-Est et 2 en Rhône-Alpes. Ce succès, qui permet au Front national d'être très souvent présent au second tour, aboutit même, dans les circonscriptions où les candidats de gauche n'ont pas franchi la barre des 12,5 % des inscrits, à des duels Droite-Front national (81 circonscriptions).

Le deuxième tour ne fait que confirmer la tendance du premier. Le phénomène était inévitable, l'effet multiplicateur du mode de scrutin étant renforcé par le barrage des 12,5 % des inscrits qui avait déjà éliminé de nombreux concurrents socialistes au soir du premier tour.

Sur les 577 sièges à pourvoir, 497 restent en lice, 80 ayant été attribués dès le premier tour à la droite (42 au RPR et 38 à l'UDF). Pour cette deuxième manche, la droite est en ordre de bataille, l'UDF ayant (malgré les pressions de M. Giscard d'Estaing) renoncé à multiplier les primaires : 15 affrontements officiels se dérouleront et autant d'officieux. Dans seize circonscriptions, il n'y a plus qu'un seul candidat en lice (13 de droite, 3 PS) et dans quinze seulement une triangulaire.

Entre les deux tours, l'abstention augmente encore (passant à 32,44 %) du fait des candidatures uniques mais surtout des duels droite-extrême droite (81) ou internes à la droite. Le nombre de bulletins blancs et nuls augmente encore et atteint le chiffre record de 2 200 000.

Le triomphe de la droite est total. Malgré de bons reports de voix à gauche (sauf lorsque PS et PCF avaient obtenu un score proche au premier tour) et un report majoritairement à gauche des électeurs écologistes (dans la proportion de 2 pour la gauche contre 1 pour la droite), la gauche subit un revers historique.

Seul satisfait, le parti communiste sauve son groupe parlementaire : treize de ses 25 députés sortants sont réélus (dont Georges Marchais, qu'on avait cru menacé dans le Val-de-Marne) mais huit nouveaux sont élus dans des circonscriptions tenues par des socialistes. Avec les députés des DOM, l'effectif communiste atteint le seuil des 25.

Pour le parti socialiste, l'hécatombe est sévère. Perdant les 4/5e de ses députés, il est laminé dans tout le pays, à commencer par ses bastions (Midi-Pyrénées, Aquitaine, Nord-Pas-de-Calais, Languedoc-Roussillon, Limousin). En Ile-de-France, c'est une quasi-disparition avec huit élus sur 99 (aucun dans les Hauts-de-Seine, le Val d'Oise, les Yvelines et la Seine-et-Marne, un — Georges Sarre — à Paris). Le PS disparaît d'Alsace et d'Auvergne, il ne conserve plus qu'une représentation symbolique ailleurs, résistant dans quelques poches comme le Lot (seul département restant à gauche), le Pas-de-Calais, la Seine-Maritime, la Meurthe-et-Moselle ou le Territoire de Belfort. Pour quelques leaders sauvés comme Laurent Fabius, Jack Lang, Pierre Bérégovoy, Ségolène Royal ou Jean-Pierre Chevènement, la liste est longue des battus, à commencer par le candidat « virtuel » à l'Élysée, Michel Rocard, nettement distancé dans les Yvelines, Lionel Jospin à l'implantation manquée dans la Haute-Garonne, Michel Delebarre, Roland Dumas ou Louis Mermaz. Réduit à un effectif minimum au Palais-Bourbon, le parti socialiste paie

L'épilogue

très cher l'usure du pouvoir, une campagne manquée et ses divisions.

L'effondrement socialiste a pour contrepartie le succès historique de la droite. Avec 58 % des voix dans les circonscriptions en ballottage, la droite obtient 485 députés dans la nouvelle Assemblée soit le double de l'ancien effectif. Si l'UPF peut se féliciter d'un très bon report de voix entre RPR et UDF, elle peut être inquiète du comportement des électeurs du Front national : si tous les candidats du Front national ont été battus, le Front national progresse dans tous les duels qui l'opposaient à la droite et dans la moitié des triangulaires. Quant aux reports de voix des électeurs d'extrême droite du premier tour, ils ont été de 35 à 40 % vers l'UPF mais de 25 à 30 % vers la gauche.

Au sein de la droite, le RPR et le PR sont les grands vainqueurs du scrutin.

Le RPR, qui avait remporté la bataille des primaires du premier tour, tire son épingle du jeu dans la moitié des duels du second. Passant de 132 à 242 sièges, il conforte sa position dominante avec 35 sièges de plus que l'UDF.

Au sein de l'UDF, le parti républicain devient hégémonique avec plus de la moitié de l'effectif total : tous ses sortants sont réélus et autant de nouveaux les rejoignent (le PR passe de 58 à 106 députés). A l'inverse, le courant démocrate-chrétien du CDS perd 6 sièges (dont celui de Bernard Stasi) et n'en gagne que 16, n'ayant plus qu'une représentation égale à la moitié de celle du PR (59) et étant talonné par le centre « laïc » du PSD et des radicaux qui obtient une trentaine d'élus.

II. LE GOUVERNEMENT D'ÉDOUARD BALLADUR

Même si le 29 mars, au soir de la défaite électorale, François Mitterrand feint de nommer souverainement Édouard Balladur Premier ministre, nul n'ignore que son choix n'est pas libre. Depuis plusieurs mois, Jacques Chirac a fait savoir qu'Édouard Balladur sera le candidat proposé par le RPR si le mouvement gaulliste domine l'Assemblée. Depuis plusieurs années, Édouard Balladur s'est préparé à cette fonction, après en avoir théorisé les contours en période de cohabitation dès 1983. Collaborateur fidèle de Georges Pompidou de 1963 à 1974 (après avoir joué un rôle-clé à ses côtés en mai 1968, il sera secrétaire général de la présidence à partir d'avril 1973 après en avoir été secrétaire général adjoint), puis conseiller de Jacques Chirac à partir de 1979 (au lendemain de l'échec retentissant de la liste Chirac-Debré aux élections européennes), Édouard Balladur a connu une première grande expérience ministérielle en 1986. Ministre d'État à l'économie, aux finances et aux privatisations, il est la cheville ouvrière du gouvernement, suppléant Jacques Chirac et exerçant une autorité sur les autres ministres qui va au-delà de la priorité accordée au redressement économique et financier. Après l'échec de Jacques Chirac en 1988, celui-ci est décidé à ne plus tenter l'expérience de Matignon. Celle-ci devra être confiée à une personnalité qui n'est pas en lice pour l'élection présidentielle : ce sera Édouard Balladur.

1. *Le tournant politique*

Le nouveau pouvoir

Le gouvernement Balladur marque une rupture avec ceux qui le précédaient : composé de 30 ministres et d'aucun secrétaire d'État, c'est une équipe ramassée et homogène. Simone Veil (à la tête d'un grand ministère social) et Charles Pasqua (qui retourne à l'Intérieur mais annexe l'aménagement du territoire) sont les deux « poids lourds » du gouvernement (même si Pierre Méhaignerie et François Léotard sont également ministres d'État) qui traduit à la fois une forte ouverture au centre (les centristes sont 7, autant que le Parti républicain, alors qu'ils ont moitié moins de députés)

L'épilogue

et la volonté de rassurer ceux qui sont tentés par le Front national. Surtout, le nouveau gouvernement peut rompre avec l'image de la première cohabitation (où l'hégémonie RPR et le poids des états-majors partisans avaient marqué la composition du gouvernement) : cette fois, Édouard Balladur n'a à subir de veto ni des partis ni du président de la République.

Malgré son effectif réduit, le gouvernement Balladur se veut le reflet de toutes les sensibilités d'une majorité qui, au même moment, s'organise à l'Assemblée. Tandis que le groupe RPR reconduit Bernard Pons, les centristes, déçus par leur résultat électoral, réintègrent le groupe UDF, toujours présidé par Charles Millon, mais où les tendances sont nombreuses (démocrates-chrétiens, centristes laïcs, amis de Philippe de Villiers, de Valéry Giscard d'Estaing ou de François Léotard). Pour la présidence de l'Assemblée, Philippe Séguin devance facilement Dominique Baudis (il l'emporte par 389 voix contre 89 au second tour) et se dote ainsi d'une plate-forme dont il compte bien faire usage pour défendre les thèmes rodés lors de la campagne référendaire.

Les premières mesures

Dans les semaines qui suivent l'entrée en fonction du gouvernement Balladur, celui-ci impose une rupture avec la gestion antérieure dans deux domaines : l'économie et l'immigration.

Le 6 mai, le rapport Raynaud, véritable audit des finances de l'État, donne la mesure d'un déficit public qui rend nécessaires des mesures draconiennes : le déficit budgétaire (estimé par la loi de Finances 1993 à 165 milliards de FF) atteint près de 350 milliards et le déficit cumulé de la Sécurité sociale atteint 100 milliards (auquel s'ajoute le déficit de 36 milliards de l'assurance chômage).

Dans un premier temps, le plan de redressement annoncé par le gouvernement, outre la réduction du train de vie de l'État (à commencer par celui des ministères), met l'accent sur la réduction des déficits :

économie budgétaire, hausse des taxes et de la CSG, réforme du régime des retraites et du financement du système de santé. Mais, face à la réaction des parlementaires et des partenaires sociaux, Édouard Balladur ajoute un second volet à son plan, renforçant le soutien à l'emploi et aux équipements publics et le finançant par un grand emprunt national.

A ces mesures, qui sont mises en œuvre dès le collectif budgétaire de juin et par diverses lois dès la session extraordinaire de juillet du Parlement, s'ajoutent d'autres décisions, d'orientation libérale : la réforme du statut de la Banque de France, rendue nécessaire par le traité de Maastricht, organise l'autonomie de l'institut d'émission et la loi de privatisations relance le processus amorcé en 1986-88. Témoignage de la confiance que le nouveau gouvernement inspire aux épargnants, l'emprunt Balladur lancé le 25 juin est clos le 10 juillet, rapportant 110 milliards de francs au lieu des 40 prévus : près d'un million et demi de particuliers y ont souscrit.

Si les mesures économiques et financières n'ont guère soulevé de passion (seul Philippe Séguin, adepte d'une politique protectionniste, y voyant un « véritable Munich social »), y compris celles réaménageant le régime des retraites ou augmentant la CSG (le débat sur sa non-déductibilité fiscale sera cependant assez vif au sein de la majorité), il en va tout autrement de celles relatives à l'immigration, adoptées dès le début de l'alternance et destinées à satisfaire l'électorat modéré.

Rompant avec la prudence de 1986, les « lois Pasqua » bouleversent le statut des étrangers non communautaires. Une première loi relative aux conditions d'entrée et de séjour des étrangers vise à encadrer et restreindre le regroupement familial et les demandes d'asile et faciliter les expulsions. Une seconde renforce les pouvoirs de police dans les contrôles d'identité. Une troisième (qui reprend une proposition de loi sénatoriale) rend plus difficile l'acquisition de la nationalité française pour en faire une démarche volontaire. Si

L'épilogue

le gouvernement parvient à canaliser les surenchères de sa majorité parlementaire, il ne peut empêcher la saisine par les parlementaires socialistes du Conseil constitutionnel. Si celui-ci valide l'essentiel de la réforme du code de la nationalité et celle des contrôles d'identité, il annule une partie des dispositions de la loi sur les conditions d'entrée et de séjour des étrangers, notamment celles relatives au droit d'asile qu'il juge contraires aux droits fondamentaux, obligeant le gouvernement à reprendre la procédure législative, mais aussi, sur le droit d'asile, à réviser la Constitution.

La volonté réformatrice du gouvernement s'attaque également aux problèmes institutionnels en faisant réviser (par le Congrès réuni le 19 juillet) la Constitution sur les points du projet proposé par François Mitterrand en mars 1993 qui ont l'aval de la nouvelle majorité: la Haute Cour de Justice, conservée pour les crimes de haute trahison du président de la République, est doublée d'une Cour de Justice de la République, jugeant des crimes et délits commis par les ministres dans l'exercice de leur fonction. Quant au Conseil Supérieur de la Magistrature, sa composition échappe désormais au chef de l'État (qui en garde la présidence) puisque le Parlement et les magistrats se partagent la désignation de ses membres. Ce toilettage de la Constitution évacue les problèmes de fond qui avaient agité le personnel politique en 1990-92 (notamment la réduction du mandat présidentiel) et qui sont renvoyés aux lendemains de la prochaine élection présidentielle.

En matière d'éducation, si la prudence prévaut (le souvenir de la révolte lycéenne de 1986 est encore dans tous les esprits), le gouvernement accepte de donner quelques gages à sa majorité: dans l'enseignement supérieur, une proposition de loi est votée par le Parlement en juin qui permet de déroger à la loi Savary (en matière de statuts et de financement des universités): elle sera déclarée inconstitutionnelle par le Conseil constitutionnel. Quant à la révision de la loi Falloux destinée à autoriser les collectivités locales à financer l'enseignement privé sous contrat (que le lobby de l'enseignement privé avait fait introduire dans le programme électoral de la droite), François Mitterrand refusera de l'intégrer à l'ordre du jour de la session extraordinaire de juillet, et le gouvernement le fera adopter subrepticement en fin de session d'automne.

Enfin, l'un des grands projets du gouvernement, qui mobilise Charles Pasqua, est la relance de l'aménagement du territoire, en déclin sous la double poussée de la décentralisation et de la construction européenne depuis les années 1970. Si l'aménagement du territoire est l'occasion pour le gouvernement, à travers une grande campagne d'opinion, d'aller à la rencontre des élus locaux, elle lui permet surtout de rassurer le monde rural (en tentant d'enrayer la désertification des campagnes par le maintien des services publics) et de confirmer la poursuite des délocalisations amorcées par le gouvernement d'Édith Cresson.

L'état de grâce

En l'espace de quelques semaines, Édouard Balladur bouleverse le paysage politique. Le nouveau Premier ministre est, malgré sa longue expérience, un homme neuf, sur qui ne pèse ni une longue carrière partisane ou élective, ni le poids des gestions antérieures. Son image personnelle (modération, intégrité, sens de l'État et des valeurs traditionnelles) rassure une opinion marquée par le rejet de la politique et l'angoisse du chômage et de la précarité.

Si les sondages plébiscitent le Premier ministre, c'est également du fait de la coïncidence de plusieurs facteurs politiques : la réussite de la cohabitation entre Président et Premier ministre, grâce au respect réciproque (le Président n'est pas avare de compliments jusque dans les périodes difficiles comme lors de la crise monétaire d'août ou du conflit d'Air France d'octobre), au refus de la chasse aux sorcières (cette fois, aucun *spoil system* systématique ne suit l'alternance comme en 1981 et 1986) mais aussi à l'absence de compétition entre eux (qui tranche avec les années 1986-88). A quoi s'ajoutent l'absence momentanée de l'opposition après l'effondrement électoral de la gauche et la position même d'Édouard Balladur au sein de sa majorité : membre du RPR mais de sensibilité proche de l'UDF, il parvient à rassembler d'autant mieux la coalition de centre-droit qu'il lui fait oublier la lancinante «guerre des chefs». Cette popularité prolonge jusqu'à l'automne l'«état de grâce» gouvernemental et lui survit, malgré la gravité de la crise sociale (augmentation accélérée du chômage) et économique (la France connaît la récession la plus grave depuis 1975).

2. *Face à la crise*

Avec l'automne 1993 s'achève l'état de grâce d'un gouvernement qui doit affronter une série de dossiers délicats avant d'entrer dans le cycle électoral de 1994 qui, des élections cantonales aux élections européennes, préparera la campagne présidentielle pour 1995.

Le premier est la crise du système monétaire européen sous la poussée de la spéculation, qui, après avoir contraint la livre sterling et la lire à quitter le SME, s'attaque au franc en juillet. Le 2 août, le conseil des ministres de la Communauté décide d'installer un flottement interne des monnaies à l'intérieur du SME qui préserve un minimum de solidarité européenne. Approuvé par François Mitterrand, Édouard Balladur a réussi, au prix d'un soutien très coûteux de la Banque de France à la monnaie nationale, à désarmer ceux qui plaidaient pour une «autre politique». Dès la mi-décembre, la Banque de France aura reconstitué ses réserves et le franc retrouvé sa parité d'avant la crise avec le mark.

Le second est le débat constitutionnel consécutif à la décision du Conseil constitutionnel (le 13 août) d'annuler la disposition de la loi sur la maîtrise de l'immigration permettant à l'administration de bloquer les demandes d'asile provenant d'étrangers ayant transité par un autre pays signataire de la convention de Schengen (accord signé en 1985 entre certains États membres de la Communauté). Pour passer outre à la décision du Conseil, Charles Pasqua plaide pour la révision constitutionnelle, et même une révision parlementaire conclue par voie référendaire si François Mitterrand s'y oppose. Soucieux d'éviter le conflit avec le Président, Édouard Balladur plaide pour une « adaptation de portée limitée » de la Constitution qui ne touche pas au principe du droit d'asile (tel qu'il est proclamé dans le préambule de la Constitution de 1946 que reconnaît la Constitution de 1958). Une transaction sera trouvée. Saisi par le Premier ministre à la demande du chef de l'État, le Conseil d'État rend un avis favorable à la révision qui portera sur un court texte, rédigé par Matignon et amendé par l'Élysée. Pour la troisième fois consécutive en un peu plus d'un an, la Constitution subit une révision limitée. Mais cette fois, cette révision s'accompagne d'une mise en garde du gouvernement contre l'attitude du Conseil constitutionnel, accusé de vouloir contrecarrer la volonté du peuple souverain : une accusation venue cette fois de droite, mais qui rappelle les critiques socialistes lors de la décision du Conseil de 1982 sur les nationalisations.

Deux questions majeures dominent la rentrée. La première est la négociation des accords commerciaux du GATT (l'Uruguay Round), entamée depuis plusieurs années et qui doit aboutir en décembre. Le gouvernement doit affronter à son tour la pression du lobby agricole, mécontent du pré-accord sur le volet agricole (dit pré-accord de Blair House de novembre 1992) qui réduit d'autant plus la marge de manœuvre gouvernementale qu'Édouard Balladur doit non seulement mener une négociation internationale difficile mais tenir compte des intérêts du monde industriel qui pousse au compromis. Assuré du soutien de François Mitterrand (qui permet à la France de parler d'une seule voix), Edouard Balladur va sortir de l'impasse en diversifiant les sujets de négociation et de débat (afin de ne pas faire de l'agriculture l'abcès de fixation): la défense de l'identité culturelle européenne (face à l'industrie américaine de l'audiovisuel), celle de l'industrie aéronautique et du textile sont mises en avant. Rétablissant un axe franco-allemand mis à mal par la crise monétaire, remettant la Commission de Bruxelles à sa place (d'exécutant et non de décideur), maniant habilement la menace d'un veto français, le Premier ministre obtient une solidarité des Européens face aux USA au sommet européen du 20 septembre, la Commission ayant pour mission de «renégocier» le volet agricole. Lors des négociations euro-américaines de décembre, un compromis agricole est réaménagé et l'audiovisuel exclu du GATT: l'accord signé le 14 décembre est un réel succès pour le gouvernement français et Edouard Balladur peut en tirer le 15 les dividendes politiques en obtenant un vote de confiance massif de sa majorité parlementaire.

Davantage que du GATT, c'est de la situation sociale que vient le principal danger pour le gouvernement. Dans un pays qui compte plus de trois millions de chômeurs et presque autant d'emplois précaires, l'emploi est la question décisive. Outre les mesures de relance de l'activité économique et la reprise du soutien à l'apprentissage prôné par Édith Cresson, le gouvernement fait adopter par le Parlement en octobre un plan quinquennal pour l'emploi qui, dans une panoplie de mesures, met l'accent sur la flexibilité du temps de travail. L'examen du projet est l'occasion de débats au sein de la majorité sur la réduction du temps de travail, certains (au RPR notamment) prônant la semaine de quatre jours (32 heures) pour relancer la création d'emplois. Un tel projet, qui va bien au-delà de ce que proposaient la CFDT et certains courants du PS dans les années 1980, jugé irréaliste par ses adversaires, sera finalement écarté faute de soutiens réels.

Si les mesures gouvernementales n'ont pas pour effet, en conjoncture de crise, de redresser rapidement la situation, les licenciements massifs dans de nombreuses entreprises créent une tension sociale relayée par un rapprochement entre les frères ennemis du syndicalisme, la CGT et Force Ouvrière. L'annonce, à la mi-septembre, de plans de réduction d'effectifs dans le secteur public (Air France, SNECMA) combinée à la crainte des changements de statut (à France Télécom) entraîne une réaction du gouvernement qui reprend en main les entreprises publiques en les incitant à la prudence.

Mais il est trop tard. Malgré la signature d'un accord salarial dans la fonction publique, les grèves se multiplient dans le secteur public et prennent même, à la mi-octobre, la forme d'une révolte à Air France où le plan de redressement est ressenti comme une injustice par les employés au sol. Pour éviter la contagion à d'autres entreprises publiques, le gouvernement abandonnera le plan de redressement et contraindra le PDG d'Air France à la démission.

Cette attitude pragmatique a pour effet de réveiller les critiques au sein de la majorité, mais elle permet surtout au gouvernement de désamorcer les risques de conflits sociaux généralisés.

L'état de grâce achevé, les appareils de parti (et leurs candidats potentiels pour l'élection présidentielle, Jacques Chirac et Valéry Giscard d'Estaing) espèrent bien reprendre le dessus face à Édouard Balladur, dont la popularité dans l'opinion et la majorité menace de remettre en cause les stratégies de campagne établies avant les législatives : n'est-il pas, dès juillet, le candidat souhaité par une large majorité de sympathisants de l'UDF et du RPR pour l'élection présidentielle ? Aussi, outre le terrain social, c'est sur le terrain politique qu'Édouard Balladur est menacé, l'année 1994 étant celle d'une mobilisation électorale allant crescendo jusqu'à la désignation des candidats à l'élection présidentielle.

III. LA RECONSTRUCTION DU PARTI SOCIALISTE

La défaite historique subie par les socialistes aux élections législatives ne pouvait qu'ébranler un parti profondément divisé depuis 1988. Contrairement à 1986, où le PS, malgré son échec, avait fait bonne figure électorale et pouvait espérer revenir rapidement au pouvoir aux côtés de François Mitterrand, cette fois l'ampleur de l'écart gauche/droite, la division du parti et les interrogations sur l'après-mitterrandisme nourrissent un profond pessimisme à la base comme au sommet. Le suicide, le 1er mai, de Pierre Bérégovoy, qui émeut profondément le pays, donne une dimension encore plus dramatique à cette défaite.

Pourtant, la lutte pour le contrôle de ce qui reste du parti est d'autant plus impitoyable que la maîtrise de l'appareil reste la dernière planche de salut des différents leaders.

Michel Rocard, battu dans sa circonscription et donc exclu du jeu politique alors que le groupe parlementaire est contrôlé par Laurent Fabius et qu'il a tout à craindre de l'attitude du Président de la République, décide de jouer rapidement son va-tout.

Le 3 avril, le comité directeur du PS voit l'affrontement ouvert des différentes factions. Lionel Jospin se démet de ses fonctions devant l'absence de «volonté commune» pour tirer les leçons de la défaite. Devant le désaccord Rocard-Fabius, la majorité du comité directeur décide la démission collective de la direction et la mise en place d'une direction provisoire, présidée par Michel Rocard, chargée de préparer la rénovation du parti. Les fabiusiens, minoritaires, refusent, devant ce qu'ils estiment être un coup de force, de participer à cette instance. Il faudra de délicates tractations, la décision des deux plus puissantes fédérations (Nord et Pas-de-Calais, cette dernière étant l'alliée de Laurent Fabius) de participer à la direction collective pour que les fabiusiens se ravisent et réintègrent le bureau exécutif reconstitué.

Les 2, 3 et 4 juillet, les états généraux des socialistes (dans la banlieue lyonnaise) permettent, malgré une forte abstention, de donner la parole à la base tout en assurant à Michel Rocard et ses alliés jospinistes la majorité au sein du futur conseil national du parti. Les amis de Laurent Fabius, par crainte d'être marginalisés, n'ont d'autre choix que de rallier la majorité : les trois courants (dont la réforme des statuts n'a pas remis en cause l'existence) signent une motion unique pour le congrès du Bourget (22-24 octobre) qui obtient 82,2 % des mandats. Michel Rocard, confortablement élu premier secrétaire, prend enfin le contrôle d'un parti où l'essentiel reste à faire : si les mitterrandistes historiques sont évincés (leur motion recueille 6,7 % des mandats tandis que celle de Jean Poperen en rassemble 11 %) et si François Mitterrand n'est plus qu'un spectateur engagé (rompant le silence qu'il observait depuis les élections, il adresse aux congressistes un appel à l'unité), il reste à reconstruire un appareil ébranlé par la chute du militantisme (près de la moitié des adhérents n'a pas participé aux réunions de congrès) et la crise financière, à doter le PS d'un projet moins terne que celui adopté en décembre 1991 tout en ne retombant pas dans la culture d'opposition (qui tente à nouveau militants et cadres du parti), et surtout à lui trouver des alliés.

Les centristes solidement arrimés au gouvernement Balladur, les communistes marginalisés et divisés après le départ de Georges Marchais (qui quitte la direction du PCF au congrès de janvier 1994), les écologistes paralysés par les luttes internes (entre Verts et Génération Écologie d'une part, au sein de chaque mouvement de l'autre) : autant d'alliés éventuels difficiles à agréger par un parti socialiste. Celui-ci est victime de surcroît de la scission de son ancienne aile gauche, partie fonder avec Jean-Pierre Chevènement un Mouvement des citoyens plus proche du gaullisme de gauche que de la social-démocratie, et de la modération de son fondateur, François Mitterrand, contraint par la cohabitation à un compromis historique personnel avec la droite.

CHAPITRE V

LA CONTINUITÉ MALGRÉ TOUT

Parvenant au pouvoir après de longues années d'opposition où il a illustré successivement la critique atlantiste du gaullisme et l'exaltation tiers-mondiste du nouveau parti socialiste, François Mitterrand hérite d'institutions où la fonction présidentielle s'incarne précisément dans la politique étrangère et de défense.

Dans ce domaine, à l'inverse de la politique intérieure, la continuité va prévaloir tout au long de la présidence et ce quelles que soient les contingences de la politique française : la présence communiste au gouvernement de 1981 à 1984, la cohabitation avec un gouvernement de droite de 1986 à 1988 n'ont d'autre incidence qu'institutionnelle, forçant le président à défendre et illustrer son « domaine réservé » et à se prévaloir de l'héritage — constitutionnel et politique — de la Ve République face à ses détracteurs.

I. LE DOMAINE RÉSERVÉ

C'est dans la défense jalouse des prérogatives présidentielles que l'héritage est d'abord assumé : les grandes options de la diplomatie, la coopération franco-africaine et la défense sont de la compétence exclusive du chef de l'Etat. Celui-ci le déclarera sans ambages : « Tout ce qui touche à l'indépendance nationale et à l'intégrité du territoire ne se décide ni à Moscou, ni à Washington, ni à Genève. Cela se décide à Paris et par moi-même » (le 14 juillet 1983).

Ce caractère monarchique de l'exercice du domaine réservé ne souffre aucune restriction avant mars 1986 : le ministre des Relations extérieures dépend du président seul — « il n'a de comptes à rendre qu'à moi », dira-t-il de Claude Cheysson attaqué par le Premier ministre israélien Menahem Begin en mars 1982. Ce sera encore plus effectif après 1984, lorsque le fidèle Roland Dumas succède à Claude Cheysson au Quai d'Orsay. Même règle pour la coopération : à l'Élysée, Guy Penne, un autre fidèle, remplit les fonctions jadis exercées par Jacques Foccart et René Journiac. Le propre fils du président, Jean-Christophe, lui succédera en octobre 1986. Lorsque le ministre de la Coopération n'est pas assez docile, il est immédiatement remercié, comme Jean-Pierre Cot en 1983.

Quant à la Défense, la présence au ministère de Charles Hernu jusqu'en 1985 (il partira à la suite de l'affaire du *Rainbow Warrior)* permet d'affirmer la tutelle élyséenne. Celle-ci se manifeste par le maintien de la tradition selon laquelle c'est l'ancien chef d'état-major particulier du président qui devient chef d'état-major des armées (général J. Saulnier). Mais l'autorité présidentielle est surtout évidente à travers les décisions personnelles prises en tant que chef des armées : envoi de troupes françaises au Liban en 1982-84, intervention française en août 1983 au Tchad (alors qu'aucun conseil des ministres ne s'est réuni et que le président ne s'en expliquera que fin août par une interview au *Monde*).

A ce domaine s'ajoute *de facto* celui du terrorisme, dans lequel, après une attitude initiale ambiguë (le gouvernement Mauroy refusant au départ de collaborer avec les autorités espagnoles pour réprimer le terrorisme basque ou n'intervenant pas face aux groupuscules extrémistes arméniens), François Mitterrand va intervenir personnellement. Les attentats de 1982 (sur le train Capitole en mars, rue Marbeuf à Paris en avril ou au restaurant Goldenberg de la rue des Rosiers à Paris en août) le conduisent à constituer un conseil de lutte contre le terrorisme, puis à appuyer la constitution d'une «cellule antiterroriste» au sein de la gendarmerie, qui connaîtra bien des déboires avant sa suppression.

Lorsqu'en mars 1986, la cohabitation avec un gouvernement de droite oblige à de difficiles ajustements, François Mitterrand préserve l'essentiel: les ministres de la Défense et des Affaires étrangères ont son aval particulier et la politique en la matière reste supervisée par l'Élysée. Toutes les opérations militaires restent décidées par l'Élysée (le refus d'autorisation de survol du territoire français par les bombardiers américains lors du raid sur Tripoli du 15 avril 1986 ou l'intervention au Tchad de décembre 1986 notamment) tandis que la nouvelle loi de programmation militaire, dont les arbitrages ont été rendus en conseil de défense élyséen, reprend les choix présidentiels en matière de dissuasion nucléaire et reconnaît même sa compétence exclusive pour l'utilisation des forces nucléaires préstratégiques. Par contre, la lutte antiterroriste lui échappe au profit du gouvernement, notamment à la suite de la vague d'attentats de 1986.

En matière diplomatique, les prérogatives présidentielles sont rognées, faute de pouvoir maîtriser l'«intendance». Du moins, dans la mesure où François Mitterrand représente officiellement la France, dirige ses délégations (lors des conseils européens et des sommets des pays industrialisés, mais aussi dans les rencontres bilatérales), il oblige le gouvernement à reconnaître sa prééminence — quitte à ce que le «tandem» diplomatique Président-Premier ministre tire parfois à hue et à dia (au sommet de Tokyo de mai 1986, à la rencontre franco-africaine de Lomé en novembre 1986, au sommet franco-espagnol de Madrid de mars 1987) et que Jacques Chirac tente de conduire une diplomatie autonome dans les domaines de sa compétence. Tirant le bilan de la cohabitation dans sa *Lettre à tous les Français*, François Mitterrand pourra se féliciter que son point de vue ait prévalu, la droite parlementaire et le gouvernement s'étant progressivement « alignés » sur ses thèses, sur tous les dossiers de défense et de diplomatie.

Avec le retour à la coïncidence des majorités en mai-juin 1988, le président de la République récupère d'autant plus facilement l'intégralité de ses prérogatives que le nouveau Premier ministre, Michel Rocard, se concentre sur les questions de politique nationale, suivies avec plus de recul par François Mitterrand que sous le premier septennat. La volonté proclamée de faire du second celui des grandes initiatives diplomatiques (sur la construction européenne, la paix) peut s'appuyer sur des relais ministériels désormais expérimentés, comme Roland Dumas, de retour au Quai d'Orsay, et Jean-Pierre Chevènement (puis Pierre Joxe) à la Défense. Durant ces cinq années, c'est de nouveau à l'Élysée que se décident les orientations diplomatiques, mais aussi les choix militaires. L'exemple le plus éclatant est donné par la guerre du Golfe en janvier 1991. C'est François Mitterrand qui le 15 décide de faire participer la France à la guerre, supervise le plan d'emploi des forces françaises, le choix des armes et donne ses instructions stratégiques dans le cadre du dispositif allié. La mise à l'écart du Premier ministre n'a d'égale que celle du ministre de la Défense, hostile à la guerre. La démission puis le remplacement de Jean-Pierre Chevènement par Pierre Joxe n'a aucun effet concret sur la décision. Celle-ci relève du Président, chef des armées, assisté du Conseil de Défense qu'il réunit et de l'état-major. Au lendemain de la guerre du Golfe, on retrouvera cette autorité présidentielle dans les décisions de participation de la France aux opérations des Nations Unies à caractère humanitaire dans les Balkans, au Moyen-Orient et en Afrique.

Avec le retour à la cohabitation au printemps 1993, François Mitterrand doit renouer avec les « compétences partagées » en matière de diplomatie et de défense. Son isolement politique face à la droite dominante rend sa position plus délicate mais le consensus est quasi complet entre Premier ministre et Président. Ayant voulu un Premier ministre «européen», François Mitterrand peut laisser ce dernier agir librement sans tenter de le contrecarrer. A l'inverse, Edouard Balladur ne juge pas utile de «doubler» le président dans tous les sommets internationaux (Europe exceptée). Sur tous les chapitres, les mesures et prises de position sont «co-décidées», notamment en matière de défense où François Mitterrand rappelle ses prérogatives (par exemple en refusant en octobre 1993 la reprise des essais nucléaires).

L'importance accordée à la diplomatie et à la défense n'est pas simplement la conséquence de prérogatives institutionnelles. Comme ses prédécesseurs, François Mitterrand considère que son action sera jugée d'abord à l'aune de sa politique étrangère : le seul ouvrage qu'il consacre à la défense et illustration de sa politique après 1981 en traite exclusivement (*Réflexions sur la politique extérieure de la France*) tout comme l'essentiel de sa *Lettre à tous les Français*. C'est que la politique étrangère et de défense dont il «a hérité» ou qu'il «a décidée (...) est une politique pour un quart de siècle, en dehors de quoi un pays ne serait pas un grand pays».

Cette prééminence explique la dimension symbolique de cette politique : comme Charles de Gaulle, François Mitterrand ponctue son action diplomatique de voyages parfois spectaculaires (voyage au Mexique en octobre 1981, visite officielle en Israël de 1982, visite éclair au Liban en novembre 1983 après l'attentat antifrançais, ou à Sarajevo, le 28 juin 1992 pour marquer sa solidarité avec la population civile, voyages officiels aux États-Unis en avril 1984 et en URSS en juin de la même année), où il rappelle les grandes lignes de la politique française dans des discours solennels : à Cancún, au Mexique (le 21 octobre 1981), sur les rapports Nord-Sud, devant le Bundestag (le 20 janvier 1983) où il en appelle à la solidarité occidentale face à la menace soviétique, devant le Congrès américain (en avril 1984) sur l'Alliance atlantique, ou devant la Knesset à Jérusalem (le 4 mars 1982) sur les droits de tous les peuples de la région à disposer d'un État.

Enfin, un certain faste n'est pas absent des rencontres diplomatiques dont il a l'initiative: le sommet de Versailles des sept pays les plus industrialisés des 4-6 juin 1982 et surtout celui de l'Arche (de la Défense, 14-15 juillet 1989 à Paris), qui coïncide avec les grandes fêtes du bicentenaire de la Révolution française, sont particulièrement spectaculaires.

Fixée pour « un quart de siècle », la politique extérieure et de défense ne peut être qu'en continuité avec celle de ses prédécesseurs et les « quelques idées simples » autour desquelles elle s'ordonne — « l'indépendance nationale, l'équilibre des blocs militaires dans le monde, la construction de l'Europe, le droit des peuples à disposer d'eux-mêmes, le développement des pays pauvres [34] » — sont celles qui prévalent depuis 1958. Intervenant devant l'Institut des Hautes Études de la Défense nationale le 14 septembre 1981, Pierre Mauroy résumera bien cette continuité en déclarant: « Je suis le Premier ministre du changement, mais il y a au moins un point sur lequel la permanence s'impose: les impératifs de la défense. » Très vite il en ira de même pour l'ensemble de la diplomatie.

II. LES DERNIERS COMBATS DE LA GUERRE FROIDE (1981-1989)

1. On a souvent expliqué les variations apparentes des positions de François Mitterrand dans ses rapports avec l'Est par des considérations de politique intérieure: de 1981 à 1984, les communistes participent au gouvernement et il serait nécessaire de rassurer les Alliés. De 1986 à 1988, le président doit composer avec une droite atlantiste qui soutient tous les projets des USA (et notamment celui de « guerre des étoiles »): pour se démarquer d'elle, il aurait infléchi dans un sens plus

gaullien sa politique de défense. En fait, si les controverses nationales ont quelque influence, c'est plutôt pour renforcer les positions présidentielles.

Ainsi de 1981 à 1984 : la lettre des « 110 propositions » de 1981 montre qu'en la matière les positions socialistes — malgré les réserves de la gauche du PS — sont sans ambiguïté : elles comprennent notamment « l'exigence du retrait des troupes soviétiques d'Afghanistan », le soutien au syndicalisme polonais et la demande de retrait des fusées SS20 que les Soviétiques installent en Europe de l'Est. Ces positions sont aux antipodes de celles du parti communiste qui, pour entrer au gouvernement, devra signer une déclaration qui constitue un ralliement formel aux positions socialistes. Ce n'est donc pas François Mitterrand qui est gêné par le PC, mais l'inverse, les ministres et dirigeants communistes devant accepter sans broncher une politique contraire aux analyses quotidiennes de *l'Humanité*. La présence communiste au gouvernement ne fait que renforcer la présidentialisation du domaine réservé, la politique internationale et la défense étant traitées dans des instances dont le PC est totalement absent : l'Élysée, les conseils interministériels. Pierre Mauroy, lors du conseil des ministres du 18 avril 1984, au moment où les communistes, en désaccord total sur la politique économique et sociale, se préparent à « quitter le navire » (F. Mitterrand), situera bien les enjeux en déclarant que si des désaccords sont admissibles avec le parti communiste en matière de politique étrangère et de désarmement — où il n'a pas voix au chapitre — il ne peut en être de même pour ce qui est de la politique économique : bref, l'alliance PS-PC se limite aux acquêts de la politique intérieure.

Après mars 1986, la situation est plus difficile dans la mesure où c'est l'ensemble du gouvernement qui fait face. Pour autant, François Mitterrand ne cédera pas sur la défense et les rapports Est-Ouest : il persistera dans le refus du projet reaganien de bouclier de défense spatiale destiné à protéger l'Occident, qui a pourtant les faveurs d'une grande partie de la droite française. De même, il restera fidèle à la définition classique de la dissuasion nucléaire en opposition à Jacques Chirac : la décision prise par ce dernier de faire construire des missiles terrestres mobiles (S4) sera critiquée — dans sa *Lettre à tous les Français*, François Mitterrand estime qu'on ne peut dissocier l'emploi des armes tactiques (à très courte portée) et celui des armes stratégiques (à longue portée) sous peine de tomber dans la « stratégie de riposte graduée » — et elle ne survivra pas à la loi de finances 1989.

2. C'est qu'en fait au-delà des contingences de politique intérieure, la politique mitterrandienne s'articule autour de deux idées fondamentales. D'une part, la dissuasion nucléaire (à laquelle il s'est rallié en 1978) demeure le meilleur (et le seul) moyen d'assurer la défense de la France : il faut donc la maintenir coûte que coûte, et même la moderniser en permanence, dès lors qu'elle reste fidèle à sa conception initiale. D'autre part, la question des rapports avec l'Est est subordonnée à l'attitude de l'URSS : lorsque celle-ci est menaçante (comme en 1980-84), il faut lui résister solidairement au sein de l'Alliance atlantique ; si l'Europe de l'Est se montre disposée à négocier sérieusement sur le désarmement et la sécurité en Europe, pourquoi refuser la liquidation du surarmement, dès lors que la capacité de défense de la France en Europe et dans le monde reste préservée ?

Cette ligne de conduite sur laquelle se réalise un large consensus dont seuls les communistes d'une part, la fraction ultra-atlantiste de l'UDF et du RPR de l'autre sont exclus, explique le tournant apparent de la politique mitterrandienne à partir de 1985.

Lorsque François Mitterrand accède au pouvoir en mai 1981, les rapports Est-Ouest traversent une phase de tension. Après l'implantation des missiles SS20 et l'invasion de l'Afghanistan, le « coup d'État » du 13 décembre 1981 en Pologne convainc le président français de la nécessité d'une attitude ferme face à l'URSS : l'Europe occidentale « ne peut vivre en liberté surveillée sous l'œil froid des SS20 ». Il faut donc réveiller son « esprit de résistance assoupi [35] » et rétablir l'équilibre des forces. Appuyant sans réserve l'implantation des missiles Pershing américains prévue par la double décision de l'OTAN de 1977 dès lors que les Soviétiques refusent de démanteler les leurs, François Mitterrand n'hésite pas à dénoncer la myopie du mouvement pacifiste qui se développe en Europe occidentale contre cette implantation : « Les pacifistes sont à l'Ouest et les missiles sont à l'Est », remarque-t-il ironiquement à Bruxelles en octobre 1983. Le 20 janvier 1983, son discours au Bundestag, à la veille des élections législatives allemandes, est tout aussi explicite et constitue un soutien indirect au chancelier démocrate-chrétien Helmut Kohl, au grand dam des sociaux-démocrates (qui viennent de basculer des positions atlantistes d'Helmut Schmidt au pacifisme).

Ses positions sont relayées par le parti socialiste, qui n'a guère à s'embarrasser du pacifisme français, faible et divisé : après avoir poussé l'Internationale socialiste à désavouer l'attitude jugée trop passive de son président, Willy Brandt, après le coup d'État du général Jaruzelski en Pologne, le PS refusera d'approuver les positions de l'IS sur le désarmement au congrès d'avril 1983 à Albufera.

Cette résistance à l'Union soviétique vaut à François Mitterrand les éloges de Ronald Reagan, qui s'est fait depuis son entrée en fonctions en janvier 1981 le héraut de la résistance occidentale face à l'URSS, et des relations très difficiles avec celles-ci. Il faudra attendre que retombe la tension sur les euromissiles — avec l'installation des Pershing — pour que François Mitterrand se rende à Moscou en visite officielle : cette visite se déroulera du 20 au 23 juin 1984, à la veille du départ du PC du gouvernement.

L'attitude de fermeté vis-à-vis de l'URSS (également illustrée par l'expulsion spectaculaire en avril

1983 de 47 espions soviétiques) n'empêche pas les relations économiques entre États: au lendemain du coup d'État polonais, l'accord sur les livraisons de gaz soviétique et la construction d'un gazoduc pour son acheminement est signé en janvier 1982. L'accord, il est vrai, était négocié depuis six ans et la RFA a fait de même. Quelques mois plus tard, la France refuse de s'associer aux représailles économiques contre l'URSS que Ronald Reagan demande à ses alliés. Et, lorsqu'en septembre 1983 l'aviation soviétique abat un avion civil sud-coréen, la France refusera de suivre la décision de suspension des vols vers l'URSS prise par les autres États occidentaux.

La bataille des euromissiles gagnée, les rapports Est-Ouest basculent rapidement sous l'effet des bouleversements qui s'accélèrent en Europe de l'Est. L'élection en mars 1985, au poste de secrétaire général du PCUS, de Mikhaïl Gorbatchev constitue un tournant. Soucieux d'en finir avec une course aux armements ruineuse pour son pays (en mai 1989 il reconnaîtra que les crédits militaires constituent plus de 15 % du budget) au moment où il veut en accélérer la modernisation, le nouveau leader soviétique va multiplier les initiatives pour le désarmement: le retrait des troupes russes d'Afghanistan (à la suite de l'accord de Genève du 15 avril 1988) symbolise le changement de cours. Surtout, une véritable surenchère au désarmement met aux prises le nouveau pouvoir soviétique et l'équipe reaganienne en fin de mandat, à partir de la rencontre de Reykjavik d'octobre 1986: l'« option zéro » (démantèlement des missiles nucléaires intermédiaires à longue portée — 1 000 à 5 000 km) puis l'« option double zéro » (démantèlement des missiles intermédiaires à moyenne portée — 500 à 1 000 km) font l'objet d'un traité américano-soviétique (ratifié le 29 mai 1988) qui laisse les chancelleries européennes stupéfaites.

Si François Mitterrand se félicite officiellement de ces accords, sa marge de manœuvre se rétrécit.

Sur le plan politique, le président français accueille

avec prudence l'appel de Mikhaïl Gorbatchev à la construction d'une « maison commune » à tous les Européens aussi longtemps que des progrès démocratiques substantiels n'auront pas été faits à l'Est. Aussi fait-il participer activement la diplomatie française aux travaux lancés par les Accords d'Helsinki (notamment en matière de droits de l'homme), appuie-t-il officiellement la « perestroïka » lors de la visite de Mikhaïl Gorbatchev à Paris les 4-6 juillet 1989 et multiplie-t-il, au lendemain de sa réélection, les déplacements en Europe centrale (Tchécoslovaquie en décembre 1988, Pologne en janvier 1989, Bulgarie en juin 1989).

Sur le plan militaire, la méfiance française reste entière.

D'une part, les armes nucléaires françaises (et britanniques) deviennent la cible d'une prochaine offensive sur le désarmement en Europe ; d'autre part, la constitution de l'Europe comme espace stratégique spécifique consacre le découplage USA-Europe occidentale et pose la question de la défense européenne.

A ce double défi, le président français répond d'abord en détournant le débat sur les domaines où la supériorité soviétique demeure écrasante (armes conventionnelles et chimiques), prenant l'initiative de la conférence de Paris (du 7 au 11 janvier 1989) préparatoire à une convention supprimant le recours aux armes chimiques. Parallèlement, il s'emploie, en plein accord avec Georges Bush (qui a succédé à Ronald Reagan le 20 janvier) à faciliter le compromis qui ressoudra l'Alliance atlantique après la proposition soviétique d'option « triple zéro » (démantèlement des missiles à courte portée — moins de 500 km — qui ne menacent que les deux Allemagnes) acceptée par la RFA ; une option « triple zéro » partielle n'est possible qu'après un accord sur la réduction du déséquilibre sur les forces conventionnelles (sommet OTAN des 29-30 mai 1989 à Bruxelles).

Mais le vrai problème reste celui de la défense de l'Europe occidentale : nécessité stratégique après les accords USA-URSS, c'est aussi une nécessité économique du fait du coût croissant des dépenses d'armement qui rendent un effort national toujours plus aléatoire.

Face à la proposition Reagan d'initiative de défense stratégique, le veto français n'a pas été simplement motivé par le refus de toute nouvelle dilution atlantique et d'une «fuite des cerveaux» outre-Atlantique mais surtout par la préservation de la dissuasion française et de l'autonomie européenne. Le projet Eurêka de recherches européennes communes (qui pourraient inclure le militaire), les efforts destinés à créer une industrie européenne de l'armement, la tentative de relance de l'UEO (Union de l'Europe Occidentale entre la France, le Royaume-Uni, la RFA, l'Italie et le Benelux constituée en 1954) avec son élargissement à l'Espagne et au Portugal en novembre 1988, la constitution, à l'occasion du vingt-cinquième anniversaire du traité de coopération franco-allemand, d'un conseil de défense bilatéral et d'une brigade militaire mixte sont autant d'initiatives qui vont dans ce sens, avec un succès inégal (les Britanniques restent farouchement atlantistes et les Allemands antinucléaires).

Parallèlement, quelques retouches significatives sont apportées à la stratégie de dissuasion. Si celle-ci demeure l'alpha et l'oméga de la politique de défense, la question posée à nouveau après 1986 est celle de son champ d'action. La volonté de faire échapper la RFA aux sirènes neutralistes a entraîné en 1985-87 une surenchère entre socialistes et droite sur la solidarité franco-allemande, certains défendant même une extension de la couverture nucléaire française à la RFA, voire à d'autres États européens. La réponse de François Mitterrand a été d'une part la création de la Force d'Action Rapide, à partir de 1984, destinée à intervenir en Europe ou en Afrique avec un armement conventionnel mais aussi nucléaire (en liaison avec l'OTAN ou bilatéralement comme l'ont montré les manœuvres franco-allemandes «Oiseau hardi» de septembre 1987); d'autre part l'appréciation souveraine par le chef de l'État de «l'intérêt vital» français, prévoyant la «consultation» de la RFA pour l'utilisation des armes nucléaires ou neutroniques préstratégiques (missiles Hadès) destinées à «l'ultime avertissement», mais refusant toute dénucléarisation de l'Europe occidentale (conférence de presse du 18 mai 1989 sur la défense). On le voit, le maintien de la doctrine officielle n'exclut pas un certain flou concret lié aux incertitudes et aux interrogations sur l'avenir de la défense de l'Europe.

3. Le maintien des orientations stratégiques introduites en 1958 implique celui des instruments de la défense. La loi de programmation militaire (1984-88) adoptée en 1983 (y compris par l'opposition de droite) et qui fait pour la première fois explicitement référence à la «menace soviétique» (le PC s'abstiendra sur le vote de cette disposition) constitue un effort de rationalisation qui achève les adaptations menées depuis le Général de Gaulle: la création d'une grande unité nucléaire tactique (mais couplée avec la dissuasion), la modernisation des forces conventionnelles avec la création de la Force d'Action Rapide de 47 000 hommes, la construction d'un porte-avions nucléaire et de sous-marins nucléaires d'attaque (tirant les leçons de la guerre anglo-argentine des Malouines en 1982) et la restructuration de la défense du territoire autour de la gendarmerie en sont les axes principaux.

Cet effort de modernisation symbolise la nouvelle approche de la question militaire par les socialistes, qui leur vaut le satisfecit de l'état-major. Le rôle de Charles Hernu, ministre de la Défense à l'écoute de la société militaire, est décisif. Depuis le congrès d'Épinay, il est chargé des relations entre le PS et l'armée et son souci du compromis le conduit à édulcorer les propositions socialistes qui risqueraient de hérisser les militaires: la durée du service militaire sera ainsi maintenue à un an, la «démocratisation» de l'armée limitée à la suppression des tribunaux permanents des forces armées. Surtout, la France reste épargnée par la vague pacifiste, malgré tous les efforts du parti communiste. Au sein du parti socialiste, où le consensus au sommet est réel dans ce domaine, plus aucun débat n'aura lieu sur ce sujet.

Cet alignement sur les positions de l'armée aboutit même à un certain laxisme dans la tutelle des services. Le sabotage par les services secrets du *Rainbow Warrior* (navire de l'organisation écologiste Greenpeace, hostile aux essais nucléaires français dans le Pacifique) dans le port d'Auckland (le 10 juillet 1985), qui entraîne la mort d'un de ses passagers et la « couverture » maladroite par le gouvernement, illustre bien l'ampleur des concessions à l'état-major. Si Charles Hernu est finalement sacrifié, c'est après avoir retourné la « bavure » initiale en exaltation de l'armée et de ses missions, rivant l'opposition au silence et laissant la presse seule se risquer à égratigner le lobby militaire.

Malgré l'ampleur du tournant, François Mitterrand n'échappera pas en 1986 à une surenchère des partis conservateurs. L'abrogation de la loi de programmation 1984-88, faute d'une couverture financière suffisante et malgré les critiques du président, aboutit au vote consensuel (seul le PC votera contre) d'une nouvelle loi de programmation (1987-91) qui marque la victoire de François Mitterrand sur le fond et notamment la dissuasion nucléaire (conceptions stratégiques et matériel en découlant). Mais la droite impose ses vues quant aux moyens (la loi ne comprend plus que les crédits d'équipement, ses objectifs financiers sont exprimés en francs constants et la programmation devient à « horizon glissant » avec correction à mi-parcours).

Ces objectifs financiers ambitieux seront révisés à la baisse au lendemain de mai 1988 malgré la résistance du nouveau ministre de la Défense Jean-Pierre Chevènement : dans l'ambiance de désarmement qui prévaut en Europe, ce sont surtout les forces conventionnelles qui voient leurs programmes rééchelonnés — et transférés partiellement sur la future loi de programmation — tandis que François Mitterrand arbitre en faveur du maintien intégral des crédits affectés à la dissuasion nucléaire : priorité reste donnée à la crédibilité de la politique française de dissuasion et à celui qui en est le seul responsable.

III. LES RAPPORTS NORD-SUD

C'est dans le domaine des rapports Nord-Sud que les ambitions internationales des nouveaux dirigeants socialistes étaient en 1981 les plus affirmées. Très vite pourtant, il leur faudra opter pour une diplomatie plus réaliste, compte tenu tant des moyens économiques de la France que de son poids politique réel face aux grandes puissances. Dans la zone d'influence africaine, le retour à la Realpolitik est presque immédiat. Au Moyen-Orient, la politique de présence française subira une série de déconvenues tandis que le tiers-mondisme sera réservé aux aréopages internationaux.

1. *La politique africaine*

Terre d'élection de la coopération, l'Afrique subsaharienne accueille avec appréhension le changement de majorité en France en 1981. Le nouveau ministre de la coopération, Jean-Pierre Cot, tente de nouer avec les anciennes colonies des rapports qui ne soient plus « néo-colonialistes » et de refuser certaines compromissions avec des régimes corrompus ou dictatoriaux, mais il se heurte à l'hostilité des dirigeants africains. Ses rivalités administratives avec le Quai d'Orsay et surtout son inadéquation avec la politique africaine personnelle du chef de l'État (qui retisse avec son vieil ami Félix Houphouët-Boigny, président de Côte d'Ivoire et doyen des chefs d'État africains, les liens de la IVe République) entraînent son remplacement expéditif — l'Élysée ayant constaté que « son poste était devenu vacant » — par l'ancien commissaire en

Nouvelle-Calédonie et homme lige de Louis Mermaz, Christian Nucci, le 10 décembre 1982.

La gestion hasardeuse de ce dernier lui vaudra quelques déboires (affaire Carrefour du Développement en 1986) mais elle laisse les mains totalement libres à une Realpolitik élyséenne qui ne connaîtra de limites que durant les années de cohabitation (Jacques Foccart reprenant du service auprès de Jacques Chirac en 1986-88).

Les sommets africains sont maintenus et élargis à une nouvelle clientèle de pays non francophones, et de nouvelles priorités affichées, compte tenu de la crise financière de la France qui restreint sa générosité. La principale est celle de la dette : outre l'action conduite au sein du groupe des pays les plus riches (notamment lors du sommet de Toronto de juin 1988) et de la Communauté européenne (dans le cadre des conventions de Lomé), François Mitterrand décidera dès sa réélection en 1988 l'annulation du tiers des échéances garanties soumises au Club de Paris (qui regroupe les États créanciers) et qui concernent les États africains les plus pauvres. Cet effort sera prolongé en 1990.

La coopération militaire est maintenue : elle sera surtout marquée par les succès au Tchad contre la Libye : de l'opération Manta de 1983 à l'opération Epervier en 1986, où, après l'échec de l'offensive libyenne de décembre 1986, le colonel Kadhafi est contraint à un accord (en octobre 1988). Quant au soutien des régimes africains, il est également conforme à la tradition, malgré les affirmations en faveur de l'Etat de droit et de la démocratie au sommet africain de La Baule (19-21 juin 1990) : au Gabon, les émeutes de février et mai 1990 contre le président Bongo voient l'intervention des troupes françaises pour assurer la sécurité des ressortissants français et permettre à Omar Bongo de reprendre le contrôle de la situation. Moyennant l'assurance d'élections pluralistes, l'homme fort du Gabon restera en place. Au Zaïre, le même scénario se produit en septembre 1991, le général Mobutu ne cédant rien face à des menaces purement verbales. Au Togo, en décembre 1991, alors qu'une démocratisation du régime est en cours, la France refuse d'intervenir contre l'armée togolaise (encadrée par des militaires français) lorsque celle-ci oblige le nouveau Premier ministre à ralentir la démocratisation. Quant au coup d'Etat qui chasse Hissène Habré du pouvoir au Tchad, il verra les forces françaises spectatrices : il est vrai que le président déchu avait commencé par combattre les troupes françaises avant de devenir leur allié.

2. *Le discours tiers-mondiste*

Si l'Afrique francophone est la terre d'élection de la Realpolitik, l'Amérique latine aurait pu être celle du tiers-mondisme socialiste : le discours de François Mitterrand à Cancún (octobre 1981) lors du sommet Nord-Sud en était en quelque sorte l'exposé des motifs. Mais, tout comme le général de Gaulle avait dû rendre les armes dans cette zone d'influence américaine, le président français devra vite renoncer à ses prétentions, malgré les invites de Claude Cheysson (qui dirige le Quai d'Orsay de 1981 à 1984) et de Régis Debray, son conseiller. L'aide à la guerilla salvadorienne et au Front sandiniste nicaraguayen, les bons rapports avec Cuba, irritent au plus au point Washington et Paris devra rentrer dans le rang dès 1982. Désormais, le discours mitterrandien se limitera à la défense des pays pauvres dans les « G7 » et les conférences internationales : le Sommet de la Terre de Rio (du 3 au 14 juin 1992), où François Mitterrand annoncera l'augmentation de la contribution française à l'aide au développement et à la protection de l'environnement, sera l'un de ces forums d'autant plus privilégiés que les États-Unis s'y présenteront en position défensive.

3. *Les déconvenues en Méditerranée*

En Méditerranée, les tentatives pour échafauder une politique régionale autonome ne déboucheront pas.

En 1981, les gouvernants socialistes, forts de

l'entrée de la Grèce et de celle prochaine de l'Espagne et du Portugal dans une Communauté européenne rééquilibrée au Sud, envisageaient de donner à la France un rôle central en Méditerranée : en Méditerranée occidentale grâce à un partenariat privilégié avec l'Algérie, en Méditerranée orientale en appuyant les accords de Camp David. En fait, bien que la France accepte de payer le gaz algérien 20 % plus cher que le prix du marché mondial (contrat signé en février 1983), les accords franco-algériens ne débouchent sur aucune coopération renforcée. Pire : la tentative de médiation entre le Maroc et l'Algérie sur le conflit du Sahara occidental en septembre 1984 sera très mal appréciée à Alger. Avec la montée de l'intégrisme musulman en Algérie (les islamistes remportent les élections municipales en juin 1990 et seul un coup d'État militaire les empêche de gagner les élections législatives en janvier 1992) et la déstabilisation du pays sous les effets du terrorisme intégriste, les rapports franco-algériens sont réduits aux acquêts (les ressortissants français sont à leur tour les cibles des terroristes). Le Maroc, après une phase de tension en 1990 (due aux attaques de certains médias français contre le régime marocain), redevient le partenaire privilégié du Maghreb.

En Méditerranée orientale, François Mitterrand, favorable aux accords de Camp David, rééquilibre la politique française en faveur d'Israël, qu'il est le premier chef d'État français à visiter en mars 1982. Mais la même année, l'invasion israélienne du Liban et son raid contre le siège tunisien de l'OLP sont condamnés par la France, qui affirme le droit des Palestiniens à l'autodétermination. Après le tournant modéré de l'OLP en 1987-88, la visite de Yasser Arafat à Paris en mai 1989, malgré les protestations d'Israël, marque l'aboutissement du rapprochement avec la centrale palestinienne.

Au Liban, la France tente également de maintenir son influence traditionnelle. En août 1982, à la demande des autorités libanaises dépassées par l'invasion israélienne, la France envoie un contingent dans le cadre d'une force multinationale d'interposition (USA, France, Italie, Royaume-Uni) qui permet l'évacuation de 4 000 combattants palestiniens. En septembre 1982, la France participe à la force multinationale d'interposition reconstituée pour séparer les factions libanaises. Cette mission lui coûtera 84 tués (dont 53 dans un attentat suicide) et durera jusqu'en mars 1984. Par la suite, la France limitera ses ambitions : participation à la FINUL (observateurs des Nations Unies au Sud-Liban), conduisant des opérations humanitaires ponctuelles comme l'envoi en avril 1989 d'un navire-hôpital destiné à recueillir les blessés au plus fort des affrontements entre milices de Beyrouth, ou faisant office de médiation politique entre grandes puissances et à l'ONU comme en août 1989. En fait, la France ne peut qu'assister impuissante à l'annexion de fait du Liban par la Syrie, d'autant que les affrontements inter-chrétiens (entre les Forces libanaises et la fraction chrétienne de l'armée dirigée par le général Aoun) facilitent la tâche de l'armée syrienne. Une fois vaincu par les Syriens, le général Aoun se réfugiera en France, consacrant le peu de cas que les États de la région font désormais de la diplomatie française.

La capacité de médiation française est de toute façon hypothéquée durant cette période par son engagement croissant aux côtés de l'Irak, au lendemain de la révolution islamiste en Iran. Outre des échanges fructueux (pétrole contre vente d'armes sophistiquées et octroi de crédits), les rapports avec l'Irak prennent un tour nouveau lors du déclenchement de la guerre Iran-Irak : la France arme l'Irak et lui fournit une assistance, au point de se trouver la cible des terroristes pro-iraniens opérant en France en 1986-88. En juillet 1987, la tension entre la France et l'Iran aboutit à la rupture des relations diplomatiques. Il faudra un marchandage politico-financier avec le régime iranien, mené par Jacques Chirac (qui a poursuivi la politique pro-irakienne durant la cohabitation), pour que cessent terrorisme et tension diplomatique, les relations entre les deux États étant rétablies (en juin 1988) à la veille du cessez-le-feu entre les belligérants (le 8 août).

Au Sud comme au Nord, la politique française d'équilibre, héritée des vingt-cinq premières années de la Ve République, va être complètement remise en cause par les événements qui se précipitent entre 1989-90 et mettent à bas le vieil ordre international construit au lendemain de la Seconde Guerre mondiale. Devant faire preuve d'imagination et de rapidité d'exécution, le pouvoir politique va être d'autant plus mal à l'aise qu'il paie à la fois un système de référence hérité de la guerre froide et l'usure d'une présidence en fin de règne.

IV. LE DÉSARROI DE L'APRÈS-COMMUNISME

Les modifications radicales et rapides du système international du fait de l'effondrement du monde communiste en 1990-91 ne pouvaient qu'ébranler les bases mêmes de la politique étrangère et de défense de la France : la disparition de l'Union soviétique, la réunification allemande, le leadership de fait des États-Unis mettent la France en demeure d'inventer un nouveau rôle international à tous les niveaux : l'autonomie dans le camp occidental face à la menace soviétique tout comme les prémices stratégiques de la dissuasion nucléaire sont remis en cause. Le leadership européen facilité par la division de l'Allemagne et sa faiblesse diplomatique n'a plus de base objective face à une Allemagne réunifiée (le 3 octobre 1990).

Ce bouleversement explique que, dans un premier temps, François Mitterrand, incrédule, ait eu quelque peine à s'adapter à cette nouvelle réalité internationale. Puis, le changement devenu irréversible, il en a pris acte en avançant dans trois directions :

• un rapprochement rapide avec les États-Unis, dans l'espoir d'en devenir l'allié privilégié

La continuité malgré tout

- une politique de présence militaire sous la forme de la défense des droits de l'homme (ingérence humanitaire) afin de pallier l'absence de réflexion stratégique adaptée aux nouvelles donnes.
- une accélération du processus d'intégration européenne afin d'enserrer l'Allemagne dans un réseau de contraintes.

1. *L'adaptation difficile*

La dissolution le 1er juillet 1991 du pacte de Varsovie et l'éclatement de l'URSS le 8 décembre avec la création de la «Communauté des États Indépendants» marque la fin du système bipolaire hérité du communisme.

La diplomatie française et le Président de la République ont quelque mal à réaliser l'ampleur et l'irréversibilité du changement dont l'ouverture du Mur de Berlin, le 9 novembre 1989, au plus fort des manifestations de masse contre le régime de RDA, avait donné le signal. Au lendemain de cet événement symbolique, la première réaction de François Mitterrand avait été de se rendre à Kiev, le 6 décembre, pour adjurer le leader soviétique, Mikhaïl Gorbatchev, d'être prudent, puis de se rendre en visite officielle en RDA le 20, rencontrer le successeur d'Erich Honecker, Hans Modrow, alors que le régime communiste était sur le point de s'écrouler.

Le processus de réunification étant irréversible, François Mitterrand s'y rallie et renoue avec la stratégie de l'axe franco-allemand en appuyant Helmut Kohl.

Reste le problème de l'URSS. La diplomatie française appuie Mikhaïl Gorbatchev en tant que réformateur mais aussi en tant que garant de l'unité de l'URSS. Si la France soutient l'indépendance des États baltes, cet appui ne va pas jusqu'à prendre des sanctions lorsque l'armée soviétique intervient en janvier 1991 en Lituanie. Alors que les républiques de l'URSS s'émancipent, la visite privée en France du président de Russie, le réformateur Boris Eltsine, en avril, lui vaut un accueil glacial des autorités. Pourtant, c'est lui qui, le 18 août, est l'âme de la résistance au coup d'État communiste qui a renversé Mikhaïl Gorbatchev. Le 19, lors d'un entretien télévisé, François Mitterrand déclare que «le coup a réussi» et lit la lettre que lui a adressée le chef des conjurés. Reconnaissance du fait accompli? Le 21, alors que, face à la résistance, le putsch s'est désagrégé et que ses auteurs ont été arrêtés, François Mitterrand, dans un nouvel entretien télévisé, tente de corriger l'effet désastreux de sa première prestation alors que les autres chefs d'État occidentaux avaient aussitôt pris position en soutenant Boris Eltsine. Mikhaïl Gorbatchev revenu à Moscou, c'est lui qui redevient seul interlocuteur, car défenseur du statu quo, aucun crédit n'étant accordé aux chances de Boris Eltsine. La victoire rapide de celui-ci (Gorbatchev démissionne le 25 décembre de la présidence d'une URSS qui n'existe plus) constitue une nouvelle défaite pour la diplomatie française.

La réticence face à la réunification allemande et à l'éclatement de l'URSS conduit logiquement François Mitterrand à défendre le statu quo en Yougoslavie. Cette fois, il est vrai, les souvenirs des guerres balkaniques comme de la Mitteleuropa pèsent pour freiner le processus de dislocation de la République titiste : après avoir émis des réserves à la sécession des Croates et des Slovènes, François Mitterrand considère que leur départ n'empêcherait pas une «Yougoslavie amputée de continuer d'exister» (conférence de presse du 11 septembre 1991). Il faudra que le fait accompli de la reconnaissance allemande des deux États de Croatie et de Slovénie place une nouvelle fois la France en porte-à-faux pour que la diplomatie française s'incline.

Entre-temps, ayant commencé à intégrer cette nouvelle donne internationale dans ses analyses, François Mitterrand a opéré un rapprochement spectaculaire avec les États-Unis.

2. *Le rapprochement franco-américain et ses limites*

La croisade américaine contre le régime de Saddam Hussein après l'invasion par celui-ci du Koweit le 2 août 1990 place encore une fois la France en situation difficile. L'Irak est au Moyen-Orient son partenaire privilégié. Or l'invasion du Koweit entraîne un renversement d'alliance en faveur des émirats du Golfe et de l'Arabie saoudite, mais surtout un alignement sur la ligne dure du président américain, Georges Bush, désireux d'en finir avec le dictateur irakien. Dès le début du conflit, François Mitterrand décide d'intervenir aux côtés des USA, expédiant une force aéronavale en mer Rouge puis un contingent terrestre aux côtés des troupes américaines. Aux Nations Unies, la diplomatie française appuie les demandes américaines au Conseil de sécurité et, sur le terrain, les troupes françaises sont placées sous commandement américain. Les bombardiers B52 se verront même accorder des facilités de survol du territoire français malgré la non-appartenance de la France au commandement intégré de l'OTAN (en 1986 ce survol avait été interdit lors du bombardement de la Libye). Cet alignement, qui se poursuivra après la guerre du Golfe, lorsque les États-Unis poursuivront le blocus de l'Irak et mèneront des opérations militaires ponctuelles, n'est pourtant pas payé de retour.

François Mitterrand a essayé à la veille du conflit de préserver une spécificité française afin de ménager ses amitiés arabes. Le 3 mars, au lendemain de la guerre, il propose d'organiser dans le cadre du Conseil de sécurité une réunion des chefs d'État et de gouvernement sur les moyens d'assurer une paix juste et durable au Proche-Orient. Non seulement les États-Unis récusent le projet mais le 29 octobre 1991 à Madrid s'ouvre sous l'égide des États-Unis une conférence de paix à laquelle la France n'est pas conviée. Ce revers diplomatique marque bien la marginalisation de la France dans la région, l'effacement russe lui permettant d'autant moins de jouer un rôle d'intermédiaire que l'alignement sur les États-Unis a brouillé son image. Lors de la reconnaissance mutuelle d'Israël et de l'OLP le 9 septembre 1993 (le document sera signé à Washington, à l'invitation du président américain, Bill Clinton), cette marginalisation sera confirmée tout comme la difficulté de définir une ligne diplomatique originale.

3. *L'interventionnisme humanitaire*

Si la France n'a plus les moyens militaires d'intervenir seule en dehors de sa zone d'influence africaine (la constitution difficile du corps expéditionnaire de 12 000 hommes de l'opération Daguet, durant la guerre du Golfe, en est la preuve) et si la dissuasion nucléaire cherche une nouvelle référence stratégique, comment maintenir malgré tout le rang de la France ? L'invention de l'ingérence humanitaire, qui permet d'intervenir au nom de la violation des droits de l'homme, va fournir à la diplomatie française un atout de rechange.

Même si ce discours, comme on l'a vu, n'a pas lieu d'être dans les anciennes colonies françaises, il vaut partout ailleurs : l'activité débordante du secrétaire d'État à l'action humanitaire, rattaché au ministère des Affaires étrangères, Bernard Kouchner (il se rendra à Beyrouth, Sarajevo, Mogadiscio et au Kurdistan superviser l'aide humanitaire française) en témoigne, tout comme les nombreuses troupes françaises envoyées dans le cadre des Nations Unies, de la Somalie au Kurdistan, du Cambodge au Liban ou à l'ex-Yougoslavie. C'est dans cette dernière région que la présence française est la plus forte, au sein de la force de protection des Nations Unies (FORPRONU), contingent de plusieurs milliers d'hommes mais qui doit assister impuissant au dépeçage de l'ancienne Fédération.

D'un coût humain et financier important, cette politique d'intervention humanitaire sous égide des Nations Unies a montré rapidement ses limites. Elle ne constitue pas une réponse aux interrogations sur le nouveau rôle international de la France après les déconvenues en Europe et au Moyen-Orient. Aussi la relance de l'intégration européenne est-elle plus que jamais la carte maîtresse de François Mitterrand.

V. LE CHOIX EUROPÉEN

Si l'engagement de François Mitterrand est ancien (il remonte à la IVe République), sa concrétisation après 1981 a été plus difficile. Au lendemain de l'accession au pouvoir, les orientations des gouvernants socialistes sont aux antipodes de la tendance dominante dans la Communauté : nationalisations, dirigisme, politique de relance keynesienne. Après deux dévaluations, il faudra l'épreuve de mars 1983 pour que, contraint de choisir entre la sortie du SME et le retour à l'orthodoxie européenne, François Mitterrand tranche définitivement : le ralliement (sous couvert d'« économie mixte ») à l'économie de marché facilite la relance de la construction européenne. La nomination, à la présidence de la Commission, de Jacques Delors, qui avait été le défenseur de l'option européenne dans le gouvernement Mauroy, va accélérer le processus.

Le premier geste de la France est l'acceptation de l'élargissement de la CEE à l'Espagne et au Portugal lors de la présidence française de la Communauté du premier semestre 1984. Le rééquilibrage vers le Sud fournit à François Mitterrand des alliés (notamment le Premier ministre espagnol, le socialiste Felipe Gonzales) convaincus de la nécessité de l'intégration européenne. Le tandem franco-allemand se reconstitue avec le démocrate-chrétien Helmut Kohl, bénéficiaire du soutien français à la veille des élections allemandes de 1983.

La relance européenne s'avérant impossible sur les sujets plus « politiques » (monnaie, défense, institutions) du fait du refus britannique, l'achèvement du

Marché commun va être l'objectif retenu. Dès mai 1985, le Conseil européen approuve le Livre Blanc de la Commission sur la réalisation d'un espace sans frontières levant les obstacles non douaniers à la libre circulation des personnes, marchandises et capitaux. Signé le 28 février 1986 à Luxembourg, l'Acte Unique qui — outre les dispositions relatives au Grand Marché — codifie les pratiques antérieures dans les différents domaines, y compris celui de la coopération politique, entre en vigueur le 1er juillet 1987. L'échéance avancée par Jacques Delors, le 31 décembre 1992, pour adopter les 300 mesures nécessaires (sous forme de directives) permet de mobiliser les États et les acteurs économiques. Pour l'essentiel, ces mesures seront appliquées à la date prévue.

Afin de compléter ce qui risquerait de n'être qu'une zone de libre-échange, les dirigeants français proposent dès 1989 de compléter le marché unique par une Europe économique, monétaire, environnementale et surtout sociale. Malgré les réticences allemandes et l'opposition britannique, le conseil européen de Strasbourg (9-10 décembre 1989) décide la mise en œuvre d'une Union économique et monétaire dans les années 1990 et adopte une Charte sociale européenne.

Mais le vrai tournant est opéré avec le sommet de Maastricht des 9-11 décembre 1991. Inquiet des conséquences de la réunification allemande, qui non seulement déséquilibre les rapports de force entre États dans la Communauté mais incite la nouvelle Allemagne à redécouvrir sa position centrale en Europe (et donc ses intérêts traditionnels vers l'Est), François Mitterrand, plutôt que de suivre les propositions d'un axe franco-britannique que lui suggérait Margaret Thatcher, opte pour une insertion de l'Allemagne dans une Europe plus solidaire sur les plans politique et économique.

Tout comme le plan Schuman de 1950 était une réponse à la question allemande en européanisant celle-ci, le projet de traité présenté par les Français et les Allemands (H. Kohl acceptant volontiers de donner des gages d'européisme) se veut une réponse européenne à la réunification allemande. La nouvelle Europe sera fédérale, tant sur le plan économique (Union économique et monétaire) que politique (l'Union européenne créant une politique de défense étrangère et de défense commune en renforçant la vieille Union de l'Europe occidentale).

En fait, le traité de Maastricht sera moins ambitieux que ne le souhaitait François Mitterrand. L'Europe sociale, qu'il ne cesse de prôner depuis 1981, est handicapée par le refus britannique d'adhérer au volet social du traité. De même, le Royaume-Uni refuse d'adhérer à la dernière phase de l'Union économique et monétaire, qui prévoit le passage à la monnaie unique au terme d'une période transitoire : il est vrai que la monnaie unique est calquée sur le modèle du mark (rares sont les pays en mesure de remplir les critères leur permettant d'y accéder), la future Banque centrale européenne sur le modèle de la Bundesbank (aux antipodes des conceptions françaises). Si le Royaume-Uni se refuse à cette conversion, le président français s'y rallie, montrant l'ampleur de la révolution culturelle accomplie en la matière par les socialistes français.

Reste le volet politique : si le nouveau Premier ministre britannique, John Major, accepte d'adhérer à l'Union européenne en matière de politique étrangère et de défense, c'est parce que son mécanisme décisionnel sera purement intergouvernemental et laissera à chaque État un droit de veto. L'architecture du traité est donc bâtarde et repose essentiellement sur la volonté de ceux qui auront à l'appliquer.

Les difficultés rencontrées pour l'adoption du traité achèvent de miner le dispositif. Dès juin 1992, le « non » est majoritaire au référendum organisé au Danemark et en septembre la courte victoire du « oui » en France exclut toute lecture maximaliste du traité. Si le Danemark, dans un second référendum, revient sur sa décision, c'est en échange d'une exemption, sur le modèle britannique, d'une série d'obligations. Le traité entre bien en vigueur le 1er novembre 1993, avec près d'un an de retard, mais son application effective est problématique.

Dès le lendemain du référendum français, la tempête monétaire qui secoue les marchés financiers entraîne la sortie des monnaies anglaise et italienne du SME. La crise de juillet 1993 contraint les États encore parties au système à introduire un flottement entre leurs monnaies : l'objectif de l'union monétaire, au-delà des déclarations de principe, s'éloigne, tout comme celui de la convergence des politiques économiques, chaque État réagissant nationalement à la récession.

Plus que jamais, face à la conception libre-échangiste des Britanniques, la conception fédéraliste bat de l'aile, au moment où le prestige de la Commission est atteint.

Quant au projet de politique étrangère et de défense commune, il n'a pas résisté à la crise yougoslave : les États européens s'avèrent dès l'origine incapables d'arrêter une attitude positive conjointe (l'Allemagne reconnaissant seule la Croatie et la Slovénie le 23 décembre 1991 et obligeant les autres États à la suivre) mais s'en remettent aux Nations Unies et à l'OTAN. Fait significatif : l'Allemagne demande un statut de membre permanent du Conseil de sécurité des Nations Unies, au même titre que la France et le Royaume-Uni, preuve s'il en fut que la «communautarisation» de la politique étrangère est encore impossible. De même, malgré la constitution d'instruments de coopération militaire franco-allemands (la brigade franco-allemande créée en octobre 1988, devenue corps d'armée sur décision du sommet franco-allemand du 22 mai 1992, ayant vocation à accueillir d'autres contingents européens), l'OTAN reste, selon la volonté britannique, la structure militaire de référence, devant être dotée, depuis la réunion du 28 mai 1991 des ministres de la Défense de l'Alliance, d'une Force d'intervention rapide.

Le projet d'une Europe fédérale caressé au début des

années 1990 cède ainsi la place à une réalité intergouvernementale où chacun joue sa partie en fonction de ses intérêts. Le même débat s'est reproduit sur la politique commerciale (la négociation de l'Uruguay Round ayant été cependant un succès par la cohésion européenne) et sur l'élargissement de la Communauté : réticent à une ouverture trop rapide qui diluerait la Communauté dans un ensemble sans colonne vertébrale institutionnelle, François Mitterrand proposera aux États d'Europe centrale sortis du communisme une « confédération européenne » (conférence de Prague des 12-14 juin 1991), antichambre à une adhésion lointaine à la Communauté, qui est fraîchement accueillie par les intéressés. La candidature des anciens membres de l'Association européenne de Libre Échange, intégrés en mai 1992 dans l'Espace économique européen, accentue elle aussi la mise en place d'une Europe à plusieurs vitesses déjà effective dans la Communauté.

Grande affaire du second septennat, l'Europe s'avère donc comme un demi-succès, François Mitterrand, malgré la relance des années 1985-1992, n'ayant pas réussi à modifier fondamentalement la nature de la construction européenne.

CHAPITRE VI

LA CRISE DE LA REPRÉSENTATION

Les années de gestion du pouvoir politique par la gauche sont paradoxalement celles du décalage croissant entre les organisations syndicales, politiques, spirituelles et une grande partie de la société civile. Cette crise se produit dans un pays où le tissu des organisations représentatives est déjà très faible, et porte cette faiblesse à un degré encore jamais atteint.

Le repli concerne tous les mouvements : associations confessionnelles, qui subissent un net vieillissement, partis et syndicats qui, après la reprise des années 1968-78, perdent la moitié de leurs troupes.

I. LA CRISE DU SYNDICALISME

Le recul de l'influence sociale et institutionnelle du syndicalisme atteint non seulement sa représentation sociale mais sa capacité de mobilisation et même ses propres structures.

1. *Les facteurs du déclin*

Le déclin est multidimensionnel.

Déclin des effectifs tout d'abord, puisque le taux de syndicalisation des salariés au début des années 1990 est d'environ 10 % alors qu'il était de 17 % en 1978 (chiffre déjà le plus bas d'Europe) ; encore s'agit-il d'une moyenne entre secteur privé (où la syndicalisation est plus près de 5 % que de 10 %, chutant de moitié durant cette période) et secteur public, où l'érosion est contenue. Rares sont les confédérations qui ont résisté à la crise : la CGT, qui annonçait 2 200 000 adhérents en 1978 en a moins d'un million dans les années 1990, la CFDT est passée de 800 000 à 450 000 cotisants, tandis que Force ouvrière aurait connu une croissance de 700 000 à 900 000 adhérents. Encore s'agit-il de chiffres déclarés et approximatifs.

Les élections professionnelles permettent de disposer de données plus sûres. De 1977 à 1991, alors que la participation s'érodait, les listes non syndicales ont progressé de 18,8 % à 30,9 %, arrivant désormais en tête. La CGT est passée de 37 % à 20,4 %, la CFDT est restée stable à 20 % ainsi que la CGC à 6 %, tandis que FO progressait de 9 % à 12 %. Quant aux élections institutionnelles, la participation est encore plus en déclin : 61 % en 1979, 56,4 % en 1982, 44 % en 1987 et 39 % en 1992 aux élections prud'homales.

Cette crise de représentation n'est pas sans poser de multiples problèmes de gestion : les confédérations subissent une crise financière qui les met sous la dépendance des pouvoirs publics tout en ayant de plus en plus de difficulté à trouver des candidats aux élections professionnelles.

Mais le déclin est aussi fonctionnel. La révolution post-industrielle des années 1980-90, par les mutations socio-économiques qu'elle génère, pose aux syndicats de sérieux problèmes d'adaptation. Elle a d'abord durement frappé des catégories dans lesquelles le mouvement syndical s'était constitué historiquement et identifié (la classe ouvrière traditionnelle) et qui constituaient sa force de frappe. Parallèlement, elle a contribué au développement de secteurs dans lesquels le syndicalisme était déjà faible ou absent (petits employés, travail précaire ou intérimaire, chômeurs d'un côté, professions en expansion avec salaires individualisés de l'autre). L'incapacité à coller à cette nouvelle réalité sociale est aggravée par les problèmes internes au mouvement syndical (crise de leadership dans les organisations, division exacerbée entre elles qui les condamne à l'impuissance).

Enfin, la stratégie utilisée par les employeurs contribue à marginaliser davantage le syndicalisme. Celui-ci s'est traditionnellement articulé autour des revendications salariales. La politique d'austérité a tari la politique contractuelle au moment où les chefs d'entreprise introduisaient une grande diversification des systèmes de rémunération. Et dans le secteur privé, la peur des licenciements n'a incité ni à la revendication, ni à l'adhésion syndicale.

2. *Les nouvelles mobilisations sociales*

Dans un tel contexte, il n'est pas étonnant que le climat social se soit le plus souvent caractérisé par une atonie générale. Il faut attendre le premier semestre 1984 pour qu'une première série de conflits éclate. Ils concernent des entreprises menacées par des restructurations et des réductions d'effectifs d'envergure : l'automobile (Talbot), la sidérurgie (Longwy). Les syndicats s'y révèlent incapables de prendre en main le mouvement, aussi impuissants face à la base que les organisations de transporteurs routiers lors de la grève des routiers de janvier 1984. Mais ces conflits-révoltes n'ont pas de suite, malgré tous les efforts de la CGT.

C'est le succès du mouvement lycéen et étudiant face à la loi Devaquet en novembre 1986 qui est le point de départ d'une nouvelle vague de conflits sociaux durant l'hiver 1986-87 : les grèves dans les ports, à la SNCF et à la RATP sont particulièrement dures mais elles restent circonscrites à des corporations précises du secteur public (conducteurs de train de la SNCF et de la RATP) sans que la CGT, malgré tous ses efforts, parvienne à les étendre à d'autres établissements (Renault, EDF). Leur nouveauté est surtout organisationnelle : les grèves éclatent hors des syndicats et les grévistes (notamment de la SNCF) s'organisent sans eux (sur le modèle des coordinations étudiantes de 1986 et de leurs assemblées générales).

Le *trend* de grèves qui s'amplifie tout au long de

l'année 1988 pour connaître son apogée à l'automne et rebondir en 1989 est d'une autre nature. S'appuyant sur le retour à une certaine croissance économique, les grèves qui se succèdent mettent au premier plan la revendication salariale (ce qui explique qu'elles étaient en quelque sorte attendues par les employeurs), même si cette dernière sert souvent de slogan unificateur à des demandes plus complexes (emploi, carrière, qualifications, conditions de travail). Après une série de conflits qui s'étalent sur le printemps et l'été 1988 (Snecma, Alsthom, Air Inter, mines de Gardanne), l'automne est marqué par des grèves en cascade : dans l'audiovisuel, où les interrogations sur l'avenir du service public sont attisées par l'octroi d'un salaire hors grille à une présentatrice vedette, puis chez les gardiens de prison, les infirmières (se prolongeant durant tout l'automne), les chauffeurs postaux, les mécaniciens d'Air France et de la RATP, les fonctionnaires corses, etc. Le trait commun à toutes ces grèves est leur longue durée, le caractère difficilement acceptable par l'employeur (souvent l'État) des revendications (comme les « 1 500 F pour tous ») et un type de gestion du conflit qui met au premier plan les inorganisés, ce qui explique le recours fréquent aux assemblées générales de grévistes et aux coordinations interétablissements (avec élection des délégués); dans le cas de la grève des infirmières, où le syndicalisme était faible, le mouvement aboutit même à la création d'une véritable organisation, mettant dans l'embarras aussi bien l'interlocuteur gouvernemental que les syndicats. Les grèves de l'automne 1988 s'achèvent grâce à la conjonction de l'usure des grévistes et de l'habileté du gouvernement (qui réussit à dissocier revendications salariales, sur lesquelles il ne concède que le minimum, et revendications qualitatives, sur lesquelles portent les négociations), sans que la tension retombe totalement. Pour autant, ces conflits, comme ceux de 1986, restent circonscrits même si leur nombre augmente : addition de batailles catégorielles, ils ne débouchent sur aucun mouvement d'ensemble, notamment dans le secteur privé.

Il faudra attendre 1989 pour que des conflits du même type abordent ce dernier (avec la grève de septembre-octobre chez Peugeot, qui se heurtera à une direction intransigeante malgré une forte mobilisation) et les secteurs jusqu'alors préservés de l'État (gendarmerie, Impôts). Leur autre nouveauté est de pouvoir compter cette fois sur l'attitude unitaire du mouvement syndical (la CFTC et surtout FO ne répugnant pas à l'alliance, au moins un temps, avec la CGT).

Le retour à une conjoncture économique dépressive freine à partir de 1990 la combativité sociale. En 1990, le conflit du Golfe persique, qui renforce la cohésion nationale, efface la rentrée sociale et le seul mouvement d'envergure est celui des lycéens en novembre (le 12 novembre, les manifestations rassembleront 300 000 personnes), dont les revendications portent sur les conditions de travail et de sécurité, et l'extension des droits des élèves.

La guerre du Golfe terminée, les conflits sociaux reprennent, mais sur un mode mineur par rapport à 1988-89: d'abord dans les professions de santé (infirmières, assistantes sociales) où il faudra attendre novembre 1991 pour que soit mis un terme à un long conflit; d'autre part chez les dockers, dont le statut est remis en cause par le gouvernement (qui veut mettre fin au monopole syndical de la CGT) et qui se lancent en décembre 1991 dans un conflit destiné à faire reculer (une nouvelle fois) les pouvoirs publics. Ceux-ci, un instant ébranlés, finiront par imposer la nouvelle loi (votée en juin 1992) mais ce n'est qu'en janvier 1993 que le conflit finira à Marseille.

Enfin, le monde rural est à nouveau en agitation à la suite de la réforme de la politique agricole commune qui entraîne de nouvelles mises en jachère et des chutes des cours de la viande. En septembre, les agriculteurs manifestent à Paris mais en octobre les manifestations prennent un tour violent. François Mitterrand dénonce les «bandes» qui mettent en péril la République (le 22 octobre) avant de calmer l'agitation en annonçant une série de mesures qui répondent aux revendications paysannes.

En 1992 comme les années précédentes, c'est dans le secteur public que les grèves sont les plus dures : en septembre, les établissements pénitentiaires sont paralysés deux semaines par une nouvelle grève des gardiens de prison sur leurs conditions de travail (à la suite de l'évasion meurtrière de détenus de la centrale de Clairvaux) et en novembre, la RATP subit une nouvelle grève des conducteurs, mécontents du plan de modernisation du PDG de la régie, Christian Blanc, qui démissionne.

Mais le conflit le plus spectaculaire de l'année 1992 est extérieur au monde salarié traditionnel : c'est celui qui voit, du 29 juin au 9 juillet, au moment des départs en vacances, les transporteurs routiers paralyser les axes routiers pour protester contre l'instauration du nouveau permis à points qui les pénalise (les barrages seront levés après une promesse de révision du calcul des points).

Avec l'alternance de mars 1993, la situation sociale reste en l'état dans la mesure où la France est au plus profond de la récession économique, condamnant le secteur privé au silence. C'est donc dans le secteur public que se concentre l'agitation, à la suite des privatisations (qui entraînent des changements de statut) ou plus généralement de l'intégration croissante des entreprises publiques dans la concurrence : désormais, le secteur public n'est plus épargné par les restructurations et les licenciements. Face à la menace, le front syndical (notamment la CGT et FO) se remobilise et le gouvernement Balladur doit affronter ses premières grèves dures à Air France en octobre (le plan de redressement annoncé sera finalement renvoyé et le PDG, Bernard Attali, contraint à démissionner).

La plupart des mouvements sociaux qui se développent depuis 1986 présentent donc des traits assez voisins: ils concernent soit des professions indépendantes menacées (routiers, agriculteurs), soit le secteur public, mieux protégé contre les licenciements. Ce sont des conflits de longue durée, à caractère souvent catégoriel. Enfin leur origine et leur gestion sont souvent étrangères au mouvement syndical (assemblées du personnel, coordinations).

3. *Le désarroi stratégique*

Face à des mouvements sociaux qu'elles ne suscitent et ne canalisent pas, les confédérations sont incapables de définir une stratégie, quel que soit le contexte politique.

Au lendemain de la victoire de la gauche de mai-juin 1981, les confédérations sont bien reconnues par le nouveau pouvoir, mais elles ne pèsent pas vraiment face à lui du fait de leurs divisions. Le gouvernement traite séparément avec chacune d'elles: la CGT, qui se montre modérée à l'image du parti communiste, présent au gouvernement, la CFDT, qui oscille entre une attitude critique (comme sur les 39 heures) et l'intégration de nombreux responsables dans les rouages du pouvoir (cabinets, inspections générales, comités divers) et Force ouvrière, qui n'est plus l'interlocuteur privilégié du pouvoir et se trouve aux prises, dans ses fiefs (fonction publique, santé, transports), avec des ministres communistes. Les nationalisations, les lois Auroux sont l'occasion d'un développement de l'institutionnalisation du syndicat, mais aussi de luttes d'influence entre confédérations dans les nouveaux lieux de pouvoir.

Le lien qui s'établit entre le gouvernement et les syndicats de gauche (CFDT, CGT) ne va pas sans remous. A la CFDT, l'aile gauche critique l'intégration du syndicat au pouvoir et Edmond Maire n'obtient qu'une majorité de 59 % au congrès de Metz (26-27 mai 1982). A la CGT, la collaboration avec le gouvernement est sans nuage jusqu'en juin 1982. A partir du premier plan de rigueur, qui coïncide avec le congrès de Lille en juin (où Pierre Mauroy est hué par les délégués), les rapports se dégradent : les communistes libéraux sont évincés de la direction au profit de l'aile dure (Louis Viannet, Michel Warcholack). Celle-ci impose à partir de mars 1983 une stratégie de harcèlement du gouvernement à travers des actions ponctuelles dans la sidérurgie, les chantiers navals, les mines, l'automobile, secteurs touchés par les restructurations mais aussi bastions cégétistes. Cependant, tout en critiquant le gouvernement, la CGT ménage François Mitterrand.

L'impopularité de la gauche, à partir de l'été 1982, va rejaillir sur les syndicats qui lui sont proches, au profit des syndicats modérés. Les élections du 8 décembre 1982 aux conseils de prud'hommes et celles du 19 octobre 1983 à la Sécurité sociale montrent un recul de la CGT et de la CFDT parallèle à celui de la gauche aux cantonales de 1982 et aux municipales de 1983. Dans le monde syndical aussi, les modérés sont désormais majoritaires. Mais ce gonflement électoral, qui fait des syndicats modérés des syndicats *attrape-tout* (à FO coexistent trotskistes de Lutte ouvrière et du PCI, socialistes laïcs et militants RPR), favorise surtout l'immobilisme ou les revendications traditionnelles (pouvoir d'achat).

Le tournant de juillet 1984, le ralliement au réalisme et à la «modernisation», avec la priorité donnée aux restructurations sur l'emploi, obligent les syndicats à de nouveaux réajustements stratégiques. La CFDT, comme en janvier 1978, anticipe la défaite de la gauche, amorce un rapprochement avec les syndicats modérés (on parle alors de la «bande des quatre») et essaie de jouer la carte de la négociation avec le patronat. Cette politique débouche sur l'accord du 16 décembre 1984 sur la flexibilité du temps de travail ; mais cet accord (que seule la CGT n'a pas signé) échoue devant la révolte de la base, à la CFDT et à FO. Le réflexe corporatiste a joué, mais aussi le refus de régler par voie contractuelle ce qui relève traditionnellement du domaine de la loi. Ce que la CGT qualifie de « capitulation » devant le patronat a été traité comme tel par les militants de base, condamnant les directions syndicales à une réserve prudente.

Lorsque le gouvernement Fabius décide, par voie législative, de légitimer l'aménagement du temps de travail, il retrouve à ses côtés la CFDT et la CGC, tandis que la CGT, FO et la CFTC constituent un « front du refus » contre l'innovation. Ne se reconnaissent-elles pas toutes trois dans cette justification d'André Bergeron : « Il n'existe pas pour nous d'autre politique que celle que nous pratiquons depuis près de quarante ans » ?

L'alternance à droite de 1986 ne modifie en rien l'attitude des confédérations. Soucieuses de se dédouaner de toute accusation de « politisation », elles n'ont pas appelé à voter pour quelque formation politique que ce soit, de façon particulièrement nette à la CFDT. Et, au lendemain des législatives, la prudence est de mise, à l'exception de la CGT, qui ne s'aventure cependant pas hors de ses bastions.

Les syndicats constatent vite que le gouvernement Chirac fait preuve de prudence, ne s'attaquant pas, pour les privatisations, aux « vaches sacrées » (Renault, SNCF, EDF, PTT) et ne remettant pas en cause les lois Auroux ni le traitement social du chômage. A l'exception du droit du travail (qui accentue l'évolution amorcée depuis 1984), la vague libérale contourne les relations industrielles et évite l'écueil de la Sécurité sociale.

C'est de la « base » que viendront les difficultés : avec les grèves de l'hiver 1986-87, qui montrent le peu de prise des syndicats sur le mouvement, mais aussi lors des élections prud'homales, marquées par plus de 50 % d'abstentions.

Le mouvement syndical aborde sans illusion le second septennat de François Mitterrand. Le problème essentiel demeure, dans un contexte de désaffection (l'impact des confédérations aux élections professionnelles continue de diminuer et aucune confédération ne profite désormais du marasme), celui de la division syndicale.

Le début des années 1990 voit une recomposition s'amorcer à l'initiative de la CFDT en faveur d'un regroupement des syndicats «démocratiques» : si la FEN répond positivement à cette démarche (manifestant avec la CFDT le 1er mai 1990) et si la CGC est intéressée, la CFTC demeure à l'écart et surtout Force ouvrière affirme son hostilité à une opération dont elle dénonce le caractère politique. En fin de compte, la recomposition restera à l'état de projet, devant les réserves de la CGC et la crise de la FEN. Dès 1992, l'atomisation redevient la règle, avec une difficulté accrue par la difficile passation des pouvoirs au sein des confédérations.

Le début des années 1990 devait être en effet celui du renouvellement des équipes dirigeantes : il sera également celui de la crise interne de nombreux syndicats, incapables de se doter de leadership stable et légitime.

La première confédération à négocier cette mutation est Force ouvrière, où le départ d'André Bergeron s'opère dans des conditions très difficiles. Le 16e congrès (du 31 janvier au 3 février 1989) est marqué par une guerre de succession entre deux dauphins : Marc Blondel et Claude Pitous. Si le secrétaire général est très critiqué par de nombreux congressistes pour ne pas avoir préparé sa succession (en fait il inclinait plutôt pour le modéré C. Pitous), les critiques — dont M. Blondel se fait l'écho pour l'emporter — visent aussi la politique jugée trop modérée d'André Bergeron. Marc Blondel, figure classique du syndicalisme socialiste et laïc de FO, l'emporte de justesse après une longue bataille de procédure, notamment grâce aux voix trotskystes. Il s'est fait le chantre d'un «syndicalisme de contestation» qui est surtout un syndicalisme de tradition (défense des acquis, primauté aux revendications salariales) contre les modernistes, qu'ils soient syndicalistes (CFDT) ou patronaux. Avec ce nouveau cours, l'objectif de Force ouvrière reste de supplanter la CGT, mais en se plaçant cette fois sur son terrain. Pari difficile, mais qui permet assez rapidement à Marc Blondel d'assurer son autorité sur la confédération.

A la CFDT, Edmond Maire avait laissé la barre à Jean Kaspar lors du 41e congrès (22-25 novembre 1988) après avoir marginalisé l'aile gauche de la confédération au sein de la direction. Le nouveau secrétaire général est un pragmatique, adepte d'une politique contractuelle et décentralisée au niveau des branches. Cette modération se traduit par l'exclusion de l'aile ultra-gauche (composée souvent d'éléments trotskystes) favorable aux coordinations et qui ira constituer un petit syndicat gauchiste («Solidarité-Unité-Démocratie»).

Paradoxalement, ce n'est pas la politique suivie par Jean Kaspar, qui vise à prendre la relève de Force ouvrière comme interlocuteur du patronat, qui lui vaudra en novembre 1992 d'être mis en minorité, mais des luttes internes à l'appareil confédéral : Nicole Notat, qui en est l'émanation, le remplace au secrétariat général pour continuer la même politique.

A la CGT, Henri Krasucki, qui avait été finalement reconduit à la tête du syndicat au 47e congrès (les 21-26 mai 1988) malgré l'offensive de l'aile dure, proche de la direction du PCF, cède la place à Louis Viannet au congrès des 26-31 janvier 1992. Le congrès, qui est remporté par l'aile dure de la confédération, permet cependant aux différents contestaires de s'exprimer et de remettre en cause l'influence qu'exerce le PCF.

Mais c'est à la Fédération de l'Éducation nationale que les affrontements internes auront les plus graves conséquences. Le syndicat entre à partir de 1988 dans une crise qui s'achève en 1992 par la scission. Paradoxalement, ce n'est pas l'affrontement classique entre socialistes et communistes qui en est l'origine mais des problèmes corporatifs et notamment l'affrontement entre le syndicat des instituteurs (SNI) dont le lent grignotage de l'enseignement secondaire irrite les professeurs du secondaire (notamment les agrégés et capesiens) qui contrôlent le SNES, proche du PCF. Yannick Simbron, secrétaire général depuis 1987, qui avait tenté de rapprocher la FEN de la CFDT pour créer un pôle syndical social-démocrate désavoué par FO (qui se lance dans une concurrence directe de la FEN dans l'enseignement) doit démissionner le 10 juin 1991. Son successeur, Guy Le Néouannic, préfère accélérer la rupture interne entre SNI et SNES en mettant en œuvre une refonte du syndicat, dépassant l'organisation fédérale-corporative, dont le SNI, majoritaire, sera le bénéficiaire : en mai 1992, le SNES et le SNEP sont exclus et le 25 juin est officiellement créé le syndicat des enseignants (SE-FEN) dont le nouveau secrétaire général est Jean-Claude Barbarant. Les tribunaux ayant annulé cette exclusion, il faudra un nouveau congrès (les 2-4 décembre) pour que la scission devienne définitive, les minoritaires créant leur propre syndicat (la Fédération syndicale unifiée, FSU en avril 1993). Avec l'éclatement de la FEN disparaît la «forteresse enseignante», l'un des plus efficaces lobbies français avec la FNSEA.

Après la division du mouvement syndical, les lacérations internes aux différentes confédérations montrent bien l'ampleur de la crise qui secoue le syndicalisme français et l'incapacité de ses dirigeants à en imaginer l'issue.

II. LA CRISE DES PARTIS POLITIQUES

Tout comme le mouvement syndical, les partis politiques connaissent depuis le début des années 1980 une mutation difficile. La perte d'influence générale qu'ils subissent concerne aussi bien le militantisme que l'idéologie, la capacité d'attraction électorale que l'organisation. Phénomène significatif : les partis font davantage parler d'eux sur le terrain de la corruption que sur celui des idées.

Dans ce contexte de repli général, le déclin brutal du

parti communiste, seul véritable parti de masse comparable aux autres partis européens, est particulièrement symbolique, tout comme la réapparition durable d'un populisme d'extrême droite.

1. *Une perte d'influence*

Depuis 1981, le recul de l'influence des partis politiques est constant.

Il se manifeste d'abord au niveau de la participation électorale : moindre intérêt pour les joutes politiques au moment où les clivages s'estompent, constat de l'incapacité du personnel politique à régler les problèmes de fond de la société (chômage, insécurité) ? La croissance du désintérêt des citoyens est constante tout au long de la décennie des années 1980 : un fort pourcentage de jeunes ne s'inscrit pas sur les listes électorales (la non-inscription touchait 9 % de l'électorat potentiel en 1988 selon les calculs de l'INSEE). Quant à l'abstention, elle a progressé régulièrement dans les années 1980 : 18 % à l'élection présidentielle de 1981, 29 % aux législatives qui la suivent, 43 % aux européennes de 1984, 21,5 % aux législatives de 1984, et l'élection présidentielle de 1988 (18 %) précède un cycle électoral peu participatif (34 % d'abstentions aux législatives de juin 1988, 27 % aux municipales de mars 1989 et plus de 50 % aux cantonales et européennes ainsi qu'au référendum sur la Nouvelle-Calédonie). La participation s'est nettement diversifiée selon l'enjeu, avec un taux d'abstention très bas pour l'élection présidentielle, contenu pour les législatives et municipales et très élevé pour les autres.

Au début des années 1990, l'abstention s'est stabilisée au niveau moyen de 30 %, relativement élevé pour des scrutins à enjeu : 31,5 % aux élections régionales de 1992, 30,3 % au référendum sur l'Union européenne de septembre 1992 et 31 % aux élections législatives de mars 1993.

Ce taux assez élevé doit être rapproché d'un phénomène nouveau : la montée à ces trois scrutins du vote blanc ou nul. Alors que celui-ci se situait aux environs de 1 % des inscrits (à l'exception des législatives de 1986 où il avait atteint 3,4 %), il a atteint 3,2 % des inscrits aux régionales de 1992 (1 200 709 votants), 2,7 % au référendum sur l'Union européenne (905 434 votants), 3,6 % au premier tour des législatives de mars 1993 (1 385 352 votants) et 6,4 % au second (2 134 533 votants). Ce vote blanc ou nul ne semble d'ailleurs pas provenir surtout d'un électorat particulier.

Un tel désintérêt rejaillit directement sur la vie militante. Dans tous les partis, les effectifs stagnent à un bas niveau ou déclinent (comme au PCF). La victoire de la gauche en 1981 n'entraîne (contrairement à 1936 ou 1945) aucun mouvement d'adhésions en faveur du PS (celui-ci ne fait que récupérer les pertes des années 1978-80) ou du PC. Même phénomène à droite après l'alternance de 1986.

De nouvelles structures tentent bien de compenser cette crise, mais leur succès est limité. A l'instar des clubs des années 1960, un associationnisme politique se développe : c'est le cas d'abord à droite, avec les clubs qui relaient en France la « révolution conservatrice » anglo-saxonne depuis la fin des années 1970 (Club de l'Horloge, Club 89, Comités d'Action Républicains, ...) et s'emploient à en imprégner l'opposition en 1981-85. Proches du RPR, tentés après 1984 par le Front national (en particulier les CAR de Bruno Mégret et une fraction du Club de l'Horloge), ils s'intègrent dans les partis après 1986. A gauche, la crise de 1983-84 entraîne l'apparition d'une série de clubs d'envergure limitée qui deviennent rapidement des « sous-courants » soutenant tel ou tel leader (Laurent Fabius est au centre d'une galaxie de clubs, Jacques Delors en inspire d'autres tout comme Michel Rocard). Bien qu'ils se fassent les chantres d'une révision moderniste du PS, ils se montrent incapables d'alimenter les leaders qui les avaient suscités en réflexions nouvelles.

Seule tentative importante, celle de Raymond Barre dont la stratégie initiale de rejet des partis repose sur la construction d'un réseau d'associations militantes puisant largement dans les structures socioprofessionnelles (REEL). Si ce réseau fait illusion dans les années qui précèdent l'élection présidentielle, il démontrera sa piètre efficacité au moment de la campagne. La preuve est faite que, même en crise, les partis restent le cadre incontournable de l'engagement politique.

2. *Un financement problématique*

Coupés de la société faute de lien avec le mouvement syndical ou associatif, ayant peu d'adhérents, les partis français demeurent des entreprises politiques largement artisanales au moment où la modernisation de la vie politique décuple son coût économique. Les campagnes électorales, notamment les présidentielles, sont très onéreuses : la publicité, le recours à des conseils en communication, aux instituts de sondage, les dépenses d'infrastructures (voyages, meetings) pèsent lourdement sur des budgets où les recettes sont loin d'équilibrer les dépenses.

Il est dès lors inévitable que les financements parallèles se développent. Une série d'affaires retentissantes donne la mesure de ce développement dans les années 1980, l'affaire Luchaire (1987) illustre le cas des pots-de-vin à partir de contrats internationaux (en l'occurrence des ventes d'armes). Les fausses factures de Lyon (1987) et surtout l'affaire de la SORMAE (qui éclabousse des politiciens du Midi mais aussi le financement parallèle du PS, en 1989) montrent d'une part comment les lois de décentralisation, en donnant des pouvoirs financiers considérables aux élus locaux, ont « décentralisé » aussi la corruption, en la démultipliant, mais aussi comment les partis « recentralisent » à leur profit, par un véritable système de racket, ces détournements. L'affaire Péchiney (OPA de la société Péchiney sur la société American National Can en décembre 1988) et l'affaire Société générale (offensive sur la banque privatisée menée par un groupe de financiers proches du pouvoir et bénéficiant de l'aide généreuse de la Caisse des Dépôts en octobre 1988) ouvrent un nouveau cas de figure : celui des «délits d'initiés» où le bénéfice d'informations confidentielles sur des opérations financières de taille permet à des personnalités proches du pouvoir de réaliser de substantielles plus-values. Autant d'imbrications entre le monde politique et celui des affaires qui soulignent la nécessité d'un contrôle de l'effectivité de leur indépendance respective.

Les scandales de 1987 débouchent très logiquement, à la demande du chef de l'État, sur une réglementation nouvelle : les lois du 11 mars 1988, votées après concertation entre Jacques Chirac, sa majorité parlementaire et le PS (qui, finalement, s'abstiendra), sur la «transparence de la vie politique», introduisent une nouveauté institutionnelle majeure. Alors que, selon la Constitution de 1958 (art. 4), les partis ne sont pas des organes de l'État mais des émanations de la société civile auxquelles n'est reconnue qu'une fonction électorale, un financement public leur est désormais octroyé, sur la base de leur représentation parlementaire (ce qui exclut les petites formations), pour leur fonctionnement.

Parallèlement, le législateur introduit un financement public partiel des campagnes pour les élections présidentielles et législatives : un plafond des dépenses est fixé pour ces élections (500 000 F pour les députés, 120 millions de F pour les candidats à l'Élysée — 140 millions pour ceux qui atteignent le second tour) ainsi qu'un seuil électoral (5 % des suffrages). Le dixième des dépenses des candidats aux législatives et le quart pour les candidats aux présidentielles font l'objet d'un remboursement public.

A l'expérience, les lois de 1988 (qui introduisent également un contrôle du patrimoine des élus) n'ont été que partiellement respectées (le plafond fixé lors des présidentielles a été largement dépassé en avril-mai 1988 faute de règles strictes pour la fixation des comptes), ce qui motive en partie la décision du gouvernement Rocard de les réviser avant la date prévue (elles auraient dû l'être au bout de quatre ans).

Mais ce sont surtout les enquêtes judiciaires consécutives aux scandales des années 1986-88 qui expliquent la précipitation gouvernementale : plus que la réforme de la loi de 1988, c'est une amnistie des infractions commises qui est recherchée par le président de la République et le parti socialiste, et que l'on tente de faire voter par le Parlement de façon subreptice avant, devant le tollé qu'elle entraîne, de l'intégrer à une nouvelle loi sur le financement de la vie politique. Cette amnistie n'empêchera nullement les enquêtes judiciaires de se poursuivre et de se développer, mais elle masquera les réelles nouveautés de la loi du 15 janvier 1990 (complétée par la loi organique du 10 mai 1990), plus contraignante que celle de 1988.

En ce qui concerne les campagnes électorales, la loi oblige le candidat à intégrer dans son compte de campagne les dépenses des partis et les avantages et prestations en nature dont il a bénéficié ainsi que d'avoir recours à des comptables agréés. La réception des fonds et le règlement des dépenses durant l'année qui précède l'élection peuvent être effectués que par l'intermédiaire d'un mandataire (association ou personne physique) choisi par le candidat, sur le modèle britannique. La loi a par ailleurs modifié le plafonnement des dépenses (augmentant celui de l'élection présidentielle qui passe à 120 millions de F au premier tour et 160 au second) et le financement privé. La publicité audiovisuelle est interdite et le recours à l'affichage commercial, à la publicité commerciale, au marketing téléphonique ou télématique interdit dans les trois mois qui précèdent le premier jour du mois d'une élection et jusqu'à la date du scrutin. De même, la promotion publicitaire des réalisations de collectivités concernées par le scrutin est interdite dans les six mois qui précèdent des élections générales. Outre les sanctions pécuniaires et pénales, les sanctions électorales sont particulièrement sévères (le juge électoral pouvant déclarer l'inéligibilité du candidat pour l'élection en jeu pendant l'année qui suit celle-ci).

La loi de 1990 a considérablement restreint le volume des dépenses électorales en 1993 (au grand dam des publicitaires). Elle n'a pas stoppé la ténacité des juges d'instructions enquêtant sur les scandales des années 1990, ce qui explique que le gouvernement Bérégovoy ait fait adopter une nouvelle loi anti-corruption, entrée en vigueur le 29 janvier 1993. Cette loi plafonne plus sévèrement les contributions des personnes morales aux partis politiques et prévoit leur publicité, abaisse le plafond des dépenses des candidats aux élections législatives (qui est variable selon la taille de la circonscription), augmente le remboursement des dépenses électorales par l'État (qui passe à 20 % du plafond) et modifie le financement public des partis politiques : ce financement est désormais divisé en deux fractions égales, la première étant répartie à la proportionnelle des suffrages obtenus au premier tour des élections législatives et la seconde à la proportionnelle de la représentation parlementaire (ceci afin de satisfaire notamment les écologistes, victimes, comme le Front national, du scrutin majoritaire).

Les lois sur les rapports entre la politique et l'argent n'étant adoptées qu'à la suite de scandales, la succession de trois lois en quelques années montre en tout cas l'ampleur de la crise : crise financière certes, mais surtout crise d'identité dans la mesure où l'accroissement des dépenses de marketing électoral ne parvient pas à masquer le vide programmatique, culturel et social des partis des années 1980. Durement frappés par l'effondrement des idéologies, incapables de mobiliser les citoyens, parvenant toujours plus difficilement à imposer leur autorité à leurs notables, les partis n'ont cru trouver de planche de salut que dans l'imbrication, politique et financière, avec l'État : du financement public au développement du *spoil system*, une telle attitude rompt avec la tradition de la Ve République et pourrait, si elle se pérennise, en modifier sensiblement l'esprit.

3. *La relève protestataire*

De tous les partis français, le parti communiste est le seul dont la crise prend une dimension dramatique. Elle est d'autant plus spectaculaire que, jusqu'à l'orée des années 1980, le PCF était considéré comme le plus solide, et le seul authentique parti de masse, à la tête d'une véritable microsociété (CGT, communisme municipal, syndicalisme paysan du MODEF, associationnisme militant, entreprises diverses) consolidant sa force et constituant une pépinière de cadres. En l'espace de quelques années, le mouvement communiste connaît un véritable effondrement: sur le plan électoral, le PCF passe de 20,5 % des suffrages en 1978 à 15,4 % en mai 1981, 11,4 % en juin 1984, 9,6 % en mars 1986, 6,7 % en avril 1988. Et la stabilisation relative des législatives de juin 1988 (11,3 %) est effacée par la reprise de la chute aux européennes de juin 1989 (7,7 %). Aux élections régionales de 1992 (8,1 %) et législatives de 1993 (9,1 %) le parti communiste n'a pu atteindre la barre des 10 %. L'érosion de la CGT est parallèle même si elle reste plus limitée.

La diminution des deux tiers de l'électorat communiste affecte ses zones de faiblesse comme ses bastions. Dans les premières (les trois quarts des départements), le PC devient une formation marginale. Dans les seconds, le déclin est tel qu'il entraîne l'effondrement d'une grande partie du communisme municipal (qui constitue la base de son organisation): des élections municipales de 1983 à celles de 1989, les pertes (y compris à la suite d'annulations pour fraude électorale comme en 1983) ne sont compensées par aucune conquête: en 1989, le PCF ne conserve plus qu'une ville de plus de 100 000 habitants (contre 7 en 1977) et 53 de plus de 20 000 (contre 113 en 1977), les trois quarts de ces communes se trouvant dans la seule région Ile-de-France.

Ne gardant quelque influence que dans les campagnes «rouges» et républicaines des marches Nord et Ouest du Massif central, dans les vestiges de la «banlieue rouge» d'Ile-de-France (Val-de-Marne, Seine-Saint-Denis) et dans la région Nord, le parti communiste doit de surcroît compter avec le vieillissement de son électorat, faute d'audience chez les jeunes et dans les catégories sociales en expansion.

Ce déclin électoral et militant (le PC a perdu la moitié de ses effectifs depuis 1981, subi le départ des contestataires «rénovateurs» puis «reconstructeurs») n'est que le reflet d'un discrédit très net dans l'opinion : le parti communiste cumule les effets de l'effondrement du modèle communiste dans le monde mais aussi d'une perte de crédibilité, aussi bien de son discours (archaïsme de la vulgate) que de son projet (sa défense systématique des acquis de la précédente révolution industrielle est sans effet sur les nouvelles générations, même ouvrières). Enfin, sur le plan politique, le PCF doit compter aussi bien avec la tendance au vote utile en faveur des socialistes (ses derniers électeurs ne lui restant fidèles que pour certaines élections) qu'avec la concurrence populiste de l'extrême droite.

L'aspect le plus étonnant de ce phénomène est peut-être l'attitude de l'appareil communiste. Celui-ci se refuse à la moindre interrogation critique sur ce déclin et maintient invariablement son discours et ses méthodes, quitte à s'isoler non seulement en France mais au sein du mouvement communiste européen (au lendemain des élections européennes de juin 1989, les communistes italiens et espagnols le quittent pour créer un groupe d'«eurogauche») et à ne plus compter que sur les seules performances de son mouvement syndical.

Faut-il considérer l'irruption brutale et durable d'une nouvelle extrême droite à partir de 1984 comme un relais pur et simple de la fonction protestataire du parti communiste ?

Même si le Front national a récupéré une partie des anciens électeurs communistes (dans les banlieues des grandes agglomérations à forte population immigrée) et s'il développe sur certains points un discours analogue (nationalisme antieuropéen), sa base sociale, électorale et politique est spécifique.

Bien que dépourvu de relais sociaux et composé de tendances très diverses (ce qui lui vaut une vie interne en soubresauts), le mouvement de Jean-Marie Le Pen bénéficie de la conjonction de plusieurs facteurs décisifs : un tribun efficace (aux élections présidentielles de 1988, cela lui vaut un tiers de suffrages supplémentaires), un discours démagogique attrape-tout (tirant parti de réflexes de peur face à l'immigration et à l'insécurité, au sida et à la nouvelle pauvreté, au grand marché européen ou au danger communiste) et un noyau dur électoral (anti-immigrés pieds-noirs ou habitants des agglomérations où l'immigration est importante), provenant aussi bien des ouvriers et des chômeurs que des employés, travailleurs indépendants ou petits patrons. Il s'est montré capable de résister à toutes les « bavures » de son leader (comme le « point de détail » sur l'holocauste de septembre 1987 ou le sinistre calembour « Durafour-crématoire » de septembre 1988) comme à toutes les condamnations des autorités religieuses ou des partis traditionnels.

Malgré son image très négative (10 % de bonnes opinions en moyenne) et la fermeté manifestée à son endroit par les états-majors des partis conservateurs depuis 1988, l'extrême droite garde une influence électorale considérable dans certaines régions (zones frontalières, grandes agglomérations, pourtour méditerranéen) qui lui a permis de pénétrer les conseils municipaux et régionaux grâce à la représentation proportionnelle et de survivre à la disparition de son groupe parlementaire. Renouant avec une vieille tradition historique disparue au lendemain de la Seconde Guerre mondiale, le Front national ne témoigne-t-il pas aussi, à sa façon, de la crise de confiance d'une large fraction de l'opinion dans les partis traditionnels ?

III. Une nouvelle laïcité ?

La crise des organisations politiques et des syndicats est particulièrement visible car elle investit des institutions qui participent, directement ou non, du politique et de son spectacle. Mais cette crise touche l'ensemble des corps intermédiaires, y compris dans le domaine spirituel.

Après le séisme culturel des années 1960, qui avait ébranlé les Églises et notamment l'Église catholique, les années 1980 se caractérisent par une tentative de recomposition des relations entre le spirituel et le politique.

Plusieurs facteurs y contribuent : une « demande » spirituelle générale et multiforme, un renouveau de l'identité religieuse dans le catholicisme, l'islam (désormais seconde religion en France) ou le judaïsme, qui sortent le spirituel du ghetto intellectuel ou médiatique. Les Églises elles-mêmes se restructurent en tant que groupes de pression (constitution en 1988 d'un Conseil des Églises chrétiennes que prolonge une concertation entre les grandes confessions), se dotent de leaders plus médiatiques (cardinaux Lustiger et Decourtray), deviennent plus présentes sans pour autant avoir de « stratégie » claire et homogène ou de structures plus solides (la crise du clergé ou de l'associationnisme confessionnel prend même une tournure aiguë).

Comme toujours, c'est autour de la « laïcité » que se noue le débat. On le découvre à propos de l'islam avec la revendication de lieux de prière dans les entreprises par les travailleurs musulmans (ce qui déclenchera un débat dans la gauche laïque en 1982-83). On le retrouve bien entendu dans les rapports entre l'État et l'Église catholique.

La bataille sur l'école libre de 1984, lancée inopportunément par la gauche, se solde par la défaite historique des laïcs et leur reconnaissance du pluralisme. La hiérarchie catholique, qui a joué dans ce conflit un rôle modérateur, essaie d'en tirer parti pour proposer une «nouvelle laïcité» (Mgr Vilnet, alors président de la conférence épiscopale, à l'assemblée plénière de Lourdes de 1987) qui sortirait les Églises de la situation institutionnelle marginale où elles sont depuis 1905, à la différence des autres pays d'Europe occidentale.

Cette proposition survient au moment où l'on constate un renforcement *de facto* du dialogue Église-État : participation aux différents comités d'éthique (aux côtés des autres confessions), consultation sur les grands débats comme le Code de la nationalité, participation (avec la Fédération protestante et le Grand Orient de France) à la mission de dialogue envoyée en Nouvelle-Calédonie (mai 1988), tandis que l'épiscopat prend position, avec des nuances, en faveur de la dissuasion nucléaire (novembre 1983) et condamne à plusieurs reprises le racisme et les thèses du Front national (de fait celui-ci a peu d'impact chez les catholiques pratiquants).

Un tel dialogue est la conséquence d'une présence accrue des autorités catholiques dans le débat public sur les domaines où elles se reconnaissent un droit d'intervention. C'est ainsi que l'épiscopat, au-delà de la bataille pour l'enseignement libre, met en avant en 1987 le droit à l'enseignement religieux (guerroyant pour le maintien du congé scolaire du mercredi — réservé à la catéchèse — contre les projets de refonte pédagogique, ou suggérant un enseignement religieux à l'école publique comme élément de l'enseignement du patrimoine culturel français). De même dans le cadre de son magistère social, l'Église prend à plusieurs reprises position sur les problèmes économiques, sociaux (le document le plus élaboré et le plus commenté sera celui de 1982 — «Pour de nouveaux modes de vie» — qui appelle les chrétiens à des comportements de solidarité face à la crise) ou politiques (racisme, défense) mais aussi sur l'éthique familiale et sexuelle (où son discours reste en porte-à-faux des comportements dominants), les manipulations génétiques, etc.

Sous la double pression de la surenchère intégriste (le 30 juin 1988, le schisme de Mgr Lefebvre est consommé) et de la fermeté du Vatican, un dérapage se produit d'ailleurs fin 1988 : les principaux responsables de l'épiscopat (Mgr Decourtray, président de la conférence épiscopale, et l'archevêque de Paris, Mgr Lustiger) déclenchent une violente polémique en prenant publiquement position contre la diffusion d'un film de M. Scorsese, *la Dernière Tentation du Christ*, jugé blasphématoire, contre l'usage de la pilule abortive RU 486 et contre le recours au préservatif dans la lutte contre le sida. Constatant le décalage entre leurs propos et l'opinion (en majorité hostile même chez les catholiques pratiquants) et la réaction intransigeante du gouvernement (notamment le ministère de la Santé) — le film de Scorsese étant *de facto* retiré des salles à la suite d'attentats intégristes —, il leur faudra faire machine arrière.

Entre-temps, ces interventions auront réveillé l'anticléricalisme ici ou là, les dissensions larvées dans l'Église entre progressistes (relayés par l'évêque d'Évreux, Mgr Gaillot), conciliaires et traditionnalistes, entre « romains » et néo-gallicans, et la méfiance protestante. Les prises de position conciliantes adoptées lors du bicentenaire de la Révolution française, les liens de confiance noués entre l'épiscopat et les représentants des autres religions ont permis de calmer les passions (seuls les intégristes contre-révolutionnaires se distingueront), mais elles n'ont pas réglé le problème de fond ; quel type de magistère moral peut exercer une autorité religieuse dans un pays moderne et sécularisé et sur qui peut-elle l'exercer : selon une enquête SOFRES de mars 1993, si 79 % des Français se déclarent catholiques, ils ne sont plus que 12 % à être des pratiquants réguliers. Une très grande majorité de catholiques (y compris chez les plus pratiquants) ne se sentent plus liés par les prises de position de la hiérarchie, notamment en matière politique ou d'éthique familiale et sexuelle. Ce nouveau type d'attitude traduisant le passage majoritaire d'une conception *sociale* (qui dominait jusqu'aux années 1960) à une conception *individuelle* des croyances religieuses. Cette mutation pose la question du respect des croyances religieuses dans une société laïque, notamment pour la population encore attachée à une conception sociale de la religion (c'est notamment le cas pour la communauté musulmane, comme on l'a vu en 1989 à propos de la publication des *Versets sataniques* de Salman Rushdie ou du port par certaines élèves musulmanes du voile islamique dans les écoles publiques).

EN GUISE DE CONCLUSION PROVISOIRE

Une lecture institutionnelle des années Mitterrand pourrait mettre l'accent sur la consolidation d'un régime, qui aura réussi à assimiler les partis de gauche, à leur imposer le sens de la durée, mais qui aura aussi montré sa capacité, à deux reprises, à gérer la coexistence de majorités politiques opposées au sommet de l'État.

Mais c'est davantage la mutation même du politique qui a marqué ces dernières années de la Ve République et qui pèse aujourd'hui sur son fonctionnement.

D'abord quant à ses lieux d'exercice : la politique française ne se décide plus seulement à Paris : les institutions nationales doivent partager leurs pouvoirs avec les institutions locales depuis les lois de décentralisation, mais aussi avec les institutions européennes, comme on le voit déjà pour l'agriculture, le commerce ou la monnaie.

D'autre part quant à son objet : le domaine du politique est en reflux constant depuis les années 1980, abandonnant une grande partie de la sphère économique et financière au profit du marché ou d'autorités administratives indépendantes. Ce recul n'est pas simplement l'effet de la revanche du marché sur l'administration ou de la mondialisation sur le protectionnisme, il est aussi le reflet des comportements collectifs qui demandent davantage à l'État puissance publique qu'à l'État service public ou à l'État entrepreneur.

Enfin quant à son prestige : l'effondrement des idéologies a affaibli les passions politiques avant que la vague des scandales politico-financiers ne dévalue l'image de la politique et de ceux qui l'exercent.

A ces phénomènes structurels il faut ajouter ceux qui touchent à l'équilibre des pouvoirs.

A multiplier les « cohabitations » et notamment lorsque le Président se trouve isolé face à une majorité parlementaire pléthorique, la Ve République risque d'évoluer vers une « reparlementarisation » d'autant plus difficile à freiner que l'évolution de la politique nationale et internationale affaiblit le domaine réservé du Président : qu'est-ce que la primauté présidentielle en matière de défense et de politique étrangère si le consensus est général sur leur contenu ou si le pouvoir présidentiel ne parvient plus à dégager de perspectives diplomatiques et stratégiques ?

Autant de question qui offrent à la Ve République des perspectives d'évolution qui vont bien au-delà de celles qu'imaginaient ses fondateurs de 1958.

NOTES

1. Charles de GAULLE, *Lettres, Notes et Carnets*, IX, 1961-1963, Plon, p. 94.
2. *Id., Mémoires d'espoir*, I, Plon, p. 40.
3. *Id., Discours et Messages*, 1940-1946, Plon, p. 662-663.
4. *Id. Mémoires d'espoir*, I, Plon, p. 26.
5. *Id., ibid.*, p. 23.
6. *Id., ibid.*, p. 34.
7. *Id., ibid.*, p. 285.
8. *Id., ibid.*, p. 287.
9. *Id., ibid.*, p. 159.
10. *Id., ibid.*, p. 183-284.
11. *Id., Mémoires d'espoir*, II, Plon, p. 24.
12. *Id., Mémoires d'espoir*, I, Plon, p. 301.
13. *Id., ibid.*, même page.
14. *Id., ibid.*, p. 303.
15. *Id., ibid.*, p. 213.
16. *Id., ibid.*, p. 214.
17. *Id., ibid.*, p. 140.
18. *Id., Mémoires d'espoir*, II, Plon, p. 212.
19. *Id., Mémoires d'espoir*, I, Plon, p. 143.
20. *Id., Mémoires d'espoir*, II, p. 123.
21. *Id., Mémoires d'espoir*, I, p. 139.
22. François MITTERRAND, *Ma part de vérité*, Fayard, p. 46-47.
23. Le Général a subi une opération de la prostate.
24. Georges POMPIDOU, *Pour rétablir une vérité*, Flammarion, p. 197.
25. Charles de GAULLE, *Mémoires d'espoir*, II, Plon, p. 113.
26. Georges POMPIDOU, *Le Nœud gordien*, Plon, p. 65.
27. François MITTERRAND, *Ma part de vérité*, p. 61.
28. *Id., ibid.*, p. 61.
29. *Id., ibid.*, p. 147.
30. *Id., ibid.*, p. 79.

31. Olivier DUHAMEL, *La Gauche et la Ve République*, PUF, p. 417.
32. Alain LANCELOT, *in Projet* n° 158, p. 933-939.
33. Jean-Luc PARODI, Olivier DUHAMEL, *in Pouvoirs* n° 35 (1985), p. 153.
34. François MITTERRAND, *Réflexions sur la politique extérieure de la France*, Fayard, p. 7.
35. *Ibid.*, p. 43.

BIBLIOGRAPHIE

LE RÉGIME

• *Sur les origines de la Ve République :*
Jacques CHAPSAL, *la Vie politique en France, de 1940 à 1958*, PUF, 1987.
Jacques JULLIARD, *La Quatrième République*, Calmann-Lévy, 1968.
René RÉMOND, *1958. Le retour de De Gaulle*, Éditions Complexe, 1983.
Philippe WILLIAMS, *La Vie politique sous la IVe République*, Colin, 1971.

• *Sur la vie politique sous la Ve République :*
Jacques CHAPSAL, *La Vie politique sour la Ve République*, PUF, 1987.
Pierre AVRIL, *La Ve République, histoire politique et constitutionnelle*, PUF, 1987.
François GOGUEL et Alfred GROSSER, *La Politique en France*, A. Colin, 1984.
Serge SUR, *La Vie politique en France sous la Ve République*, Montchrestien, 1982.
Dimitri G. LAVROFF, *Le Système politique français*, Dalloz, 1986.
René RÉMOND, *Notre siècle (1918-1958)*, t. 6 de l'*Histoire de France*, Fayard, sous la direction de Jean Favier, 1988.
Pierre VIANSSON-PONTÉ, *Histoire de la République gaullienne*, Laffont, 1984.
Dominique CHAGNOLLAUD dir., *La vie politique en France*, Le Seuil, 1993.

• *Sur les institutions :*
Philippe ARDANT, *Institutions politiques et Droit constitutionnel*, LGDJ, 1993.
Pierre AVRIL, et Jean GICQUEL, *Droit parlementaire*, Montchrestien, 1988.

Les Grands Débats parlementaires de 1875 à nos jours, sous la direction de Michel MOPIN, La Documentation française, 1988.

Jean-Louis QUERMONNE, *Le Gouvernement de la France sous la Ve République*, Dalloz, 1991.

Jean GICQUEL, *Droit constitutionnel et Institutions politiques*, Montchrestien, 1993.

Didier MAUS, *Textes et Documents sur la pratique institutionnelle de la Ve République*, La Documentation française, 1982.

Olivier DUHAMEL, Jean-Luc PARODI et al., *La Constitution de la Ve République*, Presses de la FNSP, 1985.

Raymond BARRILLON et al., *Dictionnaire de la Constitution*, Cujas, 1986.

Jean-Louis DEBRÉ, *La Constitution de la Ve République*, PUF, 1975.

Olivier DUHAMEL, *Le pouvoir politique en France*, Le Seuil, 1993.

• *Sur les différents pouvoirs :*

Jean MASSOT, *L'Arbitre et le Capitaine*, Flammarion, 1987.

Jean MASSOT, *Le Chef du gouvernement en France*, La Documentation française, 1979.

« Le Parlement français sous trois présidents (1958-1980) », *Revue française de science politique*, n° 1, 1981.

« Le Président », *Pouvoirs* n° 41, 1987, PUF.

« L'Assemblée », *Pouvoirs* n° 34, 1985, PUF.

« Le ministre », *Pouvoirs* n° 36, PUF.

« Le Sénat », *Pouvoirs* n° 44, 1988, PUF.

• *Sur l'appareil d'État :*

Francis de BAECQUE et al., *Administration et Politique sous la Ve République*, Presses de la FNSP, 1980.

Pierre BIRNBAUM, *les Sommets de l'État*, Le Seuil, 1977.

• *Sur le Conseil constitutionnel :*

Louis FAVOREU et Loïc PHILIP, *Les Grandes Décisions du Conseil constitutionnel*, Sirey, 1991.

« Le Conseil constitutionnel », *Pouvoirs* n° 13, 1991, PUF.

• *Sur les élections et les comportements politiques :*

Alain LANCELOT, *Les Élections sous la Ve République*, PUF, « Que sais-je », 1983.

Daniel GAXIE et al., *Explication du vote*, Presses de la FNSP, 1985.

François GOGUEL, *Chroniques électorales*, volumes II (1958-1969) et III (1973-1981), Presses de la FNSP, 1980-1983.
Pierre BRECHON, *La France aux urnes, cinquante ans d'histoire électorale*, La Documentation française, 1993.
Pascal PERRINEAU dir., *L'Engagement politique : déclin ou mutation*, CEVIPOF- FNSP, 2 vol, pré- publication FNSP, 1992.
Yves MÉNY, *La Corruption de la République*, Fayard, 1992.

A ces ouvrages il faut ajouter :
la *chronique* constitutionnelle française de Pierre AVRIL et Jean GICQUEL in *Pouvoirs* depuis 1977 (les années 1976-1982 ont été rassemblées dans un volume aux PUF [1983]) ;
l'analyse des élections françaises par Alain LANCELOT (puis Colette YSMAL), dans la revue *Projet* depuis 1965 (élections nationales et locales), par Jérôme JAFFRÉ dans la revue *Pouvoirs* depuis 1983, par Hugues PORTELLI dans la revue *Regards sur l'actualité* (Documentation française) depuis 1988. Les élections nationales et locales font désormais l'objet de Cahiers spéciaux du *Figaro* (Département Études politiques) du *Monde*, ainsi que du *Journal des élections*.
la chronique de l'opinion publique par Jean-Luc PARODI, Olivier DUHAMEL dans *Pouvoirs*, depuis 1979 (que l'on complétera par le numéro annuel du cahier de la Sofres, *Opinion publique*, Gallimard, puis Le Seuil, depuis 1984) ;

• *Sur les forces politiques :*
René RÉMOND, *Les Droites en France*, Aubier, 1982.
Olivier DUHAMEL, *La Gauche et la Ve République*, PUF, 1980.
Annie KRIEGEL, *Les Communistes français*, Le Seuil, 1971.
Georges LAVAU, *A quoi sert le parti communiste français*, Fayard, 1981.
Hugues PORTELLI, *Le parti socialiste*, Montchrestien, 1992.
Jean CHARLOT, *Le Phénomène gaulliste*, Fayard, 1970.
Jean-Claude COLLIARD, *Les Républicains indépendants*, PUF, 1971.
« Le RPR », *Pouvoirs* n° 28, PUF, 1984.
Colette YSMAL, *Les Partis politiques sous la Ve République*, Domat-Montchrestien, 1989.
Alain BERGOUNIOUX, Gérard GRUNBERG, *Le Long Remords du pouvoir. Le parti socialiste français 1905-1992*, Fayard, 1992.

Jean-François SIRINELLI dir., *Histoire des droites en France*, Gallimard, 3 vol., 1993.

• *Sur le communisme :*
La revue dirigée par Annie KRIEGEL et Stéphane COURTOIS, *Communisme* (PUF, puis depuis 1987 l'Age d'homme), étudie systématiquement le PCF.

• *Sur les forces syndicales :*
Jean-Daniel REYNAUD, *Les Syndicats en France*, 2 volumes, le Seuil, 1975.
Alain BERGOUNIOUX, *Force Ouvrière*, Le Seuil, 1975.
René MOURIAU, *Les Syndicats dans la société française,* Presses de la Fondation Nationale des Sciences Politiques; 1983.
Henri WEBER, *Le Parti des patrons : le CNPF 1946-1986*, Le Seuil, 1986.
Guy GROUX, René MOURIAUX, *La CFDT*, Economica, 1988.
Guy GROUX, René MOURIAUX, *La CGT*, Crises et alternatives, Economica, 1992.

• *Sur les forces religieuses :*
« Les militants d'origine chrétienne », *Esprit* nos 4-5, 1977.
Mgr Gabriel MATAGRIN et al., *Politique, Église et Foi*, Le Centurion, 1972.
Catherine GREMIOND et Philippe LEVILLAIN, *Les lieutenants de Dieu. Les évêques français et la République*, Fayard, 1986.
Jean-Marie DONEGANI, *La liberté de choisir, pluralisme religieux et pluralisme politique dans le catholicisme français contemporain,* Presses de la FNSP, 1993.

• *Sur le personnel politique :*
Pierre AVRIL, Hugues PORTELLI et al., *Le Personnel politique français*, PUF, 1989.

• *Sur la société française :*
L'État de la France, ouvrage collectif, La Découverte, 1985, 1987, 1989, 1992, 1993-1994.

LES LEADERS

I. Charles de GAULLE, *Mémoires d'espoir*, tome I, 1958-1962, tome II, 1962, Plon, 1971.
Discours et Messages, tomes II, III, IV et V, Plon, 1970.
Lettres, Notes et Carnets, tomes VII et suivants, Plon, 1983-1986.
De Gaulle et son siècle (sous la direction Institut Ch. de Gaulle). Documentation française, 1992.

• *Sur le gaullisme :*
Jean LACOUTURE, *De Gaulle*, trois volumes, Le Seuil, 1984-1986.

II. Georges POMPIDOU, *Le Nœud gordien*, Plon, 1974.
Pour rétablir une vérité, Flammarion, 1982.
Entretiens et Discours, 1968-1974, Plon, 1975.

III. Valéry GISCARD D'ESTAING, *Démocratie française*, Fayard, 1976.
Deux Français sur trois, Flammarion, 1984.
Le Pouvoir et la Vie, Compagnie 12, 1991, 2 tomes.

IV. François MITTERRAND, *Le Coup d'État permanent*, Plon, 1964.
Ma part de vérité, Fayard, 1969.
La Paille et le Grain, Flammarion, 1981.
L'Abeille et l'Architecte, Flammarion, 1978.
Politique, 2 volumes, Fayard, 1977 et 1981.
Réflexions sur la politique extérieure de la France, Fayard, 1986.
Pierre FAVIER, Michel MARTIN-ROLAND, *La décennie Mitterrand*, Le Seuil, 2 vol., 1990-1992.

• *Sur François Mitterrand :*
Franz-Olivier GIESBERT, *François Mitterrand ou la Tentation de l'histoire*, Le Seuil, 1977.
Jean-Marie COLOMBANI, *Portrait du Président*, Gallimard, 1985.
Franz-Olivier GIESBERT, *Le Président*, Le Seuil, 1990.

LES GRANDES PÉRIODES

1. 1958-1969
Maurice COUVE DE MURVILLE, *Une politique étrangère (1958-1969)*, Plon, 1971.
Alain PEYREFITTE, *Le Mal français*, Plon, 1976.
Alain PRATE, *Les Batailles économiques du général de Gaulle*, Plon, 1978.
Jean PLANCHAIS, *Une histoire politique de l'armée*, II, «1940-1967», Le Seuil, 1967.
Raymond ARON, *Mémoires*, Julliard, 1983.

2. Mai 1968
«Mai 1968», *Pouvoirs* n° 39, 1986.
Philippe BENETON, Jean TOUCHARD, «Les interprétations de la crise de mai-juin 1968», *RFSP*, juin 1970, p. 503-544.
Édouard BALLADUR, *L'Arbre de Mai*, Marcel Jullian, 1979.
Michel DOBRY, *Sociologie des crises politiques*, Presses de la FNSP, 1986.

3. 1969-1974
Éric ROUSSEL, *Georges Pompidou*, J.-Cl. Lattès, 1984.
Roger-Gérard SCHWARTZENBERG, *La Guerre de succession*, PUF, 1969.
Charles DEBBASH, *La France de Pompidou*, PUF, 1974.

4. 1974-1981
Catherine NAY, *La Double Méprise*, Grasset, 1980.
Jean-Christian PETITFILS, *la Démocratie giscardienne*, PUF, 1981.
Jacques CAPDEVIELLE *et al.*, *France de gauche, vote à droite*, Presses de la FNSP, 1981.

5. 1981-1986
«La gauche au pouvoir», *Pouvoirs* n° 20, PUF, 1982.
Thierry PFISTER, *La Vie quotidienne à Matignon au temps de l'union de la gauche,* Hachette, 1985.
Pierre BIRNBAUM *et al.*, *Les Élites socialistes au pouvoir*, PUF, 1985.
Philippe BAUCHARD, *La Guerre des deux roses*, Grasset, 1986.
Raymond BARRE, *Réflexions pour demain*, Hachette, 1984.

6. 1986-1987

Jean-Marie COLOMBANI, Jean-Yves LHOMEAU, *Le Mariage blanc*, Grasset, 1986.

Élisabeth DUPOIRIER, Gérard GRUNBERG *et al.*, *Mars 1986, La drôle de défaite de la gauche*, PUF, 1986.

7. 1988-1993

François FURET, Jacques JULLIARD, Pierre ROSANVALLON, *La République du Centre*, Calmann-Lévy, 1988.

Alain DUHAMEL, *Les Habits neufs de la politique*, Flammarion, 1989.

Jean-Louis ANDREANI, *Le Mystère Roccard*, R. Laffont, 1993.

Edwy PLENEL, *La Part d'ombre*, Stock, 1992.

8. 1993-

Pascal PERRINEAU, Colette YSMAL *et al.*, *Le Vote sanction*, Presses de la F.N.S.P., 1993.

Edouard BALLADUR, *Dictionnaire de la réforme*, Fayard, 1993.

ANNEXES

ANNEXE 1
Le personnel gouvernemental

Présidents de la République:
Charles de Gaulle (8 janvier 1959-28 avril 1969); Georges Pompidou (19 juin 1969-2 avril 1974); Valéry Giscard d'Estaing (24 mai 1974-21 mai 1981); François Mitterrand (21 mai 1981-).

Premiers ministres:
Michel Debré (8 janvier 1959-14 avril 1962); Georges Pompidou (14 avril 1962-10 juillet 1968); Maurice Couve de Murville (10 juillet 1968-20 juin 1969); Jacques Chaban-Delmas (20 juin 1969-5 juillet 1972); Pierre Messmer (5 juillet 1972-27 mai 1974); Jacques Chirac (27 mai 1974-25 août 1976); Raymond Barre (25 août 1976-21 mai 1981); Pierre Mauroy (21 mai 1981-17 juillet 1984); Laurent Fabius (17 juillet 1984-17 mars 1986); Jacques Chirac (20 mars 1986-10 mai 1988); Michel Rocard (12 mai 1988-15 mai 1991); Édith Cresson (15 mai 1991-2 avril 1992; Pierre Bérégovoy (2 avril 1992-29 mars 1993); Édouard Balladur (30 mars 1993-).

Ministres des Affaires étrangères:
Maurice Couve de Murville (1959-1968); Michel Debré (1968-1969); Maurice Schumann (1969-1973); Michel Jobert (1973-1974); Jean Sauvagnargues (1974-1976); Louis de Guiringaud (1976-1978); Jean-François Poncet (1978-1981); Claude Cheysson (1981-1984); Roland Dumas (1984-1986); Jean-Bernard Raimond (1986-1988); Roland Dumas (1988-1993); Alain Juppé (1993-).

Ministres de la Défense:
Pierre Guillaumat (1959-1960); Pierre Messmer (1960-1969); Michel Debré (1969-1973); Robert Galley (1973-1974); Jacques Soufflet (1974-1975); Yvon Bourges (1975-1980); Joël Le Theule (1980); Robert Galley (1980-1981); Charles Hernu (1981-1985); Paul Quilès (1985-1986); André Giraud (1986-1988); Jean-Pierre Chevènement (1988-1992); Pierre Joxe (1992-1993); François Léotard (1993-).

Ministres de l'Économie et des Finances :
  Antoine Pinay (1959-1960); Wilfrid Baumgartner (1960-1962); Valéry Giscard d'Estaing (1962-1966); Michel Debré (1966-1968); Maurice Couve de Murville (1968); François Ortoli (1968-1969); Valéry Giscard d'Estaing (1969-1974); Jean-Pierre Fourcade (1974-1976); Raymond Barre (1976-1978); René Monory (1978-1981); Jacques Delors (1981-1984); Pierre Bérégovoy (1984-1986); Édouard Balladur (1986-1988); Pierre Bérégovoy (1988-1992); Michel Sapin (1992-1993); Edmond Alphandéry (1993-)

Ministres de l'Intérieur :
  Jean Berthoin (1959); Pierre Chatenet (1959-1961); Roger Frey (1961-1967); Christian Fouchet (1967-1968); Raymond Marcellin (1968-1974); Jacques Chirac (1974); Michel Poniatowski (1974-1977); Christian Bonnet (1977-1981); Gaston Defferre (1981-1984); Pierre Joxe (1984-1986); Charles Pasqua (1986-1988); Pierre Joxe (1988-1992); Philippe Marchand (1992-1993); Charles Pasqua (1993-).

ANNEXE 2

Le personnel politique

Parti communiste :
Secrétaire général :
  Maurice Thorez (1932-1964); Waldeck Rochet (1964-1972); Georges Marchais (1972-1994).

Parti socialiste :
  I. SFIO. Secrétaire général : Guy Mollet (1946-1969).
  II. Parti socialiste. Premier secrétaire : Alain Savary (1969-1971); François Mitterrand (1971-1981); Lionel Jospin (1981-1988); Pierre Mauroy (1988-1992); Laurent Fabius (1992-1993); Michel Rocard (1993-).

Mouvement gaulliste :
  I. UNR. Secrétaire général : Roger Frey (1958-1959); Albin Chalandon (1959); Jacques Richard (1959-1961); Roger Dusseaulx (1961-1962); Louis Terrenoire (1962).
  II. UNR-UDT. Secrétaire général : Jacques Baumel (1962-1967).
  III. UD V^e. Secrétaire général : Robert Poujade (1968).
  IV. UDR. Secrétaire général : Robert Poujade (1968-

1971); René Tomasini (1971-1972); Alain Peyrefitte (1972-1973); Alexandre Sanguinetti (1973-1974); Jacques Chirac (1974-1975); André Bord (1975-1976); Yves Guéna (1976).
V. RPR. Président: Jacques Chirac (1976-).
Secrétaire général: Jérôme Monod (1976-1978); Alain Devaquet (1978-1979); Bernard Pons (1979-1984); Jacques Toubon (1984-1988); Alain Juppé (1988-).

Démocrates-chrétiens:
I. MRP. Président: André Colin (1959-1963); Jean Lecanuet (1963-1965).
II. Centre démocrate. Président: Jean Lecanuet (1966-1976).
III. Centre Démocratie et Progrès. Président: Jacques Duhamel (1969-1974).
IV. Centre des démocrates sociaux. Président: Jean Lecanuet (1976-1982); Pierre Méhaignerie (1982-).

Libéraux:
I. Fédération nationale des républicains indépendants. Président: Valéry Giscard d'Estaing (1971-1973); Michel Poniatowski (1974-1977).
Secrétaire général: Michel Poniatowski (1967-1974); Michel d'Ornano (1974-1975); Jacques Dominati (1975-1977).
II. Parti républicain. Secrétaire général: Jean-Pierre Soisson (1977-1978); Jacques Blanc (1978-1981); François Léotard (1981-1988); Alain Madelin (1988-1992); Gérard Longuet (1992-).

Parti radical:
Président: Félix Gaillard (1958-1961); Maurice Faure (1961-1965); René Billières (1965-1969); Maurice Faure (1969-1971); Jean-Jacques Servan-Schreiber (1971-1975); Gabriel Péronnet (1975-1977); Jean-Jacques Servan Schreiber (1977-1979); Didier Bariani (1979-1983); André Rossinot (1983-1988); Yves Galland (1988-).

Mouvement des radicaux de gauche:
Président: Robert Fabre (1972-1978); Michel Crépeau (1978-1981); Roger-Gérard Schwartzenberg (1981-1983); Jean-Michel Baylet (1983-1985); François Doubin (1985-1988); Yvon Collin et Émile Zuccarelli (1988-1992); Jean-François Hory (1992-).

ANNEXE 3
Les dirigeants syndicaux

I. *Le syndicalisme d'origine chrétienne*
1. Confédération française des travailleurs chrétiens (CFTC). Secrétaire général : Georges Levard (1953-1964).
2. Confédération française démocratique du travail (CFDT). Secrétaire général : Eugène Descamps (1964-1971) ; Edmond Maire (1971-1988) ; Jean Kaspar (1988-1992) ; Nicole Notat (1992-).
3. CFTC (maintenue). Secrétaire général : Jacques Tessier (1964-1971) ; Jean Bornard (1971-1981) ; Guy Drilleaud (1981-1990) ; Alain Deleu (1990-1993), Jacques Voisin (1993-).

II. *La CGT et ses scissions*
1. Confédération générale du travail (CGT). Secrétaire général : Benoît Frachon (1957-1967) ; Georges Séguy (1967-1982) ; Henri Krasucki (1982-1992), Louis Viannet (1992-).
2. CGT-Force ouvrière. Secrétaire général : Robert Bothereau (1954-1963) ; André Bergeron (1963-1989) ; Marc Blondel (1989-).
3. Fédération de l'éducation nationale (FEN). Secrétaire général : James Marangé ; André Henry ; Jacques Pommateau (1981-1987). Yannick Simbron (1987-1991) ; Guy Le Néouannic (1991-1993).

III. *Confédération générale des cadres*
Président : André Malterre (1955-1975) ; Yvan Charpentier (1975-1979) ; Jean Menu (1979-1984) ; Paul Marchelli (1984-1993) ; Marc Vilbenoit (1993-).

IV. *Fédération nationale des syndicats d'exploitants agricoles (FNSEA).*
Président : J. Courau (1956-1962) ; G. de Caffarelli (1963-1970) ; M. Debatisse (1971-1978) ; F. Guillaume (1979-1985) ; R. Lacombe (1986-1992) ; Luc Guyau (1992-).
V. Conseil national du patronat français (CNPF)
Président : Georges Villiers (1946-1966) ; Paul Huvelin (1966-1972) ; François Ceyrac (1972-1982) ; Yvon Gattaz (1982-1986) ; François Périgot (1987-).

ANNEXE 4
Les résultats électoraux

(*Sources*: Alain LANCELOT, *les Élections sous la Ve République*, P.U.F. [avec l'aimable autorisation de l'auteur et de l'éditeur] et ministère de l'Intérieur.)

Territoires	Inscrits	Abstentions	%	Votants	%	Blancs et nuls	%	Exprimés	Oui	% sur inscrits	% sur exprimés	Non	% sur inscrits	% sur exprimés
Métropole	26 603 464	4 006 614	15,06	22 596 850	84,97	303 549	1,14	22 293 301	17 668 790	66,41	79,26	4 624 511	17,38	20,74
DOM	373 135	126 147	33,81	246 988	66,19	3 868	1,04	243 120	218 187	58,47	89,74	24 933	6,68	10,26
Algérie	4 412 171	896 961	20,33	3 515 210	79,67	38 816	0,88	3 476 394	3 357 763	76,10	96,59	118 631	2,69	3,41
Sahara	282 099	45 787	16,23	236 312	83,77	910	0,32	235 402	232 113	82,28	98,60	3 289	1,17	1,40
TOM sans Guinée	14 151 288	4 239 961	29,96	9 911 327	70,04	57 136	0,40	9 854 191	9 221 585	65,16	93,58	632 606	4,47	6,42
Guinée	1 408 500	204 625	14,53	1 203 875	85,47	10 570	0,75	1 193 305	56 981	4,05	4,78	1 136 324	80,68	95,22
Français du Togo	2 217	268	12,09	1 949	87,91	32	1,44	1 917	1 775	80,06	92,59	142	6,41	7,41
Français du Cameroun	15 400	3 997	25,95	11 403	74,05	491	3,19	10 912	10 544	68,47	96,63	368	2,38	3,37
Français des Nouvelles-Hébrides	822	245	29,81	577	70,19	18	2,19	559	536	65,21	95,89	23	2,80	4,11
Wallis et Futuna	46	0	0	46	100,	0	0	46	46	100	100	0	0	0
Français à l'étranger				373 316		2 907		370 409	355 163		95,88	15 246		4,12
Total (1)	47 249 142	9 524 605	20,16	37 724 537	79,84									
Total (2)				38 097 853	80,63	418 297	0,89	37 679 556	31 123 483	65,87	82,60	6 556 073	13,88	17,40

(1) Sans les Français de l'étranger.
(2) Avec les Français de l'étranger.

1. Référendum du 28 septembre 1958 (Constitution de la Ve République)

	Nombre de candidats		% inscrits	% exprimés
Inscrits		27 244 992	100	
Abstentions		6 218 450	22,82	
Votants		21 026 542	77,18	
Blancs et nuls		534 175	1,96	
Exprimés		20 492 367		100
PCF	465	3 870 184	14,21	18,89
UFD	71	184 673	0,68	0,90
Radicaux UFD	18	63 588	0,23	0,31
SFIO	423	3 171 459	11,64	15,48
Radicaux socialistes	211	1 177 732	4,32	5,75
Radicaux centristes	93	712 734	2,62	3,48
UDSR minoritaires	7	87 244	0,32	0,43
Total gauche non communiste	823	5 397 430	19,81	26,34
Total gauche	1 288	9 267 614	34,06	45,22
MRP	260	2 272 643	8,34	11,09
CNI	245	2 902 790	10,65	14,17
Modérés	221	1 188 330	4,36	5,80
Total centre droit	726	6 363 763	23,36	31,05
Centre réformateur républicain	85	413 559	1,52	2,02
UNR	336	3 679 960	13,51	17,96
Divers gaullistes	50	135 626	0,50	0,66
Total gaullisme	471	4 229 145	15,52	20,64
Divers extrême droite	61	225 273	0,83	1,10
Poujadistes	163	301 371	1,11	1,47
Total droite	1 421	11 119 552	40,81	54,26
Non-classés	74	105 201	0,39	0,51
Total candidats	2 783			

**2. Élections législatives du 23 novembre 1958
(France entière) 465 circonscriptions**

3. Référendum du 8 janvier 1961 (politique d'autodétermination de l'Algérie)

Territoires	Inscrits	Abstentions	%	Votants	%	Blancs et nuls	%	Exprimés	Oui	% sur inscrits	% sur exprimés	Non	% sur inscrits	% sur exprimés
Métropole	27 184 408	6 393 162	23,52	20 791 246	76,48	594 699	2,19	20 196 547	15 200 073	55,91	75,26	4 996 474	18,38	24,74
DOM	398 099	156 925	39,42	241 174	60,58	6 641	1,67	234 533	211 376	53,10	90,13	23 157	5,82	9,87
Algérie	4 470 215	1 843 526	41,24	2 626 689	58,76	109 174	2,44	2 517 515	1 749 969	39,15	69,51	767 546	17,17	30,49
Sahara	291 692	98 674	33,83	193 018	66,17	5 485	1,88	187 533	168 563	57,79	89,88	18 970	6,50	10,12
TOM	175 819	41 033	23,34	134 786	76,66	5 470	3,11	129 316	117 688	66,94	91,01	11 628	6,61	8,99
Total	32 520 233	8 533 320	26,24	23 986 913	73,76	721 469	2,22	23 265 444	17 447 669	53,65	74,99	5 817 775	17,89	25,01

4. Référendum du 8 avril 1962 (accords d'Évian)

Territoires	Inscrits	Abstentions	%	Votants	%	Blancs et nuls	%	Exprimés	Oui	% sur inscrits	% sur exprimés	Non	% sur inscrits	% sur exprimés
Métropole	26 991 743	6 589 837	24,41	20 401 906	75,59	1 098 238	4,07	19 303 668	17 508 607	64,87	90,70	1 795 761	6,65	9,30
DOM	406 541	168 921	11,55	237 620	58,45	3 807	0,94	233 813	228 247	56,14	97,62	5 566	1,37	2,38
TOM	183 788	44 011	23,95	139 777	76,05	1 761	0,96	138 016	129 569	70,50	93,88	138 016	4,60	6,12
Total	27 582 072	6 802 769	24,66	20 779 303	75,34	1 103 806	4,00	19 675 497	17 866 423	64,78	90,81	1 809 074	6,56	9,19

5. Référendum du 28 octobre 1962
(élection du président de la République au suffrage universel direct)

Territoires	Inscrits	Abstentions	%	Votants	%	Blancs et nuls	%	Exprimés	Oui	% sur inscrits	% sur exprimés	Non	% sur inscrits	% sur exprimés
Métropole	27 582 113	6 280 297	22,77	21 301 816	77,23	559 758	2,03	20 742 058	12 809 363	16,44	61,76	7 932 695	28,76	38,24
DOM	413 152	169 823	11,10	213 329	58,90	4 412	1,07	238 917	213 531	51,68	89,37	25 386	6,14	10,63
TOM	190 213	40 795	21,45	119 418	78,55	5 339	2,81	144 079	127 622	67,09	88,58	16 457	8,65	11,42
Total	28 185 178	6 490 915	23,03	21 691 563	76,97	569 509	2,02	21 125 054	13 150 516	46,66	62,25	7 971 538	28,29	37,75

	Nombre de candidats		% inscrits	% exprimés
Inscrits		27 540 358	100	
Abstentions		8 622 204	31,31	
Votants		18 918 154	68,69	
Blancs et nuls		584 366	2,12	
Exprimés		18 333 788		100
PCF	465	4 010 463	14,56	21,87
PSU	103	363 842	1,32	1,98
Divers extrême gauche	4	6 464	0,02	0,04
SFIO	323	2 279 209	8,28	12,43
Radicaux socialistes	133	907 075	3,29	4,95
Radicaux centristes	49	453 390	1,65	2,47
Total gauche non communiste	612	4 009 980	14,56	21,87
Total gauche	1077	8 020 443	29,12	43,75
MRP	203	1 443 838	5,24	7,88
CNI	192	1 341 748	4,87	7,32
Modérés	134	769 419	2,79	4,20
Total centre droit	529	3 555 005	12,91	19,39
UNR-UDT	409	5 877 127	21,34	32,06
Divers gaullistes	15	64 793	0,24	0,35
Républicains indépendants	21	427 821	1,55	2,33
Centre droit rallié gaullisme	13	235 921	0,86	1,29
Total gaullisme (majorité)	458	6 605 662	23,99	36,03
Divers extrême droite	36	88 326	0,32	0,48
Poujadistes	40	50 874	0,18	0,28
Total droite	1063	10 299 867	37,40	56,18
Non classés	22	13 478	0,05	0,07
Total candidats	2162			

**6. Élections législatives du 18 novembre 1962
(France entière) 465 circonscriptions**

	Métropole	% sur ins-crits	% sur expri-més	DOM	% sur ins-crits	% sur expri-més	TOM	% sur ins-crits	% sur expri-més	Total	% sur ins-crits	% sur expri-més
				Premier tour								
Inscrits	28 233 167	100		453 939	100		226 316	100		28 913 422	100	
Abstentions	4 231 206	14,99		147 595	32,51		31 664	13,99		4 410 465	15,25	
Votants	24 001 961	85,01		306 344	67,49		194 652	86,01		24 502 957	84,75	
Blancs et nuls	244 292	0,87		3 025	0,67		1 086	0,48		248 403	0,86	
Exprimés	23 757 669		100	303 319		100	193 566		100	24 254 554		100
De Gaulle	10 386 734	36,79	43,72	270 308	59,55	89,12	171 481	75,77	88,77	10 828 523	37,45	44,65
Mitterrand	7 658 792	27,13	32,24	25 357	5,59	8,36	9 854	4,35	5,09	7 694 003	26,61	31,72
Lecanuet	3 767 404	13,34	15,86	2 370	0,52	0,78	7 345	3,25	3,79	3 777 119	13,06	15,57
Tixier-Vignancour	1 253 958	4,44	5,28	2 866	0,63	0,94	3 384	1,50	1,75	1 260 208	4,36	5,20
Mareilhaey	413 129	1,46	1,74	1 233	0,27	0,41	656	0,29	0,34	415 018	1,44	1,71
Barbu	277 652	0,98	1,17	1 185	0,26	0,39	846	0,37	0,44	279 683	0,97	1,15
				Deuxième tour								
Inscrits	28 223 198	100		453 472	100		226 034	100		28 902 704	100	
Abstentions	4 360 545	15,45		138 220	30,48		32 292	14,29		4 531 057	15,68	
Votants	23 862 653	84,55		315 252	69,52		193 742	85,71		24 371 647	84,32	
Blancs et nuls	665 141	2,36		2 070	0,46		1 002	0,44		668 213	2,31	
Exprimés	23 197 512		100	313 182		100	192 740		100	23 703 434		100
De Gaulle	12 643 527	44,80	54,50	268 438	59,20	85,71	171 734	75,98	89,10	13 083 699	45,27	55,20
Mitterrand	10 553 985	37,39	45,50	44 744	9,87	14,29	21 006	9,29	10,90	10 619 735	36,74	44,80

7. Élection présidentielle des 5 et 19 décembre 1965

	Nombre de candidats		% inscrits	% exprimés
Inscrits		28 178 087	100	
Abstentions		5 647 632	20,04	
Votants		22 530 455	79,96	
Blancs et nuls		383 248	1,36	
Exprimés		22 147 207		100
PCF et apparentés	470	4 434 831	15,74	20,02
PSU	314	862 515	3,06	3,89
Divers extrême gauche	9	14 778	0,05	0,07
FGDS	432	3 662 443	13,00	16,54
Total gauche non communiste	755	4 539 736	16,11	20,50
Total gauche	1 225	8 974 567	31,85	40,52
Radicaux socialistes	27	80 102	0,28	0,36
Radicaux centristes	8	89 576	0,32	0,40
Centre démocrate et PDM	270	2 319 118	8,23	10,48
Modérés	63	259 194	0,92	1,17
Total centre droit	368	2 747 990	10,11	12,41
UDR	400	8 255 741	29,30	37,28
RI-UDR	64	7 467 897	5,21	6,63
Républicains indépendants	50	395 474	1,40	1,79
Divers gaullistes	21	166 672	0,59	0,75
Total gaullisme (majorité)	535	10 285 784	36,50	46,44
Divers extrême droite	11	18 933	0,07	0,08
Total droite	914	13 052 707	46,32	58,94
Divers	105	112 961	0,40	0,51
Régionalistes	6	6 299	0,02	0,03
Non-classés	5	673		
Total candidats	2 255			

8. Élections législatives du 5 mars 1967 (France entière) 470 circonscriptions

	Nombre de candidats		% inscrits	% exprimés
Inscrits		28 242 549	100	
Abstentions		5 331 710	18,88	
Votants		22 910 839	81,12	
Blancs et nuls		521 365	1,85	
Exprimés		22 389 474		100
PCF et apparentés	470	5 039 032	17,85	22,51
PSU	105	473 846	1,68	2,12
Divers extrême gauche	18	21 220	0,08	0,09
FGDS	414	4 231 173	14,98	18,90
Total gauche non communiste	537	4 726 239	16,73	21,11
Total gauche	1 007	9 765 271	34,58	43,62
Radicaux centristes	37	294 525	1,04	1,32
Centre démocrate	394	3 155 367	11,17	14,09
Modérés	148	435 455	1,54	1,94
Total centre droit	579	8 608 959	30,48	38,45
UD Ve République	395	7 022 495	24,86	31,37
Divers gaullistes	56	159 978	0,57	0,71
Républicains indépendants	65	1 230 870	4,36	5,50
Centre droit rallié gaullisme	10	195 616	0,69	0,87
Total gaullisme (majorité)	526	8 608 959	30,48	38,45
Divers extrême droite	30	44 067	0,16	0,20
Alliance républicaine	38	80 795	0,29	0,36
Total droite	1 173	12 619 168	44,68	56,36
Régionalistes	2	5 035	0,02	0,02
Total candidats	2 182			

9. Élections législatives du 23 juin 1968 (France entière) 470 circonscriptions

Territoires	Inscrits	Abstentions	%	Votants	%	Blancs et nuls	%	Exprimés	Oui	% sur inscrits	% sur exprimés	Non	% sur inscrits	% sur exprimés
Métropole	28 655 692	5 562 396	19,41	23 093 296	80,59	635 678	2,22	22 457 618	10 512 469	36,69	48,81	11 945 149	41,69	53,19
DOM	481 217	232 959	48,41	248 258	51,59	6 858	1,43	241 400	209 586	43,55	86,82	31 814	6,61	13,18
TOM	255 481	44 424	17,39	211 057	82,61	1 220	0,48	209 837	179 698	70,34	85,64	30 139	11,80	14,36
Total	29 392 390	5 839 779	19,87	23 552 611	80,13	643 756	2,19	22 908 855	10 901 753	37,09	47,59	12 007 102	40,85	52,41

10. Référendum du 27 avril 1969 (réforme des régions et du Sénat)

	Métropole	% sur inscrits	% sur exprimés	DOM	% sur inscrits	% sur exprimés	TOM	% sur inscrits	% sur exprimés	Total	% sur inscrits	% sur exprimés
Premier tour												
Inscrits	28 774 041	100,		482 532	100,		256 788	100,		29 513 361		
Abstentions	6 281 982	21,83		261 071	54,10		71 274	27,76		6 614 327	22,41	
Votants	22 492 059	78,17		221 461	45,90		185 514	72,24		22 899 034	77,59	
Blancs et nuls	287 372	1,00		6 588	1,37		1 076	0,42		295 036	1,00	
Exprimés	22 204 687		100,	214 873		100,	184 438		100,	22 603 998		100,
Pompidou	9 761 297	33,92	43,96	160 960	33,36	74,91	129 559	50,45	70,25	10 051 816	34,06	44,47
Poher	5 201 133	18,08	23,42	17 409	3,61	8,10	50 109	19,51	27,17	5 268 651	17,85	23,31
Duclos	4 779 539	16,61	21,52	27 794	5,76	12,94	952	0,37	0,52	4 808 285	16,29	21,27
Deferre	1 127 733	3,92	5,08	3 958	0,82	1,84	1 531	0,60	0,83	1 133 222	3,84	5,01
Rocard	814 051	2,83	3,67	1 560	0,32	0,73	860	0,33	0,47	816 471	2,77	3,61
Ducatel	284 697	0,99	1,28	1 207	0,25	0,56	543	0,21	0,29	286 447	0,97	1,27
Krivine	236 237	0,82	1,06	1 985	0,41	0,92	884	0,34	0,48	239 106	0,81	1,06
Deuxième tour												
Inscrits	28 761 494	100,		481 883	100,		256 957	100,		29 500 334		
Abstentions	8 907 407	30,97		231 844	18,11		49 796	19,38		9 189 047	31,15	
Votants	19 854 087	69,03		250 039	51,89		207 161			20 311 287	68,85	
Blancs et nuls	1 295 216	4,50		7 656	1,59		926	0,36		1 303 798	4,42	
Exprimés	18 558 871		100	242 383		100	206 235		100	19 007 489		100
Pompidou	10 688 183	37,16	57,59	212 449	44,09	87,65	163 739	63,72	79,39	11 064 371	37,51	58,21
Poher	7 870 688	27,37	12,41	29 934	6,21	12,35	42 496	16,54	20,61	7 943 118	26,93	41,79

Territoires	Inscrits	Abstentions	%	Votants	%	Blancs et nuls	%	Exprimés	Oui	% sur inscrits	% sur exprimés	Non	% sur inscrits	% sur exprimés
Métropole	29 071 070	11 489 230	39,52	17 581 840	60,48	2 070 615	7,12	15 511 225	10 502 756	36,13	67,71	5 008 469	17,23	32,29
DOM	478 788	300 020	62,66	178 768	37,34	11 682	2,44	167 086	153 231	32,00	91,71	13 855	2,89	8,29
TOM	270 606	66 607	24,61	203 999	75,39	3 822	1,41	200 177	191 567	70,79	95,70	8 610	3,18	4,30
Total	29 820 464	11 855 857	39,76	17 964 607	60,24	2 086 119	7,00	15 878 488	10 847 554	36,38	68,32	5 030 934	16,87	31,68

12. Référendum du 23 avril 1972 (élargissement de la Communauté économique européenne)

	Nombre de candidats		*% inscrits*	*% exprimés*
Inscrits		29 883 738	100	
Abstentions		5 584 538	18,69	
Votants		24 299 200	81,31	
Blancs et nuls		546 889	1,83	
Exprimés		23 752 311		100
PCF	473	5 085 356	17,02	21,41
PSU	216	463 537	1,55	1,95
LO	172	194 685	0,65	0,82
Autres trotskistes	110	100 008	0,34	0,43
PS	434	4 537 348	15,18	19,10
MRG	37	408 734	1,37	1,72
Divers gauche	21	98 331	0,33	0,41
Total gauche non communiste	990	5 802 643	19,42	24,43
Total gauche	1 463	10 887 999	36,34	45,84
Radicaux réformateurs	142	965 228	3,23	4,06
Autres réformateurs	289	2 183 890	7,31	9,19
Modérés	357	810 076	2,71	3,41
Total centre droit	788	3 959 194	13,25	16,67
Front progressiste	53	24 785	0,08	0,10
UDR-URP	337	5 706 421	19,10	24,02
RI-URP	96	1 561 939	5,23	6,58
CDP-URP	47	823 622	2,76	3,47
URP	16	289 990	0,97	1,22
UDR	5	39 121	0,13	0,16
RI	22	138 867	0,46	0,58
CDP	15	90 775	0,30	0,38
Divers gaullistes	25	107 100	0,36	0,45
Total gaullisme (majorité)	616	8 782 620	29,39	36,98
60 Extrême droite	115	122 498	0,41	0,52
Total droite	1 519	12 864 312	43,05	54,16
Total candidats	2 982			

**13. Élections législatives du 4 mars 1973
(France entière) 473 circonscriptions**

	Métropole	% sur inscrits	% sur exprimés	DOM	% sur inscrits	% sur exprimés	TOM	% sur inscrits	% sur exprimés	Total	% sur inscrits	% sur exprimés
				Premier tour								
Inscrits	29 778 550	100,		511 465	100,		312 938	100,		30 602 953	100,	
Abstentions	4 492 715	15,09		244 076	17,72		90 119	28,89		1 827 210	15,77	
Votants	25 285 835	84,91		267 389	52,28		222 519	71,11		25 775 743	81,23	
Blancs et nuls	228 264	0,77		7 124	1,45		1 419	0,45		237 107	0,77	
Exprimés	25 057 571		100,	259 965		100,	221 100		100,	25 538 636		100,
Mitterrand	10 863 402	36,48	43,35	114 623	22,41	44,09	66 348	21,20	30,01	11 044 373	36,09	43,25
Giscard d'Estaing	8 253 856	27,72	32,94	41 783	8,17	16,07	31 135	9,95	14,08	8 326 774	27,21	32,60
Chaban-Delmas	3 646 209	12,24	14,55	92 977	18,18	35,77	118 542	37,88	53,61	3 857 728	12,61	15,11
Royer	808 885	2,72	3,23	1 153	0,23	0,44	502	0,16	0,23	810 540	2,65	3,17
Laguiller	591 339	1,99	2,36	2 659	0,52	1,02	1 219	0,40	0,56	595 247	1,95	2,33
Dumont	336 016	1,13	1,34	1 077	0,21	0,41	707	0,23	0,32	337 800	1,10	1,32
Le Pen	189 304	0,64	0,76	829	0,16	0,32	788	0,25	0,36	190 921	0,62	0,75
Muller	175 142	0,59	0,70	836	0,16	0,32	301	0,10	0,14	176 279	0,58	0,69
Krivine	92 701	0,31	0,37	905	0,18	0,35	384	0,12	0,17	93 990	0,31	0,37
Renouvin	42 719	0,14	0,17	675	0,13	0,26	328	0,10	0,15	13 722	0,14	0,17
Sebag	39 658	0,13	0,16	1 904	0,37	0,73	445	0,14	0,20	12 007	0,14	0,16
Heraud	18 340	0,06	0,07	514	0,11	0,21	371	0,12	0,17	19 255	0,06	0,08
				Deuxième tour								
Inscrits	29 774 211	100,		511 923	100,		314 641	100,		30 600 775	100,	
Abstentions	3 605 969	12,11		184 946	36,13		85 265	27,10		3 876 180	12,67	
Votants	26 168 242	87,89		326 977	63,87		229 376	72,90		26 724 595	87,33	
Blancs et nuls	348 629	1,17		7 051	1,38		1 108	0,35		356 788	1,17	
Exprimés	25 819 613		100,	319 926		100,	228 268		100,	26 367 807		100,
Giscard d'Estaing	13 082 006	43,94	50,67	161 601	31,57	50,51	152 596	48,50	66,85	13 396 203	43,78	50,81
Mitterrand	12 737 607	42,78	49,33	158 325	30,93	49,49	75 672	24,05	33,15	12 971 604	42,39	49,19

14. Élections présidentielles des 5 et 19 mai 1974

	Nombre de candidats		*% inscrits*	*% exprimés*
Inscrits		34 424 388	100	
Abstentions		5 767 543	16,75	
Votants		28 656 845	83,25	
Blancs et nuls		558 730	1,62	
Exprimés		28 098 115		100
PCF	470	5 791 525	16,82	20,61
PSU-Front auto-gestionnaire	220	311 807	0,91	1,11
LO	470	474 226	1,38	1,69
Autre extrême gauche	335	131 633	0,38	0,47
PS	441	6 403 265	18,60	22,79
MRG	122	606 565	1,76	2,16
Divers gauche	286	385 158	1,12	1,37
Total gauche non communiste	1 874	8 312 654	24,15	29,58
Total gauche	2 344	14 104 179	40,97	50,20
Centre gauche UDF	10	116 235	0,33	0,41
Radicaux-UDF	55	533 405	1,55	1,90
CDS-UDF	99	1 452 025	4,22	5,17
PR-UDF	190	2 968 014	8,62	10,56
Majorité présidentielle UDF	10	186 467	0,54	0,66
CNI et modérés UDF	14	259 911	0,76	0,93
Centre gauche	12	46 771	0,14	0,17
Radicaux	24	98 835	0,29	0,35
CDS	11	56 652	0,16	0,20
PR	13	105 813	0,31	0,38
Majorité présidentielle	18	362 141	1,05	1,29
CNI et modérés	320	525 975	1,53	1,87
Total centre droit	776	6 712 244	19,50	23,89
RPR	401	6 333 173	18,40	22,54
Divers gaullistes	16	83 115	0,24	0,30
Total gaullisme	417	6 416 288	18,64	22,84
Front national	156	82 743	0,24	0,29
Divers extrême droite	216	128 018	0,37	0,46
Total droite	1 565	13 339 293	38,75	47,47
Écologistes	220	574 136	1,67	2,04
Féministes	44	32 659	0,09	0,12
Régionalistes	32	44 251	0,13	0,16
Non-classés	10	3 597	0,01	0,01
Total candidats	4 215			

**15. Élections législatives du 12 mars 1978
(France entière) 474 circonscriptions**

	Métropole	% sur inscrits	% sur exprimés	DOM	% sur inscrits	% sur exprimés	TOM	% sur inscrits	% sur exprimés	Français de l'étranger	% sur inscrits	% sur exprimés	Total (¹)	% sur inscrits	% sur exprimés
Inscrits	34 353 177	100		612 146	100		166 833	100		48 375	100		35 180 531	100	
Abstentions	13 342 341	38,84		385 137	62,92		69 023	41,37		27 070	55,96		13 823 571	39,29	
Votants	21 010 836	61,16		227 009	37,08		97 810	58,63		21 305	44,04		21 356 960	60,71	
Blancs et nuls	1 102 176	3,21		9 542	1,56		2 669	1,60		226	0,47		1 114 613	3,17	
Exprimés	19 908 660		100	217 467		100	95 141		100	21 079		100	20 242 347		100
Listes :															
UFE (Veil)	5 453 916	15,88	27,39	87 056	14,22	40,03	36 241	21,72	38,09	11 638	24,06	55,21	5 588 851	15,89	27,61
PS-RG (Mitterrand)	4 725 031	13,75	23,73	21 037	3,44	9,67	14 360	8,61	15,09	2 598	5,37	12,33	4 763 026	13,54	23,53
PCF (Marchais)	4 100 261	11,94	20,60	51 022	8,33	23,46	1 905	1,14	2,00	522	1,08	2,48	4 153 710	11,81	20,52
DIFE (Chirac)	3 203 504	9,33	16,09	54 060	8,83	24,86	40 725	24,41	42,80	3 691	7,63	17,51	3 301 980	9,39	16,31
Écologistes (Fernex)	887 173	2,58	4,46				16			961	1,99	4,56	888 134	2,52	4,39
Trotskistes (Laguiller)	623 468	1,81	3,13							179	0,37	0,85	623 663	1,77	3,08
Servan-Schreiber	372 608	1,08	1,87	1						650	1,34	3,08	373 259	1,06	1,84
Défense interprofessionnelle (Malaud)	276 741	0,81	1,39	4 288	0,07	1,97	1 887	1,13	1,98	228	0,47	1,08	283 144	0,80	1,40
Eurodroite (Tixier)	265 289	0,77	1,33	3			7			612	1,27	2,90	265 911	0,76	1,31
Régions-Europe (Hallier)	337												337		
PSU (Bouchardeau)	332												332		

(¹) Décision du Conseil d'État du 22 octobre 1979.

16. Élections à l'Assemblée des Communautés européennes du 10 juin 1979

17. Élection présidentielle des 26 avril et 10 mai 1981

Premier tour

	Métropole	% sur inscrits	% sur exprimés	DOM	% sur inscrits	% sur exprimés	TOM	% sur inscrits	% sur exprimés	Français de l'étranger	% sur inscrits	% sur exprimés	Total	% sur inscrits	% sur exprimés
Inscrits	35 458 985	100		629 130	100		178 685	100		132 059	100		36 398 859	100	
Abstentions	6 486 871	18,29		301 399	47,91		61 942	34,67		32 565	24,66		6 882 777	18,91	
Votants	28 972 114	81,71		327 731	52,09		116 743	65,33		99 494	75,34		29 516 082	81,09	
Blancs et nuls	467 479	1,32		8 341	1,33		1 406	0,79		739	0,56		477 965	1,31	
Exprimés	28 504 635		100	319 390		100	115 337		100	98 755		100	29 038 117		100
Giscard d'Estaing	7 929 850	22,36	27,82	186 686	29,67	58,45	60 970	34,12	52,86	44 926	34,02	45,49	8 222 432	22,59	28,32
Mitterrand	7 437 282	20,97	26,09	34 810	5,53	10,90	15 756	8,82	13,66	18 112	13,72	18,34	7 505 960	20,62	25,85
Chirac	5 138 569	14,49	18,03	34 693	5,51	10,86	30 798	17,24	26,70	21 788	16,50	22,06	5 225 848	14,36	18,00
Marchais	4 412 949	12,45	15,48	40 309	6,41	12,62	1 984	1,11	1,72	1 680	1,27	1,70	4 456 922	12,24	15,35
Lalonde	1 118 232	3,15	3,92	2 628	0,42	0,82	1 291	0,72	1,12	4 103	3,11	4,15	1 126 254	3,09	3,88
Laguiller	661 119	1,86	2,32	4 574	0,73	1,43	1 472	0,82	1,28	892	0,68	0,90	668 057	1,84	2,30
Crépeau	638 944	1,80	2,24	1 586	0,25	0,50	783	0,44	0,68	1 534	1,16	1,55	642 847	1,77	2,21
Debré	468 780	1,32	1,64	10 782	1,71	3,38	806	0,45	0,70	1 453	1,10	1,47	481 821	1,32	1,66
Garaud	380 797	1,07	1,34	2 226	0,35	0,70	1 127	0,63	0,98	2 473	1,87	2,50	386 623	1,06	1,33
Bouchardeau	318 113	0,89	1,12	1 096	0,17	0,34	350	0,20	0,30	1 794	1,36	1,82	321 353	0,88	1,11

Deuxième tour

	Métropole	% sur inscrits	% sur exprimés	DOM	% sur inscrits	% sur exprimés	TOM	% sur inscrits	% sur exprimés	Français de l'étranger	% sur inscrits	% sur exprimés	Total	% sur inscrits	% sur exprimés
Inscrits	35 459 328	100		628 850	100		178 443	100		132 141	100		36 398 762	100	
Abstentions	4 810 396	13,57		253 821	40,36		56 964	31,92		28 029	21,21		5 149 210	14,15	
Votants	30 648 932	86,43		375 029	59,64		121 479	68,08		104 112	78,79		31 249 552	85,85	
Blancs et nuls	887 976	2,50		7 514	1,19		1 589	0,89		1 905	1,44		898 984	2,47	
Exprimés	29 760 956		100	367 515		100	119 890		100	102 207		100	30 350 568		100
Mitterrand	15 541 905	43,83	52,22	104 460	16,61	28,42	30 914	17,32	25,79	30 983	23,45	30,31	15 708 262	43,16	51,76
Giscard d'Estaing	14 219 051	40,10	47,78	263 055	41,83	71,58	88 976	49,86	74,21	71 224	53,90	69,69	14 642 306	40,23	48,24

Annexes

	Nombre de candidats		% inscrits	% exprimés
Inscrits		35 536 041	100	
Abstentions		10 354 010	29,11	
Votants		25 182 031	70,86	
Blancs et nuls		359 086	1,01	
Exprimés		24 822 943		100
PCF	174	1 003 025	11,26	16,13
LO	159	99 043	0,28	0,40
Autres extrême gauche	143	28 236	0,08	0,11
PSU	180	177 005	0,50	0,71
PSU-PS	1	8 365	0,02	0,03
PS	456	8 947 811	25,18	36,05
MRG-PS	13	269 343	0,76	1,09
Divers gauche-PS	2	46 175	0,13	0,19
Gaullistes de gauche-PS	2	17 394	0,05	0,07
PS dissidents	4	57 797	0,16	0,23
MRG	53	95 635	0,27	0,39
Divers gauche	82	61 860	0,17	0,25
Total gauche non communiste	1 095	9 808 961	27,60	39,52
Total gauche	1 569	13 811 989	38,87	55,64
UDF-UNM	38	517 616	1,51	2,21
Radicaux socialistes-UNM	24	359 220	1,01	1,45
Mouvement dém. soc. de France-UNM	11	133 798	0,38	0,54
CDS-UNM	76	1 319 213	3,71	5,31
PR-UNM	113	2 278 761	6,41	9,18
CNI et divers modérés UNM	18	121 615	1,19	1,70
Divers centristes	8	30 237	0,09	0,12
PR	11	64 017	0,18	0,26
CNI et divers modérés	120	222 211	0,63	0,90
Total centre droit	119	5 376 688	15,13	21,66
RPR-UNM	282	5 141 101	14,17	20,71
Divers gaullistes-UNM	1	14 210	0,04	0,06
RPR	6	56 928	0,16	0,23
Divers gaullistes	19	60 549	0,17	0,24
Total gaullisme	308	5 272 788	14,84	21,24
Front national	74	14 414	0,12	0,18
Divers extrême droite	86	26 931	0,08	0,41
Total droite	887	10 720 821	30,17	43,19
Aujourd'hui Écologie	83	151 284	0,43	0,61
Divers écologistes	84	114 363	0,32	0,46
Total écologistes	167	265 647	0,75	1,07
Régionalistes	22	24 445	0,07	0,09
Non-classés	5	43	0,00	0,00
Total candidats	2 650			

**18. Élections législatives du 14 juin 1981
(France entière) 474 circonscriptions**

	Électeurs inscrits 36 880 688 Votants 20 918 772 Suffrages exprimés 20 180 934		% des suffrages exprimés
	Liste « Les Verts-Europe écologie »	680 080	3,36
	Liste « Initiative 84 — Liste des jeunes entrepreneurs, l'Europe pour entreprendre, conduite par Gérard Touati »	123 642	0,61
	« Liste présentée par le Parti communiste français »	2 261 312	11,20
	« Liste FRE européenne, Entente radicale écologiste pour les États-Unis d'Europe »	670 474	3,32
	Liste « Au nom des travailleurs qui en ont assez d'être trahis par la gauche ou opprimés par la droite, liste conduite par Arlette Laguiller, Lutte ouvrière »	417 702	2,06
	Liste « Parti ouvrier européen »	17 503	0,08
	Liste « Réussir l'Europe »	382 404	1,89
	Liste « Front d'Opposition nationale pour l'Europe des Patries »	2 210 334	10,95
	Liste « Pour un parti des travailleurs – liste ouvrière et paysanne d'unité soutenue par le Parti communiste internationaliste par des militants du mouvement ouvrier de toutes tendances politiques et syndicales »	182 320	0,90
	« Liste socialiste pour l'Europe »	4 188 875	20,75
	Liste « Différents, de gauche, en France, en Europe – la troisième liste de gauche Henri Fiszbin-Serge Depaquit présentée par le PSU — les communistes démocrates et unitaires »	146 238	0,72
	Liste « Union de l'Opposition pour l'Europe et la Défense des Libertés, liste présentée par l'UDF et le RPR conduite par Simone Veil »	8 683 596	43,02
	Liste UTML (Union des Travailleurs indépendants pour la Liberté d'Entreprendre) »	138 220	0,68
	Liste pour les États-Unis d'Europe »	78 234	0,38

19. Élections européennes (1984)

Inscrits : 36 614 738, Votants : 28 736 080, Exprimés : 27 490 874
Blancs et nuls : 1 245 206 (3,4 %), Abstentions : 7 878 658 (21,5 %)

	Voix	% Inscrits	% Exprimés			% Inscrits	% Exprimés
PC	2 663 259	7,3	9,7	PC		7,3	9,7
LO	173 759	0,5	0,6	Extrême		1,2	1,5
MPPT	181 490	0,5	0,7	Gauche			
LCR	29 719	0,1	0,1				
Extrême gauche	35 364	0,1	0,1				
PS	8 477 883	23,2	30,8	PS		23,8	31,6
MRG	210 151	0,6	0,8				
PS dissident	126 413	0,3	0,4	Divers		0,8	1,2
MRG dissident	98 568	0,2	0,4	Gauche			
Divers gauche	105 986	0,3	0,4				
Total gauche	12 102 592	33,1	44,0				
UDF liste séparée	2 580 121	7,1	9,6	UDF		7,1	9,6
RPR liste séparée	3 153 522	8,6	11,5	RPR		8,6	11,5
UDF } liste commune	1 622 610	4,4	5,9	UOP*		15,8	21,0
RPR	4 150 565	11,4	15,1				
Total UDF-RPR	11 506 818	31,5	42,1				
UDF dissidents	148 687	0,4	0,5				
RPR dissidents	75 413	0,2	0,3	Divers		2	2,5
Divers droite	365 883	1,0	1,1	droite			
Intérêts locaux	73 392	0,2	0,3				
CNIP	89 233	0,2	0,3				
FN	2 701 701	7,4	9,8	Extrême		7,5	10,1
FN dissidents	20 878	0,1	0,2	droite			
POE	42 820	0,1					
Total droite	15 024 825	41,0	54,7				
Écologistes	341 239	0,9	1,2	Divers		1,0	1,3
Régionalistes	22 218	0,1	0,1				

* UOP : Listes d'union UDF-RPR.

20. Résultats des élections législatives du 16 mars 1986 (France métropolitaine)

Résultats du premier tour[1]

	France entière	%
Inscrits	38 128 507	
Votants	31 027 972	(81,37)
Exprimés	30 406 038	(79,74)
Abstentions	7 100 535	(18,62)
François Mitterrand	10 367 220	34,09
Jacques Chirac	6 063 514	19,94
Raymond Barre	5 031 849	16,54
Jean-Marie Le Pen	4 375 894	14,39
André Lajoinie	2 055 995	6,76
Antoine Waechter	1 149 642	3,78
Pierre Juquin	639 084	2,10
Arlette Laguiller	606 017	1,99
Pierre Boussel	116 823	0,38

* En % des suffrages exprimés.
1. Résultats proclamés par le Conseil constitutionnel, source *le Monde*.

Résultats du second tour[1]

	France entière	%
Inscrits	38 168 869	
Votants	32 085 071	(84,06)
Exprimés	30 923 249	(81,01)
Abstentions	6 083 798	(15,94)
François Mitterrand	16 704 279	(54,02)*
Jacques Chirac	14 218 970	(45,98)*

* En % des suffrages exprimés.
1. Résultats proclamés par le Conseil constitutionnel, source AFP.

21. Résultats de l'élection présidentielle des 24 avril et 8 mai 1988

1er tour (5 juin 1988)

Inscrits : 37 945 582
Votants : 24 944 792 (65,73 %)
Suffr. exprimés : 24 432 095 (64,38 %)
Abstentions : 13 000 790 (34,26 %)

Résultats sur 575 CIRCONSCRIPTIONS

	Nombre de voix	%
EXG	89 065	0,36
COM	2 765 761	11,32
SOC	8 493 702	34,76
RDG	279 316	1,14
MAJ	403 690	1,65
ECO	86 312	0,35
REG	18 498	0,07
RPR	4 687 047	19,18
UDF	4 519 459	18,49
DVD	697 272	2,85
FRN	2 359 528	9,65
EXD	32 445	0,13
GAUCHE + MAJ	12 031 534	49,24
AUTRES	104 810	0,42
DROITE	12 295 751	50,32

2e tour (12 juin 1988)

Inscrits : 30 045 722
Votants : 20 998 081 (69,88 %)
Suff. exprimés : 20 303 575 (67,57 %)
Abstentions : 9 047 691 (30,11 %)

Résultats sur 453 CIRCONSCRIPTIONS

	Nombre de voix	%
EXG	0	0,00
COM	695 569	3,42
SOC	9 198 778	45,30
RDG	260 104	1,28
MAJ	421 587	2,07
ECO	0	0,00
REG	0	0,00
RPR	4 688 493	23,09
UDF	4 299 370	21,17
DVD	522 970	2,57
FRN	216 704	1,06
EXD	0	0,00
GAUCHE + MAJ	10 576 038	52,08
AUTRES	0	0,00
DROITE	9 727 537	47,91

Source : ministre de l'Intérieur. Ces chiffres ne prennent pas en compte l'annulation, le 21 juin 1988, par le Conseil constitutionnel, des élections de deux des députés de l'Oise, élus sous les étiquettes URC-divers droite et URC-RPR. En revanche, il faut ajouter à ces données celles correspondant à l'élection, les 12 et 26 juin 1988, des deux députés de la Polynésie française : 1 RPR-dissident soutenu par le PS et 1 Majorité présidentielle.

Sigles utilisés : EXG : extrême gauche ; COM : communistes ; SOC : socialiste ; RDG : radicaux de gauche ; MAJ : majorité présidentielle ; le RPR et l'UDF ont présenté dans la plupart des circonscriptions des candidats uniques se présentant sous le sigle URC ; ECO : écologiste ; REG : listes régionales ; DVD : divers droite ; FRN : Front national ; EXD : extrême droite.

22. Résultats des élections législatives des 5 et 12 juin 1988 (577 sièges à pourvoir au total)

Électeurs inscrits	38 025 823
Votants	14 028 705
Suffrages exprimés	12 371 046
Oui	9 896 498 (79 %)
Non	2 474 548 (20 %)

23. Référendum sur la Nouvelle-Calédonie du 6 novembre 1988

		% Insc.	% Expr.
Inscrits	37 633 138		
Abstentions	19 060 466	50,64	
Votants	18 572 672	49,35	
Blancs et nuls	532 340	1,41	
Exprimés	18 040 332	47,93	
Laguiller	256 865	0,68	1,42
Gauquelin	109 465	0,29	0,60
Llabres	74 256	0,19	0,41
Herzog	1 396 486	3,71	7,74
Fabius	4 252 828	11,30	23,57
Waechter	1 915 620	5,09	10,61
Veil	1 517 653	4,03	8,41
Giscard d'Estaing	5 200 289	13,82	28,82
Touati	58 639	0,15	0,32
Joyeux	136 014	0,36	0,75
Cheminade	32 169	0,08	0,17
Le Pen	2 121 836	5,64	11,76
Goustat	749 407	1,99	4,15
Alessandri	187 346	0,49	1,03
Biancheri	31 459	0,08	0,17

Laguiller: Lutte ouvrière. – Gauquelin: Pour l'Europe des travailleurs et de la démocratie, soutenue par le Mouvement pour le parti des travailleurs. – Llabres: Liste Europe rénovateurs. – Herzog: Liste de rassemblement, présentée par le PCF. – Fabius: Liste majorité de progrès pour l'Europe (PS). – Waechter: Les Verts. Europe-écologie. – Veil: Le centre pour l'Europe. – Giscard d'Estaing: Liste de l'union RPR-UDF. – Touati: Liste Génération Europe avec Gérard Touati. – Joyeux: Liste d'alliance. – Cheminade: Rassemblement pour une France libre. – Le Pen: Europe et patrie (FN). – Goustat: Liste chasse, pêche, tradition, liste européenne pour la défense de la chasse et de la pêche. – Alessandri: Liste apolitique pour la défense des animaux et de leur environnement. – Biancheri: IDE (Initiative pour une démocratie européenne).

24. Élections européennes du 18 juin 1989 (France entière)

Résultats en voix (22 mars 1992)

	Métropole	%	Outre-Mer	%	Total	%
Électeurs inscrits	37 344 864		821 766		38 166 630	
Votants	25 632 385	68,6	511 293	62,2	26 163 678	68,5
Suffrages exprimés	24 431 676	65,4	478 488	58,2	24 910 164	65,3
Listes d'extrême gauche	298 643	1,2	12 082	2,5	310 725	1,2
Listes du parti communiste	1 963 562	8,0	54 028	11,3	2 017 590	8,1
Listes du parti socialiste	4 468 849	18,3	52 048	10,9	4 520 897	18,2
Autres listes majorité présidentielle	523 070	2,1	90 395	18,9	613 465	2,5
Listes «Génération écologie»	1 744 350	7,1	-	-	1 744 350	7,0
Listes des «Verts»	1 659 798	6,8	6 363	1,3	1 666 161	6,7
Autres listes écologistes	184 916	0,8	-	-	184 916	0,7
Listes régionalistes ou autonomistes	108 549	0,4	34 959	7,3	143 508	0,6
Listes de défense d'intérêts catégoriels	942 217	3,9	74 522	15,6	1 016 739	4,1
Listes d'union RPR/UDF	8 071 623	33,0	121 813	25,5	8 193 436	32,9
Listes UDF	-	-	798	0,1	798	-
Listes RPR	-	-	6 956	1,4	6 956	-
Listes divers droites	1 021 079	4,2	21 069	4,4	1 042 148	4,2
Listes du Front national	3 396 141	13,9	3 455	0,7	3 399 596	13,6
Autres listes d'extrême droite	48 879	0,2	-	-	48 879	0,2

Source : ministère de l'Intérieur

25. Élections régionales du 22 mars 1992

	Voix	Total % par rapport aux inscrits	% par rapport suffr. expr.
Inscrits	38 305 534		
Votants	26 695 951		
Abstentions	11 609 583	30,30	
Bulletins blancs ou nuls	909 377	2,37	
Suffrages exprimés	25 786 574		
oui	13 162 992	34,36	51,04
non	12 623 582	32,95	48,95

26. Référendum sur l'Union Européenne du 20 septembre 1992

	Voix	%
Extrême gauche	451 804	1,77
PCF	2 336 254	9,18
PS	4 476 716	17,59
MRG	228 758	0,90
Majorité présidentielle	457 193	1,80
Génération Écologie	921 925	3,62
Verts	1 022 749	4,02
Listes régionales	116 474	0,46
Divers	957 711	3,76
RPR	5 188 196	20,39
UDF	4 855 274	19,08
Divers droite	1 199 887	4,72
FN	3 159 477	12,42
Extrême gauche	69 985	0,28

1er tour (577 circonscriptions)
Inscrits : 38 968 660
Votants : 26 860 177
Exprimés : 25 442 403
Abstention : 31,07 %

Source : ministère de l'Intérieur.

	Voix	%
Extrême gauche	21 509	0,10
PCF	951 213	4,61
PS	5 829 493	28,25
MRG	237 622	1,15
Majorité présidentielle	448 187	2,17
Génération Écologie	17 403	0,08
Verts	20 088	0,09
Listes régionales	36 971	0,17
RPR	5 832 987	28,27
UDF	5 331 935	25,84
Divers droite	736 372	3,56
FN	1 168 150	5,66

2e tour (497 circonscriptions)
Inscrits : 33 773 804
Votants : 22 802 301
Exprimés : 20 632 930
Abstention : 32,48 %

Source : ministère de l'Intérieur.

27. Résultats des élections législatives des 21 et 28 mars 1993

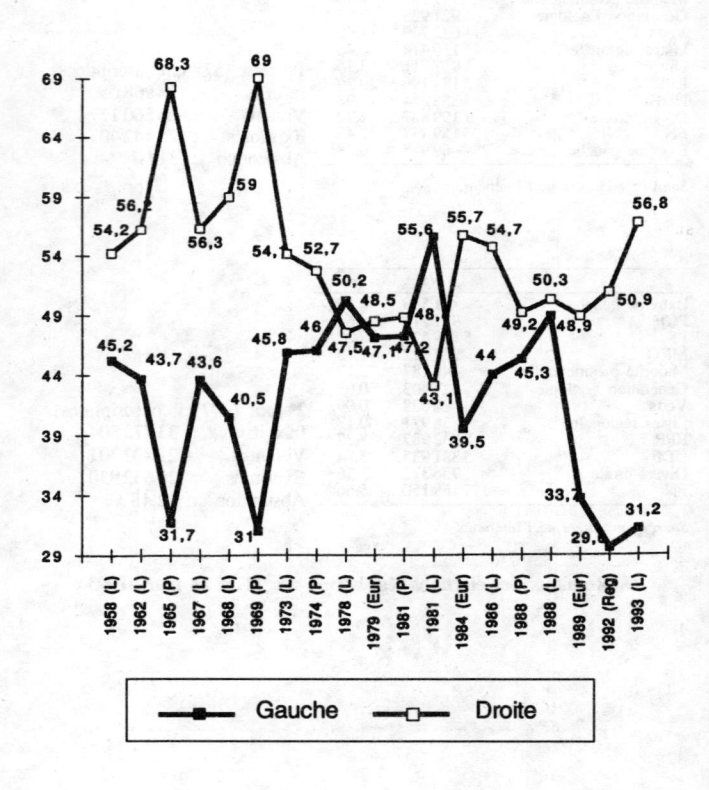

28. Rapport gauche/droite depuis 1958

Annexes 555

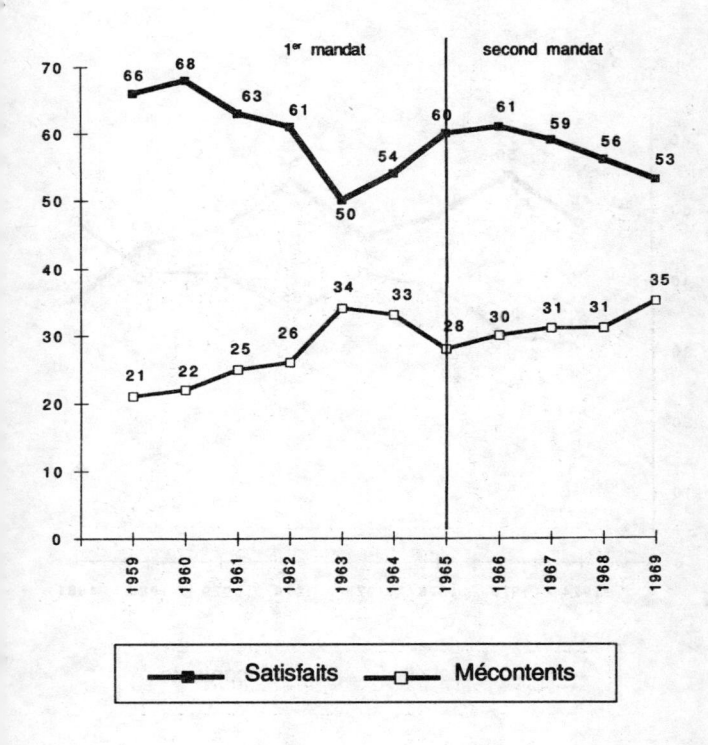

29. Etes-vous satisfait ou mécontent du général de Gaulle comme président de la République ? (IFOP. Moyennes annuelles)

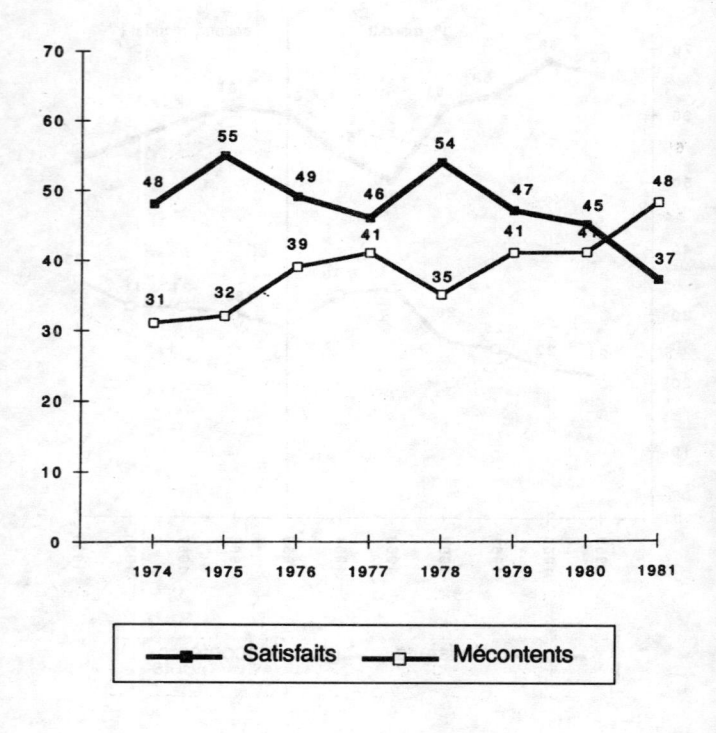

30. Etes-vous satisfait ou mécontent de Georges Pompidou comme président de la République ? (IFOP. Moyennes annuelles)

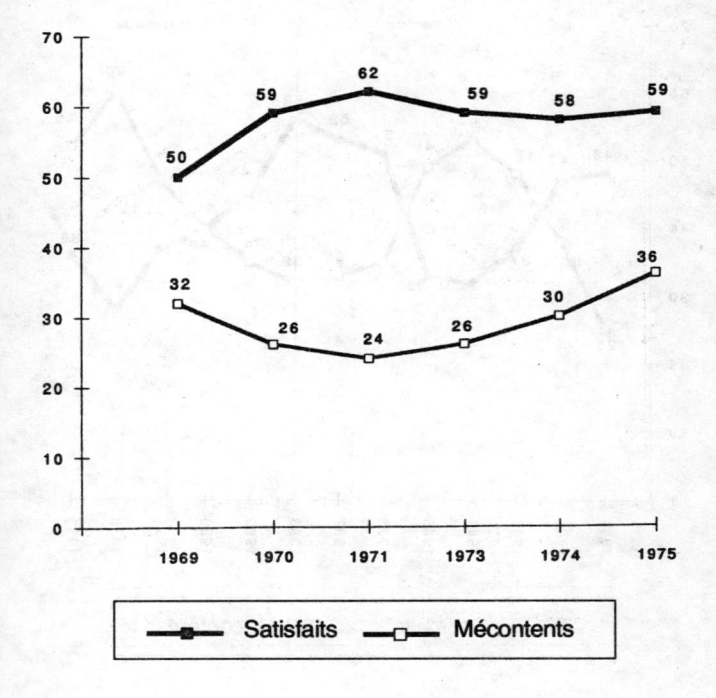

Annexes 557

31. Etes-vous satisfait ou mécontent de Valéry Giscard d'Estaing comme président de la République ? (IFOP. Moyennes annuelles)

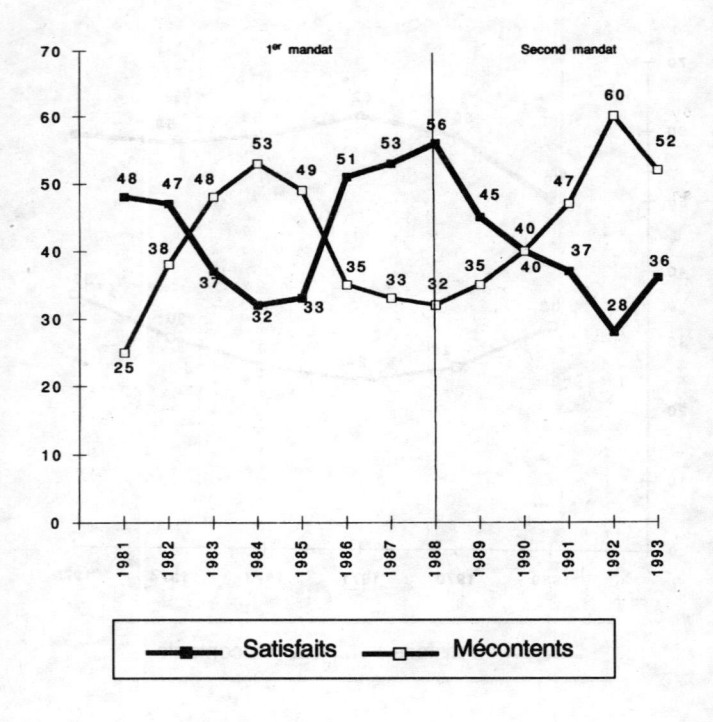

32. Etes-vous satisfait ou mécontent de François Mitterrand comme président de la République ? (IFOP. Moyennes annuelles)

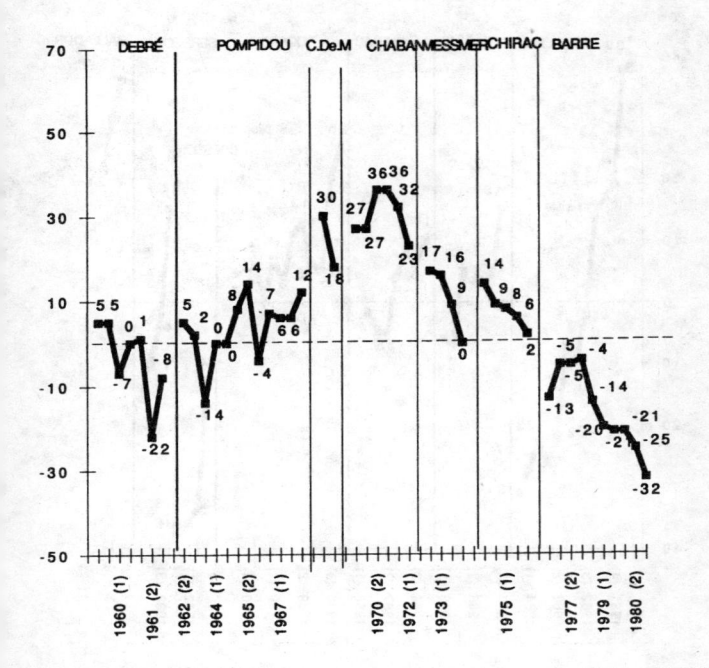

33. Variation de l'indice de popularité des premiers ministres (1958-1981). Mesures semestrielles

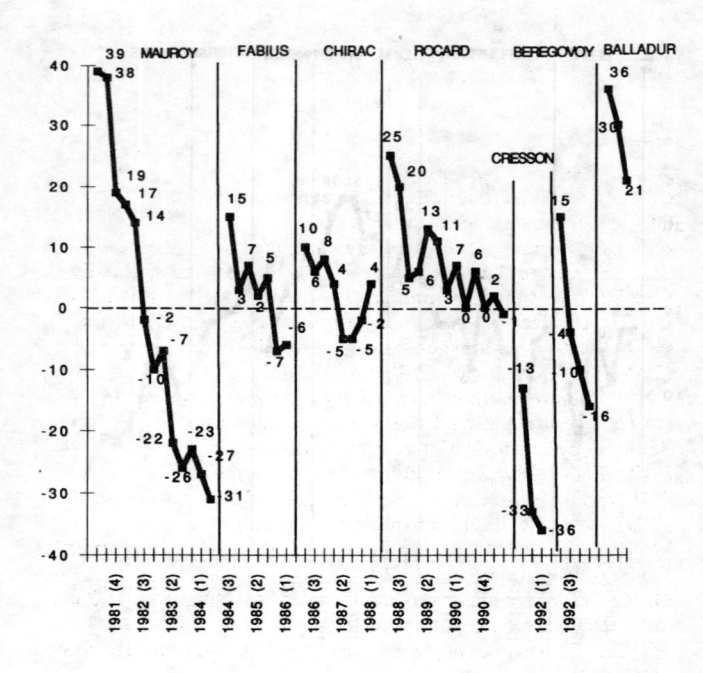

33. Variation de l'indice de popularité des premiers ministres (1981-1993). Mesures semestrielles

Liste des abréviations

ACO : Action catholique ouvrière
CDP : Centre Démocratie et Progrès
CDS : Centre des démocrates sociaux
CEDEP : Centre d'études et de promotion
CERES : Centre d'études, de recherches et d'éducation socialistes
CFDT : Confédération française démocratique du travail
CFTC : Confédération française des travailleurs chrétiens
CGT : Confédération générale du travail
CNAL : Comité national d'action laïque
CNIP : Centre national des indépendants et paysans
CNJA : Centre national des jeunes agriculteurs
FEN : Fédération de l'éducation nationale
FER : Fédération des étudiants révolutionnaires
FGDS : Fédération de la gauche démocrate et socialiste
FLN : Front de libération national algérien
FNSEA : Fédération nationale des syndicats d'exploitants agricoles
FO : Force ouvrière
GPRA : Gouvernement provisoire de la République algérienne
JEC : Jeunesse étudiante chrétienne
MODEF : Mouvement de défense des exploitations familiales
MRJC : Mouvement rural de la jeunesse chrétienne
MRP : Mouvement républicain populaire
OAS : Organisation Armée Secrète
PCF : Parti communiste français
PR : Parti républicain
PS : Parti socialiste
PSA : Parti socialiste autonome
PSU : Parti socialiste unifié
RPF : Rassemblement du peuple français
RPR : Rassemblement pour la République
SFIO : Section française de l'internationale ouvrière
(PS de 1905 à 1969)

SGEN : Syndicat général de l'éducation nationale (CFDT)
UCRG : Union des clubs pour le renouveau de la gauche
UDF : Union pour la démocratie française
UDI : Union démocratique internationale
UDR : Union pour la défense de la République
UDSR : Union démocratique et socialiste de la Résistance
UDT : Union démocratique du travail
UEC : Union des étudiants communistes
UFD : Union des forces démocratiques
UGCS : Union des groupes et clubs socialistes
UGSD : Union de la gauche socialiste démocrate
UNAPEL : Union des associations de parents d'élèves de l'enseignement libre
UNEF : Union nationale des étudiants de France
UNR : Union pour la Nouvelle République
UJP : Union des jeunes pour le progrès

INDEX DES NOMS CITÉS

ABELIN, 209
ADENAUER Konrad, 76, 85, 86.
AHIDJO Ahmadou, 71.
AILLERET Charles, 56, 57
ALBERT Michel, 191.
ALPHANDERY Edmond, 532.
ALTHUSSER Louis, 133, 243, 244, 294.
ANSQUER Vincent, 209.
AOUN Michel, 482.
ARAFAT Yasser, 482.
ARGENLIEU Thierry d', 21.
ARGOUD Antoine, 35.
ATTALI Jacques, 334, 499.
AUBRY Martine, 419.
AURIOL Vincent, 27.
AUROUX Jean, 330, 418.

BADINTER Robert, 315, 321, 331, 365, 381, 415.
BALIBAR Étienne, 244.
BALLADUR Édouard, 174, 371, 373, 375, 377, 387, 394, 429, 437, 440, 442, 447, 453, 454, 455, 456, 458, 459, 460, 461, 462, 464, 469, 499, 531, 532.
BARBARANT Jean-Claude, 505.
BARIANI Didier, 533.
BARRE Raymond, 151, 181, 184, 185, 187, 189, 198, 200, 212, 214, 215, 216, 251, 253, 258, 262, 263, 266, 276, 277, 293, 315, 332, 333, 343, 346, 351, 360, 363, 364, 367, 368, 369, 374, 388, 393, 396, 410, 436, 531, 532.
BARROT Jacques, 242.
BARZACH Michèle, 386, 439, 440.
BAUDIS Dominique, 410, 438, 455.

BAUMEL Jacques, 120, 532.
BAUMGARTNER Wilfrid, 532.
BAYLET Jean-Michel, 533.
BEGIN Menahem, 274, 466.
BEN BARKA Mehdi, 72, 73.
BEN BELLA Ahmed, 23, 72.
BÉRÉGOVOY Pierre, 314, 336, 338, 344, 352, 375, 385, 399, 412, 421, 425, 426, 427, 432, 434, 436, 444, 445, 452, 463, 531, 532.
BERGERON André, 534.
BERLINGUER Enrico, 231.
BERNARD Jean-René, 265.
BERTHOIN Jean, 532.
BESSE Georges, 383.
BEUVE-MÉRY Hubert, 82.
BIDAULT Georges, 21, 23, 26, 85, 101, 116.
BILLIÈRES René, 533.
BLANC Christian, 499.
BLANC Jacques, 211, 533.
BLOCH-LAINÉ François, 97.
BLONDEL Marc, 503, 534.
BLUM Léon, 17, 112.
BOKASSA Jean Bédel, 251, 273.
BONGO Omar, 480.
BONNET Christian, 532.
BORD André, 181, 210, 533.
BORLOO Jean-Louis, 424.
BORNARD Jean, 534.
BOSSON Bernard, 438.
BOTHEREAU Robert, 534.
BOTTON Pierre, 432.
BOUCHERON Jean-Michel, 432.
BOULLOCHE André, 52.
BOUMEDIENE Houari, 72.
BOURGES Yvon, 531.
BOURGÈS-MAUNOURY Maurice, 23.

Index des noms cités

BOURGUIBA Habib, 72.
BOUTBIEN Léon, 224.
BRANDT Willy, 218, 266, 267, 269, 276, 473.
BRAUN Théo, 405.
BREDIN Frédérique, 419.
BREJNEV Leonid, 218, 251, 269, 275.
BROIZAT Joseph, 35.
BUSH Georges, 475, 487.

CAFFARELLI Jean de, 534.
CAPITANT René, 19, 120, 150, 152.
CARAMANLIS Constantin, 277.
CARIGNON Alain, 410, 437, 438, 439.
CARLOS don Juan, 277.
CARTER Jimmy, 272, 275.
CARTIER Raymond, 71.
CASANOVA Laurent, 111.
CEYRAC François, 534.
CHABAN-DELMAS Jacques, 25, 32, 104, 119, 120, 173, 174, 175, 176, 177, 178, 180, 188, 191, 192, 196, 197, 198, 200, 202, 203, 205, 206, 207, 240, 248, 249, 266, 267, 289, 291, 313, 373, 374, 399, 531.
CHALANDON Albin, 32, 119, 120, 373, 376, 390, 532.
CHALLE Maurice, 30, 31, 33, 34, 35.
CHARBONNEL Jean, 248, 292.
CHARPENTIER Yvon, 534.
CHATENET Pierre, 532.
CHENOT Bernard, 52.
CHEVÈNEMENT Jean-Pierre, 166, 189, 228, 245, 247, 250, 252, 304, 315, 330, 335, 336, 337, 338, 341, 344, 346, 352, 353, 418, 429, 452, 464, 468, 478, 531.
CHEYSSON Claude, 395, 531, 466, 481.
CHINAUD Roger, 210.
CHIRAC Jacques, 175, 179, 180, 181, 182, 183, 186, 188, 196, 197, 198, 202, 206, 209, 210, 211, 212, 213, 214, 215, 216, 217, 240, 241, 247, 248, 249, 252, 253, 255, 256, 261, 262, 277, 293, 304, 306, 316, 324, 341, 358, 363, 364, 366, 367, 369, 370, 373, 374, 378, 379, 382, 383, 386, 387, 388, 392, 393, 394, 395, 396, 397, 398, 410, 412, 429, 430, 435, 437, 438, 439, 440, 442, 447, 448, 454, 462, 467, 468, 472, 480, 483, 509, 531, 532, 533.
CLEMENCEAU Georges, 25.
CLINTON Bill, 488.
COHN-BENDIT Daniel, 134, 135, 136.
COLIN André, 533.
COLLIN Yvon, 533.
COLLOMB Francisque, 409, 410.
CORNUT-GENTILLE Bernard, 32, 46, 52.
COSTE-FLORET Paul, 104.
COT Jean-Pierre, 466, 479.
COTY René, 24.
COURAU J., 534.
COUVE DE MURVILLE Maurice, 43, 46, 49, 52, 150, 179, 265, 531, 532.
CRÉPEAU Michel, 533.
CROZIER Michel, 175, 289.
CRESSON Édith, 344, 353, 419, 420, 421, 422, 426, 458, 461, 531.
CUNHAL Alvaro, 230.

DAOUD Abou, 274.
DAVIGNON, 266.
DEBATISSE Michel, 534.
DEBRÉ Michel, 27, 29, 40, 45, 46, 47, 48, 49, 68, 94, 95, 96, 100, 101, 102 103, 104, 109, 120, 121, 150, 178, 179, 202, 241, 248, 249, 252, 256, 283, 316, 353, 454, 531, 532.
DECOURTRAY Albert, 215, 217.
DEFFERRE Gaston, 50, 67, 107, 123, 124, 133, 140, 166, 172, 193, 194, 196, 302, 304, 309, 314, 315, 321, 325, 326, 341, 365, 408, 532.
DELBECQUE Léon, 25, 116, 119.
DELEBARRE Michel, 354, 415, 452.
DELEU Alain, 534.
DELORS Jacques, 174, 227, 239, 328, 331, 333, 335, 336, 337, 338, 344, 346, 430, 507, 532.
DELOUVRIER Paul, 30.

Index des noms cités

DEPREUX Édouard, 112.
DESCAMPS Eugène, 534.
DESGRAUPES Pierre, 175.
DEVAQUET Alain, 377, 384, 533.
DOMINATI Jacques, 210, 533.
DOUBIN François, 533.
DOUEIL Pierre, 178.
DOUMERGUE Gaston, 17, 25.
DRILLEAUD Guy, 534.
DROIT Michel, 66, 124, 129, 148, 380.
DRUON Maurice, 178, 200, 292.
DUBCEK Alexander, 83.
DUCASSE, 28.
DUCHET Roger, 23, 116.
DUCLOS Jacques, 50, 167, 170, 194, 201.
DUFOIX Georgina, 433.
DUHAMEL Jacques, 167, 178, 191, 200, 533.
DUMAS Roland, 353, 395, 452, 466, 468, 531.
DURAFOUR Michel, 399, 514.
DUSSEAULX Roger, 120, 532.

EHRARD Ludwig, 86.
EISENHOWER Dwight, 75.
ELLENSTEIN Jean, 243.
ELTSINE Boris, 485, 486.
ELY Paul, 24.
EMMANUELLI Henri, 348, 418, 432.

FABIUS Laurent, 189, 247, 314, 335, 336, 344, 345, 350, 352, 353, 354, 356, 357, 358, 375, 400, 411, 418, 422, 426, 432, 433, 434, 444, 445, 452, 463, 532.
FABRE Robert, 188, 533.
FALLOUX, 457.
FANTON André, 205.
FARNOUX Abel, 420.
FAURE Edgar, 47, 78, 117, 137, 151, 152, 164, 206, 240.
FAURE Maurice, 117, 399, 533.
FERRY Jules, 354.
FISZBIN Henri, 244.
FITERMAN Charles, 308, 345.
FOCCART Jacques, 25, 43, 70, 149, 266, 466, 480.
FONTANET Joseph, 118, 200.
FORNI Raymond, 352.

FOUCHET Christian, 76, 78, 88, 134, 135, 202, 532.
FOURCADE Jean-Pierre, 259, 261, 262, 532.
FRACHON Benoît, 534.
FRANÇOIS-PONCET Jean, 266, 531.
FRÉDÉRIC-DUPONT Édouard, 374.
FREY Roger, 119, 120, 149, 318, 533.

GAILLARD Félix, 23, 55, 76, 117, 533.
GAILLOT Jacques, 517.
GALLAND Yves, 533.
GALLEY Robert, 531.
GALLOIS Pierre, 56.
GAMBETTA Léon, 17.
GARAUD Marie-France, 178, 212, 248, 249, 252, 256.
GARAUDY Roger, 111.
GARDES Jean, 35.
GATTAZ Yvon, 534.
GAUDIN Jean-Claude, 410.
GAULLE Charles de, 7, 8, 9, 13, 15, 16, 17, 18, 19, 20, 25, 26, 27, 28, 29, 30, 31, 32, 33, 34, 35, 36, 37, 38, 43, 44, 46, 51, 52, 53, 54, 55, 56, 58, 60, 61, 62, 63, 64, 65, 66, 67, 68, 69, 70, 71, 72, 74, 76, 77, 78, 79, 81, 82, 83, 84, 85, 86, 87, 88, 89, 90, 91, 92, 93, 94, 95, 97, 99, 101, 102, 103, 105, 106, 107, 108, 109, 112, 115, 116, 117, 118, 120, 121, 122, 124, 125, 126, 128, 129, 135, 139, 142, 145, 147, 148, 149, 150, 153, 154, 156, 157, 158, 162, 163, 165, 174, 177, 185, 196, 198, 200, 259, 260, 268, 301, 302, 325, 391, 392, 477, 481, 531.
GAZIER Albert, 113.
GEISMAR Alain, 135.
GERMAIN Hubert, 192.
GIRAUD André, 373, 531.
GIRAUDET, 298.
GIROUD Françoise, 213.
GISCARD D'ESTAING Valéry, 46, 93, 95, 101, 102, 105, 157, 162, 164, 168, 171, 172, 176, 180, 182, 183, 184, 185, 186, 188, 190, 192, 198, 200, 205, 206,

Index des noms cités

207, 208, 210, 211, 213, 216, 235, 240, 241, 250, 251, 252, 253, 254, 255, 256, 257, 259, 262, 264, 271, 272, 274, 275, 276, 277, 306, 343, 359, 366, 367, 369, 374, 377, 388, 392, 393, 396, 401, 402, 411, 430, 435, 436, 438, 439, 440, 447, 451, 455, 462, 531, 532, 533.
GODARD Yves, 35.
GONZALES Felipe, 489.
GORBATCHEV Mikhaïl, 474, 475, 485, 486.
GRANDVAL Gilbert, 97.
GRIMAUD Paul, 136.
GUÉNA Yves, 248, 533.
GUEVARA Ernesto Che, 132.
GUICHARD Olivier, 25, 54, 177, 181, 212.
GUIGOU Élisabeth, 419.
GUILLAUMAT Pierre, 43, 52, 531.
GUILLAUME François, 534.
GUILLAUME Philippe, 413.
GUILLE Georges, 224.
GUIRINGAUD Louis de, 265, 531.
GUYAU Luc, 534.

HABACHE Georges, 433.
HABRÉ Hissène, 480.
HALLSTEIN Walter, 89.
HAMON Léo, 175.
HANNOUN Michel, 386.
HAUTECLOCQUE Nicole de, 213.
HEATH Edward, 267, 278.
HENRY André, 534.
HERNU Charles, 113, 310, 357, 390, 466, 477, 478, 531.
HERRIOT Édouard, 17.
HERSANT Robert, 376.
HERVÉ Edmond, 433.
HORY Jean-François, 533.
HOUPHOUËT-BOIGNY Félix, 27, 68, 71, 479.
HUSSEIN Saddam, 487.
HUVELIN Paul, 97, 534.

JAFFRE Jérôme, 306.
JACQUINOT Louis, 27.
JANOT Raymond, 29.
JARROT André, 309.
JARRY Robert, 409.
JARUZELSKI Wojciech, 358.
JAURÈS Jean, 303.

JEANNENEY Jean-Marcel, 95, 150, 151, 181, 207.
JEAN-PIERRE Thierry, 432.
JOBERT Michel, 174, 178, 190, 214, 265, 268, 269, 270, 271, 304, 314, 337, 489, 490, 531.
JOHNSON Lyndon, 76.
JOSPIN Lionel, 189, 247, 311, 323, 342, 357, 399, 400, 418, 426, 427, 444, 452, 463, 532.
JOUHAUD Edmond, 34, 35.
JOURNIAC René, 266.
JOXE Louis, 34.
JOXE Pierre, 189, 308, 312, 320, 352, 365, 468, 531, 532.
JUILLET Pierre, 174, 178, 183, 212, 248.
JUPPÉ Alain, 429, 439, 447, 448, 531, 533.
JUQUIN Pierre, 395.

KADHAFI Muammar al-, 270, 273, 480.
KARMAL Babrak, 275.
KASPAR Jean, 504, 534.
KENNEDY John, 75, 76.
KOUCHNER Bernard, 488.
KHOMEINY Ruhollah, 274.
KHROUCHTCHEV Nikita, 77, 78.
KIESINGER Kurt, 86.
KISSINGER Henry, 268.
KOHL Helmut, 472, 489, 490.
KRASUCKI Henri, 504, 534.

LABBÉ Claude, 316.
LABICA Georges, 244.
LACOMBE René, 534.
LACOSTE Robert, 22, 23, 24, 112.
LAFAY Bernard, 213.
LAFLEUR Jacques, 407, 408.
LAGAILLARDE Pierre, 24.
LAGUILLER Arlette, 395.
LAIGNEL André, 308.
LAJOINIE André, 394.
LALONDE Brice, 255, 285, 342, 423, 445, 446.
LALUMIÈRE Catherine, 353.
LA MALÈNE Christian de, 241.
LANCIEN Yves, 149.
LANG Jack, 426, 452.
LECANUET Jean, 77, 89, 118, 180, 181, 191, 204, 209, 211, 212, 216, 373, 533.

Index des noms cités

LEFEBVRE Marcel, 517.
LEFRANC Pierre, 149.
LEJEUNE Max, 112, 211, 224.
LE NÉOUANNIC Guy, 505, 534.
LÉNINE, 131.
LÉOTARD François, 363, 367, 373, 387, 388, 393, 394, 436, 437, 439, 454, 455, 531, 533.
LE PENSEC, 420.
LE PEN Jean-Marie, 207, 342, 386, 394, 395, 396, 410, 424, 514.
LEPORS Anicet, 323.
LEROY Roland, 230, 244.
LE THEULE Joël, 531.
LETOURNEAU Roger, 21.
LEVARD Georges, 534.
LONGUET Gérard, 533.
LUNS Joseph, 88.
LUSTIGER Jean, 350, 515, 517.

MCNAMARA Robert, 75,77.
MADELIN Alain, 363, 533.
MAIRE Edmond, 187, 227, 239, 288, 296, 297, 354, 500, 504, 534.
MAJOR John, 491.
MALAUD Philippe, 200, 386.
MALHURET Claude, 386.
MALRAUX André, 27, 121, 124, 201.
MALTERRE André, 534.
MAO TSÉ-TOUNG, 78, 131, 132, 133.
MARANGÉ James, 534.
MARCELLIN Raymond, 198, 290, 532.
MARCHAIS Georges, 220, 224, 230, 244, 253, 255, 347, 452, 464, 532.
MARCHAND Philippe, 532.
MARCHELLI Paul, 534.
MARCUSE Herbert, 133.
MARKOVIC Stephan, 155, 156.
MARTEL Robert, 24.
MARTINET Gilles, 227.
MARX Karl, 131.
MASSÉ Pierre, 54.
MASSU Jacques, 23, 25, 32, 148.
MAUROY Pierre, 166, 193, 227, 246, 303, 307, 314, 315, 319, 321, 328, 329, 331, 335, 336, 337, 338, 340, 343, 344, 345, 346, 347, 348, 349, 353, 354, 389, 400, 418, 421, 432, 466, 470, 471, 489, 501, 531, 532.
MAYER Daniel, 112.
MÉDECIN Jacques, 386, 433.
MÉGRET Bruno, 507.
MÉHAIGNERIE Pierre, 373, 412, 435, 454, 533.
MEIR Golda, 271.
MENDÈS FRANCE Pierre, 20, 21, 22, 30, 47, 50, 51, 55, 92, 96, 112, 113, 126, 136, 145, 167, 194, 220, 302.
MENU Jean, 534.
MERAUD, 293.
MERMAZ Louis, 308, 309, 312, 321, 418, 452, 480.
MESSMER Pierre, 43, 177, 178, 184, 192, 202, 203, 205, 206, 267, 289, 292, 531.
MESTRE Philippe, 437.
MILLON Charles, 437, 438, 455.
MITTERRAND François, 8, 22, 28, 30, 47, 50, 105, 106, 107, 113, 124, 125, 128, 136, 141, 157, 165, 166, 167, 169, 170, 171, 172, 180, 192, 193, 194, 195, 197, 203, 204, 206, 208, 215, 218, 221, 222, 223, 224, 225, 226, 227, 228, 230, 233, 237, 238, 245, 246, 247, 250, 251, 252, 254, 255, 256, 271, 287, 297, 301, 302, 303, 304, 305, 306, 307, 309, 310, 311, 312, 313, 315, 320, 327, 328, 329, 330, 332, 333, 334, 335, 336, 337, 339, 343, 345, 346, 350, 351, 352, 355, 356, 357, 358, 359, 360, 362, 368, 371, 372, 373, 378, 379, 382, 384, 388, 389, 390, 391, 392, 393, 394, 395, 396, 397, 398, 399, 400, 401, 403, 412, 414, 415, 419, 422, 425, 427, 432, 433, 434, 435, 442, 443, 444, 447, 448, 453, 457, 458, 459, 461, 464, 465, 467, 469, 470, 471, 472, 473, 474, 476, 478, 479, 480, 481, 482, 485, 486, 487, 489, 490, 491, 492, 502, 519, 531, 532.
MITTERRAND Jean-Christophe, 466.
MOBUTU Sesse Seko, 480.

MODROW Hans, 485.
MOLLET Guy, 17, 20, 22, 26, 27, 55, 67, 85, 100, 103, 111, 112, 113, 165, 166, 167, 171, 193, 194, 201, 203, 302, 532.
MONNERVILLE Gaston, 50, 104, 157.
MONNET Jean, 164.
MONOD Jérôme, 213, 533.
MONORY René, 441.
MOREAU Jacques, 296.
MORICE André, 23, 117.
MOTCHANE Didier, 189.
MOULIN Jean, 303.
MOUTET Marius, 21.
MULLER Émile, 507.

NAEGELEN Marcel-Edmond, 22.
NEIERTZ Véronique, 419.
NIXON Richard, 83, 178, 218, 268.
NOIR Michel, 386, 409, 410, 432, 437, 438, 439.
NORA Simon, 174.
NOTAT Nicole, 504, 534
NUCCI Christian, 390, 480.

ORNANO Michel d', 210, 213, 214, 533.
ORTOLI François, 532.
OUFKIR Mohamed, 73.
OVERNEY Pierre, 291.

PAQUET Aimé, 188.
PASQUA Charles, 209, 316, 351, 373, 386, 394, 396, 412, 429, 430, 437, 439, 440, 446, 448, 454, 458, 460, 532.
PELAT Roger-Patrice, 433.
PELLETIER Jacques, 52.
PELLETIER Émile, 399.
PENNE Guy, 466.
PERIGOT François, 534.
PERONNET Gabriel, 533.
PÉTAIN Philippe, 25, 29.
PEYREFITTE Alain, 200, 205, 248, 316, 324, 363, 533.
PFLIMLIN Pierre, 24, 25, 27, 91, 103.
PHILIP André, 17, 112.
PIAGET Charles, 284.
PINAY Antoine, 26, 27, 45, 91, 101, 107, 137, 164, 168.
PINEAU Christian, 166.

PINTON Michel, 216.
PISANI Edgar, 138, 207, 227.
PITOUS Claude, 504.
PLEVEN René, 92.
POHER Alain, 108, 157, 165, 166, 167, 168, 190, 198, 207, 266, 352, 437.
POMMATEAU Jacques, 534.
POMPIDOU Georges, 45, 46, 49, 52, 91, 93, 94, 95, 103, 106, 121, 124, 126, 127, 135, 147, 148, 149, 154, 155, 156, 157, 162, 163, 165, 168, 169, 170, 171, 172, 173, 174, 175, 176, 177, 178, 179, 183, 185, 188, 190, 192, 196, 197, 200, 202, 203, 204, 210, 226, 259, 260, 264, 265, 266, 268, 269, 271, 276, 277, 289, 290, 370, 392, 454, 531.
PONIATOWSKI Michel, 176, 178, 180, 181, 186, 210, 212, 251, 532, 533.
PONS Bernard, 248, 455, 533.
POPEREN Jean, 113, 166, 309, 322, 324, 464.
POUJADE Robert, 175, 532.
POULANTZAS Nicos, 244.

QUESTIAUX Nicole, 336.
QUILES Paul, 247, 309, 322, 323, 531.
QUILLIOT Roger, 330, 377.

RALITE Jack, 344.
RAMADIER Paul, 19.
RAIMOND Jean-Bernard, 373, 531.
RAYNAUD, 455.
RAUSCH Jean-Marie, 405, 425.
REAGAN Ronald, 280, 363, 473, 474, 475, 476.
RICHARD Alain, 346.
RICHARD Jacques, 120, 121, 532.
RIOLACCI Jean, 183.
ROCARD Michel, 167, 194, 195, 227, 228, 245, 246, 247, 249, 250, 259, 285, 302, 304, 311, 328, 331, 334, 335, 344, 354, 356, 389, 392, 398, 399, 402, 404, 405, 406, 408, 412, 413, 414, 416, 417, 418, 419, 421, 422, 435, 436, 445, 446, 452,

Index des noms cités

463, 464, 468, 507, 510, 531, 532.
ROCHET Waldeck, 111, 220, 532.
RONY Jean, 243.
ROUX Ambroise, 375.
ROSSINOT André, 373, 533.
ROYAL Ségolène, 452.
ROYER Jean, 178, 200, 206, 207, 291, 292.
RUEFF Jacques, 84, 91, 92, 101, 137.
RUSHDIE Salman, 518.

SADATE Anouar el-, 274.
SALAN Raoul, 24, 25, 34.
SANGUINETTI Alexandre, 149, 205, 209, 533.
SAPIN Michel, 420, 532.
SARRES Georges, 452.
SAULNIER Jacques, 466.
SAUNIER-SEÏTÉ Alice, 324.
SAUVAGEOT Jacques, 135.
SAUVARGNARGUES Jean, 265, 531.
SAVARY Alain, 166, 167, 190, 193, 201, 220, 314, 349, 350, 351, 353, 457, 532.
SCHMIDT Helmut, 276, 473.
SCHOELCHER Victor, 303.
SCHUMAN Robert, 85, 266.
SCHUMANN Maurice, 118, 150, 265, 531.
SCHWARTZENBERG Roger-Gérard, 533.
SCHWARZENBERG Léon, 405.
SCORSESE Martin, 517.
SÉGUIN Philippe, 373, 381, 412, 428, 430, 437, 438, 439, 440, 446, 455, 456.
SÉGUY Georges, 145, 296, 534.
SENGHOR Léopold, 68, 71.
SERISÉ Jean, 183.
SERVAN-SCHREIBER Jean-Jacques, 169, 175, 180, 191, 201, 204, 209, 211, 223, 533.
SERVIN Marcel, 111.
SIMBRON Yannick, 505, 534.
SOAMES Christopher, 87.
SOARES Mario, 228, 235.
SOISSON Jean-Pierre, 211, 405, 425, 426, 533.
SOLJÉNITSYNE Alexandre, 294.
SOUFFLET Jacques, 209, 531.
SOUSTELLE Jacques, 22, 23, 25, 31, 32, 33, 46, 116, 119, 120.

SPAAK Paul-Henri, 88.
STASI Bernard, 453.
STIRN Olivier, 342.
STOLERU Lionel, 400.
STRAUSS-KAHN Dominique, 354.
SUDREAU Pierre, 52, 104, 293.

TAPIE Bernard, 426, 433.
TASCA Catherine, 419.
TAUTIN Gilles, 136.
TERRENOIRE Louis, 120, 532.
TESSIER Jacques, 534.
THATCHER Margaret, 278, 280, 363, 490.
THOMAZO, 25.
THOREZ Maurice, 111, 532.
TIBÉRI Jean, 212.
TIXIER-VIGNANCOUR Jean-Louis, 72, 117, 125.
TJIBAOU Jean-Marie, 408.
TOMASINI René, 175, 192, 202, 205, 209, 533.
TOUBON Jacques, 374, 533.
TOURÉ Sékou, 69.
TRANCHANT Georges, 426.
TRICOT Bernard, 148.
TRINQUIER Roger, 25.
TROTSKI Léon, 131.
TSIRANANA Philibert, 71.

VALLON Louis, 97, 120, 202.
VAN RUYMBEKE Renaud, 432.
VEDEL Georges, 444.
VEIL Simone, 241, 242, 247, 366, 411, 438, 439, 454.
VENDROUX Jacques, 202.
VIANNET Louis, 501, 504, 534.
VIGNAUX Paul, 140.
VIGOUROUX Robert, 408, 410.
VILBENOIT Marc, 534.
VILLIERS Georges, 97, 534.
VILLIERS Philippe de, 428, 430, 455.
VILNET, 516.
VOISIN Jacques, 534.

WAECHTER Antoine, 395.
WARCHOLACK Michel, 501.
WEILL-RAYNAL, 109.
WERNER, 266.
WILSON Harold, 87.

ZELLER André, 34, 35.
ZINOVIEV Alexandre, 294.
ZUCCARELLI Émile, 533.

Table

Introduction 7

Première Partie
LA RÉPUBLIQUE CHARISMATIQUE

Chapitre I. La fondation du régime 15
I. *La crise du régime parlementaire*, 15. – II. *La décolonisation*, 21. – III. *Le retour au pouvoir de Charles de Gaulle*, 23. – IV. *La transition à la Ve République*, 28. – V. *Le règlement du conflit algérien*, 30.

Chapitre II. La réforme de l'État 37
I. *La primauté présidentielle*, 37. – II. *Les instruments du pouvoir d'État*, 51. – III. *L'exercice charismatique du pouvoir*, 60.

Chapitre III. – Le grand dessein 67
I. *Le préalable de la décolonisation*, 67. – II. *L'indépendance nationale*, 73. – III. *Quelle unité européenne?*, 84. – IV. *Les moyens de la puissance*, 90.

Chapitre IV. La lente mutation du régime 99
I. *La bataille institutionnelle*, 99. – II. *L'évolution des rapports de forces politiques de 1958 à 1965*, 108. – III. *L'impossible rassemblement*, 121.

Chapitre V. Le gaullisme et la société française 129
I. *Une nouvelle génération politique*, 130. – II. *Face au monde du travail*, 137.

Chapitre VI. La désagrégation du gaullisme 147
I. *L'effondrement gaulliste de 1968*, 147. – II. *L'impossible relance*, 150.

Deuxième Partie
LA RÉPUBLIQUE CONSERVATRICE

Chapitre I. L'enracinement 163
    I. *La consolidation du régime*, 165. – II. *La pratique présidentialiste*, 172. – III. *Les bases du régime*, 188.

Chapitre II. La recomposition de la majorité 200
    I. *Le tournant conservateur (1969-1973)*, 201. – II. *L'unification des droites*, 204.

Chapitre III. L'irrésistible ascension de la gauche 218
    I. *L'Union de la gauche*, 219. – II. *Le rééquilibrage de la gauche*, 225.

Chapitre IV. La crise de la bipolarisation 238
    I. *La crise des coalitions*, 238. – II. *Les crises internes des partis*, 242. – III. *L'élection présidentielle de 1981*, 249.

Chapitre V. L'heure du pragmatisme............................. 258
    I. *La primauté à l'économie*, 259. – II. *Face aux crises internationales*, 265.

Chapitre VI. Entre deux crises.. 279
    I. *L'après 1968*, 280. – *La fin des certitudes*, 294.

Troisième Partie
LA RÉPUBLIQUE FACE AUX PARTIS

Chapitre I. La rupture socialiste 303
    I. *Les conditions de la rupture*, 303. – II. *La rupture économique et son échec*, 326. – III. *Les conséquences politiques*, 339. – IV. *La préparation de la cohabitation*, 350.

Chapitre II. La rupture libérale...................................... 361
    I. *La conquête du pouvoir*, 361. – II. *La remise en cause de la rupture libérale*, 371.

Chapitre III. Le mitterrandisme triomphant 391
    I. *La réélection de François Mitterrand*, 391. – II. *Les gouvernements de majorité relative*, 404. – III. *Les recompositions successives de la droite*, 434.

Chapitre IV. L'épilogue 442
    I. *Les élections législatives de mars 1993*, 442. –
    II. *Le gouvernement d'Édouard Balladur*, 453. – III. *La reconstruction du parti socialiste*, 462.

Chapitre V. La continuité malgré tout 465
    I. *Le domaine réservé*, 465. – II. *Les derniers combats de la guerre froide (1981-1989)*, 470. – III. *Les rapports Nord-Sud*, 479. – IV. *Le désarroi de l'après-communisme*, 484. – V. *Le choix européen*, 489.

Chapitre VI. La crise de la représentation 494
    I. *La crise du syndicalisme*, 494. – II. *La crise des partis politiques*, 505. – III. *Une nouvelle laïcité?*, 515.

En guise de conclusion provisoire 519

Notes 521
Bibliographie 523

Annexes 531
    1. Le personnel gouvernemental, 531. – 2. Le personnel politique, 532. – 3. Les dirigeants syndicaux, 534. – 4. Les résultats électoraux, 535. – 5. Évolution des électorats, 554. – 6. Évolution des cotes de popularité, 555.

Liste des abréviations 561

Index des noms cités 563

Composition réalisée par JOUVE

IMPRIMÉ EN FRANCE PAR BRODARD ET TAUPIN
Usine de La Flèche (Sarthe).
LIBRAIRIE GÉNÉRALE FRANÇAISE - 6, rue Pierre-Sarrazin - 75006 Paris.
ISBN : 2 - 253 - 90419 - 8

42/0419/4